Amadou Hampâté Bâ · Jäger des Wortes

Yasmin Möbius

Donald James

Moskauer Roulette

Roman

Aus dem Englischen von
Brigitte Heinrich

List

Für den Mann, der nicht weiß, wohin es ihn treibt,
gibt es keinen günstigen Wind.

Seneca (4 v. Chr. – 65 n. Chr.)

Monstrum. Nach dem dritten Mord hörte man dieses Wort bei jedem Alarm, bei jedem Pfiff der Milizen, bei jedem Schrei einer Frau in Moskau, wo Rufe und Schreie nie etwas Außergewöhnliches gewesen waren. Eine Woche nach dem dritten Mord zeigten sich erste Anfänge eines Kults: Das Wort erschien in kunstvoll ausgearbeiteten Graffiti auf Betonmauern; junge Männer stolzierten durch die Straßen, das Wort großspurig auf dem Rücken ihrer Jacken; in Kellerdiscos trugen leichtsinnige Mädchen T-Shirts, auf denen die geschwollenen Hände des Montrums ihre Brüste umfaßten.

Aber auf den Straßen sind alle Frauen gleich. Nachts eilen sie nach Hause und denken nicht mehr an Straßenräuber und geklaute Handtaschen. Ein neues Wort – *Monstrum* – hat in das Vokabular des Terrors Eingang gefunden. Wie eine ansteigende Flutwelle infizierten Flußwassers rollt dieses Wort gegen die elenden Häuser Rot-Presnjas, spült durch das Leben der Bewohner der dunklen Gassen und zerstörten Hochhaussiedlungen und hinterläßt einen Abschaum der Angst.

All dies geschah im Moskau des Jahres 2015, dem Jahr, das die Russen als die Neue Dämmerung zu sehen begonnen hatten.

1

Wir sind bereits im Anflug auf den Moskauer Flughafen. Wenn ich während des Polizeiflugs 120 aus dem Fenster schaue, sehe ich durch ein Loch in der Wolkendecke die Moskwa, die sich Richtung Stadt schlängelt. Sogar aus dieser Höhe erkenne ich die Zerstörung. Wo die Anarchisten bis zum letzten gekämpft haben, wurden ganze Distrikte von Artilleriefeuer zerstört. Anderswo scheint alles normal.

Wir verlieren jetzt schnell an Höhe. Ich sehe eine breite Straße und parallel dazu Eisenbahnlinien, und aus der Schräglage erkenne ich den langgestreckten See und einen Vorort, höchstwahrscheinlich Chimki-Chowrino. Ich habe meine Landkarte auf den Knien. Meine Augen bewegen sich ruhelos zwischen der Karte und dem Flickenteppich dort unten hin und her, versuchen erfolglos Orientierungspunkte zu identifizieren.

Wenn ich mich wie ein Provinzler benehme, dann ist meine Entschuldigung, daß ich einer *bin*. Woher? Aus der Stadt Murmansk. Sicher werden Sie von ihr gehört haben? Im fernen Norden auf der Halbinsel Kola. Dies ist mein erster Besuch in Moskau.

Als sich die Wolken verdichten, sehe ich nicht mehr länger auf die Stadt hinunter, sondern sehe im Fenster mein eigenes Gesicht, das vom Glas reflektiert wird, und ich betrachte es mit geneigtem Kopf, mit der erstaunten Aufmerksamkeit eines Vogels, der in einen Spiegel blickt. Ich drehe mich hierhin und dorthin. Als die Stewardeß vorbeikommt, tue ich so, als würde ich an meinem Sicherheitsgurt herumfummeln.

Glaubt mir, Brüder, ich habe nicht immer so ausgesehen. Ihr seht mich heute mit meiner neuen geraden Nase, meiner ein wenig volleren Oberlippe und den vorzeitigen Lachfalten in den Augenwinkeln ... Und ihr fragt euch vielleicht, ebenso wie Julia Petrowna, die meine Eitelkeiten kennt, wie das nur einer ehemaligen Ehefrau möglich ist, warum um alles in der Welt ich meinen dreißig und noch was von Gott gegebenen Jahren ein paar hinzufügen will. Meine Antwort ist schwach für jemanden, der der Held dieses Berichtes sein will, denn es ist die, daß ich nie wirklich in der Lage war zu wählen.

Mein Trost besteht einstweilen darin, daß meine neue, straffere Kinnpartie mich in Julias Augen deutlich sympathischer aussehen läßt. Das hat sie gesagt. Und ich möchte gerne glauben, daß sie das auch so gemeint hat. Aber bei Julia kann ich mir nie ganz sicher sein.

Im Moment neigt sich das Flugzeug gerade über den See bei Chimki. Wir werden in zehn Minuten in Moskau-Tushino landen. Für die anderen Polizeibeamten, die in die Hauptstadt reisen, bin ich der, als der ich vorgestellt wurde: Der berühmte Mordexperte Konstantin Vadim (ich, der ich nie einen Mordfall untersucht habe!), vor kurzem befördert und dem Moskauer 13. Distrikt zugeteilt. Ein geschickter und gerissener Mordkommissar, wie meine Polizeikollegen aus der schlichten Tatsache meiner Beförderung schließen müssen. Ich weiß es natürlich besser.

Und ihr werdet es ebenfalls bald besser wissen.

Aber um einer kompletten Chronologie meines Aufstiegs und Falls willen muß ich meine Geschichte früher beginnen lassen und euch beinahe drei Monate mit zurücknehmen, in meine spärlich möblierte kleine Wohnung in Murmansk, zum historischen frühen Abend des 1. Septembers 2015.

Als Reaktion auf ein beharrliches Klopfen an meiner Tür kam ich unter der Dusche hervor und wickelte mich in ein Handtuch. Dieses Jahr funktionierte die Heizung. Im September in Murmansk muß man heizen. Ich öffnete die Tür, auf den kalten Luftzug aus dem Treppenhaus bereits gefaßt. Es heißt, im September sei es nur in Norilsk noch kälter.

»Der geht auf mich«, keuchte der Schwarzmarkthändler. Er beugte sich über eine Kiste Champagner und verschnaufte nach dem langen Aufstieg über die steinerne Treppe, die zu meiner Wohnung führt. Sein Gesicht konnte ich nicht erkennen, aber der Ring schwarzer Haare um den gelblichen, eingedellten Schädel verriet mir, daß es Wassikin war. Neben ihm stand ein kleiner, ungefähr sechs oder sieben Jahre alter Junge in einem übergroßen blauen Parka.

Wassikin hob den Kopf. »Alles Gute findet einmal ein Ende«, sagte er. Mit dem Fuß stieß er die Kiste in meine Richtung.

Ich machte die Tür weiter auf. »Was soll das heißen, Wassikin? Was findet ein Ende?«

»Ah.« Er lächelte entrückt. »Sie haben die Neuigkeit noch nicht gehört, Inspektor. Es wurde gerade verkündet, daß Moskau vor einer Stunde an die Nationalistische Armee gefallen ist. Die Anarchisten haben sich an allen verbleibenden Fronten ergeben. Wir haben den Krieg gewonnen, Inspektor.«

»Moskau ist gefallen? Die Volksfront hat kapituliert?«

»Die guten Menschen haben gewonnen«, sagte der Junge.

Wassikin rieb sich den eingedellten Schädel. Er erlaubte sich ein weiteres geisterhaftes Lächeln. »Und ich bringe Ihnen Champagner, um den Frieden zu feiern. Möge sich der Frieden profitabler erweisen als der Krieg!« fügte er fromm hinzu.

Sie standen da, als ich den Champagner aufhob und mit einem Schwung auf den Flurtisch stellte. Wassikin ist groß, birnenförmig gebaut und unbeholfen. Seine Kleidung sieht aus, als hätte er sie sich mit Bedacht aus der abgelegten Garderobe eines reichen Westlers zusammengestellt. Er trägt einen abgetragenen blauen Nadelstreifenanzug und eine gelbe, mit Pferdeköpfen geschmückte Krawatte. Mit seinen traurigen Augen kann man ihn nur für eine Art schäbigen Dandy halten.

»Was wirst du im Frieden machen, Wassikin? Nach Hause zurückkehren, nach Petersburg?«

»Mein Sohn möchte, daß wir in Murmansk bleiben.«

Der Sohn hat die dunkelbraunen Augen seines Vaters. Er nickt zustimmend.

»Dein Sohn entscheidet für die Familie?«

»Das sind jetzt nur noch wir zwei.«

»Warum glaubst du, daß die guten Menschen gewonnen haben?« fragte ich den Jungen.

»Weil wir unser Land mit dem Herzen lieben«, sagte er ohne zu zögern. »Und wegen der Gerechtigkeit.«

Ich sah Wassikin an. Er zuckte die Schultern.

»Du glaubst nicht, daß die Volksfront Liebe im Herzen hat?«

In diesem Alter kennt man keine Zweifel. »Die Anarchisten und die Marxisten lieben nur sich selbst«, verkündete der Junge mit Autorität.

Ich bat Wassikin nicht zu einem Drink in meine Wohnung. Damit wäre das empfindliche Gleichgewicht unserer Beziehung zerstört worden. Das wußten alle dienstälteren Inspektoren der Murmansker Station 7. Man akzeptierte Geschenke von Wassikin und übersah als Gegenleistung sein überquellendes Lager. Aber man lud ihn nie zu sich ein.

Ich schloß die Tür hinter Wassikin und seinem Sohn und betrachtete den Champagner. Das Ende kam natürlich nicht unerwartet. Das Bündnis aus Marxisten und Anarchisten, das unter dem Namen Volksfront kämpfte, war auf allen wichtigen Schlachtfeldern ins Wanken geraten. Und jetzt war der lange Bürgerkrieg zu Ende. Unsere Armeen, die Nationalistischen Armeen (genauer die Armeen der Nationaldemokraten) unter der weißen Flagge mit dem doppelköpfigen Adler, hatten gewonnen. Professor Peter-Paul Romanow und General Leonid Koba hatten uns zu guter Letzt den Sieg gebracht.

Wie alle Siege ähnelte er nur entfernt einem Sieg. Es schien, als hätte sich die Hälfte der russischen Landschaft um ein Jahrtausend zurückentwickelt. Wo die Armeen der Volksfront geschlagen worden waren, war ein Vakuum entstanden, das zu füllen unsere eigenen Weißen Armeen lange Zeit brauchen würden. Marodeure beherrschten die Sümpfe und Wälder und mußten ausgehoben werden, bevor der Wiederaufbau beginnen konnte. Aber wenigstens war Moskau gefallen. Jetzt war es nur eine Frage der Zeit, bis der amerikanische Präsident die neue Regierung der Nationaldemokratischen Partei Rußlands anerkennen würde.

Ein guter Murmansker würde sein Glück feiern. Die Bevölkerung von Murmansk hatte seit dem Kriegsbeginn vor fünf Jahren die Sache der Nationaldemokraten unterstützt. Anders als viele andere in Rußland hatten wir wenig gelitten. Heute hatten wir gewonnen. Aber für mich lag über diesem Sieg ein tiefer Schatten.

Ich trug den Champagner in die Küche, nahm zwei Flaschen, öffnete das Fenster und stellte sie zur Kühlung auf den Sims. Einen Moment sah ich über die niedrigen Dächer aus den achtziger Jahren dorthin, wo die blasse Sonne über dem Golf von Kola unterging. Die kalte Luft traf meine Brust. In einem Monat würde die Sonne für den Winter verschwunden sein. Vier Monate arktischer Nacht. Die Temperaturen so niedrig, daß an den Bushaltestellen Kohlepfannen angezündet werden mußten, damit die Arbeiter nicht erfroren, während sie Schlange standen. Aber *Frieden*.

Ich war an der Seite einer Frau, die ich liebte, in diesen Krieg eingetreten, aber unsere Ziele waren verschieden. Heute, fünf Jahre später, hatte meine Sache gewonnen. Aber Julia war es, die hohes Ansehen erlangt hatte. Als entschlossene Generalin, als begabte Anführerin einer Division, die sich ausschließlich aus Frauen zusammensetzte, wie hätte sie da nicht berühmt werden sollen? Während des Krieges hatten die westlichen Medien ihre Leistungen verfolgt. In der *New York Times* waren Artikel erschienen; ich hatte Sendungen des Osteuropadienstes der BBC gehört, die einer schönen, anarchistischen russischen Generalin gewidmet waren.

Aber wo war Julia jetzt? Versteckt irgendwo in den Birkenwäldern außerhalb Petersburgs? Oder eine von vielen rastlosen Gefangenen hinter Rollen von Stacheldraht? Oder tot? Lag sie – was Gott verhindert haben möge – unter einem windzerzausten Schneehügel auf irgendeinem der Dutzende anarchistischer Schlachtfelder zwischen Petersburg und Murmansk?

2 Murmansk *en fête*. Julia hätte diese Idee belächelt. Aber wie ich hätte sie sicher angehalten, um den Jitterbug-Tänzen auf dem Koba-Platz zuzusehen. Amerikanischer Jazz aus den zwanziger Jahren war der letzte Schrei. Einige sehr junge Mädchen trugen selbstgefertigte Ballerinaschuhe und bauschige Petticoats. Ich beobachtete ein großes, kräftiges Mädchen, das in eigenwilliger Weise mit seinem Partner tanzte. Sie trug einen Minirock und hohe Absätze. Sie erkämpfte jeden Schritt mit ihm und zwang ihn mit großartigem Rhythmus und Stil, ihr die Führung zu überlassen.

Mit achtunddreißig Jahren sollte ich zu jung sein für Wehmut. Aber allmählich glaube ich, daß die Wehmut den Russen in die Wiege gelegt ist. Wir sind wie die Iren, wißt ihr, besessen von unserer Vergangenheit. Den Iren vielleicht auch noch in ein oder zwei anderen Dingen ähnlich. Wie dem auch sei, als ich am Rand des Platzes stand und den Studenten beim Tanzen zusah, war das alles sehr bewegend und erinnerte mich an eine Jugend, die, wie mir schien, eher in ein paar Stunden vergangen war denn in Jahren.

Von Zeit zu Zeit brachten Pfeifentriller die Band zum Schweigen, und das Schlagen von Kesselpauken kündigte das Eintreffen einer weiteren siegreichen nationalistischen Marschkolonne an. Dann zogen sich die Tänzer an den Rand des Platzes zurück und begannen langsam in die Hände zu klatschen, ein Klatschen, das zu einem gigantischen Jubel anschwoll, wenn ein Infanterieregiment in zerrissenen Uniformen über den Platz marschierte und sich an der Spitze jeder Kolonne die riesigen weißen Fahnen mit den schwarzen doppelköpfigen Adlern des alten Rußlands entrollten.

Die Jazzband spielte dann die »Rodina«, unsere Nationalhymne, und die Menge sang und weinte, weil der Krieg endlich vorbei war und Rußland aus seiner langen Agonie erwachte.

Warum sollte ich nicht gestehen, daß ich auch weinte? Es gab genug, worüber ich weinen konnte. Aber wenn das einer Stadt möglich ist, dann war Murmansk außer sich vor Freude. Die Ausgangssperre war aufgehoben. Die Straßen waren voller Feiernder und Soldaten. Überall waren Pferde eingestellt – in Kinos,

Versammlungshallen und sogar in den Fluren im Erdgeschoß mancher Wohnhäuser. Es mochte ein Krieg des 21. Jahrhunderts gewesen sein, aber als das Benzin ausging, wurde es ein Krieg, der auf dem Rücken von Pferden gekämpft und gewonnen wurde. Ein sehr russischer Krieg.

Ich überquerte den Platz und ging auf ein Gebäude zu, das jetzt als Puschkinstraße 1 bekannt ist. Die Ochrana, unsere nationalistische Geheimpolizei, ist hier untergebracht. Jene unter euch, die im Namen Ochrana ein Wiederaufleben zaristischer Umtriebe erkennen, werden darin nur ein weiteres Beispiel dafür sehen, wie schwer es den Russen fällt, mit ihrer Vergangenheit zu brechen. Aber das ist nur die Hälfte der Geschichte. Nachdem die Nationalisten den Namen des alten zaristischen Geheimdienstes wiederbelebt haben, besteht das Volk jetzt darauf, die Ochrana *Tscheka* zu nennen – wie den ersten *sowjetischen* Dienst.

So versuchen wir Russen, unsere Geschichte in einem einzigen, riesigen, unverdaulichen Bissen hinunterzuschlucken. Demnächst werden wir lernen müssen, wählerisch zu sein mit dem, was wir aus unserer Vergangenheit übernehmen wollen. Bis dahin feiert die Ochrana, die wir lieber Tscheka nennen, die besten Partys, und Katja hat mich eingeladen.

Ich habe mit Katja Rolkin nie wirklich gevögelt, aber bei vielen ähnlichen feierlichen Anlässen war der Unterschied so minimal, daß es pornographisch wäre, ihn zu erwähnen. Das Problem liegt meistens in der Allgegenwart ihres Ehemanns Roy. Roy ist außerdem Major der Tscheka, was in dieser Angelegenheit ein gewisses Maß an Vorsicht geraten sein läßt, das ich sonst nicht an den Tag lege. Roy und Katja und Julia und ich haben zusammen die Schule besucht. In den letzten Jahren der alten Sowjetunion waren wir gemeinsam Pioniere. Sogar bis weit ins Teenageralter hinein waren wir unzertrennlich.

Auf der anderen Seite des großen Raums im ersten Stock in der Puschkinstraße sah ich Katja, die sich mit einem mir unbekannten Paar mittleren Alters unterhielt. Ein Glas in der Hand, stand sie mit dem Rücken an eine Schnitzerei gelehnt, die die Jungfrau Maria mit dem Jesuskind darstellte (habe ich erwähnt, daß das Gebäude einmal ein Kloster war?) und sah sich verzweifelt im Raum um. Ich habe keinen Zweifel, daß ich nur einer von ihrem halben Dutzend auserwählter *invités* war, und vielleicht hatte sie den einen oder anderen auch schon begrüßt. Aber sie reagierte freudig bei meinem Anblick, ließ ihre Gäste nach wenigen Augenblicken stehen und arbeitete sich mit den Schultern durch die Menge bis an meine Seite. Als sie vor mir eine kleine Lücke zwischen den Gästen erreicht hatte, tänzelte sie hüftschwingend auf mich zu.

»Wie findest du es?«

»Das Kleid?«

Sie streckte die Zunge heraus. »Konstantin –«, sie kam nahe heran, das Champagnerglas in der ausgestreckten Hand, »es ist Monate her, seit ich dich das letztemal gesehen habe!«

Ich küßte sie gefährlich nahe neben den Mund und fühlte ihre Zunge an meiner Wange.

»Warst du so beschäftigt mit deinen Straßenräubern und Einbrechern, daß du nicht einmal eine Stunde für ehrliche Menschen übrig hast? Und gute Freunde obendrein? Aber was für eine Nacht! Hast du die Menge da draußen gesehen? Die Leute sind außer sich.« Sie hielt inne. »Wenn nur Julia hier wäre und das sehen könnte.«

»Wenn Julia hier wäre und das sehen könnte, dann würde sie nicht hier oben mit uns Champagner trinken«, sagte ich. »Sie wäre in einer Zelle im Keller eingesperrt.«

Sie kreischte vor Lachen und brach plötzlich ab. »Das ist nicht komisch«, sagte sie. »Darüber reißt man keine Witze, Kostja.«

»Das war kein Witz.«

»Hier, gib mir noch ein Glas. Du weißt, was ich meine«, fuhr Katja fort, während ich von einem vollbeladenen Tisch neben mir ein weiteres Glas nahm. »Wenn Julia die Dinge nur so gesehen hätte, wie wir sie gesehen haben. Sie immer noch sehen.« Sie schwieg und sah mich an. Sie war bereits ziemlich betrunken. »Verstehst du?«

»Nein.«

»Warum hat sie die Dinge anders gesehen, Kostja? Was ist es, was sie zu einer Anarchistin und uns zu Nationalisten gemacht hat?«

Wie oft hatte ich mich das gefragt! Aber es war kein Thema, das ich mit Katja diskutieren wollte – oder sie mit mir. »Es geht das Gerücht«, sie wechselte Themen mit der Geschwindigkeit eines Kameraverschlusses, »daß Leonid Koba eine Affäre hat …«, sie bewegte den Unterleib vor und zurück, »mit der Tochter von Präsident Romanow. Der Verheirateten.«

»Ihr Ehemann wird vermutlich keine Einwände haben«, sagte ich. Ihr Vater mochte zwar nominell Präsident der neuen Republik sein, aber Leonid Koba war schließlich Oberhaupt der Tscheka.

»Wie ungezogen von dir«, sagte sie. »Bist du deshalb nie auf meine schamlosen Angebote eingegangen? Weil Roy Major bei der Tscheka ist?«

»Und weil er ein alter, alter Freund ist«, sagte ich mit einem Lächeln, von dem sie wußte, daß ich es nicht ernst meinte. »Wo ist er überhaupt heute abend?« fragte ich und hielt über die Köpfe der Gäste hinweg Ausschau nach der stattlichen Gestalt in ihrer unvermeidlichen Uniform.

»Er kommt später«, sagte Katja. »Ich hatte außerdem gehofft, du würdest früher kommen.«

»Warum das?«

»Ich muß dir etwas zeigen. Etwas, wozu ich gerne deine Meinung wüßte.«

»Soll ich mein Glas mitnehmen?«

Sie stellte sich auf die Zehenspitzen und warf einen schnellen Blick durch den Raum, überprüfte ihn noch einmal in Richtung Tür.

»Er ist nicht da«, sagte ich. »Ich habe bereits nachgesehen.«

Sie rollte die Augen. »Nimm eine Flasche mit.«

Kurz darauf klebten wir in einem Lagerraum in einem der oberen Stockwerke aneinander, unsere Zungen zuckten und umwanden einander wie Schlangen bei einer mythischen Vereinigung. Unser Atem seufzte und keuchte, Gläser fielen zu Boden, seidene Unterwäsche wurde abgestreift. »Mein Gott, Konstantin … Kostja … Du läßt eine Frau alle anderen Gedanken vergessen!«

Außer die Gedanken an ihren Ehemann. Wir hörten Roy Rolkins Stimme im Treppenhaus. Katja und ich waren zweifellos nicht dazu ausersehen, wirklich Liebende zu werden, nicht einmal dazu, unsere Lust zu befriedigen.

Sie hatte eine gewisse Übung, in solchen Situationen rasch zu handeln, und war innerhalb von Sekunden aus dem Lagerraum verschwunden. Ich wartete fünf Minuten, rauchte eine Zigarette und sah auf das flutlichtbeleuchtete Kommen und Gehen im Hof hinunter, bevor ich mich auf den Weg nach unten machte und mich – unauffällig, wie ich fand – in das Gedränge der Tscheka-Gäste mischte.

Roys feiste Hand umfaßte meinen Ellbogen. »Laß mich dir etwas zu trinken holen«, sagte er. »Ich möchte mit dir reden.«

Er trug natürlich Uniform.

Ich beobachtete, wie er ein zweites Glas Champagner holte und zu mir zurückkam. Wir waren gleich alt, aber sein pausbäckiges Gesicht und sein rundlicher Körper verliehen ihm den Glanz größter Jugend, mit Wangen, so glatt, wie es nur Wangen sein können, die noch nie ein Rasiermesser gesehen haben. Seine kleinen Augen waren mandelförmig, die Lider zu den Ohren hin straff gespannt wie die eines Orientalen. Oder vielleicht die einer Eidechse. Aber seine Augen waren blau.

»So viele Menschen … wir müssen irgendwo einen ungestörten Ort finden«, sagte er und winkte mir, ihm zu folgen.

Ich ging ihm nach zur Treppe und dachte einen Augenblick, ich könnte mich mit Roy in demselben Raum wiederfinden, wo ich gezwungenermaßen das Liebesspiel mit seiner Frau unterbrochen hatte, aber er wandte sich auf dem Absatz nach links, und wir stiegen die Treppe hinunter. Ich wußte, wo wir waren. Ich war noch nie im Keller des Klosters gewesen, aber wie jeder in Murmansk kannte ich seinen Ruf.

Wir gingen über einen langen steinernen Flur, wo zwei erschreckte Wachen sich auf unsicheren Beinen aufrappelten und salutierten. Eine leere Wodkaflasche rollte über den Tisch und wurde von einem lächelnden Roy Rolkin geschickt aufgefangen und wieder hingestellt. »Auf die Befreiung Moskaus«, sagte er und warf einer der Wachen die Flasche zu.

Der junge Mann hob die Flasche hoch. »Auf die Befreiung Moskaus, Major«, schlurrte er.

Wir gingen weiter, die Champagnergläser vor uns haltend, an schweigenden Zellen vorbei. Es war unmöglich festzustellen, ob sie besetzt waren, doch je tiefer wir ins Innere des Klosters vordrangen, desto drückender wurde der Gestank, wie die feuchte Wärme eines Stalls.

»Hast du von Julia gehört?« fragte Roy über die Schulter, als er mich in einen kleinen Raum am Ende des Gangs führte.

»Natürlich nicht.« Der Geruch in dem Raum war übel. Es roch nach Blut und Urin, und darüber lag der scharfe Geruch von Karbol. Nicht alle Spuren waren vollständig von der Wand abgewaschen worden. Andere würden sich nie abwaschen lassen, jene, die die Gefangenen mit ihren Fingernägeln in den Putz gekratzt hatten. Er hatte mich in den Folterraum gebracht.

Zwei Stühle standen da. Er wies auf den einen und setzte sich mir gegenüber. Es gab keinen Tisch zwischen uns, und wir beugten uns beide nach vorne, die Champagnergläser in den Händen.

»Wie lange ist es her?«

»Seit ich von Julia gehört habe?«

Er nickte. Hinter seinem Kopf war eine Nische, in der einmal, nahm ich an, eine Heiligenstatue untergebracht gewesen war.

»Drei Jahre. Drei Jahre oder länger, seit ich von ihr gehört habe, daß Mischa ums Leben gekommen ist. Ich habe diese Nachricht gemeldet.«

»Mischa«, sagte er. »Ein hübscher Junge. Wie alt wäre er jetzt? Elf? Zwölf?«

Ich hatte nicht den Wunsch, an diesem Ort über meinen Sohn zu sprechen.

»Tut mir leid«, sagte Roy. »Dann hast du also drei Jahre oder länger nichts von Julia gehört. Und du hast auch keine Ahnung, wie es ihr ergangen ist?«

»Sie hat an der Front in Petersburg gekämpft. Ich weiß nur, was alle anderen auch wissen, daß sie für die Volksfront zu einer Heldin geworden ist. Ich glaube, du warst es, der mir erzählt hat, sie sei Kommandantin geworden ...«

»Kommandantin einer Frauendivision. Sie hatte eine sehr hohe Position in der Dritten Anarchistischen Armee.«

»Du kennst sie genauso lange wie ich. Und beinahe genauso gut. Sie war schon in der Schule eine Anführerin.«

Wir saßen einander in dieser absurden Haltung an diesem grauenvollen Ort gegenüber, die Champagnergläser zwischen den Fingern, die Köpfe kaum einen Meter voneinander entfernt. Er setzte sich aufrecht, fixierte mich mit seinem Blick und gab kleine, nachdenkliche Geräusche von sich. »Deine Loyalität für die russische Sache ist nicht unbemerkt geblieben. Ist nicht ungeschätzt«, sagte er.

»Es ist eine Sache, an die ich glaube, Roy. Ich glaube nicht, daß wir immer im Recht sind ...«

Er zuckte die Schultern.

»Aber ich glaube, daß Präsident Romanow und Leonid Koba Rußland in die richtige Richtung führen werden.«

»Und welche ist das, deiner Meinung nach?«

»Dorthin zurück, wo wir Russen herkommen. Die alten Wurzeln des Landes. In den Dörfern. Ist das nicht der Ort, wo wir nach Modellen für Rußland suchen sollten?«

Er lächelte mich an. »Die anarchistischen Ideale hatten für dich offenbar nie irgendeine Anziehungskraft?«

»Das weißt du ganz genau, Roy. Verdammt noch mal, daran ist schließlich meine Ehe zerbrochen. Ohne Gesetz gibt es keine Freiheit, sagt Camus.«

»Und der Kommunismus?«

»Ich verstehe nicht, wie Kommunismus und Anarchismus je miteinander ins Bett steigen konnten. Außer man versteht sie als zwei verschiedene Wege, das totalitäre Ideal zu erreichen.«

Er nickte. Seine seltsamen Augen wandten sich keine Sekunde von mir ab. Für kurze Zeit saßen wir schweigend da. Ich hörte Geräusche, die gleichzeitig hallten und gedämpft klangen. Das Husten eines Mannes ...

»Du hast mich nicht an diesen entsetzlichen Ort gebracht, um mit mir über Politik zu diskutieren«, sagte ich.

»Nicht nur.« Er hielt inne. »Ich habe dich hierher gebracht, um dir zu sagen ...« Er sprach sehr langsam, die schweren Lippen vorgewölbt. »Ich habe dich hierher gebracht, um dir zu sagen, daß es mich sehr traurig machen würde, sollte Julia je zu dir Kontakt aufnehmen und du solltest vergessen, mich davon zu unterrichten.«

»Traurig!«

Er nickte.

Mein Mund war trocken. »Traurig. Das ist ein seltsames Wort in diesem Zusammenhang.«

Er schüttelte den Kopf. »Kein seltsames Wort in diesem Raum.«

Ich holte tief Luft. »Wenn man sie gefangennähme, was würde ihr dann passieren?«

»Man würde sie ehrenvoll behandeln, darauf kannst du dich verlassen, Kostja«, sagte er, plötzlich wieder der gutgelaunte alte Freund. »Eine Kriegsgefangene. Abgesehen von ihrem Widerstand gegen unsere Sache hat sie sich nichts zuschulden kommen lassen. Gott weiß, wie viele gute Russen gegen uns waren. Und wir können sie doch nicht alle erschießen.«

»So gerne ihr das tätet.«

Er lachte herzlich.

Ich nippte an meinem Champagner. Vermischt mit dem Brennen des Karbols in meiner Kehle widerte der Geschmack mich an. Ich bewegte das Handgelenk, und der Inhalt des Glases klatschte gegen die narbige Wand.

»Du bist ein Idealist, Konstantin«, sagte Roy Rolkin. »Ich muß das Wort Beförderung nicht einmal erwähnen, wenn du deine Karten richtig spielst.«

»Laß es ruhig bleiben.«

Er stand auf. »Denk daran, Kostja. Wir wollen keine Rache.«

Ich stand neben ihm. Sogar an diesem grausigen Ort hob sich mein Herz. Ich mußte meine hoffnungsvollen Gefühle für mich behalten. »Das stimmt wirklich, nicht wahr, Roy?«

»Du mußt die alten Denkgewohnheiten loswerden.« Er stieß mich in die Rippen, wie er es im Schulhof früher tausendmal gemacht hatte. »Das ist ein neues Rußland, Kostja«, sagte er. »Dafür haben wir gekämpft, Leute wie du und ich. Man braucht einfach eine Weile, um sich daran zu gewöhnen, jeder von uns.«

3 Ich war betrunken. Betrunken wie ein Russe. Sturzbetrunken vor Hoffnung. Gegen zwei Uhr morgens liefen Roy Rolkins Gäste auf die Straße, schwenkten Wodkaflaschen und küßten vorbeikommende Mädchen, fielen in Hauseingänge und rappelten sich wieder auf, um sich im Kreis aufzustellen und das schottische Lied »Auld Lang Syne« zu singen. Wir heulten uns die Augen aus, während wir die »Rodina« sangen und unsere Stimmen sich über die flachen Betondächer unserer ungeliebten, aber geschätzten Stadt erhoben.

So betrunken, daß ich mich nicht erinnern konnte, wie ich nach Hause gekommen war. Vielleicht schlief ich eine Stunde auf einem Stuhl; unmöglich, das in Erfahrung zu bringen. Aber irgendwann, gegen Morgengrauen (wir nennen es immer noch Morgengrauen, obwohl erste Lichtstreifen den Septemberhimmel erst gegen Mittag berühren), etwa eine Stunde oder zwei, nachdem ich nach Hause gekommen war, klopfte es an meiner Tür.

Ich fand mich ausgestreckt auf dem Sofa wieder. Der Fernseher lief. Majoretten in weißen Hot pants marschierten mit Doppeladlerflaggen vor einem wackligen Pappmodell des Kreml auf und ab. Der Ton war abgestellt.

Ein weiteres Klopfen, lauter diesmal, erinnerte mich daran, was mich geweckt hatte. Ich stand auf, ohne besonders klar zu denken, und öffnete die Tür.

Dort stand eine Frau, eine hochaufgerichtete, eindrucksvolle Gestalt mit kurzgeschorenem, stacheligem Haar und einem dünnlippigen, harten Gesicht. Ihre Augen musterten mich einen Augenblick. »Sind Sie allein?« fragte sie und bewegte den Kopf, so daß sie an mir vorbei in meine Wohnung sehen konnte.

Ich bemühte mich, meine Zunge in meinem trockenen Mund zu bewegen. »Wer sind Sie? Was wollen Sie?«

Ihre Stimme wurde leise. »Ich habe eine Nachricht von Julia Petrowna für Sie«, sagte sie und wartete mit ausdruckslosem Gesicht auf meine Reaktion.

Nach meinem kurzen Schlaf fühlte ich mich eher angetrunken als richtig betrunken. Aus anderen Gegenden der Stadt hörte ich noch immer Gewehrfeuer. Ich wußte, daß alte Rechnungen beglichen wurden. Meine Hand schob sich in Richtung des Schulterholsters, das hinter der Tür hing.

Ihr Gesichtsausdruck hatte sich noch immer nicht verändert. Ihr leerer, beobachtender Blick störte mich.

»Julia Petrowna bedeutet mir nichts«, sagte ich.

Sie zischelte ungeduldig. »Bitten Sie mich wenigstens hinein.«

Ich trat zur Seite. Während ich die Tür schloß, nahm ich das Holster vom Haken.

»Sie sind ein sehr vorsichtiger Mann«, sagte meine Besucherin. Falls sich auf ihrem Gesicht die Spur eines Lächelns abzeichnete, und dessen war ich alles andere als sicher, dann war es ein verächtliches Lächeln. »Julia sagte, Sie würden sich freuen zu hören, daß sie am Leben ist.«

Ich gab mir große Mühe, die Muskeln in meinem Gesicht zu beherrschen.

Die Frau ging an mir vorbei und untersuchte schnell das Schlafzimmer und das Badezimmer; dann kam sie zurück, stellte sich mitten im Wohnzimmer auf und beobachtete meinen inneren Kampf, die Hände tief in den Taschen ihrer Seemannsjacke vergraben. »Sie sind mehr als froh, daß sie am Leben ist.« Ihre Augenwinkel kräuselten sich vor Vergnügen.

»Julia und ich sind geschieden«, sagte ich bedächtig. »Ich habe drei Jahre lang nichts von ihr gesehen oder gehört. Warum sollte sie mir über Sie eine Nachricht übermitteln?« Ich öffnete die Klappe des Holsters, so daß ich den Kolben der Polizei-Tango 762 in der Hand hielt.

Die Frau nahm ihre Hände aus den Taschen und faltete sie vor der Brust. »Wir haben in Starija Russia, in Pinsk und an anderen Orten zusammen gekämpft. Ich bin seit über einem Jahr ihre Stellvertreterin.« In ihrer Stimme schwang Stolz mit. »Sie vertraut mir.«

Roy Rolkin hatte gesagt, daß Julia am Leben war. Ich glaubte ihm. Aber es von dieser seltsamen Frau zu hören war etwas ganz anderes. »Ist sie wirklich am Leben?« fragte ich.

»Gesund und unversehrt.«

»Wann haben Sie sie zuletzt gesehen?«

Sie zögerte. »Ich war vor ein paar Stunden bei ihr.«

»Ist sie hier in Murmansk?«

»Keine weiteren Fragen«, fuhr sie mich an.

»Warum ist sie nicht selbst gekommen?«

»Diese Frage können Sie sich selbst beantworten. Sie ist zu gut bekannt bei Ihrer nationalistischen Tscheka. Als Divisionskommandierende steht sie auf der Todesliste ganz oben.«

»Professor Romanow hat versprochen, daß es keine Todeslisten geben wird. Gerichtsverfahren, wenn erforderlich, aber keine Todeslisten.«

Sie schürzte die Lippen. »Es wird Todeslisten geben, was immer Sie oder Leute wie Sie auch sagen ... was immer der alte Dummkopf Romanow sagen wird. Leonid Koba will Blut sehen.«

»Das glaube ich nicht.«

»Glauben Sie, was Sie wollen. Hören Sie das Gewehrfeuer aus der Gedächtnisstraße?«

Ich zuckte die Schultern.

»Glauben Sie, das sind nur Betrunkene, die in die Luft schießen?«

Ich schüttelte den Kopf. »Ein paar Racheakte – das ist alles.« Ich zögerte. »Geht es ihr gut? Ich meine, ist sie unverletzt?«

Die Frau nickte. »Julia hat einen guten Schutzengel. Sie ist Risiken eingegangen, die ein Dutzend Frauen das Leben hätten kosten können. In gewissem Sinne ist Julia unverwundbar«, sagte sie.

Konnte ich ihr glauben? »Sagen Sie mir die Nachricht, von der Sie gesprochen haben.«

»Haben Sie noch das Porträt?«

Jetzt regte sich etwas in mir. Wer außer Julia und mir wußte von dem Porträt? Das konnte nur eine Information sein, die der Frau aus freien Stücken gegeben worden war. Ich ließ das Schulterholster auf den Tisch fallen.

»Haben Sie Wodka?«

Ich ging in die Küche und kam mit einem zweiten Glas und einer neuen Flasche zurück. Sie stand noch immer kerzengerade in der Mitte des Zimmers, den Kopf vielleicht eine Idee weiter zurückgeworfen, und rauchte eine lange, schwarze russische Zigarette. Sie nahm den Wodka und stand da, das Glas in der

Hand. »Julia Petrowna sagt, im Herzen seien Sie kein Nationalist.«

»Ich bin Russe«, sagte ich. »Wie lautet ihre Nachricht?«

»Sie sagt, Sie seien ein weichherziger, gedankenloser Bourgeois, aber letztlich ohne Arg.«

»Von Julia ist das eigentlich ein Lob.«

Die Frau sah mich an, den Kopf merkwürdig schief gelegt. »Julia sagt, Ideen seien Ihnen ein Greuel.«

»Ihre anarchistischen Ideen auf jeden Fall. Wie kann ein Volk ohne Regierung leben?«

»Man muß es zur Freiheit zwingen.«

»Sie zitieren einfach Julia.«

Sie lächelte kurz. »Nein. Jean-Jacques Rousseau.«

»Ich habe das Blutvergießen satt, fremde Frau. Wie lautet Julias Nachricht?«

Die Frau zuckte mit den Schultern, als wäre mein Unwille, mich auf eine Auseinandersetzung einzulassen, genau das, was sie erwartet hatte.

»Julia bittet Sie, das Porträt zu verkaufen. Sie hat Verhandlungen geführt, um ein Schiff in den Westen zu nehmen. Aber dazu braucht sie Geld.«

»Ich kann ihr Geld geben«, sagte ich. »Es wird einige Zeit dauern, das Porträt zu verkaufen. Es ist kein Bild, das man einfach im Schnee an der Straßenecke los wird.«

»Das Schiff, mit dem sie reisen will, läuft nicht vor November aus.«

»Trotzdem ist es besser, wenn ich ihr Geld gebe. Sie kann das Porträt mitnehmen. Im Westen wird sie dafür das Zehnfache bekommen.«

»Sie braucht das Geld jetzt. Auch für andere Kameradinnen.«

»Für andere Kameradinnen?«

Sie nickte.

»Sie?«

»Unter anderen. Julia Petrowna wird die Kameradinnen, die mit ihr gekämpft haben, nicht im Stich lassen.«

»Erzählen Sie mir von ihr. Sie hat unverletzt überlebt?«

»Bis jetzt. Sie hat die Division an der Petersburger Front zwei

Jahre lang unter der schwarzen Flagge geführt. Wir wurden zweimal beinahe völlig aufgerieben. Wir waren nur noch ein halbes Dutzend Stabsoffiziere und nicht mehr als hundert einsatzfähige Soldatinnen. Die Frauendivision hat blutige Geschichte geschrieben.«

Ich schloß die Augen. »Wo ist sie?« fragte ich.

»Sie ist mit ihrem Stab in einer der verlassenen Diamantenminen auf der Halbinsel.«

»Ich will sie sehen.«

»Besuche sind nicht möglich.«

Ich schluckte ein halbes Glas Wodka. »Ich werde es nicht tun. Ich werde nicht mein Leben für Julias *Stab* riskieren. Ich gebe Ihnen Geld für Julia. Der Rest von euch muß sich selbst durchschlagen.«

»Und Sie glauben, daß Julia das tun würde – Geld für ihre eigene Überfahrt nehmen und ihre Kameradinnen dem Strick überlassen? Sie müssen das Porträt verkaufen. Sie haben keine andere Wahl.«

Ich wußte, daß die Frau recht hatte. Wie oft hatte ich mich Julia gegenüber in dieser Lage befunden. In der Falle. Wenn ich Julia helfen wollte, hatte ich keine andere Wahl.

»Wie soll sie an das Geld kommen? Durch Sie?«

»Um zehn Uhr abends am ersten November. Das gibt Ihnen von heute an beinahe acht Wochen. Gehen Sie zu Fuß zum Platz der Verfassung. Gehen Sie ein- oder zweimal darum herum. Gehen Sie langsam. Sie haben lange Beine.«

»Jemand wird mit mir Kontakt aufnehmen?«

»Und Sie zum Hafen führen.«

»Zu Julia persönlich?«

Sie nickte.

»Ich verhandle mit niemand anderem. Keine Vermittler.«

»Sie wird selbst kommen. Acht Wochen. Wird Ihnen das genügend Zeit lassen, das Porträt zu verkaufen?«

»Vielleicht.«

»Haben Sie eine Nachricht für Julia Petrowna?«

Eine Million Nachrichten. Alle hoffnungslos. Ich schüttelte den Kopf.

»Sicherlich …«

Die Gefühle der letzten Stunden waren zuviel für mich. Ich wollte, daß sie ging, bevor ich zusammenbrach. »Keine Nachricht«, sagte ich.

Sie schluckte ihren Wodka hinunter und ging in den Flur. Ich hielt die Eingangstür auf. Als sie an mir vorbeiging, hörte ich, wie die Pistole in ihrer Tasche schwer gegen den Türpfosten schlug.

4 Ich setzte mich hin, die Flasche im Schoß. Ich würde sie sehen. In ein paar Wochen würde ich sie sehen. Würde sie imposant und soldatisch aussehen wie ihre namenlose Freundin? Würde ihr breiter Mund nicht mehr lächeln? Wären ihre Augen eingesunken von der langen Verantwortung des Kommandierens? Ich trank aus der Flasche, wobei sich Hochgefühl zu gleichen Teilen mit Sorge mischte. Julia …! Warum ist nichts jemals einfach mit dir?

Ich schloß die Augen und sah Julias amüsiertes Lächeln vor mir. Ein Hilferuf ist nicht nur ein Hilferuf. Ich, ein Polizeibeamter der neuen nationalistischen Regierung, die in den nächsten Tagen in ganz Rußland eingesetzt werden würde, sollte das Fluchtgeld für eine unbekannte Zahl ihrer früheren Feinde beschaffen.

Nicht zu vergessen Roy Rolkins Wort, man würde sie nicht quälen, sein Glaube, die neue Ordnung würde uns ein neues Rußland bringen.

Glaube ich ihm? Er ist ein Freund. Julias Freund. Aber auch ein Tschekist. Und Tschekist ist nicht etwas, was man wird. Schon als Junge hatte er etwas Hinterhältiges an sich gehabt. Während sie auf dem Spielplatz Hüpfen spielte, hatte Julia immer einen ihrer schulmädchenhaften Zungenbrecher aufgesagt: *Ein Geheimnis ist kein Geheimnis, wenn es nicht ein Geheimnis vor Roy ist.*

Sie würde seinen Versprechungen keinen Glauben schenken, so viel war sicher.

Ich stellte die Wodkaflasche ab und ging ins Schlafzimmer. Ich langte hinter den riesigen alexandrinischen Schrank. Die Verrenkung war außerordentlich schmerzhaft. Meine Fingerspitzen berührten die sackleinene Umhüllung, und schließlich bekam ich mit Daumen und Zeigefinger den ausgefransten Rand zu fassen und zog vorsichtig daran. Das Porträt kam in einer Staubwolke zum Vorschein. Ich trug es ins Wohnzimmer und nahm das Sackleinen ab. Es war in den frühen neunziger Jahren gemalt worden, von einem britischen Maler namens Francis Bacon kurz vor seinem Tod. Das war während der Ära Jelzin gewesen, als Russen sich in Europa frei bewegen konnten. Ich sollte vielleicht erwähnen, daß Julias Mutter die Dichterin Abrakowa war, von der ihr gehört haben werdet, Brüder, daß sie ebenso schön war wie talentiert. Im Westen wollte jeder die Abrakowa zu seinen Partys einladen, und irgendwo in Spanien traf sie auf das heruntergekommene Genie Bacon.

Nun ist dies keine Salonstudie, nicht einmal ein Porträt, das die Schönheit in den Zügen dieser Frau auch nur angedeutet hätte. Aber es zeigt Dinge über die Abrakowa, von denen ich nach den wenigen Jahren, die ich sie vor ihrem Krebstod gekannt hatte, wußte, daß sie sehr wohl ein Teil von ihr waren. Großer Stolz, großer Mut. Großes Vertrauen in sich selbst und in das, woran sie glaubte. Und der Verfall hinter dem Lächeln.

Ich saß zusammengesunken in meinem Stuhl, schaute und trank, trank und schaute auf dieses grausame und dennoch schöne Porträt der Mutter meiner vielgeliebten Julia. Die gleichen Eigenschaften galten, wie bei einem Geist, auch für Julia. Die Eigenschaften, die ihre Mutter berühmt gemacht hatten, die Eigenschaften, die ihre Tochter dazu getrieben hatten, die Anarchisten zu unterstützen, die Julia von mir weggetrieben hatten. Und der Verfall hinter dem Lächeln? War das auch Julias Lächeln?

Ich gebe an allem Wassikin die Schuld. Wassikin, dem Schwarzmarkthändler. Wem konnte ich sonst die Schuld geben? Mit einer Geschichte wie der unseren haben wir Russen gelernt, uns nie selbst die Schuld zuzuweisen. Wassikin war im 7. Distrikt natürlich offiziell bekannt. Das heißt, daß er von Zeit zu Zeit festgenommen und ein bißchen durchgeschüttelt wurde, damit er ein paar nützliche Informationen über jemand Wichtigeren preisgab, dann wurde er wieder freigelassen. In jedem Polizeidistrikt gibt es Leute wie Wassikin. Würde man sie alle verhaften, würde man die Murmansker Bevölkerung erheblich dezimieren.

Doch an dem Morgen nach dem von Julia geschickten Besuch, als ganz Murmansk seinen kollektiven Kater kurierte, befahl ich, Wassikin festzunehmen. Das ließ ihn so gelassen, daß er hundert Gramm echten kolumbianischen Kaffee mitbrachte, nicht zur Bestechung, sondern damit er und der Untersuchungsbeamte einen anständigen Kaffee trinken konnten, während sie die übliche Routine durchgingen. Er wußte, daß er bis zur Mittagszeit wieder auf freiem Fuß sein würde.

Im Untersuchungszimmer trank ich Wassikins Kaffee und stellte ihm Fragen. Ich erzählte ihm, daß ein Bild eines unbedeutenden russischen Meisters, Ljubkhin – *Aus dem Hinterhalt* – aus dem Jahre 1926 auf dem Weg zurück in die Eremitage gestohlen worden war, nachdem es während der letzten Unruhen hier in Murmansk aufbewahrt worden war. Wenn jemand ein solches Bild besaß, an wen in Murmansk würde er sich wenden, wenn er nicht verraten werden und einen guten Preis erzielen wollte?

»In Murmansk, Inspektor«, erklärte er mir, »würde nur jemand, der wahrhaftig verzweifelt ist, versuchen, ein gutes Bild zu verkaufen. Ich kann Ihnen fünf oder sechs Namen nennen, aber man würde Ihnen nicht mehr als zwei oder drei Prozent des russischen Marktwertes anbieten. Der Bruchteil von einem Prozent des tatsächlichen Werts auf dem Londoner Kunstmarkt. Oder man würde es Ihnen stehlen.« Er machte eine Pause. »Nun, Ihnen vielleicht nicht.«

Unsere Blicke trafen sich über den Kaffeetassen. »Sie reden, als wollte ich das Bild verkaufen.«

»Wahrscheinlich ein Versprecher«, sagte er. »Ljubkhin hing nie in der Eremitage. Es ist ziemlich unwahrscheinlich, daß wir über Ljubkhin reden.«

»Francis Bacon«, sagte ich. »Ein englischer Maler.«

Er hob die Augenbrauen.

»Haben Sie von ihm gehört?«

»O ja.«

»Ich verkaufe ihn im Auftrag des rechtmäßigen Eigentümers.«

»Dann müssen Sie nach Petersburg fahren. Sie sind Polizist. Sie können reisen. Sie können sich Ihren eigenen Passierschein ausstellen.«

»Und wieviel soll ich verlangen?«

»Wenn es wirklich ein echter Francis Bacon ist, gute Herkunft, nicht gestohlen oder gefälscht, bietet man Ihnen bei dieser Adresse am Newskij-Prospekt möglicherweise bis zu 50 000 Dollar. Im Westen wäre das Bild ein Vermögen wert.«

Als ich dort ankam, hatte Wassikin natürlich schon angerufen und seinen eigenen Schnitt ausgehandelt. Als ich in Petersburg vorsprach, wußten sie bis auf den letzten Dollar, wieviel sie mir anbieten mußten. Aber ich hatte allen Grund, Wassikin dankbar zu sein. Ohne seine Hilfe hätte ich vielleicht ein paar tausend Dollar bekommen, vielleicht auch nur ein paar hundert.

Ich verließ den Laden und ging auf die Brücke, die über die Newa führt, und stand an dem Geländer, über das man in einer Nacht des Jahres 1916 den Hypnotiseur Rasputin an den eisigen Fluß losgeworden war. In der Innentasche meiner Lederjacke fühlte ich den Umschlag mit fünfhundert Einhundertdollarscheinen. Genug für fünfzig Anarchisten, um für immer in den Westen zu verschwinden. Und Julia mit ihnen.

Am nächsten Tag kehrte ich nach Murmansk zurück und betrat die Polizeistation des 7. Distrikts. Der diensttuende Beamte hatte, wie er sagte, eine gute Nachricht. »Der Batow-Raubüberfall mit Körperverletzung wird Ihnen nicht mehr länger zu schaffen machen, Inspektor«, sagte er. »Der Staatsanwalt hat beschlossen, den Fall abzuschließen.«

Ich runzelte die Stirn. Michail Batow war der Bürgermeister von Murmansk. Seine Frau war in der Woche zuvor beim Aufschließen ihrer Wohnung überfallen worden. Der Räuber hatte sie gemütlich gefesselt und dann nach einem eher belanglosen sexuellen Übergriff in der Wohnung seine nicht gerade fachmännische Wahl getroffen. Seit das passiert war, waren mir Batow und der Staatsanwalt jeden Tag zweimal wegen einer Verhaftung auf den Pelz gerückt.

Und jetzt hatte man im Büro des Staatsanwalts beschlossen, eigenständig vorzugehen.

»Sie wollen eine schnelle Verhandlung«, sagte der Diensttuende. »Anscheinend hat die Staatsanwaltschaft zugesagt, daß Wassikin innerhalb einer Woche wegen Vergewaltigung zum Tode verurteilt werden kann.«

»Wassikin? Vergewaltigung? Wassikin ist Schwarzmarkthändler, schlimmstenfalls ein Hehler. Wassikin hat noch nie in seinem Leben eine Frau überfallen und gefesselt. Nicht einmal angerührt. Außerdem kennt er sich zu gut aus, um den billigen Schund zu stehlen, der in der Wohnung der Batows entwendet wurde.«

»Tut mir leid, Chef.« Der Beamte zuckte die Schultern. »Die Staatsanwaltschaft war hier und wollte einen Namen. Sie wissen, wie das ist. Hinter wem waren Sie her? Wer war Ihr Hauptverdächtiger?«

»Wie sind sie auf Wassikin gekommen?«

»Er stand im Protokollbuch«, sagte der Sergeant. »Sie hatten ihn letzten Freitag festnehmen lassen, erinnern Sie sich? Laut Ihrem Protokoll gab es keinen bestimmten Verdacht. Er wurde ohne Anklage laufengelassen.«

»Und das hat dem Staatsanwalt genügt?«

»Man hat entschieden, daß das heißt, Sie hätten eine Spur gehabt. Ich habe ihnen gesagt, daß es nichts war. Daß Sie vielleicht versucht hätten, aus Wassikins Lager tolle Unterwäsche für eine neue Freundin loszueisen. Aber Sie wissen doch, wie es ist, Chef. Wenn die sich was in den Kopf gesetzt haben ...«

»Es gibt nicht den Schimmer eines Beweises.«

»Jetzt gibt es einen. Batows Frau war gestern hier, als Sie in Petersburg waren, und hat ihn anhand einer Photographie identifiziert.«

Ich fühlte, wie meine Schultern zusammensackten. »Wo ist Wassikin jetzt?«

Der Sergeant wies mit dem Daumen über die Schulter in Richtung der Zellen.

Ich hatte nicht den Mut, hineinzugehen und Wassikin gegenüberzutreten. Statt dessen schlich ich nach Hause und sah mir das seit vier Jahren erste Fußballspiel des FC Murmansk gegen Dynamo Petersburg an, ein Freundschaftsspiel. Wir verloren 16:1.

Am nächsten Tag meldete ich mich krank und machte einen langen Spaziergang um die Stadt. Das war der einzige Weg, um die Flasche zu vermeiden. Irgendwann nachmittags, es war schon dunkel, kam ich nach Hause zurück und nahm meine Schlüssel aus der Tasche, als ich ihn sah.

Wassikins Junge. Er stand in seinem übergroßen blauen Parka neben dem Eingang zu meinem Wohnblock und sah mich mit seinen übergroßen Augen an. Er sagte nichts, während ich die Haustür aufschloß und in den Flur trat, aber durch das verstärkte Glas in der Tür fing ich seinen Blick noch einmal auf, als ich mich der Treppe zuwandte.

Das Wochenende verging in einem Nebel. Ich ging zweimal aus dem Haus, und der Junge war jedesmal da. Warum sprach ich nicht mit ihm? Ich traute mich nicht, ihn anzusprechen. Die guten Menschen hatten gewonnen, wie ihr wißt. Jene mit Liebe zu Rußland in ihren Herzen und Gerechtigkeit. Am Montag rief ich wieder im Büro an und blieb in meiner Wohnung; ich hatte Angst auszugehen; hatte Angst vor diesen großen braunen Augen. Am Dienstag, dem Tag von Wassikins Verhandlung, mußte ich als Zeuge gegen einen Taschendieb vor Gericht erscheinen.

Vielleicht war er da, als ich das Haus verließ. Ich war zu betrunken, um es festzustellen. Ich sah nicht nach. In meinem Büro ließ ich mir Wassikins Akte bringen und nahm eine Flasche Wodka aus meiner Schreibtischschublade, um die Lügen leichter verdaulich zu machen. Die Aussage gegen Wassikin kam von dem alten Beamten Belewskij, den man nicht wirklich einen Lügner nennen konnte, weil er überhaupt nicht mehr imstande war, irgend etwas als Wahrheit zu erkennen. In dieser Aussage behauptete er, er habe Wassikin kurz nach der Zeit des Überfalls aus dem Wohnblock kommen sehen. Laut Belewskij schleppte er verschiedene Gegenstände mit, unter denen Belewskij insbesondere ein Paar Kerzenhalter erkannte, von denen er später erfuhr, daß sie zu den Dingen gehörten, die in der Wohnung der Batows gestohlen worden waren.

Und dann war da die Identifizierung durch Madame.

Ich hatte gedacht, wir würden die Dinge nicht mehr auf diese Weise erledigen. General Romanow und Leonid Koba haben uns versprochen, daß das nicht notwendigerweise Teil der russischen Art sein muß. Und ich weiß, daß sie das auch so meinen. Die guten Menschen haben wirklich gewonnen. Aber in der Zwischenzeit, auf der Ebene des 7. Distrikts in Murmansk, kaum eine Woche, nachdem die schwarzen Flaggen in Moskau heruntergerissen worden waren …

Ich trank den ganzen Vormittag. Um zwei Uhr schickte ich meinen Stellvertreter noch einen halben Liter holen. Als es Zeit war, vor Gericht zu erscheinen, war ich sturzbetrunken. Auf russische Art betrunken. Ich faßte nicht etwa einen Entschluß. Ich trank mein Glas aus. Ich ging ins Vorzimmer und holte das Protokollbuch der Station. Ich trug die relevanten Details ein, klemmte es unter den Arm und marschierte über die Straße zum Gerichtsgebäude. Ich stieg, einigermaßen sicher auf den Beinen, die Treppe hinauf und ging zwischen den großen, eckigen Säulen hindurch, an denen man immer noch die Stellen erkennen konnte, wo Hammer und Sichel weggemeißelt worden waren. Ich ging durch die Eingangshalle, an dem großen, leeren Piedestal vorbei, das einst einen bronzenen Lenin beherbergt haben mußte, der leichtsinnig in die Zukunft wies, oder einen milde lächelnden Stalin, der bereits wußte, was die Zukunft bringen würde, und betrat Gerichtssaal Nummer 1. Die ramponierte grüne Boitür schwang hinter mir zu und stieß mich tiefer in den Raum hinein, als ich beabsichtigt hatte. Der oberste Richter, der *oblast* von Murmansk persönlich, sah unter buschigen dunklen Augenbrauen auf. Der arme Wassikin war nur Zentimeter vom Beil des Henkers entfernt, als ich mich auswies und den obersten Richter um Erlaubnis bat, sprechen zu dürfen. Brüder, ich kenne keinen Polizeibeamten bei klarem Verstand, der sich so benehmen würde, aber von klarem Verstand war ich weit entfernt. Ich hielt mein Protokollbuch in die Höhe und sprach: »Würde das Gericht bitte dieses Buch als Beweismaterial entgegennehmen?«

Ein finnischer oder baltischer Journalist, der nicht ausgeschlossen worden war, lungerte hinten im Gerichtssaal herum. Ich glaube, man gab mir Erlaubnis, die Natur des Beweismittels zu beschreiben. Ich bin ziemlich sicher, daß dem so war. Auf jeden Fall tat ich es. Ich lenkte die Aufmerksamkeit auf ein ernstes Versehen meiner Abteilung bei der Vorbereitung des Falles. Ich machte auf die Seite im Protokollbuch aufmerksam, aus der hervorging, daß am Nachmittag und während des ganzen Tages des vorgeblichen schweren Raubüberfalls Feodor Wassikin in der Zelle 15b der Polizeistation Murmansk sicher verwahrt gewesen war, nachdem er wegen des Verdachts, in Schwarzmarktgeschäfte verwickelt zu sein, festgenommen worden war.

Ich stand im Zeugenstand des Gerichts und wedelte schwach mit dem Beweismittel, das Wassikin vor dem Beil retten sollte. Aber ich wußte im selben Moment, daß der übervorsichtige Konstantin Vadim in ein großes schwarzes Loch getreten war.

5 Ich sprach nie wieder mit Wassikin, obwohl ich ihn ein paar Tage später sah, als er mit seinem federnden Gang mit langen, linkischen Schritten in Richtung des Murmansker Fußballstadions unterwegs war; der dunkeläugige Junge hüpfte neben ihm her.

Mein Problem war, meine Tage zu füllen. Ich war am Nachmittag von Wassikins Freilassung vom Dienst suspendiert worden und hing nun den ganzen Tag herum, schaute fern oder machte lange Spaziergänge, um bei Verstand zu bleiben. Roy Rolkin kam vorbei, um mich zu einem Fußballspiel einzuladen, und es gelang uns sogar, etwas von unserer alten Kameradschaft wiederaufleben zu lassen, nachdem unsere geschrumpfte Mannschaft Murmansk Dynamo so etwas wie eine gelungene 3:0 Niederlage gegen Norilsk zustande gebracht hatte. Norilsk! In alten Zeiten hätten die nie auch nur den Ball in unsere Hälfte gespielt.

Es war eine der seltenen Gelegenheiten, bei der er keine Uniform trug, und auf dem Rückweg vom Stadion tranken wir noch ein Glas in einer Bar, einem trostlosen Ort, der irgendwann Ende letzten Jahrhunderts als Pariser Existentialistenlokal dekoriert worden war. Es gab große, grobkörnige Porträts von Jean-Paul Sartre und der Frau, die immer um ihn herum gewesen war, und eine Menge Werbeplakate mit Gauloises und schwarzen Citroëns und Flaschen mit gefärbtem Wasser, auf deren Etiketten *Suze* und *Dubonnet* stand. Als Julia meine Bildung in die Hand genommen hatte, hatten wir den Existentialismus »durchgenommen«. Der einzige von denen, für den ich mich wirklich erwärmen konnte, war Camus. Ein Mann, der auch bereit gewesen war, ein paar Risiken einzugehen.

Ist es das, was ich bewundere? Ein Mann, der bereit ist, ein paar Risiken einzugehen? Und wenn dem so ist, warum kann ich dann nicht stolz sein auf das, was ich für Wassikin getan habe?

Weil es keine sorgfältig vorbereitete, nüchtern getroffene Entscheidung war. Wenn ich wirklich darüber nachgedacht hätte, hätte ich es nicht getan. Vielleicht ist das der Grund. Obwohl ich weiß, daß in den meisten Kriegen die Hälfte aller Helden betrunken ist, wenn sie sich in den Kugelhagel stürzen. Aber ich bin nicht stolz. Ich habe, was ich getan habe, nicht aus den richtigen Gründen getan. Als Tat war das mehr Simone de Beauvoir (so hieß sie) als Camus. Die richtige Tat aus dem falschen Grund. Was ich getan hatte, hatte ich nicht getan, weil es Ausdruck meiner Natur oder die richtige und angemessene Tat gewesen wäre. Der Grund, warum ich es getan hatte, war, daß ich mit der Erinnerung an die Augen des Jungen nicht mehr schlafen konnte. Dunkle Augen, wie die Mischas blau gewesen waren. Aber im gleichen, ernsten Jungengesicht.

»Ich würde dir ja gern helfen«, sagte Roy, als wir an der Theke lehnten und an unserem Bier nippten. »Aber was kann ein Freund tun? Da hast du dir wirklich einen schönen Schlamassel eingebrockt. Was ich nicht verstehe, ist, warum du nicht einfach die Seite herausgerissen hast, als du gesehen hast, daß du ihn an dem betreffenden Tag hattest festnehmen lassen. Warum mußtest du dem obersten Richter mit diesem Buch vor der Nase herumwedeln? Kostja, manchmal glaube ich, du bist verrückt.«

Ich brummte etwas. In der Bar waren nur wenige Leute, und ich hatte den Eindruck, daß Roy sicherstellen wollte, daß sie hörten, was er sagte. Es amüsierte ihn. Sein Parka lag auf einem freien Hocker. Er trug Jeans und Turnschuhe und ein gelb und schwarz geringeltes Rugbytrikot. Er sah aus wie eine fette Wespe.

»Keine Neuigkeiten von Julia?« fragte er und senkte die Stimme.

Ich lehnte mich an die Bar und schüttelte den Kopf. Seine halbgeschlossenen Augen sahen zu mir auf.

»Bist du sicher, daß sie noch lebt?« fragte ich.

»Natürlich«, antwortete er. «Ganz sicher. In den allerletzten Tagen sind von ihrer Division nur noch drei Panzer, ein paar Fahrzeuge und vielleicht fünfzig oder sechzig Pferde übriggeblieben. Sie haben die Panzer zurückgelassen und sind in einem Konvoi nach Norden gezogen. Unsere Patrouillen fanden ein paar zurückgelassene Fahrzeuge und die Überreste von ein paar verspeisten Pferden. Mit Bestimmtheit hat man sie zuletzt am Ufer des Top-Sees gesehen, etwa fünfzig Kilometer südlich von hier. Julia führte eine vielleicht zwanzig- oder dreißigköpfige Gruppe. Da hatten sie aber nur noch zwei Dutzend Pferde.«

»Und du bist sicher, daß es Julia gewesen ist?«

»Ein Fischer vom See hat sie uns beschrieben.« Er lächelte liebevoll. »Du hättest sie sofort erkannt.«

»Wenn sie von der alten Petersburger Front an den Top-See gezogen ist, ist sie möglicherweise unterwegs nach Finnland«, sagte ich. »Ich meine gehört zu haben, daß viele von der alten Dritten Anarchistischen Armee über die karelische Grenze geflüchtet sind.«

»Du solltest noch mal einen Blick auf die Landkarte werfen, Konstantin. Wenn sie am Top-See war, und das war sie, dann ist sie bereits dreihundert Kilometer an der Grenze entlanggezogen, ohne daß sie sich entschieden hätte, sie Richtung Finnland zu überqueren.« Die seltsamen Augen ließen mich nicht los. »Warum sollte sie das tun?«

Ich wußte, daß ich sehr vorsichtig sein mußte. »Es gibt keinen Grund«, sagte ich, »außer sie ist auf dem Weg nach Murmansk.« Ich mußte es sagen.

Er nickte zufrieden. »Das glaube ich auch. Aber warum?«

Ich zuckte die Schultern.

»Laß uns mal darüber nachdenken«, sagte er und trommelte mit dem Zeigefinger ungeduldig auf die zinkbeschlagene Theke. »Warum ist sie auf dem Weg nach Murmansk? Gut, es ist eine

Gegend, die sie kennt. Die Lappländer hier oben beziehen in diesem Krieg ums Verrecken keine Stellung, also werden sie Julia Rentierfleisch geben. Aber kein Mensch würde zu dieser Jahreszeit die Halbinsel wählen, um sich zu verstecken. Das ist so, als würde man sich für einen warmen Winterurlaub Norilsk aussuchen. Was hat sie sich also dabei gedacht?«

»Roy, woher soll ich wissen, was Julia denkt? Du lieber Himmel, das wußte ich nicht einmal, als wir noch zusammengelebt haben.«

Er lachte. »Das stimmt allerdings. Aber einer Sache konntest du dir immer sicher sein, stimmt's? So schwierig Julia auch war, sie war verrückt nach dir. Sie ist nie anderen Männern hinterhergelaufen wie Katja.«

»Nun, ich weiß nicht, was Katja betrifft ...«

Er grinste. »Aber Julia hat außer dir keinen angesehen. Habe ich recht?«

Ich bin über diese Vorstellung nicht unglücklich. Weit gefehlt. Aber aus irgendeinem abergläubischen Grund heraus hatte ich Angst, ihre Treue zu bestätigen. »Vielleicht«, sagte ich.

»Was ich sagen will, ist, daß ihr euch wegen der Politik getrennt habt.«

»Das schien damals so. Im Lauf der Jahre bin ich zu dem Schluß gekommen, daß mehr dahintergesteckt haben muß.«

Er beugte sich vor. »Du glaubst nicht, daß sie nach Murmansk zurückkommt, um dich zu sehen?«

»Du bist ein Romantiker, Roy. Und mehr als das, wenn du glaubst, Julia würde fünfhundert Kilometer marschieren, um ihrem Ex-Ehemann ihren Stab vorzustellen.«

Ich wußte sofort, daß ich einen Fehler gemacht hatte.

Er entblößte die Zähne, bis die Oberlippe am Zahnfleisch klebte, und ließ seinen Mund dann in die übliche Form zurückfallen. Das war eine Marotte von ihm. »Stab ...« Er runzelte die Stirn. »Wie kommst du darauf?«

»Keine Ahnung. Du sagtest, sie sei unterwegs mit einer kleinen Gruppe von ungefähr zwanzig Personen. Ich dachte, das sei ein Stab. Ist das falsch?«

»Im Gegenteil«, sagte er. »Sehr zutreffend. Nach den Beschreibungen des Fischers war unser Geheimdienst in der Lage, einige von ihnen zu identifizieren. Sophia Denissowa zum Beispiel. Eine eiserne Bohnenstange. Ihre Stellvertreterin. Ja. Julia versteckt sich mit ihrem Stab irgendwo auf der Halbinsel. Irgendwo nicht weit von Murmansk entfernt.«

Ich runzelte die Stirn. »Worauf warten sie, was glaubst du?«

Er trank sein Bier aus. »Du würdest es mir erzählen, wenn sie mit dir Kontakt aufnehmen würde …«, sagte er wie nebenbei.

»Du weißt, daß ich das tun würde.«

Er strich mit den Handflächen über das Vorderteil seines schwarz-gelben Trikots. »Es wäre wichtig für dich, Kostja.« Er grinste anzüglich. »Ich meine, es mir sofort zu sagen.«

Ich erinnerte mich, warum. Wenn nicht, würde ihn das sehr traurig machen.

Die Untersuchungen zu meiner beruflichen Führung waren kurz. Sie geschahen im Büro des Polizeikommandanten von Murmansk, eines hartgesichtigen Mannes, der mir bereits zweimal anvertraut hatte, daß er meine Haltung meiner Arbeit gegenüber nicht aufopferungsvoll genug fand.

Ich wußte, daß die Dinge nicht gut standen, als er beschloß, meine früheren Vergehen auszugraben. »Inspektor Vadim, ich könnte allein den jetzigen Fall untersuchen. Aber Sie haben in den vergangenen drei Jahren zwei Abmahnungen wegen Vernachlässigung ihrer Pflichten bekommen, die dem jetzigen Vorfall alarmierend ähnlich waren. Im ersten Fall –«, er tippte auf seine Tastatur, »im ersten Fall griffen Sie einen Offizier der Nationalistischen Armee an und hatten nichts vorzubringen, was diese Tat gerechtfertigt hätte …«

Was hätte ich zu meiner Rechtfertigung vorbringen können? Daß der Hauptmann in gröbster Weise einen weiblichen Divisionskommandanten der Anarchistischen Armee sexuell belästigt hatte? Hätte ich mich rechtfertigen können, wenn ich erklärt hätte, daß ich die Ehre meiner Frau verteidigt hatte?

»Der letzte Vorfall, für den Sie gerügt worden sind, liegt weniger als ein Jahr zurück. Sie waren als Leibwache für die Ehefrau eines hochgestellten Parteiführers aus Sankt Petersburg abkommandiert. Als der Ehemann wegen eines Asthmaanfalls früher aus einer Konferenz zurückkehrte, fand er sie in einer kompromittierenden Situation mit seiner Frau.«

Das hatte seinem Asthma gar nicht gutgetan.

»Sie scheinen Ihrer Arbeit grundsätzlich nicht genug Ernst entgegenzubringen, Vadim.«

»Wenn ich das sagen darf, Herr Kommandant, dies ist nicht der Fall. Es trifft zu, daß ich eine Schwäche für Alkohol und für Frauen habe, und ich weiß, daß dies meiner sorgfältigsten Aufmerksamkeit bedarf.«

Er nickte ernst. Vor einem russischen Gericht schadet es nie, so harmlose Schwächen wie Alkoholismus und übermäßigen Geschlechtstrieb einzugestehen. Aber würde er darauf hereinfallen?

Vielleicht. »Ich akzeptiere ihre diesbezüglichen Schwächen, Vadim. Gott weiß, daß Sie damit nicht allein sind … Aber in Ihrer Haltung Ihrer Arbeit gegenüber entdecke ich trotzdem eine gewisse Respektlosigkeit.«

Nun, das *war* ernst.

Murmansker neigen eher zur Respektlosigkeit als Moskowiter, und er war ein Mann aus Moskau. Da hatten wir es. Außerdem hatte ich seine Dienststelle vor dem Bürgermeister vollkommen lächerlich gemacht und – was vielleicht noch schwerer wog – vor der Frau des Bürgermeisters.

Sein Gesicht verhärtete sich. »Inspektor Konstantin Sergejewitsch Vadim …«

Meine Schultern strafften sich. Bedeutete das Norilsk?

»Sie haben den Ruf des Rechtssystems aufs Spiel gesetzt.« Seine Finger kratzten über die Tischplatte, als versuchten sie, langsam über den Schreibtisch zu mir herüberzukrabbeln. »Sie erhalten einen schweren Verweis wegen Ihres Versagens, Ihr Protokollbuch mit der Anklageschrift zu vergleichen …«

Degradierung?

»Sie werden den Rang eines Inspektors behalten, aber auf die Gehaltsstufe des ersten Jahres zurückgestuft.«

In mir stieg langsam ein Seufzer der Erleichterung auf.

»Und Sie werden auf die Versetzungsliste gesetzt für eine neue Stelle.«

Der unfreundlichste Hieb. Auf Versetzungslisten aufzutauchen war etwas für unsichere Kandidaten, und eindeutig hielt man mich inzwischen für einen solchen. Nirgendwo wollte man eine anständige Stelle mit jemandem von einer Versetzungsliste besetzen. Die Frage war jetzt nur noch, in welchen Teil Sibiriens mich meine neue Stelle führen würde – nach Norilsk oder nach Norilsk.

Ich war verzweifelt. Es war immer noch länger als einen Monat bis zu meinem Treffen mit Julia. Falls meine Versetzung schon vorher durchkam, würde sie annehmen müssen, ich hätte mir das mit meiner Hilfe anders überlegt. In jener Nacht träumte ich von ihr, wie sie in ihrer Flakjacke, einen roten Seidenschal um den Hals, an einem Lagerfeuer im Eingang der verlassenen Diamantenmine auf der Halbinsel Kola sitzt. Sie kritzelt Befehle auf einen Notizblock, reißt die Blätter heraus und übergibt sie wartenden Boten. Dann nimmt sie ein früheres Gespräch wieder auf und wendet sich um zu dem steifen Ladestock, ihrer Stellvertreterin. »Habe ich dir nicht gesagt, daß Konstantins Nerven das möglicherweise nicht durchhalten?« fragt sie mit ihrem schönen, aber aufreizend überlegenen Lächeln.

Doch am Tag nach der Untersuchung griff das Schicksal ein. In der stattlichen Gestalt Roy Rolkins, wie Leute mit einem Hang zu schmückender Darstellung es ausdrücken würden. Er rief mich an, um mir zu sagen, ich solle unverzüglich in seinem Büro im Kloster erscheinen. In Anzug und Krawatte, und falls ich getrunken hätte, sollte ich den Kopf unter den Wasserhahn halten. Als ich im Kloster ankam, wurde ich statt in Roys Büro in ein kleines Wartezimmer geführt, wo fünf weitere Männer saßen. Sie nickten alle freundlich, und ich setzte mich, um zu warten. Ein oder zwei der Männer lasen die *Polar Prawda*, unsere Murmansker Lokalzeitung, einer betrachtete seine Fingernägel, ein anderer strich die Falten seiner Hose glatt. Aber was sie auch taten, ich fand, daß sich ihre Bewegungen merkwürdig ähnelten. Ich hatte sonst nichts zu tun, deshalb versuchte ich, zu Übungszwecken herauszufinden, warum alle diese Bewegungen so seltsam verwandt wirkten.

Und ungefähr zehn Minuten nachdem man einen Mann hinausgerufen hatte und ein anderer hereingekommen war, hatte ich die Antwort auf mein mittelschweres Rätsel bereits gefunden. Sämtliche Männer in diesem Raum sahen einander nicht nur oberflächlich, sondern bemerkenswert ähnlich. Sie waren alle etwa einen Meter achtzig groß, ziemlich schlank, im Alter zwischen Mitte Dreißig und Anfang Vierzig. Jeder von ihnen hatte dunkles, leicht gelocktes Haar. Jeder hatte ein ziemlich langes Gesicht und eine ziemlich kleine, gerade Nase. Und vermutlich während mir diese körperlichen Charakteristika durch den Kopf gingen, verließ ich die Rolle eines distanzierten, außenstehenden Beobachters und begriff, daß ich auch mich selbst beschrieb.

Ich wurde ein paar Minuten später aufgerufen und folgte einem Tscheka-Beamten über den Flur in einen Raum, von dem ich wußte, daß es nicht Roys Büro war. Dort saß eine ziemlich attraktive, ungefähr fünfundvierzig Jahre alte Frau hinter einem Schreibtisch. Sie tippte weiter etwas in ihren Computer, und so hatte ich Zeit, mich im Raum umzusehen. Es gab das obligate loyale Porträt, üblicherweise entweder von Professor Romanow oder von Leonid Koba; in diesem Fall, da wir uns im Hauptquartier der Tscheka befanden, nahm der Tschekakommandant Leonid Koba den meisten Raum ein. In der Ecke waren drei freistehende Spiegel zusammengestellt. Und ein Stuhl.

Die Frau sah auf, lächelte freundlich und wies schweigend auf den Stuhl.

»Ich hatte erwartet, Major Rolkin zu sehen«, sagte ich.

»Das spielt keine Rolle.« Sie lächelte weiterhin, während sie mich der eindringlichsten und, offen gestanden, der enervierendsten Musterung unterzog, die mir je seitens einer Frau widerfahren ist.

Sie wies mit der Hand noch einmal auf den Stuhl. Ich setzte mich. »Wird der Major kommen?« fragte ich sie. Und als sie mich nicht gehört zu haben schien, versuchte ich es noch einmal. »Möchten Sie vielleicht lieber, daß ich draußen warte, bis er kommt? Falls Sie beschäftigt sind ...«

Sie schüttelte knapp den Kopf und starrte mich weiter an. Während sie das tat, versuchte ich einmal, meine Position zu verändern, und sie sagte gebieterisch, aber immer noch lächelnd: »Bitte sitzen Sie still.«

Das Problem war, daß es keine Möglichkeit gab, ihren Rang festzustellen. Aber meine Antennen sagten mir, daß er ziemlich hoch sein mußte. Ich war mir nicht sicher, ob das, was ich in meinen Ohren hörte, Tinnitus war oder das Läuten sämtlicher Alarmglocken.

Also blieb ich sitzen. Und sie fuhr fort, mich anzustarren. Es schien Minuten zu dauern, doch wahrscheinlich waren es nicht mehr als zwanzig oder dreißig Sekunden. Danach stand sie auf und nahm eine der modernsten amerikanischen Sofortbildkameras aus einer Tasche hinter dem Tisch, die ich vorher nicht gesehen hatte, und fing an, mich zu photographieren. Nicht ein Bild, nein, fünf, dann zehn. Sie bat mich, aufzustehen, mich zu bewegen, mich auf den Schreibtisch zu setzen, mich nach vorne zu beugen, zu lächeln, die Augenbrauen zu heben, ernst auszusehen. Dabei machte sie zunächst noch einmal zehn Photos und dann noch weitere zehn.

Brüder, ich hatte keine Ahnung, was ich davon halten sollte. Woanders wäre ich mit größter Wahrscheinlichkeit aus dem Zimmer gegangen, aber aus dem Hauptquartier der Tscheka spaziert man nicht einfach so hinaus. Ich versuchte wiederholt, der Dame Fragen zu stellen, aber sie lächelte nur, befahl mir, den Kopf anders zu drehen, und photographierte weiterhin so selbstsicher, daß ich mich nach anfänglichem Zögern schließlich fügte. Diese kurzberockte Dame im blauen Kostüm war mindestens Major, wenn nicht sogar Oberst der Tscheka, entschied ich.

Als sie genügend Photos gemacht hatte, befahl sie mir, mich wieder hinzusetzen, und begann mit einem Greifzirkel aus Chrom meinen Schädel, meine Nase, den Abstand zwischen meinen Augen zu messen. Die Details sprach sie in ihren Computer, und von Zeit zu Zeit stand sie auf und überwachte wortlos und tief in Gedanken versunken den Bildschirm.

Dann nahm sie einen zweiten Greifzirkel, kleiner diesmal, führte ihn in meinen Mund und vermaß meine Zähne von Eckzahn zu Eckzahn und meinen Mund in verschiedenen Stellungen und so weit gedehnt wie möglich.

»Major Rolkin sagt, Sie hätten im Moment irgendwelche Schwierigkeiten in Ihrem Job«, sagte sie im Konversationston.

»Ich soll versetzt werden«, antwortete ich, »irgendwohin zwischen Norilsk und Ambarchik.«

Sie lächelte.

»Darf ich fragen, ob das, was Sie hier machen, mit meinen beruflichen Schwierigkeiten in irgendeinem Zusammenhang steht?«

»Das ist durchaus möglich«, sagte sie und lächelte wieder. »Es könnte bedeuten, daß eine sibirische Stadt auf Ihre Dienste verzichten muß.«

»Ich könnte in Murmansk bleiben?«

»Wahrscheinlich nicht. Aber ein Posten in Petersburg oder in Moskau könnte dabei wohl herauskommen.«

Petersburg oder Moskau? Niemand außer den wahrhaft Einflußreichen schaffte es je, eine Stelle in Moskau oder Petersburg zu ergattern. *Blat* nennen wir das auf Russisch. Mega-Einfluß. Und *blat* erlangte man nicht als Sohn eines Murmansker Fischereikapitäns.

»Darf ich Ihren Gesichtsausdruck so verstehen, daß Ihnen eine solche Stelle nicht unangenehm wäre?«

»Sie wäre mir sicher nicht unangenehm, aber ich bin Murmansker. Wenn ich die Wahl hätte, würde ich lieber in Murmansk bleiben.«

»Sie werden keine Wahl haben«, sagte sie kühl und war bereits mit dem Wegpacken ihrer Instrumente beschäftigt. Sie hielt kurz inne und sah auf, eine Augenbraue hochgezogen. Sie schien zu fragen, ob ich den nächsten Schritt tun wollte. Was immer das auch sein mochte.

Ich hob die Hände und ließ sie wieder fallen.

»Ausgezeichnet«, sagte sie und warf einen Blick auf ihren Bildschirm. »In Ihrem Fall sollte sich der chirurgische Eingriff auf ein Minimum beschränken.«

6 Ich wurde in der ersten Oktoberwoche aus der Klinik in Petersburg entlassen und durfte wenigstens zwei Wochen lang meine Wohnung nicht verlassen. Einer von Roys Tschekisten brachte mir täglich die Zeitung und etwas zu essen, und ich saß herum, ein großes Pflaster auf der Nase und so viele verschiedene Pflaster auf verschiedenen Teilen meines Gesichts, daß ich jedesmal, wenn ich an einem Spiegel vorbeikam, das Gefühl hatte, in *Der Unsichtbare* mitzuspielen, einem alten amerikanischen Film. Meinen Körper hatte man in Ruhe gelassen, mit Ausnahme eines seltsamen langen Schnitts zwischen meinem rechten Daumennagel und dem Handgelenk, der schlecht genäht war, so schlecht, daß ich mich in der Klinik darüber beschwert hatte, aber ohne Erfolg. Die Narbe war verheilt, eine Zickzacklinie, die mir lange bleiben würde.

Gegen Ende der zweiten Woche bekam ich Besuch. Roy Rolkin zu sehen überraschte mich nicht. Die Chirurgin hatte ich nicht erwartet. Sie brachte eine Krankenschwester mit, die sie anwies, meine Pflaster zu entfernen. Nachdem mein Gesicht mit brennendem Alkohol abgerieben worden war, nahm die Chirurgin ihre amerikanische Kamera und photographierte mich abermals, als wäre ich der letzte Überlebende der Spezies.

Roy blieb, nachdem sie gegangen war. Ich ging sofort ins Badezimmer und betrachtete im Spiegel mein Gesicht. Ich will es nicht leugnen, Brüder, es war ein Schock. Ich hatte dramatische Veränderungen erwartet, doch wenn ich die Röte und die feinen Linien der Narben nicht beachtete, fand ich, daß ich mehr oder weniger genauso aussah wie zuvor. Vielleicht ein wenig älter. Und mit Sicherheit schmaler ums Kinn ... Die jugendliche Rundlichkeit war verschwunden. Ich kehrte ins Wohnzimmer zurück und goß uns beiden einen Drink ein. Roy lächelte, eindeutig sehr zufrieden mit sich. »Jetzt darf ich vielleicht endlich erfahren, was in Gottes Namen hier eigentlich gespielt wird!«

Er prostete mir mit seinem Wodka zu. »Warum die Eile?« fragte er. »Bis jetzt habe ich dich vor Norilsk gerettet, oder nicht?«

»Bis jetzt?«

»Wir müssen den Bericht der Doktor-Obersten abwarten. Das kann ein paar Tage dauern.«

»Und dann?«

»Und dann werden wir es wirklich wissen.«

»Was wissen?«

»Ob ich dich tatsächlich vor Norilsk gerettet habe.«

Ich wußte, mehr würde ich aus ihm nicht herausbekommen. Er saß da mit einem Dauerlächeln auf dem Gesicht und nippte zufrieden an seinem Wodka. »Keine Nachricht von Julia?« fragte er und sah auf. Er brachte es fertig, diese Frage zu stellen, als wäre Julia gerade für ein paar Tage weggefahren, um sich um eine alte Tante zu kümmern, die einen bösen Unfall gehabt hatte.

Ich ging auf seinen Ton ein und schüttelte den Kopf. »Nichts.«

Er nickte. »Ich erwähne es nur, weil sie jetzt jeden Tag hereinkommen ...«

»Und sich ergeben?«

»Es sind Bauernjungen und -mädchen, die als Kanonenfutter in die Anarchistische Armee eingezogen worden sind. Sie wollen so schnell wie möglich wieder nach Hause.«

»Julia wird das wahrscheinlich anders empfinden, meinst du nicht? Sie wird wohl kaum glauben, daß sie einfach nach Murmansk oder Petersburg oder wohin auch immer spazieren kann und dort weitermachen, wo sie aufgehört hat.«

»Nein«, antwortete er einsichtig. »Wahrscheinlich nicht.« Er stand auf, um zu gehen. »Aber falls sie sich meldet ...«

Ich schlug ihm auf die Schulter. »Natürlich ...«

Natürlich. Julia an dich verraten? »Wenn sie sich meldet ... Natürlich.«

Ich setzte mich hin und schaltete den Fernseher ein. Irgendwo mußte es ein Fußballspiel geben. Ich zappte durch die Kanäle. Kola Eins zeigte *Vom Winde verweht*. Im Zweiten kamen Nachrichten, im Dritten Cartoons. Fünf andere Satellitenkanäle blieben dunkel. Ich schaltete zurück zu den Nachrichten. Die meisten Nachrichten waren Wiederaufbaugeschichten. Ziemlich langweilige Propagandaberichte über Schutträumung in Orel oder die Wiederaufnahme des Zugverkehrs in Pinsk. Der alte Professor Romanow, die demokratische Hälfte des Siegerteams und unser jetziger Präsident, war zu schwach, um im Land herumzureisen, aber Leonid Koba war überall, ermutigend, ermahnend, lobend und kritisierend… In dieser einen Nachrichtensendung, die ein einziges Wochenende umfaßte, sah ich ihn, glaube ich, an einem Dutzend verschiedener Orte, die manchmal siebzig, manchmal hundertfünfzig oder auch zweihundertfünfzig Kilometer voneinander entfernt waren. Ich bewunderte den Mann. Ohne Zweifel hatte sein politischer Zugriff auf die nationalistische Sache massiv zu unserem Sieg beigetragen. Natürlich war Professor Romanow wichtig. Er verfügte über Prestige und Kontakte zum Ausland. Seine Gedichte wurden im Westen hoch geschätzt. Und Anarchisten und Kommunisten konnten mit niemandem aufwarten, der es mit dem »Dichter-Präsidenten«, wie die *New York Times* ihn genannt hatte, hätte aufnehmen können. Aber Koba war während des Krieges die treibende Kraft gewesen und bewies nun seinen Wert im Frieden.

Da war er in einem kleinen Dorf im Ural. Dort war die alte Gaspipeline zerstört worden, und hunderte von schaufelbewehrten Männern und Frauen hatten in persönlicher Schwerstarbeit eine riesige Rampe gebaut, um die neue Konstruktion abzustützen. Es gab keine Bulldozer, kaum kostbaren Treibstoff für die alten Traktoren, die die Felsbrocken bewegten, aber Koba stand dort draußen in der bitteren Kälte, nahm einem Arbeiter die Schaufel ab und demonstrierte lachend, wie man sie benutzte. Packte sie einfach so. Die rechte Hand fest um den Griff, die linke etwas lockerer um den Schaft. »Dieses Gerät«, sprach unser Vizepräsident, »wurde für den menschlichen Körper entworfen.« Das Gewicht des Oberschenkels hinter dem Vorwärtsschub. Der Mann wußte, wie man eine Schaufel gebrauchte. Eine Nahaufnahme zeigte seinen Griff.

Ich rückte schockiert vom Fernsehschirm ab. Auf seiner Hand, der rechten, die den Schaufelgriff hielt, zog sich eine lange Narbe vom Daumen bis zum Handgelenk.

Eine Narbe wie meine.

Die Nacht des ersten Novembers war kalt, und vom Meer kommende Nebelschwaden waberten um die gelben Straßenlaternen. Ich will nicht leugnen, daß ich nervös war. Aber ich war noch vieles anderes. Ich hatte meine Wohnung früh verlassen und war, wie so oft, in die Planetariumbar gegangen. Für die ersten Male, die ich in der Nachbarschaft unterwegs war, hatte man mich mit einer Brille mit Fenstergläsern versorgt. Die Doktor-Oberste hatte mir versichert, daß auch Leute, die mich früher tagtäglich gesehen hatten, jede Veränderung meiner neuen Hornbrille zuschreiben würden. Sollte das nicht der Fall sein, würden sie sich ihre eigenen Erklärungen zurechtlegen. Niemand würde fragen: Warum hast du dich kosmetisch operieren lassen, um hinterher unwesentlich anders, aber sicher nicht besser auszusehen?

Sie hatte recht. Die fette Frau von unten konstatierte, ich äße nicht genug, und bot mir zweimal eine nahrhafte Suppe an. Katja, Roy Rolkins Frau, musterte mich mehrmals von Kopf bis Fuß. »Du hast eine neue Frau«, zischte sie mir ins Ohr. »Und machst dich jede Nacht über sie her.«

Aber den meisten, den beiläufigen Bekannten, genügte die Hornbrille.

Ich kam vom Leonid-Koba-Prospekt auf den Platz der Verfassung und begann ihn mit gemächlichen Schritten zu umrunden. Einige der Mädchen erkannten mich und kamen auf mich zu, um mir unerhörte Angebote zu machen, und ich schüttelte den Kopf, schob sie zur Seite und erzählte ihnen, ich sei auf Zivilstreife. Dann zwinkerten sie und wiederholten ihre Angebote, bis ich sie stehenließ und weiterging.

Aus den Außenbezirken war eine überraschende Anzahl neuer Mädchen gekommen, denen ich nie zuvor begegnet war. Für sie war ich einfach ein potentieller Kunde, einer von vielen hundert Männern, hauptsächlich Soldaten und Seeleute, die in ähnlicher Weise über den Platz flanierten. An jeder Ecke standen Gruppen von Mädchen in schweren weißen Parkas, aber sehr kurzen Röcken, die sich an einen heranmachten und einem etwas zuflüsterten oder etwas hinter einem herriefen, wenn man den Kopf schüttelte. Bald darauf sollte die Regierung die gewaltige Aufgabe angehen, die Straßen von Rußlands Großstädten zu säubern, aber in diesem Herbst, so erinnere ich mich, gab es in Murmansk entlang des Prospekt und an den besten Stellen um den Platz mehr Mädchen als Kunden.

Das war natürlich in den frühen Tagen nach unserem Sieg über die Volksfront. Die Welt hatte uns noch nicht anerkannt. Doch der Westen war uns eindeutig geneigt. Schließlich war die Volksfront nichts anderes als Kommunismus, mit einer Prise Anarchismus versetzt, um die Intellektuellen zu kapern. Und die Kommunisten haben Rußland zweimal – zur Zeit der Sowjetunion und dann in ihrer jüngsten Machtposition – in die furchterregende dunkle Sackgasse geführt, in die dieses Land von der Geschichte schon so oft gelockt wurde.

Rom, heißt es, wurde auch nicht an einem Tag erbaut. Aber wir Nationaldemokraten wissen, daß wir noch einen weiten Weg vor uns haben. Schließlich haben wir gerade erst einen Bürgerkrieg hinter uns, verdammt noch mal. Wir haben ihn gewonnen, weil wir eine russische Partei sind, ganz offen in erster Linie russisch. Und wie Präsident Romanow versprochen hat, werden Wahlen stattfinden, sobald wir in der Lage sind, die einzelnen Teile des Landes zusammenzubringen.

Dazu benötigen wir sofortige Hilfe aus dem Westen. Die Gerüchte wollen wissen, Leonid Koba sei unterwegs nach Washington, um Amerika davon zu überzeugen, daß die neue Regierung imstande ist, in Rußland sowohl für Ordnung als auch für Gerechtigkeit zu sorgen.

Als Polizist bin ich der Meinung: Je eher, desto besser.

Ich mag keine Vigilanten. Ich sehe ungern diese Einheiten des öffentlichen Dienstes, wie sie sich nennen, gewöhnlich ein halbes Dutzend bewaffnete Raufbolde in einem weißen Kombi mit dem doppelköpfigen goldenen Adler auf der Tür, die durch die Straßen fahren, um die öffentliche Ordnung aufrechtzuerhalten, und nach jedem Ausschau halten, der auf einer Fahndungsliste stehen könnte.

Nach Leuten wie Julia – unnötig, mich daran zu erinnern.

Ich hatte meine Runde fast beendet und hatte mit einer ganzen Reihe von Mädchen gesprochen und sie abgewiesen, als eine sehr junge Sibirierin in einem dunkelblauen Parka, Turnschuhen, Söckchen und einem Wickelrock über den Asphalt auf mich zuhüpfte. Ich hob die Hand, um sie weiterzuwinken, doch sie packte mich am Arm und lehnte ihren Kopf dicht an meine

Schulter. »Julia wartet auf dich«, flüsterte sie in die Wolle meines Mantelkragens. »Bleib dicht neben mir.«

Zusammen gingen wir in Richtung der Straßen hinter dem Platz. In Murmansk gibt es keine Gäßchen oder versteckten Wege, alles stammt höchstens aus der Zeit nach dem Zweiten Weltkrieg. Deshalb nehmen die Mädchen ihre Kunden meist auf einen Spaziergang mit hinunter zu den Frachtbahnhöfen. Als wir diese Richtung einschlugen, war niemand auf dem Platz überrascht. Ein paar Mädchen, die wußten, wer ich war, kreischten verächtlich, aber überrascht war niemand.

Ich stellte fest, daß die Augen der Sibirierin überall waren. Sie hatte sich überzeugend an mich gehängt und rieb ihren Kopf gegen meinen Ärmel, während sie ständig überprüfte, ob uns niemand folgte. Ich wußte von Roy Rolkin, daß die Tschekisten pro forma immer noch so taten, als seien sie auf der Suche nach anarchistischen Agenten, aber am meisten fürchtete ich, von einer mobilen Einheit des öffentlichen Dienstes angehalten zu werden. Die Sibirierin auch.

So nahe am Meer war der Nebel dichter, brandete herein wie die Wellen, die ihn ans Land brachten. An diesem Ende umgeben den Frachthafen Straßenzüge, die von blanken Fabrikwänden gesäumt sind. Wir beeilten uns, über die halogenbeleuchteten offenen Flächen zu kommen, vorbei an schwelendem Abfall, und tauchten wieder in eine der langen, gesichtslosen Straßen ein.

Hier war es dunkel, und das Geräusch meiner Absätze hallte von den Wänden wider. Wir hatten ungefähr die Hälfte der Straße hinter uns, als ich an ihrem Ende einen weißen Kombi um die Ecke biegen und langsam auf uns zurollen sah. Nur die Begrenzungsleuchten waren eingeschaltet. Die Scheibenwischer arbeiteten langsam, um die Nebeltröpfchen wegzuwischen. In meiner Jackentasche waren 50 000 amerikanische Dollar.

Die Sibirierin blieb stehen und lehnte sich mit dem Rücken gegen die Wand. Es war unwahrscheinlich, daß uns jemand aus dem Kombi bereits gesehen hatte. Das Mädchen schob sich den Rock bis zur Taille hoch, umschlang mich mit kräftigen Armen und drückte mich an sich. »Du hast dafür bezahlt, du Idiot«, zischte sie mir zu. »Tu wenigstens so, als ob es dir Spaß macht.«

Ich griff zu und packte ihre nackten Schenkel.

Während sie sich wand und an mir rieb, waren ihre Augen fest auf mein Gesicht gerichtet. »Dreh dich nicht um«, kommandierte sie.

Ich sah auf schimmerndes schwarzes Haar hinunter, auf hohe Backenknochen und einen angespannten Mund ohne ein Lächeln. Weiter unten stützten sich ihre gespreizten dünnen, nackten Beine gegen die Wand. Während sie sich gegen mich preßte, gingen die Lichter des Kombis an. Sie packte mich noch fester und zwang so meinen Körper, sich den wilden Übertreibungen ihrer eigenen Bewegungen anzupassen. Der Kombi fuhr mit einem kalten Luftzug und unter Gejohle an uns vorbei.

Wir standen im Dunkeln. Ihr Rhythmus wurde langsamer. Sie schien meine Gegenwart kaum wahrzunehmen, obwohl sie dicht an mich gepreßt stand. Ich roch das Meer und ihren scharfen, nervösen Schweißgeruch. Nach einer Weile hörten ihre Bewegungen auf, und sie nahm ihre Arme von meinen Hüften.

Wir gingen noch fünfzig Meter, während sie sich dauernd umdrehte, um die Straße dort zu beobachten, wo der weiße Kombi verschwunden war. Dann zeigte sie nach vorne. Ich hatte nicht gemerkt, daß wir so nahe bei den Kais waren. Was ich am Ende der Straße für ein weißes Gebäude gehalten hatte, war das Deck eines großen Frachtschiffes, das vor Anker lag. Dann trat eine Frauengestalt in den Lichtkreis einer Straßenlaterne. Sie hob für eine Sekunde wie eine Marionette die Hand zum Signal, dann trat sie wieder in den Schatten zurück. Die Sibirierin war verschwunden, rannte auf leisen Sohlen zum Frachtbahnhof am Ende der Straße. Ich ging auf Julia zu.

Es war fünf Jahre her, seit ich sie zum letztenmal gesehen hatte. Fünf Jahre seit der Scheidung. Fünf Jahre, seit sie mit unserem sechs Jahre alten Sohn den Zug Richtung Süden, nach Petersburg, genommen und sich dort den Anarchisten angeschlossen hatte. Als ich das Ende der Straße erreichte, trat sie wieder in mein Leben.

Sogar in der Novemberkälte war ihr Kopf unbedeckt. Ihr helles Haar war kurzgeschnitten, als käme sie gerade aus einem Pariser Salon. Sie trug einen langen, hellen Trenchcoat und kniehohe Lederstiefel. Ihr Gesicht war schmaler geworden, und unter ihren Augen lagen Schatten, wie ich befürchtet hatte. Sie hatte sich verändert, natürlich hatte sie sich verändert. Aber nicht so, wie ich befürchtet hatte. Ihr lächelnder Mund vor allem war noch immer derselbe.

Ich glaube, ich blieb ein, zwei Schritte vor ihr stehen. Ich wußte, daß ich darauf wartete, daß sie etwas sagte. Vielleicht würde das Ganze dadurch real.

»Konstantin«, sagte sie. »Kostja.« Sie trat nahe an mich heran, und ich streckte die Arme aus und umschlang sie. Ich spürte die Tränen in meinen Augen und sah die Tränen in ihren.

»Ich bete, daß ich dich nicht in Gefahr gebracht habe«, flüsterte sie.

Ich schüttelte den Kopf. »Ich bekam einen Tip. Bin unter dem Vorwand von Geschäften nach Petersburg gefahren. Ich habe das Bild für 50 000 Dollar verkauft.«

Sie warf den Kopf zurück und lachte. »Ich *wußte,* daß es richtig war, dich einzuschalten. Ich *wußte* es. Du bist wahrscheinlich ein vollkommen unseriöser Mann« – eine alte Hänselei aus unseren häufigen Streitereien bevor sie ging – »aber wer sonst hätte in Zeiten wie diesen 50 000 Dollar dafür bekommen?«

Dann hielt sie plötzlich inne, wie um mich genauer zu betrachten, und schob mich ins Licht der Straßenlaterne. Sie studierte mich aufmerksam.

»Findest du, daß ich mich verändert habe? Die geradere Nase, die etwas volleren Lippen ...«

»Konstantin, du Idiot.« Sie betrachtete mich noch einmal. »Aber du hast dich tatsächlich verändert.«

»Ja.«

»Die Jahre haben dich schlanker werden lassen.« Sie lachte. »Vielleicht auch verständnisvoller.« Sie hob die Hand und berührte meine Wange. »Du hast dich wirklich verändert.« Sie zuckte die Schultern. »Ich nehme an, das haben wir alle. Aber ich mag dein neues Gesicht.«

»Ich habe es für dich neu machen lassen.«

Sie lächelte. Traurig, fand ich.

Wir standen da, ohne etwas zu sagen. Nicht weil es nichts zu sagen gegeben hätte, sondern weil es viel zuviel zu sagen gab. »Ich muß über Mischa Bescheid wissen«, sagte ich.

»Es gibt dazu nichts mehr zu sagen.« Ihr Ton war plötzlich brüsk. Sie senkte den Kopf und sah dann schnell wieder auf. »Frag mich nicht, Konstantin.«

»Aber nur ein Zettel, nur sechs Zeilen, das ist nicht genug für das Ende eines Kinderlebens.«

»Das ist alles, was ich zu schicken gewagt habe, Kostja.«

»Erzähl es mir jetzt.«

Sie schaute sich um und grub die Stiefelspitze in den Schnee. »Hier? An diesem tristen Ort?«

»Wo sonst?«

Sie nickte. »Wir rüsteten uns für einen Angriff auf Pawlowsk«, sagte sie langsam. »Ich hatte Mischa weit hinter den Linien bei Freunden gelassen, einem alten Ehepaar, ergebene Anarchisten, gute Leute.«

»Aber Fremde für ihn.«

Sie sah mich an und drückte meinen Arm. »Es sollte nur für zwei Tage sein. Wir wußten, daß Pawlowsk leicht einzunehmen war. Die Nats waren schwach und schlecht gedeckt. Und bereit, bei einem entschiedenen Angriff davonzulaufen.«

»Mischa«, sagte ich.

»Ich ließ ihn zurück mit einem neuen deutschen Spielzeug, das jemand aus meinem Stab abgestaubt hatte. Einem leuchtendgelben Kran.«

Ich sah das Gesicht meines Sohnes, sein dunkles, lockiges Haar, die blauen Augen, die ihre hätten sein können … »Einem gelben Kran«, wiederholte ich. Ich hatte meine Lippen kaum unter Kontrolle.

»Den Rest weißt du«, sagte sie.

»In Gottes Namen … Erzähl es mir.«

»Du tust dir selbst unnötig weh.«

»Erzähl es mir, Julia.«

Sie starrte mich an und biß sich auf die Lippen. Dann sagte sie: »Wir kamen mit unserem Angriff auf Pawlowsk durch. Erfolgreich, besser, als ich gehofft hatte. Vier nationalistische Tiefflieger versuchten, uns aus unseren Stellungen zu vertreiben. Wir wehrten sie ab, und sie flogen Kreise auf der Suche nach einem Ziel. Irgendeinem Ziel. Ich wußte nur, daß sie ihre Bomben abwarfen und davonflogen.« Sie sah zu mir auf. »Wo sie ihre Bomben abgeworfen haben, erfuhr ich erst, als ich zurückkam, um ihn zu holen.«

Ich kämpfte gegen meinen inneren Aufruhr. »Du hast ihn selbst gefunden?«

Sie schüttelte den Kopf. »Er war bereits im Feldlazarett. Ich sprach mit dem Arzt. Er hat gesagt, Mischa habe nichts gespürt.«

»Wo ist er begraben?«

»In Pawlowsk.«

»Erzähl mehr, um Gottes willen.« Ich hörte, wie meine Stimme lauter wurde. »Wo? Wo liegt Pawlowsk?«

Sie faßte nach meinem Arm. »Ein kleines Dorf, dreißig oder vierzig Kilometer von Petersburg entfernt. Nur ein paar Häuser und eine Kirche. Dort auf dem kleinen Friedhof ist er begraben.«

Ich rang nach Atem. »Auf dem kleinen Friedhof.«

»In einer Ecke vor der Steinmauer wächst eine Eibe. Auf dem Holzkreuz steht: ›Mischa, geliebter Sohn von Julia und Konstantin‹.«

»Das steht darauf?«

»Ich hatte Angst, mehr zu schreiben.«

Ich hatte nie um ihn getrauert. Bis zu diesem Tag hatte ich von seinem Tod keine Vorstellung gehabt. Ich zitterte.

»Ist alles mit dir in Ordnung?« fragte Julia.

»Ja.«

Wieder sah sie sich um. Draußen im Nebel heulten Schiffssirenen.

»Ich möchte dich einmal küssen, bevor du gehst«, sagte ich.

Sie überlegte kurz, dann nickte sie. Sie legte ihre Arme um meinen Hals und hob mir das Gesicht entgegen. Ich berührte ihre kalt-warmen Lippen mit meinen. Wir küßten uns mit der ungezügelten Leidenschaft unserer ersten Begegnungen. In meinem Kopf schleuderten hundert Erinnerungen durcheinander. Dann ruhten unsere Lippen weich aufeinander, und für ein paar Sekunden überließen wir uns beide der Vergangenheit.

Wir beide. Ich schwöre, daß wir es beide taten. Von dieser bitterkalten Nacht in einem schäbigen arktischen Betonhafen würde sie in ein neues Leben segeln. Und ich würde bleiben. Wenn es mir nur gelänge, Julia zu erklären, was es war, was ich an Rußland so liebte! Ich wußte, daß darin mein Versagen lag.

Ich faßte mit der Hand in die Innentasche meiner Jacke und holte den Umschlag heraus. Sogar jetzt noch wollte ich, daß sie sagte: Komm mit. Sie hatte es in der Vergangenheit so oft gesagt, und ich hatte den Kopf geschüttelt.

Ich bin mir immer noch nicht sicher, was ich getan hätte, wenn sie es da wieder gesagt hätte. Aber sie drehte sich um und ging davon, und ich blieb zurück mit dem Bild eines Kindergrabs unter einer Eibe. Und dem Geschmack ihres Mundes auf meinem.

7 Die Ereignisse folgten rasch aufeinander für die neue Nationaldemokratische Partei Rußlands. Die Anerkennung der neuen nationalistischen Regierung unter Peter-Paul Romanow lag in der Luft. Die Vereinigten Staaten hatten russische Abgeordnete eingeladen, Fragen der Unterstützung zu diskutieren. Großbritannien, Frankreich, Deutschland, Italien, Japan und Kanada folgten auf dem Fuße. Chargés d'affaires wurden ernannt.

Da Präsident Romanows Gesundheit ihm keine Reisen erlaubte, wurde Leonid Koba nach Washington eingeladen. Bilder von Händeschütteln und lächelnden Gesichtern auf dem Rasen des Weißen Hauses füllten die Fernsehschirme der ganzen Welt.

Auch auf den Straßen von Murmansk veränderte sich einiges. Die weißen Kombis der Einheiten des öffentlichen Dienstes verschwanden über Nacht. Was aus den Schlägern wurde, die sie gefahren hatten, habe ich nie erfahren. Es genügte mir zu wissen, daß sie nicht mehr da waren und daß die Polizei, wie unzureichend auch immer, ihre traditionelle Rolle zurückeroberte.

Für mich waren es seltsame Tage. Meine Operationsnarben waren vollständig verheilt. Ich hatte die Hornbrille wieder abgelegt, und trotzdem schien kaum jemandem etwas aufzufallen. Katja schnitt noch ungefähr eine Woche lang Grimassen, aber dann hatte sie sich wie alle anderen an mein neues Aussehen gewöhnt. Wie ich selbst.

Ich fragte mich nur, wozu das alles gut sein sollte. Diese Frage stellte ich Roy Rolkin ständig.

In der Woche, bevor ich Murmansk mit Gott weiß welchem Ziel verlassen sollte, rief mich Roy in sein Büro im ehemaligen Kloster. Kein Anzeichen der Doktor-Obersten. Roy goß uns Wodka ein, und wir schwelgten in Erinnerungen an sagenhafte Eissprung-Wettbewerbe, ein Sport, dem alle Murmansker Jungen nachgehen (in Unwissenheit ihrer Eltern), sobald das Eis auf dem See im Frühling zu brechen beginnt. Schwelgten in Erinnerungen und tranken auf die anerkannten Champions dieses Sports. Zwischendurch tranken wir auf die Mädchen, auf mein Insistieren hin auf Katja, auf seines hin auf Julia.

Das führte uns zu den wahrscheinlich glücklichsten Tagen unserer Jugend Mitte der neunziger Jahre unter Jelzin, als wir siebzehn, achtzehn Jahre alt waren und im Frühherbst an den Ufern des Flusses Umba fischen gingen. In der Wildnis aus Birken und Fichtenwäldern mit Unmengen von Pilzen und wilden Preiselbeeren bauten wir am Flußufer unser Lager, fischten den ganzen Tag Lachse und liebten die halbe Nacht lang die Mädchen. Stand Rußland damals kurz vor dem Sturz in die Verzweiflung und rücksichtslose Ausbeutung, die in unserer Gesellschaft jene große Spaltung hervorrief, die schließlich zum Bürgerkrieg führte?

Wir waren junge Menschen auf der Schwelle zum Leben und glaubten, das Fischen und Lieben könnte für immer so weitergehen.

Mittlerweile waren Roy und ich nicht im eigentlichen Sinne betrunken, bewegten uns aber aufs angenehmste in diese Richtung. In solchen Augenblicken schmilzt meine Vorsicht ihm gegenüber. Ich vergesse natürlich nie, daß er ein Tscheka-Offizier ist, aber ich fühle mich dann in der Stimmung, in der ich ihn alles fragen kann. »Erzähl mir was über meine Operation«, sagte ich.

Er leerte sein halbvolles Wodkaglas. »Ich dachte, du hättest es erraten.«

Ich schüttelte den Kopf. Eine plötzliche russische Vorsicht hielt mich davon ab, die Narbe zu erwähnen, die so genau jener an Leonid Kobas Hand entsprach.

Er sah zu mir hoch, nicht wie damals auf dem Spielplatz mit einer Spur Heldenverehrung, sondern mit einem deutlichen Hauch Überlegenheit. »Hast du je darüber nachgedacht, was für ein Problem es ist, Rußland zu regieren?« fragte er. »Das Fernsehen allein wird nie genügen, uns zusammenzuhalten. Jede kleine Bäuerin will, daß ihr der Zar seine glückbringende Hand auflegt. In den Dörfern wirst du feststellen, daß sie vor allem deine Narbe küssen wollen.«

Ich sah auf die lange Narbe an meiner Hand hinunter.

»Man wird dich schulen«, sagte Roy. »Du wirst ihn Hunderte von Stunden beim Gehen und Reden, beim Trinken aus einem Glas oder aus einer Tasse beobachten. Jeder von uns tut diese einfachen Dinge auf seine ganz besondere Weise.«

»Leonid Koba? Ist es das, was ich werden soll – sein Double?«

»Schmeichle dir nicht, Kostja«, sagte er. »Du gehörst zu einem Team. Er hat schon sechs oder sieben.«

»Aber ich soll einer davon sein? Ein Double?«

Er nickte grinsend. »Was hast du gedacht?«

Brüder, was sollte ich davon halten? Die Wahrheit ist, daß diese Nachricht meine Stimmung enorm hob. Ich saß da und dachte darüber nach, während Roy mich albern angrinste, und ich fühlte, wie ich, ja, vor Stolz – oder war es Erwartung? – anschwoll. Was ich davon hielt? Ich fühlte mich *großartig*. Vielleicht würde ich sogar in Murmansk bleiben können.

Ich stupste Roy mit dem Zeigefinger. »Und du wirst dich mir gegenüber in Zukunft in acht nehmen müssen, verdammt noch mal«, sagte ich mit einem Akzent, der dem Kobas so ähnlich war, wie ich es hinkriegte, und wir kugelten uns wie Teenager vor Lachen fast auf dem Boden.

»Wo werde ich denn stationiert?« fragte ich, als ich mich beruhigt hatte. »Wo ist die Schule für Doubles?«

»Du wirst in Moskau stationiert«, antwortete er. »Dein alter Rang: Oberinspektor. Ein ruhiger Job im Hintergrund. Es hätte schlimmer kommen können.«

»Es hätte Norilsk sein können«, sagte ich, und wir lachten.

In Amerika war Leonid Kobas Eindruck auf die Öffentlichkeit überwältigend. Er war von Washington nach New York geflogen, wo er in einer düsteren, aber sehr bewegenden Rede vor den Vereinten Nationen eindringlich von den Schrecknissen im Rußland der letzten Jahre berichtete. Er betonte das Leiden der russischen Männer und Frauen im jüngst beendeten Bürgerkrieg. Indem er es mit Rußlands Agonie in der Mitte des zwanzigsten Jahrhunderts in Zusammenhang brachte, gewann er die Aufmerksamkeit einer weltweiten Zuhörerschaft.

Sein Gesicht auf dem Fernsehschirm war grau vor Anstrengung. Jedermann wußte, daß das Gewicht der russischen Welt auf Leonid Kobas Schultern lag. Unser alter Präsident Romanow war keine wirklich politische Figur. Rußlands führender Dichter und Literaturkritiker, aber nicht Rußlands politische Führerfigur. Außer dem Namen nach. Aber der Westen mochte ihn und vertraute ihm, und ich bin sicher, daß das der Grund war, warum Koba ihn gebeten hatte, weiterhin Präsident zu bleiben.

Wenn wir eines Tages aufhören könnten, uns darüber Gedanken zu machen, was der Westen von uns dachte, würden wir den Präsidenten haben können, den wir wollten – aber im Moment war ich mir ziemlich sicher, daß Koba recht hatte. Für die Leute im Westen war der alte Romanow gleichbedeutend mit einem sicheren Rußland. Ein Rußland, das einer westlichen Demokratie so ähnlich war wie eben möglich.

Ja, wir würden das alles bekommen, daran hatte ich keinen Zweifel. Aber wir würden auch haben, was Rußland zu Rußland machte: Unseren Glauben an uns selbst als Russen, unseren Glauben an unsere einzigartige Geschichte und unsere Kirche und den Glauben, daß wir als eine nationale Gemeinschaft handeln müssen, um uns von der Vergangenheit zu erholen.

In seiner Rede hatte Leonid Koba den Kommunismus für tot erklärt. Mit seiner unerklärlichen Anziehungskraft für das russische Volk um die Mitte des zwanzigsten Jahrhunderts sei es endgültig vorbei. Und sein seltsamer Gefährte, der Anarchismus, sagte er, würde ihm in die Vergessenheit folgen, sobald die Russen erst begriffen, welches starke faschistische Band ihn mit der Theorie des Kommunismus verknüpfte.

Wir brauchten westliche Unterstützung. Wir brauchten westliches Wissen, um die gefährlich positionierten Nuklearraketen abzurüsten, die überall im ganzen Land wie Zeitbomben tickten. Wir brauchten Hilfe, um die rostenden Atomkraftwerke durch mit Öl oder Gas betriebene Kraftwerke zu ersetzen. Wir brauchten westliche Hilfe, einfach um uns daran zu erinnern, daß wir wirklich Teil einer zivilisierten Welt waren und nicht ein Ungeheuer voll Ressentiments und Grausamkeit, das bei jeder Annäherung die Zähne fletschte.

Die Aufrichtigkeit, mit der Leonid Koba von der Vergangenheit sprach, war überzeugend. Jetzt, wo er sich der Zukunft zuwandte, sprach er mit gezügelter Leidenschaft. Weiteres Blutvergießen sei unvermeidlich, solange die Regierung die Kriegstreiber bekämpfte, die in so vielen fernen Gebieten des Landes die Herrschaft an sich gerissen hatten. Er versprach, daß dies mit der größtmöglichen Achtung für die Sicherheit der Bürger in den betroffenen Gebieten vonstatten gehen würde. Dann, am Ende seiner Rede, sagte er: *Unser Wunsch ist es, in Frieden zu leben, Russe mit Russe. Die Jahre des Blutvergießens müssen für unser Land ein Ende finden. Als erster praktischer Schritt in diese Richtung hat mich Präsident Romanow ermächtigt, Ihnen zu verkünden, daß die nationalistische Regierung unter seiner Führung niemanden bestrafen wird, der gegen uns gekämpft hat, mit Ausnahme einiger weniger, sehr weniger Kriegsverbrecher. Wir werden die Namen dieser Personen nennen und sie vor Gericht bringen.*

Jedem anderen Soldaten oder Sympathisanten der Volksfront, Anarchist oder Kommunist, steht es frei, sich bei der Polizei zu melden und registrieren zu lassen, daß er den Sieg der Nationaldemokratie anerkennt. Niemand wird verhaftet. Alle, die die Amnestie annehmen, sind frei, ihrem eigenen Leben nachzugehen. Allen, die ins Ausland geflüchtet sind und sich dort als Emigranten durchschlagen, sage ich, kehrt in euer Vaterland zurück. Wir brauchen euer Können und eure Fähigkeiten. Wir haben enorme Wiederaufbauarbeit zu leisten. Jeder Russe hat das Recht, sich uns bei den Aufgaben, die vor uns liegen, anzuschließen.

Ich saß in der Bar gegenüber meiner Murmansker Wohnung und sah diese Rede im Fernsehen. Ich glaube, mir liefen Tränen über die Backen. *Etwas* tropfte in mein Bier. Julia konnte zurückkehren. Die Regierung, meine Regierung, hatte sich vor der Welt verpflichtet. Es stand ihr frei, nach Hause zu kommen.

8 Wir landen in Mütterchen Moskau. Zwischen all den Dienstwagen, die in Moskau-Tushino warten, finde ich nur schwer ein Taxi. Der Flughafen Tushino scheint in der Hauptsache von Politikern und Militärs benutzt zu werden, und die wartenden Wagen glänzen im schwachen Sonnenlicht. Es fällt auf, daß das bei den Taxis nicht der Fall ist. Irgendwann in jüngster Vergangenheit hat jemand angeordnet, daß alle Moskauer Taxis gelb sein müssen. Offensichtlich stand aber nur Fassadenanstrichfarbe zur Verfügung, unter der Streifen der ursprünglichen Chassislackierungen sichtbar geblieben sind. Das im Verein mit Beulen und Kratzern und Seitenfenstern, die häufig aus Glassplittern bestehen, die braunes Klebeband zusammenhält. Es wird besser werden.

Ich trage meine Koffer durch den Schlamm. Dort stehen die Taxis in einiger Entfernung von den eleganten Dienstwagen grollend zusammengepfercht. Einer der Fahrer, ein Kahlkopf mit einem vorrevolutionären Kavallerieschnurrbart, beobachtet streichholzkauend, wie ich meine Koffer in seinem Kofferraum verstaue. Ich steige vorne ein und frage ihn, ob er die Polizeistation im 13. Distrikt im Bezirk Rot-Presnja kennt. Ja.

Ich inspiziere schweigend das ramponierte Armaturenbrett des Taxis. Brüder, in den ungefähr zwei Wochen, seit ich Murmansk verlassen habe, habe ich einen Lebensstil kennengelernt, der ganz anders ist als das, was ich gewohnt war. Ich muß zugeben, daß ich mich sehr schnell daran gewöhnt habe, in gutgefederten Limousinen herumgefahren zu werden. Dieser Part meines neuen Doublelebens ist überhaupt nicht zu verachten. In den letzten Wochen war ich in Petersburg, Orel, Minsk und Karkow. Auf jedem Flughafen wurde ich von einer Ehrenwache empfangen und in einer bequemen Limousine davongetragen. Aber ich habe auch in Witebsk im Regen gestanden und mir Reden angehört und in Bryansk eine Kläranlage besichtigt. Ich habe wohlwollend auf Kolonnen marschierender Schulkinder hinuntergelächelt, die auf dem Marktplatz von Prem – oder war es Tula? Spielt das überhaupt eine Rolle? – »Rodina, Rodina, wir sterben für dich« gesungen haben. Tschechow selbst hat gesagt, daß einem der Unterschied nie auffällt.

Die Arbeit ist anstrengend. Gesichter und Orte verschwimmen schon nach ein paar Tagen. Sätze klingen in meinem Kopf: *Wir begrüßen Leonid Koba und freuen uns über seinen Besuch in der Uniformschneiderei der Kooperative von Polotsk ...* Warum verfolgten mich gerade diese Worte bis in meine Wachträume? Es gab noch so viele andere.

Aber ich kam gut an. Meine Aufpasser stellen natürlich sicher, daß niemand mir zu nahe kommt. Und ich bin in Kobas Gesten und Stimme noch nicht geübt genug – er hat einen leichten südlichen Akzent –, oder man traut mir noch nicht genug, um mich mehr tun zu lassen als Schulkinder anzulächeln. Aber man hat mir versprochen, daß ich bei meiner nächsten Pflichttour ein paar Worte sagen darf.

Die meisten meiner Aufpasser sind sich darin einig, daß ich das richtige Aussehen für meine Rolle habe: ein dicker schwarzer Schnurrbart, der an meiner Oberlippe festgeklebt wird, vereinzelte graue Haare an den Schläfen. Bei der Arbeit trage ich einen sehr gut geschnittenen Anzug und hinke ein bißchen.

Im Grunde und der Erscheinung nach bin ich Leonid Koba, wenn es recht ist, stellvertretender Präsident des russischen Staates, Oberbefehlshaber der Geheimpolizei Tscheka. Während sich der wahre Leonid Koba wichtigen staatlichen Angelegenheiten widmet, stehe ich in Prem oder in Tula im Regen und höre mir den Gesang von Schulkindern an. Wie eine mittelalterliche Pilgerreise ist dies etwas, was getan werden muß. Ich weiß das jetzt. Rußland ist so groß und unsicher; wie Roy gesagt hat, sind wir noch immer ein Volk, das seine Führer leibhaftig sehen muß.

Da habt ihr es, Brüder. Nirgendwo kann die äußere Erscheinung mehr täuschen als in Rußland (jeder kennt die Geschichte von den Potemkinschen Dörfern). Sogar meine normalerweise grimmigen Aufpasser haben mir am Ende unserer ersten Tour die Hand geschüttelt. Noch ist für meine zweite Tour kein Datum festgelegt, aber sie sind in aller Stille zuversichtlich, daß man mich weiterhin einsetzen wird. Bis dahin wird mein Leben in meiner neuen Sinekure bei der Mordkommission 13 weitergehen.

Ich freue mich darauf. Hübsche Mädchen zieht es naturgemäß in die Hauptstadt. Ich habe gehört, daß es einige schwerer beschädigte Bezirke geben soll, aber die Stadt ist größtenteils noch ihr altes, geschäftiges Selbst. Zumindest auf dem Land schwört man, die Rationen seien in Moskau doppelt so groß wie in der Provinz, und es heißt, auf den Moskauer Märkten türmten sich die Waren aus zweiter Hand. Ich hoffe ernsthaft, dort etwas Neues und Aufregendes zu finden wie die zweite Piratenpressung von »Penny Lane«, die auf dem Londoner Markt 25 000 Pfund einbringen würde, oder ein Heilmittel gegen Tinnitus.

Habe ich schon erwähnt, daß ich an Tinnitus leide? Nein. Vielleicht war es Dostojewskij, der gesagt hat, es sei ein hohes Dröhnen in der Seele. Nicht immer unangenehm. Tatsächlich ist es in bestimmten Situationen so etwas wie ein freundlicher Trost. Dann wieder, meistens, funktioniert es wie ein innerer Alarm, als Erinnerung, daß ich nicht immer gelassen in mir ruhe. Doch meistens kommt und geht es, ein Teil von mir, aber auch ein Teil mit einem eigenen Willen. Im besten wie im schlimmsten Fall höre ich fast etwas wie eine Stimme in diesem stetig fließenden Klang. Meistens die Stimme einer Frau. Ich biete euch keine Kopeke, wenn ihr ganz richtig erraten habt, daß es Julias Stimme ist.

Genug. Im großen und ganzen bin ich ein gesunder Kerl. Ich hatte meine Nächte mit Alpträumen, besonders nachdem Julia und Mischa mich verlassen hatten, das will ich gar nicht abstreiten. Aber heutzutage bin ich zuversichtlich.

»Mütterchen Moskau«, sagt der Taxifahrer, »ist nicht eine Stadt, sondern ein ganzer Sack voller Städte. Es gibt Stadtteile, das sind sogar die meisten, wo man nichts davon sieht, daß wir einen Bürgerkrieg gehabt haben ... mit Klubs, Restaurants, schicken Geschäften, neuen Häusern ... Und nicht nur für Ausländer. Dort wohnen die reichen Russen – die Leute, die das Geld, das sie verdient haben, als Jelzin noch *wozhd* war, nie aus der Hand gegeben haben. Dann gibt es die anderen Stadtteile – die, wo im letzten Monat die Kämpfe stattgefunden haben. Dort haben wir Ruinen, Bettler, Kriminalität ...«

»Das ist nicht das Bild, das man mir entworfen hat«, sage ich.

Er johlt, als hätte ich einen guten russischen Witz erzählt. »Nehmen Sie mal einen Ort wie Rot-Presnja, wo Sie hingehen ... Dort ist es so schlimm, daß die Straßenkriminalität nicht mehr funktioniert. Es gibt nicht mehr genügend ehrbare Leute, die man ausrauben kann.«

Ich räuspere mich und wundere mich lautstark, bei wie vielen er schon versucht hat, das anzubringen. Bei so viel Übung, sage ich ihm, sollte sein Timing besser sein. Aber unter unserem Geplänkel liegt eine kühle Note. Dies ist der erste Hinweis darauf, daß Rot-Presnja möglicherweise nicht zu den schicken innerstädtischen Moskauer Bezirken gehört, die von den Kämpfen verschont geblieben sind. Ich entscheide mich dafür abzuwarten.

Wir ruckeln und rumpeln den Petersburg-Prospekt entlang. Ein Gedanke beschäftigt mich. Eine Bemerkung von Julia. Gesagt, als sie mich verließ. Meine Schwäche, sagte sie, sei, daß mir die Fähigkeit abgehe, mir die fürs Leben notwendigen Täuschungen anzueignen. Ich, Konstantin Vadim, jetzt als berufsmäßiges Double angestellt! Ironie, hm?

Ich habe ihr nicht erzählt, daß meine wahre Schwäche darin liegt, daß ich Angst habe, daß ich ein anderer werden könnte, wenn ich diese Täuschungen praktiziere. Das bereitet mir immer noch schlaflose Nächte. Ich mache mir Gedanken über mein wahres Ich. Das heißt, was ich für mein wahres Ich *halte*. Wie jedermann bin ich abhängig von dem Eindruck, den ich mache. Da dieser sich nun gewandelt hat, und sei es auch noch so unmerklich ... wird das den Mann verändern?

Vielleicht wäre es anders gewesen, wenn ich eine Wahl gehabt hätte. Aber Roy Rolkin hatte mir das unmißverständlich klargemacht. »Es gibt schlimmere Orte als Norilsk«, sagte er zu mir.

»Aber nicht viele, verdammt noch mal.« Er schlug mir mit dem Handrücken hart gegen die Brust. »Denk daran, Kostja«, sagte er. »Es gibt Gegenden von Norilsk *oblast*, wo es so kalt ist, daß dort nicht einmal *Mädchen* wachsen.«

Ich wußte, was er meinte. Das zölibatäre Leben eines Lagerwachtpostens im Norden. Ein Leben ganz ohne Frauen. Ein Posten als Wache in einem Lager für männliche Strafgefangene war nur unwesentlich angenehmer, als selbst ein Gefangener zu sein.

Ich hatte der Operation zugestimmt. Hatte versprochen, mir die notwendigen Täuschungen fürs Leben anzueignen. Ich habe Julia bei unserem kurzen Treffen an den Kais nichts davon erzählt. Ich zog es vor, sie in dem Glauben zu lassen, ich sei während der letzten fünf Jahre um zehn Jahre gealtert. Aber ich war nichtsdestotrotz geschmeichelt, daß ihr mein neues, schlankeres Profil gefiel.

Das zerbeulte Taxi trägt mich ins Zentrum von Moskau. »Drei Morde«, sagt der Mann, während er mit dem Steuer kämpft. »Drei nette russische Mädchen. Man nennt ihn das Monstrum.«

Ich nicke. Aber es interessiert mich mehr, durch das zersplitterte Taxifenster zu schauen. Mein erster Eindruck ist, daß die Presseberichte die Schäden in der Stadt übertrieben haben. Die erbitterten Rückzugsgefechte der Anarchisten haben hier wenig Spuren hinterlassen. Riesige weiße Fahnen mit dem schwarzen doppelköpfigen Adler sind über die Frontseiten der wenigen zerstörten Gebäude drapiert. Ich lehne mich in meinem Sitz zurück. Ich schließe die Augen. Aus dem Lautsprecher ertönen russische Lieder. Vielleicht werde ich ein echter Moskowiter und lerne, Moskau zu genießen. Mein geheimer Ehrgeiz, den nicht einmal Julia kennt, ist, mich mit Ballett und Oper vertraut zu machen.

Ich öffne die Augen.

Geradezu schockierend hat sich alles verändert. Einen Kilometer zuvor waren wir eine breite Straße entlanggefahren, wo es alle hundert Meter gelegentlich ein zerstörtes Gebäude gab. Hier dagegen sieht es aus, als hätte Gott den Erzengel Gabriel mit einem riesigen Bulldozer geschickt, um den Bezirk zu vernichten. Einige Gebäude stehen noch, aber sie haben riesige Brandwunden von den Granatenexplosionen. Trümmer bedecken die Straßen. Schutthaufen überall. Die Menschen sind anders, schleppen sich mühsam voran mit ihren Rucksäcken und Bettrollen, versammeln sich an Straßenecken um Lagerfeuer.

Echtes Alarmgefühl steigt in mir hoch. Murmansk könnte im Vergleich dazu Paris oder Rom sein. Ich bin in dieser Landschaft nicht zu Hause. Wie kann ich hier glücklich sein?

»Wie gefällt es Ihnen?« Der Taxifahrer scheucht mich aus meinen finsteren Träumen auf. »Der Freund meiner Schwägerin ist bei der Polizei, und er hat ihr erzählt, daß er sie auffrißt«, erzählt er, während wir bei Rot eine der wenigen Ampeln überfahren, die zu funktionieren scheinen.

»Er tut was?«

»Das Monstrum. Wenn er die Mädchen zerstückelt, ißt er sie. So wahr, wie ich dieses Taxi fahre. Er nimmt Teile mit und ißt sie.«

Ich knurre etwas. Sogar in Murmansk kennt man den Ruf der Moskauer Taxifahrer.

»Die Polizei verdächtigt einen ehemaligen Soldaten, einen flüchtigen Anarchisten. Die Ärzte sagen, wenn man es erst mal gekostet hat, können manche nicht mehr vom Menschenfleisch lassen.«

Gerüchte und Rußland sind ein unzertrennliches Paar. »Das Monstrum?« frage ich. »Wo kommt der Name her?«

»Das weiß niemand.« Der Taxifahrer läßt die Worte langsam von seinen Lippen tropfen. Er nimmt die Hand vom Steuer und macht eine ausladende, vorwärtsrollende Bewegung. »Aus dem Nebel der Moskwa, verdammt noch mal.«

»Und die Opfer, wer sind sie? Huren, Hotelmädchen?«

Er ist schockiert. »Nein, nein, nein. Sagen Sie das nicht. Ganz gewöhnliche, hart arbeitende russische Mädchen, kleiner Bruder«, betont der Fahrer.

»Und wo in Moskau geschehen diese Morde?«

»Natürlich dort, wo Sie mich gebeten haben, daß ich Sie absetzen soll«, sagt er. »Genau hier, in Rot-Presnja.«

»Natürlich.« Ich bedecke die Augen. »Segle weiter, o Schiff des Schicksals, segle weiter …« murmle ich.

»Ich segle noch bis zur nächsten Ecke«, sagt der Taxifahrer. »Dann muß ich meinen Stoßdämpfern nicht die Severenskij-Straße zumuten.«

9 Die Dienststelle des 13. Distrikts war, was das Granatfeuer von einem einstmals eindrucksvollen Gebäude übriggelassen hatte. Breite Stufen führten zu einer von Rissen durchzogenen steinernen Veranda, die von vier gefährlich geneigten dorischen Säulen gestützt wurde. Seitlich der Säulen erstreckte sich jeweils ein Gebäudeflügel mit schönen hohen Fenstern, die größtenteils mit Brettern vernagelt waren. Dem rechten Flügel fehlte das Dach; geschwärzte Spuren um die leeren Fensterhöhlen im oberen Stockwerk deuteten darauf hin, daß dieser Teil des Gebäudes ausgebrannt war.

Ich trug meine Tasche die Treppe hinauf und trat durch die hohen Doppeltüren ins Innere. Der Empfangsraum hatte einiges von seiner früheren Pracht bewahrt; er war groß und rund, eingefaßt von einem Dutzend acht Meter hoher Säulen, die eine kleine Kuppel trugen. Vor mir führte eine breite, teppichlose Treppe in ein weiteres Stockwerk jenseits der Kuppel. In Blattgold auf blauem Grund war über den beiden halbkreisförmigen Säulenbögen rechts und links der Treppe zu lesen: MORD, ÜBERFALL, RAUB, KLEINKRIMINALITÄT, BETRUG – ein Pantheon der Moskauer Kriminalität.

Beim Blick auf das Erdgeschoß endete diese Eleganz. In dem großen runden Raum hatte man zwanzig oder dreißig Tische aufgestellt, und die uniformierten Polizeimädchen dahinter waren jeweils umgeben von einer Schar schnatternder Moskowiter. Lauschen war nicht nötig. Es waren die Nachwirkungen des Bürgerkriegs: Menschen, die nach vermißten Verwandten fragten, nach toten Verwandten oder nach Verwandten, die im Gefängnis saßen.

Erschöpfte, beunruhigte Familien saßen in kleinen Gruppen am Fuß der Säulen, und von einem Schreibtisch ausgehend wand sich eine lange Schlange, die hauptsächlich aus Männern bestand, nach hinten bis zur Tür. Neben dem Schreibtisch stand eine Staffelei mit einem groben Stück Pappe, auf das jemand mit rotem Wachsstift gekritzelt hatte: *Amnestiebewerber.*

Hilfsinspektor Ilja Dronskij kam mir im Empfangsraum auf halbem Weg entgegen und führte mich unter dem goldenen Schriftzug MORD durch eine Schwingtür. Er war ein untersetzter Mann in khakifarbenem Anzug und mit blauen Bootsschuhen. Vielleicht in meinem Alter, aber mit kurzgeschorenem Haar und tiefen Falten in den Mundwinkeln. Er sah aus wie ein weicher Mann, der von den Jahren zur Härte gezwungen worden war. Aber vielleicht sehen in Rußland viele von uns so aus.

Mein neuer Stellvertreter bestand darauf, meine Tasche zu tragen. In Dronskijs Ton und seinem weichen Moskauer Akzent erkannte ich sofort eine beunruhigende Ehrerbietung. Was mich daran alarmierte, war, daß es mir nicht schwerfiel, sie als unecht zu erkennen. Das gefiel mir nicht. Ich war lange genug in der Polizeihierarchie, um zu wissen, daß ein Untergebener, der gegen einen ist, beinahe genauso gefährlich ist wie ein Vorgesetzter, der einen drankriegen will.

Während wir die geschäftige Mordkommission durchquerten, spürte ich die Blicke der Kriminalbeamten, die von ihren Papieren aufsahen. Niemand nickte. Niemand lächelte zur Begrüßung. In Murmansk wäre ein Neuankömmling von Beamten umringt worden, die ihm die Hand schütteln wollten. Aber das hier war Moskau.

Das Büro für den Inspektor der Mordkommission war ein rechteckiger, großzügig bemessener Raum, der durch ein großes Fenster, durch das man auf eine Eisenbahnlinie hinaussah, gutes Licht hatte. Die Tür mit einem zersprungenen, trüben Glaseinsatz trug (von meinem Schreibtisch aus gesehen in Spiegelschrift) den Namen meines Vorgängers. Oder vielleicht sogar den Namen von *dessen* Vorgänger. Der Raum war hoch, und der Stuck an der Decke war übel ramponiert von dem Versuch, eine Leuchtstoffröhre zu montieren; die Wände waren bis in Hüfthöhe mit Holz verkleidet und mit zerkratztem Lack in einem französischen Grauton gestrichen.

»Gut«, sagte ich, nachdem ich das Zimmer einer eingehenden

Besichtigung unterzogen hatte. »Gut genug.« Ich schwenkte auf dem alten Drehstuhl herum. Einen Moment lang hatte ich Dronskij vergessen. Ich starrte aus dem hübschen Fenster auf eine Ödnis aus Betontrümmern und dachte, daß ich von diesem Platz aus all die losen Fäden meines Lebens würde zusammenfügen müssen, in meiner neuen Arbeit erfolgreich zu sein, eine Frau zu finden, mit der ich, wenn schon nicht in Liebe, dann in gutem Einvernehmen zusammenleben konnte ... und zu sehen, wie Rußland wieder wuchs und gedieh.

Wieder?

Ich drehte mich zu Dronskij um. »Nur zwischen uns beiden, Dronskij ... wann ist Rußland Ihrer Meinung nach zuletzt gewachsen und gediehen?«

Unmöglich, den Ausdruck zu deuten, der über Dronskijs Gesicht huschte. »Darüber bin ich mir nicht ganz sicher, Inspektor«, sagte er.

»Denken Sie nach, Dronskij. Das ist für die Geschichtsbücher.«

Das Berufsleben in Rußland beginnt mit einem Höflichkeitsbesuch bei den Vorgesetzten. Distriktkommandant Brusilow war ein kleiner, runder Mann mit einem wohlentwickelten Gefühl für seine eigene Wichtigkeit. Die offene Akte auf seinem Tisch stammte aus Murmansk. Ich fragte mich, wieviel drinstand. »Ihre Akte, Vadim ...«, sagte Brusilow nachdenklich. Er hatte kleine rote Hände und fette Handgelenke, um die er kaum die Manschetten zuknöpfen konnte. Er war eindeutig stolz auf seine Hände. Er legte sie vor sich auf den Tisch, preßte die Handflächen gegen die Tischplatte, hob sie wieder hoch, spreizte die Finger, um seine Fingernägel zu begutachten. Er nahm seinen Gedanken wieder auf: »... sucht ihresgleichen. Nun ist es so, daß wir im Moment einen Mann mit gerade Ihren weitreichenden Erfahrungen bei der Aufklärung von Mordfällen dringend benötigen ...«

Ich nickte ernst. Kreative Ergänzungen waren Roy Rolkins Stift nicht fremd; im allgemeinen für weniger gute Zwecke.

»Früher wäre Ihr Ruf natürlich nach Moskau gedrungen, aber wir hatten Krieg. Ich halte ständig die Augen offen bei der Suche nach neuen Talenten. Aber es ist, wie es ist. Nun haben wir Sie.

Gerade jetzt, wo wir jemanden Ihres Kalibers und Ihrer Erfahrung brauchen. Ich übertrage Ihnen den Monstrum-Fall.«

Natürlich.

»Noch zwei Dinge ...« Er erlaubte seinen Augenbrauen, sich zu heben, beließ sie da, bis es weh tat, und senkte sie dann wieder. »Man hat mich informiert, daß ich von Zeit zu Zeit auf Sie verzichten muß wegen einer Sache von höchster nationaler Bedeutung.«

»Sehr wohl.«

»Ich stelle keine Fragen, und Sie schulden mir keine Erklärungen.«

Ich lächelte ihn entschuldigend an. »Und zweitens?«

Er stand auf. »Ich habe es so eingerichtet, daß der Photograph in fünfzehn Minuten hier sein wird.«

»Der Photograph?«

»Major Rolkin hat angeordnet, daß Sie in der morgigen Ausgabe der Rot-Presnjaer *Prawda* erscheinen sollen«, sagte er steif.

»Major Rolkin ... Er ist in Moskau?«

Er nickte kurz. »Er hat mich heute morgen persönlich angerufen.« Er stand auf und bot mir eine seiner kleinen roten Hände. Ich schüttelte sie, und er zog sie schnell wieder zurück, bevor sie Schaden nehmen konnte. »In der Zwischenzeit«, sagte er, als ich an der Tür stehenblieb, »bin ich Ihr direkter Vorgesetzter und erwarte in den Monstrum-Ermittlungen schnelle Ergebnisse, Inspektor. Eine Verhaftung, bevor der Ruf dieser Bestie sich verbreitet.«

Unten in meinem Büro überbrachte ich Dronskij die Nachricht und beobachtete, wie sich ein Lächeln auf seinem Gesicht ausbreitete. »Sie sehen aus, als hätte ich gerade die New Yorker Staatslotterie gewonnen.«

»Ich wußte, daß man Sie darauf ansetzen würde, Inspektor. Ihr Ruf stand dafür ...« Wieder ließ mich die Art, wie er das sagte, aufhorchen. »Bevor ich jetzt die anderen hereinhole, möchte ich Sie schnell auf den neuesten Stand bringen ...«

Auf Bodenhöhe hatten meine Augen eine Bewegung wahrgenommen. Etwas war hinter dem Aktenschrank verschwunden. »Was ist *das*?« wandte ich mich an Dronskij.

»Er ist scheu«, sagte er. »Das ist alles.«

»*Wer* ist scheu?«

»W. I. Lenin.«

»Wladimir Iljitsch Lenin?«

»Der Bürokater.«

»Dronskij«, sagte ich geduldig, »ich kann Katzen nicht *ausstehen.*«

»Diesen schon, doch, Inspektor. Vielleicht sind Sie an Hunde gewöhnt ...«

»Hunde kann ich auch nicht ausstehen.«

»Ah.« Er machte eine Pause. »Gut, ich denke, dann hat W. I. Lenin wenigstens eine Chance.«

»Werden Sie ihn los«, sagte ich. Ich starrte auf die Ecke des Aktenschranks, wo sich der Kopf eines Katers hervorschob. Das Gesicht war lang für einen Kater, mit einer lächerlichen Spur dunklerem Fell am Kinn, die man wohl als Leninbärtchen durchgehen lassen konnte. Als er geschmeidig mitten ins Zimmer stolzierte, stellte ich fest, daß er ein dunkles, ingwerfarbenes Fell hatte. Frech saß er auf dem Teppich vor meinem Schreibtisch.

»Dronskij«, sagte ich, »ich muß Sie warnen. Nicht nur, daß ich keine Tiere mag, ich habe auch meine Schwierigkeiten mit Tierfreunden. Ich finde, Sie haben sehr oft irgendwo eine Schraube locker. Etwas fehlt. Verstehen Sie mich?«

Er nickte vorsichtig.

»Wie steht es mit den *Menschen,* denen es überall auf der Welt schlechtgeht? Und erzählen Sie mir nicht, sich um ein Haustier zu kümmern lehre Respekt vor den Menschen. Hitler und sein Hund waren unzertrennlich. Das einzig Gute, was man von Josef Stalin sagen kann, ist, glaube ich, daß er *keine* Katze gehalten hat.«

»Vielleicht brauchen Sie Zeit, um es sich noch mal zu überlegen, Chef.«

»Ich meine es ernst mit dem, was ich sage, Dronskij. Werden Sie ihn los.«

Ich sah auf das Tier hinunter. Der Kater hob die rechte Pfote. Zum Gruß? Als Aufforderung, den Mund zu halten?

»Was macht er da?« fragte ich.

»Er stellt sich vor. W. I. Lenin. Das macht er so. Hebt die Pfote. Als Freundschaftsbeweis.«

»Ich suche mir meine Freunde selbst aus«, sagte ich. »Bringen Sie ihn raus. Wir werden uns später darum kümmern.«

Dronskij hob den Kater hoch und trug ihn hinaus.

»So ist es besser«, sagte ich, als er zurückkam. »Jetzt haben wir das Büro für uns allein, nicht wahr?«

»Chef?«

Ich verrenkte mir dramatisch den Hals und sah mich um. »Keine Igel im Winterschlaf, von denen ich nichts weiß? Keine Erdmännchen, die in den Aktenschränken haufenweise Junge werfen?«

»Nicht, solange W. I. Lenin in der Nähe ist, Chef.«

Vielleicht hatte ich meinen Standpunkt etwas zu hart vertreten, aber Katzen konnte ich wirklich noch nie besonders leiden. Keine andere Spezies kommt ihnen gleich, wenn es um die Verfolgung eigener Interessen geht. Falls es meinem Gefühl nach je ein bestechliches Tier gegeben hat, dann die Katze. Oder vielleicht den Menschen. Aber in einem Büro ist kein Platz für uns beide.

Die Photositzung war in ein paar Minuten vorbei. Eine junge Frau dirigierte die Arbeit eines ebenso jungen Photographen. Ich saß an meinem Schreibtisch und sah abwechselnd gedankenschwer, spöttisch und entschieden drein. Dronskij stand in der Ecke und beobachtete das Ganze mit undurchdringlicher Miene. Ein einziges Mal zeigte sich auf seinem Gesicht der Schimmer eines Lächelns, als nämlich das Mädchen vorschlug, eine Aufnahme von mir zu machen mit W. I. Lenin auf dem Schoß. Menschlicher Touch, sagte sie.

Ich weigerte mich und ließ den Kater ein zweites Mal hinauswerfen. Als die Photographen gegangen waren, bedeutete ich Dronskij, er solle mit seiner Schilderung des Falls anfangen. Ich saß mit Stift und Notizblock an meinem Schreibtisch, aber mit meinen Gedanken war ich nicht bei dem, was Dronskij mir erzählte. Warum war Roy in Moskau? Warum bestand er darauf, daß ich für die Lokalzeitung abgelichtet wurde? Die ganze Sache verursachte mir allmählich ein ungutes Gefühl.

»Das letzte Mordopfer«, sagte Dronskij, »hieß Tanja Tschechowa. Adresse und Beruf bisher unbekannt. Wurde in einer kleinen Gasse, die von der Severenskij-Straße abgeht, gefunden –«

»Wann wurde sie umgebracht?«

Seine Augenbrauen schossen erstaunt in die Höhe. »Wie ich gerade gesagt habe, Chef. Gestern nacht.«

»Gestern nacht.« Mir wurde plötzlich klar, was ich in Brusilows Büro nicht einmal ansatzweise verstanden hatte: daß ich in eine Morduntersuchung gestürzt werden sollte, ehe ich auch nur Zeit gehabt hatte zu blinzeln.

»Also haben wir bisher drei Morde, Chef...« sagte Dronskij. »Die erste Leiche war Anastasia Modina am 14. September. Weniger als eine Woche, nachdem die Anarchistische Armee sich ergeben hat. Sie wurde halbnackt gefunden, zugerichtet, als wäre sie von einem wilden Tier angefallen worden ... an der Ecke Ochsenfroschgasse und Severenskij-Straße.«

»Wie lange danach geschah der zweite Mord?«

»Drei Wochen. Nina Golikowa wurde sexuell mißbraucht und böse zugerichtet. Verschiedene Teile des Körpers fehlten, als Dr. Karlowa, die Distriktpathologin, sie untersuchte. Sie ist der Ansicht, daß wir Kannibalismus nicht ausschließen dürfen ... Und dann der Mord gestern nacht. Was ich jetzt gern von Ihnen wüßte, Chef, ist, wie Sie die Untersuchung angehen wollen. Welche Arbeitssysteme Sie bevorzugen, worauf wir unser Hauptaugenmerk richten sollen, welchen Bereichen Sie sich selbst mit größter Aufmerksamkeit widmen wollen, und so weiter.«

Ich unterbrach ihn mit einer Geste. Vertraute Panik stieg in mir auf. Mädchen, denen Körperteile abgehackt worden waren. Kannibalismus. Die Spur so heiß, daß der letzte Mord erst letzte Nacht passiert war. Das klang mir nicht sehr nach einer Sinekure. Das deutete mit aller Sicherheit nicht auf ein ruhiges Leben hin.

Ich hatte genügend Erfahrung mit Straßenkriminalität, aber nicht die geringste Ahnung, welche ersten Schritte ein Chefinspektor bei der Mordkommission in einem solchen Fall einleitet. Oder wie er die Beweislage bewertet, wenn er über eine Festnahme entscheidet. Offensichtlich würde man von mir verlangen, daß ich Leichen untersuchte. Verstümmelte Leichen. Bei diesem Gedanken drehte sich mir der Magen um.

Ich sah, daß Dronskij mich vorsichtig beäugte. Wenigstens das war, wie es sein sollte. Ich hörte auf, auf und ab zu gehen. »Monstrum«, sagte ich. »Woher kommt der Name?«

»Aus dem Lateinischen, Chef.«

»Das weiß ich, Dronskij. Ich wollte wissen, wer dem Killer diesen Namen gegeben hat. Wo er herstammt. Was er wirklich bedeutet.«

Dronskij zupfte sich am Ohr. »Der Name ist einfach so aufgekommen. Er hat den richtigen Klang. Die Leute haben angefangen, ihn zu benutzen ...«

»Denken Sie mal einen Moment an die Morde von Jack the Ripper in London im Herbst des Schreckens 1888.«

»Wer war dieser Jack the Ripper, Chef?«

»Der Vater aller Serienmörder, Dronskij ...« Das hatte ich vor kurzem im Buch eines Scotland Yard-Ermittlers gelesen, und ich war entschlossen, mit meinem einzigen Wissen über die Untersuchung von Mordfällen tüchtig anzugeben. »Vor über hundert Jahren in London hat Jack the Ripper bei den Morden an fünf Frauen alle bekannten Charakteristika eines Serienmörders an den Tag gelegt. Lohnt sich, das nachzulesen.«

»Ich will's versuchen. Jack the Ripper – haben Sie ihn so genannt?«

»Jack the Ripper hat er sich *selbst* genannt. Verstehen Sie?«

»Ich denke schon, Chef«, sagte er unsicher.

»Der Punkt ist der: Serienmörder sind häufig Exhibitionisten. Das trifft auch auf Jack the Ripper zu, wie man daran sehen kann, daß er sich selbst diesen Namen gegeben hat. Wir sollten nach einem Exhibitionisten suchen.«

»Verstanden.«

»Wer war bisher für diesen Fall verantwortlich?«

»Major Brusilow hatte auf temporärer Basis mich damit beauftragt, Inspektor. Ich kann Ihnen einen vollständigen Bericht aller Schritte geben, die bisher unternommen wurden.«

»Aber Sie können die wichtigste Frage bisher nicht beantworten: *Was hat das Wort Monstrum zu bedeuten?*«

»Werden wir da anfangen, Chef?«

»Da werde *ich* anfangen.« Ich stand auf. »Ich überlasse die laufenden Ermittlungen zunächst einmal Ihnen. Das Alltagsgeschäft. Finden Sie heraus, warum Tanja Tschechowa dort war, wo sie war, als sie umgebracht wurde. Diese Dinge.«

Dronskij stand der Mund offen.

»Was mich betrifft, muß ich mich um einiges kümmern, was keinen Aufschub duldet.«

10

Der Stadtteil heißt Presnja, genauer Rot-Presnja. Er liegt westlich des Kremls, zwischen der Gartenringstraße und dem Wagankow-Friedhof. Laut jüngster Definition gehören das Parlamentsgebäude, das Flußufer oder irgendwelche unbeschädigten Straßen nicht mehr dazu. Es ist ein Bezirk, der vollständig über die Schäden definiert wird, die durch die ausgehenden Kämpfe entstanden sind.

Zu Beginn des Jahrhunderts, das heißt, des zwanzigsten Jahrhunderts, war Presnja ein Slum mit heruntergekommenen Fabriken und unbeschreiblichen Arbeiterunterkünften. 1905, im Aufstand gegen Zar Nikolaus, taten sich die Arbeiter aus Presnja hervor, indem sie Barrikaden errichteten und die Kosaken am weiteren Vorrücken hinderten. *Rot*-Presnja tauchte zwölf Jahre vor dem Aufstand der Bolschewiken zum ersten Mal im Moskauer Sprachgebrauch auf und ist seitdem geblieben. Eine Untergrundstation ist nach den Barrikaden benannt, die böse mitgenommene Hauptstraße trägt den Namen »Straße von 1905«.

Der bescheidene Glanz, den der Bezirk unter Breschnew und Jelzin erworben hatte, ist dahin. Hier waren die jüngsten Kämpfe schwerer als irgendwo sonst in Moskau. Rot-Presnja war die letzte Bastion der Anarchisten. Heute ist es eine Wüstenei aus ausgebranntem, zerbombtem Beton, ein Land der Flüchtlinge, behelfsmäßigen Hütten und übelbeleumundeten Wohnblocks. Ein Bezirk, dessen Landschaft vom Granatfeuer bestimmt ist.

Aber es war nicht der ununterdrückbare Drang, Rot-Presnja zu sehen, der mich in die Gassen führte, zwischen die Rufe der

Huren, den Essensgeruch von den offenen Kochstellen und den Ziegelstaub, der bei jedem Windstoß aufgewirbelt wurde. Nein, die Wahrheit ist, daß ich aus meinem Büro raus mußte. Und das nicht nur, um einem Besuch im Leichenschauhaus zu entgehen. Mein Traum von einem ruhigen, streßfreien Job, während ich meine Rolle als Double Leonid Kobas nachkam, war in der letzten Stunde zerplatzt. Ich mußte ein Telephon finden und mit Roy Rolkin sprechen.

Ich fand ein Telephon, nachdem ich in einer engen Hurengasse namens Ochsenfroschgasse den Besitzer einer Wodkaschwemme bestochen hatte. Doch ich brauchte beinahe eine Stunde, bis ich den gerade angekommenen Major Rolkin in seinem Tscheka-Büro ausfindig gemacht hatte.

»Kostja, was machst du? Wie findest du dich im süßen Leben zurecht?«

»Von wegen süßes Leben«, antwortete ich. »Man hat mich mitten in ein Hornissennest gesetzt!«

»Wieso Hornissennest?« fragte er mit beinahe echter Überraschung.

»Man erwartet von mir, daß ich einen Mord aufkläre. Drei Morde.«

»Nun ja, du bist ein ranghoher Mordkommissar. Was zum Teufel hast du erwartet?«

»Roy«, sagte ich vorsichtig, »ich dachte, man hätte mich für höhere Dinge bestimmt als zur Untersuchung von Mordfällen. Verstehst du, was ich meine?«

»Ich verstehe, was du meinst.«

»Und jetzt stecke ich hier bis zum Hals in Leichen, mein neuer Boß verlangt rasche Ergebnisse, und ich bin in Panik. Ich habe von Morden nicht die geringste Ahnung.«

»Nimm's wie es kommt, Kostja. Ein großer, weltläufiger Kerl wie du sollte damit umgehen können.«

»Ich mag keine Toten.«

»Man gewöhnt sich an sie«, sagte er leise.

Ich hatte Roys Witze noch nie gemocht. Schon in der Schule waren sie oft ekelhafter gewesen als der Durchschnitt. Ich hielt es für das beste, nicht nachzufragen, was er damit meinte. »Da ist noch etwas anderes«, sagte ich. »Dieses Photo für die Zeitung. Wozu soll das gut sein?«

»Ein kleiner Schub für deine Karriere, Kostja. Ich dachte, du wärst mir dankbar.«

»Hör zu, Roy, verdammt noch mal. Ich bin überhaupt nicht dankbar. Laß mich an einen wirklich ruhigen Posten versetzen. In irgendeine kleine Stadt in der Nähe von Moskau, damit ich da bin, wenn man mich braucht. Und laß mich um Himmels willen zurück zur Straßenkriminalität.«

Ich hörte, wie er ärgerlich etwas brummte. »Es wird keine Versetzung geben, Kostja. Kapier das gefälligst. Du bist ein höherer Beamter in der Mordkommission in Rot-Presnja. Und da bleibst du auch. Komm mich morgen besuchen, verdammt noch mal«, sagte er. »Ich werde dich aufklären müssen.«

Wodkaschwemmen, wo Mann oder Frau in aller Ruhe den Tag vertrinken konnte, waren in den Monaten seit dem Sieg in ganz Moskau wie Pilze aus dem Boden geschossen. Und ich hatte das Gefühl, daß ich genau das jetzt brauchte. Ich ging in der Ochsenfroschgasse von einer verwahrlosten Kneipe zur nächsten. Die meisten Kunden waren bereits zu betrunken, um sich noch an ihren eigenen Namen zu erinnern. In einer der Kneipen saß ich mit dem Wirt zusammen und hörte im Radio verdrossen den Bericht über einen Attentatsversuch gegen zwei hochrangige Kabinettsminister. Jemand hatte eine Bombe auf ihre Wagen geschleudert, als sie im Konvoi die Romanow-Chaussee hinunterfuhren. Die Bombe hatte den ersten Wagen getroffen, war abgeprallt, an einer Wand explodiert und hatte mehrere Zuschauer getötet, Frauen und Kinder, die am Straßenrand standen.

Ich hörte diesen Bericht mit weniger Distanz, als das vor ungefähr einem Monat der Fall gewesen wäre, als ich noch nicht Double eines sehr, sehr hochgestellten Kabinettsmitglieds gewesen war. »Hohe Kriminalitätsrate in Moskau heutzutage«, sagte ich zu dem Wirt, der auf einem Barhocker hinter einer provisorischen Theke saß.

Er hob die Augenbrauen und senkte sie dann so tief, daß seine

Augen beinahe geschlossen waren. »Jeder Art«, stimmte er mir schläfrig zu.

»Drei Mädchen hier in diesem Bezirk verstümmelt.«

Er nickte düster. Ein Gast gab einen erstickten Schrei von sich und wedelte mit den Armen. Der Wirt stand auf und stolperte mit einem Viertelliter zu ihm hinüber.

»Drei Mädchen ...« fing ich wieder an, als er zu seinem Hocker auf der anderen Seite der Theke zurückkehrte.

»Verstümmelt ...« bestätigte er mit einem tiefen Seufzer. Er lehnte sich nach vorne gegen die Bar. Sein Kinn sank tiefer und tiefer auf seine gekreuzten Arme.

»Ist man überhaupt irgendwo sicher?« fragte ich.

Der Wirt brummte etwas. Meine Frage war eine zu große intellektuelle Herausforderung. Sein Kopf kam auf seine gekreuzten Arme zu liegen. Er schlief.

Die Wodkakneipe weiter unten in der Ochsenfroschgasse war besser. Ein halbes Dutzend Hocker, ein paar alte Lehnsessel und ein Sofa, das seinen Zweck erfüllte, obwohl es aussah, als sei es von Maschinengewehrfeuer gestreift worden. Die Gäste saßen herum, ihre Flaschen auf numerierten Blechtabletts neben sich auf dem Boden, und starrten in die Mitte des Raumes wie eine Gesprächstherapiegruppe, die auf den ersten Schritt wartet. Eine Frau von ungefähr fünfzig Jahren saß vornübergebeugt auf einem Schemel. Tränen tropften ihr langsam über die Wangen. Ich saß neben ihr und hielt dem Wirt zwei Finger hoch. Kurz darauf wurden ein Glas und ein blaugeblümtes Tablett mit der Nummer sechs zwischen meinen Füßen auf den Boden gestellt.

Der Mann mir gegenüber sprach in die Mitte des Raumes. »Ich habe vier Winter lang gegen die Anarchisten gekämpft«, sagte er. »An der Front in Smolensk in Kobas eigener Kavallerieelitedivision. Wir hatten ein paar Panzer, aber als wir die Stadt eingenommen haben, hatten wir fast nur noch Pferde, das könnt ihr mir glauben. Und trotzdem haben wir's denen in Smolensk ganz schön gezeigt.« Dicke Bartstoppeln wucherten fleckig auf dem wetterwunden Gesicht des Kavalleristen. »Wir haben den Anarchistenmädchen die Hölle heißgemacht. Wir haben's denen in Smolensk wirklich ganz schön gezeigt.«

Während ich mir von dem halben Liter etwas einschenkte, überlegte ich, ob Julia Petrowna jemals in Smolensk gekämpft hatte. Wenn ja, hatte sie mir nichts davon erzählt.

In das lange Schweigen hinein hatte jemand angefangen, in den Hals seiner Flasche zu summen, ein tonloses Pfeifen. Aus der Ecke hörte man ein verschleimtes Husten, das sich in schallendes Gelächter verwandelte, ein tiefes, kehliges Lachen, das mich vermuten ließ, das lange, fettige Haar gehöre einem Mann. Aber es war die Stimme einer Frau, die hinter der Kerzenflamme hervorkam. »In Smolensk war ich verheiratet.« Sie war einen Moment still und schniefte. »Falls jemand einem großen Bäcker mit dem Namen Kalemnew über den Weg läuft …« Die Stimme verlor sich.

Die Frau mit den Tränen auf den Wangen wandte sich an mich. »Ich bin zu Chruschtschows Zeiten auf einem Bauernhof in Swerdlowsk *oblast* aufgewachsen. Erinnerst du dich an Chruschtschow?« Sie sah mich genauer an. »Vor deiner Geburt«, sagte sie.

»Ich habe von Chruschtschow gehört.«

»Der einzige echte Bauer, der uns regiert hat.«

»Du vergißt Rasputin«, sagte eine gebildete männliche Stimme. »Vom Bett der Zarin aus Rußlands wahrer Herrscher. Kennst du die Geschichte von Rasputin im Restaurant? Eines Abends wurde er einer hübschen jungen Bürgerin vorgestellt, die ihn bekniete, ihr ein Treffen mit der Zarin zu arrangieren. Entnervt brüllte er schließlich: ›Sie bestehen darauf, den Herrscher Rußlands zu treffen, Madame? Hier ist der Herrscher Rußlands.‹ Und zog unter seiner Kutte seinen anerkanntermaßen riesigen Schwanz hervor und legte ihn vor sich auf den Tisch.«

Die Geschichte wurde mit hustendem Gelächter und Getrampel begrüßt. In der darauffolgenden Stille hörte man nur die schlurfenden Roßhaarschlappen des Wirts. Wie ein Schatten erschien er als Reaktion auf erhobene Finger, seine schwere Gestalt brachte die Kerzenflamme zum Flackern.

»Aber eins sage ich euch«, fuhr die Frau fort und wischte sich die Tränen von den Wangen. »Ich sage euch, Brüder … gewollt oder ungewollt, das Bauern-Monstrum tut uns allen einen Gefallen, uns Städtern.«

»Ha? Einen Gefallen?« krächzte eine Stimme.

»Die Morde lenken die Aufmerksamkeit auf die Bedingungen, unter denen wir hier in Presnja leben. Da kann die neue Regierung nicht länger die Augen verschließen.«

Eine Pause entstand, in der Rubel für neue Halbliter-Bestellungen den Besitzer wechselten und im Kerzenlicht bis auf die letzte Kopeke nachgezählt wurden.

»Waren diese drei Mädchen, die ermordet worden sind, alle von hier?« fragte ich.

»Diese drei Mädchen ...?« Eine junge Frau mit geschwärzten Schneidezähnen äffte meinen nördlichen Akzent nach. Sie wandte sich mir zu und wedelte mit ihrer Flasche, um ihre Aussage zu unterstreichen. »Diese dreiund*zwanzig* Mädchen. Wohl eher diese dreiund*zwanzig* Mädchen.«

Ich fühlte, wie mich eine richtige Schockwelle überspülte. Ich schaute mich um und sah zustimmend nickende Köpfe. »Jeder, der während des Kriegs in Presnja gelebt hat«, sagte das Mädchen, »weiß, daß der Bastard zwanzig oder mehr kaltgemacht hat.«

»Weiß die Polizei das nicht?«

Sie sah finster drein. »Die halbe Polizei hat gewechselt«, sagte sie.

»Als die Anarchisten an der Macht waren, hatten wir eine anarchistische Polizei«, sagte eine andere Frau. »Jetzt haben wir die Nationalisten, die keine Ahnung haben, was vorher hier los war.«

»Während gekämpft wurde«, sagte die Stimme eines alten Mannes, »hat man Tote bei der Polizei nicht gemeldet. Es waren zu viele, und außerdem hatte jeder genug damit zu tun, sich um sich selbst zu kümmern. Wenn das Monstrum ein Mädchen wollte, konnte es wählen. Lebend oder tot.«

Mir wurde schlecht. »Solche Dinge werden immer übertrieben«, sagte ich. »Die Leute erzählen gern Geschichten, dann fühlen sie sich wichtig. Drei ermordete junge Mädchen, das reicht doch wohl jedem, oder?«

Sie schüttelten alle den Kopf. »Hör mal, man merkt, daß du neu bist in der Stadt.« Es war die gebildete Stimme, die jetzt sprach. »Was er sagt, stimmt. Jeder kennt irgend jemanden, der damals über ein totes junges Mädchen gestolpert ist. Seit dem

Frieden ist es Gott sei Dank schwieriger für ihn geworden. Aber der Teufel war schon während der Schießereien unterwegs, darauf kannst du dich verlassen, Fremder.«

Ich spuckte auf den Boden, füllte mein Glas neu und trank mit aufgeblasenen Backen, um die Hitze aus dem Schnaps zu nehmen. Als die verheulte Frau neben mir aufstand, um zu gehen, ging ich mit ihr.

An diesem Ende ist die Ochsenfroschgasse eng; sie wird von beiden Seiten nur durch den Kerzenschein erleuchtet, der aus den Fenstern der zerstörten Gebäude aus der Jahrhundertmitte und aus den provisorischen Holzhütten dringt. Lärm und Aktivitäten konzentrieren sich am anderen Ende. Als wir die Wodkaschwemme verließen, schneite es in großen, nassen Flocken. Sie wischte sich die Tränen aus den Augen. »Erfrierungen«, sagte sie. »Greifen die Tränenkanäle an.«

Ich hatte das in Murmansk oft genug gesehen. »Glauben Sie, daß die Polizei falsch informiert ist? Über die Zahl der ermordeten Mädchen?«

»Ich glaube nicht, daß wir jemals erfahren werden, wie viele es sind«, sagte sie. »Im Krieg werden Leichen einfach beerdigt. Niemand untersucht das so genau, wenn sie jeden Tag zu Hunderten sterben. Aber das Mädchen, das meine Schwester in der Kreuzgasse gefunden hat, wurde nicht von einer Granate getroffen. An dem Tag gab es gar keinen Beschuß.«

»Ihre Schwester hat die zerstückelte Leiche einer Frau gefunden? Ist das Ihr Ernst?«

»Kein Fremder, keine Geschichte, die mir jemand erzählt hat. Meine Schwester.«

»Wissen Sie, wo das Mädchen begraben ist?«

Sie sah mich von der Seite an. »Sie sind von der Polizei, oder?«

Ich nickte.

»Frisch nach Moskau versetzt? Nun, ich habe nichts gegen euch, anders als die meisten hier.« Sie rutschte und schlitterte neben mir her und machte heftigen Gebrauch von meinem Arm. »Das Mädchen wurde im Schutt an der Nordwestecke der Kreuzgasse begraben. Verstehen Sie?«

»Ich verstehe.«

Sie zeigte vor uns auf eine Tür. »Ich wohne nur ein paar Meter weiter«, sagte sie. »Wollen Sie hereinkommen?«

»Zu viel zu tun«, sagte ich. »Aber danke.«

Sie schnitt eine Grimasse.

»Warum haben Sie gesagt, das Monstrum sei ein Bauer?« fragte ich sie, als sie vor ihrer Tür stehenblieb.

Sie sah mich verständnislos an. »Habe ich das gesagt, ein Bauer? In Moskau geht es heutzutage so drunter und drüber, daß er alles mögliche sein könnte.«

»*Das Bauern-Monstrum*, haben Sie gesagt.«

Sie zuckte die Schultern. »Ich nehme an, daß es sie auch in den Städten gegeben hat. Die Hebammen können sie unmöglich alle bei der Geburt erwürgt haben.« Sie bückte sich und fummelte an dem Vorhängeschloß an ihrer Haustür herum.

Ich sah auf ihren gebeugten Rücken hinunter. »*Wen* können die Hebammen unmöglich alle bei der Geburt erwürgt haben?« fragte ich.

»Die Unbeseelten«, sagte sie über die Schulter.

»Unbeseelt? Mit einem Hirnschaden, meinen Sie? Und die Hebammen …?«

»Haben aufgepaßt.« Sie stand da und nickte energisch. »In den alten Tagen wußten die Hebammen auf dem Land, was zu tun war«, sagte sie. »Außer wenn ein Doktor da war und sich eingemischt hat. Aber das kam selten vor.«

»Und was war, wenn ein Doktor da war?«

»Dann war die Hebamme natürlich so schlau und hat auf ihre Hände aufgepaßt. Der Doktor hat sich dann den Schaden angesehen, hat seine Feder genommen und das Wort *Monstrum* in die Geburtsurkunde eingetragen. In der guten alten Zeit hat Mütterchen Rußland regelmäßig in jedem Dorf im Land ein Monstrum zur Welt gebracht.«

11 Im 13. Distrikt kehrte ich in ein chaotisches Büro zurück. Als ich die Empfangshalle betrat, sah ich, daß die Wartenden zur Seite geschoben worden waren und jedes uniformierte Mitglied der Polizei und die Hälfte aller Kriminalbeamten aus den Abteilungen Betrug, Kleinkriminalität, Überfall, Raub und Mord aus ihren Zimmern gekommen waren und sich einen Weg zwischen den Schreibtischen hindurch gebahnt hatten, um einen Blick auf eine Gruppe zu werfen, die gerade die breite Haupttreppe empor zum Büro des Distriktkommandanten geführt wurde.

Ich stieß die Schwingtür auf und betrat eine leergefegte Mordabteilung. Dronskij stand mit einer blonden jungen Frau in weißem Kittel zwischen den verlassenen Schreibtischen. Er schien enorm erleichtert, mich zu sehen. »Gott sei Dank, daß Sie zurück sind. Sie werden im zweiten Stock verlangt«, sagte er, und seine Augenbrauen zuckten vor Aufregung. »Der Kommandant.«

»Ich bin Dr. Karlowa«, sagte das Mädchen neben Dronskij und bot mir die Hand. »Ich bin die für Ihren Fall zuständige Polizeiärztin. Ich lege meine Aufzeichnungen auf Ihren Schreibtisch.« Auf ihrem Gesicht lag ein schiefes Lächeln. »Vielleicht können wir uns später treffen, wenn alle wieder ihren normalen Blutdruck haben.«

Ich schüttelte ihr rasch die Hand, und nachdem sie gegangen war, wandte ich mich an Dronskij. »Was ist denn hier los?« Ich deutete durch die Drahtglasscheiben der Schwingtür in Richtung Empfangshalle. Das Knäuel aus Kriminalbeamten löste sich langsam auf; sie bewegten sich, ruhiger werdend, wieder in Richtung ihrer Büros.

»Die Amnestiekommission«, sagte Dronskij. »Mit einem weiblichen Mitglied. Einer *Amerikanerin.*«

Es gibt da einen Unterschied. Natürlich hatte ich in alten Filmen amerikanische Frauen gesehen, aber das war nichts im Vergleich zur Realität. Sie war ein Kunstobjekt. Von vollkommener Schönheit. Als ich in Brusilows Büro schlüpfte und mich unter die Inspektoren der anderen Abteilungen, die in unbeholfenem Schweigen an der Wand standen, einreihte, nahm ich in dem überfüllten Raum lediglich diese Frau wirklich wahr. Sie saß mit übereinandergeschlagenen Beinen im tiefsten Sessel und glitzerte. Ein Schimmer ging aus von allem, was sie trug – von ihren bestrumpften Beinen, ihren Schuhen, dem hellen Lippenstift auf ihren Lippen.

Der Kommandant stellte mich, den Nachzügler, vor. Brusilow sprach russisch, und sie antwortete in perfektem, umgangssprachlichem Russisch.

Ich neigte den Kopf in ihre Richtung, und sie lächelte, und sogar ihre Zähne, ihr kurzgeschnittenes, glattes dunkles Haar glänzten, als sie den Kopf zur Seite neigte. Hörte ich nicht vielleicht sogar eine Spur von einem nördlichen Akzent?

»Inspektor Vadim ist der Star unserer Mordkommission. Er hat gerade den Monstrum-Fall übernommen. Im Moment erstellt er ohne Zweifel ein Profil des Killers.«

Ihr übergeschlagenes Bein wippte leicht auf und ab. Ihre Augenbrauen hoben sich. Ihre Augen waren fest auf mich gerichtet.

»Ein Profil des Monstrums? Ich wüßte nicht, wo ich anfangen sollte«, sagte ich.

»Aber in den richtigen Händen kann ein Profil ein nützliches Erkenntnisinstrument darstellen, da stimmen Sie mir doch sicher zu«, sagte die amerikanische Frau.

»Natürlich. Ich bin sehr für das Erstellen von Profilen.« Ich wechselte eilig den Kurs. »Ich wollte nur sagen, daß ich noch nicht genügend Material gesammelt habe, um mit einem Profil zu beginnen.«

»Kennen Sie die Arbeit meines Kollegen Professor Benson aus New York?«

Ich wippte auf die Fersen und wieder nach vorn. »Kürzlich veröffentlicht?«

»Vor sehr kurzer Zeit.«

»Dann befürchte ich, daß sie Moskau bedauerlicherweise noch nicht erreicht hat.«

»Sprechen Sie Englisch, Inspektor?«

»Die Sprache Shakespeares«, antwortete ich auf englisch. »Und von Beavis und Butthead.«

Sie lachte. »Gut. Ich werde veranlassen, daß Sie ein Exemplar von Professor Bensons Buch bekommen.«

»Dr. Shepherd«, sagte Brusilow und beendete unseren Austausch, »ist Vorsitzende der Amnestiekommission in drei Moskauer Bezirken, einschließlich dem unseren, Rot-Presnja. Sie wird unterstützt von dem englischen Journalisten Richard Mottram und dem französischen Gefängnisgouverneur Jules Laventier.« Ich nickte den beiden Westlern mittleren Alters, die rechts und links neben der Amerikanerin standen, zu.

Brusilow wandte sich an Dr. Shepherd und machte eine feiste Verbeugung. »Darf ich Sie vielleicht bitten, ein paar Worte zu sagen, Doktor?«

Die Amerikanerin stand auf. Sie war groß und eher gut gebaut als sehr schlank. In ihrem schönen Russisch (ihr Akzent war definitiv nördlich) drückte Imogen Shepherd die Hoffnung aus, daß die Kommission in Presnja nirgends die normalen Abläufe der Polizeiarbeit stören würde, und auch die, daß die Inspektoren der verschiedenen Abteilungen sie direkt ansprechen würden, falls es Ihnen dennoch so erschien. Sie nannte dem Team ihre Telephonnummer, die ich auf einen Umschlag kritzelte.

»In ganz Moskau sind ungefähr einhundert von uns an der Arbeit«, schloß sie. »Selbstverständlich alles Ausländer. Aber ich hoffe, Sie halten uns nicht einfach für übereifrig und aufdringlich. Wir sind auf Veranlassung Ihrer Regierung hier, um ein Auge darauf zu haben, wie die Amnestie in die Tat umgesetzt wird.«

Und schlechte Noten werden sofort den Hahn der US-Hilfe zudrehen, dachte ich für mich, als ich bemerkte, daß ihr Blick wieder auf mir ruhte. »Noch Fragen, Inspektor Vadim?« wollte sie wissen.

Es war, als hätte sie meine Gedanken gelesen. Ich schüttelte schnell den Kopf. Sie lächelte erneut und wandte den Blick wieder Brusilow zu, bevor sie sich setzte. In diesem Moment sah ich, daß sie eine ungewöhnliche natürliche Autorität ausstrahlte. Der kurze Blick auf Brusilow forderte ihn auf, auf die Füße zu kommen und seine Rede zu halten. Genau so, wie die Frage, die sie vorhin äußerst freundlich an mich gerichtet hatte, ein Verweis gewesen war, weil ich meine Gedanken hatte abschweifen lassen. Es war eine kaiserliche Darbietung.

Brusilow machte eine Geste zu ihr hin und ließ es in seinem eigenen Büro zu, daß sie ihm das Wort erteilte. »Die Kommission«, sagte er, »hat es auf sich genommen zu überwachen, daß wir Amnestiebewerber in der dem gerade verabschiedeten Amnestiegesetz angemessenen Weise registrieren. Die Mitglieder der Kommission haben unter diesem Gesetz das Recht, jede Frage zu stellen und jedes Dokument einzusehen, das sie brauchen.« Brusilow sah auf das Papier auf seinem Schreibtisch hinunter. »Des weiteren lassen uns Dr. Shepherd und ihre Kommissionskollegen die Ehre zuteil werden, mein Angebot anzunehmen und ihre Büros hier in Presnja aufzuschlagen. Sie werden also ihrer Verantwortung für die drei Bezirke von diesem Gebäude aus nachkommen.«

Die Inspektoren waren entlassen. Wir strömten schweigend die breite Treppe hinunter. Ich sah die anderen an. Es war kein Mann darunter, dessen Gedanken nicht mit der neuen Frau in der Amnestiekommission beschäftigt gewesen wären.

Ich durchquerte die Empfangshalle und versuchte, mit tief in Gedanken versunkener Miene die geschäftige Mordabteilung geradewegs zu durchqueren, aber Dronskij legte seine Zigarette weg und war auf den Füßen, bevor die Eingangstür hinter mir zufiel. Zwei Polizeibeamte in Zivil folgten ihm auf dem Fuß, Akten unter dem Arm.

Ich hielt meine Bürotür auf. »Ich gebe jedem von euch zwei Minuten«, sagte ich zu den Sergeanten. »Aber zuerst Dronskij.«

Ich ging um meinen Schreibtisch herum und ließ mich in den Drehstuhl fallen. Die Frau war *außerordentlich*. Ich fühlte unter meinen Kleidern die Hitze aufsteigen wie an einem feuchten Sommertag in einem Murmansker Autobus.

Dronskij stand da und wartete, die Hände in den Taschen seiner Khakihosen. Ich sagte es ihm nicht, aber sein Bürstenhaarschnitt ließ ihn aussehen, als hätte er gerade die Abschlußprüfung in einem Arbeitslager bestanden. Vielleicht waren es gerade sein zögerliches Lächeln und sein ungepflegtes Aussehen, die bei Frauen den Wunsch weckten, ihn zu bemuttern.

»Konstantin Sergejewitsch«, fing Dronskij an.

Ich hob die linke Hand wie ein Verkehrspolizist und winkte ihn zu dem Stuhl vor meinem Schreibtisch. »Für Sie, Dronskij, bin ich Inspektor Vadim. Oder, unter Kameraden, Konstantin. Wenn wir uns gemeinsam betrinken – Kostja. Das ist so in der nationalistischen Demokratie.«

»Inspektor ...«

»Konstantin, wenn's recht ist ...«

»Wenn es Ihnen nichts ausmacht, Chef, aber ich fühle mich wohler mit Inspektor«, sagte Dronskij. »Die Obduktion von Tanja Tschechowa findet heute nachmittag statt. Ich habe Dr. Karlowa gebeten, damit zu warten, bis Sie dabei sein können.«

»Sehr aufmerksam von Ihnen, Dronskij«, sagte ich und trommelte mit den Fingern auf den Schreibtisch. Ich stellte mir weißgekachelte Räume vor, den Gestank blasser Leichen auf Stahltischen und grünberockte Gestalten, die ihnen mit Sägen und Hackmessern zu Leibe rückten. Mein Magen hob und senkte sich. Es war ganz und gar unmöglich, daß ich bei einer Obduktion dabei war. Ich teile nicht den Geschmack der Jugend für das Schlachthaus. »Wir wollen hören, was die Beamten zu sagen haben«, sagte ich.

Dronskij ging zur Tür und rief sie herein. Ich stand von meinem Sessel auf und setzte mich auf die Schreibtischkante. Ich erinnerte mich nur mit Anstrengung an ihre Namen. Mein kleines, ausgewähltes Team, die Beamten Jakunin und Bitow. Sie waren einander nicht unähnlich. Beide ungefähr dreißig, mittelgroß, in alten, außer Mode gekommenen Imitationen von Armani-Anzügen, mit Ärmeln, die ihnen bis zu den Fingerknöcheln reichten. Bitows Krawatte war der Länge nach mit einer Ansicht von New York bedruckt, und sein Armani war blau. Jakunin gab einem braunen Anzug den Vorzug und einer Krawatte, die beinewerfende Varietémädchen zeigte. *Chacun à son goût.*

Bei genauerem Hinsehen stellte ich fest, daß sich ihre Gesichter maßgeblich unterschieden – Jakunin hatte lange Züge wie ein Pferd, Bitow ein eifriges Fuchsgesicht, das im Moment Ernsthaftigkeit ausdrückte. Beide Männer öffneten braune Plastikordner, als sie ins Zimmer traten. Ich nickte Jakunin zu, daß er anfangen solle.

»Weiterführend in der Untersuchung des strafbaren Mordes an Anastasia Modina, dem ersten Opfer, auf dem Abfallgelände des früheren Zoo-Freigeheges im Moskauer Bezirk Presnja, manchmal genannt Rot-Presnja –«

Ich bedeutete ihm zu schweigen. »Um Gottes willen, Sergeant, in Ihren eigenen Worten.«

Jakunin blätterte ein oder zwei Seiten weiter und räusperte sich. »In der Angelegenheit des ersten Mordes, Chef, haben Kollege Bitow und ich auf Anweisung Ihres Stellvertreters Dronskij mit sämtlichen bekannten Augen- und Ohrenzeugen der Tat und ihrer Begleitumstände gesprochen.«

»Geben Sie mir eine Zusammenfassung des Gesagten. Ich werde Ihre Berichte später lesen.«

Wieder konsultierte der Beamte seine Aufzeichnungen. »Jeder einzelne Zeuge hat behauptet, etwas gehört oder gesehen zu haben, was auf einen Fall außerhalb des Gewohnten hinweist, Inspektor.«

»Und das wäre?«

»Aussagen, daß man sofort nach dem Mord Geheul auf der Straße gehört hat, Chef«, antwortete Bitow.

»Gibt es jemanden, der tatsächlich etwas gesehen hat?«

»Eine schattenhafte Gestalt, die vom Tatort weggelaufen ist, Chef«, bot Jakunin an.

»Hat jemand diese Gestalt gesehen? Oder hat man nur von einem Schatten berichtet?«

»Von einer schattenhaften Gestalt, Chef«, sagte Jakunin unsicher.

»Einem Schatten.«

»Mit Sicherheit ein Mann, Chef.«

»Sonst noch was?«

»Seltsame Schritte auf den Straßen. Ganz anders als ein normales Laufen«, sagte Bitow.

»Und bei dem anderen Mord?«

»Im Fall des Opfers Golikowa die gleichen Aussagen: eine schattenhafte Gestalt, Geheul ... Und nach der Entdeckung des Opfers Tanja Tschechowa ebenfalls.«

»Dann haben wir also keinerlei brauchbare Beschreibung?

Groß, klein, dick, dünn, Russe, Usbeke, Jakute ... Nichts, außer daß es sich um einen Mann zu handeln scheint, was nicht gerade erstaunlich ist, oder? Unser Monstrum hat noch kein Gesicht.«

Die Beamten schwiegen.

Ich ließ meinen Blick auf Bitow ruhen. »Fassen wir das Wichtigste noch einmal zusammen«, sagte ich. »Wie viele Leichen?«

»Drei«, sagte Bitow.

»Und in einem Gebiet von ...?«

»Von weniger als einem Kilometer.«

»Verletzungen?«

»Schwere Verletzungen durch ein Messer, vielleicht immer dasselbe«, sagte Bitow. »Und entwendete Organe, das steht alles genau in den Aufzeichnungen.«

»Vergewaltigung in allen Fällen?«

»Wahrscheinlich in allen Fällen«, meldete Dronskij sich zum ersten Mal zu Wort.

»Wahrscheinlich?«

»Bei der Ermordeten von gestern nacht werden wir es nicht mit Sicherheit herausfinden«, sagte Dronskij. »Tanja Tschechowa war zwei Stunden lang starkem Regen ausgesetzt, ehe sie gefunden wurde. Irgendwelche Spuren einer Vergewaltigung wurden abgewaschen. Aber alles andere deutet auf unseren Mann hin. Schwerste Körperverletzung und Entnahme bestimmter Organe.«

Ich sah Bitow an. »Das macht insgesamt drei Morde?«

»Ja, Chef.«

Ich ließ meinen Blick langsam zu Dronskij wandern, und er nickte.

»Und wie erklären Sie sich Berichte von ähnlich zugerichteten Leichen, die man während der Belagerung gefunden hat?«

»Wir müssen mit dem arbeiten, was wir haben, Chef.« Bitow tat mit einem Schulterzucken die Möglichkeit weiterer Opfer ab.

»Wir alle haben solche Dinge gehört, Chef«, sagte Dronskij. »Aber wir hatten nie Beweise, die das unterstützt hätten.«

»Haben Sie danach gesucht?«

»Chef, nach dem Granatfeuer gab es Hunderte von Leichen.« Dronskij wies aus dem Fenster. »Manche wurden auf den Friedhof gebracht. Einige wurden in Massengräbern beigesetzt. Einige wurden auf der Stelle beerdigt. Für forensische Untersuchungen war keine Zeit.«

»Aber Sie haben die Gerüchte gehört?«

»Die Russen erzählen gern Geschichten. Vor allem der Polizei. Ich persönlich glaube, daß der Teufel sein Werk nach Ende des Krieges begonnen hat.«

Ich wandte mich an die Beamten. »Kennen Sie die Kreuzgasse?«

»Natürlich, Chef.«

»Ich möchte, daß Sie mit ein paar Männern mit Pickeln und Schaufeln dorthin gehen. Unter dem Schutt an der nordwestlichen Ecke. Die Überreste einer jungen Frau. Seht zu, ob die blonde Pathologin bestätigen kann, ob der *modus operandi* derselbe war wie bei unserem Mann. Ich habe das Gefühl, daß das der Fall sein wird.«

Ich konnte sehen, daß die Sergeanten beeindruckt waren. Dronskijs Gesichtsausdruck war undurchdringlich.

»Bevor Sie gehen«, sagte ich zu den Beamten, »sagen Sie mir ... haben alle Zeugen, die Sie befragten, das Wort Monstrum benutzt?«

»Jeder von ihnen, Inspektor. Der ganze Bezirk führt es im Munde.«

»Und was hat es zu bedeuten?«

Sie starrten beide zu Boden.

»Dronskij?«

Er sah auf und schüttelte den Kopf.

Ich entließ die Beamten.

Blieb Dronskij. Dronskij mit seinem khakifarbenen Sommeranzug und den blauen Bootsschuhen, der am Türrahmen lehnte und meinen nächsten Zug abwartete. Diese Mischung aus Ergebenheit und Ansätzen von Unverschämtheit war typisch russisch. Ich würde ein Kaninchen aus dem Hut ziehen müssen, wenn ich diesen Zeitgenossen beeindrucken wollte. Hatte ich eines an den Ohren?

Ich rutschte vom Schreibtisch herunter. »Im echten Rußland ...«

Ich hatte Dronskijs volle Aufmerksamkeit. Er stand da, die Zigarette zwischen den Fingern der einen Hand, das Feuerzeug in der anderen, den Kopf leicht zur Seite geneigt.

Ich strich mit der Hand langsam oben über die graue Wandvertäfelung und blies den Staub fort, der sich auf meinen Fingerspitzen gesammelt hatte. »Im echten Rußland der dörflichen Gemeinschaft«, wiederholte ich, »glaube ich mich an einen alten Brauch zu erinnern, nach dem bei Geburten von Behinderten, von Hirngeschädigten, das lateinische Wort *Monstrum* in die Geburtsurkunde eingetragen wurde.«

»Sehr interessant, Chef«, sagte Dronskij sachlich. »Kann ich der Pathologie bestätigen, daß Sie es bis 18.30 Uhr ins Leichenschauhaus Marisilow schaffen werden?« Dronskijs Hand lag auf dem Telephonhörer.

Ich fühlte, wie mir das Blut kalt durch die Adern floß. »Kümmern Sie sich um die Obduktion«, sagte ich hoheitsvoll. »Streichen Sie in Ihrem Bericht alles an, was von Bedeutung sein könnte.«

»Ich bin sicher, daß Dr. Karlowa bereit wäre, die Obduktion zu verschieben, wenn Sie sie darum bäten, Chef.« Er sah mich herausfordernd an.

Es ist wohlbekannt, daß manche Mordkommissare keine Obduktionen ertragen können. Ich wußte, daß Dronskij das dachte. »Übernehmen Sie die Obduktion«, sagte ich, schärfer, als ich es beabsichtigt hatte. »Ich habe genügend anderes zu tun.«

Als Dronskij gegangen war, nahm ich die Aufzeichnungen der Beamten und den dicken, grün gebundenen *Bericht über die Morde 1, 2 und 3* mit dem weißen Aufkleber in Dronskijs Handschrift. So wollte ich meine erste Nacht in Moskau nicht verbringen. Ich stopfte die Akten in den wildledernen Louis-Marc-Perrier-Beutel, den mir Wassikin geschickt hatte, bevor ich Murmansk verließ, verstaute das Ganze in einer Schreibtischschublade und schloß sie ab.

Ich verließ mein Büro und durchquerte die plötzlich stille Mordkommission, wo die zwei oder drei Beamten, die Spätschicht hatten, den Blick hoben, als ich an ihnen vorbeiging. In dem verschmierten, von Rissen durchzogenen Glas der Eingangstür konnte ich sehen, wie sie die Köpfe wandten, um mir nachzusehen. Vom Glas verzerrt schien es, als stünde auf ihren Gesichtern ein fragender, leicht ungläubiger Ausdruck.

Ich nahm ein Taxi und sagte dem Fahrer, er solle mich irgendwo hinbringen, wo die Frauen gut angezogen waren und der Wodka in geringeren Mengen als halben Litern serviert wurde. Er kutschierte mich durch ein hellerleuchtetes Stadtviertel zum Royal American Hotel.

Es war ein Ort, wie ich ihn noch nie vorher wirklich gesehen hatte. Wir hatten in Murmansk große Hotels, aber keine sagenhaften Orte wie diesen. Teure Autos glitten über die Auffahrt. Livrierte Türsteher mit hohen, kokardengeschmückten Mützen bewachten die Drehtüren, denen bei jeder Drehung parfümierte Wärme entströmte.

»*In such a night … Troilus methinks mounted the Trojan walls and sighed his soul toward the Grecian tents, where Cressid lay that night Cressida*«, deklamierte ich, als ich die Stufen emporstieg, und verwandelte den mißtrauischen Blick des nächsten Türstehers in ein eifriges Lächeln. Englisch ist natürlich die Sprache der Dollarbesitzer. Ich schritt an ihm vorbei durch eine Empfangshalle, die geschmückt und bemalt war wie ein Designer-Grab der Nofretete, und betrat eine Bar, die gedrängt voll war mit gutangezogenen Mädchen.

Noch bevor ich meinen ersten Wodka geleert hatte, war mir klar, daß der Preis einer dieser glamourösen Kreaturen meine Verhältnisse bei weitem überstieg. Der der Drinks übrigens nicht minder.

Aber ich beschloß, den größeren Teil meines wöchentlichen Einkommens für ein paar weitere Drinks auszugeben, und verbrachte die nächsten ein oder zwei Stunden in einer Aura aus schimmernder Beleuchtung und Parfüm und beobachtete das Kommen und Gehen des Moskauer Lebens. Vielleicht, weil dies als Polizist meine eigentliche Aufgabe war, stellte ich bald fest, daß beinahe jedermann in dieser Bar mit etwas handelte. Die Jungen und Mädchen waren eindeutig. Die Drogenhändler waren ziemlich eindeutig. Weniger eindeutig zuzuordnen waren all die jungen Männer in smarten Anzügen ohne Krawatte, die sich so ernsthaft unterhielten, bekritzelte Zettel austauschten und auf ihren Handys herumtippten. Eines der Mädchen (das *mir* einen Drink spendierte) sagte, in Moskau könne man heutzutage alles kaufen oder verkaufen. Alles.

Sie hatte keine Zeit, sitzen zu bleiben und sich mit mir zu unterhalten, und ich fand bald heraus, daß es in einer großen Stadt ebenso elend und demütigend ist, allein und betrunken zu sein, wie an jedem anderen Ort. Ich beobachtete, wie sie quer durch die Bar tänzelte, auf eine Gruppe junger Deutscher zu, und gab dem Barmann ein Zeichen, mir noch einen einzuschenken. Ich trank, während die Lichter zu einem diesigen roten Leuchten gedimmt wurden und eine Conferencière in Frack und Netzstrümpfen eine Show ankündigte, die den Raub der Sabinerinnen zum Thema hatte.

Als ich mich schließlich entschied, daß meine letzten Rubel für ein Taxi auf den Kopf gehauen werden sollten, war ich zu betrunken, um zum Distriktbüro zurückzukehren und meine Taschen abzuholen. Zu betrunken, um mich zu erinnern, wo es lag. Aber in meiner Tasche hatte ich einen Schlüssel mit einem Schildchen, auf dem eine Adresse in Fili stand, die der Taxifahrer zu kennen schien.

Ich stolperte in meinen Wohnblock. Häufiges Drücken gegen Türen, die sich nicht öffnen ließen, und von Knöpfen in Aufzügen, die nicht zu funktionieren schienen, brachte mich schließlich in den vierten Stock und vor eine Tür, die den Zahlen auf meinem Schlüssel zu entsprechen schien. Und als sich der Schlüssel im Schloß drehte und ich in dem kleinen Flur feststellte, daß jemand aus dem Büro meine Taschen hierher geliefert hatte, genoß ich einen kurzen, lachenden Moment des Triumphs, wie er nur Betrunkenen zuteil werden kann. Betrunkenen, die wissen, daß Wände, Möbel und Umstände naturgemäß dazu da sind, sich zu erheben und sie niederzustrecken, daß auf dem Kopf stehende Landkarten und falsche Abzweigungen in der Natur der Dinge liegen, denen es aber nichtsdestotrotz gelungen ist, den gnadenlosen Gesetzen des Universums ein Schnippchen zu schlagen.

Ich lächelte meinem Ebenbild im Flurspiegel zärtlich zu, brach auf dem schmalen Bündel meiner weltlichen Besitztümer zusammen und schlief die erste Nacht in Moskau.

12

Ich fand den Weg zurück zum 13. Distrikt früh genug, um den Kater zu verscheuchen, mich an meinen Schreibtisch zu setzen und mit der Lektüre der Akte von Tanja Tschechowa anzufangen, bevor jemand kam. In ihrer Tasche hatte man eine Photographie gefunden, die ein durchschnittlich hübsches, dunkelhaariges, etwa zwanzig Jahre altes Mädchen zeigte, mit einer etwas zu langen Nase und einem wohlgeformten, lächelnden Mund. Sie trug einen einteiligen grünen Badeanzug und schien in irgendeiner öffentlichen Badeanstalt zu sitzen.

Ich sah sie mir eine gute Weile an. Ich glaube, das war das erste Mal, daß die ganze Sache für mich wirklich Bedeutung annahm. Sie sah aus wie ein ganz gewöhnliches, *anständiges* Mädchen. Womit verdiente sie ihren Lebensunterhalt? Was wußten wir über sie? Ich wandte mich wieder der Akte zu. Das oberste Blatt war ein in Mordfällen übliches Standardformular.

Ein Name. Aber keine Adresse. Kein Beruf. Eine Personenbeschreibung: Größe: 1,62 Meter, Gewicht: 50 Kilo. Keine Narben oder besonderen Merkmale. Kleidung: keine besonders teuren Moskauer Marken und das Etikett vom Kaufhaus Spencer. Hände sauber und gepflegt. Tascheninhalt: ein Photo von ihr selbst, ein Schlüssel, fünf Rubel und zwölf Kopeken. Ein kleines Ebenholzkreuz mit einem echten Elfenbeinchristus. Ein Päckchen Pfefferminzpastillen.

Die Pfefferminzpastillen ließen mich geradesitzen. Sie wurden häufig von Straßendirnen benutzt, die gerne tranken. Aber auch oft benutzt von ganz normalen Mädchen. Und Tanja Tschechowa schien ein ganz normales Mädchen gewesen zu sein.

Ich saß an meinem Schreibtisch, und mir war übel von den Exzessen der gestrigen Nacht. Oder übel bei dem Gedanken an dieses Monstrum, das mein kleines Stückchen Stadt unsicher machte? Es war kein Gefühl, mit dem ich vertraut war. Ich merkte, daß ich kurz davor stand, in die Sache hineingezogen zu werden. Ich sah Tanjas Photo an. Wie sich ihr Mund zu einem Lächeln formte. Ich wollte diesen Mann kriegen, der sie verstümmelt hatte. Ich wollte diesen Job gut machen. Ihn finden, und das schnell. Ich *wollte* hineingezogen werden.

Ich griff gerade nach den Akten der beiden anderen Mädchen, als ich, verschleiert durch das Glas, die Umrisse meines Stellvertreters sah, der die Mordkommission durchquerte und auf mein Büro zukam. Ich hielt sofort inne und schob die Schublade zu. Tanja Tschechowas Akte ließ ich auf dem Schreibtisch liegen.

Dronskij klopfte und schob seinen runden Kopf durch die Tür. »Morgen, Chef.« Während er sprach, zupfte er seine Krawatte zurecht. »Soll ich Ihnen einen Kaffee bringen?«

Ich dankte ihm, und er verschwand wieder, ließ die Tür aber weit genug offen, daß der Kater hereinkommen konnte. Ich ignorierte ihn und griff schnell nach den anderen Akten. Ich hatte lediglich Zeit genug, ein paar schnelle Fakten aufzuschnappen. Anastasia Modina war auf dem Koba-Prospekt Verkäuferin gewesen. Ich schaute mir schnell die Photos der Toten an. Todeszeit ungefähr ein Uhr morgens. Das andere Mädchen hatte auf einem Flohmarkt gearbeitet. Die Leiche wurde um zwei Uhr früh von einem Polizisten auf seiner Streife gefunden. Ich sah Dronskijs verschwommenen Umriß und legte die Akten weg.

»Das Wichtigste zuerst«, sagte er und stellte den Kaffee vor mir auf den Schreibtisch. Er selbst hatte einen Becher Kaffee in der rechten Hand und zog ein paar Papiere aus einer Mappe, die er sich unter den rechten Arm geklemmt hatte. »Die Empfangsbescheinigungen für ein Auto und die Pistole, Inspektor. Ich brauche Ihre Unterschrift.«

Ich unterschrieb, während ich meinen Kaffee trank. Er legte die Papiere in die Mappe zurück und holte schwungvoll ein paar neue hervor. »Der Obduktionsbericht zu Tanja Tschechowa.«

Ich mußte gezwungenermaßen so tun, als würde ich ihn lesen, aber die Details waren zuviel für mich. Der Teufel hatte Tanjas Gebärmutter, ihre Nieren und Teile ihrer Leber entnommen. Ich schob den Bericht beiseite. »Wir wissen also nichts über sie«, sagte ich.

»Bisher nicht.« Dronskij schüttelte den Kopf. »Sie hatte wahrscheinlich irgendwo in der Nähe ein Zimmer und hat von dort aus gearbeitet.«

»Auf dem Strich, meinen Sie?«

»Niemand von der Stammbesatzung in der Ochsenfroschgasse kannte sie.«

»In ihrer Tasche hatte sie ein Kruzifix«, sagte ich. Ich versuchte, sie gegen die Anklage zu verteidigen, sie sei eine Hure gewesen.

»Dr. Karlowa schätzt den Zeitpunkt ihres Todes zwischen zwei und drei Uhr morgens. Wenn sie nicht auf den Strich gegangen ist, weiß ich nicht, was sie um diese Zeit da draußen zu tun gehabt haben könnte.«

»Gibt es irgendeine Gemeinsamkeit zwischen den drei Mädchen?«

»Bis jetzt noch nicht, Chef. Die beiden ersten Mädchen hatten Jobs. Von dieser letzten wissen wir das noch nicht.«

Ich legte meine Füße auf den Schreibtisch. »Wie gerne würden Sie nach Mitternacht oder um ein Uhr früh von – sagen wir mal – der U-Bahn-Station Barricadnaja bis – sagen wir mal – zu unserer Station hier zu Fuß gehen?«

Dronskij sprach langsam. »Sie fragen, was die Mädchen mitten in der Nacht an einem Ort wie Presnja allein gemacht haben?«

Ich nickte.

Er zündete sich eine Zigarette an. »Eine hat zu Hause gelebt. Anastasia. Sie ging gerne aus. Nicht oft, einmal in der Woche oder so. Kam spät zurück und war sehr heimlichtuerisch. Ihre Familie vermutete einen neuen Freund. Vielleicht einen verheirateten Mann. Aber bisher hatten wir bei der Suche nach ihm noch kein Glück.«

»Und das zweite Mädchen?«

»Lebte allein in einem dieser verdammten Hochhäuser.« Er sah zu Boden, während er sprach. »Die Nachbarn waren keine wirkliche Hilfe, aber eine Frau aus der Wohnung drüber sagte, sie habe sie gewarnt, nicht so spät nach Hause zu kommen. Es war also nicht das erste Mal.« Sein Kopf folgte einer Bewegung auf dem Fußboden.

Ich nahm meine Füße vom Schreibtisch, und der Stuhl ruckte mit einem dumpfen Knall in die Senkrechte.

»Da ist W. I. Lenin«, sagte Dronskij. »Zeit fürs Frühstück.«

Ich schaute auf den Boden und sah, wie der Kater wie ein Löwe im Käfig vor meinem Schreibtisch hin und her rannte.

»Zu dieser Tageszeit mag er gerne einen Fischburger«, sagte Dronskij.

Mir drehte sich der Magen um.

»Und ich muß zugeben, ich auch.«

Während sich Dronskij aufmachte, ein Frühstück für zwei aufzutreiben, schloß ich die Augen und fragte mich, ob mein Kopf sich schneller drehte oder mein Magen. Als das Telephon klingelte, verkündete eine Frauenstimme, sie rufe im Auftrag von Oberst Roy Rolkin an. Oberst?

Oberst, wiederholte sie fest und instruierte mich, in einer Stunde am Alexanderplatz zu erscheinen. Kein Gruß von einem alten Freund, der frisch in Moskau eingetroffen war. Nur, daß ich in einer Stunde da sein sollte.

Ich kritzelte eine Nachricht für Dronskij, auf der ich ihm die Verantwortung für die Untersuchung übertrug, bis ich wieder da war oder mich wieder meldete. Als ich durch die Empfangshalle ging, entdeckte ich ihn am entgegengesetzten Ende des riesigen Raumes. Er trug eine braune Papiertüte, und ihn verfolgte eine muntere ingwerfarbene Katze.

Ich wandte den Blick von Dronskij und dem Kater und erspähte Dr. Karlowa, die in dieselbe Richtung ging wie ich. Sie trug einen tristen olivgrünen Overall mit alarmierenden dunklen Flecken. Direkt hinter den Schläfen war ihr zurückgebundenes blondes Haar mit geronnenem Blut gesprenkelt. »Sie müssen mich entschuldigen«, sagte sie und wies mit der Hand auf ihren grünen Overall. »Normalerweise tauche ich so nicht aus meiner Höhle auf, aber es geht das Gerücht, der Laden hier habe Hühnchen.«

Ich paßte mich ihren schnellen Schritten an. »Ist das gut?«

Sie riß die bernsteinfarbenen Augen auf. »Es ist wunderbar«, sagte sie. »Wo haben Sie gelebt, daß Hühnchen für Sie kein Ereignis war?«

»Ich bin gerade aus Murmansk gekommen«, sagte ich.

»Der eisige Norden. Sie Armer.«

»Murmansk ist nicht Norilsk«, sagte ich steif.

»Ah, ich war vorschnell. Murmansk hat sicher seine Vorzüge.«

»Ich bin dort geboren und aufgewachsen.«

»Ich habe das so dahingesagt, Inspektor. Meine Gedanken sind bei dem Hühnchen. Ich werde mich bei Gelegenheit ordnungsgemäß entschuldigen.« Sie ging bereits in eine andere Richtung. »Ehrlich«, sagte sie, aber sie mußte ein Lächeln unterdrücken.

»Nicht nötig.«

»Eine formelle Entschuldigung«, sagte sie. »Wir müssen uns einmal unter weniger gehetzten Umständen treffen.«

Die Moskowiter haben den Ruf, sich ohne weiteres Nachdenken überlegen zu fühlen, sagte ich zu mir selbst, während ich die breiten, gesprungenen Stufen hinunterging. In ihren Augen ist jeder andere Russe ein Vetter vom Lande.

Keine Stunde später wartete ich in einem winzigen Vorzimmer, von dem aus man über den Zar-Alexander-Platz (früher Platz der Revolution) sehen konnte. Eine blonde Sekretärin leistete mir dabei Gesellschaft. Sie war nicht mehr jung und hatte sich offensichtlich eine lebenslange Anhänglichkeit an den Stil Marilyn Monroes bewahrt, doch trotzdem war sie immer noch eine Augenweide. Da sie nichts anderes zu tun zu haben schien, als mit mir dazusitzen, plauderten wir über dieses und jenes, wenn sie in der Zentralheizungshitze nicht gerade einnickte.

Nachdem beinahe eine Stunde vergangen war, nahm sie ihr aus Brot und Wurst bestehendes Mittagessen zu sich, und sie war so nett, mir etwas davon anzubieten. Ich revanchierte mich für diese Freundlichkeit mit extravaganten Komplimenten. So verging die Zeit. Irgendwann am frühen Nachmittag ließ man mich rufen, und die Sekretärin führte mich über einen nach Kohlsuppe riechenden Korridor in ein weiteres kleines Büro, wo Roy Rolkin lächelnd hinter einem Schreibtisch saß. Ich stellte fest, daß seine Schulterklappen die Beförderung zum Oberst bestätigten, und machte eine große Sache daraus, ihm zu gratulieren. Wäre er nicht in der Tscheka, sondern in irgendeiner anderen Organisation gewesen, hätte ich sogar gemeint, was ich sagte.

Ich freute mich ehrlich, ihn zu sehen. Ich glaube, ich wäre über jeden froh gewesen, der aus Murmansk gekommen wäre. Seine Frau Katja sowieso. Selbst über den Schwarzmarkthändler Wassikin. Die Wahrheit war, daß ich mich in Moskau bereits einsam fühlte.

Während er Wodka einschenkte, erzählte mir Roy, daß er in die Metropole versetzt worden sei. Katja sei wütend, sagte er, denn er habe beschlossen, sie in Murmansk zurückzulassen. »Besonders«, sagte Roy mit einem unfreundlichen Augenzwinkern, »als ich ihr sagte, du würdest jetzt hier leben und jede Nacht ein neues Mädchen besteigen.«

Ich schüttete mein Glas hinunter und machte großes Aufhebens, die Backen aufzublasen, um zu zeigen, daß ich den Wodka sehr zu schätzen wußte. Ich war mir nie im klaren, wieviel er über meine nie vollzogenen Zweikämpfe mit seiner Frau erriet. »Ich besteige niemanden«, sagte ich. »Ich bin gerade erst angekommen, du lieber Himmel. Hol mich da raus, Roy. Ich weiß nicht mehr weiter.«

Er lächelte. »Weiter so, Kostja. Du machst deine Sache gut.« Mein Aufpasser hatte über meine Tour als Double für Leonid Koba Positives berichtet, erzählte er mir. Es würde weitere Touren geben, und irgendwann, wenn ich erst die Feinheiten von Kobas Gestik besser gemeistert hätte, vielleicht sogar die Möglichkeit einer Reise nach New York oder Tokio.

»New York?« fragte ich. »Ich wollte schon immer mal New York sehen.«

»Die Möglichkeiten sind unbegrenzt«, sagte Roy. »Vizepräsident Koba hält einen Großteil des Pflichtprogramms bei Auslandsreisen für reine Zeitverschwendung.«

»Auf einer Auslandsreise ist es sicher nicht einfach, als Ersatz einzuspringen.«

Roy lachte. »Stimmt, du wirst nie die Gelegenheit bekommen, bei einem Abendessen im Weißen Haus unter dem Tisch die First Lady zu begrapschen, Kostja. Aber man würde dich vielleicht einsetzen, um bei einer langweiligen Oper oder einem amerikanischen Football-Spiel dabei zu sein, während der Boß die Gelegenheit wahrnimmt, ein, zwei Stunden die Füße hochzulegen.«

»Und wie macht der Boß das, wenn er die Füße hochlegt?« Seit ich für den Mann als Double arbeitete, interessierte es mich, möglichst viel über ihn in Erfahrung zu bringen. »Er ist unverheiratet. Ich nehme an, er mag Frauen ganz gern …«

»Er und du haben das gemeinsam, ja.«

Ich ließ das durchgehen. »Trinken? Trinkt er?«

»Was willst du damit sagen? Ob er sich besinnungslos besäuft?«

»Nein … nein«, sagte ich eilig. »Ich frage nur, ob er gerne trinkt. Wie ein Russe, weiter nichts.«

»Wie ein Russe?« sagte Roy kurz. »Du kannst es glauben oder nicht, am liebsten arbeitet er. Er glaubt, seine Arbeit habe Rußland vor dem Verbluten gerettet. Und das im letzten Moment. Du kannst dich glücklich schätzen, daß du nur sein Double bist. Seine Arbeitsbelastung würde dir das Kreuz brechen.«

Es lag etwas Kaltes und Harsches in der Art, wie Roy das sagte. Vielleicht wollte er mir zu verstehen geben: Du bist vielleicht so hingeknetet worden, daß du ihm gleichsiehst – aber untersteh dich, dich mit ihm zu vergleichen.

»Hast du ihn je persönlich getroffen?«

Er nickte langsam. »Der Vizepräsident selbst hat mich nach Moskau beordert. Er hat mir eine besondere Aufgabe zugeteilt.«

»Eine besondere Aufgabe?«

Roy hatte nicht die Absicht, sich genauer zu erklären. Eine Weile sprachen wir darüber, wie es war, in Moskau zu leben. Ich erzählte ihm von meiner einsamen Nacht, als ich ins Royal American Hotel gegangen war. Nach einer Weile wurde die Distanz zwischen uns wieder geringer, und er bot mir noch etwas zu trinken an. Er füllte zwei Gläser, nahm das eine und starrte in die klare Flüssigkeit. »Wodoschka«, murmelte er. »Königin meines Herzens.«

Er hob sein Glas zu einem Toast, und wir tranken. Ob auf den Wodka oder auf seine Herzenskönigin, war mir nicht ganz klar. Vielleicht war beides dasselbe.

»Nichts von Julia gehört, bevor du abgereist bist?« fragte er nebenbei. »Kein Wort aus dem Ausland?«

»Falls sie sich dort aufhält.« Ich kannte Roy gut genug.

Ich *spürte,* daß das der wahre Grund war, warum er mich hergerufen hatte.

Er wühlte in seiner Schreibtischschublade. »Sie *war* dort. Sie wurde in London gesehen und in New York photographiert.« Er knallte ein Photo auf die Schreibtischplatte.

Ich hob es langsam auf, während er mich mit einem kleinen Lächeln beobachtete.

Das Bild zeigte Julia beim Einsteigen in einen schicken Sportwagen. Ein gepflegter Mann in Kaschmir und Leder hielt ihr die Tür auf. Mir fiel nichts ein, was ich hätte sagen können. »Sie hat sich verändert«, sagte ich schließlich.

»Seit wann?«

Ich zögerte. »Über die Jahre.« Ich atmete aus. »Dann ist sic also in New York.«

»Sie war. Sie reist herum. Vor drei Wochen hat man sie in Paris ausfindig gemacht.«

Ich kämpfte um die Formulierung der richtigen Frage. »Was macht sie in Paris?«

Eine alberne Frage, wenn man sie einem Politiker stellte. Roys Lippen zuckten. »In der Hauptsache schwingt sie Reden gegen unsere Regierung. Aber«, fügte er, plötzlich herzlich, hinzu, »du kannst sicher sein, die Amnestie würde für sie genauso gelten.« Er stand auf und schenkte Wodka nach. »Ich sage dir was, Kostja. Dynamo Moskau ist kein schlechtes Team. Wir sollten uns ein Spiel ansehen. Schals und Hüte kaufen und Fans werden.«

»War das der Grund, warum ich heute hier erscheinen sollte?« Ich stand auf und ging zur Tür. »Um ein Fan von Dynamo Moskau zu werden? Ich stecke mitten in einem Mordfall.«

Er stand hinter seinem Schreibtisch auf. »Gut, ich werde dich nicht länger festhalten. Ich weiß, wo ich dich finde. Und du kannst mich immer über die alte Blondine erreichen, Miss Schöne Beine Leningrad 1989. So oder so, wir bleiben in Kontakt«, sagte er. »Das sollten alte Murmansker tun. Komm auf einen Schwatz vorbei, wenn du Zeit hast.«

»Nicht, wenn ich sechs Stunden warten muß, um dann aufgefordert zu werden, ein Fan von Dynamo Moskau zu werden.«

Roy stand grinsend an der Tür. »Ein Fan zu werden ist gar

keine so schlechte Idee, verdammt noch mal. Du solltest es ausprobieren.« Seine Augen verengten sich zu Schlitzen. »Glaub mir, Brüderchen, das ist etwas, was dir in deinem Leben immer gefehlt hat.«

Er lachte wieder, als er mir die Tür vor der Nase zuschlug.

Als ich wieder im 13. Distrikt ankam, stand eine Kiste Wein auf meinem Schreibtisch. Ungarischer? Rumänischer? Nein. Französischer, es war kaum zu glauben. Château Margaux 1999. War das möglich?

»Die Amerikanerin hat ihn für Sie abgeben lassen«, sagte Dronskij, und seine Augenbrauen hoben sich in einer unbewußten Groucho-Marx-Imitation. Ich hatte nicht bemerkt, daß er hinter mir hergekommen war, geräuschlos in seinen blauen, gummibesohlten Bootsschuhen. »Hat ihn von ihrem Fahrer herbringen lassen«, fügte er hinzu. »Damit!« Er reichte mir ein Buch. »Englisch. Können Sie Englisch lesen, Chef?«

Ich nahm das Buch. Harvard University Press. *Case Studies in Criminal Profiling.* Von Paul Benson, jenem Professor Benson, den sie in Brusilows Büro erwähnt hatte. Ich schlug das Buch auf. Auf der Titelseite stand eine handgeschriebene Widmung des Autors. *Für Imogen Shepherd, ohne deren Ermutigung dieses Buch nie fertiggestellt worden wäre.* Unterschrieben: *In Liebe und Bewunderung, Paul Benson, Juli 2011.*

»Können Sie das alles lesen?« fragte Dronskij.

»Es ist ein medizinisches Buch«, sagte ich. Ich übersetzte aus der Einleitung. »›In diesem Buch geht Professor Benson der geschichtlichen Entwicklung bei der Erstellung von Täterprofilen nach. Er beginnt mit den Anfängen im Jahr 1888, als man versuchte, eine psychologische Beschreibung Jack the Rippers zu erstellen, und fährt fort bis zu seinen Studien über einige der bekanntesten Serienmörder Ende des zwanzigsten Jahrhunderts.‹«

Vielleicht würde ich es eines Tages lesen.

Dronskij deutete auf den Wein. »Einige der dienstälteren Inspektoren bekommen Wodka«, sagte er mit heruntergezogenen Mundwinkeln, die zu sagen schienen, ich sei eindeutig als Zweitbester durchs Ziel gegangen.

Ich stellte die Weinkiste auf den Boden, und der Kater sprang darauf und saß aufrecht da wie eine dieser ägyptischen Katzengottheiten. Ich sah ihn finster an und wandte mich dann wieder an Dronskij. »Was hat es mit der Kreuzgasse auf sich?« fragte ich. »Haben Bitow und Jakunin etwas herausgefunden?«

Er tat einen tiefen Zug an seiner Zigarette. »Die Überreste einer jungen Frau.«

»Lassen Sie es sich bitte nicht aus der Nase ziehen, Dronskij.«

»Dr. Karlowa sagt, die Leiche sei zu verwest, um viel herzugeben.« Er machte eine Pause. »Aber Sie hatten recht, Chef«, sagte er, ohne allzu sehr zu zögern. »Es ist eine von seinen. Das ist so gut wie sicher.«

»Vom Monstrum? Dann kann also nicht mehr von drei Opfern die Rede sein.«

»Jetzt nicht mehr, Chef, nein. Ab heute geht es um eine Zahl zwischen vier und vierzig. Wir wissen einfach nichts Genaueres.«

Sobald Dronskij gegangen war, holte ich Dr. Shepherds Telephonnummer aus meiner Innentasche und tippte die Nummer. Mein Mund war schon ausgetrocknet, als sie den Hörer abnahm. »Dr. Imogen Shepherd«, sagte ihre Stimme.

»Dr. Shepherd, hier spricht Konstantin Vadim vom 13. Distrikt. Ich rufe an, um mich für den Château Margaux zu bedanken.«

»Es ist kein Wodka.« In ihrer Stimme war ein Lachen.

»Es ist auch kein gewöhnlicher Wein. Ich habe noch nie etwas so Hochklassiges getrunken. Außerdem war 1999, soweit ich weiß, ein außerordentliches Bordeaux-Jahr.«

»Ah.« Vergnügen klang in ihrer Stimme mit. »Ich hatte recht. Ich habe den Inspektoren in allen Abteilungen ein kleines Geschenk geschickt … Ich habe mir einen Spaß daraus gemacht, nach den Berichten, die Kommandant Brusilow mir gab, das Richtige zu finden. Und nach dem, was ich mit meinen eigenen Augen sah. Wodka für Kerelskij, Tuchin und Borisow … ein Whiskylikör für Grigorjew. Und ein Château Margaux für Konstantin Vadim.«

»Ich glaube, ich fühle mich geschmeichelt.«

»Ja«, sagte sie. Dann wechselte sie brüsk den Tonfall: »Vielen

Dank für Ihren Anruf, Inspektor. Ich hoffe, Sie genießen den Wein. Wir werden uns in den nächsten Tagen sicher begegnen.«

»Und das Buch, danke für das Buch.«

»Geben Sie es mir zurück, wenn Sie es gelesen haben.«

»Selbstverständlich ...« Ich wollte etwas zu der Widmung sagen, aber sie hatte bereits aufgelegt. Verdammt, das hätte ich besser hinkriegen können. *»Vielen Dank für das Buch. Ich bin sehr beeindruckt, Dr. Shepherd ...«*

»Nennen Sie mich Imogen. Versprechen Sie mir, daß Sie es lesen werden?«

»Es liegt gerade vor mir auf dem Tisch ...«

Mein Blick begegnete dem des Katers, und der gähnte demonstrativ.

Ich nahm den Wein mit, ließ das Buch aber liegen und ging über die feuchte, hallende Hintertreppe hinunter in die Garage. Bei dem Gedanken, von einer so spektakulären Frau beschenkt worden zu sein, fühlte ich mich seltsam benommen. Das Telephongespräch hatte ich natürlich in den Sand gesetzt, aber das lag zum Teil an ihrer Abruptheit. Und doch hatte etwas Verschwörerisches in ihrer Stimme gelegen. Eine eigenartige Mischung aus Schmeichelei und Zurückweisung. Machte man das so in Amerika? War diese Schmeichelei einfach ein amerikanischer Zug? Und bedeutete gar nichts?

Ich lud die Kiste mit dem Wein in den blau-weißen Polizei-Renault des Typs Economy, der mir gerade neu zugeteilt worden war, und fühlte, wie die Euphorie, die ich gerade noch gespürt hatte, versickerte. Jeder, der mir einfiel, mit dem ich hätte trinken können, würde unzufrieden sein, weil es kein Wodka war. Jeder, der mir einfiel, mit dem ich hätte trinken können, lebte in Murmansk. Mit Ausnahme von Roy, aber von dem hatte ich für einen Tag genug gesehen.

Als ich den Kofferraumdeckel zuschlug, wurde ich von einem Gefühl des Elends überschwemmt. Ein Gefühl des Alleinseins ist etwas, was ich manchmal, vor allem in den letzten Jahren, als Schild gegen die Welt benutzt habe, in der es perverserweise das Selbstbewußtsein stärkt. Aber hier, in dieser tristen Moskauer Garage, hatte ich, als ich die Bewegungen meiner Hände beobachtete, die die Fahrertür aufschlossen, ein Gefühl, als könnte sich alles, von dem ich als *Ich* denke, in dem Raum auflösen, der mich umgab. Es war, als würde sich das an mir, worauf ich mich verließ, um der Welt mein Gesicht zu zeigen, wölben und neu formen.

Versteht mich nicht falsch, Brüder. Meine Augen sahen jedes Detail auf den Skalen und Uhren auf dem Armaturenbrett vor mir. Meine Ohren hörten die widerhallenden Rufe der Polizeimechaniker bei der Arbeit. Woran ich in jener Garage litt – stärker als je zuvor –, das war etwas anderes, ein Überfall, wenn ihr so wollt, auf alle meine Sinne. In erster Linie auf mein Gefühl für mein eigenes Ich.

So etwas, das schwöre ich euch, läßt einem Mann in seiner Haut ganz schön unwohl werden. Besonders da es sich nicht mehr länger ausschließlich um *meine* Haut handelte. Sie war nach dem Ebenbild eines anderen verändert worden. Und was noch schlimmer war, hier war ich nun der Leiter eines Moskauer Distrikt-Teams, das Morde aufklären sollte, und hatte nicht das geringste echte Anrecht auf diesen Job. Mir war beinahe so zumute, als entglitte mir meine Identität. Mein *Selbst*. Ich stand neben dem Wagen und versuchte Sätze zu bilden, die mit der ersten Person Singular Nominativ anfingen. Ich brachte es nicht fertig.

Ich stieg in den Wagen und ließ den Motor an. Während ich darauf wartete, daß er warm wurde, beobachtete ich die Rauchfahne der Auspuffgase, die unter den orangefarbenen Deckenlichtern vorbeischwebte. Eine unterirdische Polizeigarage, wo Kohlenmonoxyd sichtbar am Autofenster vorbeiwabert, ist kein Ort, um sein Leben Revue passieren zu lassen, Brüder. Ich legte den ersten Gang ein und fuhr zu der gewundenen Rampe. Ein Milizangehöriger überprüfte mich, und ich lenkte den Renault durch Rot-Presnja und über den Fluß zu meiner Wohnung.

Es war soeben sechs Uhr und bereits dunkel. Dicke, weiche Novemberschneeflocken schwebten aus der Dunkelheit und zerplatzten naß auf meiner Windschutzscheibe. Sobald man die Gegend hinter sich ließ, wo die schlimmsten Granatfeuer gewütet hatten, gab es genügend Straßenlaternen und auch eine ganze

Reihe funktionstüchtiger Verkehrsampeln. Aber jenseits von Presnja, auf der anderen Seite des Flusses, hatte man das Gefühl, in einer anderen Stadt zu sein. Murmansk war nicht Moskau, aber dennoch hatte ich nie etwas Vergleichbares gesehen wie den Verkehr auf dem Koba-Prospekt, wo Busse, Oberleitungsbusse und Armeelastwagen in allen Größen zu Bussen oder Lieferwagen umgebaut worden waren. Ein paar Economys waren die einzigen russischen Autos, die ich sah. Audis und Rovers, Nissans und Chevrolets aus der letzten Blütezeit des Schwarzmarktes vor dem Krieg wechselten zwischen den Lastwagen auf den vier Spuren hin und her und versuchten zu überholen. Ich nahm an, daß sie Eigentum der verschiedenen Regierungsabteilungen oder hochrangigen Armeeoffizieren zugeteilt waren, obwohl mir Dronskij erzählt hatte, daß es immer noch eine ganze Menge Schwarzmarkthändler großen Stils und politischer Mafiosi gab. Einige von ihnen hatte ich vermutlich letzte Nacht im Royal American Hotel gesehen.

Die Dunkelheit verlieh den ausländischen Automobilen Glamour; ihr starkes Scheinwerferlicht glänzte auf dem Lack der vorausfahrenden Wagen, die ausgefallenen Rücklichter warfen unerwartete leuchtendrote Lichtbalken, wenn der Fahrer auf die Bremse trat. Währenddessen schoben sich die Bewohner von Moskau, nach langen Stunden endlich aus den Fabriken entlassen oder auf der Suche nach Eßbarem, dichtgedrängt über die Gehwege oder sammelten sich als dampfende Masse auf Armeelastwagen.

Unterwegs sollen wir immer die Polizeifrequenz einstellen, aber wenn ich das Radio anmache, schalte ich die Nachrichten ein. Der mißglückte Attentatsversuch auf Präsident Romanow und Vizepräsident Koba war die Hauptnachricht. Beide Männer waren unverletzt, doch etliche Zuschauer waren schwer verwundet worden. Den Details zuzuhören verursachte mir ein merkwürdiges Gefühl. Ich hatte noch nie daran gedacht, daß mit der Rolle als Kobas Double ein Risiko verbunden sein könnte, doch natürlich war das der Fall. Ich sah Roy meine Angst förmlich genießen.

Dies war kein Einzelfall. Letzte Woche wurde, wie es scheint, der oberste Tscheka-Offizier der Stadt Moskau vor seinem Büro niedergeschossen. Aber langsam gewinnen wir in unserem Rußland die Kontrolle. Die Botschaft der Vereinigten Staaten öffnet wieder an ihrem alten Platz, wenn auch nur mit kleiner Besetzung und einem Chargé d'affaires. Die volle Anerkennung wird folgen. Briten, Franzosen und Deutsche teilen sich einen der alten Gewerkschaftspaläste. Irgendwo sind auch die Japaner. Die Gerüchte in den Wodkakaschemmen besagen, daß es uns bald gelingen wird, McDonald's zurückzulocken.

Meine Wohnung liegt auf der anderen Seite des Flusses in Fili. Gegen Ende des Krieges erlebte diese Gegend für kurze Zeit bittere Kämpfe. Die Gebäude sind meistenteils aus Beton, aus der Stalin- und aus der Jelzin-Zeit, aber ein oder zwei stammen noch aus dem alten Moskau. Die Granaten haben in den Verputz einiger der gelben Stuckfronten große Löcher gerissen, so daß die roten Ziegel darunter zum Vorschein kommen, aber im Vergleich mit dem eigentlichen Rot-Presnja scheint die Gegend vom Krieg wie unberührt. Beamte meines Ranges bekommen in den weniger angenehmen Gegenden kleine Wohnungen in den Blocks aus der Stalin-Ära zugeteilt. Hochrangigeren Persönlichkeiten werden bequeme, große Wohnungen am Arbat zugewiesen. Jene, deren Rang noch unter meinem liegt, laufen Gefahr, in die verwahrlosten Betonwüsten der Neuen Bezirke verbannt zu werden.

»Heute«, sagte mein Nachbar aus dem vierten Stock, ein Inspektor bei den Wasserwerken namens Dimitrij, »funktioniert der Aufzug, Inspektor. Falls Sie Holz oder Kohle brauchen, ist jetzt die Zeit, die Vorräte hochzuschaffen.« Er redete, als sei meine Kiste Wein keine ernstzunehmende Last.

»Wollen Sie damit sagen, daß man sich auf den Aufzug nicht verlassen kann?«

»Ich will damit sagen, daß unser Hausmeister kein nennenswerter Aufzugsmechaniker ist.« Wir ratterten mit einer Geschwindigkeit nach oben, die mir halsbrecherisch vorkam. Dimitrij seufzte. »Man wird aber entschädigt«, sagte er. »Alle Bewohner der oberen Stockwerke entwickeln kräftige, wohlgeformte Wadenmuskeln.« Er machte eine Pause, um seinem wichtigsten Argument Nachdruck zu verschaffen. »Vor allem die Damen. Hatten Sie schon Gelegenheit, Madame Raissa zu sehen?«

»Madame Raissa? Nein.«

»Sie wohnt ein Stockwerk über uns. Gott weiß, wie sie daran gekommen ist. Sie ist keine Staatsangestellte wie Sie oder ich, Inspektor. Sie ist nicht mehr jung. Anfang Vierzig, aber zweimal jede Woche kommt ein Taxi und holt sie ab, immer pünktlich wie ...«

»Die Uhr«, sagte ich.

Er starrte mich an, als der Aufzug anhielt und die Tür aufglitt. »Vielleicht halten Sie mich für eine alte Klatschbase«, sagte er quengelnd. »Aber ich dachte, in Ihrem Beruf seien Informationen das allerwichtigste.«

Ich akzeptierte den Vorwurf. »Sie haben natürlich recht«, sagte ich. »Nach einem langen Tag ist man müde.«

Er schien zu zögern. »Wenn Sie wollen, können Sie auf einen Drink hereinkommen«, sagte er verdrießlich.

Im Moskau von heute macht man sich wie im Moskau von gestern nicht ohne Not Feinde. Ich nahm an.

Als ich zwei Stunden später mit einem Schädel, der von rachsüchtigem Klatsch und Spekulationen nur so brummte, meine Wohnungstür aufschloß, sah ich beim Schließen der Tür das weiße Papier auf der Matte. Ich hob den Umschlag ohne Neugier auf. Es gab niemanden im besonderen, von dem ich hören wollte (beziehungsweise zu hören erwartete), und ich war kurz davor, die Nachricht als Erinnerung an die Wassernutzungsregeln oder den Stromverbrauch in Stoßzeiten zur Seite zu legen.

Aber als ich den Brief in der Hand hielt und in der festen, klaren Handschrift, die einen genauso gnadenlos verfolgte wie ihre blaugrauen Augen, *Konstantin Vadim* las, begann mein Herz zu hämmern. Ich riß den Umschlag auf.

In dem Brief stand: *Wenn du nach Hause kommst, schau aus dem Fenster. Aber sei um Gottes willen vorsichtig.* Es war Julias Handschrift.

Die Wohnung bestand aus einem Wohn-Schlafzimmer, einer kleinen Küche und einem Badezimmer. Von Küche und Bad aus sieht man auf eine andere Häuserreihe; das Wohnzimmer liegt zur

Straße, einem verwahrlosten Gelände gegenüber. Ich stopfte den Brief in meine Hosentasche und stürzte ins Wohnzimmer. Sollte ich das Licht anmachen? Ich warf die Kiste Wein auf das Bettsofa und rannte zum Fenster. Am Ende der Semjon-Gasse schimmerte schwach eine einzige Straßenlaterne. Das Licht kam hauptsächlich von vorüberfahrenden Autos und von den Feuerstellen, die die Bettler in den Wellblechhütten auf dem zerbombten Gelände zwischen den Schutthalden angezündet hatten.

Wenn ich meine Augen anstrengte, gelang es mir, die dunklen Umrisse der Bettler auszumachen und sogar zu erkennen, daß einige Frauen darunter waren. Fili war ein Zwischenstop auf ihrer Reise in den sicheren Hafen der Ruinen von Rot-Presnja. Ich wußte – das hatte ich auf meinem Heimweg gesehen –, daß einige verstümmelt waren, einige noch sehr jung. Sie hielten ihre Blechnäpfe vor sich in dem ziemlich hoffnungslosen Versuch, ein paar klappernde Kopeken hineinzulocken. Aber eine Welle der Verzweiflung durchflutete mich, als mir klar wurde, daß ich aus einer Höhe von vier Stockwerken niemals Gesichter erkennen konnte, nicht einmal dieses eine Gesicht.

Ich wandte mich vom Fenster ab und knipste das Licht an, so daß sie wenigstens erfuhr, daß ich ihren Brief erhalten hatte. Mein Gehirn raste. Nein, es raste nicht, sondern hetzte hin und her wie eine verängstigte Maus, vor und zurück beim vergeblichen Versuch zu verstehen.

Julia war in Moskau – das war Punkt eins. Julia hatte Angst, trotz der von der Regierung versprochenen Amnestie – das war Punkt zwei. Meine Gedanken sausten hierhin und dorthin, untersuchten Möglichkeiten und verwarfen sie wieder: Sie hatte noch nicht von der Amnestie gehört. *Unmöglich*. Sie hatte davon gehört, war aber nicht überzeugt von Leonid Kobas Aufrichtigkeit. *Sehr viel wahrscheinlicher.*

Sie hatte von der Amnestie gehört, glaubte aber, daß sie auf ihre Person nicht zutraf wegen ihrer hohen Position als Anführerin der einzigen Frauendivision der Anarchistischen Armee. *Am allerwahrscheinlichsten.*

Ich wußte, daß ich ihre Befürchtungen respektieren mußte, welche Antwort auch immer die richtige war. Wenn ich das nicht tat, konnte ich nicht erwarten, daß man mir erlauben würde, ihr zu helfen.

Ich nahm einen alten Marinemantel aus dem Schrank, das einzige, was ich von meinem Vater behalten habe. Wenn ich ihn anzog, war ich verändert; mit hochgeschlagenem Kragen hätte ich einer der Million Moskauer Bettler sein können.

Ich ignorierte den Aufzug und ging die Treppe hinunter.

Im Erdgeschoß hörte ich aus der Wohnung des Hausmeisters Fußballkommentare. Ich warf einen schnellen Blick über die Schulter. In Rußland betätigt sich der Hausmeister seit Jahrhunderten als Polizeispitzel. Er braucht nicht noch ein guter Aufzugsmechaniker zu sein.

Ich wußte, daß es im Keller eine Hintertür gab, die in den überwucherten Garten führte. Heute früh hatte ich meine leeren Kisten in diesen rattenverseuchten Keller getragen, wo sie mit all den anderen leeren Kisten zusammengekettet und neben überflüssigen Möbelstücken gestapelt wurden. Ich ging an der Tür des Hausmeisters vorbei den letzten Treppenabsatz hinunter. Ich trat in den Schnee hinaus und hielt mich eng an die Wand. Über mir ging der Hausmeister in seiner Küche hin und her, und sein Schatten tanzte auf den Brombeersträuchern draußen. Eng an die Hauswand geschmiegt, bewegte ich mich über die bröckelnden Trennmauern von Garten zu Garten, bis ich zu einem schmalen Fußweg kam, der zur Semjon-Gasse führte.

Ich schlug den Kragen hoch und schlurfte über den nassen Asphalt. Nicht einmal Bettler sprachen mich an. Gegenüber dem Haus, wo ich wohnte, hielt ich an und lehnte mich wieder in den Schatten. Das Wohnzimmerlicht in der Hausmeisterwohnung brannte, ebenso etliche andere Lichter, außer im dritten Stock. Dort war es völlig dunkel. Im vierten sah ich das Licht in meinem eigenen Wohnzimmer, Dimitrijs zugezogene Vorhänge und noch zwei dunkle Fenster. Im fünften bewegte sich eine Frau hinter Spitzenvorhängen hin und her; vielleicht Madame Raissa. Im selben Stockwerk schien aus zwei Fenstern Licht durch die Spalten zwischen den Vorhängen. Der oberste Stock war komplett dunkel.

Dann kam mir ein Gedanke, der so einfach und so furchteinflößend war, daß ich beinahe gewürgt hätte: Während Dimitrij sich über unsere Nachbarn ausgelassen hatte, hatte Julia unten auf der Straße gewartet.

Sie hatte gesehen, wie ich das Haus betreten hatte. Sie hatte angenommen, daß ich die Nachricht ein paar Minuten später aufgehoben und gelesen haben würde und mich entschieden hätte, ihr nicht zu helfen. Entschieden hätte, daß ich bereits genug getan hätte. Der Gedanke, daß sie in diesem Moment so von mir denken könnte, bereitete mir blankes Entsetzen.

Mein Puls raste, als ich die Gesichter absuchte, die an mir vorbeigingen, und jedesmal, wenn meine Phantasie mir vorgaukelte, Julia zu sehen, bekam ich keine Luft mehr. In dieser Nacht erschien sie mir in einem Dutzend verschiedener Formen. Ich sah sie in den Frauen, die an mir vorbeigingen. Ich sah ihren Schatten im flackernden Licht der Feuerstellen, ich sah sie in den Lichtstreifen der Autoscheinwerfer. Ich sah sie überall, wohin ich blickte. Und nirgends.

Benommen fragte ich mich, ob sie wirklich in Moskau sein konnte. War es möglich, daß es sich bei ihrem Brief um einen Trick handelte, den Roy sich ausgedacht hatte? Neue Panik flackerte in mir auf. Ich zerrte die Nachricht heraus und untersuchte sie im Feuerschein. Roy kannte natürlich ihre Handschrift. Und er hatte Zugang zu Fälschungsexperten. Ich zitterte, während ich den Brief anstarrte.

Ganz langsam kehrte meine Sicherheit zurück. Dies war mit unstreitiger Sicherheit ihre Handschrift, auch wenn sie sich zweifellos verändert hatte. Irgendwie schwächer, enger, während ihr Kyrillisch mich früher immer an Kraniche erinnert hatte, die über das weiße Papier flogen. Aber es war Julia. All meine Zweifel zerstoben. Wenn es Julia war, was tat sie dann in Moskau? War ich nicht Risiken eingegangen wie ein jugendlicher Liebhaber, um meiner Exfrau bei der Flucht in den Westen zu helfen?

Erst spät nachts kehrte ich nach Hause zurück. Lange bevor ich meine Wohnung erreichte, hörte das Telephon auf zu klingeln.

13 Durch Rot-Presnja kreischten die Sirenen. Von der U-Bahn-Station Barricadnaja und der Tertewaja-Straße rasten Einsatzwagen heran. An jeder Ecke blitzten Blaulichter. Als ich bei dem kleinen Grüppchen von Neugierigen, meist Frauen, ankam, deuteten viele zum Dach eines langgestreckten Fabrikgebäudes, das ungefähr achtzig Meter hinter Ruinen und Brachland lag. Dronskij hatte auf einem Stativ bereits einen Suchscheinwerfer installiert, und ein Milizsoldat führte den Lichtstrahl entlang der Mauerkrönung über das Flachdach.

Eine Gestalt wurde vom Lichtstrahl erfaßt. Die dichter werdende Menge fing an zu murmeln und nach Luft zu schnappen, wie in Murmansk, wenn ein einzelnes anarchistisches Bombenflugzeug von den Suchscheinwerfern erfaßt wurde. Dann wandte die Gestalt sich uns zu, mit gespreizten Beinen wie ein Rockstar, und winkte mit den Armen, die immer wieder vor ihrem Gesicht durch die Luft schnitten.

»Wo sind unsere nächsten Männer?«

Dronskij stand neben mir, sobald ich den Mund aufmachte. »Ich habe zwei Wagen zur Rückseite des Gebäudes geschickt, Inspektor. Jakunin und Bitow brechen gerade die Seitentür auf.«

Ich sah kurz zurück zu einem zwanzig Meter entfernten Zementblock, auf dem das Mädchen ausgebreitet lag, die blutigen Beine weit gespreizt. Es war ein Sockel ohne Statue. Auf der Seite stand in blutbeschmierten Bronzelettern der Name JOSEF STALIN.

»Schicken Sie die Leute weg«, sagte ich zu Dronskij. »Stellen Sie Männer um sie herum auf und bedecken Sie sie mit einer Decke oder irgendwas. Dann kommen Sie mir nach zur Fabrik.«

»Eine Decke?« Dronskijs Gesicht glänzte über dem leuchtend blau-gelben Polizeiregenmantel des 13. Distrikts. »Keine Decke, Chef.«

Ich sah ihn finster an. »Dann etwas anderes. Einen Mantel. Ein Stück Plastik. Egal was.«

»Inspektor, der Pathologe hat sie noch nicht untersucht.«

»Und?« Der Rockstar tanzte noch immer im Scheinwerferlicht und schwenkte die Arme.

»Jede Bedeckung verzögert die Abkühlung des Körpers,« sagte Dronskij. »Dann wird es schwieriger, die Todeszeit festzustellen.«

Ich sagte ihm, er solle das mit der Bedeckung vergessen, die Gegend räumen und mir dann so schnell wie möglich folgen.

Ich sprang in den Economy, schaltete die seitlichen blauen Blinklichter ein und fuhr eine von Schutthaufen markierte Straße entlang, bog links ab und fuhr direkt bis an das Ende des Fabrikgebäudes. Als ich nach oben blickte, sah ich, wie der Scheinwerfer das Dach absuchte. Die Gestalt war verschwunden.

Ich parkte neben ein paar verkohlten Holzschuppen. Als ich aus dem Auto stieg, blieb ich mit dem Knöchel an einem Nagel hängen, der aus einem versengten Brett herausragte. Irgendwo hinter mir näherten sich mit blitzendem Blaulicht weitere Wagen. Eine verrostete eiserne Feuerleiter führte zum Dach, gehalten von einer Konstruktion knapp zwei Meter über meinem Kopf. Ich schaute mich nach einem Werkzeug um, und mein Blick fiel auf das verkohlte Brett mit dem Nagel, an dem ich meinen Knöchel verletzt hatte. Es war ungefähr zwei Meter lang, wahrscheinlich eine Dachlatte, und würde vielleicht gerade bis zu der Leiter reichen. Ich zerrte es aus dem Haufen, in dem es feststeckte, hob es hoch und hakte es mit dem Nagel an der untersten Leitersprosse fest.

Die Konstruktion ächzte, als ich daran zog, aber der Nagel hielt, und der untere Abschnitt der Leiter glitt bis auf Armeshöhe herab. Ich packte sie und fing an zu klettern.

Die meisten Menschenjagden sind tödliche Komödien des Irrtums. Ich hatte noch nie ein Mordopfer gesehen, aber ich hatte Zuhälter und Taschendiebe über fast alle Dächer von Murmansk gejagt. Gefahr drohte von den Schußwaffen der eigenen Leute, und als ich das Dach erreichte, fiel mir ein, daß ich keinen Regenmantel trug und daß Jakunin und Bitow keine Ahnung hatten, daß ich bei der Jagd mit von der Partie war.

Der Scheinwerfer suchte gerade das von mir entfernte Ende des Daches ab, als ich über die Mauerkrönung kletterte und mich dahinter duckte. Was ich für ein Flachdach gehalten hatte, setzte sich in Wirklichkeit aus Teerpappe- und Glaspaneelen zusammen, die geneigt waren, so daß Regen- und Schneewasser direkt unterhalb der Mauerkrönung in die Abflußrinne laufen konnte. Hier oben gab es kaum oder gar keinen Platz, wo man sich hätte verstecken können. Weder für mich noch für ihn.

An diesem Punkt werden Vorsicht und Feigheit eins. Das heißt, man kommt zu Verstand. Wahrscheinlich war ich hier oben allein mit einem mordenden Verrückten. Vielleicht sollte ich es einfach langsamer angehen lassen, einen Moment warten, bis Hilfe kam. Von seinem Messer tropfte wahrscheinlich noch das Blut. Der Gedanke ließ mein eigenes Blut wie Eiswasser durch die Adern rasen.

Ich hatte mich gerade aufgerichtet, um meine Waffe aus dem Holster zu ziehen, als ich vom Suchscheinwerfer erfaßt wurde und plötzlich Gott weiß wieviel Watt in meinen Augen explodierten. Einen Augenblick stand ich da und schnappte nach Luft von dem Schock, ehe ich mich abwandte und vom Licht wegbeugte. Mit geschlossenen Augen ließ ich mich unterhalb der Mauerkrönung in die Dunkelheit fallen und kauerte dort auf allen vieren, während dicht über meinem Kopf der Lichtstrahl zitterte. Als sich meine Augen wieder erholt hatten, sah ich durch das Glasdach die Taschenlampen von Jakunin und Bitow, die unter mir durch die Sperrholzabteile hasteten.

Ich kroch einige Dutzend Meter die alte Dachrinne entlang, und mein ungeschützter Rücken kribbelte bei dem Gedanken, daß er sich von hinten an mich heranschleichen könnte. Aber aus der Dunkelheit vor mir erklang ein Geräusch, das sich von allen anderen Geräuschen, den Sirenen und Rufen, die von unten heraufdrangen, unterschied.

Aus größerer Nähe war zu erkennen, daß das Dach am anderen Ende flach war und aus Beton und daß sich ein Holzschuppen darauf befand, der wahrscheinlich zum Aufzug gehörte. Ich kroch näher heran. Die Tür stand ein wenig offen. Ein leises Heulen oder vielleicht auch Stöhnen drang aus dem Innern. Was tun? Auf Hilfe warten oder ihn eigenhändig überwältigen? Inspektor Konstantin Vadim von der Mordkommission schnappt den Kerl kurz nach seiner Ankunft in Moskau. Das gefiel mir. Aber das Geräusch, das er von sich gab, hatte etwas Unmenschliches. Ich entsicherte meine Waffe und schlich mich abseits des Scheinwerfers über das flache Dach.

Einen Moment stand ich im Halbdunkel. Plötzlich fiel mir auf, daß ich zitterte wie ein Wahnsinniger. Wo waren die anderen? Erwarteten sie, daß ich dieses Ungeheuer allein dingfest machte?

Ich stehe kurz vor einer lebensgefährlichen Entscheidung. Ich atme tief durch, trete einen Schritt vor neben die Tür und horche. Das ist kein Heulen, nicht einmal ein Stöhnen. Es ist ein Singen. Betrunkenes, tonloses Singen. Ich höre die Worte deutlich:

»Ein Männlein steht im Walde,
ganz still und stumm.«

Ein Kinderreim. Meine Spannung zerrann wie meine Kraft. Ich trat in den Schuppen. Im Scheinwerferlicht war in der Ecke die zusammengesunkene Gestalt eines Mannes zu erkennen. Er herzte eine Wodkaflasche und gurgelte sein Lied.

Ich packte ihn am Jackenkragen und zog ihn hinaus auf das Dach.

Er folgte durchaus willig. Sogar in dem schlechten Licht war zu erkennen, daß es sich nicht um jemanden handelte, der gerade den Schauplatz eines blutigen Verbrechens verlassen hatte. Seine Hände, die langen Finger, die die Wodkaflasche umklammerten, waren frei von Blut.

»Wer bist du?« fragte ich und lehnte sein Angebot der Flasche ab.

Er war groß, unrasiert und trug eine Jacke, die für einen kleineren, aber dickeren Mann geschneidert worden war. »Michail Michailowitsch Gromek«, verkündete er, und während er sich aufrappelte, ragten seine wunden Handgelenke aus den Ärmeln. »Nachtwächter, Hausmeister und Wartungsmechaniker.«

»Bei dieser Fabrik?« Ich deutete durch das Glasdach auf die schattenhaften Umrisse der Maschinen unter uns.

»Genau dieser. Erweisen Sie mir die Ehre einer Führung.«

Glas brach und klirrte neben meinen Füßen, und durch ein Loch im Dach lugte Bitows Gesicht. »Ah, Sie haben ihn, Chef«, sagte er enttäuscht. Seine Stimme schien von einem Kopf ohne Körper zu kommen.

Als ich schließlich vom Dach herunterstieg, war noch mehr Polizei angekommen. Ich schickte Bitow mit dem Nachtwächter zum 13. Distrikt und befahl ihm, Gromek auf Blutspuren untersuchen zu lassen, seine Akte zu überprüfen, falls er eine hatte, und seine Fingerabdrücke zu nehmen.

Aber ich glaubte nicht, daß dabei etwas herauskommen würde.

Ich stieg aus dem Economy und ging langsam durch die Ruinen zurück. Dieser Block aus Häusern und kleinen Fabriken war von den Granaten vollständig zerstört worden. Sechs, acht Meter hoch aufragende Mauerreste bildeten Höfe, die schuttübersäte Pfade miteinander verbanden, die früher einmal Gassen gewesen waren. Verkohltes Holz ragte in alle Himmelsrichtungen. Der Stalin-Sockel stand vor plattgewalzten Häusern, die nicht mehr zu erkennen waren.

Ein Menschengrüppchen hatte sich um einen Kreis Milizsoldaten geschart. Innerhalb des Rings aus grauen Pelzschapkas und langen braunen Übermänteln sah ich, daß über dem Zementblock, auf dem man das Mädchen gefunden hatte, ein riesiges, baufälliges Plastikzelt errichtet worden war. Innerhalb des provisorischen Zelts bewegten sich fünf oder sechs schattenhafte Gestalten in einem ungefähren Kreis aus grünem Licht. Alle paar Sekunden leuchteten die Wände des Zelts weiß im Blitzlicht.

Als ich näherkam, sah ich die Umrisse des Blocks, des Sockels. In der von Granaten zerfetzten Wüste von Rot-Presnja sah das aus, als würde vor Ort eine Notoperation durchgeführt.

Der Milizsoldat, der am Eingang postiert war, erkannte mich nicht, und ich mußte kurz stehenbleiben und in meinen Taschen nach meinem Ausweis suchen. Ich brauchte die Zeit. Wenn ich aus nächster Nähe mit einem gewaltsamen Tod konfrontiert werde, empfinde ich alle Ängste und Unsicherheiten, die die meisten Menschen empfinden. Werde ich zittern? Werde ich mich erbrechen?

Ich holte tief Luft und schlug die nasse Plastikklappe zur Seite.

Drinnen war es unerträglich heiß. Zwei Photographen packten ihre Ausrüstung weg. Dronskij rauchte eine Zigarette. In einer Ecke war eine grüne Lampe mit einem riesigen silbernen Schirm aufgestellt, und das Licht schien auf das zurückgebundene blonde

Haar einer jungen Frau, die einen grünen Overall und rote Gummihandschuhe trug und über den Zementsockel gebeugt war. Die Füße der Leiche, einer bloß, der andere mit einem zerbrochenen Pumps, hingen über die rauhe Betonkante. Der übrige Körper befand sich dankenswerterweise nicht in meinem Blickfeld.

Für den Augenblick.

Dr. Natalja Karlowa drehte sich nach mir um, als sie meine Stimme hörte. Ein grüner Heiligenschein schimmerte um die Haare, die sich aus ihrer grünen Kappe gelöst hatten. Auf ihrer Wange war ein Blutfleck. Sie lächelte grimmig.

»Dr. Karlowa«, sagte ich.

Sie hielt in jeder Hand einen blutigen hölzernen Spatel. »Natalja«, korrigierte sie mich. Wir hätten uns im Zelt einer schicken Gartenparty befinden können.

Meine Ohren dröhnten. Mir wurde neblig vor Augen, dann wieder klar, dann wieder neblig.

»Konstantin«, sagte sie. »Dronskij sagt, Sie hätten auf dem Fabrikdach einen Mann festgenommen.«

»Ich habe einen Nachtwächter gefangen.«

»Sie glauben nicht, daß er dafür verantwortlich ist?« Sie wandte sich mit einer Geste um und trat ein wenig zur Seite.

Ich starrte mit vor Schreck offenem Mund auf den zementenen Metzgerblock vor mir. Blut glänzte schwarz in dem grünen Licht und rann an der Seite über die bronzenen Buchstaben von Stalins Namen. Zwischen den nackten Beinen des Mädchens war blutiges, zerstückeltes Fleisch zu sehen. Darüber war ihr Bauch aufgerissen. Ich sah ihr Gesicht an, es war klein, mit einem grünen Schimmer, der Mund offen, mit Kaninchenzähnen.

»Konstantin« – die Karlowa berührte mit dem Ellbogen meinen Arm.

Ich wußte nicht, wie lange ich die Leiche angesehen hatte, aber ich hatte den Eindruck, meine Augen seien unnatürlich weit geöffnet, starr.

»Brutal«, sagte sie.

Ich blinzelte und sah sie an. »Ja.«

»Haben Sie je so etwas gesehen?«

Hatte ich je so etwas gesehen? Meinte die Frau das im Ernst?

Ich schüttelte den Kopf und konzentrierte mich auf ihre Anstrengungen, von Dronskij eine Zigarette entgegenzunehmen und anzünden zu lassen, ohne ihre in roten Gummihandschuhen steckenden Hände zu benutzen. Ich hatte seit dem letzten Jahrhundert nicht mehr geraucht, aber als Dronskij mir seine Packung hinhielt, nahm ich eine.

Die Karlowa inhalierte und rollte fachmännisch die Zunge um die Zigarette und bugsierte sie in den Mundwinkel. »Ich erkläre Ihnen die Verletzungen«, sagte sie. Sie trat an den Stalin-Block. Rauch quoll aus ihrem Mundwinkel und kräuselte sich in dem grünen Licht. Meine Augen liefen langsam über, mein Hals war voller Schleim. Ich senkte den Kopf und zog heftig an meiner Zigarette. Ich war ein geübter Raucher und sog den Rauch tief in die Lungen. In meinem Kopf drehte sich alles und hörte wieder auf. Ich fühlte mich besser.

»Vorläufig gesprochen«, sagte die Karlowa, »wurde der Tod verursacht durch den Blutverlust und durch ein massives Trauma, ausgelöst durch das Entfernen der Gebärmutter.«

Ich faßte nach dem Block, stützte mich ab. »Das Entfernen der Gebärmutter hat den Tod *verursacht?*«

Sie sah mich unter dichten Augenbrauen an.

»Sie wollen doch nicht sagen, daß sie bei Bewußtsein war?« Meine Stimme war nur ein Krächzen. »Als es passierte?«

»Mehr oder weniger, würde ich sagen. Womit wir es hier zu tun haben, Konstantin«, sagte sie ruhig, »ist im wahrsten Sinne des Wortes eine Vivisektion.«

»Das Mädchen hat gelebt?« Ich zwang mich zu dieser Frage. »Lebendig und bei Bewußtsein, als *das* passierte …?«

»Genau wie bei den früheren Morden.«

Dronskij beobachtete mich. Wußte er, daß ich bisher nicht einmal die Mordprotokolle ordentlich gelesen hatte? Kümmerte mich das überhaupt noch?

»Wir haben auch wieder dieselbe Art von Markierung an der Luftröhre«, sagte die ruhige Stimme Natalja Karlowas.

Ich sah in das blasse Gesicht der Toten. Sie sah aus, als sei sie acht Jahre alt. Unter dem Kinn hatte sie zwei halbrunde, tiefschwarze Male. Bißmale.

»Wie bei den letzten drei Fällen glaube ich, daß das darauf hindeutet, daß der Mörder seine Opfer zum Schweigen brachte und teilweise erstickte, indem er sie fest in die Luftröhre biß, während er sie trug.«

»Sie trug. Von wo?«

»Ich überlasse es Ihnen, das herauszufinden«, sagte die Karlowa kühl. »Wahrscheinlich von dort, wo er sie zuerst angefallen hat.«

Ich schwieg, während die Karlowa eine detaillierte technische Beschreibung der Leiche abgab. *Membran um den Uterus durchtrennt...* Doch meine Gedanken rasten. Welches Hirn war imstande, sich einen solchen Angriff auf ein anderes menschliches Wesen auszudenken? Erschießen, erstechen, ja. Ziel ist einfach der Tod. Mord. Aber nicht so. Ziel dieser Schlachterei war nicht einfach Mord. *Blutspuren direkt unterhalb der linken Hüftbeuge deuten darauf hin, daß das Messer durch Abstreifen gesäubert wurde...* Welche Art von Lust oder von Haß gegen die Menschheit, gegen Frauen stand dahinter? Das zu erraten gelang mir nicht einmal ansatzweise.

»Hier am inneren Oberschenkel haben wir mit Sicherheit Sperma«, sagte die Karlowa gerade. »In Anbetracht der vorliegenden Verletzungen werden wir nicht nachweisen können, ob eine Penetration stattgefunden hat.«

Spielte das eine Rolle? Sicher nicht für dieses arme Kind.

»Ich habe eine große Menge Fasern vom Rücken und von den Seiten ihres Mantels abgenommen«, fuhr die Karlowa fort. »Auch von ihrem Rock. Beim jetzigen Stand würde ich sagen, daß es sich um Teppichfasern handelt. Das könnte interessant sein, wenn wir Gelegenheit haben, sie genauer zu untersuchen. Ein weiterer Punkt...«

Ich sah auf die Leiche hinunter. Ich war erstaunt, daß ich es jetzt ohne dieses Gefühl in der Kehle konnte. »Und der wäre?«

Die Karlowa beugte sich nach vorne. »Sehen Sie hier«, sagte sie. Sie deutete auf eine Stelle direkt unterhalb des Knies dieses armen Geschöpfs. Ich bückte mich.

»Näher. Was sehen Sie?«

Seitlich an ihrer linken Wade, ungefähr auf halber Höhe zwischen Knie und Knöchel, hatte sie ein rötliches, etwa fünf Zentimeter großes Mal. Ich richtete mich auf.

»Das gleiche hatten wir bei den beiden anderen Opfern«, sagte die Karlowa. »Das hier bestätigt es. Er ist nicht länger ein totales Geheimnis für uns. Wir haben die Schachtel geöffnet. Wir wissen eine einzige Sache über ihn.«

Ich sah sie erwartungsvoll an.

»Er ist Linkshänder. Dies rührt von einem Schlag mit einem Gegenstand her, wahrscheinlich aus Holz. Eine Keule oder ein Brett, gehalten von einem Linkshänder. So ...« Sie demonstrierte es.

»Von hinten?«

»Genau. Sie werden sich erinnern, daß die anderen Leichen an genau der gleichen Stelle am linken Bein Verletzungen aufwiesen.« Sie war aufgeregt, wedelte mit ihren rotbehandschuhten Händen durch die Luft, paffte an ihrer Zigarette und blies Ströme von Tabakrauch in das grüne Licht des provisorischen Zelts. »Ich vermute, daß er die Opfer von hinten anschleicht. Er läuft geduckt auf die Mädchen zu und schlägt ihnen wie mit einer Sichel gegen die Beine. Sie werden im wahrsten Sinne des Wortes von den Füßen gerissen. Er läßt die Keule fallen und fängt sie mit den Armen auf. Wenn sie anfangen zu schreien, schlägt er ihnen die Zähne in die Luftröhre.«

In meinem Kopf kreischten die Nerven. Als ich ins Morddezernat gekommen war, hatte ich die Vorstellung gehabt, in einem angenehmen Moskauer Büro zu sitzen, Formulare zu unterschreiben und Akten von Abteilung zu Abteilung zu leiten. Oder höchstens gerufen zu werden, um gelegentlich einen betrunkenen Ehemann oder eine betrunkene Ehefrau zu beruhigen, wenn sie mit ihren Kräften am Ende waren. Saubere Schläge mit Fäusten oder Schürhaken, gelegentlich auch mal eine Schießerei. Nie im Leben hatte ich mit so etwas gerechnet.

Die Karlowa sah mich an.

»Ja, ich verstehe«, sagte ich. »Die Zähne in die Luftröhre.« Ich bemühte mich, etwas zu sagen. »Und für all dies, für den ganzen Rest«, fragte ich sie und wies mit der Hand auf das tote Mädchen, »braucht er dafür medizinische Fachkenntnisse?«

»Nur höchst rudimentärer Natur.«

»Er ist kein Arzt?«

Sie lächelte mit zusammengepreßten Lippen. »Die meisten Ärzte haben von Chirurgie nur rudimentäre Kenntnisse. Er ist aller Wahrscheinlichkeit nach kein Chirurg, mehr kann ich auch nicht sagen.«

Ich strengte mich an, die Fragen zu stellen, von denen ich das Gefühl hatte, daß man sie von mir erwartete. »Wissen wir irgend etwas über das Messer?«

»Lang und scharf.«

»Ist das alles?« Ich dachte einen Augenblick nach, den Kopf von der Leiche des Mädchens abgewandt. »Er muß doch bis zu den Achselhöhlen im Blut gewatet sein?«

»Deshalb dies hier.« Die Karlowa hielt eine große Plastiktüte hoch. Der Inhalt sah aus wie in Blut schwimmende Fische. Mit einer Pinzette zog sie einen heraus. Dabei handelte es sich wieder um eine Plastiktüte, mit nassem Blut bedeckt. Aus einem Teil hing ein Streifen Gummiband.

»Wie in den früheren Fällen«, sagte sie, »trug der Mörder bei der Arbeit zwei enge Plastiktüten über Händen und Unterarmen, die er mit einem Gummiband befestigt hatte.«

»Trug er eventuell auch eine Schürze?«

»Möglich.«

Ich drehte mich zu Dronskij um. »Wer hat sie gefunden?«

»Das wissen wir nicht. Eine Frau. Hat auf dem Revier angerufen und nach einer kurzen Beschreibung eingehängt.«

»Können wir das Mädchen irgendwie identifizieren?«

»Wir haben keinen Namen. In ihrer Manteltasche haben wir eine Wochenkarte für die U-Bahn von Barricadnaja zum Roten Platz gefunden. Ich nehme an, sie kommt von hier.«

»Kein Geld, keine Handtasche?«

Dronskij schüttelte den Kopf.

»Irgendwo gibt es eine Handtasche«, sagte ich. »Wenn Dr. Karlowa die Leiche fortbringen läßt, postieren Sie eine Wache an diesem Zelt und suchen mit den übrigen Männern die Gegend nach der Tasche ab. Wir werden sie nicht weit von dem Ort finden, wo der erste Angriff stattgefunden hat.«

Ich wandte mich wieder dem Körper auf dem Block zu. Ich

schien das zerrissene Fleisch nicht mehr zu sehen. Ich sah das kleine Gesicht, die Kaninchenzähne. Die Spur von Lippenstift, die noch an den dünnen Lippen haftete, das diskrete Augen-Make-up. Keine Hure, dieses Mädchen. Aber was hatte sie, ebenso wie Tanja Tschechowa, mitten in der Nacht in der Wüstenei von Rot-Presnja zu suchen gehabt?

Als Dr. Karlowa fertig war, unterzeichnete ich das Formular, damit die Leiche in Plastik gehüllt und ins Leichenschauhaus gebracht werden konnte. Ich sah zu, wie die Karlowa ihre Handschuhe auszog und ihre grausige Tasche packte. Sie sah, wie mein Blick auf die Wodkaflasche fiel, die darin steckte, und hielt sie mir entgegen. Ich schraubte den Deckel ab und bot sie ihr an, und sie nahm sie und trank. Dann Dronskij, dann ich. Der Schnaps brannte, wie es sich gehörte. Der Schleim in meiner Kehle löste sich, als Karlowas Assistenten die Tote in Plastik einrollten und auf einer blutigen Bahre davontrugen.

14

Es wurde langsam hell, als ich durch die dunklen, schuttgesäumten Straßen Presnjas nach Hause fuhr, durch einen Bezirk, den man den Armen überlassen hatte, den Bettlern, den durchziehenden Straßenkinderbanden, den mit Mobiliar oder Heu beladenen Pferdekarren. Penner scharen sich in dieser Ödnis um offene Feuerstellen und trinken Wodka. Frauen und Jungen bieten sich an Straßenecken feil. Unter diesen schändlichen Umständen mußte ich mich fragen, ob die tränenreiche Frau in der Wodkakaschemme recht gehabt hatte, ob das, was ich heute nacht gesehen hatte, nicht seine eigene Botschaft übermittelte: ob das Monstrum, das diese entsetzliche Tat vollbracht hatte, anhand ebender Freizügigkeit, mit der es sich in dieser Welt der endlosen Schutthalden und des moralischen Verfalls bewegte, nicht seinen Spott trieb mit unserer desperaten russischen Situation.

Und mehr als das: Bei dem Gedanken, daß Julia in dieser Nacht in Moskau war und vielleicht allein durch die Straßen ging, möglicherweise sogar hier in Rot-Presnja, stockte mir das Blut in den Adern.

Jenseits der Grenzen von Presnja war es anders. An einer Stelle des Leonid-Koba-Prospekts war eine Reihe glänzender Wagen unter der Markise eines gewissen Club Ironique vorgefahren. Gutgekleidete Mädchen wurden von Männern aus dem Club eskortiert, die beim Reden mit Zigarren wedelten. Weiter oben glitzerten die Eingänge der großen Hotels im Licht, waren die Auffahrten vollgestellt mit Limousinen.

Ich stellte mein Auto in der kleinen Garage ab, die man mir in einer Gasse in der Nähe meiner Wohnung zugewiesen hatte, und ging langsam die Semjon-Gasse entlang. Eine Familie ging an mir vorbei; sogar die Jüngsten waren mit Bündeln beladen. Ein alter Mann, der von einem jungen Mädchen von ungefähr achtzehn Jahren gestützt wurde, war beinahe zu erschöpft, noch einen Fuß vor den anderen zu setzen. Zwei der jüngsten Kinder fielen vor Müdigkeit immer wieder die Augen zu.

Diese Leute sind der Grund, warum mein Bezirk von den Reichen nicht gemocht wird. Tag für Tag (und Nacht für Nacht) strömen auf ihrem Weg nach Rot-Presnja zu viele Flüchtlinge hindurch. Man erzählt ihnen, dort, zwischen den unsicheren Wohnsilos, würden sie Schutz finden, ohne von der Polizei wieder fortgeschickt zu werden.

Ich hielt einen jungen Mann an, der ein kleines Kind auf den Armen und einen alten Rucksack der Sowjetarmee auf dem Rücken trug, und gab ihm ein paar Rubel. Das half nicht viel, meine Schuldgefühle zu beruhigen, die ich nach den Ereignissen von heute nacht mit mir herumtrug, aber es war immer noch besser, als der Verzweiflung ins Gesicht zu starren und einfach weiterzugehen.

Der Aufzug funktionierte nicht. Oberhalb des Erdgeschosses gab es keine Beleuchtung. Ich nahm die Treppe zu meiner Wohnung und schlurfte erschöpft die staubigen Betonstufen hinauf. Es war kurz nach sechs und noch immer dunkel auf den Straßen, aber als ich vom Treppenabsatz aus dem Fenster sah, zeigte sich am Himmel im Osten ein erstes, gerade sichtbares stählernes Grau.

Meine Tür befand sich zu meiner Linken. Die Tür zur Wohnung Dimitrijs, des Inspektors bei den Wasserwerken, war direkt vor mir. Das Geräusch, das ich hörte, ein leises Rascheln von Kleidung an Holz oder Stein, kam aus dem Treppenhaus über mir.

Ich trat vom Fenster zurück in den tiefen Schatten einer Nische. Ich schob meine Hand in meine Jacke und löste die Tango aus dem Holster. Ich war voller Erwartung bei dem Gedanken, daß es vielleicht Julia war, die im Dunkeln auf der Treppe stand.

Ein Streichholz flackerte auf und erstarb, als es einen Kerzendocht berührte und gelbes Licht langsam die Dunkelheit durchdrang. Auf dem Treppenabsatz über mir stand eine Frau in langem Nachthemd und geblümtem Morgenmantel und mit langem, üppigem, dunkelrotem Haar. Lippenstift und etwas Rouge betonten die Reife ihres Gesichts. Sie war vielleicht in ihren frühen Fünfzigern.

»Madame Raissa?« fragte ich leise. Sie legte einen Finger auf die Lippen und bedeutete mir, ihr zu folgen. Bevor ich den Treppenabsatz erreicht hatte, war sie bereits auf ihrem Stockwerk angelangt. Ihre Tür stand offen. Sie hielt inne, die Kerze hoch über dem Kopf haltend, und bat mich hinein.

Ich bin von Natur aus vorsichtig, sogar nervös. Das Opernhafte unseres Treffens, noch betont durch fließende Roben und dickes dunkles Haar, durch den generösen Umfang der Frau, die im Kerzenlicht in ihrer Wohnung verschwand, war nicht dazu angetan, mich die Hand von meiner Waffe nehmen zu lassen. Ich trat durch die Tür, und sie stand mir in dem engen Flur gegenüber. »Schließen Sie die Tür, Inspektor«, flüsterte sie.

Ich machte die Tür zu, und sie knipste das Licht an. Irgendwie sah sie nun weniger opernhaft aus, sogar im Licht der Niedrigwattbirne.

Sie bedeutete mir wieder, ihr zu folgen, diesmal in ihr Wohnzimmer. »Seien Sie vorsichtig wegen des Lärms«, sagte sie. »Dimitrij wohnt direkt darunter. Er klatscht über mich. Setzen Sie sich, dann bringe ich Kaffee und etwas Stärkeres.«

Bin ich verrückt? Ich saß um sechs Uhr morgens in der Wohnung einer Opernsängerin mittleren Alters, die mich bei Kerzenschein mit flirtenden Gesten hierhergelockt hatte. Und würde gleich Kaffee und etwas Stärkeres trinken.

Madame Raissa kehrte mit einem Tablett zurück, auf dem

eine Kaffeekanne und Tassen standen sowie eine Flasche Armagnac und zwei zierliche Gläser. Sie stellte es auf den niedrigen Tisch, und ich erwartete, daß sie nun Musik auflegen würde.

Was sie auch tat. Auf einem altmodischen Plattenspieler. Aber keine leise Musik, sondern große Opernarien. Sie stand vor mir, noch immer eine ziemlich eindrucksvolle Frau. Ich sah, daß sie einmal schön gewesen sein mußte. Manch einer würde sagen, sie sei es noch immer.

»Der Kaffee wird Ihnen schmecken«, sagte sie. »Ich lasse ihn jeden Monat aus dem Westen einfliegen.« Sie lächelte. »Mein Bruder Nikolaj ist Pilot bei der russischen Fluggesellschaft. Er hat das Glück, jeden Monat ein paarmal nach New York zu fliegen. Kennen Sie New York gut, Inspektor?«

»Madame Raissa«, sagte ich und nahm den Kaffee an, lehnte den Armagnac aber ab. »Sie sind sehr freundlich. Aber es ist sechs Uhr morgens, fast sieben. Ich komme gerade von der Arbeit zurück, einem schrecklichen Mord an einem jungen Mädchen in Presnja.«

»Das Monstrum«, sagte sie.

»Wir benutzen den Begriff nicht gern«, erklärte ich ihr, obwohl kein Mensch im 13. Distrikt einen anderen benutzte.

»Das Monstrum ist für uns alle eine Heimsuchung, Inspektor.«

Ich rieb mir die Augen. »Sie könnten recht haben«, murmelte ich.

»Bitte nehmen Sie von dem Armagnac. Mögen Sie die Musik? Ich singe ein paar der großen Arien. Bruchstücke einer anderen Welt, Konstantin. Macht es Ihnen etwas aus, wenn ich Sie Konstantin nenne?« Sie setzte sich neben mich auf das Sofa. »Konstantin, wir müssen diskret sein.«

Ich stimmte unsicher zu.

Sie deutete nach unten. »Sie wissen, daß unter mir ein Mann wohnt, der sich keine Gelegenheit entgehen läßt, mir auf der Treppe unter den Rock zu schauen.«

»Der Inspektor der Wasserwerke?«

»Dimitrij ist ein falscher Dimitrij.«

Ich starrte sie an.

»Kennen Sie die Geschichte vom falschen Dimitrij?«

»Der vertauschte Prinz Dimitrij ...«

»... der einst, verkleidet als der echte Prinz Dimitrij, auf den Zarenthron kam«, sagte sie mit Nachdruck. »Der Dimitrij da unten ist ein falscher Dimitrij. Er arbeitet nicht bei den Wasserwerken. Er arbeitet am Lubjanka-Platz.«

»In der Lubjanka? Wollen Sie damit sagen, er sei ein Tscheka-Offizier?«

»Ich bin mir sicher.« Sie rückte näher. »Er darf auf keinen Fall erfahren, daß Sie mich besuchen. Trinken Sie noch Kaffee. Und Armagnac. Essen Sie ein paar Kekse.«

»Deutet die Musik zu dieser Stunde nicht darauf hin, daß Sie Besuch haben?«

»Ich höre zu allen Zeiten Musik. Meine eigene Musik. Ich singe auch. Sie müssen mir jetzt zuhören, Konstantin. Ich habe Ihnen eine Geschichte zu erzählen. Ich war einmal eine bekannte Opernsängerin. Ich habe in London und in New York gesungen. Heute habe ich keine andere Möglichkeit, mich am Leben zu erhalten, als die Hilfe meiner beiden alten Herren von der Universität. Ohne sie wäre ich verhungert. Sie verstehen, was ich sagen will, Konstantin?«

Ich nickte.

»Ich stelle mir die Frage – bin ich moralisch im Recht, so zu handeln, um in diesen harten Zeiten Leib und Seele zusammenzuhalten?«

»Jeder tut, was er kann.«

»Außer meinem Bruder habe ich keine Familie, keine Freunde, die schockiert sein könnten.« Sie legte mir ihre rundliche Hand auf den Schenkel. »Ich würde für Freunde alles tun. Ich bin loyal und ehrlich. Warum habe ich keine Freunde?«

Müdigkeit beschwerte meine Augenlider. Sie goß mir Kaffee nach. Diesmal akzeptierte ich den Armagnac.

»Ich habe keine Freunde«, nahm sie ihren Refrain wieder auf, »weil ich dumm bin. Loyal, ehrlich, ja – aber indiskret und dumm. Ich rede zuviel. Ich rede im Café mit den Leuten, in der Schlange, die auf die Straßenbahn wartet. Auf der Laderampe eines Armeebusses rede ich und rede und rede.«

Ich hatte daran keinen Zweifel. Ich trank den Armagnac in einem Schluck aus und erhob mich halb, um zu gehen.

»Nein.« Sie drückte fest auf meinen Schenkel. »Sie verstehen, warum ich keine Freunde habe. Im letzten Krieg habe ich von beiden Seiten Prügel bezogen. Unter Folter – nein, ich übertreibe, nur Prügel –, unter Prügeln sage ich kein Wort. In einem Café plappere ich. Wie zu dieser jungen Frau im Park.«

Ich akzeptierte einen großzügigen Schluck Armagnac. Ich verstand nicht. »Welche junge Frau?«

»Sonja«, sagte sie. »Sie glaubt, daß sie Sie kennt.«

Ich setzte mich aufrecht. *Sonja.* Als Julia und ich uns kennengelernt hatten, fast noch als Kinder, hatten wir herumgeblödelt und uns gegenseitig die Namen dieser Comic-Figuren gegeben, der perfekten sowjetischen Teenager, *Sonja und Wassilij.* Plötzlich war ich hellwach. »Wie sah diese junge Frau aus?«

»Müde, sehr müde.«

»Mein Magen krampfte sich zusammen. »Groß, klein? Und ihr Gesicht ...?«

»Groß, so groß wie ich. Schlank. Blond, ein attraktives Gesicht, erschöpft.«

»Sie haben sie im Park getroffen?«

»Ich habe sie zweimal gesehen. Gestern, eben gestern morgen bin ich aus dem Haus gegangen, um Fisch zu kaufen«, erzählte Madame Raissa. »Ich wollte unbedingt Fisch. Einer meiner Universitätsfreunde hat mir Extrageld gegeben. Wofür, wird ein Gentleman wie Sie nicht fragen. Nein. Ich wollte Fisch.«

»Wo sind Sie hingegangen?«

»Kennen Sie den Lebensmittelmarkt, der jetzt im Koba-Park abgehalten wird?«

»Ist das der Koba-Park entlang der großen Straße?«

»Vor ein oder zwei Monaten war es der Kropotkin-Park, nach dem anarchistischen Heiligen, aber wir wollen uns nicht beschweren. Dort habe ich Fisch gefunden. Eine entmutigende Schlange, aber ich habe mich dazugestellt und bin dageblieben, sogar noch, als die Bagage, die uns bediente, behauptet hat, er sei alle. Und am Ende des Morgens hatte ich ein schönes Stück geräucherten Kabeljau.«

»Und die junge Frau, die Sie erwähnt haben?«

»Ich trug meinen Fisch ins Parkcafé und belohnte mich mit einem schönen, wärmenden Pfefferwodka. Kurz darauf kam eine junge Frau in einem hellen Trenchcoat herein. Im Theater würden wir sagen, sie hatte Präsenz. Das Café war ziemlich voll. Sie ließ den Blick in aller Ruhe von Tisch zu Tisch wandern. Ihr fiel auf, daß ich alleine saß. Sie kam auf meinen Tisch zu und blieb stehen. Mit einem kleinen Lächeln fragte sie, ob sie sich an meinen Tisch setzen dürfe. Solche Manieren sind heutzutage selten, Konstantin.«

»Sie haben geredet.«

»Ununterbrochen, fürchte ich. Ich erzählte ihr, wie ich Leib und Seele zusammenhalte. Sie war nicht schockiert. Ich erzählte ihr, wo ich wohne. Ich erzählte ihr von dem falschen Dimitrij unter mir. Ich erzählte ihr von dem gutaussehenden jungen Polizeiinspektor, der gerade eingezogen ist. Ich habe geplappert.«

»Und die junge Frau, Sonja?«

»Sie hat mir zugehört. Sie erzählte mir, sie habe als Studentin in Murmansk einmal einen jungen Mann namens Vadim gekannt. Obwohl die Chance gering ist, daß Sie dieser Vadim sein könnten, gab sie mir diese Nachricht für Sie.«

»Die Nachricht, die Sie in meinen Briefkasten geworfen haben?«

»Ja.« Als sie mir wieder Armagnac einschenkte, machte ich keinen Versuch mehr, sie zurückzuhalten.

»Gibt es eine Möglichkeit, daß Dimitrij Sie gesehen hat?« fragte ich sie.

»Er war nicht da.«

»Sie haben gesagt, Sie hätten diese junge Frau zweimal getroffen.«

»Ein paar hundert Meter von unserer Haustür entfernt. Als ich heute abend nach Hause kam. Spät. Ich hatte einen meiner Professoren besucht. Nein, nein. Keine bösen Gedanken, Konstantin. Dieses Mal habe ich für ihn gesungen. Das war alles, ich schwöre es. Sonja kam in der Semjon-Gasse auf mich zu und begrüßte mich fröhlich mit einem Kuß auf beide Wangen.« Raissa stand auf und ging zu einem kleinen Tisch hinüber. Von einer

Kette um ihren Hals nahm sie einen Schlüssel und öffnete damit eine Schreibschatulle aus Walnußholz aus dem 19. Jahrhundert. Aus einem der Fächer nahm sie einen Brief von der gleichen Größe und dem gleichen Format wie jener, den ich auf meiner Türmatte gefunden hatte. »Das hat sie mir gegeben. Es war mitten in der Nacht, aber sie sagte, es sei dennoch ein Freundschaftsdienst, ihn Ihnen persönlich zu übergeben. So schnell wie möglich.«

Ich ließ den Brief in meine Jackentasche gleiten. »Ich habe Ihnen sehr zu danken, Madame«, sagte ich und nahm ihre Hand und küßte sie.

»Werden Sie wiederkommen und mit mir Kaffee trinken?«

»Bald.«

»Wir müssen allergrößte Diskretion wahren.« Sie drückte mir ein Päckchen französischen Kaffee in die Hand.

»Das werden wir tun.«

Ich verließ ihre Wohnung und stahl mich die Treppe hinunter in meine eigene. Während ich die Tür aufmachte, zog ich Julias Brief aus der Tasche und riß ihn auf.

Darin stand: *Bitte, Wassilij. Bitte, bitte, geh mit mir in den Spätfilm im Präsident-Romanow-Kino am Washington-Prospekt. Mitternacht bis vier Uhr früh. Sonja.*

Ich lehnte mich mit dem Rücken gegen die geschlossene Tür. Während im Präsident-Romanow-Kino die Spätvorstellung gelaufen war und Julia allein gewartet hatte und mich brauchte, hatte ich mich mit Dronskij, der Karlowa und dem verstümmelten Leichnam eines namenlosen Mädchens auf einem triefenden Sockel mit der Inschrift JOSEF STALIN – VERTEIDIGER DER STADT MOSKAU in einem spukhaft beleuchteten Zelt gedrängt.

15 Ich schlief ein paar Stunden in den Kleidern auf dem Sofa und erwachte gegen neun. Ich sah, daß sich draußen die schweren Wolken aufgelöst hatten und ein blauer, von hellen kleinen Wolken gefleckter Himmel sichtbar wurde. Auf den Straßen war der verräterische Novemberschnee geschmolzen, und die Leute trugen ihre Mäntel offen. Das Radio letzte Nacht hatte uns ein paar Tage klaren, beinahe milden Wetters vorausgesagt. Doch ich hatte einen dicken Kopf, der Geschmack in meiner Kehle erinnerte mich an die Gerüche der letzten Nacht in dem engen Zelt, und mir wurde beinahe übel. Ich kochte mir etwas von Madame Raissas französischem Kaffee, zog die Kleider aus, duschte und rasierte mich. Ich zog saubere Sachen an und warf die anderen in den Wäschekorb. Dann stand ich am Fenster, nippte an meinem Kaffee und schaute auf die Semjon-Gasse hinunter.

Der saubere, bittere Geschmack des Kaffees klärte meine Kehle, zum Teil sogar meinen Kopf. Ich versuchte nachzudenken. Warum hatte Julia entschieden, daß es sicher war, mit Madame Raissa Kontakt aufzunehmen, nicht aber mit mir persönlich? Wußte sie möglicherweise, daß ich bereits von der Tscheka überwacht wurde? War Madame Raissa vielleicht doch weniger schwatzhaft, als es den Anschein hatte? Stimmte, was sie sagte, daß mein Nachbar ein falscher Dimitrij war und für die Tscheka arbeitete?

Der Gedanke verwirrte mich nicht wenig. Die Tscheka ist nichts anderes als die Geheimpolizei auf meiner eigenen Seite. Unser Vizepräsident Leonid Koba persönlich ist Minister für Staatssicherheit, ihr Oberhaupt. Aber Leute wie Roy Rolkin delektierten sich am alten, angstbeladenen Namen aus der Zeit der Sowjets, und sie arbeiteten noch immer von der Lubjanka aus, einst eine harmlose gesamtrussische Versicherungsgesellschaft, aber seit Stalins frühen Tagen ein Ort der Zellen, Folterkammern und Exekutionshöfe. Die Tscheka und ihre Lubjanka verfügten über Geschichte genug, um im Herzen eines jeden Russen Terror auszulösen.

Mein Blick wanderte die Straße hinauf und wieder hinunter. Unter mir wanderte der traurige Flüchtlingskonvoi auf dem Weg nach Presnja vorbei. Ich stand da, trank Kaffee und versuchte, meine Furcht zu unterdrücken und mir weiszumachen, es sei nur Furcht um Julia.

Ich mußte annehmen, daß ich beobachtet wurde. Ich mußte annehmen, daß Julia das Gefühl hatte, es sei zu gefährlich, mit mir Kontakt aufzunehmen. Ich mußte es ihr also irgendwie einfacher machen.

Ich verließ die Wohnung und rannte die Treppen hinunter und durch den Hausflur. Ohne mein Auto wäre ich besser bedient. Auf der Filowskaja-Straße nahm ich den Oberleitungsbus, stieg nach vier oder fünf Stationen aus und betrat die große Kirche an der Ecke. Als ich hinten im Kirchenschiff stand und den Gottesdienst beobachtete, gaben mir die Wärme und die leuchtenden Farben für ein paar Augenblicke ein tröstliches Gefühl der Sicherheit. Menschen gingen an mir vorbei und durch verschiedene Türen hinaus, und als ich einer dieser Gruppen folgte, fand ich mich am anderen Ende der Kirche draußen auf einer kleinen Galerie wieder. Von da aus ging ich mit Bedacht weiter – ohne einen eventuellen Verfolger offensichtlich abschütteln zu wollen, aber doch so, daß ich mich bei jeder sich bietenden Gelegenheit umsehen konnte. Ich wählte einen Weg durch gesichtslose Straßen zum Leonid-Koba-Prospekt. Einen Weg, der mich am Parkcafé vorbeiführen mußte.

Die Terrasse war voll. Im Park war das Gras wundersamerweise wieder grün, wenn auch weiß gefleckt. Das kalte Sonnenlicht war ein Luxus, dem sich die Moskowiter hingaben, auch wenn die morgendlichen Temperaturen nach dicken Mänteln und in manchen Fällen sogar nach winterlichen Pelzmützen verlangten. Gestern hatte es geschneit.

Ich betrat das Café, setzte mich an die Bar und bestellte einen kleinen schwarzen Kaffee, den ich langsam trank. Draußen auf der Terrasse räumten Leute ihre Tische für Neuankömmlinge. Ein schwarzer Hund kam zu mir herüber und schnüffelte an meinen Schuhen, blieb fasziniert stehen und begann, daran zu lecken. Ich bewegte meinen Fuß, aber der Köter knurrte und ließ nicht davon ab. Ich stieß ihn voller Widerwillen fort. Der Hund hatte das Blut von letzter Nacht gewittert.

Ich trank meinen Kaffee aus. Ich hatte nicht wirklich erwartet, daß Julia hier sein würde, aber ich glaubte zu wissen, wie ihre Gedanken arbeiteten. Oder vielmehr, daß sie wußte, wie *meine* Gedanken arbeiteten. Wenn es mir aus guten Gründen nicht gelungen war, ins Romanow-Kino zu kommen, so war das Parkcafé der Ort, den sie für ihr Treffen mit Madame Raissa ausgewählt hatte. Deshalb war es auch der Ort, wo ich mich einfinden würde. Der Ort, an den sie zurückkommen würde.

Irgendwann. Ich sah mich noch einmal um. Nicht heute.

Ich verließ das Café, erwischte einen Bus und ging dann zu Fuß durch die zerstörten Straßen Presnjas zum Polizeirevier des 13. Distrikts. Die Empfangshalle war genauso überfüllt wie gestern, wenn auch vielleicht etwas weniger chaotisch. Die Schlange der Amnestiebewerber hatte sich geteilt und wurde nun an vier Schreibtischen abgefertigt, wo die Beamten Namen in neu aussehende Computer eingaben. Die Ankunft von Dr. Shepherd und ihre Entscheidung, ihre Zelte im 13. Distrikt aufzuschlagen, zeigte bereits Folgen.

Ich ging an der Schlange vorbei zu einem der Schreibtische und zeigte dem Beamten meinen Ausweis. Er wandte sich von dem Mann ab, den er gerade befragte.

»Was geschieht hier?« fragte ich ihn.

»Ganz einfach, Inspektor«, sagte er. »Wir nehmen von jedem Amnestiebewerber Namen, Geburtsdatum und Angaben zum Militärdienst auf. Wenn jemand sich nicht ausreichend ausweisen kann, nehmen wir Fingerabdrücke, und dann vergleichen wir die Namen oder die Fingerabdrücke mit denen auf unserer Kriegsverbrecherliste.« Er holte die Liste auf den Bildschirm.

»Lassen Sie mal sehen.« Da waren nicht mehr als ein paar hundert Namen. Keiner davon Julias. »Was passiert, wenn der Bewerber sauber ist?«

»In ein paar Tagen wird ihm ein Personalausweis ausgestellt, und dann kann er gehen, wohin er will.«

»So einfach ist das?«

»So einfach ist das.«

Ich dankte ihm und wandte mich ab. Warum in Gottes Namen benahm sich Julia dann, als müßte sie um ihr Leben fürchten?

Eine Duftwolke ließ mich innehalten. Bevor ich mich noch zum Eingang umdrehen konnte, hörte ich das Klicken von Dr. Shepherds Absätzen und ihre Stimme: »Inspektor Vadim.«

Flankiert von ihren beiden Westkollegen, durchquerte sie die Eingangshalle. Unter ihrem Nerzmantel trug sie ein schwarzes Kostüm. Wir schüttelten einander die Hand. »Ich muß mich bei Ihnen bedanken, daß Sie mir das Buch geliehen haben«, setzte ich an, aber sie unterbrach mich mit einer kurzen Kopfbewegung. Es war nicht nur der Duft, der einem zu Kopfe stieg. Ich schwankte leicht angesichts ihrer perfekten Züge.

»Mein Fach«, sagte sie, »ist die Psychologie. Meine Spezialität sind Kinder. Die Wissenschaft, wie Kinder erzogen werden sollen, ist der Grund, warum ich nach Rußland gekommen bin. In Ihrem Land gibt es so viele gestörte Kinder. Aus diesem Grund habe ich meine Klinik aufgemacht. Die *bezprisorny*, die Millionen Waisen, die in Gefahr sind, zu gestörten Erwachsenen heranzuwachsen, wenn sie nicht rechtzeitig behandelt werden.«

»Und wo liegt Ihre Klinik?«

»Meine Klinik wurde während der Bombardierung zerstört. Ich arbeite daran, daß sie wieder eröffnet wird. In Moskau herrscht verzweifelte Not, Inspektor.«

»Und woher kommt Ihr Interesse für Täterprofile, Doktor? Aus Dr. Bensons Widmung schließe ich, daß es beträchtlich sein muß.« Diesmal hatte ich den Nagel voll auf den Kopf getroffen. Daran, daß sich ihr Mund sofort entspannte, erkannte ich, daß ihr das gefallen hatte.

»Gestörte Kinder werden zu gestörten Erwachsenen«, sagte sie einfach.

»In der Tat. Aber glauben Sie, daß man die Kinder identifizieren kann, die zu kriminellen Erwachsenen werden?«

»Das tue ich.«

»Und Sie glauben auch, daß die Wissenschaft Möglichkeiten hat, auf die Entwicklung vom gestörten Kind zum gestörten Erwachsenen Einfluß zu nehmen?«

Ihre Augen funkelten vor außergewöhnlicher Lebhaftigkeit. »Genau das«, sagte sie. »Ihr Monstrum interessiert mich als ein solcher gestörter Erwachsener. Was mich faszinieren würde, wäre, sein Profil sozusagen bis in seine Kindheit zurückzuschreiben, solange der Mann noch unbekannt ist.« Ihr Gesicht hatte sich verwandelt, wie ein Gesicht sich nur durch ein tiefes Interesse verwandeln kann. »Ich würde die Möglichkeit begrüßen, den Fall mit Ihnen zu diskutieren.«

»Mit Vergnügen, Doktor«, sagte ich.

Sie hob einen langen Zeigefinger mit einem hell lackierten Nagel. »Dann werden wir das arrangieren.«

Mit einem kurzen Lächeln an meine Adresse und einem Nicken zu ihren Kollegen rauschte sie weiter. Jeder Mann in der Empfangshalle, Polizist oder Amnestiebewerber, drehte sich um, um ihr nachzusehen.

Ich stieß die Schwingtüren zur Mordkommission auf. Ungefähr zehn Beamte telephonierten eifrig. Wie üblich hoben sie kaum den Blick, als ich vorbeiging. Ich schloß gerade die Tür meines Büros, als ich Dronskij auf mich zukommen sah. Der Kater folgte ihm auf dem Fuß.

Ich öffnete die Tür. Dronskij trug noch immer dieselben Kleider wie am Tatort. Arbeiteten Mordkommissare die ganze Nacht?

»Guten Morgen, Chef.«

W. I. Lenin hob eine Pfote. Ich finde es schwierig, mit so etwas umzugehen. Besonders peinlich war es mir, als mir bewußt wurde, daß ich eine Hand gehoben hatte, um seinen Gruß zu erwidern. Wenn es ein Gruß war.

»Wir müssen über dieses Tier reden«, sagte ich zu Dronskij.

»Tun wir, Chef. Kaffee?«

»Wenn Sie welchen haben.«

»Kuchen oder Brot oder geräucherten Fisch?«

»Sie haben einen traurigen Sinn für Humor«, sagte ich. »Nur Kaffee.« Ich hielt inne. »Dronskij«, sagte ich, »da draußen sitzen ungefähr zwanzig Ermittler und telephonieren, und ich kann von Glück sagen, wenn sie mir auch nur zunicken. Ich will hier nicht meinen Rang einklagen. Aber als vorgesetzter Inspektor der Mordkommission finde ich, daß ich wissen sollte, womit sie sich beschäftigen. Wissen *Sie* es denn?«

»Fragen Sie nicht, Chef. Sie arbeiten nicht für Sie.«

»Aber sie sitzen in der Mordkommission.«

»Das stimmt«, räumte er ein.

»Aber sie arbeiten nicht für mich?«

»Nein, Inspektor.«

»Für wen arbeiten sie dann?«

Er holte tief Luft. Man sah ihm an, daß er sich äußerst unwohl fühlte. »Für den Schwager von Kommandant Brusilow, Chef.«

»Und wer ist der Schwager von Kommandant Brusilow?«

Dronskij schaute zu Boden und scharrte mit der Spitze seines blauen Bootsschuhs über das Linoleum. »Igor Sergejewitsch«, sagte er und sah mich an. »Er ist einer der größten Restaurantbelieferer Moskaus. Gemüse und Obst. Man benötigt viele Arbeitsstunden, um neuen Lieferungen, die per Luftfracht aus Georgien eintreffen, nachzuspüren, ein Angebot abzugeben, sie den verschiedenen Restaurants zuzuteilen …«

»Was? Diese Ermittler halten in unserer Mordkommission einen Gemüsemarkt ab? In *meiner* Mordkommission?«

»Beschweren Sie sich nicht, Chef. Es sind keine wirklichen Ermittler. Sie stehen nur bei der Polizei von Presnja auf der Gehaltsliste.«

Ich wandte mich ab. Es wird besser werden, wiederholte ich schweigend mein Mantra. Aber was ich wirklich wissen wollte, war, *wann*. Ich setzte mich und schwenkte meinen Stuhl herum. Das Dekor hatte sich seit gestern verändert. Drei große, jeweils etwa einen Quadratmeter messende Karten in hölzernen Rahmen hingen an den Wänden. Sie waren beschriftet mit *Mord 1, Mord 2, Mord 3, Mord 4*. Auf allen vieren war der Tatort durch einen roten Punkt markiert. Der Tatort des Mordes, der während des Krieges in der Kreuzgasse geschehen war, war anders markiert und mit einem großen Fragezeichen versehen. Die Tatorte eins bis vier lagen in mir unbekannten Straßen von Rot-Presnja, aber alle in nicht allzu weiter Entfernung zur Ochsenfroschgasse. Nummer vier war natürlich der Stalin-Sockel, wo das Mädchen letzte Nacht ermordet worden war.

Ich wollte noch ein paar Fragen stellen zu den ersten beiden Mädchen. Dinge, die ich bereits hätte wissen sollen, aber die ersten Mordberichte lagen noch immer ungelesen in meiner Tasche. Als Dronskij mit dem Kaffee zurückkam, schien er erfreut, als er sah, daß ich die Karten studierte. »Ihre Arbeit, Dronskij?« fragte ich ihn. »Sehr hilfreich.«

Er lächelte vor Freude. Ich nahm ihm den Kaffee ab und rührte den Zucker hinein, den er auf den Löffel gehäuft hatte. Er war ein Mann, der an alles dachte. »Hat die Suche in der Nähe des Sockels letzte Nacht etwas gebracht? Setzen Sie sich.«

Er setzte sich vor den Schreibtisch und strich sich mit der Hand über den geschorenen Schädel. »Zum erstenmal haben wir Fingerabdrücke. Jede Menge Fingerabdrücke von den Plastiktüten, die er über Händen und Armen getragen hat.«

»Das ist vielversprechend. Gibt es Entsprechungen?«

»Nicht in Moskau.«

»Weiter weg?«

Er zog eine Grimasse. »Das Archiv für Fingerabdrücke von Schwerverbrechern der Moskauer Zentrale hat die Kämpfe mehr oder weniger intakt überstanden. Aber in der Provinz sind einige dieser Archive schwer beschädigt worden. Falls er ursprünglich in, sagen wir, Nowosibirsk Verbrechen begangen hat, haben wir wenig Chancen, Entsprechungen zu finden. Aber wer weiß, vielleicht haben wir Glück.«

»Dr. Karlowa sagte, auf dem Oberschenkel der Toten hätten sich eindeutig Samenspuren gefunden.«

»Da haben wir ebenfalls Probleme. Das Zentrum für forensische Medizin wurde während des Krieges aus Moskau evakuiert. Wir haben es gerade erst zurückbekommen. Dr. Karlowa wird heute morgen Samenproben und Fasern hinschicken.«

»Wie war das in den früheren Fällen?«

»Da hat sie das irgendwie arrangiert. Damals war alles Improvisation, Chef. Wir mußten sehen, wie wir zurechtkamen.«

»Also ... die Suche in der Umgebung des Sockels?«

»Sehr ergiebig. Wir konnten das Opfer tatsächlich identifizieren. Und wir wissen, wo der erste Angriff stattgefunden hat.«

»Haben Sie die Handtasche gefunden?«

»Am Rand des Trümmerfeldes. Eingeklemmt zwischen Trümmern, wo sie hingefallen war. Vielleicht zwanzig oder fünfundzwanzig Meter von dem Sockel entfernt. Nicht ganz einen Meter von der Stelle entfernt, die Sie vorausgesagt hatten.«

Ich knurrte etwas. In meiner eigenen Erinnerung war ich nicht so vorausschauend gewesen. »Was war darin?«

»Tascheninhalt: Make-up, Zigaretten, sechzehn Rubel. Lydia Primalowa, achtzehn Jahre alt, geboren in Moskau-Presnja. Als Putzfrau angestellt in der Fahnenfabrik Stachowskij.«

»Ist das die Fabrik neben dem Tatort?«

Er nickte. »Wir überprüfen gerade die Schichtzeiten. Vielleicht hat sie lange gearbeitet. War wahrscheinlich auf dem Heimweg zu dem Wohnsilo an der Ecke der Pawlowa-Straße, wo sie gewohnt hat. Ich habe Bitow und Jakunin zu den Eltern oder den Nachbarn geschickt.«

»Lassen Sie uns mal einen Blick auf die Tasche werfen.«

»Ich sehe nach, ob sie schon wieder aus der Forensik zurück ist.«

Während Dronskij draußen war, überlegte ich, ob ich wieder anfangen sollte zu rauchen, beschloß dann aber, daß ich so schon genug Risiken einging, und zählte statt dessen mit geschlossenen Augen langsam bis dreißig, wie man es mir bei der Marine beigebracht hatte. Ich war gerade bei fünfundzwanzig angelangt, und meine Muskeln fingen gerade an, sich zu entspannen, als ein Gewicht in meinen Schoß plumpste.

Ich brüllte auf und sprang auf die Füße, wobei ich mir an der Unterkante des Schreibtischs die Knie anschlug. Nur das unheimliche Fauchen der Bestie, die jetzt beleidigt hinter dem Aktenschrank hockte, verriet mir, was geschehen war.

Die Tür wurde aufgestoßen, und Dronskij kam mit einem schwarzen Plastiksack herein. Er blieb auf der Schwelle stehen und sah mich ängstlich an. »Geht es Ihnen gut, Chef? Sie sehen aus, als wären Sie gerade einem Geist begegnet.«

»Eine alte Marinetechnik«, sagte ich und setzte mich wieder. »Dreißig Sekunden Ausruhen mit geschlossenen Augen. Das Blut fließt einem dann aus dem Kopf. Man ist blaß, aber erfrischt.«

»Ein Nickerchen?« fragte er. »Eine gute Sache, wenn man das kann.« Er fischte die Handtasche des Mädchens heraus und legte sie auf den Tisch. Eine einfache braune Tuchtasche mit einem aufgenähten schwarzen Muster.

»Gibt es auf der Tasche Fingerabdrücke?«

»Nur ihre eigenen. Etliche alte Flecken.« Er nahm aus diversen braunen Umschlägen Gegenstände und legte sie in zwei Reihen auf den Tisch. Eine flache Puderdose aus Schildpattimitat. Ein Lippenstift. Ein geöffnetes Päckchen amerikanische Camel-Zigaretten, von denen drei fehlten. Fünfundzwanzig Rubel in drei Fünfern und einem Zehner. Und eine Monatspackung der Pille.

»Antibabypillen?« Ich nahm den Plastikumschlag hoch und studierte die Tage, die auf der glänzenden metallischen Oberfläche markiert waren. In den kleinen, durchsichtigen Plastikkreisen waren die Pillen für die erste Woche alle noch da. »Lydia Primalowa scheint mit der Pille oder wenigstens mit dieser Packung hier erst vor zehn Tagen angefangen zu haben. Und die letzte hat sie wie ein braves Mädchen gestern morgen genommen.« Ich sah Dronskij an. »Deutsches Fabrikat. Die sind teuer, oder nicht?«

Sein Lächeln war gespenstisch. »Hängt von Ihren Prioritäten ab, Chef.«

»Dieses Mädchen arbeitet als Putzfrau in einer Fabrik. Falls deutsche Antibabypillen in Moskau nicht ein Zehntel von dem kosten, was sie in Murmansk kosten, konnte Lydia sie sich nicht aus eigenen Mitteln leisten.«

Dronskij schürzte die Lippen. »Sie denken an einen Beschützer. Einen älteren Mann?«

»Irgend etwas in der Art.« Ich stand auf. »Sind Sie motorisiert?« fragte ich ihn.

»Ein Auto von der Dienststelle.«

»Gut. Meins ist kaputt. Kommen Sie, wir versuchen, etwas mehr über das Mädchen herauszufinden.«

Wir gingen zusammen in die Mordabteilung. »Was ist mit Gromek, dem Nachtwächter?« fragte ich Dronskij. »Hat man seine Kleidung nach Blutspuren untersucht?«

»Er war sauber.«

»Das dachte ich mir. Haben Sie ihn laufenlassen?«

Dronskij nickte. War es ihm peinlich? »Was ist los, Dronskij? Haben Sie ihn selbst verhört?«

»Ja, Chef.« Die Worte kamen langsam.

»Sie wollen sagen, daß er etwas gesehen hat?«

»Er *behauptet*, den Mörder gesehen zu haben.«

»Warum zum Teufel haben Sie mir das nicht gesagt? Hat er etwas gesehen?«

»Ich habe ihn mit einem Zeichner ein Phantombild ausarbeiten lassen.«

Adrenalin pumpte durch meine Adern. »Er hat den Mann gesehen? Warum haben Sie mir das nicht gesagt?«

»Besoffen oder nüchtern, Chef, Gromek ist verrückt. Sehen Sie sich besser mal an, was er uns geliefert hat. Kein Bild, das wir einer breiten Öffentlichkeit zugänglich machen möchten.«

Wir waren gerade durch die Schwingtüren unterwegs in die Eingangshalle. Von der Tür zu einem der Räume, die von der Eingangshalle abgingen, drangen Rufe und weibliche Klagelaute herüber. Ungefähr zwanzig oder dreißig Zivilisten drängten sich vor dem Raum, wo die Phantombilder angefertigt wurden, schubsten und drängelten, um einen Blick auf etwas im Innern des Raumes zu erhaschen.

»O Gott, nein!« Dronskij rannte los und brüllte die Menge an. »Zurück ... zurück da!«

Ich folgte ihm, als er sich einen Weg durch die Menge bahnte. Die Aufregung der Leute war nicht schwer zu verstehen. Des Nachtwächters Vision des Mörders stand, das Gesicht der offenen Tür zugewandt, aufgestellt auf dem Tisch. Gromek hatte seinem schwarzen Humor freien Lauf gelassen und das Monstrum als jedermanns Alptraum dargestellt.

Ab heute war damit Gromeks Vision in den Vorstellungen der Leute von Rot-Presnja verankert. Ab heute hatte das Monstrum eine körperliche Präsenz – eine kahle, verkrüppelte, breitschulterige, watschelnde Gestalt. Ein wissendes, böses Lächeln. Ein riesiges Gesicht. Die hohe, gewölbte Stirn und die kleinen, tiefliegenden Augen eines Säuglings.

16 »Sind Sie verrückt? Sind Sie betrunken? Oder sind Sie einfach ein gewissenloser anarchistischer Gerüchtekoch?« Gromek hob entschuldigend eine Augenbraue. »Unter Druck würde ich gestehen, von jedem etwas, Inspektor.«

Wir standen in dem Holzschuppen, wo der Aufzug der Fabrik endete und es heftig nach heißem Öl roch. Gromek reichte mir seine Flasche.

Ich nahm sie und trank, bis ich sah, wie sich Besorgnis auf seinem Gesicht malte. Es war noch ein Rest in der Flasche. Ich ging auf das flache Stück des Dachs hinaus, holte aus und ließ die Flasche los, die gegen den blauen Himmel einen langsam kreiselnden Bogen beschrieb.

Das Stöhnen hinter mir kam aus tiefstem Innern. Die Flasche zerbarst unten auf den Trümmern, und ich wandte mich wieder an Gromek. »Sie haben da drin noch eine in Reserve.«

»Nein.«

»Sie lügen, Nachtwächter Gromek. Lügen einen Polizeibeamten an.«

»Nicht *wirklich*«, sagte er verzweifelt.

»Sie haben in der Hütte noch eine Flasche.«

»Ja.« Er senkte die Stimme. »Ja, hab ich.«

»Wollen Sie, daß ich nachsehe?«

»Bitte, Inspektor, nein …«

Er drehte sich um. »Vielleicht ist es mehr als eine«, sagte ich. »Ich bin geneigt, eine Durchsuchung anzuordnen.«

Er seufzte und verschwand in dem Schuppen. Durch die Glasplatten des Dachs konnte ich die Mädchen sehen, die an den Bänken arbeiteten, die Köpfe über die Nähmaschinen gebeugt. Auf dem Weg zur Treppe, die aufs Dach führte, war ich zwischen Ballen aufgerollter weißer Flaggen dort durchgegangen. Der Geschäftsführer, der mich zur Treppe führte, erzählte mir, Rot-Presnja entwickle sich dank einer weiteren Fabrik, die gegenüber der Zooverwaltung in Planung war, zum größten eigenständigen Zentrum der Flaggenherstellung in ganz Moskau *oblast*. Seine Stimme senkte sich, als er mir anvertraute: »Nächstes Jahr wollen wir uns weltweit um ausländische Aufträge bemühen.«

»Für russische Flaggen?«

Er sah mich an, als wäre ich ein Ungläubiger.

Auf dem Dach kehrte Gromek aus seinem Schuppen zurück, untröstlich, aber mit zwei Flaschen. Ich nahm sie ihm ab und stellte sie auf die Brüstung. »Können wir uns darüber unterhalten, was Sie gestern nacht gesehen haben?«

»Worüber Sie möchten, Inspektor. Sie haben meine Schwachstelle herausgefunden.« Er grinste vorsichtig. Ich stellte fest, daß ich den verrückten Gromek mochte, aber es war noch zu früh, ihn das merken zu lassen. Ich holte aus und schleuderte eine der Flaschen mit dem Handrücken über die Brüstung.

Das Grinsen verschwand, und er zuckte beim schwachen Geräusch der zerberstenden Flasche, das von unten zu hören war, zusammen. »Ich habe beschrieben, was der Künstler von mir erwartet hat. Ich habe gespürt, wie er es aus mir herausgeholt hat. Manchmal bin ich einfach verrückt, Inspektor. Verantwortungslos. Ich habe mir nichts dabei gedacht. Ich habe außerdem nicht daran gedacht, daß irgend jemand es zu sehen bekommen würde, mit Ausnahme vielleicht von ein paar Polizisten.« Er machte eine Pause. »Aber ich habe gedacht, daß es Sie vielleicht hierherbringen würde.«

»Sie wollten mit mir sprechen?«

»Auf der Polizeistation war so ein Tumult. Ein Irrenhaus. Was ich zu sagen habe, ist nur für Sie bestimmt.«

»In Ordnung«, sagte ich und lehnte mich gegen die Brüstung, die Hand neben der letzten Flasche. »Von Anfang an jetzt. Haben Sie gesehen, wie das Mädchen die Fabrik verlassen hat?«

Er runzelte die Stirn.

»Wußten Sie nicht, daß das Opfer hier gearbeitet hat? Lydia Primalowa. Als Putzfrau.«

»O nein.« Sein Gesicht nahm einen gepeinigten Ausdruck an. »O nein ...«

Ich wartete, während er immer wieder tief Luft holte. Dann schaute er auf die verbleibende Flasche, und als ich nickte, griff er schnell danach, schraubte den Deckel ab und trank. Nach kurzem Zögern bot er mir die Flasche an. Ich schüttelte den Kopf.

»Ich kannte sie nicht besonders gut, Inspektor«, sagte er langsam. »Weiß ihre ... Familie davon?«

»Ich habe jemanden hingeschickt, sobald wir ihre Adresse wußten. Sie haben sie also nicht gehen sehen?«

Er blies ängstlich die Backen auf. »Lydia hat nie spät gearbeitet, Inspektor, falls sie das meinen. Die Putzleute hören um acht oder neun auf.«

»Was könnte sie also hier gemacht haben?«

»Es könnte sein, daß sie sich mit ihrer Schwester treffen wollte«, sagte er vorsichtig.

»Nach ein Uhr morgens?«

Er zuckte die Schultern.

»Hören Sie, Gromek«, sagte ich, »ich habe das deutliche Gefühl, daß Sie dabei sind, sich in Schwierigkeiten zu bringen.«

»Das Gefühl habe ich auch, Inspektor.«

»Dann also ein paar klare Antworten. Haben Sie Lydia letzte Nacht gesehen?«

»Nein. Das schwöre ich. Ich hörte ihre Absätze. Ich habe mich über die Brüstung gelehnt, um hinunterzuschauen, aber aus irgendeinem Grund war mein Gleichgewicht nicht besonders gut, und ich bin wieder zurück. Ich habe einfach nur ein Mädchen vorbeigehen sehen.«

»Sie müssen im Lauf eines normalen Abends Tausende von Frauen hier vorbeigehen hören …«

»Das verlockende Geräusch hoher Absätze«, sagte er verzweifelt.

»Gromek, ich frage Sie, warum Sie sich über die Brüstung gelehnt haben, um diesem besonderen Mädchen nachzuschauen?«

»Zufall. Betrunkene Libido.«

Ich starrte ihn wütend an. »Sie verschweigen mir etwas, Gromek. Sie behaupten, Sie hätten nichts gesehen.«

»Außer vielleicht das Monstrum persönlich.«

»Hören Sie zu, Gromek«, sagte ich und langte drohend nach dem Wodka. »Nein, Inspektor.« Er hielt die Flasche dicht an sich gepreßt. »Kein riesiges *Monstrum*-Gesicht, keine bösen kleinen Augen. Nur einen Mann. Dort unten.«

»Wo standen Sie genau?«

»Hier.« Er zeigte es, und ich ging ein Stück den Abfluß entlang zu dieser Stelle. »Ich sah ihn zuerst, ungefähr zehn Minuten bevor ich die Schritte des Mädchens gehört habe. Er stand dort an der Ecke und wartete.«

Mein Herz pochte. »Sie haben ihn ziemlich genau gesehen.«

»Es war dunkel, dort unten funktioniert nur ein Fabriklicht. Und ich war betrunken.«

»Was haben Sie gesehen, Gromek?« fragte ich langsam.

Er nahm noch einen Schluck aus der Flasche. »Einen mittelgroßen Mann.«

»Ungefähr ... sagen wir, einen Meter siebzig?«

Er nickte. »Er trug einen langen Mantel. Vielleicht sogar von guter Qualität.«

»Warum sagen Sie das?«

»Ein Eindruck. Er schien gut zu fallen. Die Schöße schwangen hin und her, als er auf und ab ging. Wie bei einem Offiziersmantel.«

War das der Mann, der es sich leisten konnte, für seine Freundin die Antibabypille zu kaufen? »Wie ein Offiziersmantel. Wie kommen Sie darauf, Gromek? Waren Sie selbst einmal Offizier, Gromek?«

»Das war in einem anderen Leben, Inspektor.«

»Was wissen Sie sonst über ihn?«

»Er trug eine Tasche, einen kleinen Koffer. Nicht schmal, sondern eckig. Eher wie eine Brotbüchse. Ungewöhnlich.«

Groß genug für ein paar Messer, dachte ich.

»Groß genug für ein paar Messer«, sagte Gromek. »Militärchirurgen haben solche Koffer.«

»Waren Sie Militärchirurg?«

»Ich war Spezialoffizier, medizinische Abteilung. Aber ich verspreche Ihnen, meine Beziehungen zur Chirurgie waren minimal«, sagte er eilig.

»Und der Mann an der Ecke ... haben Sie sein Gesicht gesehen?«

»Er trug eine Pelzmütze. Genau konnte ich nur sehr wenig sehen. Keine Brille. Kein Bart oder Schnurrbart. Mehr weiß ich nicht, Inspektor.«

»Gut. Der Mann geht also auf und ab, als ob er warten würde. Und dann?«

»Ich ging zurück und habe mir eine neue Flasche geholt. Es war keine Nacht, in der man sich einen Stuhl holen würde, um hier auf der Terrasse zu sitzen, wie ich das manchmal tue.«

»Lydia ...?«

»Ein paar Minuten später hörte ich die Schritte eines Mädchens.«

»Und sind dann auf das Dach herausgekommen?«

»Mir fiel auf, daß der Mann noch immer da war. Aber er ging nicht mehr länger auf und ab. Er schaute in Richtung des Mädchens oder zumindest in die Richtung, aus der die Schritte kamen.«

»Machte er irgendeine Bewegung? Hob er die Hand? Oder tat er sonst etwas, was andeuten würde, daß sie verabredet waren?«

»Zu diesem Zeitpunkt achtete ich nicht mehr auf ihn. Ich hatte mich über die Brüstung gelehnt, wie ich es Ihnen beschrieben habe, und hätte beinahe das Gleichgewicht verloren.«

»Sind Sie in den Schuppen zurückgegangen?«

»Ja.« Er machte eine Pause. »War mir, als hätte ich einen Moment später einen Schrei gehört? Oder war das vorher? Inspektor, ich weiß es nicht.«

»Denken Sie nach.«

Gromeks Gesicht war verzerrt. »Zuerst habe ich den Schrei gehört, Inspektor.«

»*Bevor* Sie die Schritte des Mädchens gehört haben?«

»Ja. Ein paar Minuten früher, scheint mir.« Er schüttelte den Kopf. »Zuviel Wodka. Wie hätte ich das Mädchen schreien hören können, bevor ich ihre Schritte gehört hatte?«

»Ist sie nicht weggelaufen? Was Sie gehört haben – war das nicht ein Laufen?«

»Nein.«

»Haben Sie innerhalb der nächsten Minuten den Schuppen wieder verlassen?«

»Meinen Sie, ob ich gesehen habe, wie er sie zu dem Stalin-Sockel trug? Nein.«

»Weshalb sind Sie wieder aus dem Schuppen herausgekommen?«

»Wegen Nellie Christiakowas Schrei. An diesen Schrei erinnere ich mich mit Sicherheit. Aber das war ungefähr zwanzig Minuten später.«

»Nellie Christiakowa ist die junge Frau, die die Leiche entdeckt hat.«

»Außerdem«, sagte er langsam, »ist sie Lydia Primalowas Schwester.«

»Mein Gott.«

Unsere Blicke trafen sich. »Ja.«

»Was hatte sie letzte Nacht um diese Zeit hier zu tun?«

Gromek sah auf seine Füße hinunter.

»Ich bin nicht von der Sitte«, sagte ich. Ich beobachtete ihn. »Oder sonst einem Dezernat für Kleinkriminalität. Ich untersuche einen Mord, Gromek. Das ist alles. Sie verstehen mich.«

Er nickte.

»Sie haben mein Wort.«

»Sie müssen mit Nellie sprechen. Lassen Sie es sich von ihr erzählen.«

»Das werde ich tun.«

»Nellie hatte gerade ihren Laster beladen ...«

»Sie meinen, sie hat hier in der Fabrik etwas laufen.«

»Nur ein paar Ballen Stoff. Hat nicht jeder irgendwo irgend etwas laufen?«

»Ich untersuche einen Mord. Vier Morde ...«

»Genau. Und haben daher kein Interesse an Nellies geschäftlichen Aktivitäten.«

»Vermutlich nicht.« Ich holte einen Fünfrubelschein aus meiner Tasche und klemmte ihn zwischen seine kräftigen Finger, die die Flasche umklammert hielten. »Für den Wodka.«

Er verbeugte sich, aber sein Gesicht war abgespannt und traurig. »Arme Lydia«, sagte er. »Wer hätte sich so etwas vorstellen können. So darum bemüht voranzukommen ...«

»Materiell?« Ich dachte an einen reichen Liebhaber.

»Materiell? Nein, sie war ganz und gar nicht wie Nellie. Ich meinte geistig. Sie war zwar kein gebildetes Mädchen ... aber sie hat immer darauf gehofft, sich selbst zu finden. Was sie ›die Wahrheit‹ nannte.«

Das Trümmerfeld sah bei Tageslicht besser aus. Ein wenig besser. Am wichtigsten war, daß es mir zum erstenmal gelang, mich zurechtzufinden. Das Gebiet entsprach einem groben Rechteck. An seiner Nordseite war es begrenzt von der Mauer der Flaggenfabrik, und an ihr entlang verlief die von Rissen durchzogene, beschädigte Straße, über die Lydia gekommen war. Am entfernten Ende der Mauer lag die Straßenecke, wo Gromeks Mann gewartet hatte. Niedrige Wohnblocks, denen die Vorderseiten fehlten, bildeten die anderen Seiten des Rechtecks. Und hier stand der Stalin-Sockel, der früher einmal an einer Straßenecke gestanden hatte, bevor die Gebäude dort von Bomben dem Erdboden gleich gemacht worden waren. Von diesem Sockel bis zur Fabrikmauer war es über den Schutt nicht weit. Sogar nachts hätte Gromek, wenn er einen Augenblick nachdem er das Mädchen gehört hatte, nachgeschaut hätte, bei der blutrünstigen Vivisektion einen Logenplatz gehabt.

Ich folgte Dronskij zu einer Stelle etwa zwanzig Meter von dem Sockel entfernt. »Hier hat man die Tasche gefunden, Chef –« Er zeigte auf einen breiten Spalt zwischen den Trümmern. »Falls der Nachtwächter Gromek die Wahrheit sagt ...«

»Tut er.«

»Falls er die Wahrheit sagt, ist das Mädchen an der Fabrikmauer entlanggegangen und wurde an dieser Stelle vom Monstrum gepackt, ungefähr knapp zwanzig Meter von dem Sockel entfernt.«

Ich schaute zurück zu dem Stalin-Denkmal. Daneben stand ein Milizsoldat. Früher hätte er seine Schapka nicht aus der schwitzenden Stirn geschoben, und er hätte auch keine Zigarette geraucht.

Ich versuchte, mir das Entsetzen des Mädchens vorzustellen, als sie von plastikbedeckten Armen umfangen und zwanzig Meter weitergeschleppt oder -geschleift wurde, nach Atem ringend, die Zähne des Wahnsinnigen tief in ihre Luftröhre gegraben. Von welch einer Kreatur war hier die Rede? Konnte ich, Konstantin Vadim, mir in meinen verrücktesten Träumen vorstellen, mich auf solche Art zu vergnügen? Ich schüttelte den Kopf. Wir Russen sind, wie man weiß, natürlich vorbelastet, was Wahnsinn angeht. Mit gutem Grund. Gott, wie sehnte ich mich nach Murmansk und kleinen Dieben und Hehlern wie Wassikin zurück!

Ich schaute auf den Schutt zu meinen Füßen. Eine geborstene Betonplatte, keinen halben Meter von der Stelle entfernt, wo die Handtasche des Mädchens gefunden worden war, wies einen braunen Fleck auf. Ich brauchte keine Erfahrung als Mordkommissar, um zu erkennen, daß es Blut war. Ich hätte natürlich anordnen sollen, daß man die Stelle mit einem gelbem Band absperrte, wie sie das im Westen machen. Ich hätte Leute von der Spurensicherung gebraucht, die den Staub nach irgendeinem Hinweis auf die Identität des Ungeheuers durchsiebt hätten. Ich zuckte die Schultern. Wahrscheinlich hätten wir sowieso nicht genügend gelbes Band gehabt. Und Sergeant Bitow war mein Experte von der Spurensicherung.

Dronskij hatte ein Stück Holz aufgehoben, vielleicht eine zerbrochene Dachlatte von beinahe einem Meter Länge, und wog es in seinen Händen. Ich kniete nieder und untersuchte die Betonplatte genauer. Das Sonnenlicht zeigte winzige schwarze Fädchen oder Streifen, möglicherweise Fleisch, inmitten des mattbraunen Flecks. »Wir müssen das zur Karlowa bringen«, sagte ich.

Er zeigte auf etwas.

Ich sah hoch; ein kleiner weißer Kombi kam auf uns zu. Er hielt zwischen uns und dem Sockel, und Natalja Karlowa stieg aus. Was mir zuerst auffiel, war, wie jung sie war, höchstens fünf- oder sechsundzwanzig. Und dann die Art und Weise, wie die beinahe sommerliche Brise ihr schulterlanges dunkelblondes Haar wehen ließ. Und der kurze weiße Kittel über einem knapp knielangen dunklen Leinenrock. Sie lächelte zur Begrüßung und kam auf uns zu. »Sie waren heute morgen nicht bei der Obduktion«, sagte sie mit einem herausfordernden Glitzern in den Augen.

»Ist etwas Neues dabei herausgekommen?« fragte ich.

»Sie hat einen heftigen Schlag über den Rücken bekommen, der mir letzte Nacht zwischen all den anderen Exzessen nicht aufgefallen ist.«

»Ausgeführt mit so etwas?«

Sie betrachtete das Stück Holz in Dronskijs Hand. »Möglich«, sagte sie. »Wir können die Maße überprüfen. Ich habe einen ziemlich klaren Umriß der Waffe.«

Wurden der Schlag über den Rücken und der gegen die Beine mit demselben Gegenstand ausgeführt?«

»Zweifelsohne. Der Umriß paßt genau. Er kam von hinten an sie heran, schlug sie zuerst gegen die Beine, brachte sie damit aber nicht zu Fall und schlug ihr noch einmal über den Rücken.«

Ich wies auf die Steinplatte. »Und brachte sie damit hier auf die Knie?«

Sie untersuchte die Platte. »Ich muß mir das im Labor ansehen. Vielleicht können Sie es mir in den Kombi laden«, sagte sie zu Dronskij. »Er ist offen.«

Dronskij klemmte sich das Holzstück unter den Arm, hob die Betonplatte auf und watschelte die kurze Entfernung zum Wagen. Sie wandte den Kopf und sah ihm nach. Die Stille wurde nur von Dronskijs Keuchen und dem Knirschen und Rutschen seiner blauen Bootsschuhe auf dem Schutt unterbrochen.

»Was halten Sie von der amerikanischen Amnestiekommissarin?« fragte die Karlowa, den Blick immer noch auf Dronskij geheftet.

»Ich habe noch nie zuvor eine Amerikanerin getroffen. Ich frage mich, ob sie alle so sind?«

Sie wandte sich mir zu. »Das glaube ich nicht. Imogen ist einmalig.«

»Imogen? Sie kennen sie?«

»Als ich nach Moskau kam, habe ich in ihrer Kinderklinik gearbeitet. Wir behandelten verletzte und vom Krieg traumatisierte Kinder. Sie hat die psychiatrische Abteilung geleitet, und ich war für die Chirurgie zuständig.«

Irgend etwas war in ihrem Ton. Etwas Hartes. »Sind Sie noch befreundet?«

»Sie hat mich wegen Inkompetenz entlassen.«

»Ah …«

Sie hob den Kopf. »Und was ist mit Ihnen, Konstantin? Gehe ich recht in der Annahme, daß Sie Obduktionen nicht mögen?«

Das Thema Dr. Imogen war beendet.

»Ich mag weder Leichenschauhäuser noch Notaufnahmestationen, noch Operationssäle«, sagte ich. »Das ist nicht persönlich gemeint.«

»Gut, denn ich muß mich bei Ihnen entschuldigen.«

»Vergessen Sie's.«

»O nein«, sagte sie. »Ich habe bei dem Gedanken an diese Entschuldigung im Laden in der Station zwei Lebensmittelkarten für ein halbes Hühnchen aufgebraucht.«

Lachte sie mich wieder aus? Sie stand da, die Beine leicht gespreizt, die Hände tief in den Taschen ihres weißen Kittels, den bernsteinfarbenen Blick fest auf mich gerichtet. »Ich dachte, vielleicht hätten Sie Lust, es heute abend mit mir zu teilen«, sagte sie.

Nicht, wenn Julia möglicherweise anrief oder sonst irgendwie versuchte, Kontakt aufzunehmen. »Mit den Abenden ist es augenblicklich etwas schwierig«, sagte ich vorsichtig.

»Die Entschuldigung steht«, sagte sie nonchalant. »Fahren Sie zurück zur Station?«

»Ich bin mit Dronskij im Auto gekommen.«

»Fahren Sie mit mir. Es gibt ein paar Dinge, über die ich mit Ihnen reden möchte.«

»Gut.«

Als wir auf den weißen Kombi zugingen, sah ich die große, schlaksige Gestalt von Gromek, dem Nachtwächter, über den Schutt auf uns zukommen.

»Inspektor.« Er atmete schwer. »Ich habe etwas vergessen. Etwas, was Nellie Christiakowa Ihnen nicht wird erzählen können.«

Wir warteten, bis er wieder zu Atem gekommen war. »Sie ist vor kurzem der Kirche beigetreten. Das hat sie mir vor ungefähr einer Woche erzählt. Die Treffen waren immer Mittwoch abends, sagte sie. Es ist also möglich, daß sie gerade auf dem Rückweg von einem Kirchentreffen gewesen ist.«

»Nach Mitternacht?« fragte die Karlowa und verzog den Mund. »Möglich, nehme ich an.«

»Warum würde mir das Lydias Schwester nicht erzählen können?« fragte ich ihn.

Gromek wühlte in seiner Tasche und förderte eine Tonpfeife

zutage. »Lydia wollte Nellie nichts von der Kirche erzählen. Sie glaubte, sie würde es mißbilligen.«

»Warum sollte sie das tun?«

»Das weiß ich nicht«, sagte Gromek. »Ich würde Nellie keine Christin nennen, aber auch keine bigotte Atheistin.«

Während ich dastand und über das Gesagte nachdachte, wandte sich Gromek an Dronskij, der ihn böse anstarrte. »Es tut mir leid wegen des Phantombilds, Dronskij«, sagte er. »Es war kein besonders guter Witz. Mit zuviel Alkohol sieht man die Dinge manchmal anders.«

Dronskij wies auf die Pfeife. »Zuviel Alkohol oder zuviel *stoke*«, knurrte er.

Gromek schnitt eine Grimasse. »*Stoke* könnte ich mir nie und nimmer leisten. Wodka ist eher meine Kragenweite.«

Ich sah von Gromek zu Dronskij. »*Stoke*?« fragte ich. »Was ist *stoke*?«

Die Karlowa zupfte mich am Ärmel. »Ich werde es Ihnen erklären«, sagte sie.

»Passen Sie auf ihn auf, Doktor«, sagte Gromek. »Ein Mordkommissar in Moskau, der nicht weiß, was *stoke* ist, so viel Unschuld ist es wert, bewahrt zu werden.«

»*Stoke, stoken, sich stoken ...*« intonierte die Karlowa, als läse sie aus dem Lexikon eines Süchtigen vor, während wir in dem weißen Kombi dahinrumpelten. »*Stoke* ist für die Moskauer Jugend von heute die Droge der Wahl. Es basiert auf Kokain mit aufgepfropftem LSD und kann einen härter treffen als der Holzprügel des Monstrums. Es verschafft einem gezielte, entspannende Sexualphantasien.«

»Wenn man die mit *stoke* ausleben kann, warum wird dann auf den Straßen immer noch vergewaltigt?«

Sie zuckte die Schultern.

»Haben Sie es je ausprobiert?« fragte ich.

»Als Experiment.« Sie lächelte. »Schließlich bin ich Ärztin.«

»Und ...?«

Sie schaute mich düster an. »Ich habe es lieber mit einem Mann aus Fleisch und Blut zu tun«, sagte sie.

»Worüber wollten Sie mit mir sprechen?«

Sie sah kurz zu mir herüber und schaute dann wieder geradeaus auf die Straße. «Ich möchte wissen, wer Sie sind«, sagte sie, als sei es die einfachste Frage der Welt.

Ich entschied, auch so darauf zu reagieren: einfach und direkt. Ich spreizte die Hände. »Wer ich bin? Konstantin Vadim, Mordkommissar in Moskau 13.«

»Und sonst?«

»Sonst gibt es nicht viel. Geboren in Murmansk 1977. Sohn eines Fischereikapitäns, der 1992 auf See ertrunken ist. Mutter Englischlehrerin, Krankenschwester in der Nationalistischen Armee, von General Romanow persönlich ausgezeichnet, starb an der Front in Pinsk ... wie ist es damit?«

»Über Sie möchte ich Bescheid wissen.«

»Über mich? Was wollen Sie – eine tiefschürfende Charakteranalyse?«

»Schießen Sie los«, sagte sie.

»Wie kann ich mir selbst gerecht werden? Gewissenhaft, tatkräftig, loyal ... ungefähr so?«

»Ich meine es ernst.«

Ich sah es an ihrem Gesichtsausdruck.

»Gut. Anglistikstudium an der Universität von Murmansk. Dienst in der Marine, bei den U-Booten. Trat der Miliz bei ...«

»Trat wo bei?«

Sie hatte mich verstanden. »Trat der Miliz bei«, sagte ich.

»Oder sind Sie der Tscheka beigetreten?« fragte sie mit ruhiger Bedachtsamkeit.

Mein Kopf zuckte in die Höhe. »Guter Gott, nein. Glauben Sie das?«

»Daß Sie ein Tscheka-Offizier sind? Ja«, sagte sie kühl. »Das denken eine Menge Leute im 13. Distrikt. Vor allem Ihr Assistent Dronskij.«

»Dronskij ...?« Das erklärte wenigstens einiges. »Das glaubt er?«

»Warum nicht? Warum sollte er nicht glauben, daß Sie der Tscheka angehören? Warum sollten wir das nicht alle glauben?

Sie kommen aus dem hohen Norden und geben vor, ein ausgebildeter Inspektor zu sein. Aber Sie sind kein Mordkommissar.«

»Was spielt es für Sie für eine Rolle, was ich bin?«

»Ich werde einfach vorsichtig sein müssen.«

»Vorsichtig?«

»Ich würde mich nicht Hals über Kopf in einen Mann verlieben wollen, der ein Tscheka-Offizier ist, das ist alles. Das werden Sie sicher verstehen, was immer Sie nun in Wirklichkeit sind.«

Mir blieb der Mund offenstehen. *Mich verlieben*. Was war das, Mütterchen Moskau, redete man so in der Großstadt?

»Sie sollten sich nicht zu Unrecht geschmeichelt fühlen, Konstantin.« Sie lächelte mir flüchtig zu. »Sie mögen vielleicht glauben, daß es wenig gibt, was für Sie spricht. Und möglicherweise haben Sie damit auch recht. Aber immerhin sind Sie ein Mann und sehen ganz und gar nicht übel aus. Und vermutlich sind alle Ihre wichtigen Funktionen intakt …«

Ich zuckte bejahend die Schultern.

»Ich will lediglich sagen, Konstantin«, sagte sie mit einem breiten Grinsen, »daß, sollte mein lustvoller Blick zufällig in Ihre Richtung schweifen, ich gerne wissen möchte, ob die Luft rein ist, mehr nicht.«

»Nun, ziemlich rein«, sagte ich unsicher. »Insofern ich kein Tscheka-Offizier bin und alle meine wichtigen Funktionen tatsächlich intakt sind. Wenigstens in diesen beiden Punkten kann ich Sicherheiten anbieten.«

»Gut«, sagte sie knapp und stoppte den Kombi schwungvoll vor Station 13. »Dann können wir ja weitersehen, nicht?«

17

Ich erwischte einen Lastwagenbus zum Parkcafé. Die zahlenden Gäste – die, die es sich leisten konnten – saßen innen hinter den beschlagenen Fensterscheiben. Die Tische draußen auf der Terrasse waren besetzt von kleinen Gruppen herumziehender Flüchtlinge, Familien, jungen Männern, denen ein Arm oder ein Bein fehlte und die diese Verwundungen zum Betteln einsetzten.

Ich ging schnell zwischen den Tischen hindurch und versuchte dabei, durch das beschlagene Glas der eleganten alexandrinischen Bogenfenster zu sehen. Ich war so konzentriert, daß ich mit der Fußspitze an einer Stufe hängenblieb und stolperte und taumelnd mein Gleichgewicht wiedergewann, während die Vaganten klatschten und applaudierten.

Als ich mich an einer kahlen Platane abstützte, sah ich sie. Sie saß allein an einem der entferntesten Tische auf der Terrasse – die Sibirierin, die in Murmansk Julia als Botin gedient hatte.

Ich blieb einen Moment mit dem Rücken an den Baum gelehnt stehen. Sie saß da, den Kopf in die Faust gestützt, und sah einer Gruppe Kinder zu, die vor ihr spielten. Bleib ruhig, Kostja, ermahnte ich mich. Sie wandte den Kopf, und ihre dunklen Augen in dem sibirischen Gesicht mit den hohen Backenknochen wanderten über die Terrasse und kehrten dann wieder zu den spielenden Kindern zurück. Sie trug einen alten blauen Anorak, Jeans, Turnschuhe – in der tristen Moskauer Umgebung ein absolut unauffälliges Mädchen. Und doch mußte ich vorsichtig sein. Wie Madame Raissa gesagt hatte, gab es so viele falsche Dimitrijs. War es möglich, daß meine kleine Sibirierin gerade festgenommen, von der Tscheka umgedreht und hier auf diese Terrasse gesetzt worden war, um mir eine Falle zu stellen …?

Ich zuckte ärgerlich die Schultern. Diese Unentschlossenheit bekommt dir nicht, Konstantin. Die Nachricht stammte von Julia – da hatte ich nicht den geringsten Zweifel. Sie hatte das Wassilij-Sonja-Spiel eben deshalb gespielt, um mich von ihrer Echtheit zu überzeugen, davon, daß es wirklich um Julia ging, um Julia in verzweifelter Not. Und diese Sibirierin war das Mädchen, das mich schon einmal zu ihr geführt hatte. Ich verließ die Platane und überquerte die Terrasse. Beinahe sofort wurde ich von einer schweren Hand am Arm gepackt. Ich war gelähmt vor Angst. Ich drehte mich um und starrte in das bärtige Gesicht eines Bettlers. »Ein paar Rubel«, sagte er. »Ich hatte einmal eine Frau, eine Familie, ein Haus, in dem ich gewohnt habe. Jetzt bettle ich Sie um ein paar Rubel an.«

Ich grub in meinen Taschen und gab ihm zehn Rubel. Sein Griff auf meinem Arm war immer noch fest. »Lassen Sie mich

Ihnen meine Geschichte erzählen«, sagte er. »Sie scheinen ein Herz zu haben. Selten heutzutage in Moskau ...«

Ich schüttelte den Kopf.

»Warum geben Sie dann?« fragte er. »Wenn Sie sich nicht für meine Geschichte interessieren?«

Ich machte seine Hand los. »Ich gebe aus Angst, Bruder«, sagte ich. »Verzeih mir.«

Er sah mir in die Augen und wandte sich ab. Die Sibirierin hatte uns beobachtet. Als ich ihren Tisch erreichte, lächelte sie grimmig. »Sie hätten Ihr Gesicht sehen sollen«, sagte sie. Sie stand auf, reckte sich auf die Zehenspitzen und flüsterte mir ins Ohr: »Inspektor Vadim dachte, sein letztes Stündchen sei gekommen.«

»Kein Grund, sich zu schämen«, sagte ich, aber in meiner Stimme war ein beißender Unterton. Ich erkannte die Furcht, die den Russen im Blut liegt. In der alten Zeit hatte mein Vater sechs Jahre in einem Lager verbracht, *ohne je herauszufinden, warum.* Als er zurückkehrte, strahlte er eine Nervosität aus, die die ganze Familie ansteckte und meine Kindheit prägte. Nein, nicht Nervosität, etwas Schrecklicheres. Ein Gefühl der *Schuld.*

Ich drehte mich um und verließ mit dem Mädchen zusammen den Tisch auf der Terrasse. »Wo ist sie?« fragte ich. »Wo ist Julia?«

»Geduld.« Ihre Augen waren überall. Ohne groß den Kopf zu bewegen, überprüfte sie den Fußpfad, der vor uns lag, den zugewachsenen See mit seinem zerstörten Sommerhaus, die offenen Flächen, bevor Bäume und Büsche begannen.

»Was macht sie in Moskau? Ich dachte, sie wäre irgendwo im Westen in Sicherheit?«

»Das ist eine lange Geschichte«, sagte das Mädchen.

»Dann bringen Sie mich zu ihr. Sie kann sie mir selbst erzählen.«

Sie schüttelte den Kopf.

»Hören Sie mal«, sagte ich. »Es gibt eine Amnestie, um Himmels willen.«

»Nicht für Julia.«

»Ich habe das bei einem Freund, der ein hohes Mitglied der Ochrana ist, genau überprüft.«

Sie lächelte mich in derselben überheblichen Art und Weise an, in der mich Julias kluge junge Universitätsfreunde immer angelächelt hatten.

»In Ordnung«, sagte ich. »Natürlich wissen Sie das besser. Sie kennen die Intentionen der Regierung besser als die Tscheka. Sie haben eine Nachricht für mich. Geld?« Das war alles, woran ich denken konnte. »Braucht sie mehr Geld?«

Ein Entenpaar durchteilte die Luft und landete auf der Wasseroberfläche. Das Mädchen schien fasziniert von den sich überlappenden kleinen Wellen, die entstanden, als die Enten zum Halt kamen.

»Geht es um Geld?« wiederholte ich.

»So einfach ist es nicht. Geld ist nicht, was Julia braucht.«

»Was dann?«

Sie ging ein paar Schritte neben mir her, ohne zu antworten.

»Was?« fragte ich verzweifelt.

»Sie braucht einen Arzt.«

Mir drehte sich der Magen um. Ich packte das Mädchen am Arm und schüttelte es. »Was fehlt ihr, um Himmels willen?«

»Ich kann Ihnen nur sagen, daß sie einen Arzt braucht. Jemanden, der in Chirurgie bewandert ist. Jemanden, dem man trauen kann.«

»Dem man trauen kann, im verborgenen eine bekannte anarchistische Offizierin zu behandeln? Wie soll ich es in Gottes Namen anstellen, so jemanden zu finden? Wenn Julia sich als Amnestiebewerberin stellen würde ...«

»Sie ist nicht in der Lage, sich zu bewegen.«

Ich holte tief Luft. »Dann registriere ich sie in meiner Station ... Nein. Noch besser, ich lasse meinen Freund in der Tscheka wissen, wo sie ist. Ich sage ihm, daß sie medizinische Hilfe braucht.«

»Julia sagte, sie könne darauf vertrauen, daß Sie es niemandem sagen.«

In meinem Kopf drehte sich alles. »Das hat sie gesagt?«

»Ja. Sie sagte, Sie würden einen Arzt finden. Irgendwie.«

Mir war plötzlich unerträglich heiß.

»Werden Sie es tun?«

»Ich muß wissen, was ihr fehlt.«

Das Mädchen drehte sich von mir weg. »Ich weiß nicht mehr, als ich Ihnen gesagt habe«, sagte sie. »Kommen Sie mit Ihrem Arzt zum alten Zoo-Eingang.«

»Ich habe keinen Arzt«, sagte ich, und Angst überflutete mich. »Ich bin gerade erst in Moskau angekommen. Ich kenne niemanden, zum Teufel.«

»Julia vertraut Ihnen.« Die Augen der Sibirierin verengten sich, als zweifle sie an der Weisheit ihrer Chefin. »Sie verläßt sich auf Sie.«

»Wie ernst ist es? Sagen Sie mir wenigstens das.«

Das Mädchen sah mich mit hartem Mund und geschürzten Lippen an. Voller Verachtung. »Ernst«, sagte sie. »Ein Autounfall. Für die anderen war er tödlich.«

Ich versuchte es anders. »Ich frage nicht meinetwegen«, log ich. »Ein Arzt wird mehr wissen wollen. Wann ist es passiert? Ist sie in Lebensgefahr? Ein Arzt muß auf jeden Fall mehr wissen.«

»Am Eingang zum Zoo«, sagte das Mädchen. »Heute um Mitternacht. Ich werde warten.«

Sie rannte. Wie ein Tier auf der Flucht rannte sie mit langem, wehendem Mantel über den Kiespfad, der am See entlangführte, und verursachte heftiges Flügelschlagen und Gespritze bei den Enten. In Sekundenschnelle hatte sie die Deckung der Büsche und des Unterholzes erreicht und war verschwunden.

Ich nahm den Lastwagenbus zurück nach Rot-Presnja. Ich setzte mich hinten auf die Rampe und ließ die Beine baumeln, während wir durch Moskau trudelten. Vielleicht konnte ich einen Autounfall erfinden, meinen eigenen ... konnte Julia vielleicht als Opfer ausgeben ... aber bevor sie in ein Krankenhaus aufgenommen wurde, würde sie Papiere brauchen. Hatte sie falsche Papiere bei sich? Wenn nicht, wie lange würde ich benötigen, um welche anfertigen zu lassen? In Murmansk hätte ich das an einem Nachmittag bewerkstelligen können. Hier in Moskau würde es eine Woche dauern – und mich wahrscheinlich ins Gefängnis bringen.

Es gab noch einen anderen Faktor. Julias Gesicht war bekannt. Hier in Moskau sicher weniger bekannt als in der Gegend von Sankt Petersburg, wo ihre Division im Einsatz gewesen war, aber ihr Gesicht war mit Sicherheit im Moskauer Fernsehen zu sehen gewesen, als Moskau sich während des Krieges zwei Jahre in anarchistischer Hand befunden hatte. Schließlich war sie eine ihrer Heldinnen.

Ich schwitzte in meinem Mantel. Falsche Papiere, vorgetäuschte Unfälle – ich glaubte an keinen einzigen meiner Pläne. Ich wußte sehr gut, welcher Tatsache ich aus dem Weg ging. Ich hatte eine einzige Hoffnung. Ich kannte in Moskau keine Ärzte – mit Ausnahme von Natalja Karlowa.

Sie mußte es sein.

Ich kletterte schon vor dem 13. Distrikt vom Bus herunter und ging die letzten paar hundert Meter zur Station zu Fuß.

Dronskij war schon da und drückte sich an der Tür zu meinem Büro herum. Ich sah seine blassen, sorgenvollen Augen, die Bartstoppeln auf seinen Wangen, seine Bootsschuhe und Khakihosen, die er heute mit einem billigen Sportsakko mit zu grellem Überkaro kombiniert hatte. Ich hätte ihm gerne gesagt, daß ich keine Gefahr für ihn war, daß ich kein Tscheka-Offizier war. Doch das Leben, das ich führte, sprach dagegen. Sicherer war, den armen Mann sich sorgen zu lassen. Ich hob den Kopf.

Er erwähnte meine zweistündige Abwesenheit mit keinem Wort. »Ich habe mich gefragt, Inspektor, ob Sie möchten, daß ich mich mit Nellie Christiakowa unterhalte?«

»Nein, das machen wir jetzt gemeinsam«, sagte ich. »Gibt es sonst noch was?«

»Jakunin und Bitow haben eine Liste der Männer vorbereitet, die bereits wegen Sexualdelikten angeklagt waren und heute in der Umgebung von Presnja leben.«

»Ich werde sie mir ansehen. Noch ein Telephonat, dann können Sie sie hereinschicken.«

Als er gegangen war, nahm ich den Telephonhörer ab und wählte die Nummer der Pathologie am anderen Ende des Gebäudes.

Die Karlowa antwortete. Zum erstenmal fiel mir auf, daß sie einen leichten südlichen Akzent hatte. »Hier ist Vadim«, sagte ich.

»Nicht noch eine? Noch eine Leiche?«

»Nein.« Ich zögerte. »Kann ich zu Ihnen ins Büro kommen?«

»Tun Sie das«, sagte sie. »Kommen Sie sofort. Sie haben hier sowieso etwas zu entscheiden.«

»Und das wäre?«

»Mir wäre es lieber, Sie würden selbst sehen.«

Ich ließ mir von Dronskij den Weg beschreiben und machte mich auf, quer durch die Empfangshalle und über den Korridor zu den Labors der Pathologie. Ich ging den Schildern nach, als ich erhobene Stimmen hörte und feststellte, daß Natalja und Dr. Shepherd sich miteinander stritten.

»Ich bitte dich lediglich um ein berufsübliches Entgegenkommen, weiter nichts«, sagte Dr. Shepherd gerade.

Sie waren zwei bemerkenswert gutaussehende Frauen. Beide furios wütend, aber es gab einen Unterschied. Dr. Shepherds Gesicht war gefaßt und kalt vor Zorn, das von Natalja war dunkel wie ein Gewitter. Sie wandte sich an mich. »Technisch gesehen hat der Leiter der Mordkommission die Verantwortung für die Leiche. Es ist seine Entscheidung.«

Die amerikanische Ärztin wandte sich langsamer um und lächelte mich an. »Ich habe lediglich um Erlaubnis gebeten, die Leiche des letzten Opfers des Monstrums zu sehen.«

»Warum sollten Sie das tun wollen?« fragte ich, echt erstaunt.

»Es hilft, das Profil eines Mörders zu erstellen, wenn man seine Arbeit untersuchen kann.«

»Ist das notwendig?«

»Nicht absolut notwendig, aber es könnte helfen.«

»Ich sehe absolut keinen Grund, warum du die Leiche untersuchen solltest«, sagte Natalja heftig.

»Aus beruflichem Interesse. ›Das Kind ist der Vater des Mannes.‹ Das habe ich dir in der Vergangenheit oft genug gepredigt, Natalja.« Sie wandte sich an mich.

»Inspektor, wir haben über den Weg von den Traumata schwer gestörter Kinder zum Handeln von Erwachsenen diskutiert – Raub, Vergewaltigung, Mord … Ihr Monstrum bewegt sich offensichtlich am äußersten Rand antisozialen Verhaltens. Ich dachte, Dr. Karlowa würde mir vielleicht von Wissenschaftlerin zu Wissenschaftlerin erlauben, das Schlimmstmögliche zu untersuchen, was durch das Versagen von Leuten wie mir entstehen kann.«

Das wirkte einigermaßen einleuchtend. Wenn man so etwas mag.

»Ich schlage die Bitte ab«, sagte Natalja brüsk. Sie wandte sich an mich. »Ich hoffe, Sie unterstützen meine Weigerung.«

»Natalja«, sagte Dr. Shepherd ruhig. »Wenn das deine Entscheidung ist – in Ordnung. Aber es wird Zeit, daß wir die Vergangenheit hinter uns lassen.«

Natalja sah mich an. »Werden Sie meine Entscheidung unterstützen, ja oder nein?«

Ich sah von einer zur anderen. »Es tut mir leid«, sagte ich nach einem Augenblick zu der Amerikanerin.

Sie sah mich mit einem schiefen Lächeln an. »Ich verstehe.« Sie machte eine kleine Pause. »Wenigstens glaube ich das.« Mit einem langsamen und herausfordernd feindseligen Nicken in Nataljas Richtung ging sie langsam den Flur hinunter.

Ich beobachtete ihren Abgang. »Worum zum Teufel geht es hier eigentlich?« fragte ich, als sie verschwunden war.

»Es geht darum, daß Dr. Shepherd versucht, sich in alles einzumischen, was ich tue. Als ich in Moskau anfing, war ich ihr Protegé. Dr. Shepherd kann es nicht ertragen, daß ich meine eigene Abteilung habe. Professionelles Interesse nennt sie das! Sie will überwachen, kritisieren ...!« Sie stampfte mit dem Fuß auf im bewußten Versuch, sich zu beruhigen, und lächelte dann zu mir auf. »Entschuldigen Sie«, sagte sie, atmete tief aus und zuckte die Schultern. »Imogen hat diese Wirkung auf mich. Das sollte nicht so sein, ist aber so.« Sie wollte gehen, blieb aber noch einmal stehen. »Sie haben mich vorhin angerufen. Wollten Sie etwas?«

»Ich habe mich gefragt, was Sie sagen würden, wenn ich meine Meinung wegen heute abend änderte.«

Sie hob die Augenbrauen. »Ist der Terminkalender doch nicht so voll, wie Sie dachten?«

»So ähnlich.«

»Ich bin nicht stolz, Vadim«, sagte sie. »Sie konnten meinem Hühnchen nicht widerstehen. Belassen wir es dabei.«

Ich notierte mir ihre Adresse.

Sie ging auf die Schwingtür zu, die zum Labor führte, stieß sie ein Stück auf und blieb stehen. »Ich freue mich, daß Sie kommen«, sagte sie.

»Ich freue mich auch.«

Sie hauchte Luft, vielleicht sogar einen Kuß in meine Richtung und ließ die Tür zuschwingen.

Ich war kaum wieder in meinem Büro, als ich durch die Glasscheibe Dronskij auf mich zukommen sah. Ich schloß die Augen. Ich brauchte Zeit zum Nachdenken. Julia war verletzt. Ich sah mit geschlossenen Augen ihr Bild vor mir. Ihr blasses Gesicht, in dem die Lippen einige letzte Worte zu mir sprachen. Idiot ...

Dronskij klopfte an die Tür und kam herein. Jakunin und Bitow, die mit ihren Armani-Anzügen und den schmalen schwarzen Krawatten, die sie heute dazu trugen, aussahen wie angehende Leichenbestatter, folgten ihm. Es gab nur zwei Stühle, deshalb blieb Bitow mit dem Rücken an die Wand gelehnt stehen. Ich sah, daß jeder eine Akte trug. Ich schaute schuldbewußt auf die Tragetasche, die an dem kunstvollen Bugholz-Kleiderständer hing. Ein drei Tage alter Serienmord, und ich hatte noch immer nicht alle Berichte über die anderen Opfer gelesen.

Ich verdrängte es und wandte mich an Dronskij. »Ich muß Sie warnen«, sagte ich. »Ich könnte jeden Moment wegen anderer Pflichten weggerufen werden. Dann würde dieser Fall ganz und gar auf Ihren Schultern lasten. Darauf sollten Sie vorbereitet sein.«

Dronskij reagierte auf diese Ankündigung, wie es von ihm erwartet wurde. Er nickte lebhaft. »Ich verstehe, Chef.«

Konnte ich wirklich so boshaft sein? Ich hatte keinen Grund zu der Annahme, daß man mich zu meinen Double-Pflichten rufen würde, doch die Bemerkung hatte auf Dronskij und die beiden Beamten den gewünschten Effekt. Sie verstärkte ihren Glauben, ich sei ein Offizier der Tscheka und in erster Linie mit wichtigeren Dingen befaßt als mit einem einfachen Serienmord in Rot-Presnja. Das konnte mir Deckung verschaffen und Zeit, die ich möglicherweise für Julia brauchen würde.

»Was haben Sie für mich?« fragte ich meinen Stellvertreter.

Dronskij stand auf. Unsere Heizung war auf Novemberkälte eingestellt, und der Tag war ungewöhnlich mild. Sein rundes Gesicht glänzte. Sein Jackett sah schlimmer aus denn je. Die Ärmel waren überlang und reichten ihm bis fast zu den Fingerspitzen, wodurch es aussah wie ein Erbstück von einem größeren Bruder.

Mit Bitows Hilfe fummelte er geschäftig herum und steckte eine lange Liste an meinem Schwarzen Brett fest. Die letzte Regierung hatte versucht, uns die lateinische Schrift aufzudrücken, und Dronskijs Schreibcomputer stammte noch aus jenen Tagen. Als wir wieder zum Kyrillischen überwechselten, konnten einige Schulkinder nur lateinische Buchstaben lesen; alte Leute, denen man Kyrillisch beigebracht hatte, schauten verständnislos auf Anschläge an den Rathäusern, die in lateinischer Schrift verfaßt waren. Das war Rußland in den ersten Jahren des neuen Milleniums.

»Lesen Sie die lateinische Schrift, Inspektor?« fragte er ängstlich.

»Nur sehr ungern«, sagte ich. »Außer natürlich ich lese Englisch. Worum geht es eigentlich?«

»Die Moskauer Listen mit den Namen der Sexualverbrecher, die äußerste Gewalt angewendet haben, sind bei den Bombardierungen teilweise zerstört worden, Inspektor. Aber glücklicherweise sind die aus Rot-Presnja noch mehr oder weniger komplett.«

Ich stand von meinem Schreibtisch auf und baute mich vor Dronskijs Listen auf. Es gab drei Stufen sexueller Gewalt, deren niedrigste, Kategorie 3, die Exhibitionisten, Voyeure und Spanner umfaßte.

»Spanner – warum interessieren wir uns für die?«

»Ich stimme Ihnen zu, daß sie im allgemeinen harmlos sind, Chef. Außer für die Frau, der auffällt, daß einer spannt. Von da an kann der Schatten dieses Spanners erschreckende Auswirkungen auf ihr Leben haben.«

Ich sah Dronskij an. Er klang plötzlich menschlich. »Wie oft bewegen sich Exhibitionisten, Voyeure und Spanner eine Stufe weiter? Bis zur Anwendung körperlicher Gewalt?«

»Viel öfter, als die meisten Menschen glauben. Es ist inzwischen bekannt, daß sie nicht alle die harmlosen Wichser sind, für die man sie immer gehalten hat. Tatsächlich sind die meisten von ihnen jung. Und wenn sie älter werden, kriegen sie manchmal mehr Ehrgeiz. Sehr häufig steigen sie auf in Kategorie 2.«

Ich schaute auf das Brett.

»Unzüchtige Handlungen oder Vergewaltigung«, sagte Dronskij. »Vergewaltigung unter Drohung: Erpressung, Vergewaltigung am Arbeitsplatz, sogar unter Androhung körperlicher Gewalt, zum Beispiel mit einem Messer an der Kehle, aber ohne tatsächliche Gewalteinwirkung. Manche Männer stoppen kurz vor der Ausübung direkter physischer Gewalt. Vielleicht hassen sie Frauen nicht genug, um diese Grenze zu überschreiten. Wir sprechen von etwa zweihundert Fällen.«

Ich wandte mich an Jakunin. »Glauben Sie, daß Männer Frauen vergewaltigen, weil sie sie hassen?«

»Feministischer Quatsch«, sagte Jakunin.

»Vielleicht, weil sie Angst vor ihnen haben?« fragte ich seinen Kollegen.

»Feministischer Quatsch«, sagte Bitow.

»Nicht das erstemal, daß die beiden dieses Thema erörtern, was meinen Sie, Dronskij?« fragte ich.

»Ich glaube, daß die Männer der Kategorie 2 vergewaltigen, wie andere stehlen. Du hast es, ich will es. Aber es gibt noch eine andere Kategorie, und die hassen Frauen oder fürchten sie sogar.« Er zeigte auf die Tafel. »Die der Kategorie 1. Vergewaltigung mit Gewaltanwendung. Oft mit Verstümmelung. Manchmal mit Mord.«

Wir standen da und starrten schweigend auf die Tafel. »Aber die Tatsache, daß wir die Namen haben, bedeutet doch, daß keiner von denen frei herumläuft, oder?«

Dronskij schüttelte den Kopf. »Als die Anarchisten Moskau eingenommen haben, haben sie die Gefängnisse geleert und Gefangene rekrutiert. Strafbataillone. Wir haben keine Ahnung, wie viele von diesen Männern ums Leben gekommen sind, Moskau verlassen haben oder sogar wieder nach Presnja zurückgekehrt sind.«

Ich stöhnte. »Von wie vielen reden wir?«

»Wir haben hier nur einundfünfzig Namen, deren Besitzer in Frage kommen. Vierzehn sind wieder im Gefängnis. Bitow, der in Presnja geboren ist, sagt von dreien, daß sie mit Sicherheit tot sind, auch wenn sie nicht in den Listen auftauchen.«

»Einundfünfzig minus siebzehn.« Ich sah auf Dronskijs Liste. »Vierunddreißig Männer der Kategorie 1, die sich vielleicht in Moskau aufhalten, vielleicht auch nicht.« Ich sah Bitow an. »Sie sind hier geboren?«

»Ja, Inspektor.«

»Und Jakunin?«

»Ich bin im Ostural aufgewachsen, Inspektor. Aber ich bin schon vor dem Krieg zum 13. Distrikt gekommen. Bitow und ich haben gemeinsam gegen die meisten Kriminellen von Presnja ermittelt.«

»Gegen diesen hier vielleicht nicht.«

»Bei allem Respekt, Chef«, sagte Bitow. »Er steht irgendwo auf dieser Liste. Oder er ist neu in der Stadt. Dann haben wir ein ganz anderes Problem. Aber wenn er ein alter Bekannter ist, dann steht er auf der Liste des stellvertretenden Inspektors.«

»Vielleicht.« Ich schaute die beiden Ermittler an. »Einverstanden. Fangen wir mit dem Naheliegenden an. Gehen Sie heute nachmittag los und fangen Sie mit der Liste der vierunddreißig an. Vielleicht läßt sich feststellen, ob einer von denen in den letzten Wochen in Presnja gesehen worden ist.«

Sie schlugen respektvoll die Hacken zusammen und verließen das Zimmer. W. I. Lenin schlüpfte herein, bevor sie die Tür zumachen konnten. Er blieb einen knappen Meter hinter der Tür stehen und kratzte sich an seinem Ziegenbart. Ich saß einen Augenblick da und starrte auf meinen Schreibtisch. Als ich den Kopf hob, sah ich in die blassen Augen Dronskijs.

»Der Inspektor ist nicht überzeugt von unserem Vorgehen anhand der Kategorien?«

Ich verzog den Mund. »Ich sehe die Logik teilweise ein«, sagte ich langsam. »Die allmähliche Entwicklung, die Bewegung von kleineren Sexualdelikten dahin, Frauen zu verprügeln ... bis zu Vergewaltigung mit Gewaltanwendung. Bis ...«

Dronskij nickte.

»Bis er eines Tages während des Krieges seinen ersten großen Angriff macht.« Ich hielt inne. »Und ein Mädchen aufschneidet und die Hälfte ihrer Eingeweide herausnimmt.« Ich saß einen Augenblick nur da. »An dieser Stelle stoße ich an eine Mauer.«

»Warum?«

»Weil der gesunde Menschenverstand mir sagt, daß es zwei verschiedene Sorten von Vergewaltigern gibt. Ihre Kategorie 2, die mit geringer Gewalt vergewaltigt, tut es, weil sie es mit der Frau treiben will. Weil der Betreffende durch seine körperliche Erscheinung, seine Rasse oder seine ökonomische Situation davon ausgeschlossen ist, es mit einer solchen Frau zu treiben. Bei unserem Monstrum werde ich das Gefühl nicht los, daß die Vergewaltigung zufällig ist. Ich kann mir nicht helfen, aber ich glaube, wir haben hier jemanden mit einer brennenden Verachtung für das menschliche Leben vor uns. Insbesondere das Leben einer Frau. Und es ist für ihn eine neue Entdeckung. Ich glaube nicht, daß wir nach einem bekannten Täter suchen. Ich glaube nicht, daß ein Mensch sich zu einem Monstrum *entwickelt*, Dronskij.«

»Vielleicht doch.« Eine Spur Dickköpfigkeit.

»Wollen wir hoffen, daß die Beamten oben auf der Liste fündig werden«, sagte ich. »Wir lassen den Rest an der Wand hängen, falls uns irgendein Name ins Auge sticht. Aber Sie und ich, Dronskij, suchen, glaube ich, jemand ganz anderen. Lassen Sie uns in der Zwischenzeit Nellie Christiakowa einen Besuch abstatten.« Ich schaute auf den Kater hinunter. »Und, Dronskij –«, sagte ich.

»Ja, Chef.«

»Ich habe mich endlich entschieden. Werden Sie den Kater los.«

»Ich habe mir so was gedacht«, sagte Dronskij.

»Was haben Sie sich gedacht?«

»Daß Sie nicht mit ihm auskommen würden. Ihr Vorgänger konnte ihn auch nicht leiden. W. I. Lenin hat bei ihm eine harte Zeit durchgemacht. Wenn es nicht gut lief …«

»Hat er es an dem Kater ausgelassen.«

»So ungefähr. Schade, denn ich konnte sehen, daß er sich allmählich wieder beruhigte.«

Ich schaute von Dronskij zu W. I. Lenin. »In Ordnung«, sagte ich. »Behalten Sie ihn für's erste.«

18

Nellie Christiakowa war eine rotgesichtige Frau von ungefähr vierzig Jahren mit einem Moskauer Akzent, der einem das Wasser in die Augen trieb. Sie saß in ihrer kleinen Wohnung inmitten von gestohlener Ware und bot zwei Inspektoren vom 13. Distrikt gestohlenen Wodka an. Wir nahmen beide an.

»Dieses Zimmer allein würde genügen, mich für zwei Jahre einzubuchten«, sagte sie. Ich schaute mich um, und sie zuckte die Schultern. »Was machte das jetzt noch für einen Unterschied?« Sie holte tief Luft. »Der widerwärtige Teufel.« Tränen traten ihr in die Augen. Sie faßte sich mit der Hand an den Kopf. »Um Gottes willen, ich habe sie dort auf dem Sockel gesehen und habe nicht einmal meine eigene Schwester erkannt.«

Wir warteten, bis sie sich geschneuzt und noch einen Schluck Wodka genommen hatte. Sie war rundlich und auf eine ländliche Art hübsch, die einen an frische Luft denken ließ, obwohl ich bezweifelte, daß sie seit ihrer Geburt ein grünes Feld gesehen hatte. »Erzählen Sie es uns mit Ihren eigenen Worten«, sagte Dronskij. »Was für ein Mädchen war sie?«

»Nun, ganz anders als ich; das kann man sagen, ohne überhaupt nachzudenken. Hat nie wirklich angefangen zu leben ...« Sie sah auf die Ballen mit Flaggentuch, die an den Wänden aufgestapelt waren. »Wenn Sie verstehen, was ich meine. Verbrachte ihre Freizeit mit Herumträumen und Bücherlesen.« Sie stand auf und reichte mir eine Handvoll billiger Pamphlete, wie man sie vom Kiosk am Flughafen oder am Busbahnhof kennt – *Finde Deinen Weg im Leben, Finde die Wahrheit in Jesus, Finde Hoffnung mit der Neuen Theosophie ...*

»An den meisten Abenden ist sie lieber zu Hause geblieben und hat gelesen.«

»Gab es einen Freund?« fragte Dronskij.

»Sie hat viel darüber geredet, einen Freund zu finden, aber sie hat auch viel darüber geredet, alles andere zu finden. Sie war sehr, sehr jung, Inspektor. Nicht dem Aussehen nach ...« Nellie holte für uns ein gerahmtes Bild von der Wand, ein lächelndes Mädchen, das von einem Buch aufsah. Sie trug eine Brille und hatte das Haar lose am Hinterkopf zusammengebunden. Keine Spur von den Kaninchenzähnen, die ich gesehen hatte, als sie auf dem Sockel lag.

»Dieses Bild mochte sie am liebsten«, sagte Nellie. »Eigentlich hätte sie am liebsten studiert – aber dafür war kein Geld da.«

»Wußten Sie, daß sie die Pille genommen hat?« fragte ich.

»Niemals! Lydia nahm die Pille? Ist das wirklich wahr?«

»Ja«, sagte ich. »Ich glaube, es gab ein paar Dinge um Lydia, von denen selbst Sie keine Ahnung hatten. Sie wissen nicht, wo sie letzte Nacht hingegangen ist?«

»Sie ist ausgegangen. Ich glaube, sie hat gesagt, mit einer Freundin aus der Fabrik. Ich habe nicht gefragt. Sie mochte es nicht, wenn ich fragte. Manchmal ist sie zu Vorträgen und Lesungen gegangen. Ich habe mich für all den Unsinn nicht interessiert.«

»Sie wissen nichts darüber, daß sie einer Kirche angehört hat?«

»Einer Kirche? Warum sollte sie das tun? Und was sind das für Kirchen, die morgens um ein Uhr geöffnet haben, sagen Sie mir das?«

»Erzählen Sie uns von gestern abend.«

Sie sah von einem zum andern. »Ich habe die Möglichkeit, einen alten Kombi zu benutzen«, sagte sie vorsichtig. »Gromek wird Ihnen gesagt haben, wofür ich ihn benutze.«

»Ja«, sagte ich.

»Das Kennzeichen«, sagte Dronskij, »um Sie als Verdächtige auszuschließen.«

»Sagen Sie uns einfach Marke und Farbe, Nellie«, sagte ich.

»Ein alter Ford Kiew. Blau.«

»Gut.«

»Zuallererst sollte ich Ihnen sagen, daß ich mit Lydia ausgemacht hatte, sie gegen ein Uhr am Fabriktor zu treffen. Sie sagte, sie wäre ungefähr um ein Uhr zurück, und da habe ich gesagt, ich würde sie mitnehmen.«

»Gegen eins am Fabriktor?«

»Ja. Ich habe den Kombi abgeholt und bin ungefähr Viertel nach zwölf am Planetarium vorbei zur Fabrik gefahren.«

Ich beugte mich vor. »Ist die Gegend um die Fabrik um diese Zeit verlassen?« fragte ich.

Sie schüttelte den Kopf. »Wie wollen Sie die Straßen von den Bettlern und Obdachlosen leeren? Den Nachtarbeitern, den Händlern am frühen Morgen? Und natürlich den Huren. Obwohl die meistens dort bleiben, wo etwas los ist, entlang der Ochsenfroschgasse.«

Dronskij brummte etwas, und sie goß ihm noch einen Wodka ein.

»Als ich in den Fabrikhof eingebogen bin, war es vermutlich halb eins. Kurz davor. Ich stellte fest, daß die Straße leer war. Der hintere Notausgang war offen wie verabredet. Die Ballen, die ich laden sollte, waren im Flur gestapelt.«

»Ballen?«

»Flaggentuch. Ich verkaufe die Ballen an eine Ausbeutungsschneiderei. Sie wissen schon, drei Dutzend usbekische Frauen, die achtzehn Stunden am Tag arbeiten und froh sind über die Chance. Seit wir eine weiße Flagge haben, hat das Geschäft mächtig angezogen«, sagte sie. »Als die Anarchisten Presnja hielten, war es schrecklich. Können Sie sich das vorstellen? Der Markt nimmt nur eine bestimmte Menge schwarzen Tuches auf, auch wenn die Bomben noch so heftig fallen.«

»Dann ist das Geschäft unter der weißen Flagge also besser geworden.«

Sie schlürfte noch einmal an ihrem Wodka. »Ohne den Schatten eines Zweifels. Wir in Presnja sind sowieso immer Nationalisten gewesen. Rußland den Russen, ist unser Motto.«

»Sie und Gromek haben die Stoffballen eingeladen. Wie lange hat das gedauert?«

»Weniger als eine halbe Stunde. Wir waren vor ein Uhr fertig.«

»Und dann sind Sie weggefahren?«

»Normalerweise hätte ich das getan. Aber Gromek hat vorgeschlagen, daß ich fünfhundert Meter ungebleichte Flaggenschnur mitnehmen soll.«

»Flaggenschnur?«

»Einfach gedrehtes Nylonseil von bester Qualität. In Fünfzigmeterabschnitten. Wir haben gefeilscht, uns dann auf einen Preis geeinigt, und ich sagte, ich würde es nehmen. Aber er hatte die richtige Länge noch nicht zugeschnitten. Er sagte, das würde ein paar Minuten dauern. Da bin ich hinausgegangen, um nachzusehen, ob Lydia vielleicht schon früher gekommen war.«

»Vor das Fabriktor? Dann wäre der Sockel weniger als fünfzig Meter entfernt gewesen.«

»Das stimmt.« Sie kämpfte sichtlich um Beherrschung. »Es war noch nicht passiert. Der Sockel war leer, da bin ich mir sicher. Ich hatte einen mit gestohlener Ware vollgeladenen Kombi im Rücken und habe die Augen offengehalten wegen der Miliz. Nein, ich hätte sie gesehen. Zu dem Zeitpunkt lag sie noch nicht da.«

Dronskijs Stift kratzte über seinen Notizblock. Er hielt inne und sah auf. »Waren Leute unterwegs?«

»Nicht viele. Aber bei all den Ruinen um einen herum weiß man nie mit Sicherheit, wer da ist und wer nicht. Die Leute schlafen zu seltsamen Zeiten heutzutage. Auf der Ochsenfroschgasse geht es nachts meist lebhafter zu als tagsüber. So ist das Leben jetzt. Mädchen, junge Kerle, die ihre Ärsche verkaufen. Leute, die mit Dollars und mit Schmuck handeln. Leute, die Friedhofslisten verkaufen ...«

»Friedhofslisten?« sagte ich.

»Wie wollen Sie sonst einen vermißten Ehemann ausfindig machen? Jeden Friedhof selbst aufsuchen?«

Der Alkohol machte sie geschwätzig. Ich berührte sie am Arm. »Erzählen Sie Ihre Geschichte weiter, Nellie.«

Sie schloß die Augen und versetzte sich zurück in die vergangene Nacht. »Ich habe mich umgedreht und wollte in die Fabrik zurückgehen. Ich habe mich umgesehen, und da habe ich es wirklich mit der Angst bekommen.«

»Was haben Sie gesehen?«

»An der entfernten Ecke der Fabrikstraße, an der Kreuzung dort, habe ich ein Auto gesehen, das ohne Scheinwerfer langsam vorankroch und dann anhielt. Ich dachte, jetzt wäre es soweit: die Miliz. Ich habe mich hinter einen alten Wassertank geduckt und habe es beobachtet.«

»Können Sie das Auto beschreiben?« fragte Dronskij mit gezücktem Stift.

»Ein großer Wagen, eine Limousine. Sah offiziell aus. Ich traute mich nicht, mich zu bewegen. Dann wurde der Wagen, noch immer mit ausgeschalteten Scheinwerfern, von der Straßenecke zurückgesetzt.«

»Und ist verschwunden?«

»Aus meinem Blickfeld jedenfalls. Aber kurze Zeit später ist an der Ecke ein Mann aufgetaucht, mehr oder weniger direkt unter der Fabrikbeleuchtung.«

»Sie sind sich nicht sicher, ob er aus dem Auto kam?«

Sie hob die Schultern. »Sicher – nicht sicher. Aber er ist nur Sekunden nachdem der Wagen verschwunden war, dort aufgetaucht.«

»Wie haben Sie reagiert, Nellie?«

»Ich dachte noch immer an die Miliz, aber dann kam mir langsam der Gedanke, daß dieser Mann nicht nach Miliz aussah. Und wenn er von der Miliz gewesen wäre, wäre er nicht allein gewesen.«

»Beschreiben Sie ihn uns, so gut Sie können, Nellie.«

Sie überlegte. »Mittelgroß. Er trug eine Pelzmütze und einen langen Mantel, den Kragen hatte er gegen den Wind hochgeschlagen. In der rechten Hand trug er einen hellen Kasten.« Sie zeichnete mit den Händen einen kleinen Attachékoffer in die Luft. »Eckig. Und er reflektierte das Licht von der Straßenlaterne. Er war aus Metall, irgendein Metallkasten. Eckig und nicht sehr tief. Von der Form ungefähr wie eine kleine Hundehütte.«

Ich sah Dronskij an. Der schürzte die Lippen.

»Er ging auf und ab«, sagte sie, »als würde er auf etwas warten. Aber er ist sehr ungeduldig, schaut immer wieder auf die Uhr.« Sie machte eine Pause. »Allmählich komme ich zu dem Schluß, daß er kein Problem darstellt ...« Ihre Augenbrauen schossen in die Höhe angesichts der Dummheit ihrer Feststellung. »Ich kam hinter den Trümmern hervor und bin dann wieder zur Fabrik hinübergegangen.«

»Hat der Mann an der Ecke darauf besonders reagiert?«

»Das tun Männer, nicht wahr, wenn sie nachts eine Frau irgendwo allein vorbeigehen sehen.«

»Was hat er getan?«

»Hörte auf, hin und her zu gehen, und hat einfach geguckt.«

»Und Sie sind weitergegangen?«

»Ja.«

»War sonst irgend jemand unterwegs?«

Ihr Gesicht verzog sich vor Anstrengung. »Nein, niemand.«

»Gut, Sie sind in den Fabrikhof zurückgegangen.«

»Die Schnur lag zum Verladen bereit; also habe ich angefangen zu arbeiten.«

»Aber davor fanden Sie den wartenden Mann doch wichtig genug, um ihn Gromek gegenüber zu erwähnen?« sagte ich.

Sie hielt inne. »Um sicherzugehen. Er ging nach oben und hat nachgesehen. Das war, als er sie entlangkommen hörte. Lydia hörte, meine ich. Sie muß es gewesen sein.«

»Sie hatten Gromek nicht erzählt, daß sie Lydia treffen wollten?«

Sie schüttelte schweigend den Kopf. »Er kam in den Hof herunter und sagte, wir sollten besser eine Weile warten, bis der Mann gegangen wäre.«

»Was haben Sie dann gemacht?«

»Wir saßen ungefähr zehn Minuten lang da und haben getrunken. Ich war nervös und habe vielleicht mehr getrunken, als mir guttat. So nervös, daß ich mein Treffen mit Lydia komplett vergessen habe.«

»Haben Sie einen Schrei gehört, Nellie?«

Sie fröstelte. »Mehr einen Ruf als einen Schrei. Aber in Presnja wären Sie die ganze Nacht auf den Beinen, wenn Sie wegen so etwas jedesmal nachsehen würden.«

»Sie sind dann also irgendwann aus dem Hof herausgefahren und wollten wieder auf die Straße zum Planetarium«, sagte ich.

»Nachdem Gromek noch einmal nachgesehen und festgestellt hatte, daß der Mann nicht mehr da war, ja. Ich fuhr aus dem Tor und die Straße entlang bis zu der Ecke, wo der Mann gewartet hatte. Ich schaute mich genau um. Da war kein Mann und auch kein Auto. Aber ich war wirklich hypernervös. Daß ich Lydia treffen wollte, hatte ich ganz vergessen. Ich wollte nur so schnell wie möglich weg von dort. Ich bog nach links ab, kam an dem Sockel vorbei, und da sah ich etwas im Licht meiner Scheinwerfer. Jemand lag auf dem Sockel.«

»Sie haben sofort erkannt, was es war? Eine Frau?«

»O ja ...« Ihre rosigen Backen schienen ganz blaß zu werden. »O ja, da war ich mir sicher. Was ich zuerst nicht sah, bis ich den Kombi anhielt, war der Zustand, in dem sich das arme Geschöpf befand.«

»Und dann haben Sie geschrien?«

»Habe ich das? Natürlich habe ich das. Ich legte den Rückwärtsgang ein, kurbelte wie eine Verrückte am Lenkrad und raste geradewegs zurück zur Fabrik.« Sie griff nach der Wodkaflasche, ignorierte Dronskijs hingestrecktes Glas und goß sich selbst fünf Zentimeter hoch ein. »Gromek war nicht so betrunken, daß er nicht gewußt hätte, was zu tun war«, sagte sie. »Er sagte mir, ich solle losfahren und schleunigst das Zeug loswerden, er würde mittlerweile die Polizei anrufen.« Tränen liefen ihr jetzt über die Wangen. »Und die ganze Zeit, Inspektor, habe ich mit keinem einzigen Gedanken an meine Schwester gedacht.«

»Bis ...?«

»Bis ich wieder hier war.« Sie saß da mit offenem Mund. »Und dann kam mir plötzlich der furchtbarste, der schrecklichste Gedanke ...«

Wir saßen alle drei schweigend da.

»Ich habe eine Stunde gewartet. Zwei Stunden. Ich habe bei der Polizeistation angerufen, aber dort sagte man mir, man wisse nicht, wer das Mädchen sei. Ich saß hier, auf diesem Stuhl. Ich hatte das Gefühl, nicht mehr aufstehen zu können. Ich saß und saß. Bis es hell wurde und es an der Tür klingelte und ich wußte, warum.« Ihre Stimme wurde beinahe zu einem Flüstern. »Die Polizei, die kam, um mir zu sagen, daß man Lydia gefunden hatte.« Sie sah uns traurig an und hob in einer hilflosen Geste die Hände. »Dieser Schlächter! Ich hatte sie dort auf dem Sockel gesehen und nicht einmal meine eigene Schwester erkannt.«

Wir fuhren schweigend weg. Irgendwo in meinem Hinterkopf rührten die Limousine und der auf und ab gehende Mann an ein Bild.

»Woran denken Sie, Chef?« sagte Dronskij.

Ich stöhnte hilflos.

»Sie wußte nichts davon, daß Lydia eine Kirche besuchte«, sagte er, »und ich glaube, daß es nie eine Kirche gegeben hat. Das war nur eine Geschichte für Gromek. Ich denke, es gab einen Mann, einen älteren Mann, genau wie Sie sagten, Chef. Er ist es, der ihr die deutschen Antibabypillen gegeben hat. Der Mann, der bei der Limousine gewartet hat.«

Ich antwortete nicht. Das Bild war immer noch irgendwo. Das Mädchen, das allein durch die dunklen Straßen ging. Die Limousine, die es verfolgte. Woher kam dieses Bild? Ich nahm ohne nachzudenken eine von Dronskijs Zigaretten. Ich steckte sie in den Mund und saß da, während wir an der Abzweigung zum Planetarium wegen irgendeines hohen Tiers aus der Regierung warten mußten. Und plötzlich wußte ich, was es war. Oder glaubte es zu wissen.

»Passen Sie auf, Dronskij«, sagte ich. »Erinnern Sie sich an Berija? Lawrenti Berija?«

»War das nicht einer von Stalins Männern? Verantwortlich für die Arbeitslager und derlei Dinge?«

Wie kurz das russische Gedächtnis ist! »Massenmörder im großen Stil«, sagte ich. »Leiter der stalinistischen Geheimpolizei.«

Nun war Dronskij an der Reihe zu stöhnen. In der russischen Geschichte hatte es so viele Massenmörder gegeben.

»Was wissen Sie über seine persönlichen Gewohnheiten, Dronskij?«

Er sah schnell zu mir herüber und sah dann wieder zurück auf die Straße. »Berijas persönliche Gewohnheiten? Wenig, Chef. Das war vor meiner Geburt.«

»Wir reden über einen Mann, der damals die Hälfte aller Frauen in Moskau haben konnte, und niemand traute sich, ein Wort zu sagen.«

»Glückspilz.«

»Dronskij«, sagte ich geduldig, »Berija hatte sogar die Frau des sowjetischen Außenministers unter Arrest gestellt – und Molotow traute sich nicht zu protestieren. Was tat Molotow? Traf sich einfach weiterhin mit Botschaftern und nahm an Konferenzen teil, als wäre seine Frau zu Hause und bereitete *blini* zu.«

»Das waren Zeiten.«

»Dronskij, konzentrieren Sie sich auf das, was ich sage.«

»Ich versuche es, Chef.«

»Also dann. Lawrenti Berija, Chef des NKWD, des KGB, wie immer sie das in jenen Tagen auch nannten. Für uns die Tscheka. Konnte sich jede Frau aussuchen – jede gottverdammte Frau, die er haben wollte. Im wahrsten Sinne des Wortes.«

»Ich höre, Chef.«

»Jede Frau. Aber es reichte ihm nicht, eine Primaballerina herbeizuzitieren oder die Moderatorin der Sechsuhrnachrichten oder die attraktive junge Frau irgendeines jungen Ministers …«

»Nein?«

»Nein. Was Lawrenti Berija anmachte, was diese Augen hinter dem stahlgefaßten Zwicker wirklich zum Glitzern brachte, war etwas anderes. Das war Angst. Die hat Berija erregt. Wissen Sie, was er gewöhnlich getan hat?«

»Nein, Chef.«

»Er hat Nacht für Nacht den Kreml verlassen, Dronskij. In seiner Limousine.«

»Limousine?«

Endlich.

»Genau. Mit seinem Chauffeur am Steuer ist Berija die Gegend hinter dem Roten Platz abgefahren. Wenn er ein Mädchen entdeckte, das ihm gefiel, ist die Limousine ganz langsam hinter ihr hergefahren, bis das Mädchen vor einer Mauer oder einem Schaufenster in der Falle saß.«

»Und dann? Zerrte er sie ins Auto?«

»Das machte der Chauffeur. Und niemand, Dronskij – ob am alten Marx-Prospekt oder am Platz der Revolution –, mitten in Moskau traute sich niemand einzuschreiten.«

Ich hatte jetzt seine Aufmerksamkeit. »Der Chauffeur fuhr dann zu einer ruhigen Stelle an der Kremlmauer, parkte und stieg aus.« Ich hielt inne. »Er ging irgendwo an einer Ecke auf und ab, zündete sich vielleicht eine Zigarette an, pfiff vor sich hin ... während Lawrenti Berija auf dem Rücksitz der Limousine mit einer zu Tode erschrockenen Frau machte, was er wollte.«

»Wollen Sie damit sagen, daß er sie umbrachte?«

»Zufällig fuhr er nicht darauf ab. Aber es hätte ohne weiteres sein können ...«

Wir hielten auf dem Parkplatz hinter dem 13. Distrikt. Mir fiel auf, daß Dronkij sich unbehaglich fühlte. »Wie kommen Sie jetzt auf diese Geschichte, Chef?« fragte er mich und bot mir eine Zigarette an, als er sah, daß ich keine Anstalten machte auszusteigen.

»Wegen etwas, was Gromek über den Schrei sagte. Irgendwie schien die Reihenfolge nicht zu stimmen. Er schien zu glauben, er habe einen Schrei gehört, während der Mann noch immer an der Ecke wartete. Hätte das der Schrei sein können, als der Chauffeur das Mädchen ins Auto zerrte?«

Dronskij zündete die Zigaretten an. Als das Feuerzeug aufflammte, sah ich die Sorge in seinen Augen.

»Oder stellen Sie sich den wartenden Mann als Chauffeur vor, Dronskij. Stellen Sie sich vor, daß die eigentliche Tat in der Limousine stattfand, die ein paar Meter außer Sicht geparkt war.«

Er blies Rauchwolken durch das Lenkrad.

»Was meinen Sie, Dronskij?«

Sein Gesicht zeigte eine schmerzliche Blässe. »Ich weiß es nicht, Chef«, murmelte er. »Ein hoher Minister ... Ich möchte von einem Mitglied unserer Regierung ungern so etwas denken.«

Ich verstand. Der arme Teufel dachte, ich, ein verdeckter Tscheka-Offizier, wolle ihm eine Falle stellen und ihn zu verräterischen Schlußfolgerungen verleiten. »Dronskij«, ich legte eine Hand auf seinen Arm, »ich will nicht im mindesten andeuten, daß es sich um ein Regierungsmitglied handelt. Es könnte einer unserer großen Geschäftsleute sein oder ein Kriegsgewinnler, jeder, der einen Chauffeur hat, der bereit ist, das Spiel mitzuspielen.«

Er sah mich mit einem mitleidheischenden Blick an. »Ein Kriegsgewinnler klingt besser – aber ich glaube immer noch nicht, daß es eine gute Idee ist, Chef.«

Wenn ich genauer nachdachte, glaubte ich es auch nicht. Aber irgendwo steckte ein Körnchen von irgend etwas. Der wartende Mann war nicht notwendigerweise derselbe, der den Mord beging. Zwei verschiedene Männer? Komplizen bei dieser verabscheuungswürdigen Tat? Warum? Ich schüttelte den Kopf. Nein, hier handelte es sich sicher um einen Akt von persönlichem Sadismus. Was Chauffeure ausschloß, die auf und ab gingen, während der Mörder das Mädchen zurichtete.

Oder befand ich mich schlicht auf der falschen Spur? Hatte der wartende Mann mit der schrecklichen Vivisektion auf dem Stalin-Sockel überhaupt nichts zu tun?

Im Dienstgebäude des 13. Distrikts saß eine junge Frau vor Dronskijs Büro. Ich überließ es ihm, sich mit ihr zu beschäftigen, und durchquerte die Mordkommission auf dem Weg in mein eigenes Büro. Mein Schreibtischstuhl ist uralt, seine Polsterung löst sich auf, aber er dreht sich. Ich setzte mich und legte die Füße auf den Heizkörper. Mein Rücken war der Tür zugewandt, ebenso wie der Liste der Moskauer Kriminellen und dem Hin und Her vor meiner Tür. Heute nacht mußte ich Natalja Karlowa dazu bewegen, eine Anarchistin in ihrem Versteck zu besuchen, sogar eine prominente Anarchistin. Wie in Gottes Namen sollte mir das gelingen?

Hinter mir klopfte es, und Dronskij brachte das Mädchen herein, das vor seinem Büro gesessen hatte. Sie trug einen kurzen Lederrock, schwarze Schuhe mit hohen Absätzen, keine Strümpfe und einen warmen braunen Fellmantel. Ihr Make-up war dick aufgetragen, und das mit Absicht. Sie war eine Hure. Ich vollendete meine Drehung, bis ich ihr gegenübersaß.

Huren sind die besten Freundinnen eines Polizisten. Es gibt

dumme und gescheite Huren, nette und boshafte. Nun ja ... Aber ich bin schon immer der Meinung gewesen, daß ihre Beobachtungsgabe ein oder zwei Grad über der eines gewöhnlichen Zeugen liegt, Mann oder Frau. Warum? Vielleicht, weil manchmal ihr Leben davon abhängt. Aber aus welchen Gründen auch immer, wenn ein Mädchen aus dem Gewerbe sich entschließt, seine Hilfe anzubieten, dann lohnt es sich fast immer, ihm zuzuhören.

»Ich heiße Valentina«, sagte sie. »Inspektor Dronskij sagt, Sie seien der Boß.«

Ich schüttelte ihr die Hand, und sie nahm vor meinem Schreibtisch Platz. »Ich mag Ihre Katze«, sagte sie. »Wie heißt sie?«

Ich sah mich nach dem Kater um. Ich ließ meinen Blick über Stühle und Aktenschränke wandern und schaute zu den Regalen neben dem Fenster. »Wo ist er?«

Sie zeigte auf ihn. Als ich mich nach vorne lehnte, konnte ich sehen, daß er den großen braunen Aktenschrank benutzte, um sich aus meinem Blickfeld herauszuhalten. Er machte gerade ein paar Katzendehnübungen. Ich hätte ihm noch ein paar mehr zeigen können.

»Er hat einen Namen, oder nicht?« sagte Valentina.

Ich sah Dronskij an, aber sein Gesicht blieb ausdruckslos.

»Man kennt ihn als W. I. Lenin«, brachte ich etwas mühsam hervor.

Der verdammte Kater hob eine Pfote.

»Oh, das ist aber einer«, sagte Valentina.

»Möchten Sie ihn haben?«

»Ich habe schon drei.«

Dronskij stieß in schweigender Erleichterung sachte den Rauch aus.

»Was haben Sie mir zu erzählen, Valentina?«

Das Mädchen nahm sich eine Zigarette, eine Belmors King Size, und zündete sie an. »Ich bin gestern nacht in Presnja überfallen worden«, sagte sie sachlich. »An der Ecke der Fabrik, wo Regierungsflaggen hergestellt werden.«

Ich lehnte mich in meinem Stuhl zurück. »Großer Gott ...«

»Weniger als hundert Meter von der Stelle entfernt, wo das Mädchen ermordet wurde«, sagte Valentina.

Ich warf rasch einen Blick zu Dronskij. Man kann einen Überfall auf ein Mädchen keinen Glücksfall nennen, doch für uns konnte er sich möglicherweise als solcher erweisen. Ich spürte, daß ich aufgeregt wurde.

Ich wartete, bis Dronskij sein Notizbuch bereit hatte. »Fangen wir mit der Uhrzeit an«, sagte ich.

»Ich bin nicht gut mit der Uhrzeit, es war vielleicht halb eins oder eins … Ich habe in der Nähe der Flaggenfabrik gearbeitet …«

Sie machte eine Pause, um ganz sicherzugehen, daß ich wußte, was sie meinte, und fuhr dann fort. »Eine lebhafte Nacht, denn wir trafen auf eine Gruppe von jungen Soldaten, die in der Ochsenfroschgasse in den Wodkahäusern gewesen waren.«

»Wer ist *wir*, Valentina?«

»Ich kenne ihren Namen nicht. Ein sehr großes Mädchen. Man nennt sie die Dunkle Maria. Oder auch die Große Maria. Sie arbeitet normalerweise auf den Bahnhöfen, dem Belorussischen oder dem Kiewskij. Ich habe keine Ahnung, was sie in dieser Gegend wollte, aber ich hatte nicht die Absicht, sie zum Teufel zu schicken. Mit den jungen Soldaten gab es Geschäft genug, und ich war froh über die Gesellschaft von jemand so Starkem, falls ein Kunde unangenehm werden sollte.«

»Möchten Sie einen Kaffee, Valentina?«

Sie guckte überrascht.

Dronskij sprang auf und öffnete die Bürotür. Valentina und ich hörten ihn ein paar Worte murmeln.

»Milch und Zucker?« fragte ich sie.

Sie lächelte mich an.

Ich rief es Dronskij zu, und er gab den Wunsch an Bitow in der Mordabteilung weiter.

Valentina lächelte wieder. Ein nettes Lächeln.

»Wo waren Sie beide, als Sie mit den Soldaten fertig waren, Valentina?«

»Wir waren im Hof hinter ein paar Wohnungen, ungefähr zweihundert Meter von der Fabrik entfernt.«

»Sind die Wohnungen bewohnt?«

»Ja. Normalerweise gibt es dort Licht genug, daß man sieht,

was man tut, aber nicht genug für die alten Voyeure, um sie mehr als ein Bein blitzen sehen zu lassen.«

»Die alten Voyeure?«

»Meistens hängen zwei oder drei von denen am Fenster und beobachten uns bei der Arbeit.«

»Und Sie und dieses andere Mädchen Maria waren beide in diesem Hof?«

»Richtig.«

»Und was ist passiert, nachdem Sie mit den Soldaten fertig waren?«

»Wir saßen auf einer Bank, entspannten uns, rauchten und machten die alten Voyeure an.«

»Machten sie an?«

»Zeigten ein bißchen die Beine. Wir wollten, daß einer der alten Kerle von seiner Frau erwischt wurde. Wir konnten sehen, wie die Frauen sich im Zimmer nebenan fürs Bett zurechtmachten.« Sie zuckte mit den Schultern. »Nur ein kleiner Spaß.«

»Und dann …?«

»Trennten wir uns. Ich ging in Richtung Planetarium. Zu der Ecke der Flaggenfabrik.«

»Und Maria?«

»Sie wollte zu ihrem Kind. Vielleicht nach Hause. Sie sagte nicht, wo das war.«

»Waren Leute unterwegs?«

»Die ganze Gegend ist um diese Zeit ziemlich verlassen«, sagte Valentina. »Man sieht Leute umherwandern, Flüchtlinge. Vielleicht auch ein paar Mädchen, die nach einem Auftrag Ausschau halten. Hin und wieder ein Milizfahrzeug. Nicht oft. Aber es gibt so viele zerstörte Gebäude. Man weiß nie genau, ob eine Familie dort Unterschlupf sucht oder ein Mädchen einen Kunden bedient … Manchmal sieht man ein paar Bettler um ein Feuer sitzen, aber gestern nacht war das nicht der Fall.«

»Sie sind oft dort.«

»Meistens wenn es in der Ochsenfroschgasse zu voll wird. In manchen Nächten stehen dort dreißig Mädchen in einer Reihe und haben kaum etwas zu tun. An solchen Abenden gehe ich in Richtung Flaggenfabrik. So wie letzte Nacht.«

»Also gut, Valentina, Sie haben sich von Maria verabschiedet und sind zur Fabrik gegangen. Haben Sie an der Ecke vor der Fabrik jemanden oder etwas gesehen?«

»Dort oben ist es viel dunkler. Aber an der Ecke vor der Flaggenfabrik gibt es eine Straßenlaterne. Dort habe ich einen Mann gesehen. Gut angezogen, Pelzmütze, langer Mantel. Mir kam der Gedanke, daß er der Offizier der jungen Soldaten sein könnte, der nach etwas Spaß für sich selbst Ausschau hielt. Ist ja nur menschlich«, sagte sie mit einem Lachen.

»Sie sind also auf ihn zugegangen – und er war, sagen wir, ungefähr sechzig Meter vor Ihnen? Sie konnten ihn sich also genau ansehen?«

»Ja. Allerdings hatte er den Kragen hochgestellt gegen die Kälte, und er ging auf und ab, so daß er ungefähr alle zehn Sekunden um die Ecke und aus meinem Blickfeld verschwunden ist, ehe er wieder auftauchte. Ich war ungefähr fünfzehn Meter von ihm entfernt, als ich hinter mir ein Geräusch hörte. Mein erster Gedanke war, daß einer der jungen Soldaten zurückgekommen war und noch einmal etwas umsonst wollte, aber ich war auf den gutangezogenen Mann vor mir konzentriert und habe mich nicht umgedreht. Dann ist es passiert.«

»Was ist passiert?«

»Ich hörte ganz in der Nähe Schritte und bekam plötzlich einen fürchterlichen Schlag über den Rücken, wie mit einem Schmiedehammer. Ich fiel hin.«

Ich starrte sie an. Mein Magen krampfte sich bei dem Gedanken zusammen.

»Haben Sie geschrien?« fragte Dronskij.

»Weiß Gott. Ich weiß nicht einmal, wieviel Zeit verging. Vielleicht nur Sekunden, dann explodierte etwas neben mir. Eine Wodkaflasche. Wie ein Molotowcocktail, nur daß sie nicht zündete.« Sie sah meine Verblüffung. »Das war Maria. Gott segne sie. Sie war dort zwischen dem Schutt pinkeln, sah, was passierte, und warf ihre Flasche nach ihm.«

»Was tat der Mann?«

»Verschwand. In den Ruinen. Wie ein Gespenst.«

Ich sah Dronskij an. Wir wußten beide, daß wir nahe dran waren. Jemand hatte das Monstrum gesehen. Dieser Jagdinstinkt ist es, der den Polizisten von anderen Bürgern unterscheidet. Mochte ich vielleicht vorher noch nie mit der Aufklärung von Morden zu tun gehabt haben, konnte ich dennoch sehr wohl sehen, wann ein Fall kurz davor stand, geknackt zu werden. Zumindest dachte ich das. »Wie sah er aus?«

»Ich habe ihn nur gebückt durch die Dunkelheit laufen sehen.«

»Und Maria?«

»Sie half mir hoch. Mein Rücken tat weh. Ich entschied mich dafür, den anderen Weg zu gehen. Sie begleitete mich bis zum oberen Ende der Ochsenfroschgasse. Maria ist in Ordnung. Ein bißchen grob. Sie machte sich Sorgen, daß er mich richtig verletzt haben könnte. Sie hat geschworen, daß das Ding, mit dem er mich geschlagen hat, so dick war.« Valentina bildete mit beiden Händen einen Ring. »Sie können den Abdruck sehen.«

Sie stand auf, die Belmorskippe im Mund, und zog den Mantel aus. Darunter trug sie einen schwarzen Pullover. Sie warf den Mantel zur Seite, drückte die Zigarette aus und schälte sich aus ihrem Pullover. Sie stand da ohne Büstenhalter, die Hände erhoben. Ich war fasziniert von ihren Brüsten. Als sie herumtänzelte, um ihren Rücken zu zeigen, sah ich einen großen Bluterguß, der diagonal von ihrer linken Schulter bis zur rechten Hüfte verlief.

»Der Schlag eines Linkshänders«, sagte Dronskij.

»Genug gesehen?« Sie drehte sich um und ließ dabei ihre Brüste wippen.

»Packen Sie sie ein, Valentina«, sagte ich widerstrebend. »Sie hatten gestern nacht eine Menge Glück.«

»Als ob ich das nicht wüßte. Ich dachte nicht sofort daran, aber es war das Monstrum, nicht wahr?« sagte sie und zog ihren Pullover wieder an.

»Vielleicht. Das Mädchen, das mit Ihnen zusammen war, Maria – sie muß ihn ziemlich genau gesehen haben.«

»Sie war nahe genug, um ihm eine Flasche nachzuwerfen.«

»Dreißig Schritte?«

»Vielleicht.«

Ich hielt die Frage zurück, ließ sie mir auf der Zunge zergehen. »Wie hat sie ihn beschrieben?«

»Ihn beschrieben? Überhaupt nicht.«

Ich sah sie mit offenem Mund an. »Das glaube ich nicht. Sie hat ihn nicht beschrieben?«

Sie lachte kurz auf. »Die Polizei glaubt, daß so die Dinge passieren, nicht wahr? ›Ach Gott! Ist dir aufgefallen, Valentina, daß der Mann, der gerade versucht hat, dir den Schädel einzuschlagen, ein Meter neunzig groß war, mit dunklem Haar und einer Narbe auf der linken Wange?‹« Sie brach in Gelächter aus.

Ich hob geschlagen eine Hand. »Was *hat* sie denn gesagt? Was genau?«

»Zu dem Zeitpunkt war der Groschen noch nicht gefallen. Keine von uns dachte an das Monstrum. Er war einfach ein Straßenräuber. Irgendeiner. Wer hätte sich da gemerkt, wie er aussah?«

»Versuchen Sie, sich so gut wie möglich zu erinnern, Valentina«, sagte ich langsam. »Was hat Maria gesagt?«

Sie zuckte mit den Schultern. »Irgend etwas wie: Was für ein Schwein! Er muß gesehen haben, wie wir den Soldaten das Geld abgenommen haben. Wenn ich den noch mal sehe, werde ich ihn nicht noch einmal verfehlen, verdammt noch mal.«

Das klang wahrscheinlicher. »Wo finden wir Maria?«

»Ich sagte doch schon, sie arbeitet auf den Bahnhöfen, mehr weiß ich nicht. Sie wohnt irgendwo draußen in einem der neuen Distrikte. Ich weiß, daß sie ein Kind hat. Kommt in die Stadt, wenn sie ein paar Rubel braucht, nehme ich an ...«

Dronskij schüttelte grimmig den Kopf.

»Der gutangezogene Mann an der Ecke«, sagte ich. »Haben Sie gesehen, was aus ihm geworden ist?«

»Als ich später nachgesehen habe, war er verschwunden.«

»Er könnte nicht derjenige gewesen sein, der mit dem Holzprügel hinter Ihnen aufgetaucht ist?«

»Ich weiß es nicht. Ich war stehengeblieben, daran erinnere ich mich. Und hatte ihm den Rücken zugewandt.«

»Warum waren Sie stehengeblieben?«

»Man geht nicht direkt auf einen Kunden zu. Man will nicht zu aufdringlich sein.«

Dronskij hob die Augenbrauen, so daß die Haut sich wie geriffelter Sand über seinen geschorenen Schädel schob.

»Aber Sie haben niemanden sonst in der Nähe gesehen?«

»Nein. Und als ich mich wieder einigermaßen erholt hatte, war er weg.«

Bei einer Ermittlung, bei jeder Ermittlung, muß man skrupellos an den eigenen Lieblingstheorien festhalten, wenn man herausfinden will, was wirklich passiert ist. Möglicherweise hatte der gutgekleidete Mann mit dem Mord, der fünfzehn oder zwanzig Minuten später auf dem Sockel stattfand, nicht das geringste zu tun. Vielleicht würden wir nie erfahren, worauf er gewartet hatte. Vielleicht hatte ihn Valentinas Schrei verscheucht. So viel zu meiner Nummer mit Lawrenti Berija und den Mädchen in der Limousine. Außer daß der Nachtwächter Gromek Valentinas Schrei gehört hatte. Und zehn Minuten später war der auf und ab schreitende Mann in dem langen Mantel wieder da. Sah wieder auf die Uhr. War es möglich, daß Valentina von jemandem überfallen worden war, der es gar nicht auf das Geld der Soldaten abgesehen hatte, die sie in jener Nacht bedient hatte? War es möglich, daß Valentina mit jemandem verwechselt worden war?

Nachdem wir mit Valentina fertig waren, ging ich zu meinem Chef Kommandant Brusilow hinauf und erklärte ihm, daß ich mehr Männer brauchte, um die Bahnhöfe abzugrasen und die Große Maria zu finden.

Er saß hinter seinem überdimensionalen Schreibtisch, rieb sich die Hände, als würde er sie waschen, und betrachtete dann das Ergebnis. Zufrieden hob er den Kopf. »Konstantin Sergejewitsch«, sagte er, »können Sie sich einen Augenblick vorstellen, welche Verantwortung es ist, eine Distriktstation zu leiten?«

Ganz zu schweigen von einem Obst- und Gemüsehandel für seinen Schwager.

»Und dann noch *diese* Distriktstation. Wo die Drei-Bezirks-Amnestiegruppe ihr Hauptquartier aufschlagen will? Dazu braucht es Männer, Vadim«, sagte er. »Zehn Mann allein für die Sicherheit der Kommissarin.«

»Ich bitte um ein halbes Dutzend mehr Männer ...«

Er hob eine kleine rote Hand, um mich zum Schweigen zu

bringen, betrachtete sie entzückt und wandte seine Aufmerksamkeit dann wieder mir zu. »Vom 1. Distrikt hat man gerade heute morgen bei mir angerufen, damit ich sechs meiner besten Männer abstelle, die sich um den Attentatsversuch gegen Leonid Koba kümmern sollen ... Sie sehen meine Probleme. Es geht um Dinge von nationaler Tragweite. Ich will keineswegs die Bedeutung Ihrer Arbeit schmälern ...«

»Sie haben mir einen Monat gegeben.«

»Ich sehe ein, daß die Frist möglicherweise verlängert werden muß.«

»Unter diesen Umständen ...«

»Ich kann Ihnen drei zusätzliche Männer bewilligen, die die wichtigsten Bahnhöfe nach dieser Zeugin, dieser Frau, der Dunklen Maria absuchen.«

»Drei!«

»Das ist das Äußerste, was ich tun kann.«

Ich wandte mich zum Gehen.

»Noch etwas«, sagte er. »Die Amnestiekommissarin möchte Sie so bald wie möglich in ihrem Büro sehen.«

Sie hatte die Kostümjacke ausgezogen, in der ich sie unten gesehen hatte, und arbeitete an ihrem Schreibtisch in einer bonbonblau gestreiften Bluse und einem schwarzen Rock, wobei es ihr gelang, gleichzeitig professionell, tüchtig und unendlich begehrenswert auszusehen. Sie kam hinter ihrem Schreibtisch hervor und begrüßte mich mit einem offenen, willkommenheißenden Lächeln. »Es tut mir leid wegen der Auseinandersetzung vorhin«, sagte sie. »Zwei Frauen in einem Labor sind wie zwei Frauen in einer Küche. Natalja hatte ganz recht, meine Bitte abzulehnen.«

»Wollten Sie mich deswegen sehen?«

Sie lachte. »Natürlich nicht.« Ihre Augen wurden plötzlich ernst. Sie machte mir ein Zeichen, mich zu setzen, und ging langsam zu ihrem Schreibtisch zurück, wobei sie quer durch den großen Raum eine Parfümwolke hinter sich herzog. »Alles strikt im Vertrauen natürlich«, sagte sie, hinter ihrem Schreibtisch stehend.

Ich nickte vorsichtig.

»Als Amnestiekommissarin habe ich Einblick in die Akten führender Anarchisten. Darunter eine gewisse Julia Petrowna. Eine sehr charismatische Führungspersönlichkeit. Ehemals verheiratet mit einem Vadim.« Sie machte eine Pause. »Das ist natürlich kein ungebräuchlicher Name.« Ihre Augen waren auf mich geheftet, mandelförmig und dunkel. »Aber da ist zusätzlich die Tatsche, daß Julia Petrowna ursprünglich aus Murmansk kommt. Wäre es falsch von mir zu denken ...?«

»Weder ist das ein Geheimnis«, sagte ich, »noch ist es eine Sache, die ich an die große Glocke hänge.«

»Das kann ich verstehen. Sie brauchen sich keine Sorgen zu machen, Konstantin, ich werde die Diskretion in Person sein. Aber lassen Sie mich Ihnen mein Interesse erklären.« Sie kam mit langsamen, bewußten Schritten hinter dem Schreibtisch hervor und wandte sich um. »Es ist mir ein Anliegen, daß diese Amnestie gelingt, Konstantin. Meiner Meinung nach wird sie Rußland nützen, der Welt nützen. Ich bemühe mich, soviel wie möglich dafür zu tun. Ich weiß natürlich, daß es seitens der anarchistischen Führer ein gewisses Zögern gibt, an diese Amnestie zu glauben. In diesem Sinne wäre die freiwillige Kapitulation einer Führungspersönlichkeit wie Ihrer früheren Frau von großer Bedeutung, um andere zu überzeugen. Ich will offen zu Ihnen sein, Konstantin. Ich wäre in der Tat besonders glücklich, wenn sich Julia Petrowna entscheiden könnte, sich mir persönlich zu ergeben.«

»Falls Sie hoffen sollten, daß ich die Ereignisse beeinflussen könnte«, sagte ich, »ich habe Julia seit fünf Jahren nicht mehr gesehen.«

Sie sah mich mit einem seltsamen Blick an.

»Das ist die Wahrheit, Doktor.«

»Nennen Sie mich Imogen. Gut, ich akzeptiere das. Aber wäre es nicht möglich, daß sie sich entscheiden könnte, sich durch Sie zu ergeben?«

»Höchst unwahrscheinlich. Sie ist heutzutage ein viel größerer Fisch als ich.«

»Noch ein Grund mehr, Sie dazu zu benutzen, das Klima zu testen.« Als ich protestierte, hob sie beide Hände. »Lassen Sie es mich so sagen, Konstantin. Für den Fall, daß Julia Petrowna mit Ihnen in Kontakt treten sollte, wäre ich als Amnestiekommissarin bereit, sie zu jeder Tages- oder Nachtzeit unter meinen persönlichen Schutz zu nehmen.«

Ich stand auf. »Falls es soweit kommen sollte ... verspreche ich, es ihr zu sagen.«

Sie lächelte und schritt mit schwingenden Hüften zur Tür. »Wir haben natürlich noch ein weiteres gemeinsames Interesse. Natalja zum Trotz bin ich weiterhin am Monstrum interessiert.«

Ich wartete.

»Zwei Morde in dieser Woche. Was haben Ihre Untersuchungen bisher ergeben?«

»Was eine Spur betrifft? Nicht viel. Aber für mich steht der Fall erst noch am Anfang.«

»Deshalb möchte ich gerne mit Ihnen reden. Sie sind intelligenter als der durchschnittliche Mordkommissar ...«

Ich lächelte.

»Aufgeschlossener für neue Ideen. Amerikanische Ideen.« Sie stand dicht neben mir und hüllte mich in Wärme und Wohlgeruch.

»Vielleicht.«

Sie griff nach der Türklinke. »Ein Profil«, sagte sie und brachte ihre Lippen so nahe an meine heran, als ob sie mich küssen wollte, »ein psychologisches Profil wird die Bestie zur Strecke bringen.« Sie öffnete die Tür. »Es hat mich gefreut, mich mit Ihnen zu unterhalten, Konstantin.«

Vor der Tür blieb ich einen Moment außerordentlich erschöpft stehen. Imogen Shepherd schien mir die Kraft aus den Knochen zu saugen. Ich ging langsam den Korridor entlang und die Treppe hinunter. Eine Idee raste in meinem Gehirn hin und her. Imogen hatte gesagt, sie wolle Julia ihrem persönlichen Schutz unterstellen. Außerdem war sie Ärztin. Konnte ich diese beiden Elemente zusammenbringen? Würde sie Julia heimlich behandeln? Ich stand im Treppenhaus. Das Getöse und die Umtriebigkeit in der Empfangshalle genügten, mich wieder in die Wirklichkeit zu versetzen. Nichts dergleichen würde geschehen. Julia würde sich nicht ergeben, so krank sie auch sein mochte. Und Imogen hatte als Kinderpsychologin nicht einmal genügend Kenntnisse für eine Notbehandlung, was für Verletzungen Julia auch haben mochte. Ich ging die Treppe hinunter. Natalja Karlowa ging durch die Eingangshalle, auffällig in ihrem weißen Kittel. Sie sah herauf und winkte mir im Vorbeigehen zu.

Ich wußte, daß sie meine einzige Hoffnung war.

Natalja Karlowas Wohnung lag in einer ehemals wohlhabenden Gegend von Moskau, in einer Seitenstraße des Präsident-Romanow-Boulevards. Eine Spur der von mir so geschätzten Ironie des Zufalls sah ich darin, daß dem in Stein gemeißelten Jugendstildatum über dem Eingang zufolge das Gebäude im Jahr 1905 erbaut worden war, im selben Jahr, als die Unterdrückten in den entsetzlichen Manufakturen Presnjas sich in einer Revolution aufgelehnt hatten.

Wer mochte damals hier gewohnt haben, in diesem Gebäude, dessen Fassade man in Paris auf jedem von Haussmanns großen Boulevards hätte antreffen können? Angehörige der zunehmend wohlhabenden Moskauer Mittelschicht, nehme ich an, in Wohnungen mit sechs oder sieben Zimmern und Unterkünften für die Bediensteten im obersten Stock. Sie mochten Rechtsanwälte gewesen sein und Besitzer von kleinen Betrieben, in denen Schuhe und Gürtel und billige Bänder und Kerzenleuchter aus Messing hergestellt worden waren, die Eigentümer der entsetzlichen Manufakturen in Presnja. Viele von ihnen wohl mit deutschen und jüdischen Namen. Wie so oft fand ich die Moral auch in dieser Angelegenheit hoffnungslos verwirrend. Vor der bolschewistischen Revolution hatte Rußlands Wirtschaft zu denen mit dem schnellsten Wachstum in ganz Europa gezählt. Die Menschen, die in diesen Wohnungen gelebt hatten, waren die Eigentümer ebenjener Manufakturen in Presnja gewesen. Doch vor der bolschewistischen Revolution hatte in Rußland auch Hoffnung auf eine anständige bürgerliche Zukunft bestanden.

Heute sind die Wohnungen aufgeteilt. Ich erkenne das daran, daß an den Wohnungstüren zwei oder sogar drei Namen angebracht sind. Ich halte Ausschau nach Nummer 25. Erdgeschoß. Ich gehe einen Flur entlang, der halb um einen Hof herumführt, in dem ein uraltes Automobil auf platten Reifen vor sich hin rostet. Die kühnen Scheinwerfer sind zerschmettert.

An Nummer 25 gibt es drei Namen. Ich läute zweimal, wie mich eine Notiz anweist. Einen Augenblick später höre ich weibliche Schritte. Der selbstbewußte Klang von Nataljas Absätzen auf den gemusterten alten Fliesen erinnert mich daran, weswegen ich hergekommen bin, und mein Mut sinkt.

Ich könnte mich über den Flur zurückschleichen, so unerhört scheint mir plötzlich meine Mission. Eine Fremde zu bitten, ihre Karriere zu riskieren, sogar ihre Freiheit … war ich verrückt?

Ich höre, wie der Riegel zurückgeschoben wird.

Bin ich verrückt?

Kann ich diesen Plan ausführen?

Sie öffnete die Tür, als ich halb am Weglaufen war, geradezu flüchten wollte, meine amerikanische Schokolade hochgehalten wie eine Bibel, um mich vor der sich nähernden Isebel zu schützen.

Isebel trug ein rotes Wollkleid. Ihre Augen weiteten sich. »Sie waren gerade dabei, Ihre Meinung zu ändern.«

»Nein.«

»Die Schokolade war eine zu großzügige Geste, die Sie plötzlich bereuten?«

»Nein.«

»Ich finde es ziemlich offensichtlich. Sie wollten sie hier oben verstecken«, sie zeigte auf einen Vorsprung über der Tür, »und sie später heimlich wieder mitnehmen, wenn Sie gehen.«

»Nein, überhaupt nicht!« Meinte sie das im Ernst? »Nein, ich verspreche es. So ist es nicht.«

Sie trat lachend zurück. »Kommen Sie herein, Konstantin. Seien Sie mein willkommener Gast.«

19 Ich stand mitten in einem weißgestrichenen Zimmer mit eleganten Stuckleisten vom Anfang des zwanzigsten Jahrhunderts und einem polierten Fußboden aus Kastanienholz, einem sanft beleuchteten Raum, der mit wenigen Möbelstücken sorgfältig ausgestattet war wie eine Theaterbühne. Während Natalja mir den Mantel abnahm und ihn in den Flur brachte, ging ich durch das Zimmer und stellte mich mit dem Rücken vor das Holzfeuer. Dicke rote Samtvorhänge, an den Rändern verblaßt von der Sommersonne, waren vor großen, alten Moskauer Fenstern zugezogen. Mir gegenüber stand ein verschlissenes schwarzes Ledersofa mit Kissen aus den südlichen Republiken. Dahinter an der Wand ein mit Kerzen beleuchteter Mahagonitisch, und darüber hing ein großes Ölgemälde von der Schlacht von Borodino, überall Kanonenrauch und angreifende Kavallerie, mit einem großen Riß in einer Ecke. An einer Seite des Zimmers war mit Vorhängen eine Küche abgeteilt, aus der man blubbernde Töpfe und den kräftigen Geruch gebratenen Knoblauchs wahrnahm.

Es war eine Wohnung, die mich in einer Weise ansprach, die ich nicht sofort verstand. Den größten Teil meines Lebens hatte ich mit den Überbleibseln des Sowjetstils verbracht. So wenig es in diesem Raum auch gab und so mitgenommen einige der Stücke auch waren, wie ich bei näherem Hinsehen erkennen konnte, verkörperte er für mich dennoch ungewohnte Wärme und Freundlichkeit.

Sie kam zurück mit zwei langstieligen Gläsern mit gekühltem Wein. »Ich hoffe, Sie mögen die Wohnung«, sagte sie. »Ich hatte Glück und habe sie von meinem Vorgänger geerbt, von dem ich auch meine Stelle übernommen habe. Die Möbel und diese scheußliche Fälschung von Borodino habe ich selbst gekauft.«

»Ich mag dieses Zimmer mehr als jedes andere, in dem ich je gewesen bin«, sagte ich.

»Oder so wenig?«

Ich schüttelte den Kopf. »Nein, ich meinte, was ich sagte, Natalja.«

Ich fühlte meine Nähe zu dieser Frau. Aber auch meine Distanz. Bei Tisch saßen wir einander gegenüber wie Schauspieler auf einer Bühne. Der Mann in Jeans und einem englischen Sportjackett und mit dunklem Haar, das sich etwas zu lang über dem Kragen seines schwarzen Polohemds lockte, der Mann, der mit scheinbar entwaffnender Offenheit über sein Leben sprach, aber dabei die wichtigsten Momente aussparte …

Und die Frau, etliche Jahre jünger, in einem roten Wollkleid und mit schönem, dickem, weizenblondem Haar, das sie zu einem Knoten geschlungen trug, die ihre Rolle mit lachender Sorglosigkeit spielte, als wäre ihr die Intention des Autors für das verheerende Ende des Stücks noch nicht bekannt.

Eine Stunde, zwei Stunden lang aßen wir gekühlte Rote-Beete-Suppe und gebratenes Hühnchen mit Knoblauchzehen und tranken moldawischen Wein, und ich hielt jene andere Welt, die wirkliche, die von Julia und ihrer verzweifelten Not beherrscht wurde, in Schach.

Ich war überrascht von der natürlichen Unbefangenheit, mit der Natalja sprach. Hätte ich mich entspannen können, wäre es entspannend gewesen. Sie zeigte sich als ein Mädchen, das vor nur fünfundzwanzig Jahren geboren worden war, voller Selbstvertrauen, was ihre Arbeit anbelangte, in der Art, wie sie ging, in ihrer Kleidung; sie fühlte sich wohl mit sich selbst. Sie erzählte mir, daß sie aus Saratow an der Wolga kam, oberhalb von Wolgograd. Ihre Eltern, beide in der früheren Sowjetunion Ärzte, lebten noch immer da.

»Warum sind Sie nach Moskau gekommen?«

»Ich wurde von einem Mann eingeladen, den ich sehr bewunderte.« Sie deutete auf eine Photographie in einem silbernen Rahmen, von der ich annahm, daß sie ihren Großvater zeigte. »Professor Kandinskij. Er wurde auch in Saratow geboren, aber als ich mein Examen machte, war er bereits einer der führenden Mediziner Moskaus. Er verstand, daß ich von meinen Eltern weg mußte. Ich lebte bei ihm und seiner Familie, als ich nach Moskau kam.«

»Warum mußten Sie weg von Ihren Eltern?«

Sie lachte, spießte Knoblauch auf und bot ihn mir auf ihrer Gabel an. »Ich mußte weg, weil ich es nicht mehr aushielt, mir ständig anhören zu müssen, wie vollkommen das Leben in der Sowjetunion gewesen war, welch großen Respekt wir Russen überall in der Welt genossen hatten, wie überlegen unsere Moral, unser Sport, sogar unsere Stereoanlagen dem Westen gegenüber gewesen waren.«

»Ihr Professor Kandinskij verstand das alles?«

»Irgendwie, obwohl er selbst auch unter dem sowjetischen System aufgewachsen war. Als ich an der medizinischen Fakultät von Saratow mein Examen gemacht hatte, lud er mich sofort ein, nach Moskau zu kommen. Er verstand, daß ich nicht länger im Schatten des Goldenen Zeitalters leben konnte.«

»Hatte das Goldene Zeitalter keinen Reiz für Sie?«

»Es lag weniger Wahrheit darin als in den meisten Goldenen Zeitaltern«, sagte sie scharf.

»Aber es *gab* Errungenschaften.«

»In siebzig Jahren darf man auch Errungenschaften *erwarten*. Es existierte auch ein Erbe. Unsere russische Gesellschaft überlebte, aber sie war beschädigt. Die Menschen waren zu oft halbe Persönlichkeiten, die an Halbwahrheiten glaubten und Halbidioten halbwegs Achtung entgegenbrachten.«

»Demnach sind sie keine Patriotin?«

»Im Gegenteil, ich liebe Rußland, und ich liebe das russische Volk. Unser schierer Überlebenswille hat die Welt in Erstaunen versetzt. In der Wissenschaft und in der Kunst haben wir Wunder vollbracht.«

»Aber ...?«

»Aber es ist uns nie auch nur annähernd gelungen, eine gerechte Gesellschaft aufzubauen.«

»Damit stehen wir nicht allein.«

»Zwischen den wichtigsten westlichen Gesellschaften *stehen* wir allein.« Mit sorgenvollem Blick hielt sie einen Augenblick inne. »Lassen Sie die Wortspielereien. Andere westliche Gesellschaften sind nicht perfekt. Demokratien haben ihre Probleme und ihre Ungerechtigkeiten. Aber Rußland hatte nie auch nur annähernd eine gerechte Gesellschaft. Nicht einmal für ein paar Jahre. Manchmal frage ich mich, ob die Russen Gerechtigkeit überhaupt wollen.«

»Wollen Sie damit sagen, wir seien anders als andere Völker?«

»Ein Beispiel, Konstantin«, sagte sie leidenschaftlich, »ein Beispiel von früher. Warum haben, als die Zeit der Sowjets endete, nur so wenige Russen, in Wirklichkeit so gut wie keiner, es gewagt, eine einfache Frage zu stellen?«

»Und welche Frage wäre das gewesen?«

»Die Frage lautet: Wie konnten wir zur Zeit der Sowjets zwanzig Millionen Verbrechen gegen die Menschlichkeit haben, aber nur einen Verbrecher – Josef Stalin? Wo sind all die Hunderttausende, die für ihn Verbrechen begingen, die schossen und in Ketten legten und folterten und Gerichtsverfahren fälschten und Männer und Frauen in den Tod trieben? Wo sind sie alle?« Sie war rot vor Wut. »Wie mein Großvater, der eine staatliche Pension einstrich? Jedenfalls bis zum Bürgerkrieg?«

»Hat Ihr Großvater unter den Sowjets für den Gulag gearbeitet?«

»Zwanzig Jahre als Wachposten in Magadan. Wie viele Hunderte, Tausende hat er in seinen zwanzig Jahren zu Lagerstaub zermalmt? Mein Gott, er hat sogar noch mit der Behandlung geprahlt, die sie unschuldigen Männern angedeihen ließen. Die Sowjetunion war ja noch weniger legitimiert als das Zarenregime. Sie war auf einen Staatsstreich gegründet. Auf Gewalt und Lügen. Und dieser Kurs wurde bis zum Schluß beibehalten.« Sie schlug ärgerlich auf den Tisch. »Und ich schwöre Ihnen, Konstantin, daß Rußland immer der geistig kranke Mann Europas bleiben wird, wenn wir unsere Schuld nicht eingestehen. Ich dachte, Ihre Nationaldemokraten würden es vielleicht tun. Werden sie es tun? Nein! Ich dachte, die Anarchisten würden ihre marxistischen Verbündeten vielleicht in die Volksfront zwingen und es tun. Haben sie es getan? Nein!«

Was konnte ich anderes tun, als dazusitzen und sie anzustarren? Ist es mein Schicksal, immer an Frauen mit machtvollen Überzeugungen zu geraten?

Sie spießte noch eine Knoblauchzehe auf und lächelte mich an. Ihre Stimme wurde plötzlich weicher. »Sie sehen natürlich, Konstantin, daß ich völlig neutral bin. Zu den großen Themen unserer Zeit – seien sie nationalistisch oder anarchistisch – beziehe ich keine Stellung.«

»Aber Sie haben unter beiden Systemen gelebt.«

»Ja.«

»Sie waren während des letzten Kriegsjahres in Moskau, während der Belagerung, als die Anarchisten geherrscht haben.«

Ihr beweglicher Mund war grimmig zusammengepreßt. »Ich war unter beiden Regimes Schlächter-Chirurg in einem Kinderkrankenhaus. Ich frage Gott, wie es mir gelungen ist, meine seelische Gesundheit zu bewahren«, sagte sie. »Vielleicht denken Sie, es sei mir gar nicht gelungen.«

Ich selbst befand mich in einem äußerst angespannten Zustand. Während ich Natalja zuhörte, spielte ich in einem anderen Teil meines Gehirns die Geschichte durch, die ich ihr von Julia erzählen mußte. Julia, die verletzt irgendwo lag, Julia, die Hilfe brauchte, aber ich fühlte mich außerstande, ein Wort zu sagen.

Ich half ihr, den Tisch abzuräumen, und erzählte ihr dabei ein paar nebensächliche Dinge aus meinem Leben in Murmansk. Doch ich hatte ihr noch nicht erzählt, daß ich einmal verheiratet gewesen war, hatte ganz gewiß nicht Julia erwähnt. Während Natalja den Kaffee zubereitete, stand ich vom Tisch auf und setzte mich auf den Teppich vor das Feuer, den Rücken gegen das Sofa gelehnt. Als ich sie beobachtete, wie sie mit zwei Tassen Kaffee den Raum durchquerte, fiel mir auf, daß Natalja von einer ursprünglichen Gesundheit war, die mir für die Mehrdeutigkeit aller Dinge, mit denen ich in Berührung kam, nur noch Verachtung übrigließ.

»Sie sind betrunken, Konstantin«, sagte sie und glitt neben mir auf den Teppich, wobei sie mir noch irgendwie eine Kaffeetasse reichte. »Welchen alkoholisierten Gedanken hängen Sie nach?«

»Ich erlebe gerade eine kleinere politische Epiphanie.«

»Politische?« Sie lachte und rollte in spöttischer Enttäuschung die Zunge in der Backe zusammen. »Aber erzählen Sie trotzdem ...«

»Ich sehe Sie als Modell für unsere russische Freiheitsstatue, Arm erhoben, Fackel hochgehalten, das Kleid über der Brust gespannt ...«

»Und wo würden Sie mich aufstellen?« fragte sie.

»Ich würde tausend von Ihnen gießen lassen und sie an all den

Kreuzungen unserer Geschichte plazieren, wo Rußland den falschen Weg gegangen ist.«

Sie saß neben mir auf dem Teppich, einen Ellbogen auf das Sofa gestützt. »Sie meinen nicht ein einziges Wort von dem, was Sie sagen.«

»Sie würden eine gute Freiheit abgeben, das glaube ich wirklich.«

Sie faßte mich am Kinn und drehte mein Gesicht zu sich. »Sind Sie wirklich ein Tscheka-Offizier, Konstantin Sergejewitsch Vadim?« sagte sie. »Falls dem so ist, werden Sie festgestellt haben, daß ich den ganzen Abend nur die Vergangenheit kritisiert habe. Ich war vorsichtig genug, keinen einzigen Kommentar zur Gegenwart abzugeben.« Sie hatte bernsteinfarbene Augen von einer warmen Intensität, ganz anders als Julias beunruhigendes Blau.

»Ich bin kein Tschekist«, sagte ich.

»Kann das stimmen?«

»Ist es wichtig für Sie?«

Sie zögerte, den Blick auf mich gerichtet. »Erzählen Sie mir von Ihren Frauen, Konstantin.«

»Wollen Sie eine Liste meiner Eroberungen?«

Sie lachte. »Ihrer Eroberungen? Ich nehme an, meistens sind *Sie* der Eroberte. Sie waren einmal verheiratet.«

Ich setzte mich überrascht zurück. »Woher wissen Sie das?«

»Ich habe Ihre nächsten Verwandten überprüft. Es hat in Ihrem Leben einmal eine Julia gegeben. Jetzt rot durchgestrichen. Ist sie tot?«

»Nein, nicht tot.«

»Erzählen Sie«, sagte sie ruhig.

Die Gelegenheit bot sich mit offenen Toren. Warum in Gottes Namen packte ich sie nicht beim Schopf? Fehlendes moralisches Rückgrat, sagte mein Vater immer. Ich hatte mir angewöhnt zu glauben, das bedeute, ich sei weniger barsch und gedankenlos brutal als er. Ich hätte darauf kommen können, daß er mehr damit meinte. »Julia und ich sind als Nachbarskinder in Murmansk zusammen aufgewachsen«, sagte ich. »Unsere Familien waren miteinander bekannt – unsere beiden Väter waren Fischereikapitäne, unsere Mütter waren das, was man Intellektuelle nannte:

meine Mutter Englischlehrerin und Studentin der russischen Geschichte, eine Nationalistin durch und durch – und Julias Mutter war Dichterin. Haben Sie je von der Abrakowa gehört?«

»Nein.«

»Sie hatte einen internationalen Ruf«, sagte ich mit hochgezogenen Augenbrauen.

»Ich bin uneinsichtig.«

»Natürlich.« Ich fuhr mit meiner Geschichte fort. »Ich verließ Murmansk mit siebzehn. Julia war eine schlaksige Fünfzehnjährige. Ich kehrte zwei Jahre später von meinem Dienst in der Marine zurück und fand sie außerordentlich verändert vor. Nicht nur in den kleinen Dingen, die man in zwei Jahren erwarten würde, sondern vom Kind zur Frau gewandelt. Wo sie früher schüchtern gewesen war, in sich selbst zurückgezogen, war sie jetzt ... offen, sogar herrisch.«

»Mein armer Konstantin!«

»Ist die Geschichte so offensichtlich?«

»Ich vermute, daß sie sich von einer solchen Frau geradezu schicksalshaft angezogen fühlen müssen.«

»Schicksalshaft angezogen? Was ich für sie empfand, war eine Leidenschaft, die so nie erwidert werden konnte, nicht einmal in der Ehe.«

»Hat sie Sie geliebt?«

»Ich glaube schon. Zumindest damals, am Anfang.«

»Warum wurde dann Ihre Leidenschaft nicht erwidert?«

»Weil sie mich nie, unter keinen Umständen, an sich heranließ. Ich war ihr Gefährte, ihr Liebhaber, ihr Ehemann. Aber nie ein Teil von ihr. Nie Teil ihres innersten Wesens.«

»Wollten Sie das?«

»Ja. Ich glaube, für mich ist dieser Austausch zwischen zwei Menschen Teil der Liebe.«

Wir schwiegen eine Weile.

»Wir heirateten«, fuhr ich fort, »als Julia noch auf der Universität war. Sie studierte politische Philosophie, Ideengeschichte, solche Dinge. Ich war zu jener Zeit auf der Polizeihochschule. Ich glaube, es amüsierte sie, ihren Universitätsfreunden zu erzählen, ihr Mann sei Polizist.«

»Und wohin hat ihre Ideengeschichte sie geführt?«

»Sie war Marxistin – und fühlte sich mehr und mehr zum Anarchismus hingezogen.«

Sie hob die Augenbrauen. »Dann ist sie *die* Julia Petrowna, das habe ich mir schon gedacht. Die anarchistische Generalin.«

»Ja. *Die* Julia Petrowna. Fanden Sie den Anarchismus nie attraktiv?«

Nataljas Gesicht wurde grimmig. »Ich werde brutal sein. Ich glaube, wir sind alle der Anarchie zu nahe, um ihr das Wort zu reden.« Sie stand auf, nahm die leeren Tassen und kam kurze Zeit später mit zwei Gläsern Pflaumenschnaps zurück. Sie stand über mir und sah auf mich herab, der Saum ihres Kleides in Höhe meiner Augen. »Haben Sie beide nie darüber gesprochen, Kinder zu haben?« fragte sie.

»Einen Sohn«, sagte ich. Ich hörte die Trostlosigkeit in meiner Stimme.

Sie kniete nieder, ein Knie, zweites Knie, der Pflaumenschnaps unverschüttet. Sie reichte mir ein Glas und setzte sich neben mich auf den Teppich.

»Unser Sohn wurde in einem neuen Jahrhundert geboren, einem neuen Jahrtausend«, sagte ich. »Er hatte wahrscheinlich ein wenig von uns beiden. Mischa war dunkelhaarig wie ich. Aber schnell und voller Leben wie Julia damals. Auch herrisch, obwohl er noch ein kleiner Junge war, als ich ihn zum letztenmal gesehen habe.«

»Was ist passiert?«

»Sie werden sich nicht groß daran erinnern, wie es kurz vor Kriegsausbruch war. Die Unruhen, die zwecklosen Streiks, die Demonstrationen und Gegendemonstrationen, die Banden, die fast alles kontrollierten.«

»Ich erinnere mich. Ich war sechzehn, als die Kämpfe zum erstenmal ausbrachen. Kleine Kriege. Dann die Sezessionen, Sibirien … dann gegnerische Kräfte in Petersburg und in Moskau selbst. Es dauerte ein oder zwei Jahre, bis der Wahnsinn uns in Saratow erreichte.«

»In Murmansk«, sagte ich, »gab es kaum Kämpfe. Außer in Familien wie den unseren. Julia und ihre Universitätsfreunde waren alle Anarchisten. Sie hielten Versammlungen ab und schwangen Reden unter wehenden schwarzen Fahnen. Ich behaupte gar nicht, daß ich mit Julia diskutieren konnte. Ihre Intelligenz ist eine Stufe höher als meine. Ich konnte nicht diskutieren, aber ihren Ansichten konnte ich trotzdem nicht zustimmen.«

»Lassen Sie uns mal sehen«, die Karlowa schürzte die Lippen. »Fortgesetzte Revolution ist das einzige Mittel, durch das wir uns erneuern und befreien können, um uns dann in einer anarchistischen Gesellschaft zu vereinigen. War es so?«

»Ungefähr. Aber wie Julia es darstellte, klang es überzeugend, das müssen Sie verstehen. Ich will damit sagen, daß sie an die Sache glaubte, wirklich glaubte.«

»Jeder der hundert verschiedenen russischen Sprachgruppen wurde eine eigene ethnische Gemeinschaft versprochen. Und Friede, vollkommener Friede sollte auf alle herniederkommen – keine Grenzstreitigkeiten, keine Auseinandersetzungen wegen Öl, Gold, Diamanten, Nickel ... keine Steuern für die Armee, die Wasserversorgung oder die medizinische Forschung ...« Ihr Gesicht war gerötet und der Hohn in ihrer Stimme war deutlich zu hören. »Sogar in Saratow hatten wir Anarchisten«, sagte sie.

»Ich habe verstanden, daß Sie nicht zu ihnen gehörten.«

»Und Sie, Konstantin, sind Sie kein Revolutionär?« Ihre Hand lag auf meiner Schulter, und mit dem Zeigefinger kraulte sie das Haar in meinem Nacken.

»Nein. Ich bin kein Intellektueller und hatte nicht die richtigen Argumente. Ich glaubte nie, was sie sagten.«

»Sie glaubten Julia nicht?«

»Ich glaubte ihr«, sagte ich. »Ich wußte, daß sie es ernst meinte. Aber mir scheint, daß sich die Dinge selten so entwickeln, wie die Theoretiker glauben.«

»Sahen Sie keine Notwendigkeit für eine Veränderung?«

»Mein Gott, doch, aber waren Revolutionen nicht immer nur eine Entschuldigung, die Gegner umzubringen?«

Sie lächelte. Ihr Finger an meinem Kragen hatte aufgehört, sich zu bewegen. »Ich nehme also an, daß du die Sache der Nationaldemokraten gegen ihren Anarchismus verteidigt hast. Rußland den Russen. Der Glaube, unsere Geschichte sei etwas anderes als die mörderische Schande, als die sie Außenstehenden erscheinen muß.«

»Ich sehe Hoffnung«, sagte ich steif, »in einfachen Russen wie Präsident Romanow. Besonders in Leonid Koba. Er hatte die Voraussicht, allen, die im Krieg gegen uns gekämpft haben, eine Amnestie anzubieten. Versöhnung. Das ist es, was wir am meisten brauchen.«

»Um Rußland neu zu erfinden? Um Rußland wieder groß zu machen?«

»Wir sind groß dank unserer Größe«, sagte ich. Ich hatte das Gefühl, daß sie mich auf den Arm nahm. »In der Geschichte ist kein Platz für ein gedemütigtes Rußland. Sogar unsere Feinde wissen, daß der verwundete Bär gefährlicher ist, als wenn er Beeren von den Bäumen pflückt.«

Sie verzog den Mund. »Und so wurde die Ehe geschieden – sie Anarchistin, du Nationalist.«

Ich nippte an meinem Schnaps. Er brannte weit hinten in der Kehle. Ich atmete tief durch. »Politische Differenzen, sogar Streit«, sagte ich langsam, »waren Teil unseres Lebens geworden. Doch dann gab es in Murmansk einen Moment, wo sich jeder, Mann oder Frau, entscheiden mußte. Julia entschied sich, mit der anarchistischen Armee zu gehen, die sich außerhalb der Stadt formierte.«

»Nahm sie Mischa mit?«

»Ja.« Packte ihn in ein Bündel und küßte mich auf die Nase. *Sag Papa auf Wiedersehen,* hörte ich sie rufen, als sie aus der Wohnung die Treppe hinunterlief zu einem wartenden Auto. Ich hatte im Flur der kleinen Wohnung gestanden und auf die Tür gesehen, die noch immer im heftigen Dezemberwind auf- und zuschlug. »Ja«, sagte ich. »Sie hat Mischa mitgenommen.«

»Und dann …«

Einen Augenblick lang konnte ich nicht sprechen.

»Und dann …?« wiederholte sie.

»Er wurde ein paar Monate später bei einem unserer eigenen Bombenangriffe getötet. Er wurde auf dem Friedhof eines Dorfes ganz in der Nähe von Petersburg begraben. Pawlowsk. Er war sechs Jahre alt.«

»Ah ...«

Ich trank den restlichen Schnaps in einem Schluck. Wenn ich sie fragen wollte, mußte ich es jetzt tun. Sie saß neben mir, verletzlich durch das Mitgefühl, das ich unabsichtlich für mich hervorgerufen hatte. Doch ich konnte es nicht ertragen, Mischas Andenken zu benutzen, sie zu manipulieren, nicht einmal, um Julia zu retten. Zum erstenmal an diesem Abend durchbrach ich absichtlich die Stimmung. »Ich schwöre es, Natalja«, sagte ich, »ich schwöre es bei Mischas Andenken, auch wenn ich nicht ganz der bin, der ich zu sein scheine, bin ich doch kein Tscheka-Offizier.«

»Trotzdem bist du etwas anderes, als du zu sein scheinst.«

Ich zögerte. »Vielleicht«, sagte ich langsam. »Aber das muß dich nicht beunruhigen.«

»Wirst du es mir eines Tages erzählen?«

»Wer weiß? Was du im Moment wissen mußt, ist, daß ich kein Tschekist bin. Als Polizist und Bürger habe ich keine große Sympathie für die Tscheka. Meine Hoffnung ist, daß man ihre Macht schnell beschneiden wird.«

»Ich glaube dir.«

»Aber kein Wort zu Dronskij«, sagte ich in einem leichteren Ton. »Bis er mich als der mag, der ich bin, ist es besser, er denkt das Schlimmste.«

Sie fuhr sich mit beiden Händen durchs Haar, öffnete die Spange, mit der es zusammengehalten wurde, und ließ es offen herabfallen. »Unser gutaussehender Konstantin ist also nicht ganz der, der er zu sein scheint«, sagte sie nachdenklich.

»Wer von uns ist das schon?«

Sie beugte sich nach vorne und legte ihren Arm fester um meinen Hals. Sie preßte ihre Lippen seitlich auf meinen Mund. Ich berührte ihre Wange. Eine kenntnisreiche Hand lag hoch auf meinem Schenkel. Ihre gefeilten Fingernägel strichen über den Stoff meiner Jeans, wo ich unter ihrer Berührung anschwoll.

Ich hätte mich ihrer Führung überlassen können. Hätte ich sie auch nur ein paar Augenblicke länger weitermachen lassen, ich weiß, ich hätte nachgegeben. Statt dessen hielt ich ihre Hand auf.

Sie schaute mit einem schiefen Lächeln auf mich herunter. Ohne Eile löste sie sich von mir und zog ihre Hand unter meiner hervor. Beinahe mit derselben Bewegung nahm sie ihr Glas mit dem Pflaumenschnaps und setzte es an die Lippen.

»Natalja, du siehst mich hier, einen unzuverlässigen Kantonisten ...«

Sie machte eine wegwerfende Geste und verschüttete dabei beinahe ihren Schnaps. »Erspare mir wenigstens das, Konstantin. Ich brauche keine Erklärungen. Ich präsentiere dir gespreizte Beine, und du entscheidest dich, nicht darauf einzugehen. Dein Privileg«, sagte sie kühl, »wie es meines gewesen wäre, wenn die Umstände anders gewesen wären.«

»Zu jedem anderen Zeitpunkt ...«

»Natürlich.« Sie beugte sich herüber und legte mir einen Finger auf die Lippen. »Still, Konstantin. Ich habe einen Fehler gemacht. Aber keinen vollständigen Fehler. Ich möchte aus diesem leisen sexuellen Geplänkel eine Freundschaft retten. Ist das möglich?«

»Natürlich ist das möglich.«

»Ich kann dir nicht versprechen, daß ich es nie wieder erwähnen werde.«

»Was wirst du nie wieder erwähnen?«

»Daß du wie ein aufgescheuchtes Lama zurückgezuckt bist.« Sie lachte und stand auf. »Gut, und jetzt muß ich ins Bett. Wer weiß, vielleicht werde ich mir heute nacht ein wenig *stoke* genehmigen. Du mußt jetzt gehen. Aber wir werden uns weiter treffen.«

»Wir arbeiten zusammen«, sagte ich.

»Das habe ich nicht gemeint. Wir werden uns weiter treffen. Und reden. Und eine Freundschaft aufbauen. Ja?«

Ich nickte zum Zeichen, daß ich einverstanden war, und stand auf.

»Wir haben die amerikanische Schokolade nicht gegessen«, sagte sie. »Du hättest sie also doch auf dem Querbalken ablegen können.«

Ich versuchte zu lächeln.

Sie schlug mir mit der flachen Hand auf den Hosenboden. »Nicht so verdrossen, Konstantin. Der heutige Abend hatte auch seine Triumphe.«

»Ja?«

»Ich finde schon. Ist dir aufgefallen, daß wir den ganzen Abend miteinander verbracht haben, ohne das Monstrum ein einziges Mal zu erwähnen?«

»Ist das von Bedeutung?«

»Ich denke schon«, sagte sie langsam. »Vielleicht bedeutet es, daß du sogar noch wichtigere Dinge im Kopf hast.« Sie hielt die Tür auf.

Ich versuchte zu sagen, ja, ich habe Julia im Kopf. Ihr verzweifeltes Bedürfnis nach einem Arzt. Aber irgend etwas, Feigheit, ließ mich die Worte zurückhalten. Mein Mund war ausgetrocknet, und ich machte ihn auf, um es noch einmal zu versuchen.

»Du hast mir bereits gesagt, daß du nicht ganz der bist, der du zu sein scheinst. Ein Mordkommissar, der einen ganzen Abend kein Wort über das Monstrum sagt, bestätigt das.« Sie schob mich in den schmalen Flur. »Das läßt mich hoffen«, sagte sie. »Wenn nicht für jetzt, dann wenigstens für die Zukunft.«

Ich hob eine Hand, um sie zu stoppen, ihr zu sagen, daß mein Fall kein Grund war zur Hoffnung, doch sie hatte die Tür schon fast geschlossen. Sie hielt sie kaum zwanzig Zentimeter weit auf: »Sei gewarnt …« Ihr Gesicht lag im Halbdunkel. »Ich beabsichtige, dich in mich verliebt zu machen, Konstantin. Ich habe nicht die geringste Absicht, bloß jemand zu sein, mit dem du Büroklatsch austauschst.«

20

Ich nahm von Gromek die Wodkaflasche entgegen, setzte sie an den Mund und trank einen Halsvoll. Einen Flaschenhals, genauer genommen. Das höfliche Maß, wenn man einen halben Liter teilt. Wir standen auf dem Dach der Fabrik. Von hier aus konnten wir über die zerstörte Umgebung hinweg den feinen Schneeregen auf den Stalin-Sockel fallen sehen. »Keine weiteren Fortschritte bei den Ermittlungen, Inspektor?« fragte Gromek und nahm mir die Flasche ab.

Ich sah auf die Uhr. Noch zwanzig Minuten bis zu meinem Treffen mit der Sibirierin. Ich hob den Kopf und stellte fest, daß

Gromek mich ansah. »Sie sagten, Sie seien einmal Offizier gewesen, Gromek. Spezialoffizier.«

»Ich glaube, ich sagte, das sei vor langer Zeit gewesen.«

»Wie lange?«

»Ein Leben lang«, sagte er. Er pfiff eine vage vertraute Hymne. »Das war während der Sowjetzeit. Ich war fünfundzwanzig Jahre alt und diente bei der Roten Armee in Ostdeutschland.«

»Elitetruppen.«

»O ja. Aber ich war in ein schönes deutsches Mädchen verliebt, und als der Befehl kam, zu packen und nach Hause zu gehen ...«

»Sind Sie geblieben.«

»Ein Jahr lang. Bis mich die deutschen Behörden aufspürten und zurückschickten.«

»Was für ein Spezialoffizier waren Sie, Gromek? Arzt, sagten Sie.«

»Chemische Kriegsführung.«

»Aber waren Sie Arzt?« Ich spürte, wie meine Aufregung wuchs. »Sie haben in jener Nacht irgend etwas gesagt, was mich das denken ließ.«

Er schwenkte die leere Wodkaflasche. Es war eine Verneinung.

»Aber Sie wissen genug, um im Notfall jemanden zu behandeln«, drängte ich ihn.

»Ich habe einen Monat lang einen medizinischen Einführungskurs besucht. Ich kenne ein paar Begriffe, Inspektor. Ich habe ein paar Grundkenntnisse in Anatomie. Warum fragen Sie das alles?«

»Jemand, den ich kenne, braucht medizinische Versorgung.«

Er sah mich an, die Oberlippe verwirrt verzogen. »Einen Arzt«, sagte er. »Warum rufen Sie nicht einen Arzt ...?« Seine Stimme wurde vor Verwirrung immer leiser. »Weil Sie es nicht können«, sagte er nach einer Weile. »Aus irgendeinem Grund ...«

»Sagen Sie mir eines, Gromek – könnten Sie einen Notfall behandeln?«

Er schüttelte den Kopf. »Mein Gehirn ist mit Wodka überschwemmt. Das brauche ich Ihnen nicht zu sagen.«

»Aber wenn Sie müßten.«

»Nein!« schrie er. Er fing an, entlang der Regenrinne auf und ab zu gehen. »Sie sind wahnsinnig, Inspektor. Nein!« Er schleuderte die leere Halbliterflasche hinaus auf das Schuttgelände.

Ich hörte, wie die Flasche hinter mir in der Dunkelheit zerbarst. »Kommen Sie zurück. Wenn ich die Medikamente auftreiben könnte«, sagte ich drängend. »Jedes Medikament, das Sie bräuchten.«

Er kam auf mich zu und packte mich bei den Schultern. »Inspektor, ich bin kein Arzt. Man hat mir beigebracht, mit Verbrennungen fertig zu werden ...«

»Verbrennungen«, sagte ich.

»Verbrennungen«, wiederholte er, »sind die Spezialität eines Offiziers der chemischen Kriegsführung.«

»Bleiben Sie hier«, sagte ich. »Ich komme zurück. Und werden Sie in Gottes Namen nüchtern!« brüllte ich und rannte in Richtung Feuerleiter. »Oder Sie gehen für zehn Jahre ins Gefängnis.«

Die Augen der Sibirierin hatten sich zu beinahe unsichtbaren Schlitzen verengt. »Kein Arzt?« sagte sie. »Sie sind ohne einen Arzt gekommen! Wie können Sie es wagen, ohne einen Arzt hier aufzutauchen?«

Wir standen an der Ecke wie streitende Liebende. Der Regen glitzerte im Licht der einzigen Laterne.

»Ich muß sie sehen«, sagte ich. »Ich muß Julia sehen. Wie soll ich um Gottes willen einen Arzt finden, wenn ich nicht einmal weiß, was ihr fehlt?«

»Sie wollen also zu ihr gebracht werden.«

»Ja. Ich will wissen, welche Behandlung sie braucht, welche Medikamente. Sie sagen mir überhaupt nichts, lediglich, daß sie einen Unfall hatte.«

»Das ist alles, was Sie wissen müssen.«

»Gab es ein Feuer? Hat sie Verbrennungen?«

Sie sah mich mit fast geschlossenen Augen an. Sie sagte vorsichtig: »Verbrennungen sind nicht ihr Problem.«

»Mein Gott, Sie sind eine brutale Frau. Sagen Sie mir doch, hat sie die Arme gebrochen, die Beine? Ist sie bei Bewußtsein? Verliert sie Blut?«

Das kleine, dunkle Gesicht war angespannt vor Verachtung.

»Sie wollen zuerst Ihre eigene Diagnose stellen, ja? *Sie* wollen entscheiden, ob sie im Sterben liegt.«

»Im Sterben?« Ich stand da in meinem dunklen amerikanischen Trenchcoat und zitterte. »Julia liegt im Sterben?«

»Und Sie haben wertvolle Stunden verloren. Bei Gott, ich würde Ihnen höchstpersönlich ein Messer in den Leib rammen, wenn Sie nicht Mischas Vater wären.«

»Mischa? Sie kannten Mischa?« Diese Schläge waren mehr, als ich ertragen konnte.

»Hol einen Arzt, du weinerlicher Dummkopf«, spuckte sie mir ins Gesicht. »Ich werde in einer halben Stunde hier warten. Falls du dann nicht da bist...«

Ich schob sie mit dem Arm zur Seite. Sie fiel auf ein Knie und zog dabei das Messer.

»Spar dir deine Drohungen«, sagte ich. »Falls irgendwo ein Arzt zu haben ist, werde ich ihn herbringen.«

Ich fuhr mit halsbrecherischer Geschwindigkeit zurück zu Nataljas Wohnung. Ich rannte durch den Haupteingang und über den Korridor um den Innenhof herum. Bei Nummer 25 lehnte ich mich auf die Klingel. Wieder und wieder.

Diesmal gab es kein selbstbewußtes Klappern von Absätzen. Weiche, schlurfende Geräusche, die über die Fliesen auf die Tür zukamen. Riegel um Riegel wurde zurückgeschoben, dann hörte ich das Scharren und Klirren eines Schlüssels, den man ins Schlüsselloch zu stecken versuchte. Als die Tür sich öffnete, stand ein Mann da. Sein Oberkörper war nackt bis auf die elastischen Hosenträger, die die Hosen seiner Luftwaffenuniform festhielten.

Bevor er etwas sagen konnte, zückte ich meinen Ausweis. »Inspektor Vadim«, sagte ich. »Mordkommission des 13. Bezirks.«

Er trat unsicher zurück. Natalja, sah ich, stand unter ihrer eigenen Tür. Sie war barfuß und trug einen langen weißen Bademantel.

»Schon wieder die Meinung geändert, Konstantin?«

»Nein.« Ich schüttelte den Kopf. »Kann ich hereinkommen?«

Sie hielt die Tür auf. Der Luftwaffenmann trat in den Schatten zurück und machte murrend seine Tür zu. Ich ging langsam voran in das große weiße Zimmer. Es lag jetzt im Halbdunkel, das einzige Licht schien durch die offene Tür aus dem Schlafalkoven. Sie stand einen Augenblick da und beobachtete mich, dann schloß sie die Eingangstür und knipste das Deckenlicht an. Ich fuhr zusammen und wandte mich ihr zu.

»Keine Meinungsänderung?« Sie stand in der Mitte des Zimmers. Ich schüttelte den Kopf und merkte, daß ich nicht sprechen konnte. Meine Hände hoben sich und rieben über mein Gesicht.

Sie kam auf mich zu und legte ihre Arme um mich. »Was ist los, mein armer Konstantin?« sagte sie. Sie änderte ihre Haltung und führte mich zum Sofa. »Du siehst so traurig aus, so hilflos, so verloren. Komm und setz dich. Ich werde Kaffee kochen.«

Ich setzte mich, und sie ging hinter den Vorhang in die Küche. In genau den paar Augenblicken begriff ich, daß ich es ihr sagen konnte. Sie mochte ablehnen, aber ich konnte es ihr sagen. »Kein Kaffee«, sagte ich.

Sie hielt inne und kam langsam quer durch das Zimmer zurück. Ich saß einen Augenblick lang ganz still.

»Sag es mir.« Sie saß auf der Sofalehne, nahe, aber ohne mich zu berühren, und sah voller Sorge, sogar Angst auf mich herab.

»Julia liegt im Sterben«, sagte ich.

Ich fühlte ihre Hand über meinen Hinterkopf streichen.

»Wo ist sie?«

»Hier in Moskau.«

»Im Gefängnis?«

»Nein, in einem Versteck.«

Ich fühlte, wie sie sich versteifte, dann fuhr sie fort, mir über das Haar zu streichen.

»Was ist mit ihr geschehen, Konstantin?«

»Ein Verkehrsunfall; ich kenne keine Details. Alles, was ich weiß, ist, daß es ernst ist, daß sie stirbt.«

»Warum hat man sie nicht in ein Krankenhaus gebracht?«

»Ihre Kameradinnen haben kein Vertrauen in die Amnestie.«

Sie war von der Sofalehne aufgestanden, ehe ich es richtig begriffen hatte. Ich drehte mich um und sah, daß der Vorhang zum Schlafzimmer halb zugezogen war. Schatten einer sich eilig anziehenden Frau tanzten auf der weißen Wand. Innerhalb einer Minute war sie wieder zurück. Sie trug Jeans, ein dunkles Karohemd und eine blaue Seemannsjacke. Ihr blondes Haar hatte sie unter eine schwarze wollene Strickmütze gesteckt. In der Hand trug sie ihre Arzttasche.

Ich stand auf. »Können wir gehen?«

Sie faßte mich mit der freien Hand unter dem Kinn. »Weißt du, wo sie ist?«

»In Presnja wartet jemand auf uns und bringt uns zu ihr.«

»Dann laß uns gehen, Konstantin, und sehen, was man tun kann.«

Wir fuhren in meinem Wagen hinter dem Gorki-Park vorbei, überquerten die Moskwa auf der Krimskij-Brücke und rasten über den Inneren Ring zum Planetarium. Die meiste Zeit fuhren wir schweigend. Irgendwann zündete sie zwei Zigaretten an und gab mir eine. Ich rauchte, ohne nachzudenken. Ich kann nicht mehr sagen, wo meine Gedanken in diesem Moment waren.

Als wir vor dem Planetarium vorfuhren, sprintete die Sibirierin beinahe sofort leichtfüßig aus der Dunkelheit neben das Auto. Sie schob ihr kleines, dunkles Gesicht durch das Fenster und sah an mir vorbei auf Natalja. »Wer ist sie? Eine Krankenschwester?«

»Eine ausgebildete Ärztin«, sagte ich. »Chirurgin.«

Die Sibirierin stieg hinten ein. Natalja, stellte ich fest, schaute weiter geradeaus und ignorierte die Mitfahrerin.

Wir fuhren nach den Anweisungen des Mädchens, umrundeten den Zoopark, kamen wieder auf unsere alte Spur zurück, passierten zweimal die U-Bahn-Station Barricadnaja, überquerten dann die Bahnlinie und bogen scharf nach Süden ab, auf die aufsteigende Schleife des Flusses zu.

Bei der nächsten Anweisung drehte sich Natalja auf ihrem Sitz um. »Jetzt bitte keine weiteren Kreisfahrten mehr«, sagte sie kalt. »Falls unsere Kollegin wirklich im Sterben liegt, wäre es vielleicht am besten, ich sähe sie noch vor ihrem Ableben.«

Das war vielleicht ebenso an meine Adresse gerichtet wie an die der Sibirierin. Wie dem auch war, es schien Wirkung zu zeitigen. An der nächsten Kreuzung instruierte mich das Mädchen, langsamer zu fahren. Als ich das tat, lehnte sie sich nach vorne und zeigte nach links in eine Gasse.

»Da hinein?«

»Ja. Und fast sofort anhalten«, befahl sie. »Dort steht eine Wache.«

Ich bog in die dunkle Gasse ein. Schutt knirschte unter den Reifen, als ich bremste. Die Scheinwerfer zeigten die Rückseite einer Häuserreihe, die Ende des zwanzigsten Jahrhunderts gebaut worden war. Das nächststehende Haus war eingestürzt, ob wegen Bomben oder schlechter Bauweise, war schwer einzuschätzen.

»Schalten Sie die Scheinwerfer aus«, sagte die Sibirierin. Wir saßen im Dunkeln. »Jetzt blinken Sie zweimal.«

Ich tat wie befohlen, und als Antwort wurde zwischen den Ruinen zweimal eine Taschenlampe an- und ausgeknipst.

»Steigen wir aus?«

»Noch nicht«, sagte die Sibirierin.

Die Taschenlampe blitzte zwei- oder dreimal auf und wies einen Pfad, der zwischen dem Schutt freigeräumt worden war. Ich legte den Gang ein, und wir fuhren langsam weiter, der Lichtspur folgend. Wir befanden uns jetzt unter dem strebengestützten Dach einer Hütte. Ich parkte den Wagen an der Rückwand.

»Wir können gehen«, sagte das Mädchen.

Wir stiegen aus dem Auto und suchten uns einen Weg auf eine Gestalt zu, die mit einer Taschenlampe in der Hand dastand. Irgend etwas an ihrem Umriß ließ sie mir vertraut erscheinen. Eine große, schlanke Frau mit gestutztem Haar. Sie leuchtete mir mit der Taschenlampe kurz ins Gesicht und richtete den Lichtstrahl dann auf Natalja. »Ist sie Ärztin?« Ich erkannte die Stimme. Es war die großgewachsene Abgesandte, die Julia in Murmansk in meine Wohnung geschickt hatte. »Ist sie Ärztin?« wiederholte die Stimme.

»Sie ist Ärztin«, sagte Natalja knapp, »und ihr tätet gut daran, euch daran zu erinnern, daß ich immer noch die Freiheit habe, hier wegzugehen.«

Die große Frau lachte.

»Es wäre kaum von Nutzen, einer Chirurgin während der

Operation eine Pistole an den Kopf zu halten, falls ihr euch das so vorgestellt habt«, sagte Natalja. »Bringt mich zu ihr.«

Die Frau drehte sich wortlos um und führte uns durch einige Fabrikkorridore. Ich folgte mit vor Angst weichen Knien. Die Bilder von Julia in meinem Kopf waren so stark, daß ich sie nur sehen konnte, wie sie gewesen war, ihr positives, befehlsgewohntes Selbst – oder tot. In meiner Phantasie war kein Raum für eine Julia auf dem Krankenbett.

Wir hielten vor einer Tür, wo auf einem alten Küchenstuhl eine Wache saß, ein junges, müde aussehendes Mädchen vom Land mit einer Kalaschnikow auf den Knien. Julias Stellvertreterin öffnete die Tür. Wir schauten in einen Raum, der früher wohl ein Büro gewesen war. Ein großer Raum, in dem alte Aktenschränke an einer Wand standen. Die Fenster waren mit Zeitungen verklebt, und das Licht über dem weißen Eisenbett leuchtete trübe.

Ich glaube, ich schnappte nach Luft, als ich Julia sah. Sie lag mit geschlossenen Augen da; ihre Züge sahen aus wie aus glänzendem gelben Marmor gehauen. Als Natalja auf Julia zuging, spürte ich die Hand der großgewachsenen Frau auf meinem Arm. In diesem Moment öffnete Julia die Augen. Sie sah mich direkt an. Ihre Lippen öffneten sich zu einem Lächeln, dann schob sich Natalja zwischen uns.

Die Frau zog mich aus dem Zimmer. »Sie können sie später sehen«, sagte sie.

Ich sah sie an. Wir waren beinahe gleich groß. »Wie heißen Sie?« fragte ich.

»Sie können mich Denissowa nennen.«

Wut stieg in mir auf. »Ich werde Sie Sonja nennen«, sagte ich. »Sie müssen Sonja kennen. Sie waren es, die Madame Raissa im Parkcafé die Notiz gegeben hat. Also kennen Sie auch Sonja.«

Ihr Gesicht war angespannt. »Ich kenne das Sonja- und Wassilij-Cartoon.«

»Das reicht auch. Dann also Sonja. Gut, Sonja«, sagte ich. »Was ist aus dem Flug in den Westen geworden, den Julia und Sie organisieren wollten, als wir uns in Murmansk zum letztenmal gesehen haben?«

»Das geht Sie nichts an …«

»Sonja … Sie sollten sich daran erinnern, daß ich das Geld beschafft habe.« Meine Wut wurde von meiner verzweifelten Sorge um Julia immer weiter angeheizt.

»Ich heiße Denissowa«, sagte die Frau.

»Für mich sind Sie Sonja«, wiederholte ich. Ich schob meinen Kopf vor und atmete ihr gebratenen Knoblauch ins Gesicht. »Hatten Sie je die Absicht, in den Westen zu gehen, Sonja? War das Geld, das ich geliefert habe, je dafür gedacht, Ihre Reise nach draußen zu bezahlen?«

Die Wache, das Landmädchen, war aufgestanden. Die Mündung der Kalaschnikow berührte mich im Rücken.

»Paß auf, daß er hierbleibt, bis die Ärztin sagt, daß er hinein kann«, sagte die große Frau. Sie hatte eine Hand auf der Türklinke.

Das Landmädchen war verwirrt. »Ist er einer von uns?«

»Nein.«

Das Mädchen nickte, jetzt etwas glücklicher mit ihrer Rolle. »Setz dich da drüben hin, Genosse«, sagte sie. »Und glaub ja nicht, daß du Ärger machen kannst.« Ich sah die geschickte Bewegung, mit der sie die Waffe entsicherte, und setzte mich.

Vornübergebeugt saß ich vielleicht zwei Stunden auf der schmalen Bank. In diesem Gebäude waren einmal die Büros eines Schlachthauses untergebracht gewesen, und ich las auf den abblätternden Plakaten jedes Wort, mit dem beschrieben wurde, wie man ein Schaf oder einen Ochsen schlachtet. Normalerweise sehe ich mir solche Dinge nicht an, aber in dieser Nacht, an diesem fremden Ort, wo die langsam dahinschleichenden Minuten von Julias lauten Schmerzensschreien unterbrochen wurden, die durch die Tür schnitten, zwang ich mich zum Lesen. Alles. Zusätzliche Renten bei Unfällen am Arbeitsplatz? Medizinische Ratschläge der öffentlichen Krankenversicherung aus den Tagen von Jelzins Präsidentschaft? Ich las jeden der verdreckten, unverständlichen Abschnitte, bis die Schreie aus dem Raum gegenüber schließlich zu verstummen schienen.

Später, nachdem ich jedes Zeitgefühl verloren hatte, ging endlich die Tür auf, und die Denissowa stand im Rahmen.

Ich sah zu dem Mädchen mit der Waffe hin und stand auf. Ich mußte nicht fragen, wie es Julia ging. Das Gesicht der Denissowa war so entspannt, daß sie beinahe lächelte. »Gehen Sie ein, zwei Minuten hinein«, sagte sie.

Ich sah an ihr vorbei ins Zimmer: das Bett, die Aktenschränke, die Zeitungen vor den Fenstern. Kein Zeichen von Natalja.

»Natalja Karlowa ist im Zimmer nebenan«, sagte die große Frau und hielt die Tür weit auf. »Gehen Sie hinein«, sagte sie. »Julia möchte mit Ihnen sprechen.«

Ich ging an ihr vorbei und hörte, wie sich die Tür hinter mir schloß. Julia saß da, leicht gestützt von einem riesigen weißen Kissen. Man hatte einen provisorischen Galgen errichtet, und ein Tropf lief zu ihrem Handgelenk. Ihr Gesicht war immer noch gelb und wächsern, aber ihre Augen waren offen, und auf ihren Lippen lag mehr als nur der Geist eines Lächelns.

Ich ging zum Bett hinüber und setzte mich daneben auf einen Stuhl. Die Laken waren nicht gebügelt, aber sauber und ordentlich. Beim Anblick des blutbefleckten Bettzeugs, das zusammengeknüllt in einer Ecke des Zimmers lag, drehte sich mir der Magen um.

»Du konntest noch nie Blut sehen.«

»Nein.« Ich verschränkte meine Finger ineinander. »Erzähl mir, was passiert ist.«

Sie schüttelte langsam den Kopf. »Du darfst nicht fragen, Konstantin. Versprich mir, daß du nicht fragst.« Zwei Schweißperlen rannen ihr über die Augenbrauen und die Schläfen hinunter. Ich nahm ein feuchtes Tuch von dem Tisch neben mir und wischte sie sorgfältig ab.

»Erzähl es mir, Julia. Erzähl mir, was passiert ist. Warum bist du zurückgekommen, wenn nicht wegen der Amnestie?«

Sie sah mich einen Moment ohne die geringste Bewegung um Mund oder Augen an. Niemand, den ich je gesehen habe, hat diese außergewöhnliche, marmorne Schönheit. Keine Renaissancemadonna hat so perfekte Züge. »Man ist im Begriff, uns zu verschaukeln«, sagte sie.

»Das verstehe ich nicht.«

Sie atmete schwer. »Dein Koba versucht, mit dem Westen Verträge zu schließen. Viele tausend von unseren Kameraden sind dorthin geflüchtet. Koba will, daß alle Anarchisten, die dort um Asyl bitten, zurückgeschickt werden.«

»Was ist daran schlecht?« fragte ich. »Das Gesetz zur Versöhnung und für eine Amnestie hat die Duma passiert.«

Ihre Stimme war schwach, aber auch entschlossen. »Wir werden nie einem Nationalisten glauben, der eine Amnestie anbietet.«

Ich schwitzte ebenfalls. »Ich will nicht über Politik reden, Julia«, sagte ich. Ich nahm ihre Hand. »Ich will über dich reden.« Sogar auf dem Handrücken glänzte ihre Haut vor Schweiß.

»Es stimmt, daß ich dich vermißt habe, Konstantin.«

Mein Herz schlug schneller.

»In New York, als ich im Central Park spazierengegangen bin, kam es mir falsch vor, daß du nicht dabei warst. Du hast immer so viel von Amerika geredet ...« Ihr Flüstern wurde unhörbar.

»Wir werden reden, Julia ... nicht jetzt ...« Obwohl ich nichts sehnlicher wollte, als so weiterzureden. »Nicht jetzt. Wenn du wieder bei Kräften bist.«

»Ich bin zu einem Konzert im Lincoln Center gegangen«, sagte sie schwach. »Ich habe dich vermißt, Kostja. Jimmy Gabriel hat ›But not for you‹ gespielt.«

Das zerriß mich fast. Neben Mischa war amerikanischer New Jazz eines der Elemente gewesen, wo sich unsere Leben getroffen hatten.

»Du kannst morgen oder übermorgen wiederkommen und mich besuchen«, sagte sie. »Natalja Karlowa wird dir Antibiotika geben. Komm übermorgen nach Einbruch der Dunkelheit.«

Hinter meinem Rücken ging jemand durch das Zimmer. Julia schloß die Augen. Sie lächelte zum Abschied. Ich drückte ihre Hand. Ohne die Augen zu öffnen, sagte sie kaum hörbar: »Danke, Kostja.«

Ich stand auf. Eine Hand packte mich am Arm und führte mich zur Tür. Erst als wir draußen standen, bemerkte ich, daß es Natalja war.

Ohne zu sprechen fuhren wir zurück über die 1905 Goda und nahmen den Boulevard zur Krimskij-Brücke. Es goß in Strömen.

»Ich würde heute nacht gerne bei ihr bleiben«, sagte ich.

»Dafür gibt es keinen Grund«, sagte sie und betätigte die Scheibenwischer. »Sie wird die nächsten vierundzwanzig Stunden schlafen.«

»Sie ist nicht in Gefahr, oder?«

Wir fuhren inzwischen schnell. Natalja sah mich an. »Bei dieser Art von Notchirurgie gibt es immer eine gewisse Gefahr. Eine Infektion ist erst nach etlichen Stunden zu erkennen.«

»Wie kann ich dir danken«, sagte ich, als wir am Gorki-Park vorbeifuhren. »Wie kann ich dir danken für das, was du getan hast?«

Ich *spürte* ihre schweigende Wut.

»Schau her«, sagte ich. »Ich weiß, was für ein mieser Wicht ich bin. Natalja, ich habe dir vermutlich mehr zugesetzt als je ein Mann zuvor in deinem Leben. Kannst du wenigstens akzeptieren, daß ich das Gefühl hatte, keine andere Wahl zu haben?«

»Ich kann akzeptieren, daß du dieses Gefühl hattest«, sagte sie ohne Betonung in der Stimme.

»Hast du mit ihr gesprochen?«

»Sie hat ein wenig vor sich hin geredet unter dem Valium. Ein paar Worte über euren Sohn, über Mischa.«

»Sie hat über Mischa gesprochen?« Ich schwieg einen Augenblick. »Vermutlich tut eine Mutter das in einem solchen Moment«, sagte ich langsam.

Ich sah in Nataljas starres Gesicht. Zwei Falten zogen sich von ihren Wangenknochen bis zu den Mundwinkeln. Sie sah aus, als würde sie nie wieder lächeln. »Hat sie über den Unfall gesprochen?« fragte ich sie.

Sie schnaubte wütend. »Unfall!«

»Ja. Ich habe nicht herausgefunden, wie es passiert ist. Sie wollte nicht mit mir darüber reden.«

»Das wird dich doch wohl kaum überraschen.«

»Nein. Sie war zu schwach, um viel zu reden.«

»Das habe ich nicht gemeint.« Ihre Stimme hatte eine gefährliche Schärfe.

Wir ließen den Gorki-Park hinter uns. Der Regen war zu heftig für die altersschwachen Scheibenwischer und rann in Bächen über das Glas. Meine Augen brannten wie glühende Kohlen. Der Abend hatte mich ausgelaugt, und ich konnte dem, was sie sagte, kaum noch folgen. Mit Sicherheit nicht mehr verstehen, was sie meinte. Ich sah sie von der Seite an.

»Es waren vier von ihnen«, sagte sie. »Deine Julia und drei andere.«

»In den Unfall waren vier verwickelt?« Ich war wie vom Donner gerührt. »Ich hatte keine Ahnung, daß da noch andere waren.« Ich bog ab und fuhr in ihre Straße. »Ich habe dir doch gesagt, daß Julia mir keine Einzelheiten erzählt hat.«

»Ich habe ein paar Einzelheiten für dich«, sagte Natalja kalt. Sie griff in ihre Tasche. Plötzlich gab es innen an der Windschutzscheibe ein hartes Klappern. Winzige Metallstückchen hüpften überall um mich herum. »Sieh dir die an, dann hast du die Einzelheiten, gottverdammt noch mal!« schrie sie mir ins Gesicht.

In meinem Schock trat ich auf die Bremse. Wir rutschten gegen den Bordstein, ungefähr dreißig Meter vor ihrem Haus.

Ich hob ein paar der Metallteilchen auf, die in meinen Schoß gefallen waren. »Was ist das?« fragte ich sie. »Wo kommen die her?«

»Zum größten Teil aus der Nierengegend deiner geliebten Julia.«

»Du hast sie ihr aus dem Rücken geholt?«

»Und aus zwei anderen Kameradinnen im Nebenzimmer. Die dritte war tot. Ein Splitter war in ihren Schädel eingedrungen und saß im Gehirn.« Jedes Wort mit tödlicher Kälte gesprochen.

»Was ist das um Himmels willen?«

»Du hast in der Armee gedient. Erkennst du sie nicht? Die Teile einer Splittergranate?«

»Heilige Mutter Gottes!« sagte ich.

»Ah, der erste Schimmer des Verstehens erleuchtet sein Haupt! Splittergranate, Inspektor Vadim. Wie in dem Zeitungsartikel vom Montag: ›Die Granaten, die von Leonid Kobas Limousine abprallten, explodierten am Straßenrand und töteten fünf Zuschauer und verletzten einen oder mehrere der flüchtenden Terroristen.‹«

Sie stieg aus und knallte die Tür zu. Sie steckte den Kopf durchs offene Fenster und sagte: »Vielleicht interessiert es dich, daß es sich bei dreien der Zuschauer um Kinder handelte, die man in die erste Reihe gestellt hatte, damit sie ihrem Präsidenten zuwinkten.«

Mit einem verächtlichen Knurren wandte sie sich ab. Sie rannte zum Eingang und verschwand im Haus. Ich war halb aus dem Auto gestiegen. Regenböen fegten über den leeren Gehweg. Ich hörte, wie ihre Tür zuschlug. Ich ließ mich schwer wieder in meinen Sitz fallen.

21

Den Rest der Nacht verbrachte ich in Terror. Ihr glaubt vielleicht, ich übertreibe, aber ich verspreche euch, Brüder, was ich fühlte, war Terror. Zuerst die akute und noch immer fortdauernde Angst um Julias Leben. Dann der Schock über das, was sie getan hatte. Und Furcht, daß ich jetzt in einen Attentatsversuch gegen meinen Führer verwickelt war. Alle diese Dinge summierten sich zu einem Gefühl des Terrors.

Meine Nacht, beziehungsweise die paar Stunden, die noch davon übrig waren, vergingen in einer Art angespanntem Halbschlaf, aus dem ich häufig erwachte und meinen Hals nach der Tür verrenkte in Erwartung schrecklicher Nachrichten.

Ich war deshalb wach oder beinahe wach, als der Anruf von K kam.

K ist die Kennung für das Büro, das mein anderes Leben verantwortet. Wenn ich damit zu tun hatte, hatte ich keine genaue Vorstellung, wo es lag, wenn ich mir auch gerne einen großen, zweigeteilten Raum vorstellte, hoch in einem der Kremltürme gelegen, mit eichenen Anrichten und türkischen Teppichen und einem Porträt von Peter dem Großen über dem Schreibtisch.

Die Logik würde natürlich darauf bestehen, daß es sich um einen tristen, grün und cremefarben gestrichenen Raum im Lubjanka-Gefängnis handelte, dem Hauptquartier der Tscheka, und Leonid Kobas persönlicher ministerieller Verantwortung unterstellt. Das wäre die wahrscheinlichere Örtlichkeit für ein Büro, das mit niedrigen Doubles wie mir zu tun hatte, doch ich verband meine Arbeit nicht gerne mit der Lubjanka. Die Wahrheit, Brüder, ist, daß der Gedanke, direkt für den tausend Jahre alten Kreml zu arbeiten, meine Stimmung mächtig hob.

Durch fast alle Jahrhunderte hindurch wurden die meisten Russen auf Distanz gehalten zu dem, was wirklich in ihrem Land passierte. Sogar im zwanzigsten Jahrhundert, als sich Neuigkeiten mit rapider Geschwindigkeit über die ganze Welt verbreiteten, war es dem einfachen Russen nicht erlaubt, einfache Wahrheiten über unsere nationale Existenz zu erfahren. Doch mir hat die Aufgabe als Double für einen der Führer unseres Landes ein stärkeres Gefühl der Beteiligung gegeben, als ich es mir je hätte vorstellen können.

Am frühen Morgen nach Nataljas Besuch bei Julia erkannte ich die tonlose Stimme eines meiner Aufpasser, auch wenn sich die Stimme am anderen Ende der Leitung nie über die Kennzeichnung des Büros hinaus identifizierte. Ich wurde wieder zu meinen Pflichten gerufen. Ich nahm an, daß man dem Distriktkommandanten Brusilow eine kleine Mitteilung machte. Ich dachte nie wirklich darüber nach.

Dronskij war bereits an seinem Schreibtisch, als ich ihn anrief. »Ich muß mich heute um wichtige Dinge kümmern, Dronskij.« Ich stand noch nackt da von der Dusche und trocknete mich ab, während ich sprach. »Ich komme nicht ins Büro.«

»Verstehe, Chef«, sagte Dronkij.

»Erzählen Sie mir kurz, was passiert ist. Haben Sie das Straßenmädchen Valentina gestern nacht zu den Bahnhöfen begleitet?«

»Wir waren unterwegs, aber bisher hatten wir noch kein Glück, Chef. Kein Schimmer von ihrer Freundin Maria.«

»Ist Valentina bereit, es wieder zu versuchen?«

»Ich weiß es nicht genau, Chef. Nach ein paar Stunden hat sie mich stehenlassen. Sie hat sich die ganze Nacht darüber beschwert, daß wir sie um ein Vermögen bringen, weil sie keine Geschäfte machen kann. Irgendwo im Finnischen Bahnhof ist sie dann verschwunden. Das passiert leicht, Inspektor.«

»Schon gut, Dronskij, ich mache Ihnen keine Vorwürfe. Aber haben Sie sie wieder aufgegabelt?«

»Ich bin in die Ochsenfroschgasse zurückgefahren und habe herumgefragt, aber sie war nirgends zu sehen. Ich habe es nach einer Stunde aufgegeben und bin zu ihrem Zimmer gefahren, auf der anderen Seite des Zoos. Aber da war sie auch nicht. Falls sie irgendwo anders übernachtet hat, wird sie jetzt wohl noch nicht zu Hause sein. Ich fahre heute nachmittag wieder hin und sehe nach, Chef.«

»Sie zu finden hat Priorität, Dronskij. Valentina und mit ihrer Hilfe ihre Freundin Maria. Sie ist unsere einzige Zeugin. Die einzige lebende Seele, die das Monstrum gesehen hat. Ich sehe Sie dann im Büro.«

Als ich den Hörer auflegte, fiel mir auf, daß Dronskij mit keinem Wort nachgefragt hatte, wie lange ich weg sein würde.

Eine Stunde später holte mich ein Wagen an der Ecke der Semjon-Gasse ab, und ein völlig unkommunikativer Fahrer brachte mich zu einer großen Datscha ungefähr ein Dutzend Kilometer westlich von Moskau. Man erreichte sie über eine Straße, vielleicht sollte ich sagen, über eine Auffahrt, die drei Kilometer pfeilgerade durch einen Kiefernwald führte. Vor uns lagen innerhalb eines Metallzauns und hinter stählernen Sicherheitstoren ein weitläufiger Hof und die Datscha selbst, ein riesiges, ockerfarben gestrichenes Holzgebäude. Die Fenster in den schindelbedeckten Wänden waren rostrot gestrichen, und die säulengestützte Veranda überdachte massive hellgrüne Türen. Es war deutlich zu sehen, daß es sich um einen Besitz handelte, der einmal wohlerhalten und wohlbewacht gewesen war, jetzt aber etwas Desolates ausstrahlte. Kein Rauch stieg aus den Backsteinkaminen, der hölzerne Steg, der auf den See hinausführte, hing sehr schief, und auf den Kieswegen sprossen Gras und sogar kleine Büsche.

Im Innern glich die Datscha einem Labyrinth aus Dutzenden von Räumen auf mehreren Stockwerken, die man über Treppen aus Dielenbrettern ohne Teppiche erreichte. Die wenigen Möbelstücke in den zugänglichen Bereichen waren mit grauen Hussen zugedeckt. Mäuse oder sogar Ratten huschten hinter den Wandverkleidungen hin und her.

In der Diele nahmen mich zwei Männer in Empfang, bei denen ich in keinem den vertrauten, wenn auch unsichtbaren Aufpasser erkannte, der mich am Morgen angerufen hatte. Der eine war klein und gedrungen, mit gekräuseltem grauem Haar und georgischem Akzent, der andere groß und professoral, und sie stellten sich, ohne Namen zu nennen, als Professoren vom Moskauer Theater vor. Doch aus ihrer Ausstrahlung sorgloser Autorität schloß ich, daß sie ihr Leben nicht damit verbracht hatten, Tschechow zu inszenieren.

Es fehlten beinahe all die Floskeln, die den menschlichen Umgang so erleichtern. Ich wurde weder über meine Reise befragt, noch wurde mir Kaffee angeboten. Ich wurde sofort in die anstehende Arbeit gestürzt. Ein Zimmermädchen führte mich in ein Schlafzimmer, das von einem elektrischen Heizgerät erwärmt wurde. Ich hatte kurz Zeit, aus dem Fenster zu schauen, und sah eine lange, kiesbestreute Auffahrt, die den Blick auf eine aus der Sowjetzeit stammende Bronzeskulptur einer Familie lenkte. Dahinter erhoben sich graue Hügel. Meine Gedanken waren bei Julia, die in dem kahlen Raum um ihre Genesung kämpfte. Ich konnte nicht bei ihr sein, aber ich war tief getröstet bei dem Gedanken, daß sie sich in Nataljas Obhut befand. Was immer sie auch von Julias Politik halten mochte, ich hatte trotzdem das Gefühl, daß sie in erster Linie Ärztin war. Ich wußte, daß sie nicht versagen würde.

Die Make-up-Palette, mit der ich auf Reisen vertraut geworden war, lag auf der Ankleidekommode vor dem Fenster. Ich folgte den Anweisungen der Professoren und trug den Klebstoff auf, der den Schnauzbart halten würde, schattierte die Haut unter den Augen, um ihr jenen undefinierbaren südlichen Schimmer zu verleihen, bürstete mein Haar neu und legte die Backenpolster ein. Als ich mit mir zufrieden war, zog ich meine Lederjacke und die Jeans aus und schlüpfte in einen der Maßanzüge, die ich während meiner Besuche als Koba den ganzen Frühherbst über getragen hatte.

Als ich fertig war, betätigte ich eine Klingel, und die Professoren kamen und holten mich ab. Sie führten mich die Treppe hinunter und über einen breiten Flur, wo in den Kerzenleuchtern noch abgebrannte Kerzenstummel steckten. Während ich zwischen ihnen ging, war ich ganz aufgeregt. Beim Verlassen des Schlafzimmers hatte ich das leichte Hinken angenommen. Mir wurde klar, daß es mich sehr befriedigte, wieder Koba zu sein. Ich war für jede Rolle bereit, die man von mir erwartete.

Ich wurde in einen Raum geführt, der einmal eine schöne, verglaste Veranda mit Blick über den See gewesen war. Das Mobiliar bestand hier aus alten Rattanstühlen und -tischen, und auf dem einfachen fliesenbelegten Boden lagen ein paar Teppiche aus dem Süden. Es erinnerte mich an das Bühnenbild einer Aufführung von *Ein Monat auf dem Lande,* die ich als Student in einer Zarenvilla außerhalb Murmansks gesehen hatte. Dann redete der große Professor. »Sie werden sich fragen, warum Sie hier sind. Der Grund ist, daß man Ihre Vorstellung in bestimmten Bereichen als ungenügend beurteilt hat, Inspektor Vadim.«

Das war ein körperlicher Schlag. Ich war überrascht, was für ein tiefes Gefühl der Enttäuschung das war. Ich hatte mich in Kobas Haut *so wohl* gefühlt. Würde man mich entlassen? Konnte ich nicht noch um eine Chance bitten? »Aber das verstehe ich nicht«, sagte ich. »Meine Aufpasser sagten am Ende der Reise, wie gut ich meine Sache gemacht hätte …«

Das Gesicht des großen Mannes war unbewegt. Der Georgier lächelte unangenehm und rieb sich das Haar wie ein Affe. »Außerdem hatte ich so wenig Zeit, es richtig zu machen«, fügte ich verzweifelt hinzu. Es war eine bemitleidenswerte Verteidigung. Aber tiefempfunden.

Der große Professor machte eine wegwerfende Handbewegung. »Amateure. Ihre Aufpasser waren für einen Kommentar nicht qualifiziert. Mein Kollege und ich sind ausgebildet, uns Ihre Vorstellung sehr viel genauer anzusehen.«

»Das Auge einer Fernsehkamera verzeiht nichts, Inspektor«, sagte der kleinere Mann. »Wenn Sie auf dem Bildschirm erscheinen wollen, gibt es einiges zu tun.«

Die Erleichterung war auf geheimnisvolle Weise ebenso intensiv wie ein paar Augenblicke zuvor die Enttäuschung. Ich würde nicht entlassen werden.

Die Lektionen begannen mit Kaffee und Croissants. Drei Bildschirme wurden herbeigerollt, und wir sahen uns wieder und wieder an, wie Leonid Koba Kaffee trank. Man sagte mir, daß der Vizepräsident jeden Tag Kaffee und französische Croissants zu sich nahm. Er hatte die Angewohnheit, das Croissant mit der linken Hand zu brechen und zu zerkrümeln, während er wem auch immer zuhörte. Das Croissant wurde zerkrümelt, ob er entspannt war oder hochkonzentriert (das wurde anhand von zwanzig oder dreißig Videoclips veranschaulicht, die Leonid Koba beim Treffen im kleinen Kreis von zwei oder drei Leuten oder bei Konferenzen mit einem halben hundert zeigten). Häufig blieb bis zur Hälfte davon übrig. Besonders, wenn die Zipfel zu kroß waren.

»Wir fangen also an«, sagte der kleinere der beiden und stellte einen Teller mit einem Croissant auf den niedrigen Tisch zu meiner Linken.

»Sie wollen, daß ich es zerkrümle?« fragte ich zweifelnd.

»Was sonst?« Die Stimme des Professors wurde lauter.

Zwanzig Croissants fielen meinen fummelnden Fingern zum Opfer, ehe die Professoren zufrieden waren. Unter anderen Umständen hätte ich mich bei dem, was ich da machte, vielleicht lächerlich gefühlt oder es sogar ausgesprochen. Doch der Schmerz der Kritik, der Stich der Enttäuschung war noch sehr lebendig. Ich paßte also die Bewegungen meiner müden Finger den Anweisungen der Professoren an und fuhr fort, Croissants zu zerkrümeln.

Gehübungen nahmen fast den ganzen Rest des Vormittags ein. Im Film hatten die Professoren Fehler in meinem gespielten Hinken festgestellt. Man riet mir zu einer leicht verkürzten, weniger übertriebenen Bewegung des linken Fußes. Das Hinken war schließlich leicht, und der Vizepräsident bemühte sich, es möglichst gering erscheinen zu lassen. Der Unterschied war also gering. Aber lebenswichtig. Die beiden Professoren kauerten sich nieder und beobachteten mich. Der eine hielt eine japanische Videokamera, der andere machte Notizen, während ich wieder und wieder die Terrasse abschritt.

Minutiöse Berichtigungen wurden vorgenommen: ein um eine Winzigkeit längerer Schritt, ein Aufsetzen des Fußes nach außen, alles wieder und wieder überprüft auf den Bildschirmen, die in Abständen aufgestellt waren, um jeden Fehler festzuhalten. Die beiden Männer arbeiteten beinahe drei Stunden mit einer Hingabe, die mich benommen machte. Fünf Schritte von der Tür bis zu einem Tisch wurden aufgenommen, nochmals und dann noch einmal. Die Professoren stritten miteinander und schrien sich an. Filme von mir selbst und von Leonid Koba sausten mit einer Geschwindigkeit über die flackernden Bildschirme, daß ich mich verwirrt fragte, wen ich denn da nun eigentlich gerade sah, Koba oder mich selbst, und ob ich in diesen Clips nun Schauspieler war oder tatsächlich Akteur.

Das Mittagessen wurde mir allein serviert von der Hausangestellten, einer Frau mittleren Alters, die ebenso unkommunikativ war wie der Chauffeur. Suppe und Fisch, Käse und ein Krug Wasser. Ich fragte mich, was wohl die Professoren in einem anderen Teil dieses merkwürdigen Hauses bekamen. Während ich meine Suppe trank, hörte ich irgendwo jenseits der Diele ihre Stimmen im Streit immer lauter werden.

Ich starb fast vor Sehnsucht nach einem kräftigen Schluck Wodka. Darüber hinaus verschwamm alles in meinem Kopf, und die Anweisungen der Professoren dröhnten in angespannten, nervösen Tönen durch meine Gedanken und verdrängten alles andere. Sogar die Gedanken an Julia, an ihr Leid und ihre Genesung wurden von den ratternden Stimmen der Professoren beiseite gefegt.

Als die beiden Männer eine halbe Stunde später wieder die Veranda betraten, zuckte ich zusammen.

Die Sprache sollte das Thema der nächsten Sitzung sein. Nicht direkt, sondern nebenbei erfuhr ich, daß ich darauf vorbereitet werden sollte, in der seltsamen Welt der äußeren Erscheinungen eine Stufe höher zu steigen, und daß man in den nächsten Wochen von mir verlangen würde, ein paar Höflichkeitsfloskeln aufzusagen – und daß diese Floskeln durchaus für lokale Nachrichtensender gefilmt werden konnten, wenn auch nicht aus nächster Nähe.

Wir arbeiteten, und auch diesmal wiederholten die Kamera und die Bildschirme Begrüßungen und Verabschiedungen, Verabschiedungen und Begrüßungen, während die Professoren schreiend nach langsamerem Sprechen, höherer Tonlage, tieferer Tonlage, mehr oder weniger Betonung auf den letzten Silben verlangten. Sie arbeiteten jetzt in Schichten, es war immer nur einer von ihnen im Raum (ich vermutete, daß der andere sich ausruhte). Gegen halb neun an diesem Abend, als mit hereinbrechender Dunkelheit über dem See leichter Schnee zu fallen begann, hatte ich Mühe, mich zu konzentrieren und die Worte oder Sätze zu hören, die ich sprach. Ich fand es inzwischen unmöglich zu unterscheiden, wer gerade auf dem Bildschirm erschien, Koba oder ich selbst.

Kurz nach neun ging der große Professor und wurde auch nach einigen Minuten nicht von seinem Kollegen ersetzt. Ich saß zusammengesunken auf einem der Rattansessel. Mein linkes Auge zuckte, und durch mein Gehirn schossen Abschieds- und Begrüßungsworte. In der Diele hörte ich eine Tür zuknallen. Einen Augenblick später hörte ich, wie ein Motor ansprang und ein Auto davonfuhr. Unvorstellbar müde stand ich auf und ging zu den Bildschirmen hinüber. Ich schaltete einen nach dem anderen aus.

Ich saß allein in der Stille der langen Veranda und fühlte, wie meine Gesichtsmuskeln einem Schluchzen entgegenzitterten. Ich kämpfte es nieder und ließ meiner Wut freien Lauf. Man hatte mich gefoltert. Diese beiden Fanatiker hatten es auf meinen Zusammenbruch abgesehen. Wollten mich brechen wie einen Rekruten in der Armee, der nach einer Gehirnwäsche auf Befehl sofort reagiert. Als ich draußen im Flur Schritte hörte, die Tür geöffnet wurde und die Frau mit einem Tablett hereinkam, explodierte die Wut in meiner Brust.

»Wo sind die Professoren? Sind sie gegangen?«

Sie neigte den Kopf.

»Werden sie zurückkommen?« Ich schaute auf das Tablett, sah dort eine Flasche Wodka und ein Glas und war teilweise besänftigt.

»Morgen früh um halb acht kommen sie wieder zurück«, sagte die Frau.

»Ich brauche ein Auto«, sagte ich. Mit einem Auto konnte ich in einer Stunde in Moskau sein. Und kaum später an Julias Bett.

»Es gibt kein Auto«, sagte sie. »Und wenn es eines gäbe, kämen Sie niemals an den Wachen vorbei. Sie patrouillieren nachts durch den Wald. Es ist nicht einmal sicher, sich unter die Haustür zu stellen.«

»In diesem Fall«, ich hielt inne und machte eine Geste mit einer Hand, die ich kaum unter Kontrolle hatte, »holen Sie noch ein Glas.«

»Wie bitte?«

»Holen Sie sich ein Glas. Ich hasse es, allein zu trinken.«

Während der nächsten drei Tage waren meine nächtlichen Trinkgelage mit Olga Karmanowa das einzige, was mich daran hinderte, wahnsinnig zu werden. Jedes dieser Gelage endete mit einem Besuch in ihrem Zimmer, wo sie darauf bestand, daß ich meinen Schnauzbart und den teuren Anzug anbehielt, während ich sie bestieg und ihr mit dem Akzent des Mannes, den sie verehrte, grobe Liebkosungen zuflüsterte.

Am frühen Abend des dritten Tages änderte sich die Routine.

Wieder ließen mich die beiden Professoren ohne Erklärung allein. Ein, zwei Minuten später erschien Olga Karmanowa mit einer Unbekannten, einer jungen Frau in einem düster geblümten Kleid. Ich wurde in mein Zimmer gebracht, wo Olga mich mit der Fremden allein ließ.

Als wäre ich nicht im Zimmer, fing die junge Frau an, meinen Schminktisch zu untersuchen. Von Zeit zu Zeit versuchte ich, ihr die Frage zu stellen, was das zu bedeuten habe, aber sie ignorierte mich kühl und fuhr fort, an Fläschchen zu schnuppern, mit einem angefeuchteten Finger in das Augen-Make-up zu tupfen oder auf ihrer Handfläche zu prüfen, wie weich die Bürsten waren.

Ein paar Minuten saß ich auf dem Bett und beobachtete sie, und als sie mir mit einer Handbewegung bedeutete, mich vor dem Schminktisch auf den Stuhl zu setzen, blieb ich, wo ich war.

Sie stand mitten im Zimmer, die kurzen, kräftigen Beine fest aufgepflanzt, und sah mich mit einem Blick an, der zwischen Mißbilligung und Angst hin und her schwankte.

»Ist Ihnen bewußt«, sagte ich, dieser einzelnen Frau gegenüber weit mutiger, als ich es gegenüber den beiden Professoren je gewesen war, »daß Sie kein einziges Wort mit mir gesprochen haben? Lautet so Ihr Befehl, keinen menschlichen Kontakt zuzulassen? Ist es das, was die Professoren verlangen – oder die Tscheka oder wer auch immer für diese Operation hier zuständig ist –, daß Sie keinen einzigen menschlichen Laut von sich geben, aus lauter Angst, zwischen uns auch nur den leisesten Kontakt herzustellen?«

Ich hörte auf. Mit dem Zeigefinger deutete das arme Ding in seinen offenen Mund.

Ich wurde von Reue übermannt. Ich sprang auf die Füße und nahm ihre Hand. »Können Sie mich verstehen?« fragte ich demütig. »Können Sie nur nicht sprechen?«

Wir standen mitten im Zimmer einen halben Meter voneinander entfernt und starrten uns an. Dann machte sie einen Schritt zurück und deutete wieder auf den Stuhl. Dieses Mal neigte ich den Kopf, verbeugte mich beinahe, und setzte mich.

Als sie schließlich mit meiner Position zufrieden war, so daß die Lampen, die an beiden Seiten des Spiegels angebracht waren, jede Falte und jedes Grübchen in meinen Zügen ausleuchteten, begann sie, mit außerordentlicher Geschicklichkeit zu arbeiten.

Ich wurde zurechtgemacht wie noch nie zuvor. Mein Koba-Schnauzer wurde auf mehreren Unterlagen aus Klebstoff befestigt, mein Haar grau getönt und ausgebürstet, grau getönt und wieder ausgebürstet, bis genau jene Schattierung erreicht war, die die Frau klar in ihrem Gedächnis verankert hatte.

Als ich den neuen dunkelblauen Nadelstreifenanzug angezogen hatte, den sie mitgebracht hatte, stand ich vor dem langen Spiegel, völlig verwandelt. Als ich hinter ihr die Treppe hinunterging, während die Professoren in der Diele warteten, schritt ich völlig natürlich in Leonid Kobas Gang dahin.

Zu meinem Erstaunen traten die Professoren, die mich die letzten zweiundsiebzig Stunden geschunden hatten, respektvoll zurück.

Der kleinere öffnete mir sogar die Tür.

Jeder Platz im Stadion war besetzt. Schulkinder, Fabrikarbeiter und Bauern saßen in dichten Reihen auf den Betonsitzen. Unter dem verglasten Kasten, in dem ich mit den beiden Verbrechern stand, die mir als Aufpasser vertraut waren, hatte man die harten Sitze für die hochverehrten Gäste mit meterweise rotem Stoff abgedeckt.

Aus einer Ecke des Raums gab die junge Frau, die mein Make-up verantwortet hatte, dem Kameramann, der jede meiner Bewegungen aufzeichnete, nun fließend Anweisungen. Ich hatte keine Zeit, über ihre Weigerung zu sprechen nachzudenken. Dies war Rußland – warum eine rationale Erklärung suchen? Als die Kapelle unter uns die »Rodina« anstimmte, trat ich durch einen dicken Vorhang und ging eine hölzerne Treppe hinunter auf die Bühne, wo die Auszeichnungen überreicht werden sollten.

Die Feierlichkeiten dauerten beinahe zwei Stunden, wobei ich nur eine minimale Rolle zu spielen hatte. Unter gleißenden Lichtern verlasen die Bürgermeister eines Dutzend verschiedener Moskauer Distrikte lange Aufzählungen bürgerlicher Tugenden.

Danach intonierte die Kapelle den »Moskauer Marsch«, und die Scheinwerfer richteten sich auf eine einsame Gestalt, die die breiten Betonstufen zur Bühne hinaufschritt. Wenn er oder sie vor mich hintrat, stand ich von meinem Stuhl auf, und einer der Aufpasser drückte mir eine kleine Bronzemedaille zwischen Daumen und Zeigefinger der linken Hand.

Ich trat dann nach vorne, schüttelte der zu ehrenden Person die rechte Hand, heftete ihr den Orden ans Revers und erhielt im Gegenzug einen Gruß oder eine Verbeugung oder einen kleinen Knicks.

Auf diese Weise ehrte ich einen Metzger, der auf einem Abstellgleis zwanzig Schafe versteckt hatte, um für die nationalistischen Soldaten ein Shish-Kebab-Fest auszurichten, nachdem sie sich den Kropotkin-Prospekt hochgekämpft hatten, der inzwischen in Lermontow-Prospekt umbenannt worden war.

Ich ehrte mehrere Frauen, deren Männer oder Söhne von den Anarchisten als nationalistische Spione gehängt worden waren, und ich ehrte einen gewissen Vater Alexander.

Der gute Priester hatte, wie der Rede zu entnehmen war, im Untergrund eine Gemeinschaft gegründet, die in Moskau in einem Netzwerk aus alten Atombunkern lebte, und hatte vorrückende nationalistische Einheiten durch die Tunnels geführt und so den Überraschungsangriff ermöglicht, mit dem der Kreml schließlich von innen heraus eingenommen worden war.

Dieses Mal war es keine Bronzemedaille, die mir in die Hand gedrückt wurde, als die bärtige Gestalt über die Betonstufen auf mich zukam, sondern ein silbernes Kreuz.

Vater Alexander war jung. Das soll heißen, er war nicht älter als ich. Er trug einen Vollbart, der die Oberlippe frei ließ, eine, wie ich finde, sehr russische, solschenizynsche Art, einen Bart zu tragen. Seine Schultern hatten eine Breite von einem Meter, und seine kleinen, runden Augen waren auf mich fixiert, als er die Treppe heraufstieg. *Va-ter Sa-scha, Va-ter Sa-scha* sangen Dutzende von jungen Leuten jenseits der gleißenden Scheinwerfer, die auf der hohen goldenen Schapka des Priesters und seinem mit Gold eingefaßten Gewand glänzten.

Zu meiner Überraschung fiel der Priester einige Meter vor mir auf die Knie und bewegte sich, ein Knie vor das andere schiebend, unbeholfen auf mich zu.

In diesem Moment verließ mich meine Persönlichkeit als Leonid Koba. Das war nicht *richtig*. So viel Selbsterniedrigung war nicht richtig. Doch um mich herum explodierte das Stadion. Der Aufruhr glich einer körperlichen Wand aus Geräuschen, war von einer unvorstellbaren Sinnlichkeit und ungeheuer aufregend. Falls es Konstantin Vadim gewesen war, der nach vorne trat und die Hand des Mannes nahm, war es Leonid Koba, der ihm mit großer Geste auf die Füße half. Ich kämpfte mit den Tränen, die mir in die Augen traten. Ich hielt das silberne Kreuz über meinen Kopf. »Rußland braucht Sie«, brüllte ich. »Sie und Männer wie Sie.«

»Unser Rußland wird wieder auferstehen«, schrie er. »Unser Rußland steht von den Toten auf.«

Wieder dieser erhebende, lärmende Ausbruch.

Ich legte das Band mit dem Moskauer Orden Erster Klasse um seinen Hals. Als er seinen Stab hob, um mich zu segnen, stimmte die Menge spontan die »Rodina« an, und die Kapelle beeilte sich, nach den ersten Noten einzufallen.

Es war kurz vor Mitternacht, als mich der schweigsame Chauffeur in der Vorstadt Fili aussteigen ließ. Ich hastete durch das Schneetreiben in meine Straße, bog um die erste Ecke, rannte bis zum Ende und duckte mich in einen Hauseingang. Ich stand einige Minuten da und fühlte, wie die Kälte mich umfing. Moskau schien absolut still. Ich hörte keine Straßenbahn anfahren, keine kraftlosen, trunkenen Streitereien, keine Lokomotiven, die in der Ferne fauchten. Eine solche Ruhe ist selten in einer Stadt. Wenn man genau hinhört, kann man sich vorstellen, den Schnee durch die Luft fallen zu hören. Als ich sicher war, daß mir niemand folgte, ging ich in die Garage und stieg in mein Auto.

Von den Gedanken verfolgt, daß ich von jemandem aus Roys Büro bespitzelt wurde und daß ich sie möglicherweise zu Julia führte, hielt ich mich von den großen Boulevards fern und suchte mir statt dessen einen Weg zwischen den schweigenden Wohnblocks. Ich hielt immer wieder drei oder vier Minuten lang an, machte die Scheinwerfer aus, stellte den Motor ab und ging zurück zur letzten Ecke, um nachzusehen, ob irgendwo im Dunkeln ein unbeleuchtetes dunkles Auto wartete, dessen Scheibenwischer sich langsam hin und her schoben, um den immer dichter werdenden Schnee von der Windschutzscheibe zu entfernen, und im Innern, gerade sichtbar, eine glühende Zigarettenspitze. Aber nie war jemand da.

Schließlich, nach mehr als einer Stunde, fuhr ich vor dem alten Fabrikgebäude vor.

Auf den Gesichtern der Frauen sah ich eine bedrohliche Mischung aus Angst und Wut. Den Lauf der Kalaschnikow in den Rücken gepreßt, stand ich in einer absurd steifen, aufrechten Haltung da und versuchte, jeden zufälligen Druck des Fingers auf den Abzug zu verhindern, der von einer für mich unsichtbaren wütenden Frau getätigt werden konnte. Erst als die Denissowa erschien, Julias Stellvertreterin, wurden einige der Frauen aus dem Zimmer geschickt und wurde die Kalaschnikow aus meinem Rücken genommen.

Aber auch das Gesicht der Denissowa war hart und weiß. »Wo sind Sie gewesen, Vadim?« fragte sie und hatte ihre Stimme kaum unter Kontrolle. »Ich will wissen, wo Sie gewesen sind.« Ich konnte sehen, daß sie kurz davor war, mir mit der Hand ins Gesicht zu schlagen.

Ich wurde von einer ganz anderen Sorge gepackt. »Was ist hier passiert?« sagte ich. »Warum hat man mich gesucht? Ist Julia etwas geschehen?«

In ihren Zügen zeigte sich jetzt neben der Wut eine gewisse Unsicherheit. »Wir haben versucht, mit der Ärztin Kontakt aufzunehmen.«

»Natalja Karlowa? Warum? Gab es einen Zwischenfall?«

Sie verzog den Mund. »Julia hatte am Morgen nach der Behandlung eine Krise.«

»Du lieber Himmel! Aber sie hat es überstanden? Hat sie sich erholt?«

»Aber nur knapp. Zuerst dachten wir, die Krise sei absichtlich herbeigeführt worden.«

»Von Natalja? Seid ihr alle verrückt geworden?«

Sie tat diesen Gedanken mit einer Geste ab. »Wir haben versucht, mit Ihnen Kontakt aufzunehmen. Sie waren unauffindbar. Ihre Ärztin kam am Abend, als die Krise ihren Höhepunkt erreicht hatte. Sie war die ganze Nacht bei Julia. Sie sagte uns, sie an einen sichereren Ort zu bringen, würde mit Gewißheit ihren Tod bedeuten.« Ihre Stimme wurde zu einem seltsamen Quietschen. »Und die ganze Zeit hatten wir keine Möglichkeit herauszufinden, ob Sie uns nicht im selben Moment an die Tscheka verrieten, verdammt noch mal.«

»Du elendes Miststück«, wütete ich und vergaß die Kalaschnikow. »Würde ich Julia im Traum je verraten?« Ich faßte mit einer Hand nach der Wand, um mich abzustützen. Das Blut pochte in meinen Schläfen. »Bringen Sie mich jetzt zu ihr«, sagte ich. »Auf der Stelle.«

»Nicht bevor Sie mir eine Antwort geben. Sie waren drei Tage lang verschwunden. Wo waren Sie?«

Ich vermied es, ihr in die kleinen Augen zu sehen. Hatten sie mich verfolgen lassen? Ich wußte, daß ich etwas sagen mußte. »Ich war bei der Tscheka, ja«, sagte ich. »Sie haben mich zum Verhör auf eine Datscha ungefähr dreißig Kilometer außerhalb der Stadt gebracht. Zwei Offiziere haben mich verhört, aber keine körperliche Gewalt angewendet.«

»Wissen sie, daß Julia hier in Moskau ist?«

»Sie vermuten es. Sie haben mir nicht gesagt, wie sie darauf kommen. Mein Eindruck war, daß sie nicht mehr als eine Vermutung haben. Zuletzt ist sie mit Sicherheit in Paris gesehen worden.«

»Das hat drei Tage gedauert?«

»Sie kennen die Verhöre der Tscheka. Immer wieder stundenlanges Warten. Sie müssen einem ihr Tun nicht erklären.«

Das Gesicht der Denissowa verlor seine panzerhafte Härte. »Und Sie haben ihnen nichts erzählt.«

»Benutzen Sie Ihren gesunden Menschenverstand«, herrschte ich sie an. »Wenn ich etwas erzählt hätte, wären sie schon vor zwei Tagen hier gewesen. Lassen Sie mich jetzt zu Julia. Wo ist sie?«

»Warten Sie hier.« Sie ließ mich mit der Wache zurück, und ihre Schritte verklangen auf dem Korridor. »Du hattest Glück«, sagte die Wache, ein Mädchen von ungefähr achtzehn Jahren. »Gestern wollte sie dich beim ersten Anblick erschießen.«

Ich benutzte vorsichtig meinen Zeigefinger und schob den Lauf der Kalaschnikow nach oben, bis er zur Decke zeigte. »Gestern ging sie auch davon aus, ich würde mit einer Einheit Tschekisten hier auftauchen.«

Ein paar Augenblicke später kam die Denissowa zurück. »Sie können Sie heute abend nicht sehen«, sagte sie lässig.

»Hat sie das gesagt? Hat Julia das gesagt?«

»Sie schläft.«

»Dann werde ich mich zu ihr setzen.«

Sie riß in höhnischer Überraschung die kleinen Augen auf.

»Verdammt noch mal«, schrie ich. »Sie war meine Frau. Sie war die Mutter meines Kindes.«

Die Denissowa zuckte die Achseln und verzog das Gesicht. »Sie ist sediert. Sie werden lange warten müssen.«

Sie führte mich den Korridor entlang und öffnete die Tür zu Julias Zimmer. »Achten Sie darauf, daß der Ofen nicht ausgeht«, war alles, was sie sagte.

Ich näherte mich dem Bett. Julia lag mir zugewandt auf der Seite, eine Hand auf dem Kopfkissen halb zur Faust geballt. Mir stockte bei ihrem Anblick fast der Atem, vielleicht weil ich an all die Male dachte, als ich aufgewacht war und sie so neben mir im Bett gelegen war. Das Durcheinander ihres Haares. Die leichte Wölbung ihrer Augenlider. Meine Vorstellung wanderte wieder zu dem Klischee von Bildhauerei und Marmor. Doch sie war viel mehr, als die Kunst eines Bildhauers je würde erschaffen können. Sie war eine lebende, atmende Frau, auf einzigartige Weise eingehüllt in meine Liebe.

Ich zog einen Stuhl heran und legte meine Hand neben ihre auf das Kopfkissen, wo ich ihren Atem bestätigend über meine Finger streichen fühlen konnte. So konnte ich mir einbilden, wir seien nie getrennt gewesen. Ich hatte fünf Jahre lang die harte, so ganz andere Wahrheit zu verstehen versucht. Ich dachte nun an die langen Stunden, nachdem Julia Murmansk verlassen hatte, versuchte mich zu erinnern und unsere Wortwechsel wiedererstehen zu lassen.

Wie ein verliebtes Schulmädchen hatte ich mühsam unsere letzten Auseinandersetzungen in einem Tagebuch festgehalten. Und ich erinnerte mich, wie ich später, nachdem sie gegangen war, alles las, Eintrag um Eintrag, und wie ich erschrocken war, als ich erkannte, wie sehr unsere Wortwechsel Wut und und Emotionen angeheizt hatten, bis jede dieser Auseinandersetzungen zu etwas angewachsen war, was jenseits von Willen oder Wollen der Teilnehmer lag, formlos, ziellos und in seiner destruktiven Macht tödlich.

In jenen Nächten, als ich allein mit einer Flasche Wodka dasaß, hatte ich mich das tausendmal gefragt – war es meine Passivität gewesen, meine Unfähigkeit, etwas zu unternehmen, die uns soweit gebracht hatte?

Jahre später fing ich an zu glauben, mein Tagebuch sei eine Fälschung, eine betrügerische Darstellung dessen, was zwischen uns vorgefallen war, und vernichtete es. Inzwischen glaube ich zu wissen, daß die molekulare Struktur auch des einfachsten Dialogs zu komplex ist, als daß man ihm folgen oder ihn inszenieren könnte. Der Dialog zwischen Julia und mir hatte in der Schule angefangen, als wir noch Kinder waren. Doch auch ein Dialog auf dieser einfachen Ebene schafft sich seine eigene Richtung. Julia hatte mit Sicherheit mehr verstanden als ich. Aber nicht einmal sie hatte die Kontrolle gehabt. Nicht einmal sie hatte bis zum letzten Jahr vorausgesehen, daß unser Dialog zum Scheitern verurteilt war.

Während ich das stetige Heben und Senken ihrer Schultern beobachtete, begriff ich, wie sich der Gang der Ereignisse durch eine einzige maßgebliche falsche Entscheidung verändern kann. Hätte ich mich der anarchistischen Analyse unterwerfen und mich Julia anschließen sollen, als sie Murmansk verließ? Hätte ich ihr verbieten sollen, Mischa mitzunehmen, und sie zwingen, in einer nationalistischen Stadt zu bleiben? Hätte ich überzeugender den Fall der Mutter Lan Rodina plädieren sollen und der schlichten Werte, an die ich glaube? Ein Dialog, das weiß ich inzwischen, ist eine sich ständig verändernde Gavotte. Ein kürzerer Schritt hier, ein längerer da, und der Tanz hätte uns irgendwo anders hingeführt.

Es war einfach zu sagen, unsere Trennung sei vorherbestimmt gewesen. Einfach zu sagen, wir seien als Menschen so unterschiedlich, daß wir nicht einmal die einfachsten Vorstellungen darüber teilten, was es bedeutete, zu Beginn des einundzwanzigsten Jahrhunderts zu leben. Doch das hätte mich von aller Verantwortung freigesprochen; es hätte außerdem bedeutet, daß ich mich für immer von Julia abwenden mußte. Statt dessen ergriff ich die Verantwortung für das, was passiert war, mit beiden Händen. Diese Verantwortung war mir in den Tagen, nachdem sie mich verlassen hatte, ein lebenswichtiger Trost gewesen. Der Fehler, falls es einen Fehler gab, lag bei mir.

Während der Nacht stand ich zwei- oder dreimal auf, um mich um den Ofen zu kümmern, ein riesiges, grob gekacheltes Monstrum von eineinhalb Metern Länge, den man mit Brennholz bestücken konnte, bis das Eisenrohr rot glühte.

Einmal, als ich zu meinem Stuhl zurückkehrte, sah ich, wie sie die Augen aufmachte. Ich legte meine Hand neben die ihre, und sie nahm sie und lächelte. »Kümmere dich nicht um die anderen, Kostja«, sagte sie sehr leise. »Ich habe keinen einzigen Moment geglaubt, daß du mich verraten würdest.«

Mir fiel das Atmen schwer, und es war mir unmöglich, etwas zu sagen.

»Ich habe ihnen gesagt, du seist hier, um mir zu helfen«, murmelte sie.

»Natürlich helfe ich«, sagte ich, als ich meine Stimme wiedergefunden hatte. Ich fühlte einen überwältigenden Drang, sie zu überzeugen, als wäre diese Überzeugung integraler Bestandteil ihrer Genesung. »Ich tue, was ich kann. Was auch immer dazu nötig ist.«

»Du versprichst es.«

»Ich verspreche es.«

Dann schlossen sich ihre Augen, doch das Lächeln lag noch einige Sekunden auf ihrem Gesicht, und ihr Atem wurde wieder tief und regelmäßig.

22

Im großen Saal der Mordkommission im 13. Distrikt war die Atmosphäre mit Aktivität geladen. Männer gingen mit Akten unter dem Arm hin und her oder saßen vornübergebeugt an ihren Schreibtischen und flüsterten in Telephonhörer. Als ich auf mein Büro und den verschwommenen Umriß Dronskijs zuging, den ich durch die mattierte Glasscheibe in der Tür sehen konnte, begrüßte mich kein Mensch, nicht einmal mit einem Kopfnicken.

Ich hatte die Tür zu meinem Büro kaum geöffnet, als mir ein beißender Geruch entgegenschlug. Fisch, wie es schien. Und Röstzwiebeln. Dronskij saß hinter meinem Schreibtisch und erschrak, nachdem er meinen Gesichtsausdruck gesehen hatte. Er sprang auf, fummelte an seinem Kragenknopf herum und zerrte an seiner Krawatte.

»Ich dachte, Sie würden vielleicht frühstücken wollen, Chef«, murmelte er schuldbewußt. Auf meinem Schreibtisch war eine Styroportasse mit Kaffee aufgebaut, und zwei fettige Brötchen, von denen der entsetzliche Geruch ausströmte, lagen auf Zeitungspapier.

»Sie dachten, ich würde heute morgen nicht kommen, Dronskij«, sagte ich. »Was ist das?«

»Ein Fleischburger und ein Fischburger. Ich esse beides gleich gern, Chef.«

Ich schaute zu W. I. Lenin hinüber, der auf dem Aktenschrank hockte. »Sie schon«, sagte ich zu Dronskij, »aber er nicht. Oder etwa doch?«

»Es ist eine Art Kunststück«, murmelte Dronskij.

»Führen Sie es mir vor.«

Er nahm den Fleischburger hoch. W. I. Lenin gab ein tiefes Fauchen von sich.

»Nicht das Frühstück seiner Wahl«, sagte ich.

Dronskij deutete auf den Fischburger, und der Kater hob die Pfote.

Ich schüttelte den Kopf. »Frühstücken Sie beide. Ich hole mir eine Tasse Kaffee, und Sie erzählen mir, was los war.«

Ich ließ mir Zeit, den Kaffee aus der Maschine zu lassen und wieder zurückzugehen. Ich ging langsam durch den großen Saal, blieb immer wieder stehen, nippte an meinem Kaffee und strengte mich an, den gedämpften Gesprächen zu lauschen. »Fünfzehn Sack Bananen … eine Vierteltonne gefrorene amerikanische Erbsen …« Es dauerte nicht lange, bis mir bestätigt wurde, was Dronskij gesagt hatte. Ich schlenderte weiter durch den Raum und nippte an meinem Kaffee.

Als ich schließlich die Tür zu meinem Büro aufmachte, leckte sich Dronskij die Finger. Zusammengeknülltes Zeitungspapier lag im leeren Papierkorb, und lediglich die vereinigten Gerüche von Fisch und Zwiebeln wiesen darauf hin, daß W. I. Lenin und mein Stellvertreter zwei große Burger in ebenso vielen Minuten verzehrt hatten.

»Wir sind einigen Möglichkeiten nachgegangen, während Sie weg waren, Chef«, sagte Dronskij und zog sein Jackett hinten herunter, so daß der Kragen nicht mehr gegen seinen dicken Hals drückte. »Die Sergeanten Bitow und Jakunin haben sie unten.«

Ich trank meinen Kaffee aus, und wir gingen zusammen in den

Keller, wo die Sergeanten Bitow und Jakunin ein Dutzend Männer vor den Zellen auf die Bänke gesetzt hatten, die vor der nackten Wand standen. Eine Kette verband die Handschellen, mit denen den Männern die Hände hinter dem Rücken gefesselt waren. Dronskij erklärte, daß es sich bei den in Ketten gelegten Männern um Triebtäter aller Schattierungen handelte, die die jüngsten Kämpfe überlebt hatten. Jakunin und Bitow waren nun damit beschäftigt, für die Zeiten der Monstrum-Morde ihre Alibis zu überprüfen.

Dronskij übergab mir einen Haufen Akten zu den Männern, und ich lehnte mich mit dem Rücken gegen einen Türrahmen und las, während die Männer wie die Schachtelteufel in der Kiste immer wieder aufsprangen und schreiend die Beleidigungen erwiderten, die ihnen aus den Zellen entgegengeschleudert wurden. Hier wurde gute, solide Polizeiarbeit geleistet, wie sie oft Ergebnisse zeitigt, doch in diesem Fall hatte ich meine Zweifel an dieser Art der Annäherung, da die Hälfte der Hintergrundinformationen verbrannt, in die Luft gejagt oder während des Bürgerkriegs absichtlich zerstört worden war.

In jedem Fall, den ich untersuchte, war mir immer das Gefühl am liebsten, einem Individuum gegenüberzustehen, einem einzelnen Gegner. Jemandem, über den man nachdenken, den man sich vorstellen – und dessen Züge man am Ende vorhersehen konnte. Ich sah mir die Männer an, die die Sergeanten hier aufgereiht hatten. Vergewaltiger, Männer, die Frauen verprügelten, sogar Küchenmörder, die zwanzig oder fünfundzwanzig Jahre abgesessen hatten. Wahrscheinlich nicht ein Zehntel der Triebtäter aus Presnja und den leicht erreichbaren Nachbardistrikten. Es wäre ein so unwahrscheinlicher Glücksgriff, wenn wir ihn, das Monstrum, hier ausfindig machen sollten, zwischen diesen schäbig gekleideten Männern jeden Alters, lang- oder kurzhaarig, häufig narbenübersät, die lieber den Männern hinter Gittern etwas zubrüllten, als die Fragen der Sergeanten zu beantworten.

Ich rief Bitow zu mir. Den Rücken ihnen zugewandt, wollte ich wissen, ob einer von ihnen vielversprechend aussah.

»Der dritte von hier«, sagte Bitow. »Wladimir Simakow. Hat vor dem Krieg zehn Jahre gesessen wegen Vergewaltigung und

Schlägerei. Man sagt, er habe während des Krieges Frauen gegenüber ein paar üble Gewohnheiten entwickelt.«

»Wer sagt das?«

»Seine Nachbarn.«

»Was für üble Gewohnheiten?«

»Man sagt, wenn er einen halben Liter intus hat, prahlt er damit, daß er in den Dörfern Frauen mit dem Messer verstümmelt hat, wenn sie ihm nicht zu Gefallen sein wollten.«

»Auf welcher Seite hat er gekämpft?«

»Meistens auf unserer, Chef. Aber er war während des Krieges hier in Moskau.«

Ich grunzte und wandte mich Simakow zu. Er war ungefähr vierzig, mit dicken Schultern in einem zerrissenen Unterhemd und zwei dicken hellrosa Narben auf dem geschorenen Schädel. Ein mindestens einen Tag alter Bart betonte seine Wangenknochen und die kleinen, rötlichen Augen. Er saß nach vorne gebeugt, die Ellbogen auf die jeansbedeckten Schenkel gestützt, die Finger so verschränkt, daß der Handrücken der einen Hand in der Handfläche der anderen lag. Als er eine seiner angeketteten Hände hob, um sich am Ohr zu kratzen, sah ich, daß seine Fingernägel so weit abgekaut waren, daß die Fingerspitzen aus kleinen Fleischpolstern zu bestehen schienen. Ich wandte mich wieder an Bitow. »Blutgruppe?«

»Untersuchen wir gerade.«

»Alibis?«

»Die überprüfen wir gerade. Nichts, was uns Sorgen machen muß, denke ich.« Er lächelte. »*Außer* ...«

Ich hob die Augenbrauen.

»Er kannte mit Bestimmtheit das letzte Mädchen, Lydia Primalowa. Sie wohnte im selben Block. Zwei oder drei Treppen tiefer.«

»Das gefällt mir«, sagte ich langsam. Ich sah wieder zu Simakow hin, und dieses Mal war er sich dessen bewußt. Er war ohne Zweifel ein Rohling. Seine kleinen Augen flackerten in meine Richtung, dann zu dem abgetretenen grünen Linoleumfußboden und dann wieder zu mir. Ich fuhr mir mit der Zunge langsam über die Oberlippe. War das unser Mann? Ich sah ihn durch die

Gassen von Presnja schlüpfen mit den riesigen Plastiktüten über den Händen ... das Messer ...

Plötzlich hob Simakow den Kopf. Seine Schultermuskeln schwollen an und zuckten, als er wütend den Mann in der Zelle vor mir anbellte. »Wo schaust du hin? Du anarchistisches Stück Scheiße. Ich hol' den Schlüssel und komm' zu dir in die Zelle.«

Er lächelte, ein kurzes, dünnes Grinsen des Triumphs über die Wirkung, die er auf den Mann hinter dem Gitter ausgeübt hatte. Meine Augen ruhten eine Weile auf ihm, während er so tat, als studiere er seine zerkratzten Armeestiefel. War dies ein Mann, der einer Frau im Dreck dieser Stadt auflauern, sie anspringen, vergewaltigen, umbringen und dann sorgfältig ihre Leiche verstümmeln konnte? Er entsprach eindeutig bestens allen Klischees. Doch entsprach er auch den Tatsachen? Wenn wir den genetischen Fingerabdruck hatten, hatten wir ihn natürlich, falls er unser Mann war. Vielleicht nächsten Monat ...

»Haben wir Fingerabdrücke?«

»Die alten Archive sind nicht mehr da«, sagte Bitow. »Aber wir nehmen die Fingerabdrücke von den Kerlen hier, sobald wir von der Raubabteilung einen Tintenblock ausleihen können.«

»Machen Sie mit den anderen weiter«, sagte ich zu Bitow. »Aber konzentrieren Sie sich für den Moment auf Simakow, und sehen Sie zu, ob Sie zwischen ihm und den anderen Opfern eine Verbindung herstellen können. Lassen Sie ihn nicht ohne meine Erlaubnis laufen.« Ich sah Dronskij an. »Meine oder selbstverständlich die von meinem Stellvertreter Dronskij.«

»Sehr wohl, Chef.«

Dronskij sah dankbar aus.

»Gibt es was Neues von unserem Straßenmädchen Valentina?« fragte ich ihn.

»Keine Spur von ihr in ihrem Revier. Kein Wort über sie in der Ochsenfroschgasse. Während Sie weg waren, war ich zwei Stunden in den Bahnhöfen unterwegs, aber niemand gibt zu, daß er ihre Freundin Maria kennt. Einige von diesen Mädchen wechseln ihre Namen schneller als ihre Hosen. Wir haben überall nach einer ziemlich großen, maushaarigen Frau gefragt, die im Gewerbe arbeitet. Das paßt heute auf die Hälfte aller Moskauer Frauen.

Unsere einzige Chance ist, mit Valentina zusammen Maria zu finden, wenn sie ihrer Arbeit nachgeht.«

»Sie hat Kinder.«

»Eines, meinte Valentina.«

»Vielleicht verbringt sie ein paar Nächte mit dem Kind und geht dann wieder für ein paar Nächte arbeiten, wenn das Geld knapp wird.«

»Ich werde dranbleiben.«

»Wir können bloß hoffen, daß Valentina es sich nicht in den Kopf gesetzt hat, von hier zu verschwinden.«

Er nickte. »Einmal dem Monstrum knapp entronnen zu sein genügt jedem Mädchen. Wenn sie sich wirklich entschieden hat, von hier abzuhauen, dann ist sie vielleicht zu den Hotels weitergezogen. Sie hat mir gesagt, ihrer Meinung nach sollte ein Mädchen wie sie aufsteigen, solange sie noch jung ist. Wir werden weiter nach ihr suchen.«

Wir gingen zurück in mein Büro. Ich ließ mich in meinen Drehstuhl fallen und beobachtete, wie sich Dronskij eine Zigarette anzündete, inhalierte und den Rauch langsam durch den Mund entweichen ließ, die Augen fast geschlossen.

Ich erinnerte mich an die Zeit, als ich mit solchem Genuß geraucht hatte. Eine Weile drehte ich mich mit meinem Stuhl hin und her. Müdigkeit umnebelte mein Gehirn. Ich sah, wie die Schwaden von Dronskijs Zigarettenrauch sich über meinem Kopf zu beweglichen Schichten formten, und dachte daran, wie ich in Murmansk nach durchfeierten Nächten nach Hause gegangen war und sich die Frühlingsnebel in der Dämmerung um die Schiffe im Hafen gelegt hatten … Nach Hause gegangen, den Arm um Julias Schulter gelegt.

Als ich auf die andere Seite des Schreibtischs hinübersah, bemerkte ich, daß Dronskijs Blick erwartungsvoll auf mich gerichtet war. Ich blinzelte und öffnete die Augen. Erwartete er von mir, daß ich ein Kaninchen aus dem Hut zog, eine brillante neue Idee, die sie alle in eine erfolgreiche neue Richtung schicken würde?

»Was ist jetzt unser nächster Zug, Chef?« Er pfiff einmal kurz und beinahe tonlos, und W. I. Lenin sprang aus dem Nirgendwo in seine Arme.

Ich schaute finster drein, und Dronskij strahlte. Ich sah sein Gesicht und spürte eine große Welle der Großzügigkeit gegenüber diesem Mann. Konnte ich es wagen, ihm zu versprechen, daß wir das Monstrum bis zum Monatsende in einer Zelle haben würden? Nein. Absurd. Konnte ich ihm vielleicht für heute nachmittag ein kleines Bonbon versprechen? Ich hatte den Eindruck, daß Dronskij auf so etwas wartete. Ich packte die Armlehnen meines Drehstuhls fester. Woran dachte ich, in Gottes Namen? Ich hatte keine Bonbons anzubieten, nur um Dronskijs Gedanken zu beruhigen. Mein eigener Kopf war leer.

Mit dem Kater auf dem Arm ging Dronskij zur Tür. Dort blieb er stehen und drehte sich halb um. »Wenn ich das so sagen darf, Chef, ich habe das starke Gefühl, daß Sie einen Trumpf im Ärmel haben.«

Ich hob beide Arme, um zu zeigen, daß meine Ärmel leer waren.

Er zwinkerte beinahe. »Ich weiß, wie Sie am liebsten arbeiten. Aber sobald Sie darüber reden wollen ...«

Ich wartete, bis sich die Tür hinter ihm geschlossen hatte, bevor ich meine Schultern zusammensacken ließ. Dem Papierkorb entstieg der ölige Geruch eines Fischburgers.

Die Bronzeplakette, die in den betonierten Türpfosten des Moskauer Forensischen Instituts eingelassen war, verkündete, daß es im bitterkalten Winter von 1969 von einem Team Stachanowiter errichtet worden und in fünfundvierzig Tagen vom Fundament bis zum Dach fertiggestellt worden war, und daß die Helden der Arbeit, die das Bauteam zum Triumph geführt hatten, mit der Medaille des sowjetischen Bauarbeiters belohnt worden waren. Über der Plakette verkündete ein großes, grob gemaltes Schild: *Sie betreten ein gefährdetes Gebäude. Dies ist eine amtliche Warnung vor statischen Schwächen. Im Fall plötzlich auftretender größerer Risse oder lauter Rißgeräusche bitte mittels der Handglocken, die auf jedem Stockwerk bereitgestellt sind, Alarm geben und das Gebäude sofort und ohne Panik verlassen.*

Ich trat durch die Schwingtüren. Die Eingangshalle war lang, niedrig und dunkel. Eine Wache in Milizuniform saß hinter einem Schreibtisch. In schwarzem Pelzhut, langem, dunklem Mantel und Stiefeln saß eine junge Frau mit übereinandergeschlagenen Beinen, die Hände im Schoß, auf einer Bank. Natalja rührte sich nicht.

Ich ging langsam durch die Eingangshalle und stand dann vor ihr und ließ die kalte Luft aus meinen Lungen entweichen. Nach einem Augenblick sagte ich: »Ich weiß im wahrsten Sinne des Wortes nicht, wie ich dir danken soll.«

Es war, als hätte sie mich nicht gehört.

»Mehr kann ich nicht sagen, Natalja. Ich werde nicht sagen, daß es mir leid tut, oder versuchen, mich zu erklären. Aber ich weiß nicht, wie ich dir danken kann für das, was du getan hast. Du hast Julia das Leben gerettet.«

»Es stand auf Messers Schneide.« Sie stand auf.

»Ich weiß.«

»Ich meine meine Entscheidung. Ich habe meinen hippokratischen Eid gegen den Nutzen für die Welt als solche in die Waagschale geworfen. Ich hätte sie beinahe zu ihrem Schöpfer gehen lassen. Ich bin immer noch nicht sicher, ob ich das Richtige getan habe.«

Ich trat erschrocken zurück. »Das meinst du nicht im Ernst.«

»Warum nicht? Warum sollte ich es nicht ernst meinen? Ich bin die, die meint, daß Verbrechen bestraft werden sollen, erinnerst du dich?«

»Aber jemanden sterben zu lassen. Einen Menschen …«

»Wohl kaum.«

Ich schloß die Augen.

Natalja stand neben mir. »Was hatte sie dir zu dem Granatenangriff zu sagen? Was hat sie dir geantwortet, als du sie darum gebeten hast, die Verletzungen und den Tod unschuldiger Zuschauer zu rechtfertigen?«

»Sie war sediert. Sie war zu schwach, um zu antworten.«

Sie faßte seitlich an ihren schwarzen Pelzhut und rückte ihn gerade. »Was haben dann die anderen gesagt? Du mußt doch wenigstens die Denissowa oder die Sibirierin oder *eine* dieser Gestalten mit den Fakten konfrontiert haben.«

»Nein …«

»Solche Leute müssen mit den Fakten konfrontiert werden, man muß sie ihnen in den Rachen stopfen. Leuten wie dir auch.« Sie drehte sich um und öffnete ihre Aktentasche und zog ein großes Photo heraus. »Mal sehen, was deine Wehleidigkeit *dazu* zu sagen hat.«

Ich schaute auf ein Photo, das so sehr glänzte, daß es feucht schien vor Blut. Ich sah einen von einer Abflußrinne für das Blut eingefaßten Metalltisch, einen Seziertisch. Seitlich darauf lag blutüberströmt ein Mädchen von ungefähr acht Jahren. Es sah aus, als hätte ein enormer Sturm das meiste seiner Kleidung fortgeweht und nur Fetzen zurückgelassen, um seine Nacktheit zu verbergen. Es war beinahe vollständig kahl; eine Hand fehlte, ein Bein war vom Knie abwärts nach vorne in die falsche Richtung gebogen.

»Eines der Opfer deiner Exfrau.« Natalja stieß mir das Bild ins Gesicht. »Behalte es«, sagte sie. »Überreiche es deiner Julia statt einer Medaille. Zwei andere Kinder werden ihr Leben lang Narben tragen. Eines wurde von einem Schrapnell, einem Querschläger, ins Auge getroffen.«

»Das wußte sie alles nicht, als sie die Granate geworfen hat.« Ich verachtete mich für das Zögern in meiner Stimme.

Einen Moment glaubte ich, sie würde mir ins Gesicht schlagen. »Hör mir zu, Konstantin. Tyrannenmord ist etwas, was anständige Menschen manchmal zu tun beschließen. Es war richtig und mutig, den Versuch zu unternehmen, Hitler zu ermorden. Aber den Tyrannen an einem öffentlichen Ort zu töten, hinter fünf Reihen Kindern hervor mit Granaten zu werfen, ist Terrorismus. Jeder Terrorist weiß, daß es dazugehört, Unschuldige zu töten. Bring es in deinen dicken Holzschädel – *es ist ihr egal!* Keinen Terroristen kümmern die Folgen. Sonst würde er es nicht tun. Und wenn sein Gewissen ihn dazu treibt, weil es ganz und gar keinen anderen Weg gibt, würde er einen Ort, eine Zeit wählen, wo *er selbst* das Risiko trägt. Nicht die vorderen Reihen jubelnder Schulkinder.« Sie brachte ihr Gesicht nahe an meines. »Wir können uns die ganze Nacht über Prinzipien streiten. Aber darüber können wir nicht streiten.« Sie deutete auf das Photo. »Es ist kinderleicht, du Idiot.«

Ich faltete das Photo und steckte es in die Tasche. Natalja hatte sich bereits umgedreht und ging zur Treppe. »Du brauchst einen Ausweis von der Wache«, sagte sie über die Schulter. »Wir müssen zusammenarbeiten. Bringen wir es hinter uns.«

Ich erhielt von der Wache meinen Ausweis und ging hinter Natalja die Betontreppe hinauf. Auf dem ersten Absatz holte ich sie ein. Von dort aus gingen wir schweigend nebeneinander an zerbrochenen Fenstern vorbei, deren metallene Rahmen aus ihren Verankerungen gerissen waren, schritten über Risse, die durch ein Absacken der Betonkonstruktion des Gebäudes verursacht waren. »Dafür haben sie auch eine Medaille bekommen«, war alles, was sie sagte.

Die Frau, die im Labor am Schreibtisch saß, war Anfang Dreißig, groß, und ihre Bewegungen, als sie aufstand, um uns zu begrüßen, wirkten männlich. Ihr Assistent Andrej war ein kleiner, bärtiger Mann gleichen Alters. Es war offenkundig, daß sie beide schon früher mit Natalja zusammengearbeitet hatten, deshalb begrüßten sie mich ganz freundlich, bis ihnen Nataljas frostiges Verhalten mir gegenüber auffiel. Von da an wurden sie unpersönlicher.

Die ersten fünf Minuten verbrachten wir damit, uns Klagen anzuhören. Lena Iwanowa war vor der Belagerung Chefin des Labors gewesen. Sie war erst vor zehn Tagen zurückgekehrt. »Mein erster Gedanke«, sie wies auf das Gebäude, das uns umgab, »war, daß es von einer Bombe getroffen wurde, während wir weg waren. Aber nein, sagt mir mein Vorgesetzter, keine Sorge. Im Umkreis von einem halben Kilometer fielen keine Bomben. Das Gebäude rutscht einfach den Hügel hinunter.«

»Tod aus natürlicher Ursache«, sagte Natalja. »Erzähl uns, was du für uns hast, Lena Iwanowa«, sagte Natalja. »Als du heute morgen anriefst, habe ich es deiner Stimme angehört, daß uns eine Überraschung erwartet.«

»Sogar ein Schock«, sagte ihr Assistent mit einem breiten Lächeln.

Lena tadelte ihn mit einem scharfen Blick. Es war klar, daß sie daran gewöhnt war, das Labor nach eigenem Gutdünken zu führen, in dem ihr eigenen, leicht schwerfälligen Gang. Bei ihren Enthüllungen würde es keine Abkürzungen geben. Sie führte uns zu einem Tisch, auf dem mehrere Plastiktabletts aufgereiht waren. »Zuerst die Randerscheinungen«, sagte sie zu Natalja und schloß mich sorgfältig aus ihrem Blickfeld aus. »Zu dem vierten Mord des Monstrums, dem an Lydia Primalowa«, fing sie an.

»Zuerst die wichtigste Frage«, warf ich dazwischen. »Haben Sie Fingerabdrücke gefunden, die möglicherweise vom Mörder stammen könnten?«

Lenas Gesichtsausdruck wurde angespannt. »Andrej ist für Fingerabdrücke zuständig«, sagte sie.

Ich wandte mich an ihn.

»Keine Fingerabdrücke«, sagte er. »Ich dachte, wir könnten vielleicht welche von den Plastiktüten abnehmen, die er als Handschuhe benutzt hat, aber da ist zu viel Schweiß und Schleim drin ...«

»Schleim?«

»Von ihren Körpersäften ist unvermeidlich etwas in das Innere der Plastikhandschuhe gelangt. Wir versuchen es weiter. Aber ich habe wenig Hoffnung.«

»Und wie ist es mit den Morden eins, zwei und drei?«

Er zog ein Gesicht. »Die einzige wirklich vielversprechende Möglichkeit waren ein paar Plastikfetzen, die neben Nummer zwei gefunden wurden. Und um es offen zu sagen, die Abnahme war so amateurhaft, daß ich nur einen kaum brauchbaren Daumenabdruck bekommen habe.«

»Wir haben einen möglichen Verdächtigen«, sagte ich. »Lohnt es sich, seine Abdrücke herzuschicken?«

»Sparen Sie sich die Kopfschmerzen, Inspektor. Wenn Sie noch andere Beweise haben, könnte der Daumenabdruck die vielleicht bestätigen. Aber allein ...« Er zuckte entschuldigend die Schultern.

Lena schob sich zwischen Andrej und mich. Sie wandte sich wieder an Natalja und lächelte. »Laß mich dir zeigen, was wir haben, Natalja.«

Sie führte uns zu einem Schreibtisch und machte eine Geste zu Andrej. Er hob das erste Tablett, und Lena stupste mit einem breiten Zeigefinger gegen die kleinen Plastikumschläge. »Die erste Plastiktüte, Beweis eins, enthielt siebzehn Haare, von denen elf mit Sicherheit vom Opfer selbst stammen.« Sie hob einen weiteren Plastikumschlag, der mit einem grünen Aufkleber gekennzeichnet war. »Aber die übrigen sechs sind dunkler, kürzer und stärker gewellt. Ziemlich wahrscheinlich männlich. Sie könnten sehr wohl nützlich werden, wenn Sie einen Verdächtigen haben.«

Ich dachte an Simakow und seinen rasierten Schädel und zog eine Grimasse. »Das Überraschungsergebnis, das Sie erwähnten«, sagte ich. »Worum handelt es sich?«

Lena Iwanowa hob die Hand, ohne in meine Richtung zu sehen. »Die zweite Tüte, Beweis Numero zwei, war ziemlich interessant.« Andrej präsentierte ein zweites Tablett, das viel größer war als das erste. Darauf lagen ungefähr zwanzig kleine Plastikumschläge. Der dicke Finger der Frau ging sie nacheinander durch. »Das meiste hiervon ist mit ziemlich großer Sicherheit Unsinn«, sagte Lena. »Wir haben eine enorme Anzahl von Fasern, wie man sie zum Beispiel vorfindet, nachdem man sich durch eine große Menschenmenge gedrängt hat. Dazwischen ist möglicherweise eine Sache von Bedeutung, aber beim gegenwärtigen Stand der Ermittlungen kann man das noch nicht sagen. Ich werde das alles zu den Akten nehmen für den Fall, daß Sie es brauchen. Aber dies«, sie nahm einen einzelnen Umschlag, diesmal mit einem roten Aufkleber, »ist von weit größerem Interesse.«

Sie sprach mit Natalja und zeigte mir die kalte Schulter. »Du sprichst in deinen Aufzeichnungen von deinem Verdacht, daß es sich bei einigen der Flusen um Teppichfasern handeln könnte. Ich würde sagen, sehr neue, sehr teure Teppichfasern.«

»Welche Chance haben wir herauszufinden, wo sie herstammen?«

»Eine sorgfältige Überprüfung wird einige Zeit dauern, und sogar dann gelingt es uns möglicherweise nicht, die Quelle ausfindig zu machen.«

»Warum nicht?« sagte ich.

Lena drehte sich langsam zu mir um. »Weil sie nicht nur teuer sind, Inspektor Vadim, sondern obendrein aus dem Westen stammen. Und wir sind immer noch damit beschäftigt, unsere Westkontakte mühsam wieder aufzubauen.«

»Heißt das, das Opfer – oder vielleicht der Mörder – war vor kurzem im Westen?« fragte Natalja.

»Oder in einem Haus, das mit westlichen Teppichen ausgestattet ist«, warf ich dazwischen.

»Es sieht so aus.«

»Ist das deine Überraschung für uns?« fragte Natalja.

»Nein.« Andrej hob einen Finger. »Es kommt noch mehr.«

Dieses Mal warf Lena ihm einen nachsichtigen Blick zu. »Kommen wir zu unserem Preisstück.«

»Noch nicht«, sagte ich. »Bleiben wir noch einen Moment bei diesem Teppich. Da gibt es noch einiges, was ich gerne wüßte. Welche Farbe hat er?«

»Stahlgrau. Sie könnten es blaugrau nennen.«

Mir fiel auf, daß Lena mir zum erstenmal ihre Aufmerksamkeit zuwandte. »Sie sprechen von einem Teppich in einem Haus?«

»Ja.«

»Könnte er auch aus einem Flugzeug stammen? Bei einem stahlgrauen Teppich scheint mir das mindestens ebensogut möglich.«

»Das ist vermutlich richtig«, sagte Lena Iwanowa zögernd.

»Oder aus einem Auto? Vielleicht einer Limousine?«

»Einem teuren westlichen Auto, ja.«

Ich sah, wie Natalja den Kopf in meine Richtung wandte. »Eine Limousine«, sagte sie. »Das wäre ein Gedanke.«

Ich zuckte die Schultern. »In Ordnung. Lassen Sie uns jetzt von dem Preisstück hören.«

Lena Iwanowa ging schwerfällig zu einem gewaltigen Schreibtisch. Er stand unter einem großen Fenster, das von einer Ecke zur anderen einen mit braunem Papier verklebten Sprung aufwies. Sie zog einen Stuhl vor das Mikroskop und beugte sich nach vorne, um hineinzusehen. Es war eine kleine Theatervorführung. Sie nickte sich selbst bestätigend zu und drehte den Stuhl herum. »Kein Zweifel.«

Andrej, der Assistent, trat von einem Fuß auf den anderen.

»Der Adamow-Test des Spermas, das man vom Oberschenkel des vierten Opfers abgenommen hat, zeigt, daß der Angreifer ein A-Sekretor ist.«

»Was bedeutet das?« sagte ich.

Lena Iwanowa starrte mich wütend an. »Ein Mordinspektor, der noch nie von A-Sekretion gehört hat?«

»Ich sage nicht, daß ich noch nie davon gehört habe«, sagte ich. »Ich möchte nur, daß Sie die besondere Bedeutung für diesen Fall erläutern.«

Lena Iwanowa war besänftigt. Natalja erlaubte sich den Anflug eines Lächelns.

»A-Sekretor ist natürlich nur eine Kategorie«, sagte Lena. »Ohne weiterreichende Bedeutung.«

»Aber ...«

»Denken Sie an Modina und Golikowa.«

Ich sah, daß Natalja erschrak.

»Was verstehe ich hier nicht?«

»Ich weiß, daß Sie spät zu den Morden kamen.« Lena stand auf und drehte sich um, um uns anzusehen. Sie kostete den Moment aus. »Wir haben vier Opfer ...«

Ihr zu sagen, daß es wahrscheinlich weit mehr gab, würde sie ablenken. Ich nickte zustimmend.

»Tanja Tschechowa, das Opfer von letzter Woche, wurde im strömenden Regen gefunden. Alles, was auf ihrem Körper möglicherweise zurückgelassen worden ist, vor allem Sperma, wurde abgewaschen, lange bevor sie untersucht wurde.«

Natalja schaute düster drein.

»Bleiben also noch drei Opfer«, sagte Lena. »Natürlich habe nicht ich die Spermaspuren untersucht, die auf den Körpern der Opfer eins und zwei, Anastasia Modina und Nina Golikowa, zurückgelassen wurden. Aber ich habe die Untersuchungen wieder und wieder gelesen. Die Bedeutung, daß der Mörder des letzten Opfers, Lydia Primalowa, ein A-Sekretor war, liegt darin, daß das auf den Mörder der Opfer eins und zwei nicht zutrifft.«

Ich starrte sie an. »Du lieber Gott. Wollen Sie damit sagen, daß der Mann, der die Opfer eins und zwei ermordet hat, nicht auch Nummer vier umgebracht hat?«

»Ja, Inspektor«, sagte Lena Iwanowa mit einem kleinen triumphierenden Lächeln. »Vielleicht haben Sie bereits einen ersten Nachahmer des Monstrums.«

Es war ein kalter Tag. Der nächtliche Schneefall hatte aufgehört, und die Sonne glitzerte auf den Dächern. Ich war noch immer Provinzler genug, um von der riesigen Fläche des Roten Platzes beeindruckt zu sein, von den schwalbenschwänzigen Zinnen des Kreml und den im Sonnenlicht prachtvoll glänzenden, bonbonfarben gestreiften Zwiebeltürmen von Sankt Basilius.

Wir gingen langsam und ohne auf unsere Schritte zu achten. Natalja hatte die Daumen ihrer behandschuhten Hände in den Manteltaschen verhakt und sah mit vorgeneigtem Kopf zu Boden. »Ich nehme an«, sagte sie, »du bist der Meinung, ich hätte kein Recht, zu deinem Verhältnis zu deiner Exfrau Stellung zu nehmen.«

»Dein Recht leitet sich von der Tatsache ab, daß ich dich um Hilfe gebeten habe. Und der Tatsache, daß du diese Hilfe gegeben hast.«

Sie nickte, und wir gingen schweigend weiter. »O mein Gott, Konstantin«, explodierte sie plötzlich. Sie hob so heftig den Kopf, daß ihr Haar von den Schultern zurückwehte wie ein aufgeschreckter Vogelschwarm. »Du bist ein unglaubliches Unschuldslamm! Ein Unschuldslamm im Großstadtdschungel. Was kann ich da machen?«

»Könnten wir nicht Freunde sein?« schlug ich unsicher vor.

Sie blieb stehen und nahm meinen Arm. »Das bezweifle ich«, sagte sie. »Alle meine Instinkte sagen mir, daß wir für so viel mehr bestimmt sind. Liebende oder bittere Feinde. Ich frage mich, Konstantin, welches von beiden?«

»Ich bin ein schlichter Mensch«, sagte ich. »Ich beschäftige mich nicht mit der Zukunft.«

»Mach dich nicht lächerlich. Wir beschäftigen uns alle mit der Zukunft. Wir verbringen unser Leben mit dem Versuch, sie nach unserem Willen zu gestalten.«

»Ich verstehe dich nicht«, sagte ich. »Bis jetzt war ich der Meinung, du hättest dir die größte Mühe gegeben, mir zu beweisen, daß du völlig unpolitisch bist.«

»Ich bin nicht neutral, Konstantin. Ich hoffe, dich eines Tages sagen zu hören, daß du meine Ansichten teilst.«

»Du klingst wie Julia.«

»Nicht, wenn du dir die Mühe machtest, mir genau zuzuhören.«

»Bitte, Natalja. Wir müssen uns über wichtige Dinge unterhalten. Entweder haben wir zwei Mörder, die zusammenarbeiten, oder, wie Lena Iwanowa vorgeschlagen hat, einen ersten Mord in Nachahmung des Monstrums.«

Sie ließ meinen Arm los. «Ja, wir müssen arbeiten. Wir haben keine Zeit für andere Dinge. So sei es also.«

Wir gingen einige Minuten schweigend weiter.

»Vergessen wir also die Morde, die möglicherweise während der Kämpfe geschehen sind ...«

Sie sah mich von der Seite an und nickte dann zögernd. »Das müssen wir. Aus praktischen Gründen gehen wir von vier Morden aus. Und von zwei Mördern, die zusammenarbeiten – oder einem Nachahmer. Offen gesagt klingt keine von beiden Möglichkeiten sehr wahrscheinlich.«

»Wäre es möglich, daß ein Irrtum vorliegt? Ist dieser A-Sekretor-Test wirklich sicher?«

»Lena wird damit keinen Fehler gemacht haben«, sagte sie abwehrend.

»Dann haben wir es aus deiner Sicht also definitiv mit zwei Mördern zu tun?«

»Das kann ich nicht wirklich glauben, nein.«

»Die Wissenschaft weist in diese Richtung«, sagte ich. »Zwei Männer. Der Mörder der ersten beiden Mädchen. Und davon getrennt dieser letzte Killer, jemand, den die Aufregung um die Monstrum-Morde inspiriert hat?«

»Der Mörder der ersten beiden Mädchen ...« Sie sah wütend aus. »Warum gibst du nicht zu, daß du noch nicht einmal die Unterlagen richtig gelesen hast? Da drinnen«, sie wies über ihre Schulter, »hast du nicht einmal die Namen von Anastasia Modina und Nina Golikowa wiedererkannt. Unser erstes und unser zweites Opfer. Beide ausgeweidet. Beiden fehlten verschiedene Organe. Beide wurden auf den Rücken geschlagen und zum Schweigen gebracht, indem man ihnen in die Luftröhre gebissen hat. Alle diese unveröffentlichten Details wurden vom Mörder Lydia Primalowas kopiert. Hat er die Details geträumt? Natürlich nicht.«

»Willst du damit also sagen, es war ein und derselbe Mann? Oder Lena Iwanowa ist ein Fehler unterlaufen?«

»Vielleicht«, sagte sie beinahe beleidigt.

»Und?«

»Ich weiß es nicht.«

»Sie ist eine Berufskollegin. Du willst es nicht glauben.«

Ohne mich zu fragen, ging sie voraus und stieß die Tür zu einer Teestube auf. Ich ging hinter ihr hinein und fing die Tür ab, die mir entgegenschlug. Die Teestube war klein, heiß und überfüllt mit Paaren, die an winzigen Tischen saßen, so daß sich ihre Köpfe beinahe berührten, wenn sie sich vorbeugten.

Natalja saß bereits auf einem Fensterplatz. Sie hatte ihren Hut abgenommen, die Handschuhe ausgezogen, strich sich mit beiden Händen das Haar zurück und nahm keine Notiz davon, ob ich ihr gefolgt war.

Ich setzte mich ihr gegenüber; sie vermied es, mir in die Augen zu sehen. Als die Bedienung kam, bestellte ich Tee. Ich wischte die beschlagene Scheibe ab und sah durch das schlierige Glas auf die verschwommenen Gestalten hinaus, die sich auf der Straße bewegten. Nataljas Gesicht war gefaßt; nicht beleidigt, aber deutlich besorgt. Als der Tee kam, bezahlte ich und goß ihr aus der bauchigen Metallkanne ein.

Sie hob ihre Tasse, hielt sie sich unter das Kinn und atmete den Dampf ein. »Es ist nur gut«, sagte sie vorsichtig, »wenn du weißt, daß es für das alles auch noch eine andere Erklärung geben könnte.«

»Die wäre?«

»Die beiden ersten forensischen Tests hat nicht Lena gemacht. Ihr Labor war damals noch nicht wieder geöffnet.«

»Das weiß ich. Wer hat sie gemacht?«

»Ich habe sie machen lassen. Von einem Freund.«

Ich wartete.

»Von Professor Kandinskij, meinem alten Chef.«

»Als einen Gefallen?«

»Ich weiß nicht, wo ich sonst hätte hingehen können.«

»Könnte ihm die Tatsache entgangen sein, daß die anderen Spermatests den Mörder als A-Sekretor auswiesen?«

»Das glaube ich nicht«, sagte sie zögernd. »In der Vergangenheit war seine Arbeit international anerkannt.«

»In der Vergangenheit? Was bedeutet das? Ist das heute anders? Trinkt er?«

»Nein. Hier in Moskau«, sagte sie langsam, »haben die Leute schwere Zeiten durchgemacht. Die anarchistische Währung war zusammengebrochen. Wir alle brauchten den neuen Rubel, um zu leben. Vielleicht hätte ich ihm diese Arbeit nicht geben sollen.«

»Willst du damit sagen, daß er nicht zuverlässig ist?«

»Nur von einem nationalistischen Standpunkt aus gesehen.«

»Ist er Anarchist?«

»Nein, Konstantin«, sagte sie vernichtend, »er ist Demokrat.«

»Demokrat? Unsere Partei ist die Partei der Nationaldemokraten. Was ist falsch daran, ein Demokrat zu sein, um Gottes willen?«

»Das mußt du mir sagen. Aber zuerst muß ich dir sagen, daß Professor Kandinskij ein *freimütiger* Demokrat ist. Er glaubt an die Kraft der Gesetze, Konstantin. Tatsächlich hat er denselben Hintergrund, ist sogar ein alter Freund unseres Präsidenten Peter Romanow.«

»Ein Freund des Präsidenten? Falls Kandinskij schwierige Zeiten durchlebt hat, dann konnte sich sein Freund, der Präsident, doch sicher für ihn einsetzen?«

»Sich gegen Koba für ihn einsetzen? Bist du verrückt?«

Ich starrte sie wütend an, wollte den Streit ungern in diese Richtung weiterführen. »Ist dein Professor Kandinskij nun kompetent ... oder nicht? Das ist alles, was ich wissen will.«

»Er ist ausgesprochen kompetent, aber wenn ich darüber nachdenke, besteht die Möglichkeit, daß er keinen Zugang zu der notwendigen Ausrüstung hatte«, gab sie kurzangebunden zu.

»Willst du damit sagen, daß er den Test vielleicht gar nicht gemacht hat?«

»Ich werde ihn fragen, ob es ihm möglich war, ihn zu machen ...«

»Und er wird sagen, ja.«

»Nicht Professor Kandinskij. Falls er den Test nicht gemacht hat, wird er es zugeben.«

Vielleicht verzog ich den Mund. »Er braucht die Testgebühren. Du bist eventuell die einzige Pathologin, die ihm Arbeit gibt. Welcher Idiot würde zugeben, daß er es verpaßt hat, bei den Leichen eins *und* zwei vollständige Tests durchzuführen?«

»Nenn sie beim Namen, verdammt noch mal. Sie sind Frauen, keine Sache.«

»Ich habe kein Gedächtnis für Namen«, sagte ich.

»Du hast für nichts ein Gedächtnis außer für Julia.« Sie pochte auf den Tisch. »Warum hast du so wenig Zeit? Wo bist du die letzten drei Tage gewesen? Auf irgendeiner Mission für sie? Riskierst dein Leben als Bote für eine ihrer Anarchistengruppen?«

Ich sah mich voller Sorge um, ob uns jemand zugehört hatte, aber es gab zu viele Hintergrundgeräusche. »Nein«, sagte ich. »Ich war in offiziellen Geschäften unterwegs.«

»Was für Geschäften?«

»Das kann ich dir nicht sagen.«

Sie stieß ihre halbvolle Teetasse zurück und stand auf. Ich folgte ihr nach draußen und rutschte über das Eis, um sie einzuholen.

Sogar in dem kalten Wind, der über den Roten Platz fegte, war ihr Gesicht rot vor Wut. »Ich warne dich, Konstantin«, sagte sie. »Ich warne dich hier und jetzt, ich zeige sie an, wenn du in ihren schmutzigen Geschäften unterwegs warst. Ich werde sie bei der Tscheka anzeigen, wenn sie dich mit hineinzieht. Ich habe, während du weg warst, einen großen Fehler gemacht. Hippokratischer Eid hin oder her, ich hätte dieses Ungeheuer seinem Tod überlassen sollen, verdammt noch mal.«

»Um Gottes willen, Natalja!«

Sie blieb stehen und drehte sich um, um mich anzusehen. »Nein«, sagte sie. »Um deinetwillen, Konstantin.« Ihr Mund war verzerrt. »Aber bist du es wert, frage ich mich?« Die Leute blieben auf dem breiten Gehweg stehen, als sie die Arme in meine Richtung schwenkte. »Bist du es wert, Konstantin? Mein Gott, ich bezweifle es. Ich muß es wirklich bezweifeln.« Sie starrte mich einen Augenblick lang wütend an, drehte sich um, schob die

Umstehenden mit den Schultern beiseite und stapfte über den Boulevard, wo ihre Stiefel im frischgefallenen Schnee weiße Wölkchen aufwirbelten.

23

Ich fixierte W. I. Lenin mit einem rachsüchtigen Blick. Er wandte sich mit einer demonstrativen, katzenhaften Gleichgültigkeit ab, die ich ihm nicht wirklich abnahm, und machte einen geräuschlosen Satz auf ein beinahe einen Meter hohes Regal. Ich hob anerkennend die Hand.

»Ich möchte wissen«, wandte ich mich an Dronskij, »welche Farbe das Schamhaar unseres Hauptverdächtigen hat.«

»Simakow?« Dronskij nahm langsam eine Zigarette aus der Packung und zwirbelte sie zwischen den Fingern. Das war einer seiner kleinen Tricks. »Soll ich nachsehen?«

Ich nickte.

Er beugte sich nach vorn, nahm den Hörer meines Apparats und fragte im Keller nach Bitow. Während sie miteinander sprachen, schweiften meine Gedanken ab. Ich mußte mein Verhältnis zu Natalja wiederherstellen, wenn auch nur, um zu gewährleisten, daß Julia in sicheren Händen blieb. Eine abgewiesene Frau ist eine Frau, die man fürchten muß. Aber würde sie Julia wirklich anzeigen? Würde sie es wirklich riskieren, sich selbst mit hineinzuziehen? Möglicherweise würde es ihr gelingen, mit der Behauptung durchzukommen, daß sie nicht gewußt habe, wer Julia war, als sie sie behandelte. Ich biß mir auf die Lippen. Es war möglich. Das hieß, daß ich mit Natalja Frieden schließen mußte.

Ich konnte später zu Julia gehen. Aber zuerst Natalja.

Ich streckte die Hand nach dem Telephon aus. Ich brauchte einen Moment, um mich zu erinnern, was Dronskij mit dem Telephonhörer in der Hand hier zu tun hatte. Während ich ihn beobachtete, hob er ihn ans Ohr, horchte und bedankte sich.

»Ein ganz scheußliches Rotblond«, sagte er. »Ist das von Bedeutung?«

»In der Forensik haben sie beim letzten Mädchen kurzes, dunkelgelocktes Schamhaar gefunden. Nicht ihres.«

»Mutter Gottes.« Er dachte einen Augenblick nach. »Keine Fingerabdrücke, um ihn festzunageln …«

»Wie steht es mit seiner Wohnung?«

»Gleicht mehr einer Bärenhöhle als einer menschlichen Behausung. Aber nichts, was ihn mit einem der Morde in Verbindung bringen könnte. Eine Pistole – aber wer in Presnja hat heutzutage keine Pistole? Und ein Messer, von dem Dr. Karlowa sagt, es sei höchst unwahrscheinlich, daß es sich dabei um die Mordwaffe handelt.«

»Sie klingen nicht sehr hoffnungsvoll.«

»Seine Alibis erzählen uns bisher noch verschiedene Geschichten. Aber wir wissen, daß er im selben Wohnblock wohnte wie unser viertes Opfer, Lydia Primalowa.«

»Versuchen Sie, eine Verbindung zu den anderen Opfern herzustellen. Wenn wir da nicht fündig werden …«

»Dann müssen wir einigen Tatsachen ins Auge sehen. Zuallererst der, daß wir wahrscheinlich den Falschen festhalten.«

Ich sah ihn an. »Haben Sie Kinder, Dronskij?«

»Einen Jungen und ein Mädchen. Ich bete zu Gott, daß sich Rußland verändert haben wird, bis sie größer werden.«

»Und Ihre Frau … wie heißt sie?«

»Nina …«

»Eine Frau, zwei Kinder und eine Katze.«

»Zwei Katzen«, sagte er. »Ich glaube, ihr Geruch auf meiner Jacke macht W. I. Lenin verrückt vor Eifersucht. Deshalb hat er eine solche Zuneigung zu Ihnen gefaßt, Chef. Was ihn betrifft, sind Sie in nächster Zukunft sein Zuhause.«

Ich starrte den Kater wütend an. »Genug, Dronskij. Gehen Sie hinunter und gehen Sie Simakows Geschichte durch, dann ab nach Hause. Geben Sie sich eine Chance, Ihrer Frau bei den Kindern zur Hand zu gehen, wie alle guten russischen Ehemänner.«

An der Tür zögerte er. Er sah unbehaglich drein. Sogar ein wenig vorwurfsvoll. »Wußten Sie, daß Nina bei dem Bombenattentat verletzt wurde?«

»Nein. Nein, das habe ich nicht gewußt.«

Er öffnete die Tür. »Tut mir leid, Chef«, sagte er. »Ich dachte, darauf wollten Sie hinaus. Daß ich hier nicht genug arbeite.«

»Hören Sie, so habe ich es nicht gemeint, Dronskij.«

Er nickte kurz und hatte die Tür hinter sich geschlossen, bevor ich mehr sagen konnte.

Der verdammte Kater sah mich an und fauchte. Ich salutierte mit zwei Fingern. »Denk daran«, sagte ich. »Deine Tage sind gezählt. Äußerst gezählt.«

Dronskij hatte seine Zigaretten und die Streichhölzer auf meinem Schreibtisch liegenlassen. Ich nahm eine der langen gelben Zigaretten und versuchte, sie herumzuzwirbeln, wie er es tat. Aber das war eindeutig ein Trick, den ich erst noch lernen mußte.

Ich zündete die Zigarette an und rief in Nataljas Büro an. Es dauerte eine Weile, bis sie ans Telephon kam. »Ich rauche gerade meine erste, freiwillig angezündete Zigarette seit Monaten«, sagte ich.

»Ich halte gerade ein Skalpell in der Hand, mit dem ich gleich den Brustkorb eines Mannes öffnen werde, der einen Monat lang im Fluß gelegen hat.«

Über die Telephonleitung hörte ich einen dumpfen Schlag und ein Zischen. »Ich habe gerade das Skalpell angesetzt«, sagte sie. »Durch die austretenden Gase sind kleine Gewebefetzen durch den Einschnitt geblasen worden.«

»Ich werde später mit dir reden«, sagte ich.

»Nur wenn es sich um den Fall handelt.«

»Natalja, du hast selbst gesagt, zwischen uns sei etwas ...«

»Ich öffne nun mit dem Skalpell seinen Magen ...«

»Das reicht.«

»Es freut mich, daß du es genauso siehst, Konstantin.« Sie legte den Hörer auf.

Ich kleidete mich in Schwarz. Schwarze Jeans und eine schwarze Jacke. Am Straßenrand und auf dem Ruinengrundstück lag Schnee, doch war er im Licht der vereinzelten Straßenlaternen meist so schmutzig, daß er kaum Kontrastfläche bot.

Ich fuhr mit dem Wagen bis in die Nähe des Flusses, fand ein leeres Grundstück und fuhr das Auto sicher von der Straße. Den letzten halben Kilometer legte ich zwischen Ruinen zu Fuß zurück, duckte mich in zerstörte Gebäude und wartete zehn oder fünfzehn Minuten auf ein Zeichen, daß ich von der Tscheka verfolgt wurde.

Es gab keines. Dennoch bewegte ich mich im Schneckentempo weiter, ein- oder zweimal ging ich sogar noch einmal zurück, bevor ich eine wichtige Abzweigung nahm. Die Temperatur war nahe dem Gefrierpunkt, aber ich fühlte, wie mir der Schweiß in den Kragen rieselte. Ich blieb stehen, kauerte mich einige Augenblicke in einen Hauseingang und beobachtete die leere Straße. Die schiere Aufregung bei dem Gedanken, Julia wiederzusehen, wurde vervielfacht durch die Erinnerung an das, was sie mir beim letztenmal über ihren Aufenthalt in New York gesagt hatte. Das Konzert mit Jimmy Gabriel. *Ich habe dich vermißt, Kostja.*

Ich würde mit ihr auch über andere Dinge sprechen. Über Leonid Koba. Über meine persönlichen Gefühle für ihn, über meine Überzeugung, daß er Rußlands beste Hoffnung war. Vielleicht würde ich ihr sogar von meiner eigenen kleinen Rolle für das Rußland unserer Zukunft erzählen.

Die Wahrheit war, daß ich anfing, mir Hoffnungen zu machen. In diesem Moment vielleicht die ersten Hoffnungsfünkchen. Die Hoffnung, daß Julia sich nach allem, was ihr zugestoßen war, vom Abgrund zurückziehen würde. Sich von den Anarchisten abwenden würde, von denen sie umgeben war. Sich wieder dem Licht zuwenden würde.

Es war über eine Stunde später, als ich die Straße erreichte, wo die verlassene Fabrik stand. Die Mauer rechts neben dem Tor war an zwei oder drei Stellen eingestürzt, und ich schlüpfte ungehindert in den Hof, der vor dem Gebäude lag, duckte mich und schaute nach vorne in die Dunkelheit, wo, wie ich wußte, eine Wache postiert war. Ich holte meine Taschenlampe heraus und deckte sie mit den Fingern ab, so daß sie nur das gedämpfteste Licht verbreiten konnte. Dann knipste ich sie dreimal an und aus.

Es kam keine Reaktion, obwohl meine Augen, die sich mittlerweile an die Winkel der Fabrikgebäude gewöhnt hatten, den Umriß einer Frau auszumachen schienen, die an der Fabrikmauer lehnte.

Warum antwortete sie dann nicht?

Ich deckte den Lichtstrahl zu und signalisierte wieder. Dreimal ... und noch mal drei.

Ich dachte an das Mädchen mit der Kalaschnikow und stellte mir vor, wie sie an der Wand lehnte, die Augen vielleicht in einem kurzen, leichten Schlaf geschlossen. Ein Nickerchen. Wachen taten das. Das wußte ich aus meiner eigenen Militärzeit. Und konnten völlig präsent daraus erwachen und auf den Abzug drücken. Ich legte die Taschenlampe zur Seite. Ich hob einen golfballgroßen Zementbrocken auf und warf ihn mitten in den Hof und ging in die Hocke, während er auf sie zukollerte.

Der Schatten der Frau an der Wand bewegte sich nicht.

Inzwischen war ich sehr beunruhigt. Der Mond schien zu hell, als daß ich den Hof ungesehen überqueren konnte, aber jeder Versuch, außenherum zu schleichen, um die Fabrik von der Flußseite aus zu betreten, würde mir Löcher im Pelz aus der Kalaschnikow einbringen. Ich war verzweifelt. Ich blitzte noch ein halbes dutzendmal mit der Taschenlampe. Ich warf mit Betonstückchen und mit Ziegeln. Ich rief über die Lücke zwischen uns der Frau leise etwas zu. Aber sie rührte sich noch immer nicht.

War sie tot? Bei dem Gedanken lief es mir kalt über den Rücken. Aber das brachte mich Julia nicht näher.

Der weiche Schnee durchdrang meine Jacke bis auf die Schultern. Mein Gesicht war taub und angespannt vor Kälte und Angst. Ich tat es, ohne nachzudenken. Ohne die Risiken abzuwägen, stand ich auf und schritt mit erhobenen Händen über den offenen, mondbeschienenen Platz.

Ich wappnete mich, Roy Rolkins fröhliche Stimme über den Hof schallen zu hören: *Wird aber auch Zeit. Schleichst hier herum wie eine alte Frau, die im Dunkeln Angst hat!*

Aber da war keine Stimme, weder von Roy noch von sonst jemandem. Nichts geschah. Ich überquerte die offene Fläche und hörte unter meinen Füßen das Knirschen von zerbrochenem Glas. Langsam ließ ich die Hände sinken. Nach drei Vierteln des Wegs nahm ich meine Taschenlampe und richtete ihren Schein auf die an der Wand lehnende Frau. Es war ein großer, dünner Gaszylinder, der an das Mauerwerk gelehnt war.

Ich holte tief Luft. Ich betrat die enge Gasse, wo ich nach den

Anweisungen der Sibirierin den Wagen hingefahren hatte, und erreichte schließlich die Seitentür, durch die Natalja und ich in jener ersten Nacht geführt worden waren. Die Tür war offen.

Im Innern gab es keine Bewegung, keinen Laut. Der Korridor, wo ich gewartet hatte, war leer. Auf dem Bürotisch standen die Reste einer Mahlzeit der Wache. Zwei Stühle waren umgestürzt. Eine Flasche Mineralwasser war auf den Boden gerollt. Der Raum, wo Julia gelegen hatte, war leer, das Bett zerwühlt, als hätte man sie herausgezerrt. Für den Bruchteil einer Sekunde sah ich sie vor meinem inneren Auge, wie sie von Roy Rolkin in einer Zelle in irgendeinem Keller auf den Zementfußboden gestoßen wurde. Roy Rolkin, der sie immer gewollt hatte.

Ich hörte einen erstickten Aufschrei und stellte fest, daß es mein eigener war. Außer mir rannte ich durch die Räume, knallte Türen und stieß Möbel beiseite. Ich rief ihren Namen und brüllte dabei wie ein Wahnsinniger …

Ich stieß den Luftwaffenoffizier zur Seite und hämmerte gegen Nataljas Tür. Als sie öffnete, stieß ich sie ihr ins Gesicht und marschierte ins Zimmer.

Wortlos schloß sie die Tür und lehnte sich mit dem Rücken dagegen. Ich sah, daß sie ihre Arbeitskleidung trug. Spät aus dem Labor zurück – oder von einem Besuch bei der Tscheka? »Bist du betrunken, Konstantin?« fragte sie.

Ich schüttelte den Kopf, und mein Mund war gefroren vor Haß.

»Möchtest du vielleicht etwas trinken?«

Mir war, als würde ich gleich explodieren und sie im Nacken packen. »In der Fabrik ist niemand«, krächzte ich heraus. »Julia ist verhaftet worden.«

Einen Augenblick lang sah sie mich an, ohne ein Wort zu sagen, der gefährlichste Moment ihres Lebens. »Verhaftet.« Ich war drauf und dran, mich auf sie zu stürzen.

»Oder sie hat beschlossen, unauffällig zu verschwinden«, sagte sie.

Ihre Worte ließen mich innehalten. Gebückt stand ich mitten im Zimmer. Sekunden vergingen, vielleicht Minuten. *Oder sie hat beschlossen, unauffällig zu verschwinden.*

Natalja stand da, die Arme vor der Brust gekreuzt, und ihre bernsteinfarbenen Augen fixierten mich mit einem ruhigen, kühlen Blick. »Warum nicht?« sagte sie; in ihrer Stimme lag keinerlei Betonung. »Julia braucht von mir keine Behandlung mehr«, sagte sie ruhig. »Und du nützt ihr nichts mehr. Warum sollte sie dann nicht weiterziehen? Ohne ein Wort? Das ist der Lebensstil eines Terroristen, oder nicht? Nehmen und gehen. Nehmen und weitergehen ...«

An meinen Seiten schienen sich meine Arme freizuschwingen.

»Setz dich, Konstantin, bevor du hinfällst. Ich komme nicht gerade von der Tscheka zurück, falls du das denkst. So gerne ich deine Julia angezeigt hätte, so klar war mir aber auch, daß ich damit auch dich angezeigt hätte.« Sie hielt inne. »Und das konnte ich nicht«, fügte sie bitter hinzu. »Das konnte ich *mir selbst* nicht antun.«

Als sie auf mich zukam, ging ich an ihr vorbei und riß die Tür auf. Draußen schneite es. Gelegentlich wurde ich auf meinem langen Fußmarsch nach Hause von einem vorüberfahrenden Auto mit braunem Matsch bespritzt.

24

Reifen blockierten und kreischten hinter mir. Scheinwerfer scheuchten meinen Schatten über die Straße. Ich hatte keine Ahnung, auf welche Seite ich mich werfen sollte. Ich schätzte, nach links, und der Wagen erwischte mich leicht an der rechten Schulter und rutschte an mir vorbei. Metall barst, als er von einem betonierten Laternenpfosten abprallte und sich dann drehte wie ein Kreisel, bis er mit dem Hinterteil gegen eine Fabrikwand krachte.

Ich sah von meiner Position flach auf dem Asphalt auf. Zehn Meter von mir entfernt stand ein Polizeifahrzeug, dessen Kühler Dampf ausspie und dessen einziger funktionierender Scheinwerfer liederlich zwinkerte.

Die beiden Beamten, die dem Wrack entstiegen, brauchten ein paar Minuten, bis sich ihr Schrecken in Wut verwandelte, aber als sie über mich herfielen, geschah das mit der Wut sehr verängstigter Männer. Während der eine versuchte, mich vom Bürgersteig hochzuzerren, schien der andere mich dorthin zurücktreten zu wollen.

»Du wodkadurchtränktes Wrack«, brüllte einer von ihnen. »Du pockennarbiger Flohsack! Du hättest uns beinahe umgebracht, weißt du das? Du hättest uns beinahe umgebracht!«

Dann hob die Vorsicht ihr liebliches Haupt. »Dreh erstmal seine Taschen um, Oleg«, hörte ich die andere, unwesentlich ruhigere Stimme sagen, als der erste Mann sich anschickte, mich wieder zu treten.

Ich wurde auf den Rücken gerollt; mehrere Hände durchwühlten meine Taschen.

Ich lag mit geschlossenen Augen da und leistete keinen Widerstand. Ich war wie gefühllos für Ort und Zeit, in meine eigene kleine Welt aus Taubheit eingeschlossen. Die Stille über mir war ungebrochen bis auf den heftigen Atem der beiden Beamten und das stetige Zischen des geborstenen Kühlers.

»Inspektor Vadim …?« Als der Beamte meinen Namen wiederholte, war seine Stimme nahe. Er kniete neben mir. Ich öffnete die Augen und sah, daß er mein Gesicht mit dem Photo in meinem Polizeiausweis verglich. Er sah auf und nickte seinem Kollegen düster zu.

Ich hob den Arm, nahm ihm meine Brieftasche ab und rappelte mich unter Schmerzen auf die Füße.

»Sie sind mitten auf der Straße gegangen, Inspektor«, sagte der zweite Mann vorsichtig. »Als ich um die Kurve fuhr, mußte ich auf die Bremse treten und das Steuer herumreißen, um Sie nicht zu überfahren.«

Eine lange Pause trat ein, während ich eine Schulter hob und mir die Rippen massierte. »Ich mache mir selbst Vorwürfe«, sagte ich. »Ist mit Ihnen beiden alles in Ordnung?«

»Nichts gebrochen«, sagte der erste Mann langsam und erleichtert. »Erschrocken, das ist alles. Den Wagen können wir abschreiben …«

»In Erfüllung der Pflicht«, sagte ich.

Beide nickten ernst.

»Wie weit sind wir von Ihrer Polizeistation entfernt?«

»Eine Straße, Inspektor.«

»Gehen wir.« Ich massierte meine Schulter, während die beiden Beamten ihre Habseligkeiten aus dem zerbeulten Auto holten. »Ich werde einen Bericht aufsetzen wegen eines Unfalls im Dienst«, sagte ich, als sie bereit waren zu gehen. »Wir haben den Verdächtigen aus den Augen verloren, aber glücklicherweise ist den drei Beamten nichts passiert. War es so?«

»Genau so war es«, sagte der Beamte namens Oleg. »Es gibt mit Sicherheit nicht die Spur eines Verdächtigen, Inspektor.«

Auf der zuständigen Polizeistation unterschrieb ich den Unfallbericht und einige Gehaltssterne für die Tat der beiden Beamten, die mir so prompt zu Hilfe gekommen waren. Ich fügte dem noch eine kleine Bemerkung hinzu über einen geringfügigen Schaden am Fahrzeug während der heißen Verfolgungsjagd und übergab die Akten in dreifacher Ausfertigung dem diensthabenden Polizisten. Als ich fertig war, bat ich darum, kurz ein Büro mit Telephonanschluß benutzen zu dürfen, und wurde in einen schachtelartigen Raum geführt, in dem ein Metallschreibtisch und ein krummbeiniger Stuhl standen.

Der Unfall hatte kathartische Wirkung auf mich. Ich war erschöpft, aber wieder imstande, klar zu denken. Ich mußte herausfinden, was mit Julia geschehen war. Es gab zwei Alternativen. Sie war einfach weitergezogen, wie Natalja behauptete; oder sie (und die anderen) waren von der Tscheka verhaftet worden. Nur Roy Rolkin würde das wissen. Es dauerte beinahe eine halbe Stunde, bis ich ihn zu Hause ausfindig gemacht hatte.

»Die Dynamos fegen gerade die Kanadier vom Eis«, brüllte Roy ins Telephon. »Sie sind noch besser als in Montreal. Ich schaue es mir gerade an.«

»Roy«, sagte ich. »Hör mir zu. Es gibt ein Gerücht, daß heute nacht eine wichtige Persönlichkeit aus den Reihen der Anarchisten um Amnestie ersucht haben soll.«

Er grunzte.

»Eine Version der Geschichte behauptet sogar, daß es sich um eine Frau handle.« Ich machte eine Pause. »Es handelt sich nicht um Julia, nehme ich an?«

Er explodierte. »Wenn es Julia wäre, würde ich das wissen, oder? Sie ist meine Angelegenheit. Ich wäre der erste, der es erfährt.«

»Ich bin sicher, daß das so wäre.«

»Ich habe vor knapp zehn Minuten mit meinem Oberdiensthabenden telephoniert, und er hat kein Wort davon gesagt, daß sich ein wichtiger Anarchist ergeben hat. Woher hast du diese lausige Information?«

»Einer von unseren Beamten hat sich wichtig gemacht. Die Amnestie liegt in der Luft, du weißt, wie es ist. Außerdem haben wir einen tollen amerikanischen Rock, der als Amnestiekommissarin in unserer Station sitzt. Deshalb will jeder dabei sein. Ist ja nur natürlich.«

»Sag deinem Mann, wenn er den Mund noch einmal so weit aufreißt, ziehe ich ihm sämtliche Zähne«, sagte Roy wütend. »Wenn wir Julia hätten, würde ich das innerhalb von Minuten erfahren. Und ich habe nichts gehört.« Er grunzte wieder. »Die Kanadier haben gerade einen Punkt gemacht, verdammt noch mal. Geh aus der Leitung. Komm vorbei und schau dir das Spiel an.«

Ich entschied mich jedoch, nicht zu Roy zu gehen. Ein Vehikel der 5. Station brachte mich zu meinem Auto zurück, und ich fuhr zu meiner Wohnung in Fili. Ich hatte Auszüge aus der Bibel gelesen. Ich hatte von tiefster Verzweiflung gehört. Nun wußte ich, was das war, wußte, wie es sich anfühlte. Julia war nicht von Natalja verraten und auch nicht von einem Spezialteam der Tscheka aus der Fabrik herausgezerrt worden. Sie war aus freiem Willen verschwunden. Ein paar Stunden, vielleicht sogar weniger, bevor ich in die Fabrik gekommen war.

Sie war verschwunden, ohne es mich vorher wissen zu lassen. Es war ohne Zweifel eine bewußte Entscheidung gewesen. So wurde ich also wieder einmal aus ihrem Leben hinausgeworfen.

Es gibt Zeiten, in denen ich nicht verstehe, wie meine Gefühlswelt funktioniert. Während ich fuhr, stellte ich mir ein Treffen der Schwesternschaft vor. Ich folterte mich selbst mit den Worten, mit denen Julia ihren Kameradinnen ihren Entschluß verkündete, das Lager zu wechseln. In meiner Vorstellung beugt sich die Sibirierin vor und fragt nach mir. Soll man es mir sagen? Würde man jemanden zurücklassen, um Inspektor Vadim zu informieren, was geschehen war? Ich sehe Julias Gesicht in voller Klarheit. Die Linien ihres Mundes verhärten sich. Sie schweigt. Dann wiederholt ihre Stellvertreterin, die Denissowa, die Frage. Die vier anderen führenden Kolleginnen, die sich um den Tisch versammelt haben, sitzen bewegungslos. »Mit Respekt«, sagt die Denissowa, »wir brauchen eine Entscheidung. Soll Vadim darüber informiert werden, daß wir zu einem neuen Basislager ziehen? Oder wird man es ihm überlassen, die richtigen Schlüsse zu ziehen?«

Und Julias Gesicht wird um eine Winzigkeit weicher, bevor es sich erneut verhärtet. Konstantin Vadim, sagt sie, muß es überlassen bleiben, seine eigenen Schlüsse zu ziehen.

Und während ich mir diese Komödie vorspielte, wußte ich, was für eine Lüge sie war. Julia hatte ihre Wahl getroffen. Ohne zu zögern. Freiwillig. Sie hatte sich ganz ohne Not dazu entschlossen, mich aus ihrem Leben auszuschließen. Daran hatte ich mich zu halten. Ich mußte unter allen Umständen vermeiden, sie zu entschuldigen. In einer Geste der Wut, die aus dem Kino stammte, schlug ich gegen das Steuer. Aber was ich fühlte, war Verzweiflung. Natalja hatte recht. Weit davon entfernt, Julia zu verraten, hatte sie recht.

Fühlte ich also Zerknirschung, weil ich Natalja verdächtigt hatte? Würde ich auf direktem Weg zurückfahren und ihr sagen, daß sie recht hatte?

Nein, Brüder. Nichts dergleichen. Nichts von all den Dingen, die ein anständiger Mann tun würde. Statt dessen fahre ich den Economy an meiner Wohnung vorbei ein Dutzend Blocks weiter, bis in den Hof eines alten Gebäudes aus Zeiten der sowjetischen Nomenklatur, wo Dr. Imogen ein Apartment bewohnt, und überrede den bewaffneten Hausmeister, oben anzurufen und zu fragen, ob sie bereit sei, Inspektor Konstantin Vadim zu empfangen.

Und ein paar Augenblicke später hat sie ja gesagt.

Ihr könnt es mir glauben, Brüder, wenn ich euch sage, daß ihr dem, was in dieser nächsten Stunde abging, nur folgen könnt, wenn ihr euch vorstellt, daß ich in einem Hollywoodfilm der dreißiger Jahre mitspiele. Als sie die Tür aufmachte, trug sie ein kurzes schwarzes Cocktailkleid, hohe Absätze und hielt ein Highball-Glas in der Hand, das zu drei Vierteln gefüllt war mit Eis und Whisky. In ihrer sinnlichen Art, sich zu bewegen, dem langwimprigen, nachdenklichen Blick, der glänzenden Perfektion ihrer Lippen könnt ihr sie euch als eine brünette Lauren Bacall vorstellen. Mir wurde die zerknitterte Humphrey-Bogart-Rolle unvermeidlich aufgedrängt wegen meiner zerrissenen Jackentasche und der Nässe, die ich auf den Schultern spürte. Sie nickte in Richtung der Bar, die eine Wand des langen Zimmers einnahm. »Bedienen Sie sich, Konstantin, während ich etwas hole, was zu den Drinks paßt.«

Ich ging hinter die Bar und starrte auf die Reihen von Flaschen, die auf den schwarzen, indirekt beleuchteten Regalen standen. Wodka wäre zu krude und zu plump. Und wer hätte je gehört, daß Humphrey Bogart Wodka trank? Ich wählte Scotch. Glenmorangie. Etwas, was sich Single Malt nennt. Ich fügte nur einen Spritzer Wasser hinzu in der Hoffnung, daß es so richtig war, und ging wieder zurück auf die andere Seite der Bar.

Ich beäugte die Sitzgelegenheiten. Die Wahl eines der gepolsterten Lehnstühle würde mich für den Rest des Abends isolieren. Das Sofa war zu offensichtlich. Ein Zug aus Hollywood wäre es, an der Bar zu beginnen und über das Gespräch eine gewisse Intimität aufzubauen. Und dann weiterzuziehen, vielleicht direkt ins Schlafzimmer?

Sie kam ein paar Minuten später mit einem Teller geräuchertem Stör auf dunklen Brotstreifen zurück. Der scharfe Geruch von Zitrone stieg mir in die Nase, als sie den Teller auf die Bar stellte.

Sie nickte in Richtung des Glenmorangie. »Die meisten russischen Männer, die ich kenne, hätten sich gleich an den Wodka gehalten«, sagte sie.

Während sie sprach, setzte sie sich auf einen der hohen Barhocker, wie es Frauen in den alten Hollywoodfilmen zu tun pflegen; ein Bein wurde langsam angehoben, bis eine glänzende Schuhkappe das Gewicht auf der Fußstütze übernahm ... das andere Bein wurde langsam übergeschlagen, um den entblößten Schenkel zu bedecken ... alles begleitet von einem langsamen Lächeln und minimal geschürzten Lippen, womit meine völlige Versklavung besiegelt war. Man kennt das.

»Ich muß Ihnen ein Geständnis machen, Konstantin«, sagte sie. »Bereits im allerersten Moment, als wir uns im Büro dieses absurden kleinen Mannes Brusilow begegnet sind, habe ich mit mir selbst eine Wette abgeschlossen. Zehn Tage, habe ich mir gesagt, dann verbringen wir einen Abend zu zweit.«

»Sie haben gewonnen«, sagte ich. In Wirklichkeit war ich allerdings der Meinung, ich hätte gewonnen.

Sie lachte. »Ich habe gehört, sie seien verreist gewesen. Nicht um die Freuden einer neuen Freundin zu genießen, nehme ich an.«

»Keine Freundin, nein.«

Sie schwieg einen Augenblick. »Dieses Mädchen, die Leiterin der Pathologie, Natalja Karlowa ... sie verfügt über eine gewisse Weiblichkeit, das ist nicht zu bestreiten.«

»Ich kenne sie kaum. Ich bin neu in Moskau, Sie erinnern sich«, sagte ich.

»Ah ... dann hatten Sie also bisher wenig oder gar keine Zeit ... um Freundschaften zu schließen?«

»Mit Dr. Karlowa? Wir arbeiten zuammen ...«

»Lassen Sie es nicht weitergehen, Konstantin. Trauen Sie meinem Instinkt zu dieser Frau.«

»Jetzt bin ich neugierig.«

»Sie bringt Ärger. Sie hat einmal für mich gearbeitet. Nur Ärger. Weniger rebellisch als illoyal.« Sie hielt kurz inne. »Wir sind natürliche Rivalinnen, sie und ich.« Mit beringter Hand wischte sie das Thema Natalja beiseite. »Nun denn, mein hübscher Konstantin ...« Ihr Parfüm traf mich mit Wellen purer Sinnlichkeit. »Jetzt muß ich raten, warum Sie gekommen sind.«

Ich lehnte mich gegen die Bar und schwenkte den Glenmorangie in seinem Glas. Mit der freien Hand hielt ich meine zerrissene Tasche fest. Ich hob den Blick und sah ihr in die Augen.

»Sie sind gekommen, damit ich für Sie ein Profil des Monstrums erstelle. Habe ich recht?«

»Ich möchte irgendwann mehr darüber hören«, sagte ich ausweichend. »Vielleicht können wir ein Treffen vereinbaren.«

»Aber warum reden wir nicht jetzt darüber? Wir beide. Wie können Sie mich als Frau ernst nehmen, Konstantin, wenn Sie nicht wenigstens bereit sind, sich mit meinen Gedanken zu befassen?«

»Natürlich tue ich das. Natürlich interessiert es mich.«

»Gut«, sagte sie langsam. »Ich möchte, daß Sie über folgendes nachdenken. Ich sehe ihn als jemanden, der durch den Krieg brutalisiert wurde. Ja. In erster Linie ist er ein Opfer des Krieges.«

»Ein Opfer.«

»Das ist richtig«, sagte sie. »Polizisten tendieren zu einer sehr engen, restriktiven Sichtweise des Opfers. Russische Polizisten tragen in dieser Hinsicht die gleichen Scheuklappen wie das NYPD.«

»Das NYPD?«

»Die New Yorker Polizei.«

»Vielleicht ist das so, weil die Polizisten die wirklichen Opfer zu sehen bekommen«, sagte ich. »Die alten Damen, die auf dem Bürgersteig zusammengeschlagen wurden. Junge Mädchen wie diejenige, die ich vor der Flaggenfabrik auf dem Sockel liegen sehen habe, aufgeschnitten von einem berserkerhaften Wahnsinnigen, den Sie Opfer nennen.« Je schöner eine Frau ist, desto eher sind Männer bereit, ihr in einer intellektuellen Auseinandersetzung nachzugeben. Doch nicht einmal Imogens makellose Schenkel rechtfertigten, die Sympathie für die Opfer auf das Monstrum auszudehnen.

Sie verzog die Lippen, dieses Mal milde verärgert. »Lassen Sie mich fortfahren.« Sie sah auf mein Glas. »Nehmen Sie sich noch einen Drink.«

»Für Sie auch?«

Sie schüttelte den Kopf. »Wo war ich stehengeblieben?«

Ich wußte, wo *ich* stand. Zumindest in meiner Phantasie wußte ich es. Jetzt hör zu, Kostja, sagte ich zu mir selbst. Stelle Fragen, aber versuche nicht, sie zu unterbrechen. Diese Dame ist eigensinnig. Gehe richtig mit der Situation um, dann wird ihr Weg derselbe sein wie deiner.

Ich stand auf und ging hinter die Bar, um mein Glas wieder aufzufüllen. Ich hatte noch nie zuvor Whisky mit einem solch tiefen Geschmack getrunken. Ich machte mir im Geist eine Notiz, die alte Polina im Laden in der Station zu fragen, ob sie je etwas mit dem Namen Glenmorangie in die Hände bekam. Dieses Mal versuchte ich ihn ohne Wasser.

»Gut«, sagte sie. »Durch den Krieg brutalisiert ... verloren und isoliert durch den Frieden ...«

Ich hob die Hand. Ich konnte nicht einfach den Mund halten und mein Glück seinen Lauf nehmen lassen. »Wir haben Beweise«, sagte ich, »daß die ersten Morde schon vor Ende des Krieges stattgefunden haben.«

»Das wußte ich nicht. Wie viele?«

»Wir haben nur in einem Fall einen stichhaltigen Beweis. Anekdotische Beweise etwa in einem Dutzend Fälle.«

»Anekdotische Beweise, Konstantin. Wirklich. Die Untersuchung von Mordfällen ist eine Wissenschaft. Und auch *falls* es vor Anastasia Modina Opfer gegeben haben sollte, ändert das nicht wirklich etwas an meiner These.«

»Die wäre?« Ich dachte, diesmal sollte ich wohl besser zuhören.

Sie machte es sich auf ihrem Barhocker bequem. »Nun, ich sage nicht, daß diese Brutalisierung nicht eine Geschichte hatte. Vielleicht in der Familie. Mißbrauch durch den Vater. Vielleicht sogar durch die Mutter.«

Ich nippte an meinem Whisky. Ich wußte, daß die Amerikaner gerne überall nach Opfern suchen. »Von der Mutter mißbraucht?«

»Ja. Das passiert tagtäglich«, sagte sie. »Die Bemühungen des Mißbrauchten zielen darauf hin, der grauen, beängstigenden Welt ihrer Erinnerungen an den Mißbrauch zu entrinnen.«

»Aber woran werde ich ihn erkennen, wenn ich ihn sehe oder verhöre? Sie verstehen meine Frage. Wie genau kann ein Profil sein?«

»Ich kann Ihnen nicht sagen, welche Kopfform er hat oder welche Blutgruppe. Aber ein Profil kann ziemlich präzise sein.« Sie lehnte sich gegen die Bar. »In diesem Fall haben wir es mit einem restlos Besessenen zu tun. Vielleicht sogar mit jemandem, der in der Jagd die Hälfte seines Vergnügens findet oder darin, dem Jäger zu entkommen, ihn an der Nase herumzuführen ... egal bei welchem Risiko. Mit Sicherheit haben wir hier jemanden vor uns, dessen Obsession es für ihn schwierig, nahezu unmöglich macht, ein normales Leben zu führen. Jemanden, der höchstens die einfachsten Routinearbeiten ausführen kann.« Sie saß mit gerunzelter Stirn da, konzentriert. »Sich wiederholende Tätigkeiten ermöglichen es ihm, sich in der Weise zu konzentrieren, die er braucht; unser Mann wird also häufig während des Tages auf dem Bau arbeiten oder, noch besser, im Straßenbau. Harte körperliche Arbeit hat dieselbe Wirkung wie ein leichtes, wenn auch nur zeitlich begrenzt wirkendes Linderungsmittel. Man findet es bei solchen Menschen häufig, daß sie sich freiwillig schweren körperlichen Aktivitäten unterwerfen. Gewichte stemmen zum Beispiel. Tätigkeiten, die sie bis weit über die Schmerzgrenze hinaus betreiben.«

Ich nickte, den Blick gesenkt, als sie ihre Beine bewegte, vom Hocker glitt, um die Bar herumging und sich einen neuen Drink einschenkte. Ich war mesmerisiert von der Art, wie die indirekt beleuchteten Regale ihr Haar zum Strahlen brachten, und vom flüssigen Faltenwurf ihres Kleides, als sie nach einer Flasche griff.

»Das hätten Sie mich tun lassen sollen«, sagte ich.

Sie ignorierte mich. Sie sprach jetzt mit monotoner Stimme, fast so, als sehe sie in die Zukunft. »Solche Menschen zeigen gewisse obsessive Verhaltensmuster. Der eine sammelt vielleicht etwas. Irgend etwas – Steine, nutzlose Metallteile ... Oder vielleicht bleibt er die ganze Nacht auf und schläft während des Tages, oder er schreit Hunde an. Oder er entwickelt beim Gehen Muster, geht ständig und immer wieder dasselbe Stückchen Grund ab ... jedes dieser Verhaltensmuster oder alle zusammen können der Krise vorausgehen.«

»Und was könnte sie auslösen?«

»Nahezu jedes traumatische Erlebnis im Leben dieses Menschen.«

»Zum Beispiel?«

»Das können Sie sich vorstellen ...«

»Das kann ich nicht.«

»Tun Sie nicht absichtlich so beschränkt, Kostja«, sagte sie. »Der Tod der Mutter wäre ein solch offensichtlicher Auslöser einer Krise.«

»Der Mutter, die ihn in seiner Kindheit mißbraucht hat?«

»Warum nicht? Ich habe einen Menschen in eine Krise stürzen sehen durch den Tod eines Kindes, das er jahrelang mißbraucht hatte. Sie müssen verstehen, daß solche Akte von Gewalt gegen einen Menschen in sich einen Versuch darstellen, einem unerträglich eintönigen Leben eine gewisse Lebendigkeit zu verleihen, ein wenig Theatralik.«

Ich schwieg.

»Also?« sagte sie.

»Ich denke nach.«

»Sie müssen offen bleiben.«

»Das bin ich.«

Ihre Augen verengten sich ärgerlich, und sie hob die Hände in die Luft. »Sie sind ziemlich lächerlich, Konstantin. Sie interessieren sich mehr dafür, wie ich meine Beine übereinanderschlage, wieviel Schenkel ich Sie sehen lasse, als für meine Gedanken, mit denen ich Ihr Monstrum zu profilieren versuche. Ich finde Ihre Haltung beleidigend. Ich finde sie enttäuschend männlich ...«

Ich breitete entschuldigend die Arme aus. »Das ist mir alles ziemlich neu«, sagte ich. »Aber ich höre Ihnen zu. Wirklich. Ich höre zu.«

Sie zögerte. »Nehmen Sie es wirklich auf?« Und als ich enthusiastisch nickte, lächelte sie. »Gut«, sagte sie vorsichtig. »Wenn dem so ist, gut.«

»Dieser Mensch, sagten Sie, könnte sogar durch den Tod von jemandem, den er mißbraucht hat, in eine Krise gestürzt werden?«

»Ja.«

»Einer der Männer, die wir festhalten, ist Wladimir Simakow. Vor kurzer Zeit starb seine jüngere Schwester. Tuberkulose. Sie war ungefähr acht. Als man sie fand, hatte sie böse Prellungen. Wurde wahrscheinlich über einen ziemlich langen Zeitraum so zugerichtet. Simakow behauptete, sie habe einige Male mit einer

Gruppe von Bettlern Schwierigkeiten gehabt. Die Polizei hat die Geschichte akzeptiert.«

»Und?«

»In derselben Nacht wurde später Anastasia Modina ermordet.«

Ihre Augenbrauen schossen nach oben. »Ist er als Verdächtiger glaubhaft?«

»Wir haben Probleme mit dem Laborbefund, aber es könnte sein.«

»Und Sie haben nie eine Verbindung hergestellt? Der Tod seiner jüngeren Schwester ... fast unmittelbar danach ein Gewaltverbrechen.«

»Langsam. Wir haben Simakow gerade erst festgenommen. Es war altmodische Polizeiarbeit, Geschichten von früher, die uns auf seine Fährte gebracht haben.«

»Aber als ihr ihn einmal hattet? Und anfingt, euch seinen Hintergrund anzusehen? Haben Sie da keinen Zusammenhang hergestellt?«

»Mein Stellvertreter Dronskij hat darauf hingewiesen, daß ihn möglicherweise der Tod seiner Schwester aus der Bahn geworfen haben könnte.«

»Das ist grob dargestellt, aber im Grunde das, was ich meine. Daß der Verlust sogar desjenigen, den er selbst mißbraucht oder der ihn mißbraucht hat, bei einem solchen Menschen eine Krise auslösen kann. Wie genau sind Sie auf diesen Mann gekommen?«

»Simakows Name tauchte auf, als meine Leute Listen von Männern durchgegangen sind, die in der Vergangenheit wegen sexueller Gewalt angeklagt worden sind.«

Sie war plötzlich äußerst angeregt. »Gibt es erhärtende Beweise?«

»Ich würde es nicht so stark ausdrücken. Er kannte Lydia Primalowa, das vierte Opfer.«

Ihre Augen glitzerten. »Und außerdem fängt er an, dem Profil zu entsprechen, das ich Ihnen entworfen habe.«

»Ja, vielleicht«, sagte ich zögernd.

»Gut. Nummer eins, Tod der Schwester. Sehen Sie noch etwas?«

»Er arbeitet auf dem Bau«, sagte ich widerwillig. »Und er stemmt wie ein Verrückter Gewichte. Aber das tun noch viele andere.«

»Das ergibt allmählich ein sehr interessantes Bild. Und wie steht es mit obsessiven Verhaltensmustern?«

»Mir ist nichts bekannt.«

»Das wäre es wert, herausgefunden zu werden.«

»Ein paar gute Fingerabdrücke wären einiges mehr wert.«

»Vielleicht«, sagte sie. »Aber wenn Sie die Profile sehen würden, die in den Vereinigten Staaten ausgearbeitet wurden, wären Sie beeindruckt. Sehr beeindruckt, Konstantin.« Sie machte eine Pause. »Haben Sie das Buch von Professor Benson gelesen?«

»Noch nicht zu Ende, aber es ist äußerst interessant … Kann ich es noch ein Weilchen behalten?«

»Wenn Sie glauben, daß es Ihnen nützt.«

Sie glitt von ihrem Hocker und ließ dabei den Rock hochrutschen. Ich erhaschte einen Blick auf ein paar Zentimeter nacktes Fleisch über der Seide und darüber warme Dunkelheit. Ich fühlte plötzlich eine zwingende Notwendigkeit, mich in sie zu versenken. Als sie mir ihre Hand entgegenhielt, war sie sich dessen ganz und gar bewußt. Ich rutschte von meinem Hocker und fühlte mich absolut unbehaglich. Sie nahm meine Hand.

Ich würde euch gerne erzählen, daß wir wie in einem Ballett auf ein großes, luxuriös ausgestattetes Schlafzimmer zutanzten. Die Wahrheit sieht anders aus. Das Schlafzimmer war so groß und so luxuriös, wie ein Mann sich das nur wünschen kann, aber mein Schwanz war so schmerzhaft steif, daß ich mich zusammenkauern mußte, um den Schmerz zu ertragen. Dabei sah ich mich in den riesigen Spiegeln neben ihr hin und her hüpfen und springen wie ein lüsterner Affe.

25 Es ist noch etwa eine Stunde bis zur Dämmerung, als ich mich Fili nähere. Ich fahre den Marschall-Zukow-Prospekt entlang, beobachte den ersten Hauch von Zitronengelb, der den östlichen Himmel beleuchtet, und frage mich, wie ich mich fühle. Mein ganzer Körper wird von einem Gefühl durchströmt, einem Gefühl des Triumphs. Soviel ist klar. Das bittere Gefühl, von Julia verraten worden zu sein, ist an den Rand meines Bewußtseins zurückgedrängt worden. Es wird in den nächsten Stunden oder Tagen wieder aufleben, dessen bin ich mir sicher. Aber im Moment bin ich beinahe in Frieden mit mir. Ich habe mit meiner ersten Frau aus dem Westen geschlafen, meiner ersten amerikanischen Frau. Es wäre verlockend zu sagen, daß es keinen Unterschied gab, aber Sex mit Imogen Shepherd *war* anders. Es ist wohlbekannt, daß russische Frauen in der Liebe gerne eine führende Rolle übernehmen. Auf jeden Fall hatte Julia das getan. Die Theorie besagt, russische Männer seien Rabauken im Wohnzimmer und Lämmer im Schlafzimmer. Ich weiß es nicht.

Doch ich weiß, daß Imogens außergewöhnliche Forderung, daß wir unsere sexuelle Erfahrung auch verbal miteinander teilen sollten, es zu etwas ganz anderem werden ließ, als ich je zuvor erlebt hatte. Die ganze Erfahrung unterlag vollkommen ihrer Führung, doch ich war weit davon entfernt, zu einem willigen Lamm in ihrem Schlafzimmer reduziert zu werden. Diese Rolle hatte sie mir nicht gestattet. Sie hatte mir Vergnügen bereitet, aber gleichermaßen von mir gefordert, daß ich ihr welches bereitete. Manchmal waren diese Momente zusammengekommen, manchmal nicht. Prüde wie ich bin, hatte mich der lebhafte Oralsex, den sie die ganze Nacht von mir gefordert hatte, etwas beunruhigt.

Die Lichter vorbeifahrender Autos strömten an mir vorbei und lullten meine Sinne ein. Möglicherweise, das wußte ich, würde ich erst verarbeiten müssen, was mit mir geschehen war. Ich bin emotional nicht gerade der schnellste. Doch ich wußte, daß etwas von Bedeutung mit mir geschehen war, was über einen spektakulären One-night-Stand weit hinausging. Davon war ich wenigstens überzeugt.

Mit diesen Gedankenfetzen über das, was für mich eine Erfahrung mit mehr als gewöhnlicher Wirkung gewesen war, stieg ich aus dem Auto und ging auf das Haus in der Semjon-Gasse zu, wo meine Wohnung lag. Automatisch sah ich zu den Fenstern hinauf. Ich zählte die noch unvertrauten Stockwerke und dachte zunächst, bei Madame Raissa brenne Licht. Dann erkannte ich mit einem Schock, der mich stehenbleiben ließ, daß das beleuchtete Fenster mein eigenes war.

Was sollte ich davon halten? Es stand außer Frage, daß ich das Licht nicht hatte brennen lassen. Ich stand in der Gasse und starrte an dem alten Gebäude hinauf. Ich brauchte eine halbe Minute, bis ich kapiert hatte, daß nicht nur mein Licht brannte. Ein ganz schwacher Lichtschein drang aus einem von Dimitrijs Zimmern, des Inspektors der Wasserwerke.

Ich rannte los und betrat das Gebäude. Ich entschied mich gegen den Aufzug und lief leise die Treppen hinauf. Die kürzlich erfolgte Reinigung meiner Lenden hatte in meinem Körper alle Arten von Energien und Aggressionen freigesetzt. Dieser kleine falsche Dimitrij durchsuchte meine Wohnung! Ein weiteres Stockwerk, mit der Geschwindigkeit eines amerikanischen Supermannes genommen, und ich würde ihn auf frischer Tat ertappen.

Die Glaslampe auf dem Treppenabsatz brannte, als ich meine Tür erreichte. Dimitrijs Tür stand einen Spaltbreit offen. Daher der schwache Lichtschimmer, den ich von der Straße aus gesehen hatte. Ich bewegte leise meinen Türknauf und stieß die Tür auf, während ich mich auf einiges gefaßt machte.

Aus dem Wohnzimmer rief Roys Stimme. »Genug mit deinen Wildwesttaktiken, du betrunkener Hurensohn! Komm rein und setz dich zu uns.«

Roy saß mit aufgeknöpfter Uniformjacke auf meinem Sofa, die Kiste mit dem französischen Wein, die Imogen mir geschenkt hatte, offen vor sich auf dem Boden.

»Im ganzen Haus nichts Anständiges zu trinken«, klagte er, während er eine leere Flasche beiseite stieß und den Korkenzieher bei einer zweiten ansetzte. Dimitrij, der Inspektor der Wasserwerke, stand mit einem halb entschuldigenden Grinsen in einer Ecke des Zimmers und trank Château Margaux aus der Flasche.

Ich trat mitten ins Zimmer. »Was zum Teufel ist hier los, Roy?« sagte ich und war mir meiner Sorge bewußt, daß Dimitrij von meiner Bekanntschaft mit einem Oberst der Tscheka erfuhr, falls er es nicht sowieso schon wußte. Diese kleinen Zeichen sind es, die mir bewußt machen, daß ich mich fürchte.

»Entwicklungen«, sagte Roy. Er sah auf. »Du kennst deinen Nachbarn, Sergeant Dimitrij ... Wie-heißt-er-doch-gleich ... Scheiße, früher beim sowjetischen KGB, heute bei unserer lieben nationalistischen Tscheka.«

Ich starrte den falschen Inspektor der Wasserwerke an und wandte mich wieder an Roy. »Was für Entwicklungen?«

»Werd nicht frech, Kostja. Was hast du die ganze Nacht getrieben, während ich Dimitrij fast zu Tode geschunden habe? Erzähl's mir nicht, ich rieche es an dir. Ekelhaft! Wie war sie? Nicht zufällig dein amerikanischer Rock, oder?«

»Entwicklungen, sagtest du.«

»Schau ihn dir an, Dimitrij. Er hat sein Teil gehabt, und jetzt möchte er am liebsten ins Bett und sich ausschlafen. Aber noch nicht, Kostja, mein Süßer. Du könntest einen langen Tag vor dir haben. Du kommst mit uns.«

»Ist es Julia?« sagte ich. »Sag mir wenigstens das.«

Roy wackelte mit dem Kopf. »Es geht um Julia«, gab er zu. »Den Rest erfährst du auf dem Weg zur Lubjanka.«

Ich habe bereits gesagt, daß man nicht Russe sein und sich nicht vor dem Namen dieses alten, gesamtrussischen Versicherungsgebäudes fürchten kann. Das Hauptquartier der Tscheka und seit fast einem Jahrhundert, seit den ersten Tagen, als die Sowjets es übernahmen, Schauplatz weiß Gott welchen Elends und Leids. Ich wurde zur Lubjanka gebracht. Und wozu? Wußte Roy, daß ich mit Julia Kontakt gehabt hatte? Mein Gott, wußte er, daß Natalja sie behandelt hatte? Das Ausmaß meiner Sorgen mußte mir zumindest deutlich ins Gesicht geschrieben stehen. Als wir mein Haus verließen und den Bürgersteig überquerten, wo ein großer Wagen ohne besondere Kennzeichen für uns vorfuhr, stieß mich Roy in die Rippen und zwinkerte.

»In Gottes Namen, Roy«, sagte ich, und sogar ich selbst hörte die Anspannung in meiner Stimme.

»Erzähl es ihm, Dimitrij«, sagte Roy freundlich. »Warum nicht?«

Der kleine Mann blieb auf dem Bürgersteig stehen, als der Fahrer aus dem Wagen stieg. »Wir haben in einer Suite im Untergeschoß Madame Raissa«, griente Dimitrij. »Ich und ein paar Kerle haben sie die ganze Nacht zum Singen gebracht.«

Zum Singen bringen, das ist ihr Begriff, der Begriff der Tscheka. Es soll Befragen meinen, aber jedermann weiß, daß es Schlagen bedeutet. Es bezieht sich auf das schmerzhafte Stöhnen benommener, beinahe bewußtloser Opfer. Das schreckerfüllte Stöhnen geknebelter Frauen, wenn ihre Körper von ihren Peinigern vergewaltigt werden. Roy hat in seiner Hol's-doch-der-Teufel-Manier oft mit solchen Sitzungen angegeben.

Und falls Madame Raissa als völlig unschuldige Botengängerin im Keller der Lubjanka gefoltert wurde, dann flog mein Herz ihr zu. Aber zugleich voller Angst. Denn ich wußte, daß es gegen diese Männer keinen Widerstand gab. Sie mußte gestehen, daß sie Nachrichten überbracht hatte. Und wenn die ersten Elektroden meinen Penis versengten, würde auch ich zugeben müssen, daß es Julia war. Welchen Schaden konnte das jetzt noch anrichten? Julia, du hattest recht, mir nicht das Geheimnis deines neuen Hauptquartiers anzuvertrauen.

Grüne und cremeweiße Korridore sind es, die den meisten Menschen im Innern der Lubjanka auffallen. Im ersten Untergeschoß ist das Cremeweiß zerkratzt und abgesplittert. Über den Betonstufen, die weiter hinunter in den Keller führen, haben die cremefarbenen Wände häufig rostbraune Flecken.

Wir gingen durch den Korridor, und Roy zupfte mich am Ärmel, um mich in einen Verhörraum gegenüber den schwarzen, schweigenden Zellentüren zu führen. Er griff nach der Tür und machte sie zu, damit Dimitrij uns nicht folgte. »Setz dich, Kostja«, sagte er. »Laß mich dich aufklären.«

Ich setzte mich auf den Verhörstuhl, und Roy pflanzte seinen stämmigen Hintern auf den Schreibtisch.

»Es war die klarsichtige Arbeit von Dimitrij Wie-heißt-er-doch-gleich, die uns so weit gebracht hat«, fing Roy an und holte eine Zigarre aus der Tasche, wackelte damit vor meiner Nase herum, und als ich nickte, zog er noch eine heraus.

Ich stand auf, ließ mir von ihm Feuer geben und sog den heißen Tabakrauch in meine Kehle, hielt ihn dort fest und blies ihn dann langsam wieder aus. Man braucht ein Leben lang, um Nichtraucher zu werden.

Ich saß da, und er zündete seine Zigarre an und nickte anerkennend beim ersten Zug. »Natürlich habe ich Dimitrij sofort die Nachbarwohnung zu deiner angewiesen, als du nach Moskau kamst …«

»Du hast nicht daran gedacht, mir davon zu erzählen.«

»Ah … du weißt, was für ein vergeßlicher Kerl ich bin, Kostja.« Roy zwinkerte zu mir herunter.

»Wenn es dir paßt.«

»Wie viele kleine Techtelmechtel zwischen Katja und dir habe ich vergessen«, sagte er nachdenklich.

»Techtelmechtel?«

»Auf Partys … ein paar Drinks.« Er rutschte vom Tisch. »Ein paar Drinks, ein bißchen Musik …« Hände in der Luft, Stumpenrauch, der sich zur Decke kräuselte. Er begann zu seinem eigenen Gesang einen lebhaften Tanz: »Ja, dreh dich und grapsche … Komm schon, Baby … dreh dich und grapsche … dreh dich und grapsche …« Er hielt inne und grinste breit. »Vergeßlich, das bin ich, weiß Gott.«

Mir wurde ganz tief unten im Magen schlecht.

»Gut, gut«, sagte er. »Dimitrij war da und hat auf dich aufgepaßt. Nur für den Fall, daß Julia zu dir Kontakt aufnehmen sollte und aus irgendeinem Grund, den ich nicht einmal erraten kann, nicht wollte, daß ich davon erfuhr.«

»Laß das, Roy … Du weißt, warum Julia unserer Seite Argwohn entgegenbringt. Sogar mit einer Amnestie. Es hat genügend gebrochene Versprechen gegeben. Das wissen wir beide.«

»Wissen wir, wissen wir, Kostja. Deshalb habe ich den kleinen Dimitrij darauf angesetzt. Und natürlich ist er jeden Tag mit leeren Händen dagestanden. Bis auf gestern.«

»Was ist passiert?« Ich gab mir größte Mühe, nicht zu zeigen, daß ich vor Angst zitterte. Indem ich jeden Muskel anspannte, konnte ich das Zittern meiner Hände und Lippen kontrollieren, es in einen Schauder verwandeln, den ich dann auf mitleiderregende Weise nicht verbergen konnte, obwohl ich eine plötzliche Bewegung daraus machte, hustete oder die Beine übereinanderschlug.

Ich glaube nicht, daß Roy irgend etwas davon entging. »Gestern«, sagte er, »war Dimitrij im Park. Machte dort auf dem Markt offensichtlich ein paar Einkäufe. Und plötzlich sieht er seine Nachbarin. Madama Raissa. Du hast sie natürlich getroffen.«

»Auf der Treppe.«

»Der kleine Dimitrij hat mir gestanden, er habe ein Penchant – hat der alte Adel es nicht so genannt? – für Madame Raissas Umfang. Sie ist dick, hm? Eine Oberweite wie die geschnitzte Galionsfigur eines alten Segelschiffs. Ich mag sie lieber schlanker. Aber nicht so Dimitrij ...«

»Erzähl weiter, Roy.«

»Nur ein bißchen Hintergrund. Denn nichts von allem wäre geschehen, wäre da nicht Klein-Dimitrijs Lüsternheit für Madame Raissa. Kleine Männer haben oft so ein Faible für dicke Frauen, weißt du.«

»Roy ...«

»In Ordnung. Dimitrij im Park. Madame Raissa sechzig, siebzig Meter entfernt. Wenn er nicht ... du weißt schon ... wäre er weitergegangen. Zu dem Zeitpunkt hatte er seine Einkäufe erledigt, ich glaube, es waren Heringe, und er war bereits auf dem Heimweg. Nun wären wohl die wenigsten von uns der Ansicht, ein Netz voller Heringe sei die beste Begleitung bei einem zufälligen romantischen Treffen. Aber nicht so Dimitrij.«

Ich wippte auf meinem Stuhl zurück.

»Ich bin gleich soweit, Kostja, werde nicht ungeduldig. Dimitrij ändert seine Richtung. Verstehst du, er geht gerade an dem alten Musikpavillon vorbei, als Madame Raissa auf das Café zusteuert. O ja, sie steuerte auf das Café zu, als Dimitrij die Richtung wechselte. Und bevor sie die Tür zum Café erreicht hat, die zu dieser Jahreszeit wegen des Wetters geschlossen ist, kommt eine junge Frau heraus.«

Ich hielt die Zigarre in der geballten Faust.

»Die junge Frau hatte asiatische Gesichtszüge. Vielleicht Sibirierin. Möglicherweise auf ihre eigene Art schön, obwohl ich selbst überzeugter Europäer bin. Vor Dimitrijs Augen geht das Mädchen auf der Treppe auf Madame Raissa zu, und sie wechseln ein paar Worte.«

Ich zwang mich zu der Frage. »Wer war die Asiatin? Das ist doch sicher für unsere Geschichte von Bedeutung.«

»Ist es. Ich kenne ihren Namen nicht. Aber ihr *Nom de guerre* ist Slawina.« Seine Augen waren auf mein Gesicht gerichtet. »Im letzten Kriegsjahr war sie ein führendes Mitglied in Julias Stab.«

»Ah ...« nickte ich. »Und was geschah dann?«

»Dimitrij versuchte, sie festzunehmen. Unter uns als Polizeioffizieren, Kostja, ich glaube, er war zu voreilig. Das Mädchen verschwand wie der Wind.«

Das hatte ich selbst gesehen. »Und?« Ich stellte diese Frage leichthin. «Ihr habt sie nicht gekriegt.«

»Sie hatte Zeit, mit Madame Raissa zu sprechen.« Roy stand vom Tisch auf. »Da war sich Dimitrij sicher. Sie hat eine Nachricht weitergegeben.«

»Das würde er auf jeden Fall behaupten, um zu verschleiern, daß ihm die Sibirierin durch die Lappen gegangen ist.«

»Vielleicht. Vielleicht auch nicht. Es gibt einen Weg, das herauszufinden.«

»Hier unten«, sagte ich. »Die arme Frau. Ist sie hier unten?«

»Nicht die glücklichsten Umstände für einen Besuch«, sagte Roy. »Aber bist du nicht neugierig auf die Nachricht? Fragst du dich nicht, warum Madame Raissa als Überbringerin ausgewählt wurde?«

Es hatte keinen Sinn, so zu tun als ob. »Warum sollte ich mich das fragen?« sagte ich. »Wenn jemand aus Julias Stab mit der Frau Kontakt aufnimmt, die im selben Block wohnt wie ich, ist der Grund der, daß Julia mit mir Kontakt aufnehmen wollte. Das ist nur logisch.«

Doch in meinem Innern kämpfte die scheußlichste Mischung aus Freude und Schrecken. Freude, daß Julia versucht hatte, Kontakt aufzunehmen, um mir zu sagen, wohin sie gegangen war. Schrecken, daß eine unschuldige Vermittlerin in die Lubjanka verschleppt worden war. Aber hatte die Sibirierin Madama Raissa gesagt, wo sie sich versteckt hielten? Julia hätte niemals zugelassen, daß eine dritte Person eine solche Information erhielt.

»Ihr habt Madame Raissa also schon seit Stunden hier unten«, sagte ich. »Dann habt ihr inzwischen alles aus ihr herausgeholt, was sie zu geben hatte.«

»Dimitrij ja, das ist sicher. Aber sie ist ein zäher alter Vogel. Würdest du glauben, daß sie in sechzehn Stunden harten Singens nichts gesagt hat? Behauptet, die Sibirierin nicht zu kennen, was ich ihr glaube, und daß keine Botschaft überbracht wurde. Ihr zufolge hat die Sibirierin ihren Körper angeboten – es gibt für jede Frau in mittleren Jahren, die genug Geld und den Geschmack für so etwas hat, eine Menge lesbischer Huren, die sich in der Nähe des Parkcafés herumtreiben.«

»Vielleicht ist es die Wahrheit. Vielleicht reicht Dimitrijs Sicht nicht weiter als seine Beine.«

Roy lachte. »Was für ein boshafter Mensch du bist, Kostja. Aber ich glaube nicht, daß du das glaubst. Nein. Was ich von dir möchte, ist etwas anderes. Ich möchte, daß du über den Korridor gehst und ein Wörtchen mit Madame Raissa redest.«

»Was für ein Wörtchen?« fragte ich voller Entsetzen.

»Ich verlange nicht von dir, daß du sie trittst«, sagte Roy. »Sie weiß, daß die Botschaft für dich bestimmt war. Glaub mir, in diesem Moment wird sie mehr als froh sein, wenn sie von der Verantwortung erlöst wird. In meiner Position bekommt man einen guten Einblick in die menschliche Natur, das kann ich dir sagen.«

Roy ließ mich mit ihr allein. Das war ein Teil seiner Verschlagenheit, den zu erwägen ich keine Zeit hatte. Ich stand in der Zelle unter der einzelnen hochaufgehängten dicken Glühbirne und sah auf die Gestalt im geblümten Kleid, die auf dem Bett lag. Das rote Haar war direkt am Ansatz mattschwarz, und feuchte Löckchen ringelten sich in ihrem Nacken. Ihre kräftigen Beine waren nackt bis auf einen Strumpf, der um einen Knöchel gerollt war. Ich blieb in der Mitte des Raums stehen und sagte leise: »Madame Raissa. Ich bin es, Konstantin Vadim.«

Sie drehte sich beinahe sofort um, aber ihre Bewegung war

langsam und schmerzhaft. Ihr Gesicht blutete, und ihre Lippen waren geschwollen. Das Kleid war über der Brust zerrissen, und als sie ihre Drehung vervollständigte, sah ich einen dunklen Blutfleck auf dem Stoff zwischen ihren Beinen. Ich denke, daß ihr bewußt war, daß ich darauf starrte, denn sie gab etwas zwischen einem Seufzer und einem bestätigenden Nicken von sich. »Sie kennen keine Grenzen, diese Folterer, Konstantin«, sagte sie.

Ihre Stimme klang schwach, sie atmete stoßweise. »Unzivilisierte Rohlinge. Habe ich dich nicht vor dem falschen Dimitrij gewarnt?« Sie versuchte zu lächeln, und es tat weh zu sehen, wie sich ihre geschwollenen Lippen an den Winkeln hoben.

Ich fühlte eine völlig irrationale Welle des Stolzes. Wer sonst, wenn nicht eine russische Frau, konnte über sechzehn Stunden durchhalten gegen ... Mein Stolz schrumpfte. Ihre Folterer waren natürlich ebenfalls Russen. Ich setzte mich neben sie auf das Bett und nahm ihr Handgelenk. Ihr Puls schlug schnell und unregelmäßig, vielleicht mehr als zweihundertmal pro Minute, in flachen, maschinengewehrartigen Stößen. Ich war krank vor Zorn darüber, was man ihr angetan hatte. Aber ich wußte, daß ich nichts tun konnte, um ihr zu helfen. Falls Roy entschied, daß sie nicht mehr von Nutzen war, würde man sie freilassen. Entschied Roy, daß sie mehr zu sagen hatte, würde man wieder Dimitrij und seine Männer zu ihr lassen.

Ich versuchte, ihr die Hand unter den Kopf zu legen, um sie zu stützen, aber als ich ihr feuchtes Haar berührte, zuckte sie zusammen. Als ich meine Position veränderte, um ihre Schulter zu stützen, sah ich den blutigen Abdruck auf meiner Hand.

Ich dachte nicht klar, aber ich wußte, daß Roy recht hatte. Ich mußte ihr die Verantwortung abnehmen. »Das sibirische Mädchen«, sagte ich. »Sie hatte eine Botschaft von Sonja.«

Madame Raissa nickte. Ihr Kopf hing nach vorne. Sie blutete aus den Ohren. Mit meiner freien Hand hielt ich ihr Kinn. Einen Augenblick lang beobachtete ich, wie das Blut sich in der kleinen Ohrmuschel sammelte, den Rand erreichte und ihr in einem kleinen Rinnsal seitlich über den Hals lief. »Sie sagte, sie würde dich treffen. In zwei Tagen. Am Parkcafé.«

»Nein.« Ich brachte meine Lippen so nahe, daß ich ihr blutiges

Ohr berührte. »In der Fabrik in der Vatutin-Straße. Wenn sie noch einmal hereinkommen, sagen Sie ihnen das«, flüsterte ich eindringlich.

Sie war zu schwach, um zu fragen, warum. Sie nickte mit dem Kopf. »Vatutin-Straße«, sagte sie. »Das sage ich ihnen.«

»Jetzt ruhen Sie sich aus«, sagte ich. Ich senkte meinen Arm, bis sie wieder flach auf dem Bett lag.

»Ah, Konstantin«, sagte sie. »Du hättest mich in meinem Kostüm für Massenets *Manon* sehen sollen. Ich habe 1995 in Smolensk die Saison eröffnet ...« Ihr Gesicht war trotz der Verletzungen alarmierend grau. Was konnte ich ihr sagen? Ich fühlte eine schreckliche Scham. Als ich dasaß und auf sie hinabsah, flatterten ihre Lider, und sie schloß die Augen. Ihr Atem und der Puls gingen mit derselben verrückten Geschwindigkeit weiter, sprangen und stoppten in Abständen. Ich konnte nicht glauben, daß sie noch viel länger überleben würde. Doch ihre Augen öffneten sich wieder, und sie lächelte mit ihren geschwollenen Lippen zu mir auf. »Ich habe ihnen nichts gesagt«, sagte sie.

»Ich wußte, das würden Sie nicht tun.«

»Ich habe es bei meinem Leben geschworen, Konstantin.«

Ihre Augen waren geschlossen. Ich hätte versuchen können, noch einmal ihren Puls zu messen, sah aber keinen Sinn darin. »Vatutin-Straße«, sagte sie mit geschwollenen Lippen.

26

»Sie hatten sich ohne jeden Zweifel hier versteckt«, sagte Roy, als wir in dem Raum standen, in dem Julia vor nur zwei Nächten gelegen hatte. Er trat vor und sah sich die Matratze an. »Ich würde sagen, eine von ihnen hat eine Menge Blut verloren. Was meinst du, Kostja?«

»Es sieht so aus.«

Mitglieder von Roys Spezialabteilung, von Dimitrij angeführt, verteilten sich im Raum. »Sollen wir den Raum nach Spuren absuchen, Herr Oberst?« fragte einer der Männer und streckte den Kopf zur Tür herein.

Ich hielt den Atem an, während Roy überlegte. »Das ist kaum

der Mühe wert«, sagte er. »Es ist auf jeden Fall die Adresse, die die alte Opernsängerin uns gegeben hat, bevor sie ihre letzte Arie gesungen hat.« Er strahlte mich an. »Julia war hier. Ich kann sie beinahe riechen, verdammt.«

Warum ließ mich dieser Satz neben allen anderen Beleidigungen, die Roy losgeworden war, inständiger wünschen, ihn zu schlagen, als ich es mir seit unseren Tagen auf dem Schulhof je gewünscht hatte?

Ich atmete tief durch. »Sie hat auch noch einen guten Geruch«, sagte er. Wir wußten beide, wovon er redete.

Er wandte sich ab und ignorierte mich, während er durch die anderen Räume des Büros spazierte und sich mit Dimitrij unterhielt. Ich ging herum, stand vor dem Ofen, den ich während der furchterregenden Nacht versorgt hatte und der nun kalt war. Hinter der geöffneten Klappe der Feuerstelle lag ein Häufchen Asche, Papierasche, grau wie das Morgenlicht.

»Etwas gefunden?« Roy stand neben mir, bevor ich mich bücken konnte. Er ging in die Hocke und faßte vorsichtig in den Ofen. »Alle Zeichen eines schnellen Aufbruchs«, sagte er.

»Als sie wußten, daß ihr Madame Raissa hattet, war es wohl kaum wahrscheinlich, daß sie noch bleiben würden.«

»Genau. So daß wir uns ausrechnen können, daß sie zusammengepackt und ihre wichtigsten Papiere verbrannt haben, sobald diese sibirische Frau, Slawina, hierher zurückkam. Nur vor ein paar Stunden.«

Ich nickte.

»Außer«, sagte Roy und hob eine Handvoll Asche aus dem Ofen, die er durch seine Finger rieseln ließ, »daß nicht mehr die geringste Wärme vorhanden ist.« Er streckte den Zeigefinger aus und steckte ihn tief in die Asche. »Nicht ein Grad Wärme übrig.«

»Was schließt du daraus?«

»Du bist der Polizist«, sagte er. Er sah mein Gesicht und lächelte. »Ich bin nur ein stümpernder Geheimpolizist. Welche Schlüsse zieht der Ermittler?«

»Daß sie schon vor Madame Raissas Treffen im Park verschwunden sind.«

Roy reagierte in keiner Weise. Er hockte noch immer vor dem

Ofen und überlegte. »Es ist doch wohl nicht möglich, Kostja«, sagte er langsam, »daß du früher schon einmal hier warst?« Er hüpfte herum wie ein Frosch, um mich anzusehen, nur ein paar Zentimeter Abstand zwischen unseren Augen.

»Nein«, sagte ich und legte meine Hand flach auf den Boden. »Das ist nicht möglich.«

Er stand auf. »Sehr gut«, sagte er. »Ich nehme dich beim Wort. Anhand der Fingerabdrücke wird sich sowieso zeigen, ob du mich an der Nase herumführst.«

»Ich dachte, du hättest dich dagegen entschieden, Fingerabdrücke nehmen zu lassen?«

»Ich habe meine Meinung geändert. Das ist ein Vorrecht der Frauen und Geheimdienstoffiziere.« Er zwinkerte. »Sie ist klug, unsere Julia, aber ich bin nur eine Haltestelle hinter ihr, Kostja.«

Ein Schrei draußen erregte seine Aufmerksamkeit. Ein paar Mitglieder des Kommandos, die den Fabrikhof untersuchten, hatten in einem ehemaligen Blumenbeet ein flaches Grab entdeckt. Ich vermutete sofort, daß es sich um das Grab jenes Mitglieds aus Julias Gruppe handelte, das bei dem Granatangriff auf Koba umgekommen war, aber Roy schien einen Moment zu glauben, es sei Julias Grab. Sein Gesichtsausdruck war grimmig, als er den Befehl gab, die Leiche auszugraben.

Wir standen da und sahen den Männern zu, die Schaufeln geholt hatten und schnell die in ein Laken gewickelte Leiche einer Frau ausgruben. Ich wandte mich ab und ging davon, denn mir ist nie sehr wohl zumute bei dem Gedanken, zersetzende Überreste zu untersuchen. Roy interpretierte dies als Furcht meinerseits, sie könnten die Mumie auswickeln und Julias Gesicht enthüllen. Ich sah aus der Ferne, wie er sich umdrehte. »Sie ist es nicht«, rief er mir zu. »Es ist eine von ihnen, aber sie ist es nicht.«

Ich glaube, dieser Zwischenfall brachte ihn irgendwie zu der Überzeugung, daß ich nicht vorher mit Julia in Kontakt gewesen war. So unmöglich ich es schon immer gefunden habe zu verstehen, wie seine Gedanken arbeiten, glaube ich doch, daß sein Griff auf meinem Arm, als wir zum Wagen zurückgingen, etwas wie Mitleid ausdrückte wegen der schrecklichen Angst, die ich seiner Ansicht nach durchgestanden hatte.

27 Ich war erschöpft, aber ich konnte nicht nach Hause in meine Wohnung. Ich sagte zu Roy Rolkins Fahrer, er solle mich vor meinem Büro aussteigen lassen. Ich schüttelte Roy die Hand, als ich ihn verließ, und betete, daß meine Verachtung nicht sichtbar war. Als seine Ratte Dimitrij mir aus dem Wagen dahinter zum Adieu zuwinkte, fühlte ich eine solch mörderische Wut in mir aufsteigen, daß ich am liebsten zu ihm hingelaufen wäre und ihn auf den Bürgersteig gezerrt hätte. Ich sah nur Madame Raissas geschwollene Lippen und den großen roten Fleck auf dem Kleid zwischen ihren Beinen.

Ich stieg die Treppe hinauf zu den drei runden gelben Lampen, die über dem Eingang brannten. Der Sergeant, der Nachtdienst gehabt hatte, hörte gerade auf zu arbeiten. Ich ging durch die große runde Eingangshalle; meine Schritte hallten auf den Fliesen wider. Hinter einigen Bürotüren schien Licht durch das matte Glas, aber nirgendwo klingelten Telephone, es gab weder hin und her laufende Kriminalpolizisten noch Schlangen verängstigter Bittsteller. Ich trat durch die Schwingtür und durchquerte eine leere Mordkommission. Meine Bürotür stand offen. Ich trat ein und sackte in meinem Drehstuhl zusammen. Ich fühlte, wie meine Lippen zitterten, ganz wie damals als Kind, wenn mich das gewalttätige Geschrei aus dem Schlafzimmer meiner Eltern verstört hatte.

Ich dachte an den falschen Dimitrij, und mich fror. Ich dachte an Roy Rolkin. Eine unschuldige Dame mittleren Alters war auf Befehl von jemandem geschlagen und mißbraucht worden, mit dem ich im Fernsehen gemeinsam Fußballübertragungen anschaute. Alle anderen Aspekte meiner langen Nacht waren ausgelöscht.

Das Rasseln des Telephons ein paar Zentimeter von meinem Ohr entfernt ließ meinen Kopf mit einem schmerzhaften Ruck hochfahren. In meinem Gehirn rauchten die ausgebrannten Enden irgendwelcher Träume. Ich griff nach dem Hörer. »Moskau, Distrikt«, sagte ich und schmatzte mit den Lippen, um die Spucke zum Fließen zu bringen, »Rot-Presnja. Inspektor Vadim am Apparat.«

»Konstantin?«

Träumte ich? Ich starrte ungläubig auf den Hörer in meiner Hand. Schaute daran vorbei in das Dunkel der verlassenen Mordkommission, die sich hinter der Tür meines Büros ausdehnte. Nein, ich war wach. Ganz wach. Und es war Julias Stimme, die aus meinem Bürotelephon drang.

»Kannst du sprechen?« fragte ihre Stimme.

»Um Gottes willen, was tust du? Ausgerechnet hier anzurufen …«

»Wo sonst?« sagte sie, und ich hörte, daß sie lächelte. »Jemand ist dir von der Fabrik aus gefolgt. Ich mußte schnell mit dir sprechen, um dir zu sagen, daß du dir keine Sorgen zu machen brauchst.«

»Keine Sorgen …!«

Ich hörte ihr Lachen durch den Hörer perlen. »Du mußt kommen und mich besuchen. Block B, die Pasternak-Wohnungen. Das ist draußen in den neuen Distrikten. Babuschkin. Findest du das?«

»Ich finde es. Wann?«

»Warte ein paar Tage. Aber dann, sobald du kannst. Ich war zu lange ohne dich, Kostja.«

Das Risiko, das sie einging, um mit mir zu sprechen!

Nachdem sie aufgelegt hatte, saß ich da, und mein Schädel brummte.

28

Dronskij ließ mich an meinem Schreibtisch bis beinahe zehn Uhr schlafen, dann weckte er mich mit einer Tasse Kaffee und dem Angebot von ein paar Bissen von seinem Fischburger.

»Sie brauchen was im Magen, Chef, gegen die schlechten Nachrichten«, sagte er.

Ich beäugte ihn, während ich an meinem Kaffee nippte.

»Der Verdächtige Simakow ist sauber«, sagte er. »Wenigstens solange wir davon ausgehen, daß es nur ein Monstrum gibt.«

»Davon gehen wir aus.«

»Er steht bis zu den Achseln in Alibis. In der Nacht des zweiten

Mordes war er die ganze Nacht bei einem Regierungsprojekt hundert Kilometer von Moskau entfernt.«

Ich nickte. Ich hatte keine besondere Hoffnung gehabt, nicht einmal nachdem Dr. Imogen das Profil erstellt hatte. »Haben Sie ihn entlassen?«

»Er geht heute morgen, Chef. Mit Ihrer Erlaubnis. Der Oberwärter weigert sich, ihn noch eine Nacht dazubehalten.«

»Hat er Ärger gemacht?«

»Nicht wie üblich. Er saß die ganze Nacht auf seiner Pritsche und hat sich selbst ins Gesicht geschlagen. Er hat damit angefangen, gleich nachdem wir ihn festgenommen hatten. Heute morgen war er grün und blau und hat jedesmal vor Schmerz geschrien, wenn er sich geschlagen hat.«

Ich war plötzlich hellwach. Was hatte Imogen gesagt? Sich wiederholende Handlungen? Ein Muster von selbst zugefügten Schmerzen?

Das war gespenstisch nahe dran. Und doch hatten die realen Tests Simakow klar ausgeschlossen. »Dronskij ... hat Dr. Shepherd je irgendwelche Fragen zu Simakow gestellt?«

»Nein, Chef. Was für Fragen?«

»Zu seinem Hintergrund oder seinen Gewohnheiten.«

»Nein. Nichts dergleichen.«

Ich dankte ihm, und er ließ mich in Ruhe. Ich gähnte. Es war nicht abzustreiten, daß sie ziemlich nahe herangekommen war. Merkwürdig. Aber im Moment hatte ich genug zum Nachdenken. Ich schob den Gedanken beiseite.

Ich nahm meinen Kaffee und trat ans Fenster. Rot-Presnja war ein Anblick, der nicht einmal einen schlechten Dichter inspiriert hätte. Ich beobachtete einen Rotfuchs, der an einer zerborstenen Mauer entlangschlich. Die Moskauer Füchse waren durch die Leichen während der Bombardierungen rund und wohlgenährt. Meine Gedanken wanderten zu den Wildwechseln der arktischen Füchse, denen wir als Jungen gefolgt waren. Damals konnte man eine frische Spur für hundert Rubel an einen Jäger verkaufen. Seltsam, wie gut Roy Rolkin darin geworden war, Spuren zu lesen.

Ich wandte mich wieder an Dronskij. »Dann haben wir also

nichts. Vier Morde nach dem exakt gleichen Muster. Aber wenigstens zwei Mörder, wenn wir dem pensionierten alten Professor Glauben schenken sollen, dem Dr. Karlowa die Tests anvertraut hat.«

»Du kannst ihm vertrauen«, klang Nataljas Stimme kalt von der offenen Tür. »Und wenn du *mir* nicht glauben willst, kannst du ihn selbst treffen, wann immer du möchtest.« Sie warf eine Mappe mit Papieren auf meinen Schreibtisch. »Das Ersuchen um Beisetzung der Lydia Primalowa. Ich bin fertig mit ihr, dem armen Ding. Gibt es einen Grund, sie nicht ihrer Schwester zu überlassen, damit sie beerdigt werden kann?«

»Nein …« Ich schaute zu ihr hoch. »Ich werde heute morgen unterschreiben, daß man sie Nellie Christiakowa überläßt.«

Ich hatte ihr einiges zu sagen, was ich nicht vor Dronskij sagen konnte – Dinge, die ich jetzt nicht sagen wollte. »Vielleicht können wir uns später treffen«, sagte ich. »Wir haben einiges zu besprechen.«

Sie stand da in ihrem weißen Kittel, das Haar in einem Knoten gebändigt, und sah auf mich herunter. Ihr Gesichtsausdruck wurde weicher. »Du siehst aus, als hättest du eine lange Nacht hinter dir, Inspektor. Sogar als Ärztin würde ich ein paar Stunden Ruhe empfehlen.«

Nachdem sie gegangen war, kratzte sich Dronskij den geschorenen Schädel. »*Sogar* als Ärztin … was sollte das heißen, Chef?«

Ich bin sicher, daß er es wußte.

Es war Sergeant Bitow, der mich bei meinem Mittagsschläfchen störte. Er wurde von Dronskij hereingebeten und trug einen einschüchternden Wust von Papieren unter dem Arm.

»Ich finde, das sollten Sie hören, Chef«, sagte Dronskij und stellte sich seitlich neben meinen Schreibtisch.

»Was hören?«

Dronskij wies Bitow an zu beginnen, während ich ein Gähnen unterdrückte und mir das Gesicht rieb. Die kratzenden Bartstoppeln unter meiner Handfläche erinnerten mich daran, wie ich aussehen mußte. »Kann das nicht bis später warten?« Ich versuchte, das Bittende in meinem Ton zu unterdrücken.

»Nein, Chef«, antwortete Dronskij mit einer Festigkeit, die ich an ihm nicht kannte.

»In Ordnung, Bitow.« Ich sagte ihnen, sie sollten sich setzen.

Er konnte die Zufriedenheit auf seinem kleinen Fuchsgesicht kaum verbergen. »Bei der Neuuntersuchung der Aussagen der Verwandten der Opfer im Fall 4320, den sogenannten Monstrum-Morden ...«

»Sie haben noch einmal die Akten studiert?«

»Ja, Chef.«

»Gut. Und Sie haben etwas gefunden, was wir alle vorher möglicherweise übersehen haben? Wollen Sie das sagen?«

»Ja, Inspektor. Oder wenigstens glaube ich das. Vielleicht haben Sie die Verbindung auch schon gesehen.«

Ich schüttelte den Kopf. »Geben Sie mir eine von Ihren Zigaretten – bitte, Dronskij.«

Ich nahm die Zigarette von Dronskij, ließ mir Feuer geben und nickte Bitow zu. »Mit Ihren eigenen Worten«, sagte ich. »Schießen Sie los.«

»Während meiner normalen Dienstzeit las ich sämtliche Aufzeichnungen über Ihr Gespräch mit der Schwester des letzten Opfers, Lydia Primalowa. Und ich bemerkte, daß Sie die Frage stellten, ob sie Kirchgängerin gewesen sei.«

»Gromek, der Nachtwächter, hatte gesagt, daß sie das war. Ihre Schwester, Nellie Christiakowa, wußte nichts davon.«

»Bleiben wir kurz bei diesem Gedanken, Chef. Kirchgängerin, ja?«

Er blätterte in den Papieren auf seinen Knien. »Im Fall des ersten Opfers, Anastasia Modina ... Ihre Mutter, Vera Modina, machte später an jenem Tag eine Aussage auf dieser Station ...« Weiteres Blättern. »Genaugenommen um 14.30 Uhr an jenem Nachmittag ...« Er beugte sich vor und legte die Aussage auf meinen Tisch. »Das ist die Aussage, die Sie gelesen haben werden, als Sie den Fall übernahmen.«

»Ja.« Ich sah das Dokument zum erstenmal.

»Aber als ich meine Notizen zu Kollege Jakunins Fragen noch einmal durchging, fiel mir auf, daß ein Punkt nicht in die Aussage aufgenommen worden war, der in meinen Notizen stand.«

Ich wartete.

»Wenn Sie sich Seite 5 der Aussage anschauen wollen, Inspektor...« Er wartete, bis ich die maschinengeschriebene Seite gefunden hatte. »Dort werden Sie den folgenden Satz lesen: ›Meine Tochter Anna kam normalerweise spät von diesen Treffen zurück...‹«

Wellen von Schlaf überspülten mich. Ich lief Gefahr, mitten in Bitows großem Moment ohnmächtig zu werden. Ich wandte mich an Dronskij. »Wodka, Dronskij«, sagte ich. »Wenn Bitow wirklich etwas gefunden hat...«

»Ich habe welchen im Schreibtisch, Chef«, sagte Dronskij und eilte hinaus. Er war sofort zurück. Eine Flasche Borrodino und drei Gläser wurden auf meinem Schreibtisch arrangiert.

»Gießen Sie ein«, sagte ich.

Der erste Schluck klärte meinen Kopf auf wunderbare Weise. Ich nahm die Flasche und schenkte jedem noch einmal ein.

»Was waren das für Treffen, an denen die Tochter teilnahm?« fragte ich. Ich wußte, daß ich vorsichtig sein mußte. Die Antworten standen wahrscheinlich alle auf den Seiten, die ich noch immer nicht gelesen hatte.

Bitow leerte seinen zweiten Wodka in einem Schluck und nickte enthusiastisch. »Das ist genau der Punkt, Inspektor. Die Treffen wurden von der Mutter als eine Art Jugendtreffen beschrieben. Was mich noch einmal zum Nachdenken brachte, war die Zeit, zu der sie von diesen Treffen zurückkam. Schließlich wurde sie um halb zwei Uhr nachts auf ihrem Heimweg ermordet. Sie war erst siebzehn. Das hat mich zum Nachdenken gebracht, Inspektor.«

Ich hätte sagen können, daß ihn das viel früher zum Nachdenken hätte anregen sollen, aber ich war nicht in der Position, mit Steinen zu werfen. Statt dessen schenkte ich uns allen noch einen Wodka ein.

»Letzte Nacht kam mir der Gedanke wieder. Ich stand auf, machte Licht an und fing an, meine Aufzeichnungen durchzugehen. Meine Frau war nicht sehr erbaut davon«, sagte Bitow und hielt mir sein Glas hin, »aber ich fand die Stelle und konnte überprüfen, was die Mutter des toten Mädchens bei dem ersten Gespräch mit mir und Jakunin gesagt hatte. Sie sagte, und ich zitiere jetzt aus meinen Aufzeichnungen:

›*Vera Modina*: Sonntag abends ist die Gemeinde.

Jakunin: Was bedeutet das?

Vera: Dann ist sie immer zu diesen Treffen gegangen.

Jakunin: Wollen Sie damit sagen, daß sie jeden Sonntag zu diesen Treffen gegangen ist?

Vera: Ja, richtig.‹«

Das schien nicht gerade weltbewegend. Ich sah Bitow an, ließ meinen Blick zu Dronskij hinüberwandern und dann wieder zurück zu Bitow. »Ist das alles? Wirklich alles?«

»Das ist alles«, sagte er triumphierend. »Sonntag abends ist die Gemeinde.«

War er verrückt? Oder so dumm, daß man es nicht einmal aus ihm herausprügeln konnte? »Bitow«, sagte ich. »Das werden Sie erklären müssen.«

»Gewiß, Inspektor. Hier in Presnja gibt es einen Priester, genannt Vater Alexander. Nun, soviel ich höre, ist er kein wirklicher Priester. Eine Art inoffizieller Priester, falls es so etwas gibt.«

Ich kannte ihn natürlich. Hatte ich ihn nicht sogar in irgendeinem überfüllten Stadion irgendwo in den Vororten mit einem Orden belohnt? Vater Alexander aus Rot-Presnja.

»Vater Alexander –«, fing Dronskij an, aber ich hob die Hand. »Weiter, Bitow.«

»In dem Moment hätte ich vor Aufregung beinahe die Lampe umgeworfen, Inspektor. Denn die Leute, die an den Vater, an Vater Alexander, glauben, sind bekannt als seine Gemeinde. So nennen sie sich selbst, Gemeindemitglieder. Als Jakunin bei seiner Befragung der Mutter des Mädchens so unklar wurde, wurde mir plötzlich alles klar. Als Vera Modina sagte, ›Sonntag abends ist die Gemeinde‹, meinte sie damit, daß die Treffen der Gemeinde sonntags stattfinden.« Bitows Stimme hob sich triumphierend. »*Und* es wird erwähnt, daß Lydia Primalowa ebenfalls einer Kirche beigetreten war. Und warum wollte sie nicht, daß ihre Schwester etwas davon erfuhr? Weil es keine reguläre, normale Kirche war. Sondern Vater Alexanders Kult. Darauf verwette ich mein Gehalt.«

Mit einer letzten großzügigen Geste leerte ich die Wodkaflasche. War es das? Zwei der vier Opfer waren Mitglieder von Vater Alexanders Gemeinde gewesen? »Dronskij«, sagte ich. »Gehen Sie mit Bitow. Sprechen Sie mit jedem, der die Opfer drei und vier kannte. Ich möchte alles wissen, was in irgendeiner Weise darauf hindeutet, daß sie einer Kirche angehört haben könnten – auf jeden Fall alles, was uns mit Gewißheit sagt, daß sie jemanden kannten, der Vater Alexanders Gemeinde angehörte.«

Dronskij trank seinen Wodka aus. Sie waren bereits an der Tür, als ich sie noch einmal zurückhielt. »Einen Moment noch. Diese Kirche. Wo in Presnja liegt sie?«

»Das kann man kaum mit Sicherheit sagen«, sagte Dronskij. »Sie ist in dem alten Tunnelkomplex untergebracht, den Breschnew für die Kommissare bauen ließ. Ein Eingang zu Vater Alexander liegt im Distrikt Presnja am Belorussischen Bahnhof. Dort ist ein Schild angebracht.«

Ich wandte mich an Bitow. »Das ist ein halbes Dutzend Gehaltssterne wert, sagen Sie das Ihrer Frau.«

»Ich wußte, daß ich diesen Fall knacken würde«, sagte er, und sein Fuchsgesicht glänzte vor Alkoholschweiß. »Simakow war eine Zeitverschwendung, das wissen Sie, Inspektor, trotz allem, was die amerikanische Ärztin gesagt hat.«

Hinter ihm sah ich, wie Dronskij sich versteifte. Ich machte ihm ein Zeichen, noch einmal zurückzukommen. »Was *hat* die amerikanische Ärztin denn gesagt, Bitow?«

»Sie hat uns wegen der Ermittlungen ausgequetscht ...«

»Und hat Fragen gestellt zu Simakow?«

»Sie war überzeugt ...«

»Daß Simakow die Mädchen umgebracht hätte?«

»Ja.«

»Während wir inzwischen wissen, daß er es nicht getan haben kann.«

»Das ist richtig, Chef«, sagte er unsicher.

»Wann war das?«

»An dem Tag, als wir ihn festgenommen haben. Sie kam aus ihrem Büro, um sich die Verdächtigen anzusehen. Wir sprachen über Simakow.«

»Was habt ihr gesagt?«

»Von seinem Hintergrund gesprochen, seinen Gewohnheiten, Hobbys … Bodybuilding …«

»Bodybuilding …« Gewichte stemmen. Ich entließ sie beide und saß da und starrte ins Leere.

Merkwürdig, gewiß.

29

Wir waren in einem kleinen Park direkt hinter der alten Barrikadenstraße. Eine dünne Schneedecke bedeckte das Gras, das hier möglicherweise wuchs, doch der asphaltierte Hauptweg war von vielen trampelnden Füßen freigeräumt worden. Ich beobachtete den alten Mann im Rollstuhl, der auf uns zurollte, und blieb ein wenig zurück, als Natalja ihm entgegeneilte. Er blieb bei der Statue eines kleinen Jungen stehen, und Natalja beugte sich zu ihm hinunter und küßte ihn auf beide Wangen, bevor sie den Rollstuhl wendete und auf mich zuschob.

Eingepackt in einen dicken Mantel und eine Mütze mit Ohrenklappen, machte er den Eindruck eines schweren Mannes, der wahrscheinlich einmal sehr groß gewesen war. Er war etwa Anfang Siebzig, glattrasiert, mit einem festen Kinn, beeindruckender, als ich mir den Empfänger von Nataljas Wohltätigkeit wohl vorgestellt hatte.

Er streckte die Hand aus, als Natalja den Rollstuhl zum Anhalten herumschwenkte. »Iwan Kandinskij«, sagte er. »Natalja hat mir ziemlich viel von Ihnen erzählt.«

»Es gibt nicht so viel zu erzählen, Iwan Sergejewitsch«, sagte ich kühl. Ich glaube, ich bemühte mich bewußt, dem Charme zu widerstehen, den ich ihm bereits zuschrieb. Doch er hatte nichts von einem liebenswerten alten, zerstreuten Professor. Er kam beunruhigend direkt zur Sache.

»Inspektor Vadim, Sie haben Bedenken wegen der Qualität der letzten Arbeiten, die ich für Natalja erledigt habe.«

»Ich muß Ihnen einige Fragen stellen, um gewisse Dinge zu verifizieren, ja.«

Er öffnete seine großen Hände zu einer einladenden Geste.

»Verfügen Sie über die Möglichkeit festzustellen, ob es sich bei einem Testexemplar um einen A-Sekretor handelt oder nicht?«

»Ja.«

»Und haben Sie diese Tests an den Exemplaren, die Natalja Ihnen gegeben hat, unternommen?«

Er griff in seine Tasche. »Anastasia Modina und Nina Golikowa.« Er reichte mir ein Bündel Aufzeichnungen, die in eine braune Papiermappe geheftet waren. »Der Bericht über die vorgenommenen Tests.«

Ich nahm sie und gab sie Natalja.

»Ich habe bereits die Kopie gelesen, die Professor Kandinskij für mich angefertigt hat«, sagte sie. »Wenn du willst, vergleiche ich diese Aufzeichnungen mit meiner Kopie.«

»Es wäre nett, wenn du das tun würdest.« Ich wandte mich an Kandinskij. »Sie verstehen die Bedeutung der Frage, Professor?«

»Allerdings.« Er machte keinerlei Anstalten, meinem Blick auszuweichen. »Und ich verstehe auch, warum Sie Zweifel hatten wegen meiner Tests.« Er zog eine Grimasse. »In Ihrer Position hätte ich auch Fragen gestellt. Doch es gibt keinen Zweifel. Sie haben vier Morde, aber offensichtlich mehr als ein Monstrum, Inspektor.«

Natalja wendete den Rollstuhl, und wir gingen zurück zu der Statue.

»Kennen Sie diesen Park, Inspektor?«

Ich schüttelte den Kopf. »Ich bin neu in Moskau.«

»Er wird noch immer Pawlik-Morosow-Park genannt.«

»Hätte der Name aus irgendeinem Grund geändert werden sollen?«

»Das müssen Sie selbst entscheiden, Konstantin«, sagte er und ging ganz unangestrengt dazu über, meinen Vornamen zu benutzen. »Jeder muß für sich selbst entscheiden.«

»Ist diese Sache von so großer Wichtigkeit? Der Name eines kleinen Moskauer Parks?«

Er nickte nachdrücklich. »Pawlik Morosow war ein Kleinbauer zur Zeit Stalins. Er wird mit dieser Statue dafür geehrt, daß er seine Eltern denunziert hat, weil sie Getreide horteten.« Auf eine

Geste von ihm hielt Natalja den Rollstuhl an und drehte ihn so, daß er der Statue gegenüberstand. »Sie werden gleich sehen, wie wichtig es ist, daß wir alle uns entscheiden, ob diese Statue bleiben soll. Sollen wir einen Jungen dafür loben, daß er seine Eltern denunziert?«

Ich starrte auf den Jungen in Pionieruniform, der gleichen Uniform, die ich als Kind der Sowjetunion getragen hatte. Ich war zu jung, um mich an Pawlik Morosows Geschichte zu erinnern, obwohl ich nicht bezweifelte, daß ich sie einmal gekannt hatte. »Was geschah mit den Eltern des Jungen?«

»Sie wurden in ein Arbeitslager verschleppt. Die Geschichte hat nichts weiter über sie zu sagen.«

»Und der Junge selbst?«

»Er wurde von anderen Kleinbauern ermordet. Deshalb die Statue. Er war der jüngste sowjetische Märtyrer. Ein Beispiel für alle. Was meinen Sie, Konstantin? Dazu, den Park umzubenennen?«

Ich stand da und betrachtete die Statue. »Ich finde, der Park sollte umbenannt werden«, sagte ich. »Aber ich finde, die Statue sollte bleiben.«

Er hob die Augenbrauen.

»Als ein Beispiel für uns alle.«

Er nickte. »Ist Ihnen aufgefallen, wie tot der Bildhauer die Augen dargestellt hat?« Er lächelte, und die Härte verschwand aus seinem Gesicht. »Lassen Sie sich von Natalja zu meiner Wohnung begleiten, wenn Sie einmal Zeit haben.« Er sah Natalja an. »Ich muß gehen, mein liebes Mädchen.«

»Ich bringe Sie zurück«, sagte sie. »Nachdem Sie sich nun vertragen.«

Ich sah ihnen nach, als sie gingen. Ich betrachtete ihre langen Beine und die Art, wie ihr Körper sich bewegte, wenn sie sich nach vorne beugte, um Druck auf die Griffe des Rollstuhls auszuüben. Als sie durch das Parktor verschwunden waren, setzte ich mich zu Füßen der Statue für eine Weile auf eine Bank. Ich hatte keinen Zweifel daran, daß Professor Kandinskij die A-Sekretor-Tests durchgeführt hatte. Ich hatte keinen Zweifel daran, daß sie negativ waren. Ich konnte nicht glauben, daß das Moskauer Institut mit den anderen zur Verfügung stehenden Samenproben einen Fehler gemacht hatte. Ergo, es gab zwei Mörder. Mindestens.

Mir wurde bewußt, daß mir der Mund offenstand. Ich fühlte die Kälte an meinen Zähnen. Die Idee eines Monstrums war schwer genug zu verstehen gewesen. Ein Monstrum, das Frauen in Stücke riß wie ein wildes Tier. Aber zwei davon … oder drei?

Ich stand auf. Pawlik Morosow schaute auf mich herab. Ich hob den Kopf. Ich sah direkt in dieses kleine, selbstbewußte Gesicht. Die Augen waren tot, aber um seine Lippen schien ein kleines, verächtliches Lächeln zu spielen.

Ich ging eine Stunde spazieren, dann rief ich in Nataljas Büro an. Sie nahm den Hörer ab.

»Ich entschuldige mich«, sagte ich.

»Wofür genau?«

»Für alles. Zuallererst dafür, daß ich an deinem Professor gezweifelt habe. Gibt es eine Möglichkeit, daß Lena sich im Labor bei dem letzten Mädchen geirrt hat, bei Lydia Primalowa?« fügte ich rasch hinzu.

»Und den Beweis für eine A-Sekretion gefunden hat, die gar nicht existiert? Nein.«

»Nein, natürlich nicht.« Ich fing an zu pfeifen.

»Was tust du da, um Gottes willen?«

»Ich pfeife durch die Zähne. Ich versuche, die Tatsache zu akzeptieren, daß wir es mit mehr als einem Monstrum zu tun haben. Dabei läuft es mir kalt über den Rücken, Natalja.«

»Hast du deinen Verdächtigen laufenlassen?«

»Wir haben keinen Grund, Wladimir Simakow festzuhalten. Er mag ein Monster sein, aber seine Alibis sprechen eindeutig dagegen, daß er ein Monstrum ist. Machst du einen Spaziergang mit mir?«

»Jetzt? Heute nachmittag? Während du so sehr mit der neuen Entwicklung in deinen Ermittlungen beschäftigt bist?«

Ich grunzte. »Hör zu. Ich bin nicht so beschäftigt. Ich sollte es sein, aber in meinem Kopf herrscht eine beschämende Leere. Wirst du mit mir spazierengehen, während ich darauf warte, daß

Bitow eine Verbindung ausfindig zu machen versucht zwischen den beiden zuletzt ermordeten Mädchen und einem bestimmten Priester, der in den Tunnels unter Moskau seine Messen abhält?«

»Vater Alexander?«

»Du kennst ihn?«

»Jeder kennt ihn«, sagte sie. »Er wurde selbstverständlich nie ordiniert, aber er hat eine so patriotische Nische für sich geschnitzt, daß Seine Heiligkeit, der Metropolit, es nie wagen würde, ihn zu verurteilen. Er wurde sogar von Koba persönlich für seine Verdienste um den nationalistischen Staat ausgezeichnet.«

»Was du nicht sagst.«

»Gibt es eine Verbindung zu den ersten Mädchen?«

»Zu dem ersten. Und möglicherweise eine Verbindung zu Lydia.«

Sie schwieg.

»Können wir uns treffen?«

»Irgendwo weit weg von hier. Findest du die Dreifaltigkeitsbrücke?«

»Bestimmt.«

»An der Kremlmauer. Gehe durch den Kutafaja-Bogen. Ich werde warten.«

Es war dunkel, als ich durch den steinernen Bogen auf die Dreifaltigkeitsbrücke trat und von dort auf das verlassene Flußufer sah. Ich stand einen Augenblick da. Schnee fiel wie ein Vorhang hinter dem Dreifaltigkeitsturm, wirbelte um mich herum und trieb über die Mauer zum Kreml. Als Kind in Murmansk war ich von meiner Mutter immer zum Heldendenkmal mitgenommen worden, und zusammen waren wir dann dagestanden und hatten auf den fallenden Schnee gehorcht. Mit sechs oder sieben war ich leicht zu überzeugen gewesen. Ich machte die Augen zu und horchte wieder.

Als ich die Augen wieder aufmachte, tauchte im gelben Schein der gläsernen und metallenen Art-nouveau-Zylinder, die die Brücke beleuchteten, Natalja auf. Sie trug ihren Pelzhut und den langen schwarzen Mantel. Gegen den stetig fallenden Schnee sah sie aus wie ein Mädchen auf einem französischen Plakat aus der Belle Epoque. Doch auf ihren feinen Zügen zeigte sich nicht die Spur eines Begrüßungslächelns.

Wir begrüßten uns, ohne einander zu berühren, eher wie zwei Degenkämpfer vor der entscheidenden Phase des Kampfes, die sich beide innerhalb des intimen gelben Lichtkreises auf dem Schnee intensiv der Bewegungen des anderen bewußt sind.

Als wir schließlich ungefähr einen Meter voreinander stehenblieben, hob sie den Blick und sah mir ins Gesicht. »Erzähl mir, was letzte Nacht passiert ist, nachdem du meine Wohnung verlassen hast, Konstantin. Was gibt dir die Überzeugung, daß ich es jetzt wert bin, mich mit dir zu unterhalten?«

Auf dem Weg hierher hatte ich mit mir gekämpft, wieviel ich ihr über die letzte Nacht erzählen sollte. Natürlich würde ich ihr nichts von meinem Besuch bei Imogen Shepherd erzählen. Aber ich hatte beschlossen, daß Natalja von Madame Raissas einsamem Mut erfahren sollte, denn jemand sollte davon wissen.

Vielleicht auch deshalb, weil ich sie wissen lassen wollte, daß Julia mich nicht, wie Natalja sie verächtlich beschuldigt hatte, aufgegeben hatte, als ich nicht mehr weiter von Nutzen gewesen war.

»Madame Raissa hat ihnen also nicht gesagt, wo sich deine Julia jetzt versteckt hält«, sagte sie kühl. »Aber hat sie es *dir* gesagt?«

Ich stand schweigend da, gegen die niedrige Mauer gelehnt, und sah zum Dreifaltigkeitsturm hinauf, der in den schneegefleckten Himmel aufragte. Niemand sonst war auf der Brücke. Wir waren eingeschlossen von den Türmen auf jeder Seite. »Ja, sie hat es mir gesagt«, sagte ich.

»Dann wirst du Julia sehr bald wiedersehen?«

Ich gestikulierte mit meiner behandschuhten Hand. »Können wir uns vielleicht über etwas anderes unterhalten?«

»Wir können reden, worüber du möchtest, Konstantin«, sagte sie.

»Eine Sache, über die ich mit dir reden wollte, ist, daß mich dein Professor auf seltsame Weise berührt hat.«

Sie schien nicht überrascht. »Er hat diese Begabung«, sagte sie. »Sie ist selten. In seiner Gegenwart wissen die meisten Menschen, daß sie es mit einem bedeutenden Mann zu tun haben, falls sie nicht ganz und gar mit sich selbst beschäftigt sind. Zu beschreiben, was ihn so bedeutend macht, ist wesentlich schwieriger.«

»Ich wollte nur sagen, daß er mir völlig vertrauenerweckend erschien. Aufrichtig. Wie lange kennst du ihn schon?«

»Seit ich nach Moskau kam. Zwei Jahre.«

»Und was macht seine Bedeutung aus?«

Sie lächelte schief. »Ich bin nicht sicher, ob du dafür schon bereit bist, Konstantin«, sagte sie. »Oder noch besser – finde es bei Gelegenheit selbst heraus.«

Sie wischte Schnee von der Graniteinfassung und lehnte sich neben mir mit dem Rücken gegen die niedrige Mauer. Sie blinzelte unter ihrem Nerzhut in den rieselnden Schnee und deutete mit der Hand auf einen der Wachtürme in der Kremlmauer: »Kennst du diesen Turm?«

»Ich weiß nicht, wie er heißt.«

»Er wird das ›Geheime Tor‹ genannt. Für mich steht er für alle geheimen Tore in ganz Rußland. Ein Denkmal für all die Millionen Russen, die seit fünfhundert Jahren durch geheime Tore geschleppt und geschlagen, getreten und zu Tode gepeinigt worden sind …«

»Das gehört der Vergangenheit an, Natalja.«

»Wie kannst du so etwas sagen, wo deine Freundin Madame Raissa in demselben Keller in genau demselben Gebäude gefoltert wurde, wo seit hundert Jahren Russen gefoltert worden sind? Wo ist dein Sinn für Geschichte, Konstantin? Wo ist dein Sinn für Kontinuität?«

»Ich verstehe dich nicht«, sagte ich kurz. »Außer du stellst einen oberflächlichen Vergleich an zwischen Vergangenheit und Gegenwart, wo es keinen gibt. Heute kämpfen wir für die russische Seele. Wir wollen hier keine alten Rechnungen begleichen.«

Sie ging ein Stück von mir weg, fünf, zehn Schritte, blieb dann stehen und wandte sich um. »Und das rechtfertigt, was Madame Raissa angetan wurde?«

»Natürlich nicht. Leute wie Roy Rolkin werden eines Tages der Gerechtigkeit überführt werden.«

»Glaubst du, daß es so sein wird?«

»Eines Tages gewiß«, sagte ich unbekümmert.

»Vielleicht in einer anderen Welt. Nicht in unserer Welt.« Sie sah mich direkt an, forderte mich zum Widerspruch heraus.

»Nicht in Leonid Kobas Welt. Willst du das damit sagen?«

Sie nickte kaum wahrnehmbar.

»Ist dein Professor Kandinskij der gleichen Meinung?«

Wieder machte sie diese harte kleine Bewegung.

»Du bist eine Gegnerin der Regierung? Obwohl Präsident Romanow ihr Oberhaupt ist?«

»Präsident Romanow wurde in eine mit Samt ausgeschlagene Falle gelockt. Koba hat die Kontrolle.«

Ich holte scharf Luft, einen kalten, schneegesättigten Atemzug. »Gibt es so etwas wie eine Organisation?« Ich richtete mich auf. Wollte ich die Antwort auf diese Frage wissen? »Du brauchst diese Frage nicht zu beantworten«, sagte ich eilig. »Besser, du beantwortest sie nicht.«

»Erinnerst du dich daran, als die Nationalisten und die Demokraten damals zusammenkamen?« Sie sprach langsam, als fände diese Unterhaltung in ihrem eigenen Wohnzimmer statt. »Man sah darin ein Bündnis aus Notwendigkeit.«

»Alle anderen Parteien waren davon bedroht, von der neuen marxistisch-anarchistischen Volksfront verschlungen zu werden.«

»Damals gab es einige Demokraten, die nicht damit einverstanden waren, daß die Partei sich mit Leonid Koba zusammentun wollte.«

»Einer davon war Professor Kandinskij?«

»Wegen dieser Frage brach er mit seinem alten Freund Romanow.«

»Und du willst sagen, daß er damit recht hatte.«

»Romanow ist ein ehrenwerter Mann. Aber er ist sehr stolz und kann von jemandem wie Koba leicht manipuliert werden. Koba stellt ihm die Insignien der Macht zur Verfügung, das große Büro im Kreml, die Illusion der Regierungsmacht. Die Amerikaner sind glücklich, weil sie sich an die bewegenden Gedichte erinnern, die unser Präsident geschrieben hat. Ein solcher Dichter kann unmöglich einen Polizeistaat errichten.«

»Einen Polizeistaat?«

Der Schnee peitschte und wirbelte um uns herum. »Schließ dich uns an, Konstantin. Schließ dich dem Kampf an, Präsident Romanow davon zu überzeugen, vom Abgrund zurückzutreten.« Sie kam nahe heran, schlang ihre Arme um meine Taille und lehnte sich zurück, um mir in die Augen zu sehen. »Du bist ein guter Mann, Konstantin. Das weiß ich. Aber dein Leonid Koba ist ein neuer Stalin. Er wird Rußland wieder ins Mittelalter stürzen.«

»Nein«, sagte ich. In mir stieg eine Welle der Panik auf. Ich hielt sie zurück.

»Wir müssen handeln, Konstantin, solange die Augen der Welt auf uns gerichtet sind.«

»Handeln?«

»Wir müssen Präsident Romanow als den wahren Führer Rußlands unterstützen.«

»Wie?« Ich starrte sie durch den transparenten Schneevorhang an. »Demonstrationen? Märsche? Fahnenschwenken für Präsident Romanow?«

»Wir müssen *handeln*«, sagte sie noch einmal, hart wie Eis.

»Du redest vom Handeln. Was willst du tun?«

»Wir müssen diese Regierung ablehnen, bevor der Rest der Welt das neue Rußland formell anerkennt. Bevor Koba seinen geheimen Polizeistaat errichten kann.«

»Natalja … langsam.«

»Madame Raissa war kein Einzelfall«, sagte sie und sah mir in die Augen.

»Wir haben gerade einen Bürgerkrieg hinter uns, verdammt noch mal. Es wird besser werden.«

»Das sagen die Russen seit ewigen Zeiten«, sagte sie bitter.

Ich stand ihr gegenüber, und der Schnee fiel mir ins Gesicht.

Sie schüttelte den Kopf. »Den Unschuldigen zu spielen ist nur eine andere Art, sich auf die falsche Seite zu stellen. Schließ dich uns an – oder du wirst es ewig bereuen, Konstantin.«

30

Ich stellte mein Auto ab und ging zu Fuß durch die Ochsenfroschgasse zurück zum 13. Distrikt, noch immer in der Hoffnung, zwischen den drängelnden Straßenmädchen Valentina ausfindig zu machen. Ich war noch nie dort unterwegs gewesen, wenn abends das Geschäft anzog, und als Provinzler schnappte ich nach Luft, als ich sah, wie die Mädchen ihre Ware anpriesen, Prostituierte, die sich auf einsame Männer stürzten wie ein Stechmückenschwarm, erschreckend und ernüchternd in ihrer Anzahl, mit hohen Stiefelabsätzen, die über das Pflaster klapperten, während sie die langen, pelzgefütterten, mit Leder abgesetzten Mäntel kurz aufrissen, um im Näherkommen ihren nackten Körper zu zeigen, und sie genauso schnell wieder schlossen. Das war keine Gratis-Peep-Show. Außerdem bewegte sich die nächtliche Temperatur um null Grad.

Gewiß waren auch einige normal aussehende Frauen darunter, Mädchen, die wie Mädchen aussahen, aber es gab einen hohen Anteil grotesker Gestalten, Männer oder Frauen mit Clownsmasken und beweglichen Gummilippen oder mit geschorenen Köpfen und Narben samt aufgemalten Operationsmalen auf den Wangen. Im Schatten torkelten Betrunkene, hangelten sich von Tür zu Tür und stolperten gelegentlich in eine Gruppe von Mädchen, die dann johlend auseinanderlief, bis die Betrunkenen in den Schneematsch fielen und getreten wurden.

Knapp über Augenhöhe, über den Eingängen zu den Wodkakaschemmen, lief eine weitere Ausstellung. Halbnackte Mädchen saßen in hellerleuchteten Fenstern, von pinkfarbenem und zitronengrünem Neon eingerahmt, und lasen, sahen fern oder lachten und unterhielten sich miteinander. Einige von ihnen stellten schäbige Tableaus dar, Hinrichtungsszenen aus dem 19. Jahrhundert, bei denen sich Mädchen mit hochgeworfenen Röcken über den Hinrichtungsblock beugten, um bestrumpfte Schenkel zu zeigen, oder ein Paar Nonnen in Gewändern, wie ich sie in Murmansk nie gesehen hatte, die sich vor den Passanten gegenseitig Vergnügen bereiteten.

Bitow und Jakunin hatten alle diese Häuser mehrere Male überprüft und von einer ständig wechselnden weiblichen Belegschaft berichtet. Wahrscheinlich konnte Valentina jederzeit erscheinen und willige Passanten anlocken, obwohl ich das bezweifelte. Valentina war eine Überlebenskünstlerin. Sie wußte, daß es jetzt an der Zeit war, aufs Land zu fahren und bei irgend jemandem außerhalb Moskaus einen Besuch zu machen. Das war mein Tip. Das bedeutete, daß der dünne Faden zu der Person, die das Monstrum tatsächlich gesehen hatte, abgerissen war. Doch welchen Nutzen hatte die Verbindung zu Valentina, wenn es tatsächlich mehr als einen Mörder gab? Ich schüttelte den Kopf. Schon der Gedanke an diesen Plural ärgerte mich. Ich glaubte nicht daran. Aber ich glaubte Nataljas Professor. Und wenn ich ihm glaubte, dann mußte ich glauben, daß es mehr als ein Monstrum gab.

Ich bahnte mir einen Weg durch die Masse der Mädchen, wedelte ihnen mit meiner Polizeimarke vor der Nase herum und mußte sie zurückreißen, als eine Hand danach schnappte und bemalte Fingernägel mir an die Hose griffen. Ich zog unter dem Gelächter der Mädchen den Kopf ein und wandte mich ab in Richtung des 13. Distrikts. Nachdem ich die Ochsenfroschgasse hinter mir gelassen hatte, war die Straße vor mir auf der einen Seite von Schutthalden gesäumt, auf der anderen von einem langen, niedrigen Gebäudekomplex, der einmal Geschäfte und Büros beherbergt hatte. Explodierende Granaten hatten die Vorderseite der Läden im Erdgeschoß aufgerissen, so daß nur noch leere Betongehäuse dastanden, in denen die Leitungen herabhingen. In einigen Räumen, wo wieder Fenster eingesetzt worden waren, brannte Licht. Überall waren Männer unterwegs, von denen die meisten zu den Fenstern hochsahen; vermutlich hatte sich das Geschäft von der Ochsenfroschgasse auf einige der Seitenstraßen ausgedehnt.

Ich hatte bereits in der Ochsenfroschgasse selbst genug gesehen, so daß ich im Vorübergehen nicht richtig zu den Fenstern hinaufschaute, obwohl mir bewußt war, daß in den unteren Stockwerken unterschiedslos Mädchen ausgestellt waren. Doch obwohl ich in Gedanken mit dem Monstrum beschäftigt war und mir die Frage stellte, welche Befriedigung darin liegen konnte, einem Mädchen die Eingeweide herauszuschneiden, wurden meine

Blicke doch von einigen Fenstern angezogen, die heller oder bunter schienen als andere.

Auf diese Weise registrierte ich halb eines der Tableaus. Gleich sollte eine Auspeitschung in einem Gefängnis aus dem 18. Jahrhundert stattfinden, und ein halbes Dutzend Männer wurde gerade von einem Schlepper unterhalb des Fensters auf dem Bürgersteig versammelt, wo jedem von ihnen ein Rubel abgenommen wurde. Ich glaube, es war die Reaktion des maskierten Opfers, die mich stehenbleiben ließ. Sie war noch nicht ausgezogen und an das Auspeitschbrett gefesselt worden, die Freuden, die uns erwarteten, wurden uns erst von dem Schlepper angekündigt. Sie stand neben ihrem Folterer und rauchte eine letzte Zigarette, ein dunkelhaariges Mädchen in Reitstiefeln und mit einem selbstgebastelten Dreispitz. Ich stand ein paar Schritte abseits von den übrigen Kunden und hielt dem Schlepper meine Polizeimarke vor die Nase, als er mich um einen Beitrag anging.

Als das maskierte Mädchen herunterschaute und mich dort stehen sah, geschah etwas. Etwas wie ein schwaches Erschrecken, das ein Erkennen bedeuten konnte … dann ein beinahe sichtbares Achselzucken, als sie sich daran erinnerte, daß sie eine Maske trug. Sie strich sich mit einer Hand durchs Haar und wandte sich ab. Sie zog die Decke straffer um ihre Schultern und unterhielt sich weiter mit ihrem Folterer.

Ich ging zu den Betonstufen, die zu der Wohnung hinaufführten. Als ich eine Treppe höher die Tür erreichte, hörte ich das Pfeifen und Knallen der Peitsche. Ich drehte den Türknauf, ging hinein und blieb unter dem Türrahmen stehen, bis die kurze Vorstellung vorüber war. Einiges von der Kunst eines Illusionisten floß in diese Auspeitschung. Den Männern, die sich unten in der Kälte gegeneinanderdrängten, mußte es so erscheinen, als leide das maskierte Opfer entsetzliche Qualen, doch soweit ich das von meinem Standpunkt aus überblicken konnte, kamen Peitsche und Mädchen nie miteinander in Berührung. Bei dem Blut, das aus den »Wunden« rann, handelte es sich eindeutig um verwässerten Ketchup, der langsam aus einer Blechdose tropfte, die – für die Zuschauer unsichtbar – über dem Kopf des Opfers angebracht war.

Als das kurze *guignol* vorüber war und der Vorhang fiel, nahm Valentina ihre Maske ab und zog einen Schmollmund. »Ich habe getan, was ich konnte, um zu helfen«, sagte sie. »Maria ist verschwunden. Hat die Gegend verlassen. Sie arbeitet in einem anderen Distrikt. Seien Sie fair, Inspektor.«

»Glauben Sie das wirklich?« fragte ich sie.

»Kommen Sie, trinken Sie einen mit mir«, sagte sie. Sie goß mir ein Glas ein und setzte sich mit nacktem Oberkörper, während ihr Kollege ihr das Ketchup vom Rücken wusch. »Ich würde eine ganze Woche lang mit Ihnen die Bahnhöfe abklappern, wenn es etwas nützen würde. Aber das würde es nicht. Ich sage Ihnen, was meiner Meinung nach passiert ist. Ich glaube, als Maria nach Hause kam und bei einem halben Liter Schnaps die Geschichte erzählte, fiel der Groschen.«

»Und da begriff sie zum erstenmal, daß der Mann, den sie gesehen hatte, das Monstrum war?«

»Da bin ich mir sicher. Sonst hätte sie sich ganz anders aufgeführt. Dann hätte sie den Bastard nicht bloß verflucht, weil er versucht hat, mit meinen Einkünften aus der Nacht zu türmen, und wäre dann davonspaziert.«

»Klingt einleuchtend«, sagte ich.

»Maria versteckt sich. Ist wahrscheinlich bei ihrem Kind. Sie will nicht in diese Sache hineingezogen werden.«

»Das kann ich ihr nicht übelnehmen«, sagte ich.

»Sie sind kein echter Inspektor, nicht wahr?« sagte sie und wackelte mit ihren nackten Brüsten, während ihr Kollege ihr den Rücken abtrocknete.

»Echter geht's nicht«, sagte ich.

Sie lachte. »Wenn ich heute nacht hier fertig bin, fahre ich zu meiner Schwester. Ich bin in zehn Tagen wieder da. Dann besuche ich Sie, und wir gehen in Ihre Wohnung und vergleichen unsere Aufzeichnungen, wie der Geschäftsmann sagt.«

Ich trank mein Glas leer. »Passen Sie auf sich auf, Valentina«, sagte ich. »Und melden Sie sich auf der Station, sobald Sie zurück sind.«

Ich ging auf die Straße hinunter. Der Vorhang war bereits wieder aufgegangen. Im Fenster marschierte der Folterer auf und ab, während ein Verstärker das Knallen der Peitsche betonte. Der Schlepper hatte schon wieder acht oder neun Kunden versammelt.

The show must go on.

Ich saß in meinem Büro, schaukelte mit meinem Stuhl vor und zurück und sprang jedesmal auf, wenn das Telephon klingelte, und nahm den Hörer ab, voller Hoffnung und Angst, es könnte Julia sein. Meistens war es eine falsche oder überhaupt keine Verbindung, weil das Netz nicht mehr in der Lage war, Gespräche richtig weiterzuleiten. Wann immer heute jemand in der Leitung war, war es entweder ein Gespräch für eine Kaserne im Vorort Lublino, in den meisten Fällen aber waren es Mädchen, die im Offiziersklub ihre Dienste anboten. Zum Zeitvertreib fragte ich einige der Anruferinnen nach ihrer Qualifikation und schmunzelte über ihre Bemühungen, sich selbst anzupreisen. Sonja Tukinin war klein, aber sehr gut angezogen. Amerikanische Unterwäsche. Rundlich und wohlgeformt. Alle beneideten sie um ihren riesigen Busen.

Vielleicht doch nicht alle. Nicht Lydia Semjonowa. Lydia war knapp zwei Meter groß, trug speziell für sie angefertigte Armeestiefel, war garantiert flachbrüstig und hatte Muskeln so hart wie Drahtseile. Kurzgeschorenes Haar. Boshaft und gemein. Ich fragte sie, warum sie nicht in die Armee eintrat.

Als das Telephon das nächstemal klingelte, war es Imogen Shepherd.

»Konstantin«, sagte sie – keine Andeutung unserer gemeinsamen Nacht – »wie paßt mein Profil? Hast du Simakow überprüft?«

»Er ist nicht unser Mann«, sagte ich langsam. »Kannst du dein Profil so neu schreiben, daß es auf einen Priester paßt?«

Sie erstickte fast vor Wut. »Ich finde deine Schnodderigkeit überhaupt nicht komisch«, sagte sie. »Nicht im geringsten, Konstantin.«

»Er ist gerade zu unserem Verdächtigen Nummer eins avanciert«, sagte ich. »Der Priester.«

Sie gab einen Seufzer des Überdrusses von sich, den ich ihr

nicht einmal vorwerfen konnte. »Konstantin. Würdest du mir netterweise erzählen, wovon du eigentlich sprichst?«

Ich kippte den Stuhl nach hinten. Durch das Fenster beobachtete ich ein weit entferntes vereinzeltes Licht, das tapfer flackerte und dann erlosch. »Wir haben einen Namen«, sagte ich. »Eine Art Priester. Es tut mir leid wegen Simakow, aber der Neue sieht vielversprechend aus.«

»Was redest du da!« Ihre Stimme knarrte wie berstendes Eis.

»Sein Name ist Vater Alexander. Er ist möglicherweise das Verbindungsglied zwischen den Mädchen.«

»Hast du schon mit ihm gesprochen?«

»Noch nicht.«

»Warum glaubst du dann, daß er es ist?«

»Tue ich ja gar nicht. Ich spekuliere. Ein Verbindungsglied zwischen zwei der vier Mädchen. Vielleicht zwischen allen.«

»Motiv?«

»Falls er unser Mann ist, dann sind es vielleicht Menschenopfer, die ihn anmachen. Vielleicht paßt er sogar in dein Profil.«

»Ich finde deinen Ton beleidigend und unprofessionell. Das ist alles reine Spekulation.«

»Größtenteils«, gab ich zu. »Ich gehe gleich zu ihm. Das einzige, was ich wirklich über ihn weiß, ist, daß er ein Höhlenmensch ist …«

»Um Gottes willen, Konstantin! Sei einmal ernst. Komm sofort in meine Wohnung.«

»Ich bin unterwegs zum Belorussischen Bahnhof, um Vater Alexander zu besuchen.«

In der Leitung entstand eine Pause. Als sie wieder sprach, war ihre Stimme weicher. »Die letzte Nacht war gut, Konstantin«, sagte sie weich. »Sehr gut. Du hast Talente, die mir sehr gut gefallen.« Sie schwieg einen Augenblick. »Wenn du mit dem Priester gesprochen hast, komm gleich danach in meine Wohnung.«

Der Gedanke allein hätte mich in Hochstimmung versetzen müssen. Aber dem war nicht so. Ich fühlte nichts. Ich könnte natürlich so tun, als ob. Sicher, wenn ich erst einmal dort war …

»Konstantin … Konstantin, hast du gehört, was ich gesagt

habe?« Ihre Stimme klang beinahe schrill. »Ich habe dich gerade gebeten, später heute abend bei mir vorbeizukommen.«

»Es wird spät werden«, sagte ich, »bis ich mit dem Priester fertig bin. Dem falschen Priester oder was immer er ist ...«

»Es ist mir egal, wie spät. Dir nicht?«

»Ich muß sehen, wie es läuft.«

»Heißt das nein?« Ihre Stimme klang ungläubig. »Soll das heißen, daß du nicht kommen willst?«

»Ich sage lediglich, daß ich heute abend gerne auslassen würde ...«

In der Leitung wurde tief Luft geholt. Jetzt war ihre Stimme kalt: »Wäre es möglich, daß du mich bezüglich einer anderen Frau belogen hast? Konstantin, ich muß dir offen sagen, daß ich nicht bereit bin, Schlange zu stehen.«

»Es gibt keine andere«, sagte ich, ärgerlich, weil mir diese Versicherung aufgezwungen wurde.

»Ist es dieses Mädchen, die Karlowa?«

»Natalja ist eine Kollegin. Eine Freundin.«

»Über sie könnte ich dir einiges erzählen, Konstantin. Sie ist ganz und gar nicht, was sie scheint.«

»Imogen«, unterbrach ich sie. »Es geht darum, daß es nach Mitternacht sein wird, bis ich hier fertig bin. Das ist alles. Und außerdem, nach letzter Nacht ...« Ich versuchte, meiner Stimme einen leichtfertigen Ton zu geben.

»Nach letzter Nacht«, sagte sie barsch, »fühle ich mich verraten. Das ist ein Gefühl, das ich nicht besonders goutiere. Keine Frau tut das.«

Sie legte den Hörer auf.

Ich fuhr mit Dronskij zum Belorussischen Bahnhof, einem riesigen, mit Gußeisen verstrebten Gebäude aus dem 19. Jahrhundert. Hinter dem Bahnhof lag eine Ödnis aus Rangiergleisen. Von dem bewachten Parkplatz aus, wo wir das Auto stehenließen, sah ich rechts und links rote und grüne Laternen in der Dunkelheit schaukeln und hörte Pfiffe und Rufe, manchmal sogar ein kurzes Singen, wenn Dampflokomotiven in der Dunkelheit schnauften und keuchten.

Während Dronskij den Wagen abschloß, ging ich langsam voraus, die breite Steintreppe hinauf. Bettler saßen, lagen, standen, rauchten, spuckten, redeten und füllten den überdachten Säulengang. Ein endloser Menschenstrom ging auf dem Weg nach innen an mir vorbei. Wenige oder kaum einer von ihnen hatte Gepäck. Dronskij holte mich oben an der Treppe ein. Ich schaute in die Schalterhalle. In den winzigen Zwischenräumen zwischen den Menschen entdeckte ich ein dekoratives Fliesenmuster und an den Wänden angeschlagene Terrakottastatuen aus der Zeit der Zaren.

»Holen Sie tief Luft«, sagte Dronskij. Als er die Glastür aufstieß, wurde eine stinkende Luftmasse herausgewirbelt, die uns umfing, als wir eintraten. Ich stöhnte und versuchte meine Übelkeit zu unterdrücken. Nur die Armen riechen so süß. Oder vielleicht die Toten. Schmutz und Verfall sind einander biologisch wahrscheinlich ähnlich. Ich sah Dronskij an. Sein Gesicht hatte eine seltsame bläulichrosa Färbung; ich hoffte, daß sie von der Neoneinfassung an der Tür zum Imbiß herrührte.

An den Wänden und an der Decke gab es mehrere schwache Lampen, aber die Masse der Menschen, dunkle Bündel von vage menschlichen Formen, schien das Licht zu absorbieren, so daß die gesamte große Halle in einen nebligen Schimmer getaucht war.

Ein Teil dieses Nebels kam vom Rauch der Feuerstellen. Ich sah mit Erstaunen die Holzöfen, die an drei oder vier Stellen inmitten der Schalterhalle auf dem Fliesenboden standen.

»Das Belorussische Inferno«, sagte Dronskij neben mir. »Es ist dreckig, es ist gefährlich, aber es ist warm.«

Ich fing an, die Menschen zu sortieren. Männer von Frauen zu unterscheiden. Frauen von Kindern. Reisende von Bahnhofsbewohnern. Die meisten schienen sich hier in gewisser Weise fast dauerhaft eingerichtet zu haben.

»Sie kommen hierher«, sagte Dronskij, »wenn sie nichts mehr haben, was man ihnen stehlen könnte.«

»Wie leben sie?«

»Meistens indem sie selber stehlen. Ein bißchen Anzapfen … Betteln … es geht ihnen natürlich weit besser, wenn sie junge Mädchen in der Familie haben.«

»Wie viele Leute wären nötig, um einen solchen Ort polizeilich zu überwachen?«

Er lächelte. »Die sind mehr oder weniger ihre eigene Polizei, Chef. Die, die hier das Sagen haben, das sind die jungen Typen in den Biker-Uniformen. Als Verstärkung setzen sie Kinder ein. Das funktioniert so, daß man eine Gebühr an die Gemeinschaft, wie sie sich selbst nennen, bezahlt, und dafür bekommt man Schutz und einen Platz zugewiesen.«

»Und wie ist das mit uns?« sagte ich und sah mich um. »Was halten sie von uns in Zivil?«

»Sie mögen uns nicht besonders«, gab Dronskij zu, »aber sie lassen uns weitgehend zufrieden.«

»Weitgehend. Reicht das?«

»Das muß es in dieser Stadt.«

Ihr könnt mich beim Wort nehmen, Brüder, die nächsten beiden Stunden sind kaum zu beschreiben. Nicht einmal während des Bürgerkriegs sah es in Murmansk so aus. Dort oben im Norden waren wir in der ruhigen, eisigen, hintersten Provinz. Irgendwie ging dort so etwas wie ein normales Leben weiter. Wir hatten nie eine Invasion von verwundeten ehemaligen Soldaten oder Alkoholikern oder Bettlern, von Zwölf- und Dreizehnjährigen, die versuchten, in das Geschäft einzusteigen, bei dem sie sich selbst verkauften. Ich wanderte mit Dronskij, meiner unausgesprochenen Wache, durch diese große Masse der Entbehrungen, die sich um uns herum ausbreitete. Wir redeten, fragten, boten lächerliche Bestechungen einer so tiefen Armut, einem solchen Spektrum des Elends an, daß ich mich lange bevor es zu Ende war, krank fühlte. Wladimira war nur eine von vielen.

Eine alte Frau, nicht wirklich alt, noch in ihren Fünfzigern, die aber alt aussah, mit schmutzstarrendem braunen Gesicht und einem Bein, der Stumpf des anderen war schlecht verbunden. Wäßrige Flüssigkeit sickerte durch die Bandage aus Zeitungspapier ... Sie lag auf einem kaputten Autositz an der Rückwand des Belorussischen Bahnhofs. Die Lampe über ihr verströmte ein schwaches Licht, das gerade zum Lesen ausreichte. Das Buch auf ihrem Schoß war Goethes *Die Leiden des jungen Werthers*.

Sie war als Tochter eines Admirals in Odessa zu einer Zeit geboren, als die Sowjetunion – wenigstens in den Augen der Sowjets – kurz davor stand, die Welt zu beerben, und in einem Haus am Ufer der Moskwa aufgewachsen. Ihr Leben war so beschützt und privilegiert gewesen, daß es in der Zarenzeit hätte gewesen sein können. Sie hatte ihr Bein durch eine verirrte Granate verloren, als Jelzin in den frühen neunziger Jahren des 20. Jahrhunderts das Parlamentsgebäude bombardieren ließ. Seit damals war ihr Leben ein unaufhaltsamer Abstieg gewesen.

Ihre heutigen Privilegien – ein kaputter Autositz, keine Behelligung durch marodierende Bahnhofskinder, ein Platz unter der Lampe – erkaufte ihr ein großes, stark geschminktes Mädchen mit hohen Absätzen, das hinter ihr an der Wand lehnte. Wladimiras Tochter Claudia arbeitete in den Schlafwagen der Offiziere und reiste häufig nach Minsk und wieder zurück. Sie sparte auf eine Unterkunft für ihre Mutter.

»Wir suchen«, sagte ich, »nach einem ungewöhnlich großen Mädchen, wahrscheinlich fast ein Meter achtzig. Breitschultrig. Kurzes, dunkles Haar. Wird manchmal Maria genannt …« Wir zeigten unser Phantombild, aber ich fand, daß es nichts anderes war als ein aus der Luft gegriffenes Bild irgendeiner Frau.

Die Kleider des Mädchens waren sorgfältig zusammengestellt, um klarzumachen, was sie war: eine elegante Hure. Aber über ihre Wange zog sich ein blauer Fleck, den das Make-up nicht völlig verdecken konnte, und sie hatte in den letzten zwei Minuten, die Hand höflich vor den Mund haltend, mindestens zweimal gegähnt. »Arbeitet sie auf dem Belorussischen …?« fragte Claudia mit gerunzelter Stirn.

»Und auf dem Finnischen und dem Jaroslawl … Wahrscheinlich auf den meisten großen Bahnhöfen«, sagte Dronskij.

»Man weiß, daß sie in Rot-Presnja gearbeitet hat.«

»Rot-Presnja.« Claudia fröstelte. »Ich würde nie im Leben in der Ochsenfroschgasse arbeiten, solange der sich dort herumtreibt.«

»Das Monster, Monstrum, wie immer ihr ihn nennt«, sagte ihre Mutter. »Hinter dem ihr her seid. Was ist aus der Welt geworden, Inspektor? Als ich aufgewachsen bin, war das Gesetz noch das Gesetz …«

Das Mädchen schaute auf seine Mutter hinunter. »Mach dir keine Sorgen, Liebes«, sagte sie und nahm ihre Hand. »Ich bleibe in guter Entfernung zu Presnja.«

»Einige der Offiziere sind nicht viel besser, Inspektor.« Die Mutter ließ die Hand ihrer Tochter los und brachte sich auf ihrem Autositz in eine bequemere Position. »In meiner Mädchenzeit waren unsere sowjetischen Offiziere *Gentlemen*. Sehen Sie sich den blauen Fleck in ihrem Gesicht an. Ein Oberst hat ihr den beigebracht.«

»Ich bin gegen eine Straßenlaterne gelaufen, das habe ich dir doch gesagt«, sagte das Mädchen mit einem halben Lächeln. Sie wandte sich wieder an mich. »Was für eine Kategorie Mädchen ist Ihre Maria? Ausländische Geschäftsleute, Offiziere ...?«

»Das bezweifle ich. Sie arbeitet nicht im Zug«, sagte ich. »Sie arbeitet im Hof.«

»Ein Straßenmädchen?« sagte das Mädchen.

Dronskij nickte. »Ja.«

»Dann werde ich sie kaum kennen.« Sie unterdrückte wieder ein Gähnen, lächelte dann und sagte: «Entschuldigen Sie. Ich war die letzten drei Tage ununterbrochen auf der Strecke nach Minsk unterwegs. Sie haben es nicht gern, wenn man in ihrer Zeit schläft. Kaum überraschend. Und ich würde mich nicht zu sehr auf den Namen verlassen. Beinahe alle Mädchen, Offiziersklasse oder gemeiner Soldat, wechseln jede Woche den Namen. Das verwirrt die Zuhälter, die die ganze Zeit hinter uns her sind.«

»Dann suchen wir also ein großes Mädchen, das *manchmal* vor dem Belorussischen Bahnhof arbeitet?« sagte ich zu Dronskij. »Das ist nicht besonders ermutigend.«

Das Mädchen wandte den Kopf. »Lemon!« rief sie. »Hierher ... hier ... hier ... hier ...«

Ich wandte mich um und sah, daß sie mit ihrer Stimme einen blinden Bahnhofsjungen von vielleicht zwölf oder dreizehn Jahren dirigierte. Als er nahe genug war, ging sie auf ihn zu und berührte ihn an der Schulter. »Das ist mein blinder Freund Lemon«, sagte sie. »Es passiert nicht viel im Belorussischen, wovon er nichts weiß. Er wird Ihnen helfen, wenn er kann.«

»Hallo, Lemon«, sagte ich. »Ich suche ein Mädchen. Eigentlich eine Frau. Sie heißt möglicherweise Maria. Alles, was ich wirklich über sie weiß, ist, daß sie sehr groß ist. Ihre Stimme müßte ungefähr aus der gleichen Höhe kommen wie meine.«

»Ein Straßenmädchen«, sagte das Mädchen.

Der Junge stand neben Claudia. Sein Kopf reichte ihr nicht einmal bis zur Schulter, und er legte ganz selbstverständlich seinen Arm um ihre Hüften und begann sie zu streicheln. Als er auch seine andere Hand einsetzte, nahm sie sie sachte von ihrem Schritt. »Vielleicht, wenn du ein guter Junge bist und etwas für mich herausfindest.« Sie tätschelte ihm den Kopf.

»Ich werde Sex-Change fragen müssen«, sagte der Junge. »Oder Doc Marten. Die könnten sie kennen.«

»Frag Sex-Change«, sagte Claudia, »und wenn du etwas erfährst, erzählst du es Wladimira. Dann sehen wir weiter.« Sie gab ihm einen freundschaftlichen Klaps.

»Doc Marten?« sagte ich. »Sex-Change?«

»Das sind Kinder, die ihren wahren Namen nie gekannt haben, wenigstens einige von ihnen.« Claudias Mutter zappelte auf ihrem Sitz. »Sie schnappen Namen auf oder nehmen solche an wie diese. Der Junge dort drüben ist Mick Jagger. Der daneben Burger King. Wie die Prostituierten wechseln sie sie dauernd.« Sie lächelte und hob die Augenbrauen. »Eine Gesellschaft *in flux*, könnte man sagen, Inspektor.«

»Wenn der Junge mit irgend etwas zurückkommt...«, sagte ich zu Wladimira.

»Lasse ich Ihnen eine Nachricht zukommen«, versprach sie.

»Es tut mir leid, daß wir keine größere Hilfe waren.« Claudia sah auf die Uhr. »Ich muß gehen. Der Minsk-Expreß fährt um 22.15 Uhr.« Sie beugte sich zu ihrer Mutter hinunter und küßte sie. Während sie da kniete und ihr etwas zuflüsterte, gelang es mir kaum, diese Komponenten des modernen Rußlands zusammenzubringen: das schmutzstarrende Gesicht der alten Frau, das durchnäßte, in Zeitungspapier gewickelte Bein und die Tochter in schwarzen Lackschuhen mit hohen Absätzen, den engen roten Rock hoch über den nylonbestrumpften Knien ...

Wir bewegten uns in der schiebenden Menge durch die Schalterhalle. Überall waren Kinder, Kinder jeden Alters. Kleine, die vor Lachen schrien, während sie einander über den überfüllten Vorplatz jagten, und ältere, Elf-, Zwölf- oder Dreizehnjährige, die an Zigaretten zogen, an Wänden, Säulen, Holzkisten oder aneinander lehnten, mit verdrossenem Gesichtsausdruck und auf Beute lauernd. Zweifelsohne mit Namen wie Sex-Change und Burger King.

Doch sogar an einem Ort wie diesem galt das Diktat der Jugendmode. Schwarzes Leder oder Kunstleder dominierten, verziert mit alten Hammer-und-Sichel-Regalia aus den Tagen der Sowjetunion. Verwirrenderweise bevorzugten sowohl Jungen als auch Mädchen geschorene Schädel. Eine Minderheit trug einen glatten, längeren Schnitt. Oder vielleicht gar keinen Schnitt. Als Fußbekleidung schienen einige Nummern zu große, mitgenommen aussehende russische Armeestiefel ohne Schnürsenkel en vogue zu sein.

»Sie sind so gefährlich, wie sie aussehen«, sagte Dronskij. »Ab dem Alter von elf oder zwölf tragen die meisten von ihnen Waffen, alles, vom Küchenmesser bis zur 7.59er der Polizei. Wenn wir nicht schnell etwas unternehmen, sind sie Rußlands Zukunft. Kümmert das jemanden? Falls ja, kann ich ihn nicht sehen.«

Ich sah ihn an. Mir fiel plötzlich auf, daß jede Bemerkung Dronskijs seit unserem ersten Zusammentreffen sorgfältig neutral gehalten gewesen war. Jeder gefährliche Kommentar über die Welt, in der wir lebten, war herausgefiltert worden. Bis jetzt.

»Kümmert es *Sie*, Dronskij?«

»Ich habe zwei Kinder zu Hause«, sagte er. »Wenn sie mir egal wären, wäre mir auch all dies hier egal ...«

»Aber es ist Ihnen nicht egal.«

Er nickte mit zusammengepreßten Lippen. »Und was ist mit Ihnen, Chef?« sagte er. »Kümmert es Sie genug, daß Sie etwas dagegen unternehmen wollen?«

Ich sah ihn scharf an.

»Natalja sagt, Sie seien ein anständiger Mann. Offen für Ideen.«

»Reden Sie oft mit Natalja Karlowa?«

»Ziemlich oft.«

Das war nicht der Dronskij, den ich kannte. »Irgend etwas

sagt mir, daß wir einmal zusammen etwas trinken sollten«, sagte ich.

Er bewegte die Augenbrauen im Groucho-Stil. »Das würde mir gefallen, Chef.«

Wir hatten inzwischen das Ende der Schalterhalle erreicht. Dicker Rauch quoll aus einem der offenen Herde und legte sich als dichter Nebel über uns, durch den die Deckenlampen kaum noch sichtbar waren. Dronskij zeigte auf etwas. Direkt vor uns erhob sich ein Bogen des ursprünglichen Gebäudes aus den sechziger Jahren des 19. Jahrhunderts. In ihm war ein Tuch gespannt, das schwarz auf weiß verkündete: DIE KIRCHE DER KATAKOMBEN – JEDER IST WILLKOMMEN! Während wir uns einen Weg durch die Menge bahnten, fielen mir zehn Zentimeter dicke Bolzen auf, die in den Bogen eingelassen waren, doppelte Stahltüren, ungefähr ein Jahrhundert später installiert, als Moskau sich ein unterirdisches Atombunkersystem zugelegt hatte; dies war ein Notausgang gewesen.

Wir waren noch ein paar Schritte von den Türen entfernt, als eine Gruppe Jungen, sechs oder sieben, von rechts herjagten und zwischen uns und der Tür Stellung bezogen. Sie waren zwischen zwölf und dreizehn Jahre alt, mit verkniffenen Gesichtern und geschorenen Schädeln. Sie schwankten, als sie das Gleichgewicht wiedergewannen. Ihre Kleidung war eine bizarre Mischung verschiedener Stücke: Leder, eindeutig von der Mode diktiert, sowie eine buntgescheckte Kollektion von Kappen und Wollmützen. Ein Junge, offensichtlich der Anführer, trug eine alte deutsche Wehrmachtsmütze mit Schild und heruntergeklappten Ohrenklappen. »Was glaubt ihr Kerle, was ihr hier zu suchen habt?« sagte er, und sein Kopf wackelte von einer Seite zur anderen.

Dronskij machte eine Bewegung nach vorne, doch ich hielt ihn am Ärmel fest. »Wer fragt das?«

Der Junge trippelte mit kleinen Schritten um mich herum und tauchte dicht vor meinem Gesicht wieder auf. Einer der anderen Jungen sagte: »Das ist Sex-Change. Er ist Vater Alexanders Türsteher.«

»Stimmt das, Sex-Change?« fragte ich ihn.

Er nickte. »Das kostet«, sagte er.

»Es heißt ›Willkommen‹«, sagte ich und wies mit dem Kinn auf die Fahne.

»Nicht für die Polizei.«

»Ich bin gekommen, um Vater Alexander zu besuchen. Hier steht, *jeder* sei willkommen.«

Ein paar gleichaltrige kahlgeschorene Mädchen lehnten an der Wand und beobachteten uns. Sex-Change schaute zu ihnen hinüber. »Einer von euch kann runtergehen«, sagte er. »Aber nicht beide.«

Die Mädchen kicherten. Ich spürte, daß Dronskij neben mir kurz davor war, eine Bewegung zu machen. Ich wandte mich an ihn. »Machen Sie für heute Schluß, Ilja«, sagte ich. »Ich gehe hinunter und rede ein Wörtchen mit dem Vater.«

Dronskij schaute unsicher von mir zu den Kindern, dann wieder zu mir. »Wenn Sie sicher sind, Chef. Meine Frau wird sich wundern, warum zum Teufel ich um diese Zeit schon zurückkomme. Deine Freundin hat dich versetzt, wird sie sagen. Sie hat Sinn für Humor.«

»Grüßen Sie sie von mir.«

»Grüßen Sie sie auch von mir«, sagte Sex-Change unter dem wiehernden Gelächter der Mädchen.

Ich glaubte einen Moment, Dronskij würde ihn schlagen. Aber er ließ seine erhobene Hand wieder fallen und hob seine dicken Augenbrauen in meine Richtung. »Gute Nacht, Chef«, knurrte er.

»Hier entlang, Chef«, Sex-Change zeigte auf den Eingang, »falls Sie zahlender Gast sind.« Er machte eine Pause. »Das sind Sie doch. Richtig?« Er stand da mit herausfordernd erhobenem Kinn.

Ich nickte.

Über eine Wendeltreppe aus Beton wurde ich tief in die Erde geführt. Drei oder vier Jungen begleiteten mich in einiger Entfernung, Sex-Change ging neben mir. »Woher kommst du, Sex-Change?« fragte ich ihn.

»Weiß der Geier.«

Das war das Ende der Unterhaltung. Die blaue Beleuchtung in den niedrigen, kahlen Tunnels kam aus jeweils fünfzig Schritt auseinanderliegenden, vergitterten Deckenlampen. Die Belüftung schien alle paar Minuten hindurchzufegen wie ein warmer Wind aus einer entfernten Quelle. Nach ein paar weiteren Dutzend Metern hallten die Stimmen meiner Begleiter im Tunnel. Ich wandte mich um, und Sex-Change wies mit der Hand auf eine Öffnung zu meiner Rechten. »Das macht noch einmal zehn Rubel«, sagte er.

Ich zahlte, und er wandte sich ab. Die anderen Jungen grinsten. Ich horchte einen Augenblick auf das Scharren ihrer Soldatenstiefel, das in immer neuen Echos von den Wänden zurückgeworfen wurde wie in einer anderen Welt. Dann ging ich in den Tunnel hinein.

Die Tunnels. Mein Führer hatte nicht erwähnt, daß es vom Haupttunnel Abzweigungen gab. Mehrere Abzweigungen, die alle zu meiner Verwirrung über scheinbar endlose weitere Tunnels nach unten führten. Nur Beton kann gleichzeitig so feucht und so staubig sein.

Ich ging eine Weile, vielleicht zehn Minuten, durch diesen betonierten unterirdischen Kaninchenbau, und meine Schritte hallten unheimlich hinter mir, als würde ich von mir selbst verfolgt.

Ich hätte mich verirren können, Brüder. Ich hätte mich ganz leicht verirren können. Das war der Gedanke, der sich mehr und mehr in mir festsetzte, als ich erst den einen Tunnel hinunterging, dann einen anderen, identischen erreichte, umzukehren versuchte und nicht mehr feststellen konnte, welchen ich für den Haupttunnel gehalten hatte. Von meinem Standpunkt aus verschmolzen die blauen Lampen in ihren Drahtkäfigen zu einer entfernten blauen Linie. Alle zwanzig Sekunden wurde die Luft an mir vorbeigeblasen oder abgesaugt. War dies das Gebiet des Monstrums? Lebte hier die Bestie? Bewegte er sich durch diese Gänge, über seine triefende Beute gebeugt?

Natürlich bin ich im Herzen ein Feigling. Das weiß ich. Ich glaube, das weiß jeder Mann, wenn er ehrlich ist. Ich bin nicht unfähig, Mut zu zeigen, wenn Mut erforderlich ist – aber Feigheit ist sozusagen meine Ruhestellung. Und der Mut ist nicht immer da, nicht wie schäumendes Bier, das man aus dem Zapfhahn holt.

Im Moment war er jedenfalls nicht da.

Aber Moment mal. Meine Welt veränderte sich. Vor mir funktionierten einige der Deckenleuchten nicht. Hier hatte eine Explosion stattgefunden. Die Wände waren schmutzig und beschädigt. Zerbrochene Lampenfassungen und Kabel hingen aus der Decke. Meine Nerven lagen bloß. Ich wechselte an einer Abzweiung die Richtung, und in beiden Richtungen, nach links und nach rechts, vereinigten sich die blauen Lichter an der Tunneldecke zu blaßblauen Linien. Wo tote Lampenfassungen baumelten, waren viele dunkle Flecken. Ich hastete an ihnen vorbei zu den nicht allzu weit entfernten Lachen bläulichen Lichts. Meine Schultern streiften den rauhen Beton der Wände. Als ich mit dem Fuß gegen etwas stieß, rannte ich los wie eine Gazelle.

Ein Mann in zerlumpten Fetzen lag auf dem Boden. Kein Mann: ein Haufen Knochen, ein Skelett …

Ich brauchte einige Zeit, um den frenetischen Galopp meines Herzens zu beruhigen. Ich zwang mich hinzusehen. Die Fetzen waren gerade noch als Uniform erkennbar. Der Tote war ein Relikt der Kämpfe, die während des letzten nationalistischen Angriffs auf Moskau in den Tunnels stattgefunden hatten. Insekten und Ungeziefer hatten ihn mittlerweile fast bis auf die Knochen abgenagt.

An einer Kreuzung, einem niedrigen Gewölbe, von dem sechs oder acht Wege abgingen, nahm meine Angst vor dem Tunnel vernünftigere Ausmaße an. Ich hatte zu vieles unterstellt. War davon ausgegangen, daß Lichter und Luftzirkulation bedeuteten, dieser Ort würde von Menschen frequentiert und ich würde Mitglieder der Gemeinde dieses Priesters treffen, wenn ich einfach immer weiterging. Dieser ganze Komplex wurde seit den Tagen Breschnews beleuchtet und belüftet.

Ich setzte mich auf eine niedrige runde Mauer in dem Gewölbe, die Ellbogen auf den Knien, das Kinn in die Hände gestützt, und zählte die Atembewegungen des Belüftungssystems. Seit den Tagen Breschnews.

Ich beugte mich vor und lauschte. Der Tinnitus dröhnte in meinen Ohren. Aber da war noch etwas anderes. Da war wieder dieses Geräusch – stärker diesmal. Musik.

Sogar als ich losrannte und wieder stehenblieb, voller Angst, daß es aufgehört haben könnte, hörte ich es wieder. Nicht einfach Musik. Kirchenmusik. Und ich wußte, wenn ich mich selbst sehen könnte, würde ich lächeln: schwitzen und lächeln.

Die Kirche, falls sie denn überhaupt je als Kirche entworfen worden war, sah außerordentlich prächtig aus. Wahrscheinlicher war es, daß der riesige, gewölbte Raum für kommunistische Zusammenkünfte bestimmt gewesen war. Das hufeisenförmige Auditorium war mit rotledernen Bänken möbliert, und dort, wo der Altar stand, auf den schimmerndes Kerzenlicht den Blick lenkte, gab es eine Fülle von Holzschnitzereien und golddurchwirkten Tapisserien.

Ungefähr fünfzig Personen drängten sich vor dem Altar, wo ich, über die Köpfe der knienden Betenden hinweg, zwei priesterliche Gestalten hin und her gehen sah.

Ich bin nicht sicher, ob es an der Musik lag, am funkelnden Licht von Tausenden von Kerzen oder einfach an der schieren Erleichterung, daß ich den Tunnels entkommen war, aber ich merkte, daß ich tief bewegt war. Ein paar Minuten stand ich abseits, bis mir bewußt wurde, daß eine Frau neben mir stand. Sie war übergewichtig und nicht mehr jung und trug einen langen grauen Kaftan, der ziemlich durchnäßt war und ihr am Körper klebte. »Kommen Sie nach vorne«, sagte sie und nahm meinen Arm. »Jeder ist willkommen ... jeder ist in Gottes Haus willkommen.«

Ich machte mich von ihr los. »Ich bin nicht gekommen, um der Kirche beizutreten, Mutter«, sagte ich hastig. »Ich komme in einer wichtigen Angelegenheit. Ich muß sofort mit Vater Alexander sprechen.«

Sie schüttelte den Kopf. »Heute ist die monatliche Taufnacht«, sagte sie ernst. »Ihre Angelegenheit wird vor der Angelegenheit Gottes zurücktreten müssen. Sie dürfen gerne zusehen. Noch lieber dürfen Sie sich ihnen im Bad anschließen.«

Ich schüttelte den Kopf.

»Vertrauen Sie sich an, Bruder«, sagte sie. »Sie werden es nicht bereuen.«

Vater Alexander war im Bade. Dort waren außerdem noch ungefähr fünfzig andere, wie mir schien, hauptsächlich Frauen und Mädchen.

Ich stand in einem luftigen Raum, der geschmückt war, als lebten wir noch in der Zarenzeit, mit prunkvollen roten und goldenen Wänden und glitzernden Kandelabern über dem dampfenden grünen Wasser des Bades.

An den Seiten, in Nischen und Gewölbebögen, hielten sich Gruppen nackter Mädchen auf, die herumstanden oder sich schamlos auf hölzernen Bänken räkelten und den Badenden Bemerkungen zuriefen. Paare, die meisten jung, aber einige auch in ihren Vierzigern und Fünfzigern, saßen da und hielten Händchen wie im Sommer im Park.

Als ich mich vorstellte, watete Vater Alexander zur Treppe und stand im flachen Wasser wie ein russischer Neptun; sein riesiger Bart tropfte, und seine Genitalien waren angeschwollener, als es die eines Priesters bei einer Taufe sein sollten. Falls es das war, was hier vorging.

»Kommen Sie und schließen Sie sich uns an«, dröhnte er. »Taufen sind eine gemeinschaftliche Sache.« Ein paar Mädchen standen jetzt neben ihm im Wasser. »Ich kann so nicht mit Ihnen reden. Legen Sie Ihre Kleider einfach dort auf die Bank.«

»Das hier ist eine polizeidienstliche Angelegenheit«, sagte ich.

Sein erhobener Arm war dick mit Muskeln bepackt. »Schließen Sie sich uns an, mein Freund, bevor diese Mädchen es sich in den Kopf setzen, Sie im Namen des Herrn unterzutauchen.«

Ich erwog, ihm meine Polizeimarke unter die Nase zu halten. Und darauf zu bestehen, daß ein Inspektor der Moskauer Mordkommission Verdächtige nicht nackt im Bade vernahm. Aber die Vorfreude im Gekicher der Mädchen überzeugte mich. Als sie sich auf mich zubewegten, wandte ich mich ab und fing an, mich auszuziehen. Ich ignorierte die Beifallsrufe und das Klatschen der Mädchen und sprang ins warme Wasser, tauchte unter und neben ihm wieder auf, während mir das Wasser von den Schultern lief.

»Verzeihen Sie den Mädchen, Inspektor. Das ist der Überschwang der Jugend.« Er drehte sich zu den Mädchen um und klatschte in die Hände. »Laßt uns jetzt in Ruhe, Freunde. Ihr habt ihn gehört. Der Inspektor ist gekommen, um mir ein paar Fragen zu stellen.«

Er wandte sich wieder an mich. Wir standen knietief im Wasser. »Wie kann ich Ihnen also helfen, Inspektor Vadim?«

Ich watete tiefer ins Wasser und legte meinen Arm auf das Geländer. Ich sah von ihm weg. In unserer ersten Konfrontation hatte er mühelos die Oberhand gewonnen. Was tat ich hier, bis zur Taille im Wasser neben einem Mann, der ohne weiteres der sadistische Mörder mehrerer Mädchen sein konnte?

»Großartig, denken Sie.« Er wrang seinen Bart aus. »Gebaut für die *vlasti* zur Zeit Breschnews. Wurde es je benutzt? Das weiß Gott allein. Aber die Großzügigkeit der Vergangenheit versagt nie.« Er wies mit einer Geste auf das dampfende Wasser und die Kandelaber. »Wer bezahlt das alles, fragen Sie. Sie – und Millionen wie Sie«, strahlte er. »Das ganze System ist dem Moskauer Elektrizitätswerk angeschlossen. Niemand hat bis jetzt herausgefunden, wie man es abstellen könnte. Wenn das passiert …« Er zuckte mit den Schultern. »Dann werden wir einen Umzug ins Auge fassen müssen. Ich favorisiere die Schwarzmeerküste – haben Sie mit solchen Reisen Erfahrung, Inspektor?«

Mädchen schwammen unter Wasser um uns herum und wanden sich wie Elritzen. Ich versuchte, den vertrauten Zauber abzuschütteln, den er um mich webte. Versuchte, ihn als den finsteren Satyr zu sehen, der er vielleicht war.

»Kommen Sie aus dem Wasser«, sagte ich.

Seine Augen waren dunkel, und manche Menschen würden sagen, sie leuchteten. Damit will ich sagen, daß sein Blick auf mich fixiert war, ein starrer, intensiver, hypnotischer Blick, von dem ich wußte, daß ich ihn brechen mußte. »Sie müssen doch irgendein Büro haben«, sagte ich.

»Natürlich. Wenn Sie lieber dort reden wollen …«

»Ich bin gekommen, um mit Ihnen über die Morde in Rot-Presnja zu sprechen.«

Er schaute auf. »Die Goda-Straße 1905 verläuft genau über unseren Köpfen. Sind Sie der Kommissar, der mit diesem Fall betraut ist?«

»Der bin ich.«

»Sehr bald wird jeder in Moskau Ihren Namen kennen, Inspektor. Sie werden so berühmt werden wie Sherlock Holmes, der Detektiv von Scotland Yard, der die Jack-the-Ripper-Morde aufgeklärt hat.«

»Die ermordeten Mädchen waren Mitglieder Ihres Kults.«

Er sah mich an, ohne etwas zu sagen.

»Gehen wir in Ihr Büro«, sagte ich.

Ich zog mich schnell an in einer der Nischen, die das Bad umgaben. Als der Priester wiederkam, trug er Sandalen und eine lange weiße Robe mit einem goldgestickten Kreuz auf der Brust. Sein Stab war aus gebogenem und poliertem Ebenholz. Weder in seiner Art noch in seiner Körperhaltung hatte er irgendeine Ähnlichkeit mit der Person im Bad. »Warten Sie, Ihre Stimme sagt mir, daß Sie aus dem Norden kommen. Ich habe eine Vorliebe für Leute aus dem Norden. Ich war viele Jahre in Petersburg zu Hause. Ich habe Petersburg geliebt. Mein Umzug nach Moskau könnte man den Wechselfällen des Krieges zuschreiben ...«

»Fangen wir mit dem an, was hier vor sich geht«, sagte ich barsch. Ich war jetzt wütend auf mich selbst und auf diesen Mann, der mich in dieses Bad gelockt oder gezwungen hatte, und nun versuchte, mich auf die verschlungenen Pfade seiner Vergangenheit mitzunehmen. Ich mußte mich aus dieser absurden Position befreien, in die er mich so mühelos gebracht hatte.

»Was hier vor sich geht? Das, was Sie sehen«, sagte er nüchtern. »Wir sind eine orgiastische Glaubensgemeinschaft. Als Orgiasten glauben wir im Grunde, daß eine Gesellschaft, der ständig ein sexuelles Ventil zur Verfügung steht, weniger gewalttätig, weniger besitzergreifend, weniger ... *un-sozial* ist, als es bisherige Gesellschaften fertig gebracht haben.« Er zupfte an seinem trocknenden Bart und bauschte ihn auf. Seit er nicht mehr vom Wasser hingeklatscht war, wuchs er buchstäblich vor meinen Augen. »Es scheint zu funktionieren«, sagte er bescheiden.

»Unter Ihren Anhängern gibt es viele junge Frauen.«

»Natürlich«, stimmte er mir bereitwillig zu. »Ich habe Ihren Blick gesehen, Inspektor. Ich sehe, daß Sie einer der letzten wären, mir Vorwürfe zu machen.«

Sein Büro war vermutlich später gebaut worden als das Tunnelsystem. Ein Vorzimmer aus bleigefaßten Glasscheiben bildete eine Wand, von der eine schwere Tür in das eigentliche Büro führte. Hier standen auf einem prachtvollen türkischen Teppich ein ausladender Schreibtisch und ein hochlehniger Stuhl aus dem 19. Jahrhundert. Fünf oder sechs tiefe Sofas waren in einem Halbkreis um den Schreibtisch gruppiert. »Eine Glaubensgemeinschaft, sagten Sie.«

Er bedeutete mir, mich auf eines der Sofas zu setzen, und holte aus einem Schrank hinter dem Schreibtisch eine Flasche Wodka und zwei große Gläser. »Ich gehe davon aus, daß wir alle an den Himmel glauben«, sagte er, »wenn auch nicht unbedingt an Gott.«

»Ist das Ihre Glaubensbotschaft? Ein Himmel ohne Gott?«

»Warum nicht? Natürlich würden wir ihn alle anders definieren, jeder auf seine Weise. Hier in der Gemeinde predige ich, daß unser Ziel nicht sein darf, das fundamentale Bedürfnis eines jeden zu unterlaufen, sich seinen eigenen Himmel zu entwerfen. Wir dürfen uns keine Übergriffe leisten, indem wir unsere eigenen Bilder über die der anderen stellen.«

»Aber was bleibt Ihnen als Prediger noch übrig, wenn Sie das tun?«

»Das, was Sie im Bad gesehen haben. Sie sehen, es gibt keine Bedingungen bei uns, den Himmel zu erreichen. Man kann ihn nicht durch Glauben oder gute Taten gewinnen. Ihn zu erreichen hängt von Ihrer Fähigkeit ab, ihn zu definieren. Das ist alles. Die Einfachheit dieser Idee bestürzt die Theologen. Was hätten sie dann noch, worüber sie reden könnten?«

Ich trank einen kräftigen Schluck eines feinen, rauchigen Wodkas. »Und die Orgien?« fragte ich.

»Wir sind Orgiasten. Selbsternannte. Würden Sie von uns verlangen wollen, daß wir Orgiasten ohne Orgien sein sollen? Nach einer langen Orgie beten wir, um die Form des Himmels zu sehen, beten um einen kurzen Blick auf die Sonne auf seinen Domen und Zinnen …«

»Beten – zu wem, wenn nicht zu Gott?«

»Wir beten zu uns selbst natürlich – zueinander.«

Er lächelte. Wovon redete der Mann? Ein Himmel ohne Gott. Gebete zueinander. Und jedes Wochenende eine gute, satte Orgie. Inzwischen sah ich wenigstens, daß er eine Glaubensformel hatte. »Vier Mädchen wurden in den letzten zwei Monaten in Rot-Presnja ermordet«, sagte ich. »Und es besteht die Möglichkeit, daß es im Krieg noch weit mehr waren. Wie gut kannten Sie diese Mädchen?«

Er nickte wie zu sich selbst, als hätte er schon vor langer Zeit entschieden, daß dieser Moment kommen würde. »Das erste Mädchen, das ermordet wurde, Anastasia Modina, kannte ich recht gut.«

»Sie hatten eine sexuelle Beziehung mit ihr.«

»In der Rolle des Hirten, der kein Schaf ohne Führung läßt.«

»Sie machen sich über mich lustig, Vater Alexander.«

Er schüttelte den Kopf.

»Schlimmer noch, ich glaube, Sie machen sich über Anastasia Modina lustig.«

»Im Gegenteil.« Sein Gesichtsausdruck war plötzlich leer.

»Warum sind Sie nicht zu uns gekommen?«

»Was hätte ich Ihnen erzählen sollen? Daß Anastasia Mitglied der Gemeinde war? Daß sie an jenem Abend wahrscheinlich weniger als eine Stunde vor ihrer Ermordung hier weggegangen ist? Ich wußte, daß die Polizei ihren Mörder nicht finden würde. In dem Chaos seit dem Krieg geschehen an Orten wie Rot-Presnja jede Nacht Morde. Alte Rechnungen, die beglichen werden. Vergewaltigungen ... Was hätte es geholfen, den Eltern eines Mädchens wie Anastasia Modina zu erzählen, daß sie ihre Sonntagabende in den Armen eines völlig Fremden verbrachte?«

»Und als die anderen Mädchen umgebracht wurden?«

»Ich dachte das gleiche, als Nina Golikowa getötet wurde. Als Tanja umgebracht wurde, hatte ich bereits den Befehl ausgegeben, daß die Frauen zu zweit nach Hause gehen oder sich von einem der Männer begleiten lassen sollten. Offensichtlich hat man sich nicht an meine Anweisungen gehalten.«

»Das vierte Opfer, Lydia Primalowa, war ebenfalls Mitglied Ihrer Gemeinde.«

»Ja.«

»In ihrer Tasche hat man Antibabypillen gefunden.«

»Ein deutsches Fabrikat? Ich ermutige die Mädchen, sie zu nehmen. Das Ergebnis ungewollter Schwangerschaften haben Sie oben im Belorussischen Bahnhof gesehen, Inspektor.«

»Wie oft halten Sie Orgien ab?«

»Jedes Wochenende.«

»Sonntagnacht. Die Mordnacht.«

Er nickte langsam.

Ich fand es unmöglich herauszufinden, was er dachte. Zwischen dem, was er dachte, und den Folgen seines Tuns schien es eine Mauer zu geben. War das die Reaktion eines Psychopathen? Oder einfach die eines überzeugten Kultisten?

»Lydia Primalowa, das letzte Opfer, war die einzige, die nicht an einem Sonntag umgebracht wurde. Haben Sie dafür eine Erklärung?«

Er stand kurz auf, preßte seinen Bart flach auf die Brust, als bürste er Brotkrumen aus. »Neue Mitglieder haben sich bestimmten Formalitäten zu unterwerfen«, sagte er. »Einem Initiationsritus.«

Ich lächelte. Grinste wahrscheinlich. Der Priester nickte ernst. »Sie haben recht mit dem, was Sie denken. Lydia Primalowa war Jungfrau. Ich erlaube es nicht, daß Jungfrauen Mitglieder der Gemeinde werden. Es gab eine zeremonielle Defloration.«

»Durch Sie.«

»Selbstverständlich. Andere waren anwesend, aber eine Defloration wird normalerweise von mir persönlich vorgenommen.«

»Um welche Uhrzeit ging sie?«

»Kurz vor halb eins. Sie sagte, sie könne mit ihrer Schwester nach Hause fahren. Zwei Frauen begleiteten sie zum Ausgang am Maiskij-Platz.«

»Ich möchte mit ihnen sprechen.«

Wohin führte mich das alles? Nahe dran, das wußte ich, aber nicht nahe genug. Ich stand da und schaute in diese undurchdringlichen Augen, auf den kirschroten, fleischigen Mund. Gewiß, hier hatte ich alle grundlegenden Elemente einer Bestie. »Leben Sie hier unten?« fragte ich ihn.

»Ich verbringe hier mein Leben.«

»Was tun Sie nach Ihren Sitzungen am Sonntagabend?« Er sah mich unter halbgeschlossenen, schweren Lidern an. »Man findet mich nicht mit Skalpell und Chirurgenschere auf der Straße, falls Sie das hören wollten.«

»Haben Sie Zeugen, daß Sie noch hier unten waren, als Lydia Primalowa nach Hause ging?«

»Ein paar Mitglieder sind immer da. Zwanzig oder mehr von uns leben hier unten. Ja, ich habe Zeugen.«

»Die hier leben, sind das alles Frauen?«

»Einige, nicht alle.«

»Und von den Männern, gibt es darunter einige« – ich dachte an die Orgien und an Vater Alexander selbst – »die ... einen ungewöhnlichen Geschmack haben?«

Er schüttelte den Kopf über meine Naivität. »Sie reden über ein Volk, das die Erniedrigungen der letzten Jahre des 20. Jahrhunderts durchlebt hat, die Unsicherheit und das Blutvergießen der ersten Jahre dieses Jahrhunderts, und Sie stellen mir allen Ernstes diese Frage. Kommen Sie und schließen Sie sich uns an, Konstantin. Sie haben die Unschuld, die wir suchen. Denn unsere Orgien sind unschuldig, müssen Sie wissen. Wir sind nicht Mitglieder einer Gemeinde, um einander weh zu tun. Wir sind hier, um einander zu genießen. Und ein wenig darüber nachzudenken und zu beten, daß die Zukunft besser sein möge als die Vergangenheit. Können Sie darin etwas Falsches sehen?«

Er sprach so leicht und so ungehetzt, daß ich die Hand auf meinem Arm, mit der er mich zu sich heranzog, beinahe spürte. »Hören Sie zu.« Meine Stimme wurde ärgerlich und lauter. »Sie sollten verstehen, daß ich in einem Mordfall ermittle. Sie sind einer der Hauptverdächtigen. Sie und die Männer, die Ihnen hier unten assistieren. Jeder, der wußte, zu welcher Uhrzeit die vier Mädchen hier weggingen, welchen Ausgang sie am wahrscheinlichsten nehmen würden, ob sie allein sein würden oder nicht.«

»Wir sprechen hier von mehreren Dutzend Mitgliedern der Gemeinde.«

»Ich werde mit den ständigen Mitgliedern anfangen. Wie viele Männer leben hier unten?«

»Alle Männer, die ständig hier unten leben, wurden in den jüngsten Kämpfen verletzt. Die meisten von ihnen ernsthaft. Ich bezweifle sehr, ob Sie Ihr Monstrum unter ihnen finden werden.«

»Trotzdem will ich eine vollständige Liste«, sagte ich stur. »Es muß einen ständigen Bewohner geben, der körperlich in der Lage ist zu tun, was diesen Mädchen angetan wurde.«

Er breitete die Arme aus. »Ich bin nicht Ihr Mörder, Konstantin. Ich würde niemals Blut vergießen.«

»Sie haben eine nationalistische Patrouille hier durchgeführt. Koba hat Sie dafür ausgezeichnet. Damals wurde Blut vergossen.«

»Ich habe einen Sanitätstrupp zu einem Kommandoposten der Anarchisten geführt, der sich ergeben hatte. Wenn die nationalistischen Autoritäten ihrem Bedürfnis nach ein wenig barmherziger Fehlinterpretation nachgeben wollten, wer bin ich, mich dem zu widersetzen? Vor allem, wenn der Orden von freiem Wohnrecht begleitet wurde? Aber seien Sie versichert, daß ich in jeder mir möglichen Weise kooperieren werde.« Er trank seinen Wodka mit einem Schluck aus. Er wischte sich mit dem Handrücken über den glänzenden Mund und glättete die Spitzen seines dichten braunen Bartes. Seine Augen ließen meine keinen Augenblick los.

In der Stille wurde meine Aufmerksamkeit einen Moment abgelenkt. Ein Schatten huschte über die bleigefaßten Glasscheiben, die sein Büro vom Vorzimmer trennten.

»Ich habe Besuch«, sagte er. »Entschuldigen Sie mich bitte.« Er ging zur Tür und öffnete sie. Während er unter der Tür stand und sich mit dem Besucher im Vorzimmer unterhielt, stand ich auf, um zu telephonieren. Bitow nahm im Büro den Hörer ab.

»Ich bin im Tunnel, in Vater Alexanders Katakombenkirche. Holen Sie Jakunin ab und kommen Sie sofort hierher. Ich will von jedem, der in den Mordnächten hier war, den Namen wissen, wann er weggegangen ist und mit wem.«

»Von wie vielen Personen reden Sie, Chef?«

»Ich weiß es nicht. Vielleicht hundert.«

Am anderen Ende herrschte Schweigen.

»Ich weiß«, sagte ich. »Bringen Sie jeden mit, den Sie auftreiben können. Schnappen Sie sich, wenn nötig, ein halbes Dutzend Uniformierte. Das hier ist heiß.«

Vater Alexander machte die Tür zu und kam zurück ins Zimmer. Mit ihm kamen ein Hauch von Kirchenmusik und Weihrauch.

»Wie kommen meine Männer hier herunter?« fragte ich. »Erzählen Sie mir nicht, durch den Belorussischen Bahnhof.«

»Unser Eingang liegt in der Grachew-Straße. Es gibt Dutzende von Eingängen zu diesen Tunnels. Ich bin nicht verantwortlich für die Kinder-Erpresser im Belorussischen Bahnhof.«

Ich wiederholte die Information für Bitow und warnte ihn vor den jungen Dieben im Belorussischen. Vater Alexander wartete mit gesenktem Kopf, den Blick auf seine sandalenbekleideten Füße geheftet. Hinter ihm sah ich, daß sein Besuch immer noch auf der anderen Seite der Glasscheibe wartete.

»Die Beamten sind hierher unterwegs«, sagte ich. »Sie haben mir Ihre Mitarbeit versprochen.«

Er hob den Blick. »Die sollen Sie haben«, sagte er.

Ich verließ Vater Alexander durch eine Seitentür seines Büros und kam beinahe sofort zu einer gut ausgeschilderten Kreuzung. Über den Tunnel zu meiner Rechten kam ich zu der Treppe, die zum Ausgang an der Grachew-Straße führte. Zu meiner Linken war vor dem Tunnel eine Warnung befestigt: *Dieser Tunnel führt zu den Ausgängen Ochsenfroschgasse, Belorussischer Bahnhof und Maiskij-Platz. Freunde werden gewarnt, daß einige der Durchgänge nicht mehr angemessen beleuchtet sind und manchmal von unerwünschten Personen frequentiert werden.*

Mochte Feigheit mein Führer sein. Ich betrat den Tunnel rechter Hand, den direkten Weg zur Grachew-Straße. Aber der Gedanke an die Liste der Ausgänge, die man über den anderen Weg erreichen konnte, ließ mich stehenbleiben.

Die Ochsenfroschgasse, der Belorussische Bahnhof und der Maiskij-Platz lagen alle wenige hundert Meter von dem Ort entfernt, wo die Morde stattgefunden hatten. Ein Mörder, der die Katakomben verlassen wollte, konnte sich in dem sicheren Wissen auf den Weg machen, daß Anastasia Modina oder wer auch immer in dieser Nacht sein auserwähltes Opfer war, auf dem Heimweg dort vorbeikommen würde, und konnte sich auf die Lauer legen. Falls Vater Alexander der Mörder war, wüßte er, wann das Mädchen ging und wann es in etwa an der Oberfläche ankommen würde – und er würde seine Route dorthin kennen.

Der Mörder ... ich stand im Tunnel an einer Gabelung und schüttelte den Kopf. Ich mußte mir ins Gedächtnis zurückrufen, daß es nicht nur einen Mörder gab. Samenspuren verschiedener Männer waren mit Blut vermischt auf den Schenkeln der Mädchen identifiziert worden. Es mußte mehr als ein Monstrum geben.

Eingebungen kommen zu den merkwürdigsten Zeitpunkten, verdammt noch mal. Aber sie kommen. Sogar Konstantin Vadim. Samenspuren verschiedener Männer? Natürlich Samenspuren verschiedener Männer! *Jedes der Opfer war schließlich gerade von einer religiösen Orgie gekommen, großer Gott!*

Ich war bereits an dem Warnschild vorübergegangen und tief in den halberleuchteten Tunnel vorgedrungen, ehe mir bewußt wurde, was ich tat. Die Samenspuren an den Beinen der Mädchen stammten von männlichen Orgiasten. Möglicherweise hatte das Monstrum, ehe es zuschlug, nicht einmal ejakuliert. Vielleicht schnitt es Teile von den Mädchen ab und rannte dann zum nächstliegenden Eingang, der in die Katakomben führte, und trug seine blutende Trophäe durch diese Tunnels.

Automatisch sah ich zu Boden und erwartete jeden Moment, dort eine Blutspur zu entdecken. Mein Gefühl schwankte zwischen Triumph und Angst. Ich wußte, was ich getan hatte. Ich hatte ein einzelnes Monstrum wiederauferstehen lassen. Als ich aufsah, starrte ich auf ein Schild, auf dem stand: ZUM BELORUSSISCHEN BAHNHOF.

31 Ich kam nicht, wie ich mir das vorgestellt hatte, im Bahnhof an die Oberfläche. Statt dessen tauchte ich in einer niedrigen Betonkiste zwischen den Rangiergleisen hinter dem Bahnhofsgebäude auf.

Es hatte aufgehört zu schneien, und Lichtpfützen an verschiedenen Stellen auf dem riesigen Gelände zeigten die Seiten langer Ölwaggonzüge oder abgedunkelter Passagierwaggons. Das Puffen und Keuchen der dampfbetriebenen Rangierloks war das einzige Geräusch in der toten weißen Welt um mich herum, und der ganze große Bereich schien leer bis auf ein paar Männer mit Taschenlampen in einiger Entfernung. Aus dieser Richtung hörte ich jetzt auch Hundegebell.

Ich suchte mir mit äußerster Vorsicht einen Weg zwischen den sich vielfach überkreuzenden, schneebedeckten Schienensträngen in Richtung der hellsten Lichter, da ich annahm, daß sich dort die Haupttore zu diesem Bereich befanden. Der Belorussische Bahnhof lag schwach beleuchtet und riesenhaft direkt dahinter.

Es war ein kurzer, aber beschwerlicher Weg. Alle drei oder vier Schritte stolperte ich, wenn ich über Gleise oder zwischen Schwellen trat. Gelegentlich stand ich vor einem leeren, dunklen Zug und war gezwungen, mir unter den Puffern hindurch einen Weg zu suchen. Meine Hände waren bald wund vom rauhen, kalten Eisen der Haken und Puffer; der Schnee hatte meine Schuhsohlen in Pappe zurückverwandelt, und meine Hose war bis zum Knie durchnäßt.

Als ich zwischen den Waggons eines leeren Zuges wieder auftauchte, stand ich in einem willkommenen Lichtsee. Einen Augenblick stand ich da und beobachtete, wie der Offiziersschlafwagen nach Minsk an mir vorüberzog. Er kam aus der Schwärze zu meiner Linken und bewegte sich mit langsamem, rhythmischem Klacken an mir vorbei.

Die hellerleuchteten Fenster waren nur wenige Meter von mir entfernt. Ich sah Oberste, die sich den Kragen aufknöpften, Majore, die sich das Haar glattstrichen oder einander zuprosteten. In den meisten Abteilen waren Frauen, junge Frauen, wahrscheinlich solche wie Claudia, die innerhalb von vierundzwanzig Stunden zum zweiten- oder drittenmal mitfuhr.

Als der Zug Geschwindigkeit aufnahm, verschwammen die Einzelheiten. Ich sah Zugpersonal mit zusammengefalteten blauen Decken unter dem Arm oder über einen Samowar gebeugt bei der Teezubereitung. Ich sah Offiziere mit roten Hosenträgern, halbnackte Mädchen, jedes schnelle Bild mit seiner eigenen Geschichte. Dann verschwand der helle Zug mit einem letzten Rattern in der Nacht.

Er hinterließ eine düstere Schneelandschaft.

Es waren noch immer zweihundert Meter bis zu den Toren, und ich stellte fest, daß ich entweder um einige stehende, dunkle Züge herumgehen oder unter ihnen hindurchkriechen mußte.

Zehn Minuten lang ging ich an verlassenen Ladebuchten vorbei und kletterte zwischen Personen- und Güterwagen hindurch. Ich hatte gerade einen passiert und mir einen glatten Schneeflecken ausgesucht, auf den ich hinunterspringen konnte, als ich hinter mir ein heiseres Flüstern hörte. »Bruder«, sagte eine Stimme. »Um der Barmherzigkeit willen, eine Tasse Schnee.«

Ich schaute nach oben. Was ich für einen leeren Güterwagen gehalten hatte, war ein Viehwaggon mit einem kleinen, mit Stacheldraht verdräuten Fenster. Eine Hand mit einer Blechtasse hatte sich durch den Stacheldraht geschoben. Ich sah, wie sich das Handgelenk drehte, und die Tasse fiel vor meinen Füßen in den Schnee.

Ich hob sie auf und starrte den Stacheldraht an. Die Hand hatte sich zurückgezogen. Ich konnte ein Gesicht ausmachen und das flackernde Weiß in den Augen eines Mannes. Aus dem Waggoninneren kam schweres Stampfen wie von eingestellten Pferden. »Wer bist du?« sagte ich. »Wohin bringen sie dich?«

»Eine Tasse Schnee«, krächzte die Stimme. »Wer immer du bist, du wirst uns nicht eine Tasse Schnee verweigern.«

Ich bückte mich und packte Schnee in die Tasse. Dann griff ich nach dem schweren Schloß an der Seite der Schiebetür und hievte mich mit der Tasse auf die Höhe des Stacheldrahts.

Der Gestank aus dem Inneren schockierte mich. Eine Hand schnappte nach der Tasse, und eine Weile hörte ich schlürfende, nasse Geräusche und von weiter hinten einen leisen Chor erbärmlicher Schreie. Darunter auch die von Frauen. Als die Tasse wieder auftauchte und durch den Stacheldraht geschoben wurde, nahm ich sie entgegen und sprang hinunter. Während ich sie füllte, fielen neben mir leise vier oder fünf weitere Tassen in den Schnee.

Ich füllte sie alle, dicht gepackt, schob den Zeigefinger durch die Henkel und schwang mich mit Hilfe meiner freien Hand wieder hinauf zum Fenster.

Einen Augenblick lang befürchtete ich, meinen Finger zu verlieren. Mehrere Hände zerrten an den Bechern. Meine Knöchel knackten, meine Hand wurde hierhin und dorthin gezerrt. Als mir die letzte Tasse aus der Hand gewunden worden war, sprang ich in den Schnee und massierte meine Finger. Es war ein Gefühl, als wäre ich von einer zahnlosen, aber wütenden Bestie angefallen worden.

Ich schwang mich wieder hinauf, dieses Mal vorsichtiger. Ein Gesicht, das ich für das von vorhin hielt, füllte jetzt das Fenster hinter dem Stacheldraht. »Hier drin sind Tote«, sagte er. »Wir waren drei Tage ohne Wasser. Beinahe eine Woche mit einem Ranken Brot.«

»Wer seid ihr?«

»Soldaten der alten Anarchistischen Armee. Männer und Frauen.«

»Gefangene? Gefangengenommen bei der Schlacht von Moskau?«

Er lachte krächzend. »Gefangene? Nein. Gutgläubige Idioten, die sich zu den Bedingungen von Leonid Kobas Amnestie ergeben haben, mein Freund.«

Ich starrte sprachlos in sein schattenhaftes Gesicht.

»Und du?« sagte er. »Wer bist du? Ein Bahnarbeiter?«

»Ja, ein Bahnarbeiter«, sagte ich.

»Ich bin überrascht, daß die Wachen der Tscheka Leute wie dich in die Nähe dieses Zuges lassen. Sei vorsichtig, mein Freund. Sie haben Hunde. Und Peitschen.«

Ich hatte mich inzwischen wieder soweit erholt, daß ich etwas sagen konnte. »Sag mir«, drängte ich ihn, »wann habt ihr euch ergeben?«

»Die meisten von uns vor weniger als zwei Wochen. Wir wurden nachts in Lagerhäusern zusammengetrieben. Wir waren vor Hunger schon kurz vor dem Zusammenbruch, als sie uns in diesen Zug verladen haben. Das war vor drei, vielleicht vier Tagen.«

»Wie viele seid ihr?« Ich war so schockiert, daß mir nichts anderes einfiel.

»Sechzig pro Waggon ...« antwortete die Stimme. »Wir haben bereits acht Tote.«

Noch mehr Blechtassen wurden mir entgegengeschoben, und ich füllte sie schnell mit Schnee vom Dach des Viehwaggons. Nachdem ich ungefähr ein Dutzend Blechtassen gefüllt hatte, redeten wir weiter.

»Wißt ihr, wohin sie euch bringen werden? Haben die Wachen irgend etwas gesagt?«

»Die Wachen lachen und sagen: ›Magadan‹, wenn wir fragen, wo sie uns hinbringen, aber wir haben keine Möglichkeit herauszufinden, was sie meinen. Hier drinnen haben einige den Namen ›Magadan‹ schon einmal gehört. Daß es ein schlimmer Ort sei. Was bedeutet ›Magadan‹, mein Freund? Du bist ein Eisenbahnmann. Ist es ein Ort?«

Magadan. Ich wußte, wo Magadan war. Was Magadan war.

»Sag es uns, Bruder«, drängte die Stimme.

»Ich weiß es nicht.« Ich konnte gerade noch verhindern, daß meine Stimme brach. »Ich habe noch nie von Magadan gehört.«

Aber jeder, der die Geschichte Rußlands kennt, kennt Magadan. Es ist das östlichste Gefangenenlager. Das Zentrum von hundertsechzig Lagern zur Zeit Stalins. Das Zentrum eines bitteren Paradoxons: *Die Reise nach Magadan ist die schlimmste Reise der Welt. Wie kann die Reise dann besser sein als die Ankunft?*

Kälte, Hunger, Arbeit und der Sadismus von Stalins Wachen ... ein Sklavenmarkt auf dem Hauptplatz. Würde es morgen für diese Männer anders sein?

»Eisenbahnmann, wirst du unsere Briefe weiterleiten?« fragte eine Stimme von weiter hinten.

»Ich werde eure Briefe weiterleiten«, flüsterte ich durch den Stacheldraht und hörte und fühlte das Drängen der Körper hinter dem Fenster. Hände streckten sich durch den Draht und hielten zusammengefaltetes, schmutziges Papier, Heftfetzen, wenige in Umschlägen. Ich sammelte sie ein und stopfte sie in meine Taschen. Als weiter hinten am Zug Hunde bellten, flüsterte ich den Männern hinter dem Stacheldraht »Viel Glück« zu, obwohl ich wußte, daß es keines für sie geben würde, und sprang zurück in den Schnee.

Ich wagte es nicht, noch einmal auf die Hände zurückzuschauen, die sich durch den Stacheldraht streckten. Ich zwängte mich unter den Puffern zweier vor mir stehender Waggons hindurch und stieß mir den Kopf an einem schweren Eisenhaken – aber ich schwöre es, ich spürte kaum etwas. Auch dieser Zug, das sah ich, als ich auf der anderen Seite herauskam, bestand aus einer endlosen Reihe von Viehwaggons, aus denen schwache Schreie und Stöhnen drangen und das erbärmliche Klappern von Blechtassen gegen Stacheldraht.

Alle Angst war von mir abgefallen, als ich auf das Tor zuging. Als die blendenden Lichter auf mich herabschienen und die Hunde an ihren Ketten nach vorne schnellten, bellte ich dem Tschekisten entgegen, er solle aus seinem Wachhaus herauskommen, und schleuderte ihm meine Polizeimarke so heftig entgegen, daß ich ihn damit seitlich an der Wange traf.

Wassikins kleiner Junge hatte unrecht. Die guten Menschen hatten nicht gewonnen.

32

In Murmansk gab es moderne Ruinen; einige Gebäude waren ganz oder teilweise kollabiert, als der schlechte Beton bei dem einen Luftangriff, den die Stadt während des Krieges auszuhalten hatte, zu Staub zerbröselte. Aber das war nichts im Vergleich zu Babuschkin. Kurz nachdem ich den Mira-Prospekt verlassen hatte, befand ich mich mitten in einem Vorort aus Betonhochhäusern, die alle aussahen wie abgesägte Drachenzähne. Viele waren nur noch weiße Stümpfe mit dunklen Fensterhöhlen, umgeben vom Schutt der zusammengebrochenen vier oder fünf obersten Stockwerke. Einige sahen aus, als hätte ein riesiges Tier ein, zwei Wände herausgerissen, und man sah die dunklen Rechtecke, wo früher Wohnungen gewesen waren. Rot-Presnja war nicht der einzige Distrikt in Moskau, wo schwere Kämpfe stattgefunden hatten.

In den rissigen Fassaden einiger dieser Häuser waren vereinzelt erleuchtete Fenster zu sehen, aber auf den spärlich und unregelmäßig beleuchteten Straßen dazwischen sah man weder Menschen noch Autos, dafür jedoch eine Menge Abfall. Ich fuhr durch diese graue, vor sich hin brütende Vorstadt und folgte dem Weg auf der Polizeikarte, die ich gegen das Armaturenbrett gelehnt hatte.

Es gab kaum Straßenschilder oder Hausnummern, und die Tatsache, daß ich mich konzentrieren mußte, hielt die Gedanken an die Anarchisten in den Viehwaggons bis auf wenige kurze Ausnahmen glücklicherweise in Schach. Gedanken über den großen Sklavenmarkt von Magadan. Über die sechs, sieben, acht Millionen Toten, die die Gold- und Diamantenminen von Kolyma im letzten Jahrhundert gefordert hatten. Und die Hunderttausende, die noch folgen würden.

Die Mühe, die es mich kostete, den Weg zu finden, holte mich immer wieder von diesem Abgrund zurück und zwang mich, mich neu zu konzentrieren. Erst als ich Block Pasternak B gefunden und meinen Wagen hinter verrosteten Eisenschienen versteckt hatte, erlaubte ich mir, über meinen Auftrag nachzudenken.

Ich wollte Julia mit der Wahrheit konfrontieren. Mit der Wahrheit, daß sie die ganze Zeit recht gehabt hatte. Daß mein Verständnis des Rußlands unserer Vergangenheit und unserer Zukunft kindisch gewesen war, wirr und völlig fehlgeleitet. Daß die Lebenslinie zur alten dörflichen Gemeinschaft schon vor langer Zeit gekappt worden war oder, falls sie noch existierte, in eine ganz andere Richtung wies.

Ich ging wie ein Automat und hörte nur das Knirschen von Glas und Schutt unter meinen Füßen. Als ich angerufen wurde, hob ich die Hände. Mein Gefühl der Niederlage war vollständig.

»Soll ich sagen, du siehst aus, als hättest du einen Geist gesehen?« sagte Julia, als wir in der mit schwarzen Graffiti bedeckten Wohnung allein waren, wo sie zur Zeit ihr Hauptquartier hatte.

»Geister«, sagte ich zu ihr. »Heute nacht bin ich Geistern aus der Vergangenheit begegnet.«

Sie nahm mich beim Arm und setzte mich an den Ofen. Sein Rohr verschwand in einem Loch in der Außenwand, das mit verkohlten Asbesttüchern zugestopft war. Aber das Feuer glühte heiß genug, um den Raum zu wärmen.

Ich war von verschiedenen Statthaltern hergeführt worden, war durch ein Dutzend Wohnungen geklettert, die über Durchgänge miteinander verbunden waren, die man einfach in die Betonwände geschlagen hatte. Das Labyrinth aus Räumen und Treppen, das so entstanden war, verwirrte die Polizei und beherbergte Hunderte von Gesetzlosen, kleinen Dieben, *stoke*-Händlern, Gesuchten und Politischen wie Julias Kameraden. Die Polizei, sagte sie, kam niemals hierher. Ein Infanteriebattaillon wäre nötig gewesen, um Pasternak B auszuheben.

Wir saßen rechts und links neben dem Ofen. Sie hatte Wodka eingeschenkt und ihn zu meinen Füßen hingestellt. Sie war blaß, eine Blässe, die von den schwarzen Jeans und dem schwarzen Pullover noch betont wurde. Doch ihre Bewegungen hatten die außerordentliche Lebhaftigkeit und Entschiedenheit, die sie geerbt oder vielleicht ihrer Mutter abgeschaut hatte, wiedergewonnen. Sie saß mir gegenüber, die Beine übereinandergeschlagen, die Hände im Schoß gefaltet, und wartete.

Ich nehme an, es war ein Schock. Zuerst konnte ich nicht sprechen, konnte mich nicht einmal nach dem angestoßenen Wodkaglas bücken. Ich hob den Blick und sah in ihr Gesicht. Mein Mund öffnete und schloß sich wieder, doch meine Kehle war so zugeschnürt, daß ich kein Wort hervorbrachte. Julia kam zu meiner Rettung, wie sie das vermutlich schon viele, viele Male versucht hatte. »Erzähl mir von Madame Raissa«, sagte sie.

Das konnte ich. Ich erzählte ihr sehr sorgfältig, was passiert war. Ich erzählte ihr, daß es mir, obwohl diese Dinge passiert waren, dennoch gelungen war, mir einzureden, daß es sich um eine Ausnahme handelte.

»Daß die Dinge besser werden würden?«

»Ja, daß die Dinge besser werden müssen.« Daß in schwierigen Zeiten das banale Böse, verkörpert von Menschen wie Roy Rolkin, nach oben trieb. Wenn der Topf überkocht … wir alle kennen das Sprichwort. Doch ich hatte meinen Glauben bewahrt, daß die Nationaldemokraten für Rußland das Richtige waren. Daß Leonid Koba der Mann war, uns zu führen. Und daß das Amnestiegesetz ein einzigartiger und weitsichtiger Akt der Versöhnung war.

Und glaubt nicht, Brüder, daß ich nicht wüßte, was ihr jetzt denkt. Ihr denkt, was für eine armselige Kreatur ich doch sein muß. Was für ein gutgläubiger Kerl dieser Konstantin Vadim doch sein muß.

Nun, verdammt sollt ihr sein … Für jeden anderen war es ganz offensichtlich, denkt ihr. Ihr wußtet alle von Anfang an, daß die Nationaldemokratie kaum mehr war als eine Wiederholung der russischen Vergangenheit; mit einer anderen Schöpfkelle serviert – aber aus demselben Suppentopf.

Meine Augen waren jetzt auf Julia gerichtet. Auf einem einfachen Holzstuhl vor der beschädigten Wand dieses Zimmers, das in andere beschädigte Zimmer führte und in immer weitere und weitere, saß sie in ihren schwarzen Jeans und ihrem schwarzen Pullover, und ihre Augen, ihr Gesicht wurden ein wenig feucht, als ich ihr erzählte, was ich auf dem Belorussischen Bahnhof gesehen hatte. »Mindestens drei Züge«, sagte ich. »Männer, wahrscheinlich auch Frauen, zusammengepfercht, wie man kein Vieh zusammenpferchen würde. Deine Kameraden, anarchistische Soldaten, die die Amnestie angenommen haben. Kaum zehn Männer aus einem Waggon werden Magadan überleben. Magadan, Julia! Das Regime, an das ich geglaubt habe, schickt Gefangene nach Magadan.«

Sie schüttelte den Kopf. »Es gibt nichts, wofür du dich schämen müßtest«, sagte sie. »Du hast eine ehrliche Wahl getroffen für deine Vision von Rußland. Andere haben Magadan in diese Vision mit einbezogen, Männer wie Roy und Koba. Du nicht, Konstantin. Das war nie Teil der Zukunft, wie du sie gesehen hast. Du hast die Freiheit, dich neu zu entscheiden.«

Ich trank den Wodka, und sie ging ein paar Minuten hinaus, um mir etwas zu essen zu holen. Ich saß einen Augenblick nur da, die Wärme des Ofens auf meinem Gesicht. *Die Freiheit, neu zu entscheiden*. Was meinte sie damit? Die offensichtliche politische Entscheidung natürlich. Die Wahl zwischen den schandbaren Nationaldemokraten, die ich befürwortet hatte, und ihren eigenen Ansichten, die wesentlich komplizierter waren als meine, aber auch, wie ich immer gedacht hatte, intellektuell und kalt.

Die Freiheit, neu zu entscheiden. War es möglich, daß Julia mit diesen Worten auch noch etwas anderes meinte? Meinte sie, *ich*, nicht sie, hätte unsere Trennung entschieden? Zwang sie mich dazu, wenigstens meinen Anteil an der Verantwortung dafür zu übernehmen, daß sie mit Mischa Murmansk verlassen hatte? Und sagte sie deshalb, daß ich jetzt frei sei, mich neu zu entscheiden?

Ich schwöre, daß das Blut so heftig in meinem Körper pochte, daß ich meinen Puls in den Fingerspitzen fühlte, die das leere Wodkaglas hielten.

Als sie zurückkam, trug sie eine zusammengerollte Strohmatte unter dem Arm und ein Tablett mit Brot, Käse und einem Teller mit kaltem Fleisch. Sie stellte das Tablett auf einen Stuhl und rollte die Matte auf dem Boden aus. »Wir haben keinen Tisch zum Essen«, lächelte sie. »Setz dich zu mir, Konstantin. Wir veranstalten zusammen ein kleines *déjeuner sur l'herbe*.«

Ich sah mich in dem verbarrikadierten Raum um. Ich war gerührt, wie ich so oft über Julias Fähigkeit gerührt gewesen war, mich in eine Welt eintreten zu lassen, die sie mit ihrer Phantasie geschaffen hatte. *Déjeuner sur l'herbe*. Wir breiteten auf dem Betonfußboden in diesem zerstörten Haus die Matte und das Essen aus und machten es uns bequem ...

Ich frage mich heute, wie ich mich so einfach hatte irreführen lassen ... Und wußte es natürlich. Es waren all die sinnlosen Details. Wie Koba sprach, wie er sein Frühstück aß, wie er durch einen Raum ging. Ich hatte mir einfach eingeredet, dies sei wirkliches Wissen. »Ich dachte, ich wüßte tausend Dinge über Koba ...«

»Es gibt nur eines, was man wissen muß«, sagte sie, als wir mit aufgestützten Ellbogen dalagen, das Essen und Trinken zwischen uns auf der Strohmatte. »Rußland hat Besuch von einem neuen Stalin.«

Ich wollte ihr die ganze Wahrheit erzählen: daß ich direkt für

Koba arbeitete. Daß ich sein Double war – aber ich hielt mich zurück. Ich hatte Angst vor der Lächerlichkeit. Aber noch mehr Angst hatte ich vor der Wirkung, die die Wahrheit auf sie haben konnte. Angst davor, daß sie auf dieser Grenze, von der man glaubt, daß dort Liebe und Haß existieren, einen Körper verabscheuen könnte, der sich so einfach in den Mann verwandeln konnte, den sie haßte. Wie ihr seht, Brüder, dachte ich bereits an eine Zukunft.

»Ich habe durch ein Netzwerk anarchistischer Sympathisanten die Information, Konstantin«, sagte sie, »daß die Lager aus den dreißiger, vierziger und frühen fünfziger Jahren des 20. Jahrhunderts wieder aufgebaut werden. Vielleicht haben die Leute recht, die sagen, daß sich nichts verändert hat: daß ein Russe der Sklaverei nur durch Flucht in den Westen entgehen kann.«

»Willst du damit sagen, wir sollen uns aus unserem eigenen Land vertreiben lassen?«

»Ich glaube, daß wir uns zur Wehr setzen sollten. Aber es ist spät. Die Tscheka kontrolliert Armee und Verwaltung inzwischen stärker als unter Berija. Die einzige traditionelle Institution, auf die wir Russen nie verzichten, ist anscheinend die Geheimpolizei. Aus anarchistischer Quelle habe ich bereits Informationen, daß Juden nachts wegen Kosmopolitentums verhaftet werden, und von Tschetschenen, die man in Ghettos außerhalb der Städte verbringt.«

Ich konnte nichts anderes tun, als die Fakten aufzunehmen, die sie mir gab. Gestern hätte ich mich noch verteidigen können, um diese Fakten in ihre Schranken zu verweisen, doch heute hatte ich keine Kraft, ihnen zu widerstehen, hatte weder den Willen noch den Wunsch zum Widerstand. Natalja, die ich respektierte, hatte mir erzählt, Leonid Koba sei ein neuer Stalin. Julia, die ich liebte, erzählte mir das gleiche. »Gibt es keinen gemeinsamen Nenner zwischen euch und dem demokratischen Flügel der Nationaldemokraten?« fragte ich in verzweifelter Hoffnung.

Julia lächelte. »Nein. Ich bekämpfe demokratische Strukturen genauso, wie ich eine nationalistische Regierung stürzen würde. Es gibt keine Gemeinsamkeiten. Du stehst kurz vor der Ausreise aus dem nationalistischen Lager, Konstantin. Du darfst dich nicht dem Glauben hingeben, daß du die Möglichkeit haben wirst, dich über Nacht in einem netten kleinen demokratischen Gasthof am Wegrand auszuruhen.«

»Es gibt einiges, was ich dir erzählen muß«, sagte ich. »Du weißt, daß Roy Rolkin hinter dir her ist.«

»Das weiß ich.«

»Er hat den speziellen Auftrag von Leonid Koba, dich zu jagen.«

»Ich fühle mich geschmeichelt.« Sie sammelte die Teller ein und trug sie aus dem Zimmer. Ich beobachtete sie, benommen von der Sinnlichkeit jeder ihrer Bewegungen. Als sie zurückkam, trug sie drei oder vier alte, bestickte Kissen, die sie lachend nach mir warf. »Wenn du heute nacht hier schlafen willst, Kostja, dann brauchst du etwas Weicheres als eine Strohmatte.«

Sie legte sich neben mich, und ich schob die Kissen unter unsere Köpfe. Als wir Seite an Seite lagen, legte sie die Arme um mich. Ihr Körper schmiegte sich an mich. Irgendwie brachte das in Sekunden die Sehnsucht all der Jahre zurück. Ich berührte behutsam ihren Rücken und konnte noch immer die Bandagen fühlen. Ich legte ihr eine Hand um die Hüfte und preßte sie einen Augenblick an mich. »Du bist voller Schmerz, Kostja«, sagte sie. »Aber jetzt ist das meiste ein guter, kreativer Schmerz.«

Ich hatte solches Gerede nie gemocht. Vielleicht war es falsch gewesen, es früher zurückzuweisen. Doch ich bin ein einfacher Mann. Schmerz ist Schmerz. Veränderungen können gut sein. Notwendig. Aber Schmerz ist immer noch Schmerz. Ich ließ meinen Körper ein wenig zurückrollen. »Ein Schmerz hört nie auf. Ich kann den Schmerz um Mischa nie vergessen«, sagte ich.

Sie nickte langsam und küßte mich ganz leicht auf die Lippen.

»Ich muß einfach mehr darüber wissen, Julia«, sagte ich.

»Über seinen Tod?« Sie streichelte mir übers Haar. »Du tust dir selbst weh, und es führt zu nichts, Konstantin. Ich habe dir alles gesagt, was es dazu zu sagen gibt.«

»Mehr über sein Leben im letzten Jahr mit dir. Was für ein Junge war er?« Ich stützte mich auf den Ellbogen und schaute auf sie hinunter. »War er freundlich, lustig ... gib mir irgend etwas. Etwas, was ich meinen Erinnerungen an ihn hinzufügen kann.«

Die perfekten Lippen öffneten sich leicht. »In diesem letzten Jahr war er sogar noch lebhafter als in Murmansk«, sagte sie leise.

»Lebhafter?«

»Sich der Welt um ihn herum bewußter, so meine ich das. Er hat von dir gesprochen, bis mir beinahe das Herz brach. Ich habe versucht, ihm zu sagen, wie es ist, wenn man zwischen zwei Dingen, die man gleichermaßen liebt, wählen muß ...«

»Aber ich habe die falsche Wahl getroffen«, sagte ich. »Ich bin in Murmansk geblieben. Ich habe mich entschieden, mich von der Frau und dem Kind, die ich liebte, zu trennen.«

Ihre Hand lag auf meinem Nacken, und mit dem Daumen streichelte sie mir über die Wange. »Das liegt jetzt alles hinter uns«, sagte sie. »Der Anarchismus, ob zu Recht oder zu Unrecht, ist geschlagen. Und was noch wichtiger ist, es spielt keine Rolle mehr.«

»Ich hätte nie gedacht, daß ich es erleben würde, daß du so etwas sagst.«

Sie lächelte und strich mir mit der Hand über Kinn und Wange. »Hör mir jetzt gut zu, Konstantin. Jede Auseinandersetzung reduziert sich jetzt auf einen einzigen wichtigen Satz: Leonid Koba ist Rußlands Todfeind.«

Vielleicht war mein Glaubenswechsel schon seit vielen Monaten in Vorbereitung gewesen, aber die Überzeugung, die mich im Belorussischen Bahnhof überwältigt hatte, war total, war bereits vollständig. Ich mußte die Worte unbedingt aussprechen. »Leonid Koba«, sagte ich und wiederholte ihren Satz, »ist Rußlands Todfeind.«

Sie nahm meine Hand. »Du glaubst das, wie ich es glaube.«

»Ja.«

Ihre außergewöhnlichen Augen schienen mich zu versengen. »Wir werden seinen Tod dem Andenken an unseren Sohn weihen«, sagte sie. »Was meinst du, Konstantin? Könnte es ein passenderes Grabmal geben?« Sie beugte sich nach vorne und legte mir die Hände auf die Schultern.

»Er wird sterben. Umgebracht werden, willst du sagen.«

»Dieses Mal wird es keinen Fehler geben.«

Ich dachte an Nataljas beißende Verachtung. »Und dieses Mal wird es keine unschuldigen Zuschauer geben?«

Sie sah mir fest in die Augen. »Es kann sein, daß Opfer gebracht werden müssen. Unsere Aufgabe ist, zu handeln. In Zukunft wird man uns nicht wegen der Opfer zur Rechenschaft ziehen, die wir gefordert haben.«

Ich schwieg. Ich sah und fühlte ebenso stark wie sie die Notwendigkeit, Koba zu töten. Was mich quälte, waren Nataljas Worte, daß man auch den Tyrannenmörder zur Rechenschaft ziehen würde. »Wie soll es geschehen?« fragte ich.

Ich spürte, wie ihr Körper sich entspannte. »Ich werde ihn persönlich umbringen«, sagte sie. »Aber ich werde deine Hilfe brauchen. Wir haben kaum noch Waffen. Am allerwenigsten Bomben. Granaten, Konstantin. Du mußt mir Granaten beschaffen. In einer Kiste sind wieviel – zwanzig?«

Ich nickte.

»Eine halbe Kiste sollte genügen. Zehn Granaten und ein gutes Stück Zündschnur. Kannst du das besorgen?«

In meinem Kopf drehte sich alles. »Julia, um Gottes willen! Gib mir Zeit zum Nachdenken.«

Ihre Arme packten mich fester, und sie zog mich neben sich. »Es gibt nichts nachzudenken, Konstantin«, flüsterte sie drängend. »Wir müssen handeln. Du und ich, wir müssen gemeinsam handeln. Um Mischas willen.«

33

Lange bevor die Dämmerung anbrach, fuhr ich auf dem Mira-Prospekt Richtung Süden. Julias Abschiedsworte klangen noch in mir nach: »Du warst im Unrecht, Konstantin, aber ich auch. Der Anarchismus hat dabei versagt, Rußland gegen Koba aufzubringen.«

»Du bist bereit, etwas aufzugeben, an das du so lange geglaubt und für das du so viele Opfer gebracht hast?« Ich fand das Maß ihres persönlichen Mutes einschüchternd.

Sie nickte einmal fest und entschieden mit dem Kopf. »Ideologie ist Dekoration. Wenn die Niederlage der Volksfront etwas zeigt, dann, daß wir in einer post-ideologischen Welt leben. Was wir hier erleben, ist das Sterben der Ideen. Die einzige Reinheit, die es noch gibt, ist die, die sich mit dem Handeln verbindet. Nur Handeln ist moralisch.«

Ich hatte höchstens ein paar Stunden geschlafen, und auch das nur von Alpträumen unterbrochen. Mein Kopf schmerzte über den Brauen und in den Schläfen. In meinen Ohren sang unablässig und monoton der Tinnitus. Als ich in die Nähe des Stadtzentrums kam, wurde der Verkehr dichter.

Vorbeifahrende Lastwagen warfen große Mengen braunen Schneematsch auf, die den Renault schüttelten, sich über die Scheiben ergossen und mich sekundenlang vollständig einschlossen. Im Osten waren kaum drei oder vier Lichtstreifen zu sehen.

Auf der Ringstraße gab es weniger Lastwagen. Auf der Straße nach Fili fast gar keinen Verkehr. In der Semjon-Gasse stieg ich aus dem Auto, machte die Garagentür zu und ließ das Vorhängeschloß einrasten. Ich suchte nach dem Schlüssel, als hinter mir Scheinwerfer einmal aufblinkten und meinen Schatten scharfumrissen gegen die Garagentür warfen.

Ich wandte mich um. Ich erwartete und fürchtete Roys BMW. Aber es war Nataljas weißer Kombi, der gegenüber in der Einfahrt stand. Ich hob die Hand und ging langsam über die Straße darauf zu.

Sie hatte ihr Fenster heruntergekurbelt, und als ich mich vorbeugte, eine Hand über ihrem Kopf auf das Autodach gelegt, merkte ich, daß sie betrunken war.

»Du hast fürchterliche Arbeitszeiten«, sagte sie.

»Polizistenschicksal ...«

Sie schnitt eine Grimasse.

»Möchtest du mit nach oben in meine Wohnung kommen?«

Sie schüttelte den Kopf. »Nein. Ich dachte, wir könnten vielleicht in meine zurückgehen. Früher dachte ich das.«

Ich ging vorne um den Kombi herum und setzte mich auf den Beifahrersitz. »Was ist los?«

Sie hob eine halbleere Wodkaflasche auf, die neben dem Schaltknüppel lag. »Hauptsächlich das«, sagte sie.

»Wie lange bist du schon hier?«

Sie hob wieder die Flasche. »So lange. Vielleicht ein wenig länger, ich habe auch noch Zigaretten geraucht.«

Ich nahm ihr die Flasche ab, schraubte den Verschluß ab und setzte sie an den Mund. Ich lehnte mich zurück, erschöpft von der Reinheit und dem Feuer. In den Dörfern gibt es bäuerliche Priester, die behaupten, starker Schnaps reinige einen wie Heiligkeit.

Sie nahm die Flasche wieder an sich und hielt sie einen Augenblick in der Hand, ohne zu trinken. »Ich würde so etwas natürlich nicht sagen, wenn ich nicht betrunken wäre.« Sie nahm einen Schluck Wodka. »Aber *in vino audax.*« Sie fixierte mich mit ihren großen, bernsteinfarbenen Augen. »In meinem ganzen Leben«, sagte sie, »hat mich nichts trauriger gemacht, als mit dir über die Zukunft zu sprechen.«

Ich wußte darauf keine Antwort. Ich nahm die Zigarette, die sie mir hinhielt, und zog daran, als sie ihr Feuerzeug klicken ließ. Im Licht der Flamme sah ich die Tränenspuren auf ihren Wangen.

»Ich verstehe, daß diese Übung keinen Sinn hat außer dem unmittelbaren Vergnügen … aber ich lade dich ein, mit mir zurückzufahren. Den Rest der Nacht mit mir zu verbringen. Wirst du das tun, Konstantin?«

»Nein, Natalja.«

»Nein, Natalja … nicht heute nacht, Natalja …« Plötzlich wühlte sie voller Wut in ihrer Tasche. »Du bestehst nur aus Träumen, Inspektor Vadim. Nur aus toten Träumen.« Sie stopfte mir etwas in die Brusttasche. »Nun, wenn du keine richtige Frau willst, die dich liebt – dann schau, was ein wenig *stoke* für dich tun kann.«

»Natalja, um Gottes willen –« Ich versuchte, das *stoke* aus meiner Tasche zu ziehen, aber es war zu tief hinuntergerutscht.

»Du kommst gerade von ihr zurück«, sagte sie mit ruhigerer Stimme. Sie drückte ihre Zigarette aus, den Blick auf mich gerichtet. »Ich sehe es an deinen feuchten Augen. Deinem unirdischen Blick …«

Ich hob die Hand. »Hör auf, Natalja …«

Etwas in meinem Gesicht brachte sie zum Stocken. Automatisch wischte ich mir die Tränen aus dem Gesicht.

»Was ist los, Konstantin?«

»Heute nacht war ich auf dem Belorussischen Bahnhof.«

»Du bist zu dem Priester gegangen?«

»Bitte. Laß mich es dir erzählen. Ich bin aus Vater Alexanders Katakomben aufgetaucht und in einem Frachtbahnhof hinter dem Bahnhof gelandet. Ich hatte mich verlaufen. Die Tunnels sind ein Labyrinth. Ich bin zwischen Zügen aufgetaucht, die voller anarchistischer Gefangener waren, Männer und Frauen, zusammengepfercht wie Tiere, die verzweifelt um eine Tasse Schnee bettelten. Sie waren schon seit drei Tagen da. Tote waren darunter.«

Auf ihrem Gesicht malte sich der ganze Schrecken, den ich noch immer empfand. »O mein Gott, Konstantin«, flüsterte sie. »Anarchisten, die sich unter der Amnestie ergeben haben?«

»Ja. Anarchisten, die Leonid Koba beim Wort genommen haben.«

Ihr Gesicht war verhärmt vor Schreck. »Diese Gefangenen – wohin sollen sie gebracht werden?«

»Sie haben die Peitschenwachen von Magadan sprechen hören. Sie hatten noch nie davon gehört. Vielleicht ist das ein Glück.«

Sie sagte nichts. Es war nicht nötig, ihr zu erklären, was Magadan in unserer Geschichte gewesen ist. Sie saß da und atmete schwer.

»Das überrascht dich nicht«, sagte ich.

»Es überrascht mich nicht – aber es schockiert mich trotzdem. Was wirst du tun?«

Ich gab keine Antwort.

»Ah.« Sie schürzte die Lippen. »Du hast es bereits getan. Du bist vom Belorussischen direkt zu Julia gefahren. Stimmt's? Um ihr zu sagen, daß sie die ganze Zeit recht hatte. Daß dein Leonid Koba ein echter Sprößling russischer Erde ist.«

»Rußland hat andere Söhne – und Töchter.«

»Hat sie dich gefragt, ob du dich ihr anschließt?«

Ich wandte den Kopf ab. Eine Bettlerfamilie ging vorbei, ein Häufchen bepackter Menschen wie Orgelpfeifen, vom Erwachsenen bis hinunter zu winzigen, zurückbleibenden Kindern.

»Hat sie dich gefragt, ob du dich ihnen anschließt?« wiederholte sie.

»Es ist besser, wenn ich nichts sage.«

Sie hieb mit der behandschuhten Hand auf das Lenkrad. »Besser, du sagst irgend etwas. Ich fürchte mich für dich, Konstantin, und ich bin krank vor Eifersucht, falls du es wissen willst. Aber in diesem Augenblick fürchte ich mich hauptsächlich. Was wollte sie von dir?«

Ich griff wieder nach der Flasche und trank.

»Was wollte sie von dir?«

»Waffen«, sagte ich. »Granaten.« Ich habe keine Vorstellung, warum ich ihr das erzählte. Keine Entschuldigung. Vielleicht, um ihr und mir das Ende Konstantin Vadims zu signalisieren, des armen, irregeführten Dummkopfs. Der Koba unterstützt hatte, der Koba bewundert hatte, das physische Double dieser verabscheuungswürdigen Bestie. Aus welchem Grund auch immer, ich erzählte es ihr. Waffen, Granaten, sagte ich. Manchmal befürchte ich, mein ganzes Leben mit Posen zu verbringen.

»Waffen? Wie willst du an Waffen herankommen?«

»Die Polizei hat unten im Distrikt ihr Waffenarsenal.«

Ihr Atem pfiff durch die Zähne. »Und du hast ja gesagt. Hast du ihr gesagt, daß du es tun würdest?«

Mein Mut verließ mich. »Ich sagte, ich müßte darüber nachdenken.«

»Steig aus, Konstantin«, sagte sie. »Steig aus dem Auto und verschwinde aus meinem Leben.«

Ich stieg aus dem Auto und hielt die Tür auf. Ich hätte etwas sagen müssen, um das Ende unserer Beziehung zu besiegeln, aber ich überlegte immer noch, was, als mir durch die Beschleunigung die Tür aus der Hand gerissen wurde. Mit durchdrehenden Reifen rutschte der weiße Kombi über das Eis die Straße hinunter und um die nächste Biegung.

34 Es war sieben Uhr morgens. Ich nahm den Telephonhörer ab und wählte Imogens Nummer. Welche Unsicherheiten ich auch in bezug auf ihre Person haben mochte, sie war die Amnestiekommissarin für unseren Distrikt. Sie mußte erfahren, was hinter dem Belorussischen Bahnhof vor sich ging – und soweit ich es beurteilen konnte, auf Frachtbahnhöfen überall in Westrußland.

»Konstantin« – ihre Stimme klang schläfrig – »hast du gerade deinen Besuch bei deinem Sexpriester beendet?«

»Sexpriester?« Als ich das letztemal mit ihr gesprochen hatte, hatte ich noch nicht gewußt, daß es sich um eine orgiastische Sekte handelte. »Kennst du Vater Alexander?« sagte ich. »Den Priester in den Katakomben?«

»So wie halb Moskau ihn kennt. Durch seinen Ruf«, sagte sie. Ihre Stimme veränderte sich. »Konstantin, du hast mich in der Badewanne erwischt …« Sie klatschte ins Wasser, damit ich es hörte. »Aber das spielt keine Rolle. Ich nehme dich gerne wieder auf.«

»Hör zu«, sagte ich. »Ich muß dich sehen.«

»Natürlich.« Ihre Stimme hatte einen außergewöhnlich schmelzenden Ton angenommen. »Du mußt sofort herkommen.«

»Es ist ernst, Imogen. Ich muß dir einiges erzählen.«

»Über das Monstrum?«

»Nein. Über die Amnestie. Dinge, die du als Amnestiekommissarin wissen mußt.«

»Konstantin …« Plötzlich spielte sie die Gelangweilte.

»Die ganze verdammte Angelegenheit ist ein Schwindel!« brüllte ich ins Telephon. »Von Anfang bis Ende. Die Leute, die sich registrieren lassen, werden nach Sibirien verfrachtet.«

»Also wirklich, Konstantin …« Sie schlug wieder aufs Wasser. »Ich habe Umerziehungslager außerhalb Moskaus besucht. Ausgesprochen ordentliche Bedingungen – gutes, einfaches, gesundes Essen. Kohlsuppe und Haferbrei. Jeden zweiten Tag Fisch oder Fleisch und an den Wochenenden Videos aus dem Westen.«

»Ich war da, Imogen. Am Belorussischen Bahnhof. Endlose Züge voller Männer. In Viehwaggons. Wie in alten Zeiten. *Ich war da.*«

Sie sagte nichts.

»Die ganze Amnestie ist ein einziger mörderischer Schwindel. Wie fühlst du dich als Kommissarin unter solchen Bedingungen?«

»In Ordnung, Konstantin«, sagte sie langsam. »Willst du mir diese Information geben, um dich offiziell zu beschweren?«

»Ja, das will ich.«

»Solche offiziellen Beschwerden dauern ihre Zeit.«

»Dann mach es inoffiziell – an den US-Chargé d'affaires.«

»Geduld«, sagte sie geschmeidig. »Überlaß das mir.« Bevor die Leitung starb, hörte ich noch, wie sie sich im Wasser bewegte.

Ihre Stimme war so tot gewesen wie jetzt das Telephon in meiner Hand. Was immer Imogen bewegte, es war nicht die Amnestie.

Ich saß da und starrte auf das Telephon. Ich hatte nicht ja gesagt zu Julias Forderung nach Waffen, nicht so deutlich. Sogar ihr gegenüber hielt ich mir ein Hintertürchen offen und behielt den Gedanken an die Amnestiekommissarin wie einen Trumpf im Ärmel, um ihn irgendwann auszuspielen, ehe ich zu den verzweifelten Methoden griff, in denen Julias Erfahrung nach die einzige Möglichkeit lag. Und jetzt hatte ich meinen Trumpf ausgespielt. Welcher andere Weg blieb jetzt noch außer dem Julias?

Nataljas Wodka hatte in mir Appetit nach starken Getränken geweckt. Ich fand eine halbvolle Flasche Wodka und schaltete den Fernseher ein, um die Frühnachrichten zu sehen. Unvermeidlich war da Leonid Koba (oder, wahrscheinlicher, eines seiner Doubles), der irgendwo einen Ort besuchte, wo gefährliche Chemikalien ausgelaufen waren. Der Bericht aus dem Kreml ein paar Minuten später, der Koba im Gespräch mit der neuen deutschen Chargé d'affaires zeigte, war definitiv authentisch. Ich saß da, nippte an meinem Wodka und studierte Koba. Sein schnurrbärtiges Lächeln erinnerte mich an den alten irakischen Tyrannen vom Ende des letzten Jahrhunderts, Saddam Hussein. Er war völlig gelöst, während er sich mit der Deutschen unterhielt, und sie lächelte und fragte nach dem Fortschritt der Amnestie und sagte, wie wichtig es für den Westen sei, daß es ein Erfolg würde.

Die Wucht meines Hasses erschreckte mich. Ich stand auf und

schaltete den Fernseher aus. Ich stellte den Wodka beiseite. Ich rannte in einer Verzweiflung durch die Wohnung, die beinahe manisch war. Ich wollte Julia. Ich wollte meinen Sohn zurück. Oder einen anderen Sohn. Ich wollte, daß Julia und ich zusammen noch ein Kind bekamen.

Ich setzte mich auf das Sofa, und meine Finger griffen in meine Brusttasche. Da war irgendwo das bißchen *stoke*, das mir Natalja so verächtlich aufgedrängt hatte. Es war noch immer vor acht Uhr morgens. Meine Finger gruben tiefer und fanden einen kleinen, rechteckigen Umschlag. Ich zog ihn heraus und riß ihn auf. Der weiße Puder war salzig, als ich ihn auf meine Zunge schüttete. Ich zerknüllte den Umschlag und warf ihn vor mir auf den Couchtisch. Dann lehnte ich mich mit geschlossenen Augen zurück.

Mein Denken, schien mir, funktionierte auf zwei Ebenen. Nein, mir wurde bewußt, daß sich mein Körper an zwei Orten befand. Nein, mein Denken und meine Empfindungen waren verschieden. Was war näher? Von meinem Denken aus konnte ich wie aus einem hochgelegenen Fenster auf meine eigene Empfindungswelt hinunterschauen. Ja ...

Langsam wie ein Kind, das zum erstenmal auf Schlittschuhen steht, mache ich ein paar Schritte, rutsche, laufe ... beinahe falle ich. Aber ich bewege mich durch Szenen, die ich selbst hervorrufe. Ich bin in der Wohnung in Murmansk, die in jedem winzigen Detail vor mir steht; es ist keine Erinnerung, eher ein Wachrufen. Das Gefühl, das ich dabei habe, das ist mir bewußt, ist ein ganz anderes als bei einer Erinnerung. Es ist ein Gefühl, wie man es in Träumen erlebt. Oder, während ich den kalten Luftzug vom Fenster spüre, das deutliche Gefühl, *da zu sein*.

Mischa sitzt auf dem Boden, den dunklen Lockenkopf in tiefer Konzentration geneigt. Er spielt mit seiner Eisenbahn. Aber wo ist Julia?

Ja. Bei einer Versammlung. Die Anarchisten an der Universität. Wir dürfen sie nicht Club oder Gruppe nennen, denn beides suggeriert eine Form von Organisation, die ihnen widerstrebt. Julia lacht über solche Pedanterie. Aber sie wird genauso heftig wegen ihrer Anarchisten wie Mischa wegen seiner Eisenbahn.

Man hört ein Klappern und vom Boden her einen triumphierenden Aufschrei. »Es paßt, Papa!« Die Augen meines Sohnes leuchten. Er nimmt den Zug auseinander. »Dieser hier«, er wedelt mit einem Waggon, »paßt zu diesem.« In der anderen Hand hält er eine Lokomotive. Er rammt die beiden gegeneinander. »Da.«

Ich lächle, ich spüre es in meinen Wangenmuskeln. »Sie wurden so gemacht, daß sie passen, Mischa«, erkläre ich ihm.

»Nein, Papa«, er widerspricht heftig. »Du weißt gar nichts. Dies ist ein französischer Waggon, ein Cosmos. Und dies«, er ist ganz didaktischer Eifer, »ist eine sowjetische Breschnew-Lok. Ich habe die Kupplung selbst ausgewechselt.«

Meine Gedanken begeben sich fröhlich auf Wanderschaft. Wir spielen stundenlang zusammen, mein Sohn und ich. Das Muster des Teppichs stellt Eisenbahnlinien dar. Ich versuche, Züge zu bauen, die nach Moskau oder nach Smolensk fahren, aber in Mischas Gedanken fahren alle nach Petersburg.

Ich stehe auf, um mir ein Bier einzuschenken und den Schmerz in meinen Knien loszuwerden.

»Papa ...« Sein großer Kopf auf den schmalen Schultern ist mit hochgerecktem Gesicht mir zugewandt. »Papa, wenn ich jemals von dir weggehen müßte, wäre ich traurig.«

Ich strecke mich. »Warum solltest du von mir weggehen müssen, kleiner Mann?«

»Mama sagt das.« Er dreht sich um. Ein großer umgedrehter Karton ist der Newskij-Bahnhof. Natürlich in Petersburg. Geschickt wendet Mischa unter dem Pappbogen einen Zug mit drei Güterwaggons.

Ich bin ganz Kälte und Angst. Wir sprechen immer miteinander, Julia und ich, aber es war nie die Rede davon, getrennte Wege zu gehen. »Weggehen?« forsche ich beiläufig. »Warum solltest du aus Murmansk weggehen?«

»Mama sagt das«, wiederholt er. Er zappelt auf dem Teppich herum und schaut auf. »Du wärst traurig, wenn Mama und ich weggehen müßten, oder nicht?«

»Ich wäre sehr, sehr traurig.«

»Mach dir keine Sorgen, Papa, bis dahin ist es noch lange.«

Ich lehne mich gegen den Türrahmen. Ich habe nicht darum gebeten, es nicht herbeigeführt, aber ich fühle tatsächlich die Kante des Türrahmens an meinem Schulterblatt. »Wie lange ist lange, Mischa?«

Er steht auf, nimmt meine Hand, läßt mich mich auf das Sofa setzen und setzt sich selbst auf meine Knie. »Kannst du ein Geheimnnis für dich behalten, Papa?« fragt er.

»Ich bin gut darin, Geheimnisse zu behalten«, sage ich ihm. »Polizisten müssen das können.«

»Und versprichst du, Mama nicht zu erzählen, daß ich es dir gesagt habe?«

»Mir was gesagt hast, Mischa?«

»Gestern hat sie mir die Tickets für unsere Reise gezeigt.«

Natürlich nach Petersburg.

Gegen Mittag, nachdem ich den Morgen über geschlafen habe, sitze ich im Leichenschauhaus vor dem Schreibtisch eines Sergeanten. »Ich komme wegen der Leiche einer Bürgerin, die gestern frühmorgens bei der Vernehmung gestorben ist, Madame Raissa Persilowa«, sage ich zu ihm.

Der Sergeant war übergewichtig und kurz vor dem Rentenalter. Er beäugte mich kurz und sah noch einmal in seinem Protokollbuch nach. »Madame Raissa Persilowa ...?«

»Sie wurde Dienstag nacht hierher gebracht.«

Er schüttelte den Kopf. »Hier ist nichts eingetragen.«

»Vielleicht nicht.« Ich bemühte mich, meine Stimme ruhig zu halten, neutral. »Aber Sie müssen eine Leiche haben.«

»Ich sehe nicht, wie wir eine Leiche haben sollten ohne einen Eintrag, daß die Person verhaftet worden ist«, sagte er. Er blätterte in seinem Buch und fuhr mit dem Fingernagel die lange Liste der Namen entlang. »Nein. Niemand. Kein Eintrag wegen einer Verhaftung. Und kein Eintrag, daß sie je hier eingeliefert worden wäre, aus welchen Gründen auch immer, Bürger.« Er stand da, die Hände flach rechts und links neben sein Protokollbuch gelegt. »Wenn sie vermißt wird, gehen Sie zu Ihrem nächsten Polizeirevier und melden es dort.« Er schaute mich mit einem boshaften Zwinkern an. »Wenn es sich aber nur um Ihre

Freundin handelt, die einen langen Spaziergang macht, werden die nicht gerade erfreut sein, wenn sie Ihretwegen ihre Zeit verschwenden, Bürger.«

»Sie war hier«, sagte ich.

»Wenn das Buch sagt, daß sie nicht hier war, dann war sie nicht hier. Das müssen Sie verstehen, Bürger. Und jetzt, ich bin ein vielbeschäftigter Mann ...«

Er blieb stehen, denn ich hatte meine Polizeimarke aus der Tasche gezogen und vor ihn auf den Tisch gelegt.

»Sie ist Dienstag nacht hier gestorben«, sagte ich. »Ich war bei ihr, als sie starb. Es muß einen Eintrag geben. Finden Sie ihn.«

Er setzte sich erschreckt, den Blick noch immer auf die Polizeimarke gerichtet. »Meine Entschuldigung, Inspektor. Auf Ihrer Anmeldung steht nicht, wer Sie sind.«

»Das macht einen Unterschied, oder?«

»Natürlich. Wollten Sie eine Obduktion durchführen lassen?«

»Nein«, sagte ich. »Ich möchte ihre Leiche, um sie zu beerdigen.«

Er nickte verständnisvoll: Ich war dabeigewesen, als sie bei der Vernehmung gestorben war. Vielleicht hatte ihre Familie in Moskau *blat*, einen gewissen Einfluß. Natürlich machte ich mir Gedanken, daß ein geschundener Körper ordnungsgemäß entsorgt wurde, bevor die Familie ihn sehen wollte. Er lächelte ölig. »Ich glaube nicht, daß Sie sich wegen der Entsorgung Gedanken zu machen brauchen, Inspektor. Sie können uns in solchen Angelegenheiten vertrauen.« Er wischte mit der Handfläche über die Seite seines Protokollbuchs. »Die Tatsache, daß das Buch sauber ist, gibt mir Grund zu der Annahme, daß einer Ihrer Kollegen sich bereits der Sache angenommen hat.«

»Ich bin als Freund hier«, sagte ich. »Ich bin gekommen, um die Leiche anständig zu bestatten.«

Er sah mich verblüfft an. »Als Freund –?« Sein Benehmen änderte sich abrupt. »Ich habe Sie so verstanden, daß Sie in offizieller Funktion hier sind.«

»Ich war ihr Nachbar. Gehen Sie hinunter ins Leichenhaus. Dort liegt sie irgendwo.«

Wir sahen uns über den Tisch und das geöffnete Protokollbuch hinweg in die Augen. Sein Blick zuckte zwischen dem Buch und meinem Gesicht hin und her. Er stand auf. »Warten Sie bitte hier.« Er drehte sich um, um den Raum zu verlassen, zögerte, ging zurück zu seinem Schreibtisch, nahm das Protokollbuch und einen numerierten Schlüsselbund und verließ das Zimmer.

Zehn Minuten später erschien anstelle des Sergeanten Dimitrij, der sogenannte Inspektor bei den Wasserwerken.

»Warum um alles in der Welt, Inspektor Vadim, sagen Sie mir das, wollen Sie die Leiche von Madame Raissa? Ich verstehe Sie einfach nicht.«

»Das macht ein Gen, mit dem Sie nicht geboren wurden«, sagte ich. »Genetiker nennen es das Anständigkeitsgen. Ohne es sind wir keine menschlichen Wesen, sondern ... habsüchtige Masse.«

Er saß mit fest ineinander verschlungenen Armen da. Sein Hals war zwischen die Schultern gerutscht, so daß sein kleiner, runder Kopf aussah, als würde er gleich davonrollen und über den Tisch hüpfen.

»Ich verlange, daß man mir ihre Leiche aushändigt. Ich will sicherstellen, daß sie ein anständiges Begräbnis bekommt.«

»Sie leben gefährlich, Inspektor«, sagte er. »Sie glauben, Sie könnten hier, in der Lubjanka, so mit mir reden, weil Sie mit Major Rolkin befreundet sind. Aber Schulfreundschaften haben die Eigenschaft nachzulassen. Und wenn das geschieht, werden Sie nicht mehr so mit mir reden.« Er schnüffelte. »Oberst Rolkin hat mir befohlen, Madame Raissas Leiche an niemanden auszuliefern, Inspektor Vadim. Soviel ich weiß, wurde sie bereits verbrannt.« Er stand auf. »Die Angelegenheit Raissa Persilowa ist hiermit abgeschlossen.«

Ich fuhr zurück zu meinem Wohnblock. Im Flur stand ein junger Mann neben einer Ansammlung von Schränken, aufgerollten Teppichen, Bücherkisten. Eine ungefähr gleichaltrige Frau kam gerade mit dem Lift nach unten gefahren. Sie hielt mit dem Fuß die Aufzugstür auf, einen leicht benommenen Blick auf ihrem schlichten, aber angenehmen Gesicht. »Du glaubst es nicht,

Kolja«, sagte sie zu dem jungen Mann. »Die Wohnung ist möbliert. Komplett. Decken, Bettücher, Besteck – sogar Platten und ein Plattenspieler. Eine ganze Sammlung von Opern, die in New York aufgenommen worden sind, kannst du dir das vorstellen?«

Ich trat vor. »Ich bin ein Freund der letzten Bewohnerin«, sagte ich. »Gab es persönliche Gegenstände – Kleidung, Photos ...?«

»Das hat der Hausmeister alles weggetragen«, sagte sie. »Er kommt gleich mit dem letzten Sack herunter, den er mit den übrigen im Hof verbrennen will.«

Ich ging zu der Tür, die auf den Hof führte.

In dem kleinen, von einer Mauer umgebenen Garten war das Unkraut vom Schnee flachgedrückt. Ein Mann mit der weißen Mütze und der blauen Uniformjacke eines Flugpiloten kauerte neben einem kleinen Häufchen rauchender Kleidungsstücke und Papiere. Eine gutgekleidete Frau stand neben ihm.

Als ich nähertrat, wehte die Rauchfahne auf mich zu und füllte meine Nase mit einem scharfen, bitteren Geruch. Die Frau sah mich zuerst. Ihr geschminkter Mund bewegte sich. Ich sah, wie sich ihre Hände in den teuren, ausländischen Handschuhen zu Fäusten ballten. Der Mann wandte den Kopf, hob ein paar Photographien auf, die er vor dem Feuer gerettet hatte, und stand auf. Sein Ausdruck war müde.

Ich hielt ihm die Hand hin. »Konstantin Vadim«, sagte ich. »Ich war ein Nachbar von Raissa. Und ich glaube, ein Freund.« Ich sprach betont ruhig, um ihre Unruhe zu zerstreuen.

Er schüttelte mir die Hand. »Kapitän Nikolaj Persilow. Ich bin ihr Bruder.« Er sah zu seiner Frau hin, stellte sie aber nicht vor. »Die Polizei hat mich informiert, daß sie sich gestern morgen das Leben genommen hat.«

»Ja«, sagte ich.

»Wir kamen, um ihre Sachen abzuholen«, sagte die Frau. »Aber sie waren bereits hier draußen. Brannten im Hinterhof. Das ist eine Brutalität, die ich nicht verstehe. Können Sie das erklären?«

Ihr Mann berührte sie am Arm, um sie zum Schweigen zu bringen, aber sie schüttelte seine Hand ab. »Sie sagen, jemand habe die Leiche im Fluß treiben sehen.« In ihrer Stimme lag echte Wut. »Der Fluß ist seit einer Woche zugefroren. Wie in Gottes Namen hätte sie in einem gefrorenen Fluß treiben sollen? Wie sollen wir so etwas glauben?«

»Madame Persilowa«, sagte ich, »Es ist ihnen völlig *egal*, ob Sie ihnen glauben.«

Der Mann war jetzt alarmiert, wußte nicht, für wen er mich halten sollte. Er packte seine Frau am Arm.

»Ich bin Polizeibeamter«, sagte ich. »Inspektor Vadim. Ich meine wirklich, was ich sage. Sie kümmern sich nicht um schlüssige Fakten.«

»Wer – sie? Die Tscheka?«

Ihr Mann war sichtbar nervös. »Ja«, sagte ich. »Die Tscheka.«

»Sie sagen, Sie waren ein Freund«, sagte der Kapitän. »Waren sie in irgendeiner Weise involviert ... in das, was Raissa passiert ist?«

Ich bat Kapitän Persilow und seine Frau nach oben, und während wir Kaffee tranken, erzählte ich ihnen die Geschichte, wie Julia mich durch Madame Raissa zu erreichen versucht hatte. Das war weniger verwegen, als es scheinen mag, denn ich verkürzte die Geschichte auf das, was Roy ohnehin bereits wußte.

Am Ende meines Berichts saßen sie schockiert auf meinem Sofa. Sie überspielten ihr Schweigen mit kleinen Bewegungen. Einander unbewußt abwechselnd, griff erst der eine, dann der andere nach seiner Kaffeetasse, hob sie an die Lippen und stellte sie mit einem winzigen Scheppern wieder auf die Untertasse zurück.

Sogar die Frau, die zunächst eher als ihr Mann geneigt gewesen war, Antworten zu fordern, schwieg jetzt. Ich sah, wie Raissas Bruder sie ansah, und sie nickte. Sie standen beide auf, um zu gehen. »Wir können Ihnen nicht genug danken«, sagte die Frau.

»Es waren meine Probleme, die sie mit der Tscheka in Verbindung gebracht haben«, sagte ich.

»Das sind die Probleme des ganzen Landes«, sagte sie. »Ich habe Ihnen gedankt, weil Sie uns die Wahrheit gesagt haben.«

Der Pilot stand an der Tür, sogar jetzt noch voller Angst, sie könnte zuviel sagen. Ich beugte mich an ihr vorbei nach vorne, um die Tür zu öffnen. Ihr westliches Parfüm stieg mir in die Nase, ein Duft nach Moschus und Weihrauch.

Das junge Paar, das in Raissas Wohnung einzog, belegte den Aufzug. Ich begleitete den Piloten und seine Frau die Treppe hinunter. Auf jeder Stufe, wenn ich an die Stelle trat, die sie gerade verlassen hatte, wurde ich mir sicherer. *Ein Duft nach Moschus und Weihrauch*. Damals, in Vater Alexanders Büro, war es mir nicht einmal in den Sinn gekommen, mich zu fragen, wer sein ungeduldiger Besucher sein mochte. Jetzt war ich mir sicher, daß ich es wußte. Sie war die einzige andere Frau, die ich kannte, die teures westliches Parfüm benutzte. Und falls ich recht hatte, kannte sie den Sexpriester persönlich, nicht nur seinen Ruf.

Sie standen draußen auf der Straße, der Pilot mit seiner weißen Mütze und seine Frau in ihren makellosen amerikanischen Kleidern. Er hielt einen Packen angekohlter Photographien. Sie trug einen Schal, der noch immer nach dem Feuer roch.

»Falls es etwas gibt, was ich tun kann, um Ihnen zu danken«, sagte der Pilot, »irgend etwas, was ich Ihnen aus dem Westen mitbringen kann ... Ich fliege dreimal jede Woche nach New York.«

Ich schüttelte den Kopf. »Nein, ich brauche nichts.«

»Dann auf Wiedersehen, Inspektor«, sagte er. Er wollte gerade gehen, als mir etwas einfiel. »Kapitän – vielleicht gibt es doch etwas. Darf ich fragen, wie gut Sie Englisch sprechen?«

»In der Luft ist es die internationale Sprache«, sagte er.

»Er will nicht sagen, daß seine erste Frau Amerikanerin war«, sagte die Frau mit einem schiefen Lächeln.

»Ich spreche es gut, Inspektor. Kann ich in New York etwas für Sie tun?«

»Ja. Eine Ärztin mit dem Namen Imogen Shepherd ...« Ich nahm mein Notizbuch und schrieb den Namen auf. »Sie hat in New York an der Columbia-Universität ihren Abschluß gemacht, glaube ich.«

»Sie möchten, daß ich ihre Qualifikationen überprüfe, ihre Referenzen?«

»Alles«, sagte ich. Ich wußte nicht genau, worum ich bat. »Alles, was Sie über sie finden können.«

Wir schüttelten einander die Hand. »Ich werde vor dem Wochenende wieder zurück sein«, sagte er. »Dann werde ich etwas für Sie haben, wenn Sie mich anrufen.«

35 Ich hatte ein schlechtes Gewissen wegen Natalja und unserem Auseinandergehen in der Dämmerung in ihrem Kombi. Ich ging zurück in meine Wohnung und rief in ihrem Büro an. Eine fremde Stimme antwortete, Dr. Karlowa sei nicht da. Sie stellte sich als Dr. Olga Brodskij vor, Natalja Karlowas Vertretung.

»Dr. Karlowa ist nicht da? Für wie lange?«

»Man hat mir gesagt, daß man mich möglicherweise bis zum Ende der Woche benötigen wird.«

Ich stellte mich vor. »Dr. Karlowa hat mir gar nichts davon gesagt, daß sie nicht da sein wird.«

»Soweit ich weiß, hat sie in Petersburg wichtige Untersuchungen durchzuführen.«

»Was für wichtige Untersuchungen? Im Monstrum-Fall?«

»So habe ich es verstanden, Inspektor.«

»Und sie ist weggefahren, ohne sich vorher mit mir zu besprechen! Herrgott!«

»Das deutet auf Unprofessionalität hin, Inspektor«, sagte Dr. Brodskij selbstgefällig. »Soviel ich weiß, ist sie noch jung. Hat wahrscheinlich nur amerikanische Popsongs im Kopf. Ich bin sicher, Sie werden meine beruflichen Fähigkeiten den Aufgaben gewachsen finden, die man mir im Kampf gegen die Kriminalität übertragen hat. Vielleicht kann ich Ihnen meine Art, die Dinge zu handhaben, mit einer kleinen Anekdote von meinem letzten Posten vermitteln ...«

Ich hielt den Telephonhörer vom Ohr ab, während der südliche Akzent unbeirrt weiterdröhnte. Nach einer Weile unterbrach ich sie. »Dr. Brodskij«, sagte ich, »ich danke Ihnen.«

»Ich freue mich sehr darauf, den Monstrum-Fall mit Ihnen zu diskutieren«, sagte sie kühl. »Können wir unsere Termine miteinander abstimmen?«

»Nein ... nein ...« Ich stolperte, fing mich aber rechtzeitig.

»Lieber später. Ich habe meinen Kalender gerade nicht zur Hand. Ich rufe Sie an, sobald ich kann.«

»Hervorragend. Ich bin den Rest des Tages im Formaldehyd-Raum. Ich habe eine interessante Theorie zur Schnittechnik des Monstrums, die ich überprüfen möchte.«

»Natürlich«, sagte ich. »Der Formaldehyd-Raum.« Bei dem Gedanken drehte sich mir der Magen um.

»Es gibt dort Präparate, die wir meines Erachtens näher untersuchen sollten. Vor allem, was das Gewebe angeht... Widerstand... Fleisch, meine ich...«

»Ich bin sehr gespannt«, sagte ich. Ich bedankte mich und legte auf. Natalja war also nicht da – nach Petersburg gefahren. Warum Petersburg? Und warum hatte sie mir nichts davon gesagt? Versuchte sie, einen Vorsprung vor mir zu gewinnen? War das der Grund? Aber das war lächerlich. Ich war zwar wütend, aber ich wußte, daß krudes Punktesammeln nicht Nataljas Sache war. Oder war sie letzte Nacht gekommen, um es mir zu sagen, und hatte den Gedanken aus Wut über Julias Ansinnen aufgegeben?

Ich schlug die Hände vors Gesicht. Petersburg. Welcher Aspekt des Falles wies nach Petersburg? Petersburg... Dort war die Vorgeschichte des Priesters zu finden. Worum ging es? Überprüfte sie Berichte von ähnlichen Verstümmelungen junger Mädchen in Petersburg? Und warum erzählte sie mir dann nichts davon? Warum nicht jemand anderem als dieser lächerlichen Dr. Brodskij?

Ich machte den bewußten Versuch, jeden Gedanken an Natalja zu verdrängen. Ich steckte mitten in einer verzweifelten Unternehmung und durfte nicht zulassen, daß sich mir etwas in den Weg stellte. Es ging darum, Julias Achtung wiederzugewinnen, vielleicht sogar ihre Liebe.

Ich machte einen weiteren Anruf beim Revier, fragte nach dem Morddezernat und bekam Dronskij an den Apparat. »Ich habe mir Ihretwegen Sorgen gemacht, Chef«, sagte er, »als Sie in diesem verdammten Schacht im Belorussischen verschwunden sind. Ich habe eine Stunde gewartet, dann habe ich ein Team hergerufen und mit den Kerlen am Eingang Tacheles geredet und habe sie dazu gebracht, uns hinunterzuführen, damit wir nach Ihnen Ausschau halten konnten, verdammt noch mal. Wir sind stundenlang herumgeirrt. Als wir bei dem Priester ankamen, waren dort Bitow und Jakunin mit einer ganzen Reihe von Zeugen.«

Dronskij war durcheinander.

»Ilja ...« sagte ich. »Mir geht es gut – okay?«

»Es hätte anders sein können, Chef.«

»Stimmt. Wie sind Bitow und Jakunin vorangekommen?«

»Langsam. Sie haben ein Referenzschaubild mit den Aussagen der fünfzig Zeugen gezeichnet. Wann jedes der Mädchen wegging, mit wem, nach wessen Aussage – Sie verstehen, was ich meine.«

Ich verstand, was er meinte. Noch einmal wenigstens achtundvierzig Stunden. Noch einmal achtundvierzig Tonnen Papier – und trotzdem war es möglich, daß wir die eine, grundlegende Bemerkung verpaßten, die uns auf die richtige Fährte bringen konnte.

»Hören Sie«, sagte ich. »Haben Sie Kontakt mit Natalja?«

»Heute nicht«, sagte er vorsichtig ins Telephon.

»Hat sie Ihnen erzählt, daß sie nach Petersburg fahren wollte?«

»Nach Petersburg fahren? Nein. Wozu?«

»Ich habe keine Ahnung, wozu. Irgendeine Spur. Das ist unerhört. Die Pathologin hat irgendeine Spur und nimmt es persönlich auf sich, ihr nachzugehen, ohne den diensthabenden Inspektor zu informieren.«

»Das ist nicht gut, Chef«, sagte Dronskij. »Gar nicht gut.« Ich sah vor mir, wie er die buschigen Augenbrauen hob. Ich glaubte ihm ganz und gar nicht, daß er das nicht gut fand.

Ich fühlte mich wie tot. Vielleicht die Nachwirkungen des *stoke*. Irgendwie brauchte ich ein paar Stunden Schlaf, bevor ich mein Leben wieder aufnahm. »Dronskij«, sagte ich. »Ich brauche Schlaf. Ich bin in ein paar Stunden da. Sagen Sie dem Priester, er soll herkommen, damit ich ihn treffen kann. Es wird uns schon etwas einfallen, was wir ihn fragen können.«

Ich hatte einen kleinen Beutel mit zwei Flaschen Hero City Wodka und ein brennendes Bedürfnis nach Erfolg. Aber das war alles. Keinen wirklichen Plan. Einen Umriß, eine Form. Aber hauptsächlich Wunschdenken.

Ich parkte den Economy in der Polizeigarage und ging die Treppe hinunter in den unteren Keller. Nur das Waffendepot war dort untergebracht.

Ich war dem Depotbeamten einmal begegnet, als ich anfangs wegen meiner Pistole eine Unterschrift hatte leisten müssen, aber jetzt stand ich an der zerkratzten Theke, nahm meinen Beutel von der Schulter, ließ ihn auf den Boden plumpsen und zeigte meine Polizeimarke.

»Inspektor Vadim«, sagte er. »Natürlich. Was kann ich für Sie tun?« Auf seinem Gesicht zeigte sich ein flüchtiges Lächeln, doch seine Augen waren überall. Er wirkte so verstohlen, daß ich einen Moment überlegte, ob ich ihn nicht direkt wegen eines Kaufs ansprechen sollte.

Ich zögerte, versuchte, seinen umherirrenden Blick einzufangen, und entschied mich dagegen.

Ich zog meine Pistole aus dem Holster unter meiner Jacke und legte sie zwischen uns auf den Tisch. »Ich will keinen solchen Mist«, sagte ich barsch. »Mütterchen Moskau ist ein zu brutaler Ort, als daß man eine Pistole mit einem verbogenen Abzugshahn mit sich herumschleppen sollte.«

»Inspektor ...« Sein Blick war jetzt voll auf mich gerichtet. »Ich schwöre Ihnen, als ich sie ausgegeben habe ... lassen Sie mal sehen ...« Er nahm die Pistole, las die Nummer ab und nahm dann sein Eintragungsbuch. »Da haben wir's, Inspektor. Einhundert. Das besagt, daß die Waffe in perfektem Zustand ist.«

»Der Abzugshahn ist verbogen«, sagte ich eigensinnig. »Ganze sieben von zehn Schüssen sind ein Treffer. Auf der Straße ist das der Unterschied zwischen Leben und Tod.«

Er kannte solches Gerede. Es paßte zu dem Bild, das er von sich selbst hatte. »Ich werde Ihnen ein neues Modell aushändigen –«

»Das werden Sie allerdings.«

»Ich meine ein brandneues 38er-Modell, eine amerikanische Handfeuerwaffe, Inspektor. Ich habe erst heute morgen das Fabrikfett davon abgewischt, als ich die Lieferung ausgepackt habe. Ist das in Ordnung?«

Ich brummte zustimmend.

»Die Schreibarbeit dauert ein oder zwei Minuten.«

»In Ordnung. Ich habe allerdings nicht den ganzen Tag Zeit.«

»Richtig ... richtig. Die Schreibarbeit mache ich hinten im Büro.« Er sah auf das Gitter über der Theke. »Ich muß das Gitter herunterlassen, Chef«, sagte er. »Wenn ich nicht an der Theke bin, muß ich abschließen.«

»Ich passe auf«, sagte ich. »Tragen Sie mir jetzt eine neue Waffe ein, verdammt noch mal.«

»Die Vorschriften sind sehr genau ...« sagte er.

Ich faßte in meinen Beutel und holte eine der Wodkaflaschen heraus. Ich hielt sie am Flaschenhals, stellte sie bedächtig auf die Theke und schob sie mit einem Finger langsam auf ihn zu.

»Mein Bruder«, sagte ich, »lebt in der Nähe von Moskau. Schön dort. Er und seine Frau haben Hühner, ein paar Kühe – gutes Land, mitten im Wald. Wurde ursprünglich für ein Arbeitslager gerodet ...«

Er sah von der Wodkaflasche auf und nickte.

»Und das Haus ist großartig. Das ehemalige Haus des Lagerkommandanten. Eine schöne Datscha ...«

Er versuchte zu lächeln.

»Das einzige Problem sind die alten Wachtürme, die immer noch stehen. Er schaut jeden Morgen aus seinem gottverdammten Fenster, und seine Frau und er haben das Gefühl, *sie* seien die Gefangenen.«

Ich hielt seinen Blick fest. »Ein in Beton gegossenes Stahlgerüst. Wie würde man so einen Dreck abreißen?«

Er hob die Augenbrauen. »Er bräuchte eine starke elektrische Diamant-Säge«, sagte er. »Aber auch dann kann es ihm passieren, daß das ganze Ding über ihm zusammenkracht.«

»Eigentlich macht ihm nur einer der Wachtürme Ärger«, sagte ich. »Die anderen sind mehr oder weniger hinter den Bäumen versteckt. Ich dachte immer, Sofortzünder wäre eine Lösung.«

Er zuckte die Schultern. Aber seine Augen waren wachsam.

»Sie haben dieses Zeug gesehen, das man um einen Kiefernstamm wickelt: eine Sprengkapsel und fünf Meter Zündschnur, und zack! – wie sauber gefällt.«

»Ich habe das schon gesehen«, sagte er.

Ich schob den Wodka weiter nach vorn. »Wo lagern Sie hier den Sofortzünder?«

Seine Augen traten fast aus den Höhlen, aber er wies mit dem Daumen nach links.

Ich bückte mich und nahm die zweite Wodkaflasche aus meinem Beutel. Ich stellte sie auf die Theke und schob beide Flaschen in seine Richtung.

»Warum gehen Sie nicht einfach und erledigen den Papierkram für die amerikanische Pistole«, sagte ich. »Lassen Sie sich ruhig Zeit.«

Sein Blick flackerte ein letztes Mal und traf dann den meinen. »Ich tue das für Sie, Inspektor«, sagte er. »Kein Problem.«

Er nickte mindestens sechs- oder siebenmal, trat schließlich, eine Wodkaflasche in jeder Hand, zwischen den Gewehrregalen den Rückzug an und verschwand hinten durch die Tür.

Ich rannte erst an einem Gestell entlang und dann an einem anderen wieder zurück. Es gab Pistolen aller Art und jeden Alters: Handfeuerwaffen, Thompsons und Kalaschnikows. Aber keine Granaten. Ich suchte nach diesen grünen Gürteln, eine Granate in jeder der zirka zwölf Segeltuchtaschen, an die ich mich aus Murmansk erinnerte. Aber da war nichts.

Im letzten Gang zwischen den Regalen, als sich allmählich Enttäuschung und Erleichterung zu gleichen Teilen mischten, sah ich einen Stapel Kisten. Granatkisten. Ich öffnete das Vorhängeschloß der oberen, und da lagen sie, zwanzig oder dreißig Handgranaten, sauber nebeneinander – aber eingebettet in eine dicke Schutzschicht aus Fett. Es war, als würden sie unten auf dem Meeresgrund liegen.

Ich benutzte die linke Hand, um sechs davon herauszunehmen, und sie lösten sich mit einem saugenden Geräusch. Die Hebel und die Sicherungsstifte waren separat. Ich packte eine Handvoll davon und warf sie in meinen Beutel.

Einen Augenblick lang suchte ich wie wild nach dem Sofortzünder, dann fiel mein Blick auf ein Stück orangefarbene Schnur, das oben auf einem hohen Regal lag. Schwarz für langsame Zündung. Rot und Gelb für schnelle. Orange für Sofortzündung. Der Rest war einfach. Zündkapseln lagen in einer Kiste neben der Zündschnur, was sicher gegen alle Vorschriften verstieß.

Als hinten die Tür aufging und der Depotverwalter mit dem Unterschriftenbuch und einer gegen die Decke gerichteten brandneuen 38er Polizei Spezial zurückkam, stand ich bereits wieder auf der anderen Seite.

Er drehte die Pistole geschickt um, ließ sie am Abzugsbügel herumwirbeln und überreichte sie mir. Dann drehte er mit einem Finger das Buch auf der Theke so, daß ich unterschreiben konnte. Seine Schultern unter dem Uniformhemd bewegten sich selbstgewiß. »Wer will heutzutage schon Wachtürme auf seinem Grundstück«, sagte er im Konversationston. »Falls Ihr Bruder je die restlichen von diesen Dingern rausholen will, vergessen Sie nicht, mir Bescheid zu sagen, Inspektor.«

In der Garage hallten meine Schritte wie eine Aufforderung an jeden Angehörigen des Reviers, mich anzuhalten und meinen Beutel zu durchsuchen. Als ich mich zwischen den parkenden Autos hindurchschlängelte, schien die ölige Atmosphäre meine Lungen zusammenzuziehen.

Ich keuchte, als ich mein Auto erreichte. Ich hatte von Panikattacken gehört, und vielleicht war das eine. Ich stellte den Beutel auf den Boden, lehnte mich gegen den Wagen und atmete mehrmals tief durch. Was ich getan hatte, war unwiderruflich. Ich hatte aus der Waffenkammer sechs Handgranaten gestohlen. Was um Himmels willen hatte mich zu der Überzeugung gebracht, der Depotverwalter würde den Diebstahl nicht mit mir in Verbindung bringen? Natürlich war ich von ganz anderen Voraussetzungen ausgegangen. Von den Zuständen in der Waffenkammer bei uns in Murmansk. Ich hatte geglaubt, ich bekäme Granaten zu sehen, die vom Verpackungsfett gesäubert in einem Dutzend Gürteln an Nägeln hingen. Eine fehlende Granate in dem einen oder anderen Gürtel würde nie bemerkt werden, bevor man sie austeilte. Und in Friedenszeiten konnte das Monate dauern.

Aber so war es nicht gewesen. Meine Hand zitterte auf dem

kühlen Metall des Wagens. Mein Gesicht war wie festgefroren. Panik, echte Panik, loderte in meiner Brust.

Hinter mir hörte ich Schritte. Stimmen. Schneller werdende Schritte. Es war wie in der realen, aber fernen Welt von *stoke*. Als stünde ich außen und beobachtete meinen eigenen Niedergang.

Dronskijs Hand berührte meine Schulter. Ich hörte seine Stimme und sah, wie sich seine Lippen bewegten. Aber nichts Verständliches drang zu mir durch. Dann knackte es in meinen Ohren, wie wenn man an die Wasseroberfläche kommt, und er drang laut und klar zu mir durch. »Gemeldet vom 15. Distrikt in der Flußbiegung Nagotina«, sagte er gerade. »Anders, aber genauso tot.«

36

Sie baumelte an ihrem Hals hin und her. Eine große, kräftige, dunkelhaarige Frau von ungefähr vierzig Jahren, wobei es allerdings schwierig ist, das Alter festzustellen, wenn das Gesicht blaurot angeschwollen ist und Augen und Zunge hervortreten wie in einem Cartoon von Jefimow.

Ihr seht, Brüder, wie schnell ich in diesen leichtfertigen Polizeijargon verfalle und so tue, als wäre dieses Wesen, das in dem dunkelgeblümten Kleid und mit grotesk verdrehtem Kopf da oben hängt, überhaupt kein Mensch. Der ganze Körper dreht sich halb um sich selbst, als jemand in dem überfüllten Raum mit der Schulter gegen die Beine stößt. Doch sie ist ein Mensch – oder war es.

Ihr Kind weint im nächsten oder übernächsten Zimmer. Ein Schluchzen, das seit unserer Ankunft immer wieder aufhört und neu anfängt. Das Kind ist ein Mädchen von acht Jahren. Sie fand ihre Mutter an einem Dachfenster hängend, als sie aus der Schule kam. Dronskij sagt mir, eine Nachbarin tue, was sie könne.

Der Raum ist ein gemietetes Zimmer von drei mal drei Metern. Da steht ein großes Messingbett, in dem Mutter und Kind schlafen, wann immer die Mutter zu Hause ist. Es gibt ein Handwaschbecken, das zu viele Sprünge hat, um benutzt zu werden, und eine Waschschüssel und einen Krug und etwas Seife auf einem marmornen Waschständer. Die roten Vorhänge sind nicht übel und sehen ziemlich neu aus. Es gibt einen kleinen Ofen, der bis vor kurzem gebrannt hat und noch warm ist. Der Fußboden ist aus – was? Blanken Brettern, einem Streifen dunkelgrünem Linoleum und einem Stück Teppich neben dem Bett.

Es ist nicht das Zimmer einer Hure, die in den großen Hotels pro Freier zweihundert Dollar verdient.

Die Polizisten vom 15. Distrikt waren schnell und gründlich. Jemand hat dort zwei und zwei zusammengezählt, als ihre ungewöhnliche Größe und ihr bevorzugter Arbeitsplatz am Belorussischen Bahnhof erwähnt wurden. Sie überprüften sofort die Suchmeldung, die wir für sie ausgegeben hatten, und meldeten sich bei uns. Man hatte sie erst vor einer Stunde gefunden.

Diebstahl und Straßenkriminalität verlangen einem so viel weniger ab. Ich schaute noch einmal auf den hängenden Körper in dem dunklen armenischen Blümchenkleid. Ihr Rücken ist mir zugewandt, der Kopf weggedreht. Bis eine Schulter ihren Körper wieder langsam zum Drehen bringt und die hervorquellenden grauen Augen wieder auf mich fixiert sind.

Diese Augen hatten das Monstrum gesehen. Diese Augen hatten beobachtet, wie er das Brett geschwungen hatte, mit dem das Straßenmädchen Valentina auf die Knie gezwungen worden war. Diese Augen waren am nächsten dran gewesen, das Monstrum bis unter die Achseln in Blut zu sehen.

Denn dies war, unter einem ihrer vielen Namen, die Dunkle Maria. Geboren vielleicht Mitte der siebziger Jahre in Armenien als Madelena Kassarian, hatte sie mit einem Soldaten zusammengelebt, der erst für die Sowjets in Afghanistan gekämpft hatte, dann für den Staatsstreich des Militärs und schließlich für die Anarchisten. Er war in diesem Vorort am Fluß ums Leben gekommen, als er Mütterchen Moskau gegen das Voranschreiten der Armee verteidigt hatte, die ich *unsere* Armee nannte.

Madelena Kassarian war eine harte, straßenerfahrene Hure, die ihren Körper verkauft hatte, um ihr Kind großzuziehen. Nachbarn zufolge war sie nicht mehr am Belorussischen Bahnhof gewesen, nachdem sie erfahren hatte, daß die Polizei in Rot-Presnja sie sprechen wollte.

Vom überfüllten Treppenabsatz vernahmen wir einen Mann, der im Zimmer nebenan lebte und möglicherweise ihr Zuhälter und Geliebter gewesen war. »Hat sie je gesagt, warum sie in letzter Zeit nicht mehr zum Belorussischen Bahnhof gegangen ist?« fragte Dronskij.

»War das so?« Sein Name war Gleb. Er stand in Hemdsärmeln und Hosenträgern da, eine unangezündete Zigarette unter dem bleistiftdünnen Schnurrbart. Mit seinem geölten, zurückgekämmten Haar sah er aus, als sei er geradewegs einem Film über die sozialistischen Errungenschaften der dreißiger Jahre des 20. Jahrhunderts entsprungen. Er schob die Zigarette geschickt mit der Zunge im Mund hin und her und sagte: »Sie ist hierhin und dorthin gegangen. Der Belorussische war nichts Besonderes für sie.«

»Wo hat sie dann in den letzten zwei Wochen gearbeitet?«

»Sie ist hier am Proletarier-Prospekt in ein oder zwei Bars gegangen.«

Ich trat näher, so daß ich nicht an ihm vorbei in das Zimmer schauen mußte, wo sie sie abschnitten und auf eine fahrbare Bahre legten. »Sie wußte, daß wir uns mit ihr über das unterhalten wollten, was sie in der Nacht, als sie mit Valentina gearbeitet hat, gesehen hatte?«

»Das war nicht schwer zu erraten.«

»Aber sie wollte nicht in die Sache hineingezogen werden.«

Er zuckte die Schultern. »Stundenlang Fragen und Phantombilder, die zu nichts passen. Zeitverschwendung.«

Das war bei Leuten wie Maria und Gleb eine ziemlich verbreitete Meinung über die Arbeit der Polizei. »Hat es, abgesehen davon, daß sie nicht mehr zum Belorussischen gegangen ist, bei ihr in der letzten Woche sonst noch eine Veränderung gegeben?«

»Nein.«

»Keine Anzeichen einer Depression? Keinen Hinweis auf einen möglichen Selbstmord?« sagte Dronskij.

Das Kopfschütteln war kaum sichtbar. »Irgend jemand ist am hellichten Tag hier aufgetaucht, hat ihr eins über den Kopf gezogen und hat sie aufgehängt.« Er sagte das in einem Ton, der all diese Nebensächlichkeiten beenden sollte.

»Sie glauben nicht, daß es Selbstmord war?« sagte Dronskij und machte sich Notizen in sein Kunstlederheft.

Der Mann antwortete nicht.

Ich berührte ihn an der Schulter, und er zuckte zusammen. »Hat ihr eins über den Kopf gezogen, sagten Sie.«

»Ein Schlag von unten gegen den Kopf.« Er bewegte die Schultern wie ein ehemaliger Boxer. »Die Verletzung liegt direkt unter dem Haaransatz.«

Die Polizeisanitäter rollten die Bahre an uns vorbei. Dronskij beugte sich rasch darüber und lüpfte das grüne Tuch vom Gesicht der toten Frau. Mit der freien Hand hob er das Haar am Ansatz hoch. Der Bluterguß reichte bis in den Nacken. »Sie hätten Polizeiarzt werden sollen«, sagte er.

Gleb ließ die dünnen, drahtigen Muskeln seiner tätowierten Unterarme spielen. Er sah zu, wie die Sanitäter die Bahre zum Treppenabsatz trugen, und wandte sich uns dann wieder zu. »Man weiß einiges über den Tod, wenn man dreißig Jahre seines Lebens in einem Schlachthaus gearbeitet hat«, sagte er zu Dronskij.

»In diesem Fall suchen wir nach einem Stück Holz oder so etwas. Einer Planke vielleicht ...«

»Schon wieder«, sagte Dronskij.

»Gut, Gleb.« Ich stützte mich mit dem Arm gegen den Türrahmen. »Wenn Madelena ermordet wurde, warum dann auf diese Weise? Ein Messer wäre doch sicher viel einfacher gewesen. Oder noch ein paar Schläge mit diesem Ding, mit dem er sie geschlagen hat.«

Er überlegte kurz. Nahm ein Benzinfeuerzeug aus Messing aus der Hosentasche, ließ es einige Male klicken, bis es Feuer fing, und rollte die Zigarette in seinem Mund so zurecht, daß er sie anzünden konnte. Er blies mir eine dünne, stinkende Rauchwolke ins Gesicht. »Ihr Killer will, daß die Polizei eindeutig einen Selbstmord feststellt. Die sind in Moskau heutzutage doch häufig genug, oder?«

»Häufig genug«, stimmte ich ihm zu.

»Und die Polizisten sind blöd wie Ochsen, wie sie immer gewesen sind, und werden Madelena Kassarian nicht mit dem Mädchen vom Belorussischen in Zusammenhang bringen.«

»Außer daß sie diesmal nicht alle blöd waren wie Ochsen. Jemand vom 15. Distrikt hat zwei und zwei zusammengezählt.«

Gleb machte ein Gesicht, als sei er gerade dem achten Weltwunder begegnet.

»Waren Sie den ganzen Tag zu Hause?«

»Ich schlafe lange. Morgens gegen zehn gehe ich zum Schlachthof und sehe nach, ob es Arbeit gibt. Heutzutage gibt es nur noch Gelegenheitsjobs.«

»Dann haben Sie also geschlafen, als es passierte?«

»Das können Sie so sagen. Ich habe einen tiefen Schlaf. Ich bin sogar um zwei zu ihr hinübergegangen.«

»Zwei Uhr, meinen Sie?«

»Das habe ich doch gesagt.«

»Und?«

»Ich bin hinübergegangen und habe an ihre Tür geklopft. So mache ich das immer. Manchmal, wenn sie wirklich spät zurückgekommen ist, schläft sie dann noch, und ich lasse sie in Ruhe. Manchmal trinken wir zusammen einen Tee und reden über dies und das. Über das Leben im allgemeinen.«

»Heute dachten Sie, sie schliefe?«

»Ich wußte nur, daß sie nicht antwortete. Ich bin zurückgegangen und habe die gestrige *Prawda* gelesen. Vielleicht bin ich auch noch einmal für eine Stunde eingeschlafen. Das nächste, was ich gehört habe, waren fürchterliche Schreie im Flur.«

»Ihr Kind.«

Er nickte.

»Der Pathologe datiert Madelenas Tod auf ungefähr zwei Uhr.«

Er nahm den Stummel aus dem Mund und schnippte ihn ins Treppenhaus. »Ich habe mich schon gefragt, wann Sie anfangen würden, mich anzusehen«, sagte er. Ich konnte seine Wut an den Muskeln in seinem schmalen Kiefer ablesen und an den Muskeln seiner tätowierten Arme. Er stand vollkommen ruhig vor mir, aber sein Körper vibrierte vor Bewegung.

»Auf dem 15. Distrikt werden sie Ihnen ein paar Fragen stellen wollen über Ihre Beziehung zu Madelena ...«

»Ich habe sonst nichts zu sagen. Weder Ihnen noch dem 15.

Distrikt.« Ohne die Zigarette war sein Mund verkniffen, beinahe rasiermesserschmal.

»Hat Madelena Ihnen im Lauf Ihrer Unterhaltungen über das Leben etwas davon erzählt, was sie in jener Nacht gesehen hat, als sie mit Valentina in der Nähe der Flaggenfabrik gearbeitet hat?«

Er stand da, die kleinen schwarzen Augen fest auf mich gerichtet. »Davon weiß ich nichts«, sagte er.

»Sie sagten, sie habe Ihnen davon erzählt.«

»Dann habe ich gelogen. Oder eher übertrieben.«

»Sie muß etwas über den Mann erzählt haben, der Valentina angegriffen hat.«

»Wenn sie das getan hat, dann erinnere ich mich nicht daran.«

»Verdammt noch mal, Sie wollen doch nicht, daß dieses Ungeheuer frei herumläuft und noch einmal zuschlagen kann, nur weil Sie nicht in die Sache hineingezogen werden wollen.«

Er schob seine Zigarette von einem Mundwinkel in den anderen.

»Ich habe noch nie erlebt, daß die Polizei irgend etwas hingekriegt hätte. Die halten sich an den, an den sie sich halten wollen«, sagte er. »Je mehr sie mit jemandem wie mir reden, desto eher werden sie mich verdächtigen. So ist das Leben, Inspektor. Das Leben, über das Madelena und ich uns immer unterhalten haben.«

»Die Leute vom 15. Distrikt werden Sie zum Verhör mitnehmen, das wissen Sie doch, oder?«

Die Muskeln in seinen Schultern und in seinem Kiefer zuckten. Voller Verachtung blies er den Rauch durch die Nase.

Und mir wurde klar, daß ich das hier in den Sand gesetzt hatte.

Wir fanden die Waffe, mit der Madelena Kassarian bewußtlos geschlagen worden war, oder das, was ich mit ziemlich großer Sicherheit dafür hielt, direkt hinter der Eingangstür des Wohnblocks. Sie hatte das richtige Gewicht und die richtige Beschaffenheit. Ein abgesplittertes Stück von einem Deckenbalken, einen Meter lang und geschnitten wie eine Keule. Ein Schlag von unten, wie der Mann Gleb ihn sich anscheinend ohne Probleme vorstellen konnte. Wie ein Schlag beim Baseball, nachdem

Baseball in Rußland in den letzten Jahren dem Fußball als Sportart Nummer eins immer mehr den Rang abläuft.

Wir hatten außerdem sämtliche Mieter des alten Mietshauses vernommen. Eine grauhaarige Frau mit jungem Gesicht und dem schwachen Geruch nach Alkohol, an deren Namen ich mich nicht mehr erinnern kann, war gegen zwei Uhr zu Hause gewesen. Sie wohnte auf demselben Flur wie Madelena und ließ immer ihre Tür offen, um, während Madelena schlief, die Kinder zu verjagen, wenn sie ins Haus kamen, um zu spielen, zu knutschen, zu rauchen, zu trinken oder um was auch immer zu tun, was Kinder heutzutage tun. Wie es schien, hatte Madelena ihr ein paar Kopeken für diesen Dienst bezahlt.

Ich fragte die Frau, wie lange Gleb schon in diesem Haus wohnte, und sie erzählte mir, daß er eingezogen war, kurz nachdem die Anarchisten aus Moskau hinausgeworfen worden waren, und daß jedermann ihn für einen ehemaligen Soldaten hielt. Auf unserer Seite natürlich. Er hatte sich gleich mit Madelena angefreundet und sich immer wieder in ihrem Zimmer aufgehalten, aber ob als zahlender Gast, konnte sie nicht sagen.

»Stand Ihre Tür heute nachmittag offen wie immer?«

»Ich habe ein wenig gewaschen, Inspektor, habe es mir aber leichtgemacht, denn ich bin nicht mehr so jung, wie ich aussehe ...«

»Konnten Sie bei offener Tür in den Flur sehen?«

Sie wiegte den Kopf hin und her. »Diese dunklen Novembernachmittage und kein Licht im Flur ... Aber ich höre immer noch gut, Euer Ehren. Mir entgeht fast nichts.«

»Und was haben Sie gehört?«

»Zuerst kamen gegen eins unten ein paar Kinder rein. Schrien und brüllten und ärgerten einander, hänselten ein Kind, Sie wissen, wie Kinder sind. Ich bin eine Treppe hinuntergegangen und habe ihnen gesagt, sie sollten verschwinden oder ich würde meinen Hund auf sie hetzen.«

»Sie haben einen Wachhund?«

»Ich hatte einen. Er ist letzten Monat gestorben.«

»Die Kinder sind also weggelaufen.«

»Dann, vielleicht um halb zwei, vielleicht später, habe ich draußen im Flur etwas gehört.«

»Sie meinen Schritte …?«

»Fragen Sie mich nicht, was es war. Ein Geräusch. Mehr kann ich nicht sagen. Dann im Zimmer von Madelena Stimmen.«

»Aber Sie haben niemanden die Treppe heraufkommen hören?«

»Nein.«

»Es ist also möglich, daß dieser jemand nicht die Treppe heraufgekommen ist.«

»Sie meinen, es war Gleb, der von seinem Zimmer direkt in ihres gegangen ist?«

Ich beobachtete sie einen Augenblick. »Könnte es Gleb gewesen sein?«

»Falls er es gewesen ist, verstehe ich nicht, warum er fünf oder zehn Minuten später an ihre Tür geklopft hat.«

»Das haben Sie gehört?«

»Natürlich. Er hat geklopft. Bekam keine Antwort und ist in sein eigenes Zimmer zurückgegangen.«

»Gut«, sagte ich. »Noch mal zurück zu dem anderen Geräusch und den Stimmen. Wie viele Stimmen?«

»Nur diese eine. Und die von Madelena.«

»Zwei Leute haben sich unterhalten.«

»Außer daß die andere Frau nicht viel gesagt hat.«

»Die andere Frau?« Mein Blut prickelte. »Der Besucher war eine *Frau*?«

Sie nickte langsam. »Gespenstisch, nicht?« Sie zog fröstelnd den Schal um ihre Schultern.

»Sind Sie sicher, daß es eine Frau war?«

Ihr jung-altes Gesicht sah sehr besorgt aus. »Ich nehme an, ich könnte es nicht beim heiligen Wladimir beschwören, Inspektor, aber ich habe Ihnen doch gesagt, wenn die Augen schlechter werden, muß man lernen, seinem Gehör zu vertrauen.«

Ich fuhr zurück zum 13. Distrikt, ging die breiten Stufen hinauf und durch die Schwingtür in die Empfangshalle, den großen, runden Raum unter der Kuppel. Ich war zum erstenmal seit der

Nacht im Belorussischen Bahnhof wieder hier, und beim Anblick der langen Schlange von Männern und Frauen, die langsam vorwärtsschlurften, um den Amnestiestatus zu erlangen, und dabei ihre ersten Schritte auf der langen Reise nach Magadan machten, blieb ich wie angewurzelt stehen.

Ich drückte mich an ihnen vorbei und durchquerte das Morddezernat. Meine Bürotür stand offen. Vater Alexander und mein Chef, der rundliche Kommandant Brusilow, benahmen sich ganz wie zu Hause. Die Luft war neblig vor Zigarrenrauch. Eine Flasche französischer Cognac stand geöffnet auf meinem Schreibtisch. Vater Alexander saß in meinem Drehsessel, Brusilow hatte sich einen bequemen Segeltuchstuhl hereinbringen lassen. Er saß da, die kurzen Beine vor sich auf einen Schemel gelegt, und drehte Kopf und Schultern nach mir um, als ich hereinkam. »Vadim, kommen Sie, kommen Sie! Sie müssen wissen, daß Vater Alexander schon seit über einer Stunde hier wartet.« Sein Gesicht war gerötet. »Das geht nicht, wissen Sie, Vadim. Das geht nicht.«

Ich sah den Priester an, der um einiges nüchterner aussah als Brusilow. Er stand auf. »Nehmen Sie Ihren Stuhl, Inspektor.« Er holte sich einen anderen, der hinter ihm an der Wand stand, und setzte sich neben meinen Schreibtisch. »Kommandant Brusilow hat mich königlich bewirtet.«

Brusilow hatte die Füße vom Schemel genommen und stand jetzt auf, glättete seine graue Uniformjacke und fuhr sich mit dem Finger einmal um den hohen Kragen. »Kommen Sie in mein Büro, wenn Sie fertig sind, Vater«, sagte er. Seine Augen blinzelten angeheitert. »Ich möchte noch viel mehr über Ihre Gemeinde erfahren.«

Er drehte sich halb wie bei einer Parade, starrte mich von unten herauf an, konnte seinen Blick nicht mehr ruhig halten und stakste auf kurzen, steifen Beinen an mir vorbei aus dem Zimmer.

Ich ließ mich in meinen Stuhl fallen, nahm ein Glas aus der Schreibtischschublade, goß mir einen Cognac ein und lehnte mich zurück, um den Priester zu beobachten.

»Ich habe Ihre Nachricht erhalten«, sagte er, »und bin unverzüglich gekommen.«

Ich nippte an meinem Cognac und genoß die Weichheit, mit der er mir über die Zunge rann.

»Sie wollen mir ein paar Fragen stellen?«

»In der Tat.«

Er machte mit der Hand eine einladende Geste.

Diesmal vorsichtig, Konstantin. Zuerst Petersburg. »Sie sagen, Sie kommen aus Petersburg …?«

»Ich bin allerdings nicht dort geboren. Ich habe vor dem Bürgerkrieg einfach viele glückliche Jahre dort verbracht.«

»Hatten Sie dort ebenfalls eine Sekte, eine Gemeinde?«

»Ich hatte dort eine Gemeinde, ja. Das Dorf der Liebe.«

Er lächelte. »Ich glaube mich zu erinnern, daß wir damals fast fünfzig Mitglieder hatten. Das ist sehr beeindruckend für so ein bilderstürmerisches Volk wie die Petersburger.«

»Was ist geschehen?«

»Ich hatte noch nicht gelernt, wie man seinen Glauben organisiert und weitergibt. Polizei und Kirche vefolgten uns ständig. Wir lebten in den Hochwassertunnels unter der Stadt.« Er strich sich über den Bart. »Die Unterkünfte waren sehr viel weniger eindrucksvoll als die, die mir in Moskau zur Verfügung stehen.«

»Wurde eines Ihrer Mädchen vermißt?«

»Mädchen kamen und gingen in der Gemeinde.«

»Haben Sie eine Mitgliederliste?«

Er hob die Hände, die Handflächen auf mich gerichtet. »Ich erinnere mich an ein paar Namen, wenn Ihnen das hilft.«

Ich schüttelte den Kopf. Er war insgesamt zu glatt, zu entspannt, zu sicher. »Ist Dr. Imogen Shepherd Mitglied Ihrer Gemeinde, Vater?«

Er lächelte. »Ich wollte, dem wäre so.«

»Sie kennen Sie?«

»Eine dramatische Frau.«

»Kommt Sie manchmal in den Tunnel?«

Er schwieg.

»Ich glaube, Dr. Shepherd war der Besuch, der im Vorzimmer gewartet hat, während Sie mich zur anderen Tür hinauskomplimentierten.«

»Sie kommt von Zeit zu Zeit hinunter«, gab er zu.

»Und warum tut sie das?«

»Sie studiert das Leben, Inspektor. Wo könnte man uns Russen im Kampf mit unserem Schicksal besser beobachten?«

Ich glaube, ich schaute ziemlich finster drein.

Vater Alexander lächelte. Vielleicht amüsierte er sich sogar.

»Ich untersuche einen bestialischen Mordfall, Vater Alexander. Vier Mädchen, Mitglieder Ihrer Gemeinde, sind sexuell mißbraucht, ermordet und teilweise verstümmelt worden. Wenn Sie sich nicht die ganze Zeit so offensichtlich amüsieren würden, wäre ich vielleicht eher geneigt, Ihnen zu glauben.«

Er sammelte sich. »Ich verstehe, was Sie meinen, Inspektor. Für die Polizei ist ein Verbrechen ein Verbrechen. Vier tote junge Frauen. Aber haben Sie letzten Monat vielleicht zufällig die Selbstmorde in der Moskwa untersucht? Man hat zweihundertzwanzig Leichen aus dem Fluß gefischt. Oft junge Frauen, die sich ihre Kinder umgebunden hatten. Dreizehn- oder vierzehnjährige Mädchen – von Granaten verstümmelt und unfähig, sich ein Leben als Behinderte vorzustellen.« Er holte Luft. »Niemand begrüßt den Gedanken an vier weitere tote junge Frauen, Inspektor. Aber beim allgemeinen chaotischen Zustand der Dinge im heutigen Rußland ...«

Ich kann solches Geschwätz nicht ausstehen. Ich weiß nicht, wie ich darauf reagieren soll. »Was wollte Dr. Shepherd wirklich da unten?« sagte ich schroff.

Er lehnte sich zurück und verschränkte die Arme hinter dem Kopf. »Wir sind alte Freunde, Inspektor. Ich habe sie während der Schlacht um Moskau unter meinen Schutz genommen. Eine hübsche Frau wie sie ...« Er hob die Augenbrauen. »Mitten im Schlachtgetümmel wäre sie für beide Seiten ein gefundenes Fressen gewesen.«

»Demnach konnten Sie ihr helfen.«

»Nur in den kritischen ein, zwei Wochen, als der Kampf ziemlich ausgeglichen war. Damals hatte sie auf der Petrowka-Straße in der Nähe des alten Gesundheitsministeriums eine Kinderklinik, die gerade von einer Brandbombe zerstört worden war. Sie brachte sich bei uns in den Tunnels in Sicherheit. Damals waren wir mehrere Tausende.«

»Und was für eine Beziehung haben Sie heute zu ihr?«

»Sie übernimmt für mich gewisse medizinische Dienstleistungen.«

»Erzählen Sie.«

Er hustete und strich sich den Bart. »Ein orgiastischer Kult wie der unsere sollte in aller Natürlichkeit ausgeübt werden können, ungetrübt von Sorgen und ... Ängsten.«

Ich setzte mein Cognacglas ab. »Wollen Sie mir sagen, daß Dr. Shepherd für die Gemeinde die HIV-Tests vornimmt?«

»Darüber rede ich nicht gerne, Inspektor. Das verstehen Sie sicher.«

»Das verstehe ich.«

»Ich habe heute mit Dr. Shepherd gesprochen«, sagte er nach einer Weile. »Sie war heute nachmittag in den Katakomben.«

»Dr. Shepherd war heute nachmittag dort. Wann?«

»Um die Mittagszeit. Nicht viel später.«

»Können Sie das präzisieren?«

Er dachte nach. »Sie kam spätestens zwischen halb eins und kurz vor eins.«

»Und ging wann?«

»Sie hatte sechs oder sieben neue Mädchen zu testen. Sie war ungefähr zwei Stunden oder länger in meinem Büro. Eine oder zwei ältere Frauen haben ihr geholfen.«

»Haben Sie gesehen, wie sie ging?«

»Gegen halb vier, ja. Wie einige andere auch.«

Dann war die Frauenstimme in Madelenas Zimmer nicht die Imogens gewesen. Der Gedanke hatte sich während der letzten zwei Stunden vielleicht irrationalerweise in meinem Kopf eingenistet. Ich weiß, daß ich bei meinen Ermittlungen nicht analytisch vorgehe. Ich verlasse mich auf Ahnungen, die ebensooft falsch wie richtig sein können. Aber seit die alte Frau davon gesprochen hatte, daß sie in dem Zimmer, wo Madelena getötet worden war, eine andere Frauenstimme gehört hatte, waren die Gedanken in meinem Gehirn herumgesaust wie Leuchtkäfer. Vor allem dachte ich immer wieder an Gromeks Aussage und an die von Nellie und Valentina über den Mann im langen Mantel, der in der Nacht, als Lydia Primalowa ermordet worden war, an der

Ecke vor der Flaggenfabrik gewartet hatte. In meinen Gedanken tauchten immer wieder die Worte auf: schlank ... flott ... geschnitten wie ein Offiziersmantel ... War es möglich, daß es sich bei dem wartenden Mann um eine *Frau* gehandelt hatte?

Ich atmete tief durch. Ich mußte lernen, mir solche Mutmaßungen aus dem Kopf zu schlagen. Die vorliegenden Beweise durch Vater Alexander und, daran zweifelte ich nicht, von den Frauen, die Imogen heute nachmittag untersucht hatte, falls wir denn Gelegenheit haben würden, sie zu fragen, besagten, daß die amerikanische Ärztin nicht in Madelenas Wohnung gewesen war, nicht gewesen sein konnte. Wer immer Madelena getötet hatte, Imogen Shepherd war es nicht gewesen.

Der Priester schaute mich an. »Diese Uhrzeiten sind offensichtlich sehr wichtig«, sagte er.

Ich schüttelte den Kopf. »Ich dachte, sie könnten es vielleicht sein. Aber nein ...« Ich stand auf. »Ich werde verschiedene Tests machen lassen«, sagte ich. Ich wußte, daß die Ergebnisse wertlos sein würden (da wir nichts hatten, womit wir sie vergleichen konnten), doch ich hoffte, ihn mit der Idee einzuschüchtern. »Sie haben keine Einwände?«

»Nicht die geringsten.« Sein Selbstbewußtsein war unerschütterlich. Schuldig oder nicht schuldig, ich glaube, er hätte immer in diesem herablassenden, unverschämten Ton geantwortet. »Ist das alles, Inspektor?«

»Nur noch eine Sache. Kennen Sie eine Frau namens Madelena Kassarian?«

»Nein ...« Er schüttelte den Kopf. »Es ist möglich, daß sie in den Katakomben vorbeigekommen ist, aber wenn dem so war, ist ihr Name nicht hängengeblieben. Kassarian – eine Armenierin, nehme ich an?«

»Sie hat am Belorussischen Bahnhof gearbeitet. Sehr groß, kräftig gebaut. Dort kannte man sie als Maria.«

»Straßenmädchen sind in der Gemeinde aus naheliegenden gesundheitlichen Gründen nicht erwünscht. Muß ich davon ausgehen, daß das Mädchen tot ist?«

»Ja.«

»Starb sie heute nachmittag zwischen ein und drei Uhr?«

Ich nickte.

»Ich verstehe«, sagte er. Er stand auf und begann mit konzentriert gesenktem Kopf seinen Bart aufzuplustern. Schließlich hob er den Blick und sah mich an. »Unschuldig, Inspektor«, sagte er lässig. »In allen Punkten der Anklage.«

»Sie sind sich sicher wegen der Zeit, in der Dr. Shepherd sich um die neuen Mädchen gekümmert hat?«

»Mit einem Spielraum von ein paar Minuten hin oder her, ja.«

Ich machte ihm die Tür auf, und er durchquerte das Morddezernat. Ich war weit davon entfernt, Vater Alexander aus dem Kreis der Verdächtigen auszuschließen, aber ich mußte akzeptieren, daß die Stimme am Nachmittag in Madelenas Zimmer nicht die Imogen Shepherds gewesen war.

Und wenn es nicht die Imogens gewesen war, wem hatte sie dann gehört?

37

Roys Club war Teil des eleganten Moskaus. Wenn man wie ich in den übel mitgenommenen Stadtbezirken arbeitet, vergißt man leicht, daß ein anderer Teil Moskaus die Zerstörungen während der großen Belagerung heil überstanden hat. Dieses andere Moskau existiert am auffallendsten entlang des Nationaldemokratie-Prospekts, wo vor den Türen der Geschäfte bewaffnete Wachen stehen, und in Gestalt der vielen wohlhabenden Frauen, die man aus chauffeurgesteuerten Limousinen aussteigen und die Boutiquen betreten sieht, die mit Kleidungsstücken aus Paris, Berlin und Rom gefüllt sind. Auch die großen Hotels sind sichtbare Zentren des Wohlstands, deren ausgezeichnete Sicherheitsvorkehrungen viele russische Industrielle dazu bewogen haben, sich dort riesige Suiten zu mieten. Die populären Hochglanzmagazine, in Moskau ein Merkmal der Nachkriegszeit, leben davon, welche Geschichten aus den oberen Stockwerken einer Zar-Nikolaus- oder Puschkin-Suite nach unten dringen.

Eine weitere Ebene von Mütterchen Moskau, so besagen es die Gerüchte, existiert hinter und unterhalb der Fassaden schlichter Bürogebäude. Das ist eine Ebene, die die Massen nie zu Gesicht bekommen. Bitow und Jakunin hatten einmal von luxuriösen Restaurants gesprochen, wo sämtliche Angestellte Transvestiten seien und der Eintritt zu der wöchentlichen Orgie tausend Dollar koste. Wenn Vater Alexander in Rot-Presnja Orgien veranstalten konnte, konnten die *vlasti* es wohl erst recht.

Doch das Gerede über privilegierte Clubs und bacchantische Gelage war Teil der täglichen Moskauer Gerüchteküche und beinahe eine Notwendigkeit für ein Volk, das sein Leben unter so trostlosen und schwierigen Umständen zubrachte. Bis Roy Rolkin meine Anwesenheit in Nummer 4335 am Nationaldemokratie-Prospekt erbat, war ich geneigt gewesen zu bezweifeln, daß diese andere Welt tatsächlich existierte.

Ich hatte mich geirrt. Der Palast einer der mächtigsten Familien des alten Rußlands war zwar in den dreißiger Jahren zerstört worden, doch die ausladenden Kellerfluchten waren intakt geblieben. Zur Zeit der Sowjetzaren hatten sie als Versammlungsräume und Möbellager gedient. Heute wurde mir, nachdem ich durch ein wenig prätentiöses Treppenhaus hereingekommen und an der Tür vom Wachpersonal anhand von Listen immer wieder überprüft worden war, schließlich gestattet, in eine großartige schwarz und weiß geflieste Halle mit Backsteintonnengewölbe einzutreten. Aus den mit Vorhängen abgeteilten Bogengängen zu meiner Linken hörte ich Musik und Männerlachen.

Während ich da stand und beobachtete, wie die schwarzgekleideten Ober und uniformierten Offiziere durch die Vorhänge hindurch in die Bogengänge traten, wurde mir bewußt, daß ich mir ein wenig mehr Mühe hätte geben sollen, als mir lediglich den Kragen zuzuknöpfen und die Krawatte geradezuziehen.

Roy würde, wie die meisten Offiziere hier, selbstverständlich eine Uniform tragen, mit breiten roten Streifen auf den grauen oder grünen Uniformhosen. Viele hatten sogar die alte weiße Ausgehuniform der Zarenzeit übernommen.

Der Portier, der auf mich zukam, war ein großer Kerl und in etwa gekleidet wie ein russischer Leibeigener der Zeit um 1880. Ich nannte ihm meinen Namen und fragte nach Oberst Rolkin.

»Der Oberst hat einen Gast bei sich, Inspektor Vadim.«

Ich war einen Moment verblüfft. »Soll ich warten?«

»Nein, Monsieur.«

Monsieur! Ich schaute dem großen Kerl in die Augen. »Ich wurde von Oberst Rolkin eingeladen. Bitte sagen Sie ihm, daß ich hier bin.«

Er lächelte. Ich kannte offensichtlich nicht die Umgangsformen des Clubs. »Ich wollte sagen, der Oberst hat eine *Dame* zu Gast.«

»Ah …«

»Aber wie ich höre, ist sie gerade im Begriff zu gehen.«

»Dann lassen Sie es mich wissen, wenn sie gegangen ist.« Ich setzte mich in einen komfortablen Lehnsessel und griff nach den Tageszeitungen, die auf einem Tisch gestapelt waren.

»Ich werde ihm sagen, daß Sie da sind«, sagte der Leibeigene.

Er schritt durch eine breite, mit einem Vorhang abgeteilte Öffnung zu meiner Rechten. Durch die Lücke, die entstanden war, nachdem er hindurchgegangen war, sah ich in einen großen Raum mit vielleicht zwanzig niedrigen Tischen. Dort saßen Offiziere, die meisten in Uniform, einige in Begleitung junger Frauen. Champagner schien das favorisierte Getränk zu sein. Neben den meisten Tischen stand ein hölzerner Ständer mit einem silbernen Eiskübel.

Ich beobachtete, wie der große Kerl den Raum durchquerte. Rechts neben dem Kamin sah ich Roy, der natürlich Uniform trug und so saß, daß er in meine Richtung schaute. Der Umriß von Kopf und Schultern der Frau, den ich nur schwer zu sehen bekam, weil ständig Leute zwischen uns hin- und hergingen, war mir unangenehm vertraut.

Ich warf die Zeitung beiseite und stand auf. Ich ging nach vorn und stellte mich in die Lücke zwischen den Vorhängen. Ich sah, wie Roy den Blick hob und in meine Richtung sah. Ich sah sein Lächeln und sein gutmütig herrisches Zeichen, daß ich herüberkommen sollte.

Ich teilte die Vorhänge. Mein Mut sank, und meine Gedanken rasten, während ich mir auszumalen versuchte, welche Antworten ich geben könnte. Der Tinnitus überfiel mich mit einer summenden, panikartigen Attacke. Die Frau stand ohne zu lächeln auf. Es war die Denissowa, Julias geschätzte Stellvertreterin.

Unsere Blicke begegneten sich kurz. Ihr Gesicht war ausdruckslos, und sie ließ sich nicht anmerken, daß sie mich erkannt hatte. In meinem Kopf klickte etwas, und ich sah Roy an. Er stand neben ihr, kleiner als sie, eine Hand auf ihrem Ellbogen, aber ich war es, den er beobachtete.

Ich war vielleicht auf halbem Weg durch das Zimmer, als Roy sie zu einem entfernten Ausgang führte. Ich erreichte den Tisch neben dem Kamin, und der Leibeigene fragte mich, ob ich Champagner trinken wollte. Ich vermute, daß ich zustimmend nickte. Roy und die Denissowa waren verschwunden.

Als er mir ein Champagnerglas brachte, fragte ich den großen Kerl, wohin dieser Ausgang führte, und er sagte mir ganz einfach, daß es sich um einen Ausgang zum Hinterhof handelte. Ich ließ mich vor dem Feuer auf einen Sessel fallen. Ich war mir völlig sicher, daß Roy gewollt hatte, daß ich die Denissowa sah. Ich versuchte, mich zum Nachdenken zu zwingen. Ich fühle mich mit Mehrdeutigkeiten nicht wohl, aber einige Dinge waren ziemlich klar. Falls die Denissowa von Roy bezahlt wurde, wußte er, wo Julia war, und das wahrscheinlich schon eine ganze Weile. Und die Denissowa würde ihm mit Sicherheit bereits erzählt haben, daß ich mit Julia in Kontakt stand.

Warum nahm er mich dann nicht fest? Ich saß hilflos wie eine Fliege im Spinnennetz da, ohne etwas zu verstehen, und wartete darauf, daß Roy zurückkam.

Als er kam, war er bester Laune. Er stellte sich vor das Feuer, rieb sich die Hände und strahlte auf mich herunter. »Wir machen eindeutig Fortschritte, Kostja, mein alter Freund. Eindeutig Fortschritte.«

Ich lächelte ermutigend, doch ich konnte mir gut vorstellen, daß mein Lächeln eher kränklich ausfiel.

Er setzte sich neben mich. »Siehst du all die alten Idioten um dich herum? Die meisten von ihnen haben ihren Siebzigsten gefeiert und noch nicht einmal Generalsschulterblätter angelegt.« Er schnippte mit den Fingern nach einem Kellner, der uns Champagner nachschenken sollte. »Wenn alles läuft wie geplant, kriege ich dieses Jahr meinen ersten Generalsstern.«

Ich hob mein Glas. »Darauf trinke ich«, sagte ich.

Ich wußte, daß ich etwas sagen mußte. Ich schluckte schwer. »Wer war deine Freundin?« fragte ich so schalkhaft, wie es mir angesichts meiner würgenden Angst möglich war.

Er beugte sich zu mir. »Wer, glaubst du, war sie?«

»Soll ich raten?«

»Wenn du raten *müßtest.*«

Mein Magen hatte sich inzwischen in Wasser verwandelt. »Eine Frau von Format«, sagte ich. »Jemand aus einer alten Familie, eine Jussupow, eine Wronskij ...«

Er grinste, aber seine kalten, schräggeschnittenen Augen ließen mich keinen Moment los.

»... vielleicht sogar eine Romanow«, endete ich lahm. »Nicht aus der Präsidentenfamilie«, fügte ich eilig hinzu. »Eine aus der alten Zarenfamilie. Ich habe in Zeitschriften Artikel gelesen über Romanows in aller Welt. Die Frauen sehen ziemlich dramatisch aus ...« Ich hörte auf.

Roy lächelte langsam. »Eine Romanow, die es gerne ein bißchen gröber hat mit einem aus Murmansk? Komm, Kostja, das kannst du besser, oder?«

Eine Kellnerin in kurzem schwarzen Rock und weißer Bluse brachte uns *zakuska* von geräuchertem Stör und heiße Toastecken. »Ah, Stör«, sagte Roy. »Perfekt. Und sagen Sie bitte dem Kellner, er soll uns noch eine Flasche Champagner bringen. Ich habe so ein Gefühl, daß mein Freund ihn bald brauchen wird.«

Das Mädchen ging, um den Befehl weiterzugeben.

»Versuchen wir es noch einmal, was, Konstantin?«

»Noch mal raten?«

Er schüttelte den Kopf. Er lehnte sich zurück, den Blick auf mich gerichtet. Er hatte den Mund voll Stör und Toast und kaute langsam. »Du weißt, wer sie war.«

»Noch nie gesehen. Wie lange kennst du sie schon?«

»Ich habe dir doch gesagt, wenn ich je den Eindruck haben sollte, daß du mich an der Nase herumführst, Kostja –«

»... würde dich das sehr traurig machen. War das nicht der Tenor unserer Unterhaltung im Kloster?« In meiner Nervosität war ich zu schnell an diesen Punkt gelangt. Ich hatte verstanden, worauf er hinaus wollte, lange bevor ich es hätte verstehen dürfen.

Und er wußte es. »Ich fange gerade an, diese Trauer zu fühlen«, sagte er.

»Diese Trauer«, sagte ich. »Warum?«

Er deutete auf den Tisch. »Du ißt nichts. Jetzt erzähl mir nicht, daß sie euch in eurer Polizeikantine jeden Tag geräucherten Stör servieren.«

»Nein, Roy, das tun sie nicht.« Ich griff zu und belegte einen Toast mit etwas Störfleisch. Der Kellner kam und öffnete mit Schwung noch eine Flasche Champagner. Die ganze Zeit ließen mich Roys slawische Augen nicht los.

Als der Kellner verschwunden war, beugte er sich vor und zwirbelte eine unangezündete Zigarre zwischen den Fingern. »Ich habe dein Gesicht gesehen, als du das Zimmer durchquert hast«, sagte er. Seine Stimme sank zu einem Flüstern.

»Mein Gesicht?«

»Als du sie gesehen hast.« Er machte eine Pause. »Verzweifelt, Herrgott noch mal, du warst *verzweifelt*.« Er kicherte in sich hinein.

»Roy«, sagte ich. »Ich kenne diese Frau nicht. Ich habe keine Ahnung, wovon du redest. Was hast du bloß?«

»Wenn du lügst, mache ich Hundefutter aus dir«, schnappte er.

»Hör um Himmels willen auf, so mit mir zu reden«, sagte ich. Mein Gesicht war brennend rot, meine Augen tränten vor Panik, und mein Tinnitus klingelte höhnisch.

»Hundefutter«, wiederholte er.

»Das muß ich mir nicht bieten lassen«, sagte ich, obwohl wir beide wußten, daß ich keine andere Wahl hatte. »Wir sind alte Freunde, bei Gott. Wir kennen uns seit der Grundschule, Roy. Du könntest mir wenigstens sagen, was das alles soll.«

»Du hast diese Frau wiedererkannt«, sagte er ruhig.

»Falls ich irgendeine Reaktion gezeigt habe, dann war das Verlegenheit. Der große Leibeigene dort hat mir gesagt, du hättest eine Dame zu Gast. Machte deutlich, daß ich warten sollte, bis sie gegangen war.« Ich zwang mich zu einem Lachen. »Dann hast du mich dabei ertappt, wie ich sie durch den Vorhang angestarrt habe. Falls ich etwas gesehen habe, was ich nicht hätte sehen sollen, tut es mir leid. Das ist alles, Roy. Die Wahrheit und nichts als die Wahrheit. Jetzt sag mir, was *du* da hineinliest.«

Er nahm noch mehr Toast und vergaß den Stör, schob ihn sich in den Mund und kaute. Er hatte Zweifel. Den Schimmer eines Zweifels. Vielleicht nicht mehr, aber immerhin einen Schimmer.

»Ich habe da hineingelesen« – er sagte das stur, aber ich betete darum, daß er trotzdem unsicher geworden war – »daß du sie schon einmal gesehen hast.«

»Nein, Roy, niemals.«

Er legte den Kopf von einer Seite auf die andere. »Dimitrij und seine Jungs lecken sich die Lefzen in der Hoffnung, dich endlich zwischen die Finger zu kriegen. Ich weiß nur nicht, ob das wirklich das beste wäre ...« Er zuckte die Schultern. »Andererseits könnten wir nach nebenan gehen, auf dem großen Bildschirm Fußball gucken und uns von Oben-ohne-Kellnerinnen Bier bringen lassen. Was meinst du?« Auf seinem Gesicht erschien wieder ein breites, freundschaftliches Lächeln.

»Ich glaube, ich muß arbeiten«, sagte ich; ich stand auf und hoffte, daß meine Knie mich halten würden. »Wir hatten heute nachmittag wieder einen Mord.«

Er kam zu mir und schlug mir auf die Schulter. »Komm mit und wirf zuerst einen Blick auf die Oben-ohne-Mädchen. Sie kommen von überall. Paris, London, Berlin – sogar aus New York. Über die Unterschiede könnte man ein Buch schreiben.« Er wackelte obszön mit seinem dicken Finger.

Ich ging zitternd vor Verzweiflung zu meinem Auto. Die Denissowa stand in den Diensten der Tscheka. Aber aus welchen Gründen auch immer – sie hatte Roy nicht erzählt, daß ich mit Julia in Kontakt stand. Vielleicht war ich einfach nicht wichtig genug. Ich konnte nicht weiter denken, als daß ich Julia umgehend warnen mußte.

Ich fuhr wie ein Verrückter, mal über die großen Boulevards, mal über Seitenstraßen, mal mit neunzig, mal mit fünfundzwanzig Stundenkilometern. Ich fuhr in Sackgassen hinein und raste mit ausgeschalteten Scheinwerfern über schmale Wege an Eisenbahnschienen entlang. Ich brauchte über eine Stunde für eine

Strecke, für die man normalerweise eine halbe braucht, aber als ich ankam, war ich mir sicher, daß ich auch einem Nachtfalken entgangen wäre.

Ich ließ wie beim erstenmal das Auto stehen und deckte es mit wettergegerbten Sperrholzplatten und rostigen Dachblechen ab. Als ich zwischen den Pasternak-Wohnblocks herumging, entdeckte ich nirgends eine Spur von den Abhörwagen der Tscheka. Die meisten Fahrzeuge, an denen ich vorbeikam, waren ausgebrannt. Die wenigen Fußgänger, denen ich begegnete, waren Familien mit Bündeln auf dem Rücken.

Ich betrat Pasternak B durch ein Loch in einer Erdgeschoßwohnung und ging durch die zerstörten Räume. Als ich eine Betontreppe erreichte, stieg ich hinauf in den dritten Stock. Ich befand mich jetzt in Julias Herrschaftsbereich, wo ich erwartete, von einer Wache angehalten zu werden, und hoffte, es sei jemand, den ich kannte, oder wenigstens jemand, der mich wiedererkannte.

Ich benutzte die Taschenlampe, die ich aus dem Auto mitgebracht hatte; ich ging einen langen, leeren Flur entlang und dann nach hinten in die rückwärtig gelegenen Wohnungen, die durch leere Türrahmen und Löcher in den Wänden zu Julias Hauptquartier führten. Ich blieb stehen. Die Gegenwart des Mädchens mit der Kalaschnikow, die es auf meine Brust gerichtet hielt, war beinahe greifbar.

Ich blickte in Richtung des zerstörten Eingangs und hob die Hände. »Konstantin Vadim«, sagte ich. »Ich möchte Julia sehen.«

Glas knirschte unter schweren Schritten. Ich nehme an, daß ich wußte, daß es sich bei der Gestalt, die den Türrahmen ausfüllte, um Roy Rolkin handelte. Wenn ich mir nach dem Besuch im Offiziersclub ein paar Sekunden Zeit zum Nachdenken gelassen hätte, wäre ich wahrscheinlich nie hergekommen.

Natürlich war Roy klug genug zu wissen, daß ich, gesetzt den Fall, ich hatte die Denissowa erkannt, losrennen würde, um Julia zu warnen. Hätte ich nicht gewußt, wer die Denissowa war, wäre ich geblieben, hätte mit ihm Fußball geguckt und mich von Oben-ohne-Mädchen aus einem Dutzend verschiedener Länder bedienen lassen.

Da habt ihr es, Brüder. Als Roy mir ins Gesicht schlug, ging ich inmitten von Ziegelstaub, Glasscherben und verbogenen Fensterrahmen zu Boden, und als ich versuchsweise den Kopf hob, sah ich mehrere Stiefelpaare durch die Tür marschieren.

Als ich schließlich wieder auf die Füße kam, standen ungefähr zehn Männer in Tschekauniform um mich herum. Dimitrij hielt einen Sack. Er hob ihn hoch, so daß Roy ihn sehen konnte. »Sechs Handgranaten und ein Stück Sofortzünder«, sagte er. »Im Kofferraum seines Autos versteckt.«

»Ich bin traurig«, flüsterte Roy. Er nahm den Sack und wog ihn in der Hand, dann drehte er ihn oben zu und schwang ihn einmal herum. »Los«, sagte er.

Er und ich waren die einzigen im Raum, die wußten, was er meinte. Als Jungen in der Grundschule von Murmansk hatten wir immer ein Spiel gespielt. Zuerst hatten wir eine Münze geworfen. Der Verlierer stand vollkommen still, während der andere Junge ihn ohne Unterbrechung treten durfte, wohin er wollte. Bei den Temperaturen im Murmansker Winter konnte der Schmerz qualvoll sein. Wenn die Rollen vertauscht wurden, würde sich der erste Junge an den Schmerz des ersten Tritts erinnern und sich entscheiden, ob er weitermachen wollte oder nicht. Doch diesmal würde das Spiel sehr einseitig sein.

Der Sack wurde geschwungen. Ich stand still. Das Gewicht der sechs Granaten krachte seitlich gegen meinen Kopf, und ich ging nieder wie ein Stein. Ich kämpfte mich wieder auf die Füße, und der Sack wurde erneut geschwungen. Vielleicht brachte ich es noch auf ein drittes Mal …

Ich bekam mit, daß ich in ein anderes Zimmer geschleift wurde. Doch die Stimmen um mich herum sprachen Sätze, die ich nicht zu Bedeutungen zusammenfügen konnte. Es roch stark nach Kordit – ich roch Blut. Ich war mir sicher, daß hier sehr viel Blut vergossen worden war.

Ich öffnete die Augen. Das Zimmer war klein, ein Schlafzimmer. Die Tapete war gelb mit blauen Punkten. In Taillenhöhe tanzten drei ausgeschnittene Teddybären. Darunter lehnten sechs oder sieben Frauen mit dem Rücken an der Wand. Ihre

Köpfe waren nach vorne geknickt. Im Flutlicht der Polizei glänzte das Blut zwischen ihnen schwarz.

Nachdem ich mit dem Sack zusammengeschlagen worden war, war jede Empfindung gedämpft. Ich registrierte, daß es sich um die Frauen aus Julias Gruppe handelte. Die Sibirierin, das seidige schwarze Haar matt vor Blut. Das Mädchen mit der Kalaschnikow, den Kopf an eine andere gelehnt und mit einem beinahe selbstzufriedenen Lächeln auf dem Gesicht. Und ausgestreckt in einer Ecke, mit offenem Mund, die Denissowa. Sie trug das graue Kostüm, das sie in Roys Club getragen hatte, aber jetzt war es blutdurchtränkt.

Roy stand über mir.

»Julia«, sagte ich. »Wo ist sie?«

Er lachte. »Sie ist da, wo sie schon lange hingehört.«

»O Gott …«

»Hör mal, sie lebt«, sagte er und half mir auf die Füße. »Ich hatte schon immer eine Schwäche für Julia, das weißt du. Das Mädchen lebt.«

»Versprichst du mir das«, sagte ich – töricht unter den gegebenen Umständen. Ich deutete auf die Denissowa. Ich war mir nicht sicher, was ich eigentlich sagen wollte, aber ich konnte sowieso nicht sprechen.

»Du bist nur ein kleines Rädchen, Kostja, hörst du? Du bist eines von Millionen kleiner Rädchen. Glaube nie, niemals, daß es Leuten wie dir je gelingen wird, das große Rad zu drehen. Jetzt geh nach Hause und tu deinen Polizeijob und halte dich aus Schwierigkeiten heraus.«

Er gab mir einen freundschaftlichen Klaps auf die Schulter. »Hast du mich verstanden?«

Ich nickte mit dem Kopf und hatte das Gefühl, er würde gleich bersten wie eine Granate.

»Guter Junge.« Roy zauste mir das Haar. »Wir müssen hier saubermachen.« Er blickte voller Abscheu auf die Leichen an der Wand. »Wer hätte je gedacht, daß Frauen so viel Blut haben?«

Ich wurde von einer riesigen Welle der Übelkeit überrollt. Ich würgte schweigend mit hängendem Kopf.

»Denk an das, was ich gesagt habe, hm?« Er packte mich am

Kinn und hob meinen Kopf. »Du bist ein kleines Rädchen. Halt dich an das, was du weißt.« Er lachte. »Jetzt lauf nach Hause, Kostja, und spiel Polizist mit deinen Monstrum-Ermittlungen.«

38

Es waren die längsten Tage meines Lebens. Ich wartete jeden Abend vor Roys Wohnung und bat ihn, mich sie sehen zu lassen. Ich glaube nicht, daß er mich verhöhnte. Ich glaube nicht, daß er es wirklich genoß. Er sagte nur, ihr gehe es gut. Mehr sagte er nicht. Ich fragte ihn, wo man sie festhielt, und er verweigerte die Antwort. Ich fragte ihn, ob man sie gefoltert habe, und er sagte nichts. Ich fragte ihn, ob dieser Perversling Dimitrij sie unter seiner Fuchtel hatte, und er sagte wieder nichts.

Ich bettelte darum, mit ihr zu sprechen, und er weigerte sich. Ich wußte, daß ich mich nahe am Abgrund bewegte, aber ich ließ nicht locker. Als er mich schließlich entnervt nach oben zu einem Drink und einem neuen italienischen Pornofilm einlud, den er sich geleistet hatte, wandte ich mich ab.

Aber am nächsten Abend war ich wieder da.

Wenn jemand, den man liebt, in der Lubjanka ist oder im Lefortow-Gefängnis oder in irgendeinem anderen Gefängnis der Tscheka, ist jede Sekunde des Tages von einer unbeschreiblichen Panik infiziert. Es ist eine Panik, die in einem auf- und abschwillt wie eine Flutwelle. Essen ist unmöglich. Das Denken ist beherrscht von Angst und Phantasievorstellungen. Nur Wodka wirkt als eine Art Tranquilizer.

Ich wurde von Bildern gejagt. Der Abdruck auf der Gipswand im Keller des Klosters in Murmansk, der von den Nägeln eines Folteropfers stammte. Das Geräusch nächtlichen Schluchzens. Der Fleck auf Madame Raissas Kleid zwischen ihren Beinen.

Am schlimmsten war für mich vielleicht, daß ich Julias Charakter kannte. Sie würde sich niemals ergeben. Sie würde niemals die Ungeheuerlichkeit begehen, ein Geständnis zu unterschreiben, oder was auch immer sie von ihr fordern mochten. Dennoch war ein Gewinnen unmöglich. Indem sie sich dem Unvermeidlichen widersetzte, würde sie nur noch mehr leiden. Ich erkannte mit schrecklicher Klarheit, daß die Kraft ihres Geistes ihren Körper zerstören würde.

Ich machte keinen Versuch, mit Dronskij in Verbindung zu treten. Die Wenns und Abers in den Monstrum-Ermittlungen lagen vollkommen jenseits meiner Denkmöglichkeiten. Und was am schlimmsten war, es gab keine Natalja. Niemand, mit dem ich meine Last teilen konnte. Meine Last, denn ich war mittlerweile überzeugt, daß Roy der Denissowa auf die Spur gekommen war, nachdem er mich hatte beschatten lassen.

Dann, am vierten Morgen dieses Fegefeuers, klingelte das Telephon.

Mein Betreuer war am Apparat. Wenn er die üblichen Anweisungen ausgespuckt hätte, daß ich mich dann und dann zu der und der Zeit an dem und dem Ort bereitzuhalten hätte, hätte ich aufgelegt. Doch dieses Mal klang die Stimme verändert, deutlich besser gestimmt. »Konstantin«, sagte er. »*You've made the big time*« – er sagte es tatsächlich auf englisch – »Sie nehmen an einem Empfang für die Leute des amerikanischen Chargé d'affaires teil. Nächste Woche werden dieselben Leute die amerikanische Botschaft bilden. Das ist für Sie ein großer Schritt nach oben. Heute abend. Ich hole Sie heute nachmittag um zwei Uhr ab.«

Ich lehnte mich auf meinem Stuhl zurück. Ein Empfang für die Angestellten des amerikanischen Chargé d'affaires. Mein erster Gedanke war, daß ich aufstehen sollte, hinausgehen und mich so vollständig betrinken, daß es nichts gab, was mich rechtzeitig wieder ausnüchtern konnte. Doch als ich da saß und das Telephon anstarrte, kam mir eine andere Idee. Die Leute des amerikanischen Chargé d'affaires. Da man mich ausgesucht hatte, dorthin zu gehen, würde der Chargé d'affaires wohl nicht persönlich anwesend sein. Doch seine Leute waren hochrangige Amerikaner, dieselben, die über den bevorstehenden Wechsel zum Botschaftsstatus verhandelten. Es mochte sich sehr wohl eine Chance ergeben. Vielleicht eine Chance, ein Wort darüber fallen zu lassen, was auf dem Belorussischen Bahnhof geschah, oder ein Gesuch für Julia. Sie war eine international bekannte Persönlichkeit. Die Amnestie war eine Werbemaßnahme für Kobas persönliche Werbekampagne. Wenn ich irgendwie zeigen konnte, daß er sie auf verbrecherische Weise unterlaufen hatte …

Ich dachte an all die Männer und Frauen, die jetzt auf dem Weg nach Magadan waren. Ich dachte an Julia, die dazu verurteilt war, in den kostbaren Metallminen im Nordosten eine lebende Tote zu sein. Ich stand auf und ging im Zimmer auf und ab. Das Schicksal gab mir eine Chance, für Julia zu sprechen. Eine Chance vielleicht, für all jene russischen Brüder zu sprechen, die von Kobas Amnestie verraten worden waren. Eine Chance, die ich ergreifen mußte.

Mein Status hatte sich eindeutig sehr verbessert. Das konnte ich daran ablesen, daß mein Betreuer mir in seinem riesigen Auto den Sitz vorne neben sich anbot. Zudem nahm er mir die Tasche ab und verstaute sie im Kofferraum. So war er bei unserem ersten Treffen nicht gewesen. Aber ich kannte noch immer nicht seinen Namen.

Ich stieg mit dem Gefühl in den Wagen, daß ich diese Wohnung wahrscheinlich nicht wiedersehen würde. Es tat mir nicht gerade leid. Ich verließ wohl kaum einen Kreis lieber Freunde. Ich würde Madame Raissa zu meinen Moskauer Freunden zählen, obwohl ich sie kaum gekannt hatte. Natalja war selbstverständlich eine Freundin, mit der ich mehr bereden konnte als mit irgend jemandem sonst in Moskau. Aber sie war nicht hier.

Also war Ilja Dronskij der einzige Freund, an den ich denken mußte, während wir durch die Stadt fuhren. Ich wußte, daß ich viel zu selten an ihn dachte. Ich lächelte, als wir die Rot-Presnja-Straße entlangbrausten, vorbei am klassizistischen Portal der Polizeistation, lächelte bei dem Gedanken an Dronskij und seinen kurzgeschorenen Kopf, der sich über die verschieden markierten Zeugenlisten aus Vater Alexanders Katakomben beugte, in der einen Hand einen Fischburger, in der anderen eine Tasse Muckefuck. Und der verdammte Kater miaute um seine Beine, angestachelt vom Geruch des Fischburgers. Es gab Millionen von Russen wie Ilja, gute Männer und Frauen, die verzweifelt einen günstigen Wind herbeisehnten, der das Schiff in Bewegung setzen sollte. Die verzweifelt eine Richtung ersehnten, in die sie segeln konnten.

Wir fuhren eine halbe Stunde. Es war mitten am Nachmittag, und die Sonne stand tief am Horizont, als ich Archangelskoje zum erstenmal sah. Sogar in meinem verbitterten Zustand machte mein Herz einen Sprung. Aus eineinhalb Kilometer Entfernung brach sich das Sonnenlicht auf einer Gruppe silberner Zwiebeltürme, die über der Schneelandschaft zu tanzen schienen. Ich beobachtete die scheinbar freischwebenden Dächer, bis sich das Licht mit unserem Näherkommen veränderte und wir nahe genug waren, um darunter die weißgestrichene Kirche zu sehen, die sie stützte.

Vor uns erhob sich jetzt ein vollkommener, ockergelber hölzerner Palast. Die Zufahrt zum Haupttor war vom Schnee geräumt worden, und mein Betreuer brachte den Wagen zwischen bemalten Säulen zum Stehen.

Ein Diener in grüngestreifter Weste und weißen Handschuhen nahm meine Tasche und führte mich durch eine große Halle, über Treppenfluchten und Korridore in ein blaues Schlafzimmer, von dem aus man den Garten überblickte.

Eine kleine Gruppe hatte sich zu meiner Begrüßung eingefunden: Die stumme Make-up-Frau und die beiden Professoren, die mich in der heruntergekommenen Datscha auf der anderen Seite von Moskau eingewiesen hatten, standen nebeneinander vor dem langen Fenster.

»Professor Ruslow« – mein Betreuer wies auf den kleineren, dickeren der beiden – »und Professor Deriabin werden Sie den ganzen Abend unterstützen. Sie werden als Dolmetscher auftreten und werden jede Frage zu Archangelskoje, die man Ihnen möglicherweise stellen wird, ausführlich beantworten.«

»Man wird mir Fragen stellen?«

»Die Amerikaner sind als das neugierigste Volk auf der ganzen Welt bekannt«, sagte mein Betreuer. »Wir sind früh gekommen, damit die Professoren Sie vorbereiten können.«

Es war einer von jenen Empfängen, wie sie vor dem Bürgerkrieg in Magazinen als »glitzernd« beschrieben wurden. Mein erster Eindruck, als ich diskret in die ovale Halle geleitet wurde, war, wie prächtig der Raum war und wie farbenfroh die Kleider der Frauen waren. Auf meiner Führung mit den Professoren hatten wir von der Galerie aus hinuntergeschaut, wo vor kurzem van Dycks und Tiepolos aufgehängt worden waren und die Leere des Raums alles gewesen war, was zählte. Ich ging weiter in den Raum hinein und war mir der Tatsache sehr bewußt, daß so viele Leute mich direkt ansahen.

Ich hatte mich noch nicht entschieden, wie ich es machen wollte. Vielleicht würde ich einigen der Höchstgestellten eine Ankündigung machen. Vielleicht würde ich aber auch hier stehenbleiben und etwas über die Amnestie sagen, was direkt nach Washington weitergeleitet würde und von dort in jeden Winkel des Globus.

Ich war extrem aufgeregt. Vorübergehend verloren, während das Adrenalin durch meinen Körper schoß. Ich wurde einer langen Reihe von Amerikanern vorgestellt. Ich lächelte jeden an, neigte kurz den Kopf … Einigen stellte ich einfache Fragen, meistens, wie lange sie schon in Moskau waren … von wo in den Vereinigten Staaten sie kamen … Ich war völlig in Anspruch genommen, weniger von dem, was ich tat, als von der Persönlichkeit Kobas. Ich lächelte, ich nickte, ich bewegte mich in der Menge, wo jeder den Hals reckte, um mich zu sehen. Mein Betreuer hatte mir strenge Anweisungen erteilt. Ich durfte Fragen stellen, vielleicht noch kurz auf die Antwort eingehen, wenn diese es erforderte – dann mußte ich weiter.

Es waren ungefähr zweihundert Menschen im Raum, deshalb war es nicht überraschend, daß ich Imogen erst nach ungefähr zehn Minuten bemerkte. Jemand, den ich gerade erst kennengelernt hatte, ein hochrangiger grauhaariger Amerikaner von der Botschaft, brachte sie zu mir.

»Darf ich Ihnen die Amnestiekommissarin Dr. Imogen Shepherd vorstellen?« sagte er.

Sie trug ein langes, blauglitzerndes Kleid. Das dunkle Haar war zurückgebürstet und ließ die prachtvollen Diamantohrringe frei, die ihren langen Hals betonten. Ich atmete tief ein und hielt ihr die Hand hin. Ihr Parfüm erreichte mich in einer vertrauten, duftenden Woge.

»Es ist mir eine Ehre, Sie kennenzulernen, General«, sagte sie.

Ihre Hand hielt die meine. »Wie es auch eine Ehre ist, als Amnestiekommissarin zu dienen.«

Ich versuchte, meine Hand wegzuziehen, doch sie verlängerte den Augenblick, bevor sie meine Hand schließlich losließ. »Sagen Sie, Doktor«, sagte ich, »als unparteiische Beobachterin, wie beurteilen Sie die Fortschritte der Amnestie? Werden Sie der amerikanischen Regierung einen günstigen Bericht geben können, wenn es soweit ist?«

»Was ich bisher gesehen habe, General, zeigt, wie sehr die Leute bereit sind, einander versöhnlich zu begegnen. Sogar jene, die im Kampf Gegner Ihrer Partei waren.«

»Ist das wahr?« fragte ich. Ich empfand ein erschreckendes Machtgefühl. »Sie meinen, die Grundlage für Vertrauen sei geschaffen?«

»In der Tat.«

»Und die Reaktion ist Ihrer Meinung nach positiv?«

»Außerordentlich.«

»Aber es muß doch eine *gewisse* Opposition geben ...«

»Ich bin keiner begegnet. Ihre früheren Feinde, General, gehen enthusiastisch auf das Entgegenkommen Ihrer Regierung ein. Ich würde sogar noch weiter gehen. Ich vermute, in vielen Fällen sind Ihre ehemaligen Feinde nicht mehr Ihre Feinde.«

Ich konnte diese Frau soweit bringen, daß sie einfach alles sagte. Ihre Augen funkelten euphorisch. Die Frage, ob sie mich erkannte, stellte sich gar nicht. Sie war fasziniert und wollte umgekehrt ebenfalls faszinieren.

Mir war bewußt, daß meinem Betreuer dabei nicht wohl war. »Es war mir ein großes Vergnügen, Sie kennenzulernen, Doktor«, sagte ich.

»Ganz meinerseits, General. Ich kann Ihnen nicht sagen, wie sehr ich mich freuen würde, bei Gelegenheit die Amnestiefrage mit Ihnen weiter zu diskutieren«, antwortete sie kühn.

»Ich werde sehen, was ich tun kann.«

»Schamlos«, murmelte mein Betreuer, als wir zur nächsten Gruppe weitergingen. »Sie hat sich gerade noch zurückgehalten, sich Ihnen hier auf dem Teppich anzubieten. Aber Sie haben das außerordentlich gut gemeistert.«

Der grauhaarige amerikanische Beamte kam quer durch den Raum wieder auf uns zu, diesmal in Begleitung einer älteren Frau. Ich spürte, wie mein Betreuer neben mir erstarrte. »Verdammt, sie sollte doch gar nicht hier sein«, zischte er erschrocken.

»Wer ist sie?« flüsterte ich drängend.

»Die amerikanische Chargé d'affaires, Sie Dummkopf«, sagte er. Er redete mit höchster Geschwindigkeit aus dem Mundwinkel auf mich ein: »Diana Hilton, Witwe, mit zwei Töchtern in Moskau, spricht gutes Russisch ... kam vorletzte Woche an ... Sie sind einander einmal begegnet, letzten Dienstag bei einem Abendessen bei Präsident Romanow ...«

Der amerikanische Beamte stand neben uns, als die Chargé d'affaires und ich einander die Hand schüttelten. Sie war eine große, gutaussehende Frau in den Fünfzigern. »General Koba«, sagte sie mit einem offenen Lächeln, »ich fürchte, ich bin heute abend eher als Mutter hier denn in offizieller Funktion. Meine Töchter singen in dem Chor, der später auftreten wird. Mein mütterlicher Stolz hat obsiegt. Ich hoffe, daß Sie mir verzeihen. Ich bin mir nicht sicher, ob meine Leute es je tun werden.«

»Mit dem größten Vergnügen, Mrs. Hilton«, sagte ich. »Ich hoffe, ich werde Gelegenheit haben, Ihre Töchter nach dem Konzert kennenzulernen.«

»Sie brennen darauf, Sie kennenzulernen.«

Ich lächelte.

»General ...« Sie warf einen Blick auf meinen Betreuer und trat einen Schritt zur Seite, dem ich Folge leisten mußte. Mein Puls raste. Sicher war das die Gelegenheit schlechthin. Niemand Geringerer als die amerikanische Chargé d'affaires nahm mich beiseite.

»Ich muß Ihnen etwas sagen«, sagte sie. »Auch wenn es sich nicht um einen offiziellen Anlaß handelt. Vielleicht gerade, weil es sich nicht um einen offiziellen Anlaß handelt ...«

»Bitte sprechen Sie offen«, sagte ich.

»Es betrifft die Amnestie ...«

Mein Betreuer machte einen Schritt auf uns zu, und ich stoppte ihn mit einer Geste. Ich sah, wie er sich ängstlich umsah. Ich wandte ihm den Rücken zu und nickte Diana Hilton ernst zu.

»Die Amnestie …?« Wie sollte ich das Gespräch auf den Belorussischen Bahnhof bringen? Würde sie mir gleich eine Gelegenheit geben?

»Ich habe gerade Ihr Schreiben gelesen …« Ich muß völlig verblüfft ausgesehen haben. Sie lächelte. »Es wurde mir heute abend ein paar Minuten vor meinem Aufbruch überreicht. Offen gesagt ist dies ein weiterer Grund, warum ich gekommen bin.«

»Sie haben eine Information erhalten? Vielleicht von den Kommissaren? Handelt es sich um eine Beschwerde darüber, wie die Amnestie in die Tat umgesetzt wird?«

Sie lachte. »Im Gegenteil, General. Ich finde, was Sie vorhaben, ist ganz hervorragend.«

»Es findet Ihre Zustimmung?« Ich verschränkte die Hände hinter dem Rücken und sah sie an, die dunkel gefärbten Augenbrauen hochgezogen.

»Ganz und gar. Nein – mehr als das, Sie haben meine enthusiastische Zustimmung. Die Ernennung eines früheren Mitglieds der Anarchistischen Partei zum Minister der Versöhnung, zuständig für die Amnestie, ist ein Meisterstreich.«

Ein früheres Mitglied der Anarchistischen Partei.

»Ich kann Ihnen sagen, daß die Amerikaner darauf besser reagieren werden als auf hundert Amnestiekommissare.«

»Glauben Sie?« Ich rang nach Atem.

»Ich weiß es. Ich halte mir zugute, einiges über die Amerikaner zu wissen. Sie können alle ihre Amnestiekommissare nach Hause schicken und werden die Vereinigten Staaten trotzdem zu hundert Prozent hinter sich haben.«

Sie schüttelte mir begeistert die Hand. »Das ist brillant. Nicht nur ein ehemaliges Mitglied der Anarchistischen Partei, sondern, wenigstens in den Augen der Amerikaner, die berühmteste Persönlichkeit unter Ihren ehemaligen Feinden. Als Frau und als Generalin hat sie in den USA in den vergangenen Jahren außerordentliche Medienaufmerksamkeit auf sich gezogen.«

Ich mußte es wissen. Eine Sache, der ich mir einfach sicher sein mußte. Ein kruder, verzweifelter Schachzug, doch ich mußte wissen, ob sie das freiwillig getan hatte. »Da ist noch die Frage«, sagte ich, »ob sie akzeptieren wird.«

Sie runzelte die Stirn. »Aber in Ihrem Schreiben heißt es, sie habe bereits akzeptiert. Es gebe noch eine kurze Verzögerung, bevor es verkündet werden könne, aber sie habe angenommen.«

»Nur noch ein paar geringfügige Details, über die wir uns einigen müssen«, sagte ich, und eine schreckliche Übelkeit umklammerte mein Herz.

»Hervorragend.«

Ich neigte den Kopf. »Ja … wie ich in dem Schreiben sagte, hat Julia Petrowna bereits akzeptiert.«

39

Natürlich bin ich nicht zurechnungsfähig. Nicht im entferntesten. Ich brachte den Rest des Empfangs hinter mich, als hätte ich Klebstoff in den Adern. Die Professoren brachten mich frühzeitig weg, nachdem sie befunden hatten, daß es klüger sei, wenn ich das Konzert und die vorgesehene kurze Dankesnote an die amerikanischen Sänger ausließ. Mein Betreuer war auf der Rückfahrt nach Fili deutlich weniger freundlich als vorher.

Zu Hause in meiner Wohnung wanderte ich mit dem Wodkaglas in der Hand ruhelos von einem Zimmer ins andere und dachte, Alkohol oder Bewegung würden mein Blut vielleicht wieder zum Fließen bringen.

Vor allem mußte ich mit Julia sprechen.

Es war nach Mitternacht, als ich vor Roys Wohnblock ankam. Als er die Tür öffnete, sah ich im Hintergrund eine Frau. Er trug Pyjamahosen, aber kein Oberteil. Seine Brust war mit dichtem, kupferfarbenem Haar bedeckt, Haarbüschel wuchsen auf seinen Schultern und auf seinem Bizeps. Er war nicht erfreut, mich zu sehen. »Ich muß sie sehen«, sagte ich. »Ich muß Julia sehen.«

»Verdammt noch mal«, explodierte er. »Die Antwort heißt nein. Du weißt, daß die Antwort nein heißt. Es geht ihr gut. Sie ist unverletzt. Reicht dir das?«

Ich machte einen Sprung nach vorne, und er packte mich an den Jackettaufschlägen und zog mich in die Wohnung. Das Mädchen stand ziemlich nackt da und starrte ihn erschrocken an.

Er ließ mich los und machte ihr mit dem Daumen ein Zeichen.

»Warte im Schlafzimmer«, sagte er. »Es dauert nur fünf Minuten.«

Ich zog mein Jackett gerade. Von meinem Hemd waren einige Knöpfe abgesprungen. Ich war wesentlich größer als Roy Rolkin, aber man schlägt nicht einfach einen Offizier der Tscheka. Nicht, wenn man noch weiterkämpfen will.

»Du hast den Verstand verloren«, sagte er. »Wenn du nur fünf Minuten nachdenken würdest, würde dir das auffallen. Jetzt hör mir gut zu.« Er schlug mir leicht ins Gesicht, freundschaftlich. »Du kannst sie nicht sehen. Aber sie lebt. Und sie ist in Sicherheit. Hat es sogar bequem. Niemand bringt sie irgendwo in einem Keller zum Singen. Darauf hast du mein Wort. Glaubst du mir?« Er sah zu mir auf und las etwas in meinem Gesichtsausdruck. Er trat einen Schritt zurück. »Was ist los?« fragte er.

»Ich weiß von Julias Ernennung«, sagte ich zu ihm.

Er kreuzte die Arme vor der Brust, und seine Zehen verkrampften sich geräuschlos im Teppich. »Welche Ernennung?«

»Ich *weiß* es, Roy«, sagte ich.

Er wandte sich ab und schenkte sich einen Whisky ein. »Willst du auch einen?« Er hob die Flasche und schüttelte sie, bis der Whisky herausspritzte.

Ich nickte.

»Woher?« fragte er. »Hat sie es dir gesagt? Nein, unmöglich. Woher?«

»Ich war heute abend bei einem Empfang in Archangelskoje.«

»Das Konzert mit den amerikanischen Jugendlichen.«

»Die amerikanische Chargé d'affaires tauchte auf. Wir haben uns unterhalten. Keine Spielchen mehr, Roy. Julia ist zum Feind übergelaufen.«

»Sie ist zu *uns* übergelaufen, verdammt noch mal!« sagte er. Er reichte mir ein Glas, halb gefüllt mit Scotch. »Trink darauf!«

Ich schüttelte den Kopf.

»Du bist der Meinung, sie hätte ihren Prinzipien treu bleiben sollen, nicht wahr?«

»Ich möchte wissen, wie es soweit gekommen ist.«

»Du verlangst zuviel, Kostja«, sagte er. »Es steht nirgendwo geschrieben, daß du ein Recht darauf hast, es zu wissen.«

»Hat die Denissowa sie verraten? Hat es in Pasternak eine Schießerei gegeben?«

Er trank seinen Whisky und runzelte die Stirn. »Was faselst du da?«

»Ihr habt Julias Leben geschont, unter der Bedingung, daß sie zu euch überläuft.«

Er lachte. »In was für einem Märchen lebst du? Glaubst du, solche Dinge passieren über Nacht?«

»Du wirst mir erzählen, wie sie passieren.«

Er schluckte, schwenkte sein Glas und sah mir fest in die Augen, die langgezogenen Augen leicht zusammengekniffen. »General Koba hat mich in Murmansk beauftragt, Julia zu finden«, sagte er. »Er hatte gehört, daß ich Julia von früher kannte. Daß wir zusammen zur Schule gegangen waren. Deshalb wurde ich ausgewählt – daran ist nichts Besonderes. Doch die Aufgabe, die er mir übertragen hat, *war* etwas Besonderes. Meine Mission lautete, sie für *unsere Seite* zu gewinnen.« Er holte tief Luft. »Aber dazu mußte ich sie erst einmal finden.«

Ich fühlte, wie ich mich verkrampfte. »Hast du sie durch mich gefunden? Du hast mein Bild in der *Prawda* abdrucken lassen. War der Grund dafür der, daß Julia erfahren sollte, daß ich in Moskau war? Daß sie mit mir Kontakt aufnehmen konnte und du mich beschatten lassen konntest?«

Er zuckte die Schultern. »Mach dir deswegen keine Gedanken, Kostja. Ende gut, alles gut.«

»Erzähl mir, wie es vor sich gegangen ist.«

Er rieb sich die Brust, schaute in Richtung Schlafzimmertür und trank seinen Whisky aus. »Du hast es geschickt angestellt, Kostja. Deine ersten Kontakte mit ihr haben wir alle verpaßt. Aber ich hatte noch andere Fühler ausgestreckt. Wirklichen Kontakt zu ihr bekam ich erst vor ungefähr einer Woche durch einen meiner anarchistischen Informanten. Früher nicht. General Koba fing bereits an, mir Druck zu machen. Aber sogar dieser Kontakt stand auf Messers Schneide. Julia ist eine kluge Frau. Wir standen zwar miteinander in Kontakt, aber wir sahen einander nicht, wenn du verstehst …«

»Du wußtest nicht, wo sie sich versteckt hielt.«

»Nicht zu diesem Zeitpunkt. Aber ich war in der Position, daß ich die Verhandlungen eröffnen konnte. Schließlich bat ich um einen Unterhändler. Mehr als das, um einen Generalbevollmächtigten.«

»Und Julia schickte die Denissowa.«

»Sehr kompetente Dame. Besorgt, sehr besorgt über den Handel, aber ergeben. Durch sie habe ich meinen Vorschlag übermittelt, General Kobas Vorschlag an Julia.«

»Und Julia hat ihn akzeptiert.«

»Im großen und ganzen. Nach einigen Diskussionen, ja. Doch die letzten Details dauerten zu lange. General Koba machte mir Druck. Aber ich verhandelte noch immer nicht mit Julia persönlich. Offiziell wußte ich noch immer nicht, wo sie steckte.«

»Offiziell?«

»Ich ließ die Denissowa natürlich beschatten, aber das verstieß völlig gegen Julias Bedingungen. Ich wußte, der Handel würde platzen, falls sie es herausfand.«

»Und deshalb hast du es so eingefädelt, daß ich die Denissowa im Offiziersclub sah? Weil du wußtest, daß ich glauben mußte, sie würde Julia verraten.«

»Und weil du sofort zu ihr gehen würdest. Und Julia gegenüber konnte ich behaupten, du, nicht die Denissowa, habest mich zu ihr geführt.« Er lachte. »Als es schließlich hart auf hart ging, waren die letzten Details zwischen Julia und mir in ein paar Minuten festgezurrt. Wie ich es vorhergesehen hatte. Aber man könnte sagen, daß wir alle dich brauchten, mein Sohn, um das Geschäft unter Dach und Fach zu bringen.«

Mir wurde schlecht bei dem Gedanken, wie ich mich hatte manipulieren lassen. Ich hatte noch eine Frage. Das Bild klärte sich, aber an den Rändern war es immer noch verschwommen. »Wenn Julia bereit war, das Angebot anzunehmen, Roy, warum haben sich dann die anderen, ihre Kameradinnen, die ihr jahrelang loyal ergeben waren, widersetzt?«

»Widersetzt?« Er lächelte schlau.

Irgend etwas in meinem Kopf schrie auf. »Du hast sie ermorden lassen?«

Er hob die Hände und lachte. »Oh, genug, Kostja! Genug. Ich

bin beschäftigt.« Er wies mit dem Kopf in Richtung Schlafzimmer. »Du siehst, wie beschäftigt ich bin. Und trotzdem finde ich noch Zeit, einen alten Freund zu beruhigen. Aber nicht die ganze Nacht, okay?«

»Ich muß Julia sehen, Roy. Ich muß sie *jetzt* sehen.«

Er sah mich an und schürzte die Lippen.

»Roy …«

Er drehte sich um und ging auf sein Schlafzimmer zu. »Du bist ein verdammter Terrier, das weißt du. Mehr als das, du bist ein verdammt undankbarer Terrier. In Ordnung. Geh zur Lubjanka«, sagte er über die Schulter. »Ich werde veranlassen, daß Dimitrij dich in Empfang nimmt und zu ihr bringt. Niemand darf wissen, wo sie ist. Hast du mich verstanden? Du wirst dir die Augen verbinden lassen müssen.«

Ich nickte zustimmend.

Er blieb an der Tür stehen und rülpste leise. »He, Kostja«, sagte er kopfschüttelnd. »Was tue ich nicht alles für einen alten Freund!«

Sie hatte eine überwältigende Präsenz. Sie saß hinter einem alexandrinischen Schreibtisch in einem Raum mit einer hohen, reich verzierten Decke, Stuck auf Holz. Gedämpftes Licht schimmerte über bronzenen Pferden, die sich im Schlachtgetümmel aufbäumten. Ein Gemälde der englischen Königin Victoria hing über dem holzeingefaßten Kamin. Ein breiter Seidenteppich trennte uns.

Sie trug ein strenges, gutgeschnittenes schwarzes Kleid und um den Hals eine Goldkette, die zwischen ihren Brüsten baumelte. Sie lächelte mich an, als ich die Doppeltüren hinter mir zumachte. »Konstantin …« Sie stand auf und streckte die Arme aus. »Ich muß mich für so vieles bei dir bedanken … Nur du hast mir geholfen, als ich es so sehr brauchte. Deine Loyalität, Konstantin, war wie ein Leuchtturm …«

Ich stand ein, zwei Schritte weit im Zimmer, mit offenem Mantel, die Hände in den Taschen vergraben. Sie kam hinter ihrem Schreibtisch hervor und ließ die Arme sinken. Sie blieb vor mir stehen. »Ah … dieser Blick. Ich kenne ihn so gut. Du verstehst es nicht, oder?« Ihr Willkommenslächeln verblaßte. »Laß mich dir etwas bestellen. Kaffee?«

Ich schüttelte den Kopf.

»Etwas Stärkeres?«

Sie faßte hinter sich und drückte auf ihrem Schreibtisch einen Klingelknopf. »Vielleicht wäre es besser gewesen, du hättest bis morgen früh gewartet«, sagte sie. »Aber Roy sagte, du habest darauf bestanden zu kommen.«

»Genau das habe ich getan.« Meine Stimme war ein Krächzen. Ich räusperte mich. »Genau das habe ich getan. Ich habe darauf bestanden.«

Ein Kellner in weißem Jackett erschien, und sie bestellte Kaffee. Als der Mann gegangen war, sah sie mich an, und um ihren Mund bildete sich ein anderes, ein langsames, schiefes Lächeln. »Komm und setz dich, Konstantin«, sagte sie schroff. »Du stehst da wie ein solider russischer Brocken schmerzlichen Ressentiments. Mein Lieber, du wirkst ein kleines bißchen *lächerlich.*«

Das Echo all unserer Kämpfe von vor fünf Jahren klang plötzlich schärfer und schriller in meinen Ohren als der Tinnitus. Die Drehungen und Wendungen, mein verzweifeltes Gezappel, um ihren aufsteigenden Kometen einzuholen ...

»Du hast recht«, sagte ich. »Ich bin lächerlich. Du hast auch recht damit, daß ich es nicht verstehe. Ich hätte natürlich Roy fragen können. Aber ich glaube, ich muß es von dir hören.«

Sie zuckte die Schultern. »Du fragst dich, wie um alles in der Welt ... ?«

»Nein.« Ich schüttelte den Kopf. Ich fühlte, wie etwas in mir hochstieg. »Nein«, sagte ich mit lauter werdender Stimme. »Ich bin lächerlich, deshalb stelle ich eine lächerliche Frage.«

»Um Gottes willen, hör auf zu schreien, Konstantin. Nimm dich zusammen.«

»Ich will wissen, ob es wahr ist. Ich will einfach ganz sicher sein. Ich will wissen, ob du wirklich Kobas Angebot angenommen hast.«

Das Licht von einer der großartigen Bronzelampen schimmerte auf ihren schönen Wangenknochen. »Ich habe es angenommen, ja«, sagte sie kalt.

»Aus eigenem freien Willen? Du hast dieses dreckige Angebot aus eigenem freien Willen angenommen? Nach allem, was ich dir über die Amnestie erzählt habe? Was ich dir über die Züge auf dem Belorussischen Bahnhof mit all deinen loyalen Kameraden erzählt habe, die du jetzt im Stich läßt?«

»Konstantin ...« Sie ging wieder hinter ihren Schreibtisch und setzte sich. Die Bronzelampe neben ihr zeichnete dramatisch ihre Züge. »Konstantin, es gibt so vieles, was du einfach nicht verstehst.«

Ich wischte die Lampe vom Tisch, und sie krachte zu Boden. In der plötzlichen Stille hörte ich das Zerbersten der Glühbirne. »Wenn ich dich richtig verstehe, hast du dieses Angebot angenommen, obwohl es nebenbei die Ermordung der Frauen bedeutete, die dir loyal ergeben waren.« Ich beugte mich über den Schreibtisch. »Ich hätte jedem – wirklich jedem, Roy, Koba selbst, gesagt, du seist eine Frau, die nach ihren Prinzipien lebt. Eine Frau, deren ganzes Leben auf Prinzipien aufgebaut ist. Eine Frau, die keine nennenswerte Entscheidung trifft, ohne vorher die Kraft und die Richtigkeit des dahinterstehenden Prinzips zu überprüfen. Das hätte ich der ganzen *Welt* erzählt!« Ich schien meine Stimme wieder einigermaßen unter Kontrolle zu haben. »Mein Gott«, sagte ich. »Ich habe dich nie wirklich gekannt.«

Sie sah mich ohne mit der Wimper zu zucken an. »Ich räume dir Freiheiten ein, die ich sonst niemandem einräume«, sagte sie. »Und du weißt, warum. Weil wir einmal etwas miteinander geteilt haben, was für jeden von uns unendlich kostbar war. Jetzt hör zu ... Ich werde Ministerin für die Versöhnung werden. Und was weit mehr bedeutet, noch vor dem neuen Jahr werde ich stellvertretende Innenministerin.«

Ich fühlte, wie mein Unterkiefer nach unten klappte. »Kobas Stellvertreterin?«

»Ich kann diesen glasäugigen Welpenblick nicht ausstehen, Konstantin.« Sie stand auf, ging zum Kamin, drehte sich um und sah mich wieder an. »Wir leben mit einer, nur einer einzigen Realität – dem Erwerb von Macht. Die letzten sechs Monate haben mich gelehrt, daß ideologische Unterscheidungen einzig und allein dazu dienen, den nackten Kampf um die Macht zu verschleiern.« Sie ballte die Fäuste. »Ich habe es dir ja schon gesagt. Wir leben in einer postideologischen Welt. Ich hatte die Wahl, am Rand zu bleiben – oder einen Platz direkt im Zentrum einzunehmen. Was hättest du unter diesen Umständen getan?«

Ich stützte mich auf den Tisch und schüttelte den Kopf. »Du hast an etwas geglaubt … vielleicht war es falsch, aber es war ein Teil von dir. Prinzipien …«

Sie schüttelte ärgerlich den Kopf. »Ich habe es dir bereits gesagt, Konstantin. Die Ideologien sind tot. Rationale Prinzipien können ehrlich nicht aufrechterhalten werden. Der englische Philosoph Oakeshott hat immer John Donne zitiert: ›Wer nach Prinzipien lebt, wird ohne Ehrlichkeit leben.‹«

»Sagte er das?« sagte ich. »Und hat nicht deine Mutter gesagt, England sei ein Land der Dichter? Daß es einem *immer* gelingt, einen englischen Dichter zu finden, der einem die eigenen Thesen bestätigt?«

»Ich wiederhole – was hättest *du* unter diesen Umständen getan?«

Ich sah ihr jetzt direkt ins Gesicht. »Ich hoffe, ich wäre bei meinen Kameraden geblieben. Statt wegzulaufen, als Roys Tschekisten sie erschossen haben.«

»Das mußt du noch lernen. Diese Leute waren kleine Rädchen. Du verstehst, was ich meine.«

»Roy hat sich alle Mühe gegeben, es mir zu erklären.«

Der Kellner kam mit einem Kaffeetablett zurück und setzte es auf einem niedrigen Tischchen unter Königin Victoria ab. Bevor er ging, warf er einen Blick auf die am Boden liegende Lampe und stellte sie wieder auf den Tisch. Dann schaute er Julia an und wartete auf ihren Befehl, mich hinauszuwerfen. Sie schüttelte den Kopf und wartete, bis sich die Tür hinter ihm geschlossen hatte.

»Kleine Rädchen, sagtest du.« Ich spürte buchstäblich das Knurren in meiner Stimme. »Deine Kameradinnen waren kleine Rädchen.«

Sie machte eine wütende Geste. »Deine Naivität ist geradezu absurd, Konstantin. Die Denissowa und all die anderen wußten, daß ich in den Attentatsversuch gegen Koba verwickelt war. Sie wußten sogar, daß ich ein zweites Attentat geplant hatte. Wie

Roy richtig bemerkt hat, durfte diese Information auf keinen Fall weiterdringen.« Ihre Augen weiteten sich. Amüsiert. Ich schwöre es, sie war amüsiert. »Die ausländische Presse hätte ihren großen Tag gehabt: ›General Kobas Stellvertreterin angeklagt wegen Attentatversuchs gegen seine Person.‹«

»Nein«, ich schüttelte den Kopf. »Nein, das konntest du nicht zulassen. Unmöglich.«

Sie sah mich fragend an und hob einladend die Kaffeekanne. »Bist du sicher?« fragte sie.

»Ich bin sicher.«

»Da lag also dein Problem, nicht wahr?« Sie hob den Blick von der Kaffeekanne. »Deshalb hast du darauf bestanden, hierherzurasen und mit mir zu reden? Du hattest Angst, ich würde meine Prinzipien und alle meine anarchistischen Freunde und Kollegen im Stich lassen, mit denen du es unter keinen Umständen in einem Zimmer ausgehalten hättest. Kostja, mein Lieber, ich stelle fest, daß ich deine Einwände nicht allzu ernst nehmen kann. Ich hatte eigentlich angenommen, daß du dir gratulieren würdest. Schließlich bin ich auf deine Seite übergewechselt.«

Die Hitze im Raum war erdrückend. Der Tinnitus schallte wie Zimbeln in meinen Ohren. »Gut, Julia«, sagte ich langsam. »Ich werde dich nicht mit Prinzipien konfrontieren. Vielleicht hast du recht, wenn du sagst, sie dienten nur dazu, die Lust an der Macht zu verschleiern. Aber einen Einwand mußt du gelten lassen ...«

»Und der wäre?«

»Wenn alle Auseinandersetzungen, alle Prinzipienunterschiede, unter denen wir in Murmansk gelitten haben, nebensächlich waren, weil Prinzipien an sich sinnlos sind – dann beruhte deine Entscheidung, mir Mischa wegzunehmen, auf wenig mehr als deinem eigenen Wunsch zu gehen.«

»Die Sache ist tot, Konstantin, gib nicht mir daran die Schuld.«

»Mischa ist auch tot«, sagte ich.

Sie machte einen halben Schritt auf mich zu. Ihre Augen blitzten wütend. »Wir haben ihn beide geliebt. Ich werde mir nicht die Schuld an seinem Tod in die Schuhe schieben lassen.« Sie schauderte. Dann kam sie auf mich zu und nahm meine Hand. »Sei vorsichtig, Kostja. Was immer du über meine Entscheidung denken magst, behalte es für dich. Die Denissowa und die anderen mußten sterben, weil sie von dem Attentat gegen Koba wußten. Wie du.« Sie machte Anstalten, mich zu küssen und faßte gleichzeitig nach der Klingel, um den Adlatus herbeizurufen. Aber ich wandte rechtzeitig den Kopf ab.

Ich ging aus dem Zimmer und wurde über eine Hintertreppe zu Dimitrij geführt, der mich erwartete. Er stand neben dem Haus unter einigen schneebedeckten Kiefern und zog an einer Zigarette. In seiner Hand baumelte eine beinahe leere Wodkaflasche. Ich ging die hölzernen Stufen hinunter und stieg in den Wagen, als er auf der anderen Seite die Tür aufmachte. Ich saß neben dem verhaßten Dimitrij in einer Tscheka-Limousine und ließ zu, daß er mir die Augen verband. Als er die Binde festzog, schloß ich die Augen in der Hoffnung, noch sehr viel mehr auszublenden als die Straße zurück nach Moskau.

40

Stoke und Wodka vertragen sich nicht. Sie waren auch nie dafür gedacht, sich zu vertragen. Sie neutralisieren gegenseitig ihre akzeptableren Vorteile und hinterlassen nicht Frieden, sondern Psychose. Ich saß im Jazzclub in der Ochsenfroschgasse und hörte der schwarzen Band zu, die die Musik spielte, die ich liebte. Mein Blick ruhte auf Dimitrij, der mir gegenüber auf die Tischplatte gesunken war, das Kinn auf die Arme gestützt. Seine Zunge hing heraus wie bei einem Hund, und die dicken Augenlider über den dunklen Pupillen waren kaum noch geöffnet. In meiner Phantasie brachte ich ihn um.

Nichtsahnend beobachtete er fasziniert die schwarze Sängerin, die »Georgia« zum besten gab. Vielleicht, weil sie in einem russischen Club war, tanzte sie ein paar Schritte und wackelte ein wenig herum.

»Hast du schon mal ...«, fing Dimitrij immer wieder an. »Hast du schon mal ein Mädchen mit einem so geilen Arsch gesehen?«

Ich machte dem Kellner ein Zeichen und bestellte einen ganzen Liter. Ich fragte mich, wieviel mehr Dimitrij noch vertragen konnte, ehe er von einer Alkoholvergiftung heimgesucht wurde.

»Du und ich, Kostja«, sagte er, »könnten sehr, sehr gute Freunde werden. Ein Tscheka-Mann braucht immer mal einen vertrauenswürdigen Freund bei der Miliz ...« Er wedelte mit dem Finger. »Und umgekehrt.«

Ich versuchte, mich aufrecht hinzusetzen. Inmitten all dieses Lichts, des Lärms, des Alkohols und der Menschen können solche Worte, wenn sie von einem solchen Schwein gesagt werden, bewirken, daß man sich fühlt wie der einsamste Mann auf Erden.

»Ich persönlich«, sagte Dimitrij, »glaube, daß Julia in fünf Jahren das ganze Land regieren wird. Sie ist in mehr als einem Sinn« – er preßte seinen Unterleib gegen den Tisch – »eine große Frau, Kostja.«

Wo war Natalja, während ich in Gesellschaft Dimitrijs hier saß? Ich fing an auszurechnen, wie lange es nach Petersburg dauerte, wenn ich jetzt gleich losmarschierte. Ich trank und döste, während ich versuchte, es herauszufinden. Bei dreißig Kilometern am Tag vielleicht zwanzig Tage.

Der Streifen *stoke*, den ich genommen hatte, als wir in den Club gekommen waren, wirkte jetzt, und meine Gedanken rutschten mühelos über den Schnee. Ich hörte das Trampeln der Ponyhufe und das Scharren der Stahlkufen, als ich mich dem Dorf näherte. Da stand eine Kutsche, deren Lampen gelbes Licht über die Straße warfen. Es gab einen Gasthof, und die goldenen Zwiebeltürme von Suzdal oder Wladimir oder von irgendeinem anderen Ort ragten im Mondlicht auf. Und Natalja stand in Pelze gehüllt in der Tür.

Dann öffneten sich meine Augen, und Dimitrijs Rattengesicht war keinen halben Meter von meinem entfernt, als er sagte: »Mein Gott, ich liebe dicke Frauen. Mit hohen Absätzen war Madame Raissa einen Kopf größer als ich, weißt du ... Jetzt schau dir bloß diese beiden an.«

Ich bewegte mit Mühe den Kopf. Oder bewegten sich nur meine Augen? An einem Tisch neben dem Ausgang saßen zwei Frauen, eine Blonde und eine Dunkle. Hinter den dick getuschten Wimpern warfen sie immer wieder Blicke zu unserem Tisch herüber. Als sie aufstanden, um miteinander zu tanzen, war Dimitrij fasziniert. In glitzernden Gewändern, die ihre Brüste so eng wie möglich zusammenpreßten, tanzten sie einen Tango.

Auf der Gasse war der Lärm schier unerträglich. Mülleimer krachten gegen eine Tür und rollten über das Pflaster. Dimitrijs Kopf schlug gegen eine Tür, und seine ausgestreckte Hand zerschlug eine Fensterscheibe. Die beiden dicken Transvestiten zerrten ihn über das Pflaster und verprügelten ihn gnadenlos.

Ihre Körper hüpften über mir durch die Luft; die zwei Transvestiten kreischten vor Wut. Mein Blickfeld war ausgefüllt von pinkfarbenen Stöckeln und bauschigen Petticoats. Ich brauchte einen Moment, vielleicht sogar ein paar Minuten, um zu begreifen, aus welcher Perspektive ich das sah. Aus der eines Wurms: Mein Kopf lag vor dem Vorderrad eines geparkten Autos.

Dimitrijs bleiches Gesicht füllte jetzt mein Blickfeld. Er lag über der Kühlerhaube, Blut tropfte aus seiner Nase und mir in die Augen. Dann blitzten blaue Lichter in der Gasse, man hörte Laufschritte und eine Stimme, die sich anhörte wie die von Ilja Dronskij. Und dann half mir jemand auf die Füße.

Ich stolperte die Gasse entlang, meinen Arm über seine Schultern gelegt. »Was ist denn los, verdammt noch mal?« fragte ich, wahrscheinlich nicht zum erstenmal.

»Ein Streifenpolizist hat vor einer Weile gesehen, wie Sie von diesem rattengesichtigen Kerl in den Club geschleppt wurden, und fand, daß ich das wissen sollte.«

»Es hat eine Prügelei gegeben.«

»Die Transvestiten behaupten, der Kleine habe den einen bestohlen, um den anderen zu bezahlen. Ist doch kein Freund von Ihnen, Chef, oder?«

Ich schüttelte den Kopf.

»Gut«, sagte er. »Wir haben die Angelegenheit den *Mädchen* überlassen. Es sah so aus, als gingen sie ziemlich gründlich zu Werke.«

Ich erwachte und hatte Schwierigkeiten, meinen Blick zu fokussieren, denn ich schaute in zwei große dunkle Augen, die auf der gleichen Höhe waren wie meine und ungefähr fünf Zentimeter entfernt.

Das Gesicht war rund und pummelig. Aber es sah ganz und gar nicht aus wie Dimitrijs. »Ich heiße Lydia«, sagte das Kind.

Ich mühte mich auf einen Ellbogen hoch.

»Und ich heiße Georgij«, sagte ein zweites Kind, das neben seiner Schwester stand.

»Und ich heiße Nina Andrejewna …« sagte lächelnd eine ausgewachsene Frau mit rosigem Gesicht, die ins Zimmer trat.

Ich zwang mich auf dem Sofa in sitzende Position und dankte ihr vorsichtig, als ich den Kaffeebecher von ihr entgegennahm. Mein Blick wanderte zu der Fußprothese unter ihrem rechten Hosenbein.

»Dronskij«, sagte sie. »Nina Andrejewna *Dronskij* … Iljas Frau.«

Ich stand halb auf, um ihr die Hand zu geben, und fiel gleich wieder auf das Sofa zurück. Glücklicherweise ohne den Kaffee zu verschütten.

»Ilja bittet Sie, ihn zu entschuldigen, Inspektor. Er ist schon ins Büro gegangen.«

Ich schaute auf die Pendeluhr an der Wand. Es war noch nicht halb acht.

Ich mußte mich darauf konzentrieren, immer geradeaus zu schauen, denn sogar die Bewegung meiner Augen beim Blick auf die Uhr hatte bewirkt, daß sich der Schmerz in meinem Schädel dramatisch ausbreitete.

Ich setzte mich zurück und versuchte zu lächeln. Das Zimmer war klein und rechteckig. Ich nahm an, daß es in einem Hochhaus lag, denn durch das metallene Standardfenster sah ich nur den tiefhängenden grauen Himmel. An Nina Andrejewna vorbei sah ich in einen zweiten Raum, eine ordentliche Küche. Nichts würde je die Übelkeit in meinem Magen kurieren können, doch die Wohnung strahlte eine warme Gemütlichkeit aus, in der ich anfing, mich zu entspannen. Ich rutschte an die Sofakante und fühlte die Schmerzen in meinen Schultern. Ich glaube, ich zuckte zusammen.

»Vielleicht stören die Kinder Sie«, sagte Nina Andrejewna.

»Ganz und gar nicht. Ich muß mich bei Ihnen bedanken, daß Sie mich gestern nacht aufgenommen haben.«

Das kleine Mädchen stellte sich neben seine Mutter, während Georgij sich bis an mein Knie heranwagte. Ich streckte die Hand aus und berührte seine dunklen Locken.

»Haben Sie selbst Kinder, Inspektor?«

»Nein«, sagte ich. »Nein.« Ich legte dem Jungen eine Hand auf den Nacken und fühlte mich den Tränen nahe. Ich trank einen Schluck Kaffee.

»Heutzutage in Moskau Kinder zu haben ist eine große Verantwortung«, sagte sie.

Ich sah zu ihr auf. »Ich bin sicher, daß das so ist«, sagte ich. Ich hatte den Eindruck, daß sie nicht von den Pornokanälen im Fernsehen sprach.

»Ilja macht sich so viele Sorgen. Ich frage mich, ob zu Recht.«

»Ich könnte es mir vorstellen.«

»Er sagt, wir könnten nicht vorsichtig genug sein, wem wir die Zukunft unserer Kinder anvertrauen. Wenn Sie Kinder hätten, Inspektor, wären Sie dann sicher, daß ihre Zukunft in den richtigen Händen liegt?«

Durch die warme, feuchte Decke meines Katers hindurch war mir bewußt, daß ich ausgefragt wurde. »Kennen Sie Iljas Kollegin Dr. Karlowa?« fragte ich sie.

Sie betrachtete ihren Fuß. »Natalja hat mich operiert. Wenn sie nicht gewesen wäre, hätte ich das ganze Bein verloren. Ich lag unter einem Betonklotz. Ich weiß nicht, wieviel er wog, drei oder vier Tonnen. Ohne Ausrüstung konnte er nicht bewegt werden. Ich lag acht Stunden darunter, als Ilja sie fand und sie bat zu kommen. Es war ihre Entscheidung, den Fuß zu amputieren. Das rettete mir das Bein. Vielleicht das Leben.« Sie nickte bestätigend.

Ich dachte einen Augenblick darüber nach.

»Natalja ist die optimistischste Frau, die ich kenne«, sagte sie.

»Und was hält *sie* von denen, deren Händen wir unsere Zukunft anvertraut haben?«

Sie lächelte. Ein warmes Lächeln. Wie man es zwischen Freunden findet. »Ich glaube, Sie spielen Spielchen mit mir, Inspektor«, sagte sie. »Ich bin sicher, daß Sie die Antwort auf diese Frage schon kennen.«

Ich stand auf, eine Hand noch immer auf Georgijs Schulter. »Sie sagten, Ilja habe mir eine Nachricht hinterlassen.«

»Er bat mich, ihn zu entschuldigen – er hat vorher noch ein paar Dinge zu erledigen.«

Ich kitzelte Georgij im Nacken, und er lachte. »Vorher? Vor was?«

»Er sagte, er würde Sie auf dem Friedhof treffen.«

Georgij sah mich mit seinen großen, dunklen Augen an. Nina Dronskij begriff, daß ich keine Ahnung hatte, wovon sie sprach.

»Madelena Kassarians Beerdigung«, sagte sie.

Ich tätschelte Georgijs Kopf und stand auf. »Danke. Ich werde nicht versuchen, so zu tun, als wüßte ich Bescheid. Wo findet sie statt?«

»Auf dem Wagankow-Friedhof«, sagte sie lächelnd. »Heute morgen um neun.«

Das Telephon klingelte, und Nina Dronskij ging durch das Zimmer, um den Hörer abzunehmen. Sie war eine hübsche Frau, doch das Hinken ließ ihre Bewegungen schwerfällig erscheinen für einen so jungen Körper. Sie wandte sich wieder an mich. »Da ist jemand, der behauptet, aus einem Flugzeug anzurufen«, sagte sie. »Ilja hat ihm diese Nummer gegeben. Er möchte wissen, ob Sie ihn gleich am Flughafen treffen können.«

Ich beobachtete von der Pilotenlounge aus, wie der große Jet heranrollte und an der Rampe stoppte. Ein halbes Dutzend andere Flugzeuge unter verschiedenen Flaggen standen aufgereiht da, um aufgetankt zu werden oder kleinere Instandsetzungsarbeiten durchführen zu lassen. Flughäfen sind für mich immer ein großes Vergnügen: die Geschäftigkeit und das Gefühl, daß eine Funktion erfüllt wird. Ich wartete, bis die Rolltreppe am Cockpit der Iljuschin der russischen Fluggesellschaft befestigt wurde, und wandte mich nur vom Fenster ab, als ein großer Airbus von British Airways in Position rollte und mir die Sicht auf die Menschen im Cockpit versperrte. In der Pilotenlounge der russischen Fluggesellschaft saßen mehrere Männer und Frauen in Uniform an einem Tisch und frühstückten. Zwei oder drei weitere saßen in bequemen Sesseln und lasen Zeitung. Wenn auch nicht in dem Maße, wie das vielleicht noch vor zwei Tagen der Fall gewesen wäre, fand ich es doch beruhigend zu sehen, daß einige Teile der Hauptstadt bereits normal funktionierten.

Ein Kellner kam auf mich zu und fragte, ob ich Kaffee oder einen Drink wollte, während ich wartete, und ich war das Risiko bereits eingegangen und hatte mir ein Glas georgischen Champagner bestellt, als Madame Raissas Bruder, Kapitän Nikolaj Persilow, den Raum betrat.

Wir schüttelten einander die Hand, und er legte seinen Aktenkoffer auf ein Tischchen und bestellte sich beim Kellner einen Wodka. Er hatte dunkle, halbmondförmige Schatten unter den Augen und war schlecht rasiert, was auf eine schnelle Rasur mit einem elektrischen Rasierer schließen ließ. Sein Jackett, das ohne Zweifel während des Fluges von New York auf einem Bügel gehangen hatte, war tadellos; seine Hose war so zerknittert, als hätte er darin geschlafen. Er deutete auf einen Lehnsessel, ließ sich in den daneben fallen und streckte die Beine aus, bevor er sich aufrecht hinsetzte.

»In Ihrer Nachricht sagten Sie, es sei wichtig«, sagte ich, als ich mich neben ihn in einen Sessel setzte.

Er sah mich mit einem, wie ich fand, fragenden Blick an. »Ich hoffe, ich habe Sie nicht umsonst hier heraus bestellt, aber ich hatte Sie so verstanden, daß diese Dr. Shepherd mit Ihnen befreundet ist.«

»Sie ist eine Bekannte ... sagen wir, eine Kollegin. Sie dient als Amnestiekommissarin hier in Moskau.«

Wieder dieser fragende Blick. Der Kellner kam mit meinem Champagner und seinem Wodka, und wir tranken einander zu. »Es hat mit Ihrer Untersuchung der Monstrum-Morde zu tun?«

Die Nachricht machte die Runde. Ich nickte. »Sie haben Dr. Imogen Shepherd auf der Liste praktizierender Mediziner überprüft?«

»Ja.« Er öffnete seinen Aktenkoffer und nahm eine bedruckte Seite heraus. »Dr. Imogen Shepherd«, las er. »Geboren am 5. Juli 1965 in Lincoln, Nebraska ...«

Ich hob überrascht den Kopf. Sie war älter, als sie aussah. Einen Moment. Sie war *viel* älter, als sie aussah.

»Abschlußexamen am Loxton College in Loxton, Nebraska«, fuhr Kapitän Persilow fort. »Besuchte die medizinische Fakultät an der Columbia-Universität in New York und erhielt danach mehrere Titel und Lehraufträge ...«

Ich war sehr beeindruckt. Ich hatte Imogen hoch eingeschätzt, aber doch nicht so hoch.

»Hielt von 1995 bis 1996 Vorlesungen am University College Hospital in London, England. Von 1998 bis 2000 am Centre Médical in Toulouse, Frankreich – soll ich weitermachen?«

Ich schüttelte den Kopf, und alles fing an zu verschwimmen. »Nein ... Was war ihre letzte Stelle?«

»Moment – da waren so viele. Die letzte war in Boston. Dort geschah der Unfall.«

Ich beugte mich in meinem Sessel vor. »Unfall?« Ich *wußte*, was er als nächstes sagen würde.

Er nickte. »Der Verkehrsunfall. Boston. Dort ist sie gestorben.«

41

Die Beamten am Empfang hatten Schichtwechsel, deshalb erwischte ich sie beide gleichzeitig. »Ist Dr. Shepherd im Haus?« fragte ich.

Der eine sagte, er wisse es nicht. Der andere sagte, sie sei gerade gekommen. Ich rannte durch die Empfangshalle, die Treppe hinauf über den Flur zu ihrem Zimmer. Sie stand vor der Tür, die Schlüssel in der Hand.

»Konstantin«, sie drehte sich um. »Wo hast du die letzten Tage gesteckt? Nicht in deinem Büro –«

Ich schob sie ins Zimmer und schloß die Tür. Sie wirkte zuerst amüsiert, dann müde. »Was ist los?« sagte sie. »Mir gefällt dein Gesichtsausdruck nicht.«

»Vergiß mein Gesicht«, sagte ich. »Deines ist es, worüber ich mir Gedanken mache.«

Sie nahm ihren Pelzhut ab und warf ihn auf einen Stuhl. Dann ging sie vorsichtig durchs Zimmer und setzte sich, noch immer im Nerzmantel, an ihren Schreibtisch. »Du denkst über mein Gesicht nach. Sollte ich mich geschmeichelt fühlen?«

Ich beobachtete sie, ohne ein Wort zu sagen.

»Nein«, sagte sie. »Offensichtlich kein Grund, mich geschmeichelt zu fühlen. Warum also denkst du über mein Gesicht nach?«

»Ich frage mich, wessen Gesicht es ist. Alles, was ich weiß, ist, daß es nicht das von Dr. Imogen Shepherd ist. Dr. Shepherd ist tot.«

»Das stimmt«, sagte sie geschmeidig. Sie betrachtete mich mit einem ruhigen, unerschütterlichen Gesichtsausdruck.

Ich starrte sie an. Ich hatte mit einer ganz anderen Reaktion gerechnet.

»Aha«, sagte sie wie zu sich selbst. »Du hast ein wenig Detektivarbeit geleistet.«

»Wie du siehst.«

Sie war gefaßt. »Ich bedaure, daß du nicht weiter gegangen bist.«

Ich stand einfach da.

»Hättest du die Daten in den USA überprüft, hättest du gesehen, daß Dr. Imogen Harrow am 14. Oktober 2012 in Boston, USA, ihren Namen notariell in Shepherd geändert hat.«

»Das bist du? Imogen Harrow?«

»*Dr*. Imogen Harrow. Das *war* ich. Richtig.«

»Und jetzt bist du Imogen Shepherd. Nein, ganz so einfach ist es nicht. Die Geburtsdaten stimmen nicht überein.«

»Natürlich tun sie das nicht, Konstantin«, sagte sie. »Imogen Shepherd, die erste Imogen, war *viel* älter als ich. Geboren 1965.«

»Willst du mir erzählen, du habest statt deines eigenen Namens den einer anderen Frau angenommen?« fragte ich, verunsichert jetzt. »Warum?«

Sie wandte den Kopf ab, um aus dem Fenster zu schauen, und sah dann wieder mich an. »Ich habe Imogen Shepherd vor mehr als zehn Jahren zum erstenmal getroffen. Auf einem medizinischen Kongreß in Atlanta.« Sie sah kurz auf ihren Schreibtisch, dann wieder zu mir. »Einer von diesen dummen Augenblicken, wo in einem überfüllten Raum jemand ›Imogen!‹ rief und wir beide uns umdrehten, feststellten, daß wir beide denselben, nicht sehr gebräuchlichen Vornamen hatten, lachten ... eine Unterhaltung anfingen ... und Freundinnen wurden. Sehr enge Freundinnen.« Sie holte tief Luft. »Enger von Imogens Seite als von meiner, wenn du verstehst, was ich meine.« Sie warf das Haar zurück, den Blick fest auf mich gerichtet. »Sie war älter, sehr maskulin ... nun, ich bin sicher, du verstehst. Sie verliebte sich in mich. Wir blieben Freundinnen, aber für sie war es eine Tragödie.«

Ich wußte nicht genau, was ich sagen sollte, deshalb sagte ich lieber nichts.

»Ich kürze eine lange Geschichte ab, Konstantin. Sie war meine Mentorin, meine Freundin. Ich war am Boden zerstört, als sie bei einem Autounfall auf dem Massachusetts Turnpike ums Leben kam.« Ihre Augen verdunkelten sich bei der Erinnerung. »Das ist jetzt drei Jahre her. Imogen hinterließ ein Testament. Darin schrieb sie, daß sie mich als ihre Partnerin betrachte. Falls das Gesetz es ermöglicht hätte, hätte sie mich längst gebeten, sie zu heiraten, und sie hoffe sehr, daß ich ihren Namen annehmen würde. Wir alle haben unsere Träume, Konstantin.« Sie hielt inne. »In diesem Testament hinterließ sie mir alles – ihre Forschungsnotizen, ihr beträchtliches Vermögen, falls ...«

»Falls du ihren Namen annehmen würdest.«

Sie nickte. Sie stand langsam auf, nahm ihren Hut und lächelte auf mich herunter. »Ich habe sie sehr bewundert. Sie war wirklich eine bemerkenswerte Frau. Ich war dieser Veränderung nicht abgeneigt. Falls du dich weiter mit mir unterhalten willst – ich werde vor dem Mittagessen wieder zurück sein. Ich habe um halb zehn einen Termin beim Justizminister.« Sie beugte sich über mich und küßte mich auf die Wange.

Ich saß da, als die Tür sich leise hinter ihr schloß. Ich hörte, wie ihre Schritte langsam auf dem Flur verhallten. Ich war umgeben, eingehüllt von der vertrauten Wärme und dem vertrauten Duft. Glaubte ich ihr? Ich schüttelte den Kopf, bis mir von den Nachwirkungen der letzten Nacht schwindlig wurde. Ihr glauben? Ich glaubte ihr natürlich kein Wort, verdammt noch mal! Ich sprang auf und eilte zur Tür. Ich packte den Knauf und verstauchte mir beinahe das Handgelenk.

Ich war eingesperrt.

Mir war übel von meinem Kater und vor Scham, als ich jetzt vor Imogens Wohnungstür stand oder vor der Wohnungstür der Frau, die sich als Imogen ausgab, und Dronskij gegen die Tür hämmerte. Es hatte die Lage nicht verbessert, daß Kommandant Brusilow persönlich es gewesen war, der mich aus Imogens Büro hatte retten müssen. Nein, es hatte die Lage ganz und gar nicht verbessert.

Ich sah Dronskij an, der noch immer Probleme hatte, ein Lächeln zu unterdrücken, während seine Faust einen Marsch gegen die Tür trommelte. »Um Gottes willen«, sagte ich. »Als ich in Murmansk 7 noch stellvertretender Inspektor war, hatte ich immer ein paar Dietriche bei mir, falls mein Inspektor sie einmal brauchen sollte.«

»Sie müssen nur fragen, Chef«, sagte er und fischte einen schweren Schlüsselbund aus einer Innentasche seiner Jacke.

Es dauerte länger, als wir beide erwartet hatten, und das letzte Schloß konnte nur dank Dronskijs Geschicklichkeit geknackt werden. Als die Tür schließlich aufsprang, stieß er einen Pfiff aus.

»Ich wußte gar nicht, daß wir hier in Moskau noch solche Wohnungen haben«, sagte er. Er ging hinein und schüttelte den Kopf über die Größe des Wohnzimmers, über die Plüschmöbel, die lederbezogene Bar, den dicken weißen Teppich ... und zwischen all dieser Modernität die echt russischen Gegenstände, die eisenbeschlagene Kommode, die unter einem Fenster stand, die Ikonen mit den religiösen Inschriften. Eine dieser Inschriften lautete: *Oh, Mütterchen Rußland, deine Rolle ist es, Opfer zu bringen. Kein Land ist wie das unsere von der Geschichte heimgesucht worden. Kein Land hat wie das unsere den tiefen Willen, diese Heimsuchung auf sich zu nehmen.*

Vor kaum einer Woche wäre bei diesen Worten ein Ruck durch meinen Körper gegangen. Es gelang mir, mir vorzustellen, wie die Gefühle in mir aufgewallt wären und ich die Fäuste geballt hätte bei dem Gedanken, daß das mein Rußland sei. Doch eine neue, häßliche Realität hatte angefangen, sich dazwischenzuschieben. Diese Opferrolle, das begriff ich allmählich, galt in Rußland nur für manche. Selten für die Führer, die Politiker. Nein. Es war der gewöhnliche Russe, den man jahrhundertelang dazu gebracht hatte, an die hohe Rolle des Opfers zu glauben. Ich war sicher, daß Natalja sagen würde, die Zeit der Opfer sei vorbei.

Ich schaute Dronskij an und dachte an seine Frau und seine Kinder zu Hause in ihrer Hochhauswohnung. In seinem riesigen Parka mitten im Raum stehend, die Hände tief in den Hosentaschen, den geschorenen runden Schädel mal hierhin, mal dorthin drehend – warum sollte er so vollständig fehl am Platz wirken?

Im Flur standen zwei Lederkoffer. Sie enthielten mehrere Pelze, alle von bester Qualität. In Murmansk sind wir stolz darauf, ein bißchen was von Pelzen zu verstehen.

»Ich frage mich, ob sie beschlossen hat, ohne sie abzuhauen, oder ob sie zurückkommt und sie abholt?« sagte Dronskij. Er überlegte kurz. »Sie geht ohne.«

Wir gingen durch die Zimmer, und Dronskij pfiff und schüttelte den Kopf angesichts der gläsernen Regale mit Sammlungen russischer Miniaturen, Porzellanschühchen, silberner Tischglocken ... Er hatte außerhalb eines Museums noch nie so viele russische Antiquitäten gesehen. Aber ich glaube, der westliche Glitter gefiel ihm besser.

Ich sagte ihm, er solle sich umsehen, während ich in Imogens Büro ging und in ihrem Adreßbuch nachschaute. Die amerikanische Gesandtschaft stand auf der ersten Seite. Ich tippte die Nummer ein und versuchte angestrengt, mich an die fremden Namen der Gesandtschaftsangehörigen zu erinnern, denen ich als Leonid Koba begegnet war. Da gab es einen Mr. McMillan ... eine Mrs. Singleton ... Ich fragte nach Mrs. Singleton und gab mich als Mitglied von Leonid Kobas Stab zu erkennen. Mrs. Singleton war nicht da. Mit Mr. McMillan hatte ich mehr Erfolg. »Mr. McMillan«, sagte ich, als er den Hörer abnahm, »wie sind einander auf dem Empfang für General Koba begegnet.« Er konnte mich nicht von Michail Gorbatschow unterscheiden, aber das spielte keine Rolle. Innerhalb weniger Minuten sah er in der Datenbank im *Who is Who* der Gesandtschaft nach.

Drei Minuten später folgte ich Dronskij, der Tür um Tür aufmachte: mehrere Schlafzimmer, eine Bibliothek, sogar ein kleiner, wohlausgerüsteter Gymnastikraum. »Ich habe gerade Imogen Shepherd überprüft, die tote Imogen Shepherd«, sagte ich. »Das hätte ich schon vor einer Stunde tun sollen.«

»Machen Sie sich keine Vorwürfe, Chef.« Er blieb stehen. »Wie genau hat sich unsere Dr. Imogen an die Wahrheit gehalten? Was war das Spezialgebiet der alten Dame? Pädiatrie?«

»Nein«, sagte ich kühl, aber ich spürte, wie sich mir die Nackenhaare sträubten. »Dr. Shepherd hatte in der westlichen Medizin eine führende Position auf dem Gebiet der Organtransplantation.«

»Mein Gott ... Organtransplantation.«

»Transplantation weiblicher Organe«, sagte ich. »Gebärmuttertransplantationen. *Das* war das Spezialgebiet der wirklichen Dr. Shepherd.«

Dronskij atmete schwer, und seine Groucho-Augenbrauen hoben und senkten sich.

»Was denken Sie?« fragte ich ihn, als wir das Hauptschlafzimmer betraten.

»Ich denke, daß es in der ganzen Wohnung keinen einzigen grauen Teppich gibt«, sagte er.

Ich nickte. Was gab es schon zu sagen? »Denken Sie an die Teppichfasern, die man auf den ersten beiden Leichen gefunden hat?«

Er strich sich mit der Hand über den geschorenen Schädel. »Lassen Sie uns mal sehen. Sie hält sich unter falschem Namen hier auf«, sagte er. »Dem Namen einer Frau, die sich auf rechtmäßige gynäkologische Organtransplantationen spezialisiert hatte. Vergessen Sie die Geschichte mit den zwei Imogens. Entweder hat sie ihre Informationen über den Organmarkt in den Vereinigten Staaten von der echten Dr. Shepherd erhalten, oder sie wußte bereits Bescheid und benötigte den passenden medizinischen Hintergrund. Im kriegsgeschüttelten Moskau würde niemand ihre Zeugnisse überprüfen. Und der Nachschub an passenden Organen war unerschöpflich. Wie gefällt Ihnen das?«

Ich sagte nichts.

»Wir haben vier Morde, Chef. Vielleicht noch weit mehr, wo den Leichen ebenfalls Organe entnommen worden sind. Was uns nicht aufgefallen ist, war nur, daß bei den verschiedenen Opfern zwar jeweils unterschiedliche Organe entnommen worden sind, daß aber die Gebärmutter jedesmal darunter war.«

Er hatte natürlich recht. Wie grob auch immer die anderen Organe aus dem Körper geschnitten worden waren – man durfte vermuten, daß das Organ, um das es ging, sorgfältig herausoperiert worden war. »Was haben wir sonst noch?« fragte ich ihn.

Er starrte zum Fenster. »Wir haben Dr. Imogen – oder wer immer sie ist – in ihrer Position als Ärztin in Vater Alexanders Kirche, wo sie die Mädchen untersuchte – vielleicht sogar bewertete. Nur gesunde Mädchen kamen in Frage. Wir haben alles, vom ersten Auswahlverfahren bis zum Moment des Mordes.«

Er war ein besserer Ermittler als ich. Aber das waren noch viele andere. »Sie glauben doch nicht, daß sie sich in Plastik gehüllt und den Mädchen aufgelauert hat, wenn sie von Vater Alexander zurückkamen, oder?«

»Das weiß ich noch nicht, Chef. Ich denke immer wieder an diese Limousine und die Geschichte vom Genossen Berija, die Sie mir erzählt haben, der mit seinem Chauffeur durch die Straßen patrouillierte. Vielleicht hat sie einen Chauffeur?«

»Der für sie das Messer führt? Allmählich sieht es so aus.« Ich erzählte ihm von meiner inzwischen wiederbelebten Theorie, daß Gromek in jener Nacht eine *Frau* hatte auf und ab gehen sehen. Eine große Frau in einem gutgeschnittenen Mantel und mit Pelzhut.

»Das gefällt mir«, sagte Dronskij. »Aber ihr Alibi für den Mord an Maria können wir noch immer nicht knacken. Falls es eine Frauenstimme war, die die alte Dame gehört hat, dann war es nicht ihre.« Er sah mich an. »Wäre es möglich, daß wir nach einem *weiblichen* Komplizen suchen?«

»Nein, der Gedanke gefällt mir nicht«, sagte ich. Aber ich glaube, er hatte mich einen Moment verunsichert. Ich stand mitten in ihrem Schlafzimmer, als er Schubladen aufzog und schwarze und pfirsichfarbene Unterwäsche durcheinanderwühlte. Ich schüttelte den Kopf, um ihn klarzubekommen. »Passen Sie auf«, sagte ich. »Wir müssen systematisch vorgehen. Wir wissen nicht einmal, wonach wir suchen. Wir teilen die Zimmer zwischen uns auf.«

Er ging zur Tür und blieb vor dem Videoschirm stehen, der zum Bett gerichtet war. Ich konnte mich von jener Nacht, als ich hier gewesen war, nicht mehr daran erinnern, aber ich war nicht überrascht. Neben dem Gerät lag ein Stapel Videokassetten. Dronskij beugte sich darüber. Er ließ den Stapel zuammenstürzen und schob die einzelnen Kassetten mit den Zeigefinger hin und her. »Sie hat ihre Bettgeschichten auf Video aufgenommen«, sagte er.

»Ah ...«

»Sind Sie schon einmal hier gewesen, Chef?« Er wies mit dem Daumen auf das Bett.

»Ein einziges Mal.«

Er richtete sich auf und grinste. »Dann wollen Sie hier vielleicht mal einen Blick draufwerfen.« Er bewegte sich in Richtung Tür und drehte sich um, um mich zu beobachten.

Ich suchte in dem Haufen sauber beschrifteter Kassetten. *Wolodja, Wohnung, 23. Juni. – Generalmajor Ruskin, Hotel Majestic, Petersburg, 3. Oktober. – Borija, Wohnung, 26. Juli.*

Als Dronskij sich abwandte, nahm ich eine der Kassetten und ließ sie in meiner Tasche verschwinden.

Im anderen Zimmer fanden wir wenig, vielleicht gar nichts. Aber meine Überzeugung wuchs, daß die Wohnung etwas verbarg. Ich war der Meinung, daß eine Frau, die ihre intimsten Momente auf Video aufnimmt, an dieser Stelle nicht haltmacht. In gewisser Weise war sie eine Buchhalterin. Vielleicht sogar eine Tagebuchschreiberin. Der Gedanke ließ mich frösteln.

Wir suchten weiter. Der Schreibtisch im Wohnzimmer war voller Papiere, aber sie schienen alle mit ihrer Arbeit als Amnestiekommissarin zu tun zu haben. In der Hoffnung, etwas zu finden, suchten und wühlten wir hinter Bücherregalen und unter Teppichen. Aber wir entdeckten nichts.

Ich saß in einem der Gästeschlafzimmer auf der Bettkante und starrte auf die Spiegel auf ihrer Ankleidekommode, als mein Blick sich wie von selbst auf etwas zu konzentrieren begann. Vielleicht war es auch einfach mein Gehirn, das sich konzentrierte.

Auf jeden Fall nahm ich zum erstenmal eine Spiegelung wahr, auf die ich schon eine ganze Minute lang gestarrt hatte. Es war eine Deckenlampe, eine große Kugel aus satiniertem Glas. Sie war über ein Rohrkabel mit der Decke verbunden. Doch um das Rohrkabel schlängelte sich eine schwere, vergoldete Kette. Dronskij stand im Türrahmen und betrachtete die seltsamen Verrenkungen, die ich mit meinem Kopf anstellte, um das Abbild in der verspiegelten Kommodenoberfläche in Augenschein zu nehmen. Ich sah auf. »Was meinen Sie?«

Er kratzte sich im Nacken und sah sich die Deckenlampe an. »Das ist leicht herauszufinden«, sagte er.

Ich stand daneben, als er einen silbernen Kerzenhalter aus dem 19. Jahrhundert umdrehte und damit die Glaskugel zertrümmerte. Als das Glas herunterfiel, kam ein kleiner Stahlsafe zum Vorschein, nicht größer als ein schweres Buch, der über der Glühbirne befestigt war. Dronskij löste ihn aus dem Drahtkorb, der ihn hielt, und ließ ihn herabsinken, bis er an seiner dicken, vergoldeten Kette in Taillenhöhe hing.

Ich überließ ihm die glänzende Stahlbox und machte mich wieder daran, die Wohnung zu durchsuchen.

Ich war im Flur, als Dronskij mit der geöffneten Box aus dem Schlafzimmer kam. Mit seinem alten sowjetischen Armeemesser hatte er die Goldkette durchgesägt und das Sicherheitsschloß geknackt. Im Innern des Safes lag ein ledergebundenes Buch so genau eingepaßt, daß ich den Eindruck hatte, der Safe sei dafür gemacht worden. Ich hob es vorsichtig heraus.

Es war ein Photoalbum. Seite um Seite zeigte es die Gesichter junger Mädchen, einige davon hübsch, einige eher durchschnittlich. Insgesamt waren es vielleicht dreißig oder vierzig, alle mit Namen, Datum und einer zusätzlichen Beschreibung: *Hübsches, kastanienbraunes Haar ... Große, wunderschöne blaue Augen ... Ein nettes Lächeln ...* Die Namen der letzten vier Mädchen kannte ich: Anastasia Modina – Nina Golikowa – Tanja Tschechowa – Lydia Primalowa.

Dronskij nickte geistesabwesend. »Ich glaube«, sagte er, »wir haben unser Monstrum gefunden.«

Ich legte das Album wieder in den Safe. »Das bezweifle ich«, sagte ich. »Aber ich glaube, wir haben den Wärter unseres Monstrums gefunden.«

Wir hatten es jetzt eilig wegzukommen. Keiner von uns glaubte, die Wohnung könne noch mehr preisgeben, aber Dronskij bestand darauf, daß ich mir etwas auf englisch Geschriebenes ansah, was er zuvor in der Küche entdeckt hatte.

Es handelte sich um eine Kreidekritzelei auf einer Memotafel, wie sie von Familien für Notizen benutzt wird – Montag Zahnarzt, Bücher in die Bibliothek zurückbringen ... solche Dinge. Auf Imogens Tafel stand nur eine Notiz. Sie lautete auf englisch: *HCHO box from datcha.*

»Sie hat eine Datscha, von der wir nichts wissen«, sagte ich. »Sie ist dorthin unterwegs, um einen Behälter abzuholen.«

»HCHO ...?« Dronskij las es, als wäre es Kyrillisch: NSNO?

»Lesen Sie es auf arabisch«, sagte ich. »HCHO. Was bedeutet es? Eine Abkürzung?«

»Formaldehyd«, sagte Dronskij. »Es ist die chemische Formel für Formaldehyd.«

»Verdammt!« Mein Blick wanderte über die tadellose Küche mit den aufgehängten Kupfertöpfen und dem perfekten Messerset von Sabatier. »Holen Sie Bitow und Jakunin, egal was sie gerade machen. Wir müssen herausfinden, wo diese Datscha ist.«

Er nickte und zerrte das Mobiltelephon aus seiner Tasche. »Vielleicht ist sie noch nicht unterwegs nach New York, Chef. Wenn diese Notiz neu ist«, sagte er mit einem Nicken in Richtung der Tafel, »dann ist sie vielleicht noch in der Datscha.«

»Wenn diese Notiz neu ist«, sagte ich, »dann ist sie dorthin gegangen, um einen neuen Aufbewahrungsbehälter zu holen. Einen neuen Formaldehydbehälter.«

»Wozu sollte sie den brauchen?« Er sah mich an, während er wählte. »Woran denken Sie, Chef?«

»Ich denke über das Profil des Monstrums nach, das sie uns gegeben hat. ›Das halbe Vergnügen liegt in der Jagd, dem Jäger zu entwischen, ihn an der Nase herumzuführen ... egal bei welchem Risiko.‹«

Er sah mich verwirrt an.

»Das Sammeln war in diesem Profil sehr wichtig ... dafür gibt es hier Beweise genug. Sie hat zwar keine Gewichte gestemmt, aber es gibt einen kleinen Gymnastikraum ...«

»Sie wollen sagen, sie hat Ihnen ein Profil von *sich selbst* gegeben?«

»Ich will sagen, daß sie vor ihrer Abreise vielleicht noch einen letzten Mord plant.«

Seine Lippen formten einen Pfiff. »Und der geschähe aus persönlichen Gründen?«

»Sehen Sie sich die Bilder im Safe an. Sehen Sie sich ihre kleinen Notizen an. Ich glaube, sämtliche Morde waren persönlicher Natur.«

»Mit wem würde sie dann aufhören?«

Es fiel uns beiden gleichzeitig ein.

Es dauerte eine halbe Stunde, Kommandant Brusilow davon zu überzeugen, daß wir wegen Imogen Shepherd einen Haftbefehl ausgeben mußten. Nicht einmal die Photos der ermordeten Mädchen reichten aus, um ihn zu überzeugen. »Vielleicht ein rein berufliches Interesse, Vadim ... Wer weiß?« Dronskijs kalte Verachtung brachte ihn schließlich zum Verstummen. Mit der Warnung, daß ein Fehler fatal wäre, gab er endlich die Erlaubnis.

Ich wartete in meinem Büro, wo ich mit W. I. Lenin Grüße austauschte, bis Dronskij seine Gespräche mit den verschiedenen Moskauer Flughäfen beendete. Sein Kontakt beim internationalen Flughafen Scheremetjewo versicherte ihm, das Netz würde in weniger als einer Stunde zugezogen. »Was den innerrussischen Flugverkehr angeht, müssen wir uns die Daumen drücken, Chef«, sagte er. »Außer sie ist schon durchgeschlüpft.«

Er ging aus dem Raum, um im Archiv zu überprüfen, ob sie dort etwas über eine Datscha oder eine Klinik wußten, die Imogen Shepherd möglicherweise gekauft oder gemietet hatte. Ich goß mir einen Mittagsdrink ein und schaukelte mit schweren Lidern auf meinem Stuhl hin und her, als das Telephon klingelte und die Vermittlung mir sagte, Dr. Karlowa sei am Apparat.

Es war ein Ferngespräch wie vor fünfzig Jahren. Es sang und gurgelte in der Leitung. Dann, inmitten von fernem, hohlem Klicken und der Bitte anonymer Vermittlungsstellen, nicht aufzulegen, hörte ich plötzlich ihre Stimme.

»Natalja«, ich redete schnell und wirr, »wo in drei Himmels Namen steckst du? Bist du in Petersburg?«

»Nicht weit entfernt«, sagte sie.

»Dann mußt du dort bleiben. Du mußt Moskau fernbleiben.«

»Das werde ich selbst entscheiden«, sagte sie kühl.

Andere Stimmen quasselten in der Leitung. Ich hatte das panische Gefühl, daß wir gleich getrennt würden. »Hör zu«, sagte ich. »Ich will, daß du zurückkommst. Aber noch nicht gleich. Natalja, ich möchte wirklich sehr, daß du zurückkommst.«

In der Leitung war ein heftiges Knacken, das aufhörte, als sie sprach. »Konstantin, wie immer verstehe ich nur die Hälfte von dem, was du sagst.«

»Bleib in Petersburg«, sagte ich, so laut ich konnte. »Bleib weg von Moskau.«

»Ich habe ein paar Nachforschungen angestellt«, sagte sie. »Ich glaube, ich habe etwas gefunden.«

»Natascha, vergiß die Nachforschungen. Der Fall ist gelöst. Alles hat sich geändert.«

»Du hast mich noch nie Natascha genannt.«

»Nein.«

Sie sagte lange Zeit nichts, vielleicht wartete sie darauf, daß ich etwas sagte. Aber was konnte ich ihr über Julia erzählen? Was konnte ich in diesem Moment und durch diese krächzende Leitung sagen?

»Inwiefern haben sich die Dinge geändert, Konstantin?« fragte sie schließlich. »Hat sich zum Beispiel etwas zwischen dir und deiner früheren Frau geändert? Erzähl es mir.«

»Natalja, du mußt mir einfach glauben, daß sich die Dinge im weitesten Sinne geändert haben.«

Die Leitung rauschte und wurde wieder klar. »Konstantin, ich habe dir viel zuviel geglaubt. Nicht, daß du mich anlügen würdest, nein. Deine Methode ist noch weit gefährlicher, du lügst dir selbst etwas vor.« Ihre Stimme klang jetzt barsch. »Ich hoffe, daß in Moskau für dich alles zum besten steht. Bitte richte Ilja Dronskij meine freundschaftlichen Grüße aus ...«

»Halt«, sagte ich. »Leg nicht auf. Ich muß dir einiges erzählen. Dich einiges fragen.«

»Ich höre mir jede Frage an, wenn sie den Fall betrifft. Aber nur den Fall.«

»In Ordnung. Zuerst eine Frage. Kennst du eine Datscha in der Nähe von Moskau, die Dr. Shepherd möglicherweise gehört oder die sie gemietet hat?«

»Als ich für sie gearbeitet habe, hatte sie bei Moskau eine Datscha gemietet, aber die ist abgebrannt. Vielleicht hat sie danach eine andere gemietet, aber davon weiß ich nichts. Warum fragst du?«

»Wir müssen sie finden, Natalja.«

»Fällt es dir wie Schuppen von den Augen, Konstantin? Wenigstens, was Dr. Shepherd angeht?«

»Dr. Imogen Shepherd ist tot«, sagte ich.

Ich hörte, wie sie Luft holte. »Seit wann?«

»Sie ist vor drei Jahren in Boston, Amerika, gestorben. Sie war Gynäkologin. Eine Transplantationsspezialistin.«

Ihre Stimme klang gedämpft. »Konstantin. Bist du dir sicher?«

»Ganz sicher. Ich kann dir nicht sagen, wer unsere Frau wirklich ist. Aber sie ist nicht Dr. Imogen Shepherd.«

»Transplantate …« sagte sie langsam.

»Transplantate«, sagte ich.

»Verstehe ich dich richtig, Konstantin? Du willst doch nicht sagen, daß sie es ist?« Ich hörte den Schock in ihrer Stimme.

»Ja, sie ist es. Aber es gibt einen Komplizen … Irgendeinen Psychopathen, dessen Willen sie kontrolliert … Ihr Interesse gilt der Vermarktung von Transplantationsorganen. Neue Gebärmütter statt alter.«

»O Gott … ist sie noch in Moskau?«

»Ich weiß es nicht. Wir haben ihretwegen Alarmbereitschaft ausgegeben, und wir beobachten die Flughäfen, aber im Augenblick ist sie verschwunden.« Ich zögerte. »Ilja und ich sind heute morgen in ihre Wohnung eingebrochen.«

»Habt ihr einen Hinweis darauf gefunden, wer sie wirklich ist?«

»Wir haben Beweise gefunden. Alles, was wir brauchen. Aber für eine möblierte, bewohnte Wohnung gab es ungewöhnlich wenige Hinweise darauf, wo sie jetzt ist. Lediglich eine Nachricht auf einer Memotafel in der Küche, wo die Datscha erwähnt wird.«

»Und nichts sonst, was euch mehr über sie gesagt hätte?«
Ich holte tief Luft. »Ich weiß jetzt, daß sie sammelt.«
»Sammelt?«
»Sie hat ihre One-night-Stands auf Video aufgezeichnet.«
»Was willst du damit sagen, Konstantin?«
»Ich sage, daß ich auf einem Video bin. Ich habe mit ihr gevögelt.«
Es gab eine lange Pause. »Ich auch«, sagte sie.
»Ich weiß.« Ich leerte meinen Wodka. »Davon gibt es auch eine Kassette.«
Ich drehte die Videokassette auf meinem Schreibtisch um. *Natalja Karlowa* stand auf dem Etikett. *Hotel International, Zimmer 701, Valentinsnacht 2014.*
»Ein Experiment, Konstantin. Ein fehlgeschlagenes Experiment. Das habe ich ihr gesagt.«
»Hat sie dich deshalb gefeuert?«
»Ja.« Sie lachte peinlich berührt auf. »Es hat weniger als fünf Minuten gedauert, bis mein Enthusiasmus verraucht war. Ich stand auf, zog mich an, und sie feuerte mich, noch bevor ich an der Tür war. Sie hat mir das nie verziehen.«
»Es liegt nicht in ihrem Charakter zu verzeihen.«
Sie zögerte. »Hast du es gesehen?«
»Noch nicht.«
Sie lachte angestrengt. »Vielleicht sollten wir es zusammen ansehen, wenn ich zurück bin.«
Ich ging nicht darauf ein. »Natalja«, sagte ich vorsichtig, »Da ist noch etwas anderes. Imogen Shepherd ist möglicherweise auf der Suche nach ... einem letzten Opfer.«
»Das ist unwahrscheinlich, oder? Besonders, da sie weiß, daß du hinter ihr her bist.«
»Ich glaube, sie hat auch ein persönliches Interesse an dieser Sache, parallel zum geschäftlichen Interesse oder sogar tiefergehend.«
»Ein persönliches Interesse an einem letzten Opfer? Meinst du mich?«
»Ich bin mir nicht sicher, aber ich glaube schon. Ich möchte nicht, daß du gerade jetzt nach Moskau zurückkommst.«

Sie schwieg. »Sie ist keine Frau, die damit umgehen kann, wenn jemand ihr im Weg steht«, sagte sie einen Moment später.

»Genau das meine ich. Ich glaube, daß sie dich so sieht. Als jemanden, der ihr im Weg stand.«

»Oder dich. Paß auf, Konstantin.«

»Ist es wichtig für dich, daß ich das tue?«

»Selbstverständlich, du Idiot.«

»Deine Nachforschungen ...?«

»Dauern noch ein bißchen. Ich komme nach Moskau, sobald ich damit fertig bin.«

»Was werden sie uns über Imogen Shepherd sagen, was wir nicht bereits wissen? Was sind das für Nachforschungen?«

»Sie werden uns nichts über Imogen Shepherd verraten. Es sind Nachforschungen für ein anderes Leben, Konstantin, mein Lieber«, sagte sie. Dann murmelte sie ganz leise etwas, was ich nicht ganz verstand, und legte den Hörer auf. Ich glaube, sie sagte: *Ein gemeinsames Leben.*

42

Ich stand mit Dronskij direkt hinter dem Friedhofseingang, als sich auf der Malaja-Dekabrskaja-Straße der Trauerzug bildete. Ich sah hin, ohne wirklich etwas zu sehen. Meine Gedanken waren bei Julia und wanderten vor und zurück zu der Zeit, die wir gemeinsam verbracht hatten – und stellten diese Erfahrung in den neuen Rahmen dessen, was ich jetzt über sie wußte.

Als ich da stand, wurde mir zum erstenmal bewußt, daß ich die Nacht zuvor von ihr geträumt hatte. Ein erotischer Traum, in dem wir draußen im Wald gewesen waren, um mit Leuten von der Universität eine Party zu feiern und Lachse zu fischen. Roy und Katja hatten mit zu der sechs- oder siebenköpfigen Gruppe gehört. Wir wollten die Nacht in Zelten am Fluß Kol verbringen und hatten in einem Halbkreis am Flußufer große Feuer angezündet. Die Temperaturen auf der Halbinsel Kola können im September wirklich niedrig sein, wie ich schon gesagt habe. Essen und Tanz wirbelten durch meinen Traum. Und über allem das besondere Gefühl der Erregung, wie es vor einer Nacht mit dem geliebten Mädchen aufkommt.

Wir ließen die großen Feuer brennen, und jedes Paar zog sich in sein eigenes Zelt zurück. Dort schlüpften wir nackt in unsere dick gefütterten Schlafsäcke und fingen an, uns zu lieben. Und nach einigen Augenblicken von größter Innigkeit erkannte ich im Feuerschein, daß nicht Julia unter mir lag – sondern eine kichernde und glucksende Katja. *Kostja, Kostja,* sagte sie, *habe ich dir nicht immer gesagt, daß ich dich eines Tages kriegen würde?* Natürlich verlaufen Träume nicht linear. Ich stand plötzlich neben der geöffneten Klappe eines anderen Zelts, wo der Feuerschein auf den Gesichtern von Roy und Julia schimmerte, die sich beim Liebesakt drehten und wanden.

Sogar jetzt, auf dem Wagankow-Friedhof, fühlte ich noch die Wucht dieser Demütigung, fühlte, wie dieses Gefühl mit dem verschmolz, von dem ich wußte, daß es kein Traum war und mich in die Tiefe zog.

»Geht es Ihnen gut, Chef?« sagte Dronskij. »Sie zittern.«

»Das sind die Auswirkungen der letzten Nacht. Nicht mehr viel Körperwärme übrig.«

Er widmete seine Aufmerksamkeit wieder dem Trauerzug, der durch das Tor kam. Mit Mühe tat ich dasselbe. Was mir zuerst auffiel, als die Priester und der Sarg an uns vorbeizogen, war die einsame Gestalt von Marias Freund, der dahinter ging. Was mir dann auffiel, war, daß es sich bei den zwanzig oder dreißig anderen Trauernden fast ausschließlich um junge Frauen handelte.

Ilja sah mich an. »So ist es immer«, sagte er. »Wenn eine aus der Schwesternschaft bei ihrer Arbeit ums Leben kommt, erscheint jede, die sie irgendwann einmal gekannt hat.«

»So, wie sie angezogen sind«, sagte ich, »sieht es aus, als würden sie nachher gleich zur Arbeit gehen.«

Er nickte. Sein Blick musterte jedes einzelne der Mädchen. Es hatte in der Nacht geschneit, doch der Tag war für Anfang Dezember relativ angenehm. Es wehte jedoch ein steifer Wind, und die kurzen Röcke der Mädchen flatterten bei jeder kalten Bö wie Flaggen. Auf den Kieswegen wurde viel mit den Füßen gestampft und in behandschuhte Hände geklatscht.

Zweimal klingelte Dronskijs Handy, während der Zug an uns vorbeizog. Zuerst Bitow, dann Jakunin. Keiner hatte Informationen über eine Datscha, die Imogen Shepherd gehörte oder von ihr gemietet war.

Ich sagte ihnen, daß sie es weiter versuchen sollten, aber irgendwo in meinem Hinterkopf kreiste ein Gedanke wie eine Überschrift aus einer Zeitung. Ich kam nicht nahe genug heran, um mehr als die Hälfte der Überschrift zu lesen, aber doch nahe genug, um zu wissen, daß sie sich irgendwie auf Imogens Datscha bezog.

Wir traten zur Seite, als der Gottesdienst begann, und stellten uns in guter Entfernung zu dem Begräbnis unter einige Kiefern. Der Wind drehte immer wieder, und Schnee rutschte von den Zweigen und fiel uns auf die Schultern.

Dronskij rauchte, einen schnellen, verstohlenen Zug, ehe er die Zigarette wieder hinter seinem Rücken verschwinden ließ und den Rauch fachmännisch ausblies, so daß er in der kalten Luft aussah wie eine dichte Atemwolke. Er hatte einen unverkennbaren Stil. »Wo mußten Sie die Zigaretten so verstecken?« fragte ich ihn.

Er drückte die glühende Spitze hinter seinem Rücken aus und trat mit dem Absatz zurück, um die Kippe zu zertreten. »Das steht nicht in meiner Personalakte«, sagte er.

»Ich lese keine Personalakten, Ilja.«

»Ich war fünf Jahre in einem Arbeitslager«, sagte er. »Oben auf der Halbinsel Kola. In Ihrem Teil der Welt.«

»Unter welcher Regierung war das?«

Er lächelte. »Macht das einen Unterschied? Es war direkt vor dem Bürgerkrieg.«

»Die Militärregierung?«

Er nickte. »Ich war neunzehn, frisch verheiratet. Ich hatte mir für meine Hochzeit eine Nacht zusätzlich freigenommen. Die Generäle wollten gerade zeigen, daß sie die Disziplin der alten Sowjets wieder herstellen konnten. Sie haben Exempel statuiert. Ich war eines davon.«

»Und es ist Ihnen gelungen, es aus Ihrer Akte zu tilgen?«

»Ich habe fünfhundert Rubel bezahlt – das war damals ein Jahresgehalt –, damit jemand es löschte.«

Ich war gerührt. Er hatte gerade seine Zukunft in meine Hände gelegt. »Warum erzählen Sie mir das?«

Er zuckte die Schultern. »Sie haben gefragt.«

»Heißt das, daß Sie nicht länger glauben, ich sei ein Tscheka-Offizier?«

»Natalja sagt, es sei unwichtig, was Sie sind.«

»Ich weiß nicht genau, wie ich das verstehen soll.«

Er sah mich mit einer freundlichen Grimasse an. »Da es von ihr kommt, nehmen Sie es ruhig als Kompliment. Sie sagt, im Herzen seien Sie einer von uns.«

»Und was bedeutet das, Ilja? Wer ist *wir*?«

»Einfach ein paar Leute ...«

»... mit irgendeinem gemeinsamen Anliegen?«

Er schaute weg. »So könnte man es ausdrücken.«

»Und Natalja glaubt, daß ich dieses Anliegen teile?«

»Selbstverständlich. Sonst hätte sie sich nicht in Sie verliebt.«

Ich spürte eine Welle außerordentlicher Wärme. »In mich verliebt? Hat sie Ihnen das erzählt?«

»Sagen Sie nicht, das sei Ihnen neu, Chef.«

»Im Moment ist für mich alles neu.«

»Sie sehen aus, als ob Ihnen das gefiele.«

»Natürlich gefällt es mir, Sie Dickschädel.«

»Ich weiß nicht, warum, aber sie scheint zu glauben, sie hätte bei Ihnen keine Chance.« Er kratzte sich an der Wange und sah mich an. »Vielleicht glaubt sie, es gäbe eine andere Frau?«

Ich hielt den Mund.

Dronskij machte ein großes Getue, als denke er über das Problem nach. »Diese andere Frau, die Natalja so aus der Fassung gebracht hat, war doch nicht Dr. Shepherd, oder? Obwohl Sie ein bißchen was mit ihr gehabt haben?«

»Ein bißchen was«, sagte ich. »Ein einziges Mal, als wir uns kennengelernt haben.«

»Sie kann es nicht gewesen sein«, stellte er entschieden fest.

»Warum nicht?« Ich war noch nicht bereit, ihm von Julia zu erzählen.

»Warum nicht? Weil Dr. Shepherd jedesmal, wenn sie ins Büro kam, versuchte, etwas über Ihre Frauengeschichten herauszukriegen.«

»Meine Frauengeschichten! Ich bin noch keinen Monat in Moskau, und Sie reden, als hätte ich hier einen Harem. Was zum Teufel soll das?« sagte ich. »Verbringen Sie Ihre Tage damit, über mein Sexualleben Buch zu führen?«

Er sah mich an und grinste. »Ich war nur gespannt darauf, wie der Kreis sich schließen würde«, sagte er. »Die amerikanische Dr. Shepherd war sauer, weil sie glaubte, Sie hätten ein Auge auf Natalja geworfen. Natalja ist am Boden zerstört, weil Sie ein Auge auf jemand anderes geworfen haben. Auf wen haben Sie denn nun ein Auge geworfen, Chef?«

»Auf Sie, Ilja. Ich finde Sie verdammt unwiderstehlich.«

Das Begräbnis war vorbei, und der Kreis um den schneegesprenkelten hellbraunen Erdhügel löste sich auf. »Sagen Sie Gleb, er soll herkommen«, sagte ich. »Er hat uns noch etwas zu erzählen. Diesmal müssen wir etwas herauskriegen.«

Marias Mann trug einen schwarzen Anorak und eine pelzgefütterte Lederkappe mit Ohrenklappen, die aussah wie eine Pilotenmütze. Er war nicht erfreut, mich zu sehen.

»Wie ist es Ihnen auf dem 15. Distrikt ergangen?« fragte ich.

Er sprach seitlich durch den angespannten, dünnlippigen Mund. »Ich dachte, Sie hätten mir erzählt, nicht alle Milizen seien blöd wie Ochsen?«

»Was ist passiert?«

»Sie haben natürlich versucht, ein Geständnis aus mir herauszuprügeln.«

Ich sah in sein dünnes, hartes Gesicht. Es würde lange dauern, bis dieser Bursche etwas gestand, ob er es getan hatte oder nicht.

»Ihr Mann Dronskij hat mich vor dem Schlimmsten bewahrt.«

Ich hob eine Augenbraue zu Dronskij.

»Ich war gestern im 15.« Dronskij zuckte die Schultern. »Ich habe ihnen gesagt, daß sie ihre Zeit verschwenden.«

»Ich wäre jetzt nicht hier und würde mit Ihnen reden, wenn er nicht gekommen wäre«, brummte Gleb.

»Doch, Gleb«, sagte ich. »Wir halten es nämlich für möglich, daß es heute nacht wieder einen Mord geben wird.«

Die Farbe wich aus seinem Gesicht. »Mein Gott. Wo?«

»Bisher ist es lediglich eine starke Vermutung. Aber Sie möchten doch wohl nicht von sich denken, daß Sie nicht alles getan haben, um uns zu helfen?«

»Was kümmert es mich«, sagte er, »wenn wieder eine Hure dran glauben muß?«

Ich schaute auf die Narbe in der Erde, die Marias Grab war. Sein Blick folgte meinem. Er schaute noch immer auf das Grab und sog die kalte Luft ein und blies sie als Nebelwolke wieder aus. »Was wollen Sie wissen?«

»Die Nacht, als sie bei der Flaggenfabrik gearbeitet hat«, sagte ich. »Was hat sie Ihnen darüber erzählt?«

Wir gingen über den Kiesweg auf den Ausgang zu. »Ob Sie es glauben oder nicht, aber die meisten Nächte hat sie mir fast gar nichts erzählt. Ich erinnere mich, daß sie in jener Nacht davon gesprochen hat, daß jemand versucht hat, das Mädchen zu überfallen, mit dem sie zusammengearbeitet hat.«

»Valentina.«

Er nickte.

»Sie müssen eine Vorstellung von ihm bekommen haben.«

Er lachte kurz. »Für ein Mädchen mit diesem Beruf sind Männergesichter wie Teller mit aufgemalten Augen, Mund und Nase. Untereinander reden sie vielleicht über die merkwürdigeren Vorfälle, aber nicht mit anderen.«

»Sie waren nicht einfach jemand anders.«

»Kommt auf das gleiche heraus«, sagte er.

Wir verließen den Friedhof, und ich machte Gleb ein Zeichen, sich in Dronskijs Auto auf den Rücksitz zu setzen.

»Werden Sie jetzt den Job vollenden, den die im 15. Distrikt angefangen haben?« fragte er.

»Nichts dergleichen«, sagte Dronskij. Er bot Zigaretten an, und ich drehte mich halb auf dem Beifahrersitz, um Gleb anzusehen, der sich vorbeugte, um sich Feuer geben zu lassen. »Sie muß irgend etwas gesagt haben, verdammt noch mal«, sagte ich. »Sie muß einfach.«

Noch immer vorgebeugt, um dem Feuer entgegenzukommen, hob Gleb den Blick und sah mich an. »Sie sagte, er sei vielleicht aus dem Belorussischen Bahnhof«, sagte er.

Einen Schritt weiter. Alles, was wir brauchten, war noch ein weiterer Schritt. Ich blieb still und nickte Dronskij zu.

»Der Belorussische Bahnhof?« sagte Dronskij. »Sie meinen, Vater Alexander?«

»Den Priester? Nein, das hat sie nicht gesagt.«

In meinem Gehirn formte sich ein absolut schrecklicher Gedanke. Ich mußte sicherstellen, daß ein Irrtum ausgeschlossen war. »Sie wissen, daß es sich bei dem Mann, der in jener Nacht Valentina angefallen hat, mit ziemlicher Sicherheit um das Monstrum handelte?«

»Natürlich weiß ich das.«

Ich drehte mich so weit wie möglich, um ihn direkt anzusehen. Sein stechender Blick traf sich mit meinem. Ich spürte, wie mein Herz schneller schlug. Ich sah Ilja an. Er hatte die Zunge in der Backe zusammengerollt. Ich glaube, er hielt den Atem an.

»Hat sie ihn beschrieben?«

Er blies aus dem zusammengepreßten Mundwinkel einen dünnen Rauchfaden durch den Wagen.

»Gleb ...«

»Sie sagte, er habe Plastiktüten über die Stiefel gezogen gehabt. Und über die Hände. Und so etwas wie ... eine Plastikschürze ... Sie dachte immer noch, es sei ein Raubüberfall. Sie wissen doch, wie sie sich heutzutage verkleiden, um die Mädchen zu Tode zu erschrecken.«

Plastiktüten über den Händen. Eine Plastikschürze. Um Gottes willen. Jetzt gab es keinen Zweifel mehr. Er war es. Imogens Kompagnon. Die Bestie persönlich. »Und sein Gesicht?« sagte ich langsam. »Hat sie sein Gesicht gesehen?«

»Sie war sich nicht sicher, ob sie es genau genug gesehen hatte.«

»Was immer sie auch gesehen haben mag ...«

»Er trug eine Wollmütze mit einem Lederschild und Ohrenklappen.«

»Aber hat sie ihn erkannt?«

Er wirkte entnervt. »Deshalb ist sie doch nicht zur Polizei gegangen, verdammt noch mal. Sie hatte Angst, und sie war sich nicht *sicher.*«

Mein Blut dröhnte. »Aber sie *dachte*, sie hätte ihn erkannt?«

Er blies mir den Zigarettenrauch ins Gesicht. »Falls sie ihn erkannt hat – dann ist Ihr Monstrum ein Dreizehnjähriger mit dem Namen *Sex-Change.*«

43

Der Himmel schien sich zu verdunkeln, als wir uns dem Belorussischen Bahnhof näherten, obwohl es erst mitten am Nachmittag war. Mir graute vor einem neuen Besuch an diesem Ort. Der durchdringende Geruch, die Trauer der verwirrten Reisenden, das Sammelsurium des Menschlichen, das sich über die geflieste Fläche ergoß – das alles tat seine Wirkung. Vielleicht wurde diese Stadt der Erscheinungen, der Kontraste zuviel für mich.

Ich stieg aus dem Polizeiwagen und suchte mir mit Dronskij einen Weg zwischen den Autos und Lastern, die vor dem Bahnhof geparkt waren. Drei andere Autos ohne Kennzeichen waren hinter uns vorgefahren, und Bitow und Jakunin führten ein halbes Dutzend Männer in Zivil über den Platz zu den verschiedenen Eingängen.

Durch die Schwingtüren überfiel mich erneut der Gestank. Bei Tageslicht sah es, falls das möglich war, noch schlimmer aus. Die Lampen und die tiefen Schatten, die dem Ort bei Nacht die dickenssche Atmosphäre verliehen hatten, waren von kaltem Grau abgelöst worden. Unzählige Menschen waren in kleinen Gruppen versammelt und standen, saßen, lagen oder schliefen … In der Mitte war ein Pfad freigeräumt worden, und eine schwerbepackte Gruppe Infanteristen marschierte im Gänsemarsch zur Tür. Ich beobachtete einen Moment lang ihre Gesichter. Landjungen von der Wolga oder aus dem Ural, die zum erstenmal Moskau sahen in seiner ganzen dreckigen Wirrnis. Ich konnte ihre Verwirrung teilen. Wir sind eines der reichsten Länder der Welt: Wir haben Öl, Gas, Gold, Metalle; wir haben den Wettlauf zu den

Sternen angeführt; unsere Künstler und Schriftsteller und Musiker haben Europas Kultur geschmückt; aber politisch schwanken wir zwischen Peitsche und Versklavung hin und her. In der Politik müssen wir noch immer die Ziele des *19. Jahrhunderts* erreichen.

In der großen Halle gab es an den Türen zu den Katakomben kein Zeichen von Sex-Change. Dronskij signalisierte einigen der Beamten, daß sie die Ausgänge beobachten sollten, und wir gingen in die Ecke, wo die Mutter von Claudia, des Mädchens, das in den Offizierszügen arbeitete, ihr Lager hatte.

Ich glaube, die alte Wladimira freute sich, uns zu sehen. Claudia, erzählte sie uns, sei gerade von der estnischen Grenze zurückgekommen. Sie war in der Kantine und kaufte Lebensmittel. »Lemon«, sagte sie zu dem blinden Jungen neben ihr, »lauf und erzähle Claudia, daß Herr Vadim und sein Freund hier sind.«

Der Junge rappelte sich auf die Füße und tänzelte, die Hände vor sich ausgestreckt wie ein Boxer, eilig durch die Halle.

Dronskij und ich kauerten uns neben Wladimira. »Wir suchen einen der Bahnhofsjungen«, sagte ich. »Sex-Change. Kennen Sie ihn?«

»Jeder kennt Sex-Change, Inspektor.«

»Wie kommt das, Wladimira?« Dronskij gab ihr eine Zigarette. »Er ist eine Persönlichkeit hier, oder?«

Sie zuckte die Schultern. »Er kann gemein sein zu den anderen Jungen. Aber sie bauen alle auf ihn, soweit ich das erkennen kann. Vielleicht, weil er der einzige zu sein scheint, der immer etwas *stoke* zu verteilen hat. Der arme Lemon bewundert ihn.«

»Wo ist er jetzt?«

Sie runzelte die Stirn. »Im allgemeinen ist er abends hier. Um diese Zeit ist sein Blick immer schon ein bißchen glasig vom *stoke*. Aber normalerweise ist er hier irgendwo. Warum suchen Sie ihn, Inspektor?«

»Die üblichen Polizeifragen«, sagte ich. Ich stand auf. Claudia und der blinde Junge schlängelten sich zwischen den Menschenmassen hindurch, den Familien, die schützend um ihr Gepäck herum standen, den langen Schlangen vor den Ticketschaltern, die sich in der Menge verloren.

Sie lächelte, als sie uns sah, und reichte ihrer Mutter und dem blinden Jungen einen Hamburger. »Es tut mir leid, daß ich keinen für Sie gekauft habe, Inspektor. Suchen Sie noch immer nach Maria?«

»Nein«, sagte ich. »Ich suche nicht mehr nach Maria.«

Mein Ton fiel ihr sofort auf. »Haben Sie sie gefunden?«

Ich erzählte ihr kurz, was geschehen war. Sie nickte langsam. »Und wen suchen Sie heute?«

»Sex-Change«, sagte ich. »Haben Sie ihn gesehen?« Als Claudia den Kopf schüttelte, sah ich, wie der blinde Junge, der mit dem Rücken an die Wand gelehnt dasaß, den Kopf scharf in meine Richtung drehte.

»Wie kommt es, daß Sex-Change immer derjenige zu sein scheint, der *stoke* bei sich hat?« Ich stellte die Frage an Claudia, beobachtete dabei aber den blinden Jungen.

Sie verzog das Gesicht. »Ich glaube, einige ehrenwerte Bürger auf dem Heimweg von der Bushaltestelle könnten Ihnen diese Frage beantworten, Inspektor Vadim.«

Lemon wandte sich mit einem schnellen, mißbilligenden Gesichtsausdruck in Claudias Richtung.

Ich ging zu ihm und hockte mich neben ihn. »Du bist ein enger Freund von ihm, Lemon«, sagte ich. »Kannst du mir sagen, wo ich ihn finde?«

»Sie sind die Polizei«, sagte der Junge.

»Ich muß mit ihm sprechen, Lemon«, sagte ich. »Wo ist er?«

»Weg.«

»Einfach weg? Wo?«

»All die Jungs sind weg. Burger King, Doc Marten, Macdo, Sparkplug – keiner von denen ist mehr da.«

»Sind sie auf einen anderen Bahnhof gezogen?«

»Sie fahren auf den Zügen mit.«

Ich sah zu Claudia auf. »Er meint, daß sie auf den Güterwagen mitfahren. Man findet sie auf allen Zügen; sie reisen quer durchs ganze Land. Wenn sie erst wissen, daß man sie wegen irgend etwas sucht, werden Sie sie nie finden, Inspektor. Sie werden sich in alle Winde zerstreuen wie eine Schar Tauben. Sie könnten überall sein.«

Ich stand mit knackenden Knien auf. Der blinde Junge nahm einen riesigen Biß von seinem Hamburger.

»Ich glaube, Sex-Change hat ein paar wirklich schlimme Sachen gemacht.« Ich sprach noch immer mit Lemon.

Der kaute angestrengt und tat so, als merke er nicht, daß ich mit ihm redete.

»Lemon«, sagte ich. »Wußtest du von diesen schlimmen Sachen?«

Er wandte den Kopf ab.

Dronskij kniete sich neben ihn und nahm ihm den Hamburger aus der Hand. »Wenn der Inspektor dich etwas fragt, dann antwortest du gefälligst, hast du mich verstanden, Lemon?«

Als er Dronskijs Moskauer Akzent hörte, weiteten sich die blicklosen Augen des Jungen.

»Wußtest du von diesen schlimmen Dingen?« fragte ich ihn noch einmal.

»Es ist richtig, wenn du es ihnen erzählst, Lemon. Das weißt du«, sagte Claudia.

Er sah zu Boden und murmelte etwas. »Sex-Change arbeitet für die amerikanische Ärztin von Vater Alexander. Ich weiß nicht, was. Er sagt es nicht. Blutarbeit, sagen die anderen.«

»Blutarbeit?«

Der Junge streckte die Hand aus und griff wild in die Luft, bis Dronskij ihn am Handgelenk packte und seine Finger wieder um den Hamburger legte.

Ich bemerkte, daß Claudias Gesicht ganz weiß geworden war. »Diese Blutarbeit, Lemon«, sagte sie beinahe flüsternd, »tut Sex-Change die allein?«

Der Junge nickte kurz. »Nachts. Manchmal helfen ihm die anderen.«

»Heilige Muttergottes!« sagte Claudia. »Heilige Muttergottes!«

Lemons Gesicht war auf den Hamburger in seiner Hand konzentriert. Mit einer schnellen, geduckten Kopfbewegung riß er einen großen Bissen heraus, stopfte ihn sich in den vollen Mund und kaute und schlang wie ein verhungertes Tier.

Wir standen am Beckenrand und beobachteten die nackten, singenden Männer und Frauen, die hintereinander die Treppe hinabstiegen und auf Vater Alexander zugingen, der bis zu den Hüften im Wasser stand. Sein breiter Rücken war uns halb zugewandt, doch wir sahen die goldene Stola um seine Schultern und die Kruzifixe um seinen Hals. Während die nackten Täuflinge einzeln auf ihn zugingen, legte er jedem von ihnen die Hand auf den Kopf und sprach Worte, die wir nicht hören konnten, und drückte ihn dann nach vorne, bis der neue Anwärter unter Wasser getaucht war. Die Kirchenmusik schwoll an, und die begeisterten Schreie der Getauften schallten durch das Gewölbe. Als das Mädchen, das wir geschickt hatten, etwas zu Vater Alexander sagte, hob er den Kopf und nickte uns zu.

Wir warteten direkt neben dem großen Bad in einem gekachelten Badehaus, wo Dampfwolken um uns herumwirbelten. Es war schwer zu sagen, wie groß es war, doch vom Hauptraum schienen in alle Richtungen Tunnels und Nischen abzuzweigen. Mädchen mit um die Hüften geschlungenen oder lässig über die Schultern geworfenen Handtüchern schwebten durch den dichten Nebel, der sich aus den Öffnungen mehrerer schmuckvoller Emailleöfen ergoß. Glöckchen klingelten, russische Kirchenmusik spielte. Dronskij hatte einen Finger in seinen Hemdkragen gesteckt. Sein Gesicht war lachsrosa. »Ich halte das nicht mehr viel länger aus, Chef«, sagte er. »Ich weiß nicht, ob es an der Hitze liegt oder an den Mädchen ...«

Ich konnte eine kleine Gruppe ausmachen, die auf uns zukam. Die Mädchen waren recht dekorativ verhüllt, und, was ungewöhnlich war, es waren auch einige Männer darunter. Dann teilte sich beim Näherkommen der menschliche Knoten, und Vater Alexander trat hervor. Er trug einen langen, weißen Bademantel. Sein Bart war zerzaust von Schweiß und Dampf, sogar seine mephistophelischen Augenbrauen waren flachgeklatscht. »Ich habe versucht, Sie zu erreichen, Inspektor«, sagte er. »Aber auf Ihrer Station wollte mir niemand sagen, wo Sie sind.«

Ich stellte Dronskij vor, und der Priester führte uns durch etliche Tunnels in sein Büro. Dort schenkte er uns Wodka ein. Ich sah, daß er ein anderer Mann war. Er sagte nichts, als er uns den

Wodka brachte, sondern reichte uns einfach das Glas, erst mir, dann Dronskij, den Blick auf den Teppich geheftet. Dann drehte er sich um und ging hinter seinen Schreibtisch.

»Ich glaube nicht, daß ich alles weiß«, sagte er.

Polizisten, die wir waren, hielten wir den Mund.

Er schaute unbehaglich von mir zu Dronskij. »Sie suchen Dr. Shepherd, ist das richtig?«

»Sie ist nicht in ihrer Wohnung. Wo sonst könnte sie sich mit einiger Wahrscheinlichkeit aufhalten?«

Er schüttelte den Kopf.

»Was wissen Sie über ihre Datscha?«

»Es gibt etwas, was sie ihre Datscha *nennt*. Vielleicht ist es ein amerikanischer Witz. Das ist unten bei Nikulino, einem Industrievorort. Eine alte, zerstörte Kirche, die sie teilweise umgebaut hat. Aber dort ist sie nicht. Sie hat Moskau verlassen.«

»Sie haben uns viel zu erzählen, Sascha«, sagte Dronskij. Sascha ist die Koseform von Alexander und wird normalerweise freundlich benutzt, aber es hatte nichts Freundliches, als Dronskij sie jetzt gebrauchte. »Wir haben keine Zeit, es aus Ihnen herauszulocken. Was läßt Sie glauben, daß sie Moskau verlassen hat?«

»Dr. Shepherd hat das Land verlassen«, sagte er platt. »Sie ist heute gegangen.« Er zögerte hinter seinem Schreibtisch und war sich nicht sicher, ob er sich setzen sollte.

Ich ging in eine Ecke des Zimmers und setzte mich auf die Armlehne eines der riesigen Sofas. Dronskij blieb, wo er war, mitten auf der Bühne. Vater Alexander blieb unbehaglich hinter seinem Schreibtisch stehen. »Ich nehme an, ich wußte, daß Dr. Shepherd ihre eigenen Gründe hatte, hier unten für mich die medizinische Abteilung zu leiten«, sagte er. »In Wahrheit habe ich ihr letztes Jahr alle möglichen abweichenden sexuellen Motive unterstellt – lesbisch, eine Vorliebe für Jungen im Teenageralter … Aber ich habe keinen Augenblick verstanden, was sie wirklich getrieben hat.«

»Und das war?«

»Sie hat die Untersuchungen für die Gemeinde durchgeführt … Das habe ich dem Inspektor schon erklärt …«

Dronskij nickte.

»Aber ihre wahre Absicht war eine andere, das sehe ich jetzt. Zunächst wollte sie feststellen, welche der Mädchen völlig frei waren von infektuösen Geschlechtskrankheiten, Aids ganz offensichtlich, und den weniger schlimmen Krankheiten, und zum anderen wollte sie diejenigen Mädchen identifizieren, die genetisch ihren Zwecken entsprachen. Ich glaube, sie hat bei jedem getesteten Mädchen DNS-Material entnommen. Wenn sie zufrieden war, erschien dieses Mädchen auf ihrer Liste.« Er machte eine Pause. »Um getötet zu werden.«

»Sie wissen ganz schön viel, Sascha«, sagte Dronskij. »Was war ihre Absicht, als sie hier herunterkam?«

»Ihre andere Absicht, darin bin ich mir mittlerweile sicher, war es, die Bahnhofsjungen auf sicherem Terrain zu treffen. Ich habe diese Bahnhofskinder, seit ich hier bin, verjagt. Meine Kirche zieht Jungen im Teenageralter an wie Fliegen ... nackte Mädchen beim Bad, das ist nicht verwunderlich ...«

Dronskij nickte mit schmalen Lippen.

»Sie billigen es nicht, Herr stellvertretender Inspektor, aber es ist völlig harmlos. Ich bin ein Gläubiger, sehen Sie. Ich glaube an die Macht des Sexus, unseren Gedanken Erleichterung zu verschaffen –«

»Weiter, Sascha, bevor ich mich übergebe. Die Bahnhofsjungen ...«

»Sie kommen oft hier herunter. Imogen bat mich, einige von ihnen hier ins Büro zu bringen, so daß sie mit ihnen sprechen konnte. Ihre Begründung lautete, daß sie sie studieren wollte. Sie kennen ihr Interesse an forensischer Psychiatrie, über das sie so viel geredet hat ...«

»Hier, in genau diesem Raum, haben Sie ihr eine Auswahl der verhaltensgestörtesten Jungen präsentiert.« Ich sah, daß Dronskij immer wütender wurde, entschied mich aber vorerst dafür, nicht einzugreifen.

»Ich glaubte damals wirklich, sie sei eine hochqualifizierte amerikanische Ärztin mit einem hippokratischen Interesse an diesen Jungen.«

»Wann haben Sie Ihre Ansicht geändert?« fragte ich ihn von meinem Platz im Hintergrund.

Er wandte sich mit einiger Erleichterung an mich. »Sehr langsam«, sagte er. »Mir fiel allmählich auf, daß sie den Jungen in keiner Weise half, daß die, die sie ausgewählt hatte – Sex-Change, Macdo, Sparkplug und die anderen – eher schlimmer wurden. Und dann entdeckte ich, daß sie *stoke* an sie verteilte.«

»Hat sie sie so bezahlt?«

»Davon gehe ich aus. Als Ärztin hatte sie Zugang zu jeder beliebigen Menge. Ich sagte, daß ich hier unten kein *stoke* dulde. Sie versuchte mir einzureden, daß sie es aus wissenschaftlichen Gründen an den Jungen ausprobierte. Sie konnte sehr überzeugend sein …«

Dronskij brummte etwas.

»Dann kam sie sehr früh heute morgen hier herunter, um ihre Papiere aus dem Safe zu holen. Die Ergebnisse ihrer Untersuchungen bei den Mädchen. Ich kam ins Zimmer und sah, wie sie sie im Entlüftungsschacht verbrannte. Da hat sie mir gesagt, daß sie Moskau sofort verlassen wollte.«

»Und Sie haben nicht daran gedacht, die Polizei zu rufen«, sagte Dronskij. »Sie dachten, lassen wir sie doch einfach wegfliegen, und diese Wolke, die über unserer falschen Gemeinde schwebt, wird sich mit ihr verziehen.«

Er sah mich an. »So etwas Ähnliches habe ich gedacht, ja. Ich gebe es zu.«

»Sie dachten nicht an die Mädchen, die ermordet worden sind.«

»Ich hatte noch immer keine klare Vorstellung, was eigentlich los war. Nicht vor meinem Gespräch mit Sex-Change.«

Ich stand vom Sofa auf. »Sie haben heute mit Sex-Change gesprochen?«

»Er kam hierher und hat sie gesucht. Einer der Jungen hatte sie oben im Belorussischen Bahnhof gesehen.«

»Was haben Sie ihm gesagt?«

»Ich sagte ihm, Imogen wolle Moskau verlassen. Sie sei bereits weg.«

Ich beobachtete sein Gesicht. »Weiter.«

»Er brach zusammen und schluchzte aus tiefstem Herzen. Plötzlich war er wieder ein Kind.«

Dronskij bleckte die Zähne vor Ekel. »Er hat vier Mädchen ausgeweidet, vielleicht noch ein paar Dutzend weitere ...«

»Hören Sie auf, Ilja«, sagte ich. Ich wandte mich an den Priester. »Was geschah dann?«

»Er hat mir alles erzählt. Er saß draußen im Tunnel auf einer Bank und erzählte mir genau, was passiert war. Wie sie sich um ihn gekümmert, ihm zu essen gegeben hat ...« Er zögerte. »Ich glaube, es war auch Sex im Spiel. Und dann natürlich das *stoke*. Sie hat ihn sich völlig unterworfen. Wissen Sie, Inspektor, manche Frauen ... sie sind von Jungen im Teenageralter besessen. Diese absolute Kontrolle und Herrschaft –«

»Er hat Ihnen also gebeichtet – oder was?« schnitt ihm Dronskij brutal das Wort ab.

»Er hat gebeichtet«, sagte der Prister schwer. »Er hat mir alles erzählt. Zuerst langsam. Er fing an, mir von der Prostituierten Maria Soundso zu erzählen, die erhängt worden ist.«

»Von Sex-Change?«

»Und zwei oder drei anderen ...«

Ich schaute auf die zusammengesunkenen Schultern des Priesters. Plötzlich war alles klar. Die Frauenstimme, die die alte Dame in Marias Zimmer gehört hatte, war gar keine Frauenstimme gewesen. Es war die von Sex-Change oder einem seiner Helfer gewesen, der noch nicht den Stimmbruch gehabt hatte, als sie sich damit abmühten, den schweren Körper an einem Seil aufzuhängen. Ich streckte die Hand aus und berührte den Priester an der Schulter. »Erzählen Sie weiter«, sagte ich. »Hat er noch andere Dinge gebeichtet?«

Vater Alexander nickte. Als er sprach, klang seine Stimme gebrochen. »Sie hat ihnen in einem Drogennebel beigebracht, was sie tun sollten«, sagte er. »Und Gott weiß, es sind gewalttätige Kinder. Sie sind während des Krieges durch Rußland gezogen und haben um ihr junges Leben gekämpft. Ich nehme an, daß keinem von ihnen das Töten fremd war. In ihrem privaten Operationssaal brachte sie ihm bei, was sie von ihm wollte. Sex-Change sagte mir, es sei nicht schwierig gewesen.«

»Hat er Ihnen erzählt, wie es funktionierte?« fragte ich ihn. »Ich meine, wie die Morde geplant wurden?«

»Er sagte mir, daß sie ihm ein Mädchen nannte und ihn zu einer Stelle zwischen den Ruinen mitnahm, die sie ausgesucht hatte. Dann wartete sie in der Nähe im Wagen, bis es erledigt war.«

Ich dachte an die Zeugenaussagen des Nachtwächters aus der Flaggenfabrik, Gromek, und Nellies, seiner Komplizin. Sie hatten eine große, schlanke Gestalt gesehen, einen *Mann*, wie sie glaubten, in einem gutgeschnittenen Mantel, der ungeduldig auf und ab ging. Imogen hatte es offensichtlich vorgezogen, am Tatort zu sein, nahe genug, um die Jagd zu beobachten, die letzten Momente der Verfolgung, das Erlegen des Opfers ... Vater Alexanders Gesicht war blaß, als er mich von unten her ansah. »Sie hatte einen Instrumentenkoffer bei sich. Einen Eisbehälter. Später sah es dann so aus ... als wären die Mädchen in blinder Wut angegriffen worden.«

»Und als er Ihnen das alles erzählt hatte, dachten Sie noch immer nicht daran, die Polizei zu rufen, verdammt noch mal«, schrie Dronskij ihn an.

»Ich versuchte, ihn hier festzuhalten. Aber er lief weg. Ich schwöre es, ich konnte ihn nicht finden. Er kennt diese Tunnels besser als irgendwer sonst. Er ist weg. Sex-Change wird mit seinem Namen verschwinden.«

»Und wenn wir jetzt nicht gekommen wären, dann hätten Sie die ganze Sache auf sich beruhen lassen?«

»Es war vorbei. Es hätte keine neuen Opfer mehr gegeben. Ich dachte, vielleicht gäbe es keinen Grund, die Gemeinde mit hineinzuziehen und alles zu zerstören, was ich hier aufgebaut habe.«

»Und Vater Sascha hätte weiterhin eine Ausrede, unter den jungen Mädchen von Rot-Presnja seine Auswahl zu treffen«, sagte Dronskij.

»Sie haben natürlich recht.« Er beugte sich nach vorne, die Hände auf dem Schreibtisch gespreizt, den Kopf gesenkt. »Aber ich bin nicht der einzige Mensch auf der Welt, Stellvertreter Dronskij, der das, was er glaubt, mit dem verwechselt, was er zu glauben *meint*.«

44 Ich überließ es Dronskij, die Maßnahmen auf den Flughäfen zu beaufsichtigen, und fuhr auf direktem Weg nach Nikulino. Es war eine Gegend der Natriumdampflampen und gewaltigen Hochhäuser, ein Außenbezirk Moskaus, wo das Ländliche, wenn auch eingerahmt von städtischen Auswüchsen, noch immer sichtbar ist, etwa in einer Kieferngruppe, einer Scheune oder einem Streifen Ackerland neben einem Fabrikgebäude.

Nach Vater Alexanders Anweisungen war die Kirche nicht schwer zu finden. Sie lag am Ende eines Lehmpfads, der von der Hauptstraße abführte, eine wacklige Holzkonstruktion mit drei kleinen grünen Zwiebeltürmen, die auf einem schiefen Kirchenschiff thronten. Von einem vierten ragte unpassenderweise nur noch der geschnitzte Sockel in die Luft. Der aufgegebene Friedhof, in dem leere Gräber starrten wie Augenhöhlen, wurde als Autofriedhof benutzt, wo mehrere Dutzend rostiger Raupenfahrzeuge und landwirtschaftlicher Traktoren in Matsch und einer dünnen Schneeschicht versanken. Eine Art Schuppen, die vielleicht verlassen waren, vielleicht auch nicht, wuchsen wie Pilze aus dem Kirchenschiff. Das Licht war natriumgelb und kam von einem einzelnen Lampenpfeiler aus Beton, der in dem Traktorenfriedhof aufragte. Es war ein grimmiger, abweisender Ort.

Ich stieg aus dem Auto, knöpfte meinen Holster auf und lockerte die Pistole, während ich auf den bogengeschmückten Haupteingang zuging. Nachdem ich kurz die eisenbeschlagene Eichentür untersucht hatte, sah ich ein, daß ich auf diesem Weg nicht hineingelangen würde.

Ich blieb einen Augenblick stehen und horchte, hörte aber nichts außer dem Verkehr auf der Hauptstraße, und ging außen herum an der weißgestrichenen Wand entlang. Eine ähnliche, wenn auch kleinere Tür mitten in der Wand sah nicht vielversprechender aus. Das tat jedoch ein kleines, tiefliegendes Fenster ungefähr drei Meter über dem Boden, vor das dünner Hühnerdraht gespannt war. Ich zog ein paar Holzkisten heran, schichtete sie zu einem schwankenden Turm und kletterte hoch genug, daß ich den Hühnerdraht zur Seite ziehen konnte. Ich hievte mich auf den Fenstersims – und merkte, wie meine Pistole aus dem Holster rutschte und auf den Boden fiel.

Ich hätte natürlich wieder hinunterklettern können, um sie aufzuheben, doch ich hatte mir bereits ein Knie aufgeschlagen, als ich mich dorthin hochgezogen hatte, wo ich jetzt hockte. Und durch das Fenster gelang es mir, in das umgebaute Kirchenschiff hineinzusehen, wo Schweigen und tiefer Schatten herrschten und, ich war mir dessen sicher, niemand sich aufhielt.

Ich überprüfte, ob ich meine Taschenlampe noch bei mir hatte, und zerschlug dann mit dem Ellbogen das Fenster ... wartete einen Augenblick, während das Glas unten auf den Steinboden klirrte, und stieß dann noch einmal zu, um das Loch so weit zu vergrößern, daß ich durch es hindurch auf den inneren Fenstersims kriechen konnte. Als ich mich an die Dunkelheit gewöhnt hatte, sah ich, daß das Kirchenschiff erst in jüngster Zeit als Viehstall benutzt worden war. In einem gelblichen Lichtstreifen, der durch ein Loch im Dach hereinfiel, konnte ich entlang einer Seitenwand die grob gezimmerten hölzernen Viehverschläge erkennen.

Das war weit entfernt von dem, was ich erwartet hatte. Ich benutzte die Taschenlampe, um zu überprüfen, ob es unter mir keine Hindernisse gab, und ließ mich auf den Steinboden fallen. Ich landete gut und richtete mich auf. Einen Augenblick lang stand ich da und kontrollierte meinen Atem ... nahm die Atmosphäre in mich auf, die schwer war von Feuchtigkeit und Vieh, aber in dem Licht, das schräg durch die Ritzen und Löcher fiel, dennoch eine Erinnerung an Singstimmen und Weihrauch enthielt. Die Kirche war schon alt gewesen, als Peter der Große Sankt Petersburg und Zar Nikolaus Murmansk erbaut hatte ... Alt, als die Revolution 1917 ihre Priester verjagt und Viehställe daraus gemacht hatte.

Dann richtete ich mich erschrocken auf. Ich mußte mich gewaltsam daran erinnern, daß ich nicht länger ein Recht auf solche romantische Gedanken hatte. Das neue Rußland Leonid Kobas war dabei, andere russische Traditionen wiederzubeleben. Mächtige Traditionen, vor denen ich lieber die Augen verschlossen hatte. Ich schüttelte den Kopf. Warum war es für mich immer so schwierig, im Hier und Jetzt zu leben? Warum schien mich die Vergangenheit immer so verführerisch zu locken? War der

Grund der, daß wir alle, schuldig oder unschuldig, in dieser Vorliebe für eine blutgetränkte Vergangenheit zusammengeschweißt waren? Waren wir dazu verdammt, für immer von Illusionisten regiert zu werden? War es das, was Rußland zum Land Potemkinscher Dörfer und stalinistischer Strukturen machte?

Ich trat in die Mitte des Kirchenschiffs und ließ den Schein der Taschenlampe über die abgenutzten Viehverschläge wandern. Ich war am falschen Ort. Das war mittlerweile deutlich genug. Hatte Vater Alexander mich absichtlich auf eine falsche Fährte gelockt? Oder hatte es irgendeinen Sinn, mich hierher zu schicken?

Und dann war da etwas. Ein Geräusch? Ein Tier in einem Verschlag? Nein.

Doch als ich lausche, höre ich hinter mir etwas. Kein Vieh, nein. Schlurfende Schritte. Sie kommen näher und bleiben stehen, kommen näher und bleiben stehen, bewegen sich von einer geschnitzten Säule zur nächsten. Und dann ein deutlich hörbares scharfes Klicken. Eine Messerklinge auf Stein, kreischt es in meinem Kopf.

Konstantin, du Idiot. Du denkst an deine Pistole, die gerade einen Meter von dir entfernt auf dem Boden liegt, aber auf der anderen Seite der Eichenwand. Und du stehst starr vor Angst hinter einem stinkenden Viehverschlag. Dir ist kälter, als dir je zuvor gewesen ist. Trotzdem bist du gefühllos vor Schreck.

Vor mir ragte eine Holzwand auf. Vor langer Zeit hatte jemand die Schnitzereien abmontiert und einige Teile herausgebrochen, Planken, die groß genug waren, daß ich mich jetzt durch die Lücke werfen konnte. Ich machte vier Schritte, bevor das Gewehr explodierte und Fliesen, Ziegelstaub und sogar die Fledermäuse im Dachgebälk aufwirbeln ließ. Als ich über den Boden rollte, schien ein ganzer Schauer kleiner Teilchen auf mich herabzurieseln.

Ich lag wie gelähmt auf dem Rücken und sah, wie ein Dutzend oder mehr Fledermäuse aufflogen und herabstießen.

Außerdem sah ich eine alte Frau, eine Dorfbabuschka in einem langen Rock, einen Schal um den Kopf und darauf eine Baseballmütze, die eine Doppelflinte auf mich gerichtet hielt.

Ich war nicht verletzt. Das heißt, unter mir auf dem Steinboden breiteten sich keine feuchten warmen Flecken aus. »Mütterchen«, sagte ich, die Arme nach ihr ausgestreckt wie ein Kind in der Wiege, »ich bin nicht hier, um deine Kuh zu stehlen. Ich bin Polizeiinspektor ...«

Das dunkle, runzlige Gesicht musterte mich. Ich sah, daß ihr Finger fest um den zweiten Abzug gekrümmt war.

Ich leckte mir die Lippen. Mit Angst, gewöhnlicher Angst, kann ich viel besser umgehen. »Ich würde gerne aufstehen«, sagte ich. »Ich möchte auf die Füße.«

»Denk erst gar nicht daran«, sagte sie. Ich fragte mich, ob mir meine Erkenntnis weiterhelfen konnte, daß sie eine begeisterte Anhängerin synchronisierter amerikanischer Polizeifilme war.

»Ich bin Polizeibeamter«, sagte ich, noch immer auf dem Rücken liegend. »Inspektor beim 13. Moskauer Distrikt in Rot-Presnja. Wir sind dabei, einen Mord aufzuklären.«

Sie trat einen Schritt zurück und gestikulierte mit dem Lauf ihrer Flinte.

Sehr vorsichtig rappelte ich mich auf.

»Wie sind Sie hereingekommen?« sagte sie.

Ich schaute zu dem zerbrochenen Fenster.

»Ein Polizeiinspektor?«

»Man hat mich falsch informiert«, sagte ich. »Wenn ich gewußt hätte, daß diese alte Kirche von einer ehrlichen Frau für ein oder zwei Kühe benutzt wird ...«

»Ein oder zwei Kühe? Hier hat es keine Kühe mehr gegeben, seit die amerikanische Ärztin das Ganze gekauft hat.«

Diese Worte gaben mir einen Stoß vor die Brust wie von einem Schrotflintentreffer. Der Priester hatte mich also doch nicht auf eine falsche Fährte gelockt. »Passen Sie genau auf«, sagte ich zu der alten Frau. »Ich hole jetzt meinen Polizeiausweis aus der Tasche und halte ihn in die Höhe, damit Sie sehen, daß ich der bin, der ich sage.«

»Zwei Finger«, sagte sie.

»Was?«

»Nehmen Sie zwei Finger, und keine schnelle Bewegung.«

Ich tat, wie sie mich geheißen hatte und wie man es im Fernsehen sehen kann. Eine vorsichtige Bewegung, den Blick auf die doppelte Mündung am Ende des Gewehrlaufs gerichtet. Sehr langsam hielt ich den Ausweis auf Armeslänge in einen Lichtstrahl und hoffte inständig, daß sie lesen konnte.

»Sieht aus wie Sie«, nickte sie. »Ja, eine gute Ähnlichkeit.«

»Werden Sie jetzt das Gewehr weglegen?«

»Da ist noch immer ein guter Schuß drin. Ich will zuerst wissen, was Sie hier machen.«

Ich wußte, daß meine erste Anwort die richtige sein mußte. »Dr. Shepherd«, sagte ich langsam, »hat das Land verlassen.«

Das Gesicht der Babuschka nahm einen verwirrten, schmerzlichen Ausdruck an. »Das kann nicht sein«, sagte sie. »Das Land verlassen ...? Wie könnte sie das? Sie war erst heute nachmittag hier.«

»Sie wird nicht zurückkommen, Mütterchen«, sagte ich. »Wann ist sie weggegangen?«

»Vor ein, zwei Stunden vielleicht. Sie hat ein paar Sachen mitgenommen, und weg war sie.« Ihr Gesicht war vor Bestürzung verzerrt. »Sie meinen, sie kommt nicht zurück?«

»Nie mehr«, sagte ich. »Sie ist von hier zum Flughafen gefahren und hat ein Flugzeug nach Amerika genommen.«

»Amerika ...« sagte sie. »So ein weiter Weg.«

Ich schwieg einen Moment und beobachtete ihr Gesicht. »Sie wird von der Polizei gesucht, Mütterchen.«

Sie nickte langsam. Sie stellte keine Fragen. Mit dem Fatalismus der Kleinbauern akzeptierte sie die neue Autorität. Die amerikanische Ärztin war weg, die Polizei war da. Sei's drum. Langsam knickte sie den Lauf des Gewehrs ab und nahm die übriggebliebene Patrone heraus. »Sie werden den Hof ansehen wollen.« Sie machte mit dem Kopf eine Bewegung.

»Das möchte ich«, sagte ich.

Sie hielt das Gewehr in der Armbeuge und schlurfte mit ihren Fellstiefeln durch das Kirchenschiff und durch eine breite Lücke in der zusammengebrochenen Holzwand. Sie zog einen Schlüsselbund unter ihrem Schal hervor und öffnete eine schmale Seitentür, und ich fühlte einen kälteren Luftstrom durch das Kirchenschiff wehen.

Wir standen in einem kleinen Hof, wo die Pflastersteine vom

Schnee in den Ritzen umrahmt wurden. Vor mir lag ein altes, einstöckiges Bauernhaus mit angebauter Scheune. Es gab Anzeichen, daß der Kamin und die Regenrinnen vor kurzem repariert worden waren. Doch kein Licht, keine Vorhänge an den Fenstern. Tatsächlich warfen die Fenster unsere sich bewegenden Silhouetten, die der Babuschka und meine, zurück, als wir den gepflasterten Hof überquerten, und ich hatte den Eindruck, daß sie von innen gestrichen oder mit Brettern vernagelt waren.

Sie ließ mich in einen kleinen, fensterlosen Flur ein. Als sie die Tür zumachte, knipste sie eine indirekte Deckenbeleuchtung an, die nackte, weißgestrichene Wände enthüllte, so glatt und sauber, daß sie möglicherweise aus Metallplatten bestanden.

Vom Innern eines alten Bauernhauses war keine Spur geblieben. Der Fußboden bestand aus poliertem Holz, und die Tür vor uns war noch offensichtlicher aus Stahl als die Wände. Daneben leuchtete in einer in Schulterhöhe angebrachten Metallbox mit numerierten Knöpfen ein rotes Licht.

»Kennen Sie den Code?« fragte ich die Babuschka, als wir auf die Tür zugingen.

»Ich habe ihn im Kopf«, sagte sie stolz. Sie lehnte das Gewehr an die Wand und baute sich vor der Tür auf.

Ich wollte etwas sagen, aber sie legte einen Finger auf die Lippen. »Passen Sie auf«, sagte sie. »Das Todesjahr des großen Genossen Stalin ... 1-9-5-3 ... Könnte ich das je vergessen? Dreizehn war ich, und plötzlich hörte die Erde auf, sich zu drehen. Ich konnte mir nicht vorstellen, wie wir ohne seine führende Gegenwart leben sollten. Meine Mutter konnte eine Woche lang nicht aufhören zu weinen. Natürlich wußten wir, daß es eine westliche Verschwörung war, aber da war das Böse schon geschehen.«

»Der Code«, sagte ich, als ich Tränen in ihren Augen aufsteigen sah.

»Dann hat dieser Dummkopf Chruschtschow übernommen und uns in den Augen der Welt in Verruf gebracht ... mit dem Schuh auf das Pult zu klopfen vor den Vereinten Nationen. Hat sich benommen wie ein russischer Bauer. Das haben wir ihm nie verziehen ... Nicht einmal gut genug, dem Herrn Stalin die Stiefel zu putzen.«

»Der Code«, sagte ich.

»Das letzte große Jahr in unserer Geschichte: 1-9-5-3 ...« Sie drückte die Zahlen.

»*Identification*«, sagte das Gerät auf englisch. Sie lehnte sich vor und brachte ihre Lippen dicht an die runde Sprechöffnung unterhalb des roten Lämpchens. »Es ist die alte Anna Fjodorowna«, flüsterte sie verschwörerisch. »Anna und ein Polizeiinspektor.«

Das Licht erlosch, und ein Schloß klickte.

»Wann wurden all diese Gebäudearbeiten vorgenommen?« fragte ich die alte Frau.

Sie schürzte die Lippen. »Vor drei Jahren oder länger«, sagte sie. »Direkt nachdem die Anarchisten Moskau eingenommen haben. Die Ärztin hat es als Klinik für junge Frauen eingerichtet. Nur die schlimmsten Fälle sind hierher gebracht worden. Für die meisten konnte sie nichts mehr tun. Sie sind hier auf dem Friedhof begraben.« Sie seufzte. »Während der Belagerung waren wir ständig beschäftigt.«

Ich öffnete die Tür und trat ein. Automatisch ging das Licht an. Ich wußte sofort, an was für einem Ort ich war. Das leise Brummen und die Raumtemperatur verrieten es. Mein Magen verkrampfte sich vor Schreck, als ich an der Wand die aufgereihten kleinen medizinischen Kühlschränke sah. Vielleicht zwei Dutzend oder mehr. Die Babuschka, fiel mir auf, war draußen auf dem Flur geblieben.

Ich zog an einem der Griffe. Ein Tablett glitt auf mich zu. Ich hatte mich nicht gewappnet für das, was vor mir lag. Etwas ziemlich Langes, Schwarzrotes in einem beschlagenen Plastikbeutel. Es sah aus wie etwas, wofür W. I. Lenin alles geben würde. Ich knallte es zu und zog weitere Tabletts heraus. Einige waren leer, andere enthielten ähnliche Scheußlichkeiten. In meinem Abscheu dauerte es eine oder zwei Schubladen, bis mir auffiel, daß jeder Beutel sauber mit Namen und Nummer gekennzeichnet war. Ich wischte mit dem Zeigefinger den Niederschlag ab. Ich schaute auf den Uterus von Valentina Matskij. Demnach war sie doch nicht zu ihren Verwandten aufs Land gefahren.

Ich schob das letzte Tablett zurück und sah die Babuschka an, doch meine Entdeckungen schienen sie gleichgültig zu lassen. Ich war bereit zu glauben, daß ihr im wahrsten Sinne des Wortes nicht bewußt war, was die tiefgefrorenen Beutel enthielten. Ich deutete auf die Tür an der hinteren Wand. »Wo führt die hin?« fragte ich sie.

»Dort ist das Labor der Ärztin, Genosse Inspektor«, sagte sie. »Und auf der anderen Seite ist natürlich die Garage. Wenn Sie durchgehen wollen – es ist nicht abgeschlossen.«

»Gehen Sie vor«, sagte ich. Ich hatte nicht den Wunsch, mich allein in diesem Leichenhaus eingeschlossen zu finden.

Sie schlurfte gehorsam durch den Raum. Ich ging hinter ihr her in ein kleines Labor mit einem riesigen Operationsscheinwerfer über einem kompakten Operationstisch und stählernen Becken mit Wasserhähnen, die mit dem Ellbogen bedient werden konnten.

Zuerst war ich der Meinung, der Raum sei, wie der erste, lediglich funktional, doch als ich mich umdrehte, sah ich einem photographierten Porträt in die Augen. Sie gehörten einer gutaussehenden Frau von ungefähr fünfundfünfzig Jahren. Aus irgendwelchen Gründen war ich mir sicher, daß die Frau Amerikanerin war. Ein ziemlich langes, starkes, freundliches Gesicht, kurzes, fast zu einem Bob geschnittenes Haar und ein warmes Lächeln. Es gab keine Bildunterschrift, aber ich war überzeugt, daß ich der *wahren* Dr. Shepherd in die Augen blickte. Und ebenso überzeugt, daß sie die Geliebte der jungen, *falschen* Imogen gewesen war.

Ich wandte mich an die Babuschka. »War Dr. Shepherd heute morgen in diesem Raum?«

»Ganz kurz, um einen Musterbehälter zu holen.« Sie machte eine Geste.

»Einen Musterbehälter?«

Sie schlurfte durch den Raum und ging hinten durch eine Tür. Ich blieb im Türrahmen stehen. Die Tür führte in eine kleine Garage, wo ein großer Mercedes stand, der im Licht blauschwarz schimmerte. Ich ging hin und öffnete die Fahrertür. Die Sitze waren aus schwarzem Leder, der Fußbodenbelag war von dem blassen Grau unserer Teppichproben. Ich beugte mich hinein. Das Innere war umgebaut worden. Es gab keinen Rücksitz. Der Teppich war hinten herausgerissen und durch glänzende rote Gummimatten ersetzt.

»Das sind die Musterbehälter.« Die alte Frau deutete auf ein Gestell mit einem halben Dutzend Metallboxen, die dort lagen, wo sich normalerweise der Rücksitz befand. Ich packte eine am Griff und öffnete den Metallverschluß. Sie hatte ungefähr die Größe einer Brotdose und war aufgeteilt in einen Glasbehälter und eine kompakte, batteriebetriebene Kühleinheit.

Es war ein Geschäft. Ein hochorganisiertes Geschäft. Doch ich wußte, daß nicht die klinischen, metallenen Kühlboxen mir im Gedächtnis bleiben würden. Das Bild, das mich verfolgen würde, war ein ganz anderes – das des grünen Plastikzelts über dem Stalin-Sockel, der ausgenommene Körper und das weiße, tote Gesicht des achtzehnjährigen Opfers.

45

Ich kam zurück in ein leeres Büro. W. I. Lenin hockte auf dem Faxgerät und machte sich über den Fischbelag eines von Dronskij zurückgelassenen Frühstücks-Fischburgers her. Er war zu beschäftigt, um zu fauchen oder zur Begrüßung eine Pfote zu heben. »Da du fragst«, sagte ich, »die Mordgeschichte wird heißer und heißer.«

Lenin hielt den Kopf über den Fischburger gesenkt.

Ich setzte mich an meinen Schreibtisch. Ich war erschöpft, meine Augenlider waren schwer und brannten. Ich nahm eine Zigarette aus der Schublade und zündete sie an. Weshalb so tun, als würde ich nicht rauchen? Vor einem Kater? Ich stützte einen Ellbogen auf den Schreibtisch und das Kinn in die Hand. Wellen von Müdigkeit überrollten mich. Müdigkeit und Verzweiflung. Das Tempo der letzten Stunden hatte Julia nicht aus meinem Gedächtnis verbannt, sondern die Unvorstellbarkeit ihres Tuns irgendwie abgestumpft. Jetzt kehrte sie mit Macht wieder, samt dem Bild gebeugter Männer und Frauen, die in »Teufelshaut« gekleidet waren, den groben Stoff gestreifter Gefängniskleidung, und in ihre unzumutbaren, je nach Saison entweder überschwemmten oder gefrorenen Schlafhütten in Sibirien stolperten, jeder von ihnen unwiderruflich abgeschnitten von seiner Familie und seinen Lieben – so wie Julias Tun mich abgeschnitten hatte.

Ich begriff, daß ich die Rechnung für meine Naivität bezahlte. Wie Hunderttausende es unter dem Kommunismus getan hatten. Und wie Hunderttausende es jetzt tun würden. Sie mußten bezahlen für ihre Loyalität gegenüber Julia und ihre Ahnungslosigkeit angesichts ihrer Skrupellosigkeit, wenn sie ihren Beteuerungen als Amnestieministerin Glauben schenkten. Sie würden sich zu Tausenden ergeben, sobald es verkündet wurde. Und die Vereinigten Staaten und Europa würden Tausende mehr zurückschicken, die dorthin geflohen waren und um Asyl gebeten hatten.

Ein durchdringendes Jaulen W. I. Lenins riß mich aus meinen Träumereien, als das Faxgerät unter ihm anfing zu piepsen und zu summen. Er sprang mit einem Satz vom Gerät und war durch die offene Tür verschwunden, noch bevor ich ihn auslachen konnte. Ich hätte das Blatt zu den anderen, nutzlosen neuen Regierungsverfügungen auf den Boden fallen lassen, hätte ich nicht auf dem Briefkopf das Logo der russischen Fluggesellschaft gesehen. Ich stand auf und nahm die Seite, bevor sie zu Boden fiel. Es war eine Botschaft ohne Unterschrift, doch ich hatte keinen Zweifel, daß sie von Madame Raissas Bruder stammte. Sie lautete:

Information gerade von Kontakt in NYPD erhalten. Jean Lucy Harrow. Geboren 1983 in Cleveland, Ohio. Mayapple-Besserungsanstalt, Cleveland, 1995. – 1996 wegen schwerer Körperverletzung in das Hodge-Dower Psychiatric Hospital eingewiesen; 1997 entlassen. Änderte Namen in Mary Roan; bis 2001 31 Festnahmen wegen Prostitution, in 5 Staaten 9 Festnahmen wegen Körperverletzung. – Unter verschiedenen Namen – McKenzie, Parton, Salvatore, Nyquist – 2005 verhaftet wegen illegalen Imports menschlichen Gewebes. – 2008 nahm sie wieder eigenen Namen an, Jean Lucy Harrow. Wohnhaft in London. 5 Verhaftungen wegen illegalen Imports menschlichen Gewebes. – 2012 klagt sie vor dem Bundesgericht Massachusetts wegen des Erbes des Zwei-Millionen-Dollar-Vermögens von Dr. Imogen Shepherd als ihre nach dem Gewohnheitsrecht rechtmäßige Lebenspartnerin.

Raissas Bruder hatte Verbindungen. Ich zerknüllte das Papier und warf es in den Mülleimer. Jean Lucy Harrow hatte sich in Luft aufgelöst. Ohne Zweifel würde sie irgendwo auf der Welt, wo Chaos oder Bürgerkrieg herrschte, wieder von vorn anfangen. Ich schloß die Augen, und es gelang mir beinahe, ihr Parfüm zu riechen, sie vom Barhocker gleiten zu sehen. Eine Frau, die ich nie auch nur ansatzweise verstehen würde, ein schöner, distinguierter, gutangezogener *Dämon*.

Eine Frau, die aus irgendeinem unverständlichen Grund mit einem Taxi den ganzen Weg nach Nikulino gefahren war, um einen *leeren* Musterbehälter abzuholen. Mein Unterkiefer fiel nach unten. Es war die Müdigkeit, die mein Gehirn umnebelte. Der Behälter war einzig für einen Zweck bestimmt – dafür, eines von Imogens beziehungsweise Jean Lucy Harrows Organexemplaren aufzunehmen.

Doch sie war auf der Flucht aus diesem Land. Sex-Change fuhr Hunderte von Kilometern von Moskau entfernt auf irgendwelchen Zügen mit. Welche grausigen Rachegedanken auch immer sie in ihr Labor zurückgeführt hatten, sie konnten jetzt nicht in die Praxis umgesetzt werden.

Als das Telephon klingelte, war es Dronskij, der vom Flughafen aus anrief.

»Kein Glück bisher, Chef«, sagte er.

»Haben Sie herausgefunden, welchen Flug sie genommen hat?«

»Bis jetzt noch nicht, Chef. Hier herrscht ein verdammter Jahrmarkt. Sie erwarten irgendeinen VIP-Besuch. Auf dem Flughafen wimmelt es von Soldaten und Polizei. Kein Mensch, der einem einfache Fragen über Passagierlisten und ähnliches beantworten würde.«

»Tun Sie, was Sie können, Ilja. Aber konzentrieren Sie sich nicht nur auf die New York-Flüge. Ich vermute, sie hat einen kürzeren Flug genommen: nach Warschau, Berlin oder sogar Paris.

Dann wäre sie gelandet und verschwunden, bevor wir sie per Funk zurückhalten könnten.«

»Vielleicht.« Er machte eine Pause. »Konstantin ...« Er hatte zum erstenmal meinen Vornamen benutzt. »Ich wollte nur sagen, daß ich mich wirklich freue über die Neuigkeiten«, sagte er.

»Neuigkeiten?«

»Wegen Mischa. Das ist phantastisch. Wirklich phantastisch.«

Völlig schockiert setzte ich mich gerade. »Wovon reden Sie, Ilja?« Ich hatte mit Dronskij noch nie über meinen Sohn gesprochen. »Was ist mit Mischa?« Doch die Hoffnung brach in mir durch.

»Das wissen Sie nicht? Hören Sie denn Ihre Nachrichten nicht ab, um Himmels willen?«

Ich legte auf und knallte den Finger auf den Wiedergabeknopf. Nataljas Stimme klang nüchtern und gleichzeitig aufgeregt. »Die tollste Möglichkeit, Konstantin. Aber bisher ist es nur eine Möglichkeit. Bitte vergiß das nicht. Ich war auf dem Pawlowsk-Friedhof direkt außerhalb von Petersburg. Es war etwas, was Julia unter Narkose gesagt hat, Konstantin. Nur ein Hinweis – aber ich wollte dem nachgehen. Auf dem Friedhof existiert kein Grab, wie Julia es beschrieben hat. Und was noch besser ist, es gibt Gerüchte, daß Mönche sich einer ganzen Reihe zurückgelassener Kinder angenommen haben. Es gibt einen kleinen Grund zur Hoffnung, Konstantin. Ich nehme das nächste Flugzeug zurück. Ich liebe dich. *Nur* dich.«

Ich war verrückt vor Hoffnung. Und genauso verrückt vor Angst. Verrückt vor Angst um ein sechsjähriges Kind, das sich in einer Kolonne verlassener Kinder durch Schneestürme kämpfte. Bilder flogen mir durch den Kopf und terrorisierten mich, von älteren Jungen mit Laternen an langen Stöcken, die an der Spitze des Zuges marschierten, und von Mischas nachlassenden Kräften ... daß er immer mehr zurückfiel, bis er im Schnee nicht mehr weiterkam.

Jemand soll mit mir sprechen. Bevor ich schreie. Ich stand von meinem Schreibtisch auf und stürzte durch die Tür in die Mordkommission. Ein halbes Dutzend falscher Angestellter war bei der Arbeit. Köpfe hoben und senkten sich dann wieder über die Telephone. Niemand da, dem ich hätte erzählen können, daß mein Kind vielleicht noch am Leben war.

Ich ging zurück in mein Büro und spielte Nataljas Nachricht wieder und wieder ab, analysierte jeden Satz, die Betonung jedes Satzes, und versuchte, noch mehr herauszuquetschen, als da war…

Als die Nachricht zu Ende war, stand ich zitternd auf, um mir noch einen Wodka einzuschenken. Wieder wurden Zeit und Datum angesagt, gefolgt von einer Rückmeldung Bitows und Jakunins, die von den kleineren Flugplätzen keine Neuigkeiten hatten. Ich hatte den Wodka eingeschenkt und wollte gerade die Maschine ausschalten, als wieder eine Zeit/Datums-Ansage kam. Diesmal ging sie eindeutig der Stimme Dr. Brodskijs voran, Nataljas Vertretung als Chefpathologin. Ihr Ton klang sehr von oben herab: »Inspektor Vadim, ich warne Sie als leitenden Ermittlungsbeamten, daß ich demnächst bei Kommandant Brusilow eine Beschwerde gegen Sie einreichen werde. Es ist mir unter diesen Umständen nicht möglich, die mir zugewiesene Aufgabe zu erfüllen…« Ich suchte nach Zigaretten. »Ich bestehe kategorisch darauf, als Chefpathologin vom Dienst von diesem Alarm benachrichtigt zu werden…«

»Mach, was du willst, meine Liebe«, sagte ich und steckte mir eine Zigarette in den Mundwinkel.

»Wenn dieser Mord wirklich vom Monstrum begangen wurde«, krächzte die Stimme weiter, »wie es der Fall zu sein scheint, dann haben meine Experimente der letzten zwei Tage –«

Ich rannte durch das Morddezernat und kümmerte mich nicht um die Papiere und Telephone, die ich von den Tischen riß. Ich durchquerte die Empfangshalle und betrat einen Flur zu dem Ort, wo ein schrecklicher Geruch in der Luft hing und das Schild über der Tür besagte: FORENSISCHE PATHOLOGIE.

Ich stieß die Schwingtür auf und versuchte, einiges von dem nicht zu sehen, was auf den Schneidetischen im Raum vor sich ging. Ein Mädchen in einem blutbefleckten grünen Overall kam auf mich zu, eine Gazemaske unter der Nase, die Augenbrauen beinahe bis zum Haaransatz hochgezogen.

»Ich bin Inspektor Vadim«, sagte ich. »Aus dem Morddezernat.«

Ihr Verhalten wurde um eine Winzigkeit höflicher.

»Ich möchte zu Dr. Brodskij. Ist sie in ihrem Büro?«

Die Augenbrauen des Mädchen kletterten sogar noch höher. Sie zog die Maske ab. »Gott, nein. Sie war wütend. Sie hat bei Kommandant Brusilow eine Beschwerde eingereicht.«

»Es hat einen Alarm gegeben. Stimmt das? Einen neuen Monstrum-Alarm?«

»Vor einer halben Stunde.«

Ich zupfte sie am Ärmel und bedauerte es sofort, als ich meine blutverschmierten Finger sah. »Wo? Wo war das?«

Sie bot mir ihren sauberen anderen Ärmel, damit ich mir die Finger abwischen konnte.

»Am Flughafen. Scheremetjewo. Die Pathologin ist gerade dort.«

»Wer hat sie alarmiert?« sagte ich. »Mein Stellvertreter Dronskij?«

»Nein. Ich habe den Anruf selbst entgegengenommen. Ich nehme an, es war die Flughafenpolizei.«

»Sie nehmen an? Wie haben sie sich zu erkennen gegeben?«

Sie zuckte die Schultern. »Es war nur eine Stimme. Eine Frau in der Vermittlung –«

In mir bildete sich der Kern einer Idee. »Akzent?« sagte ich. »Hatte sie einen Akzent?«

»Heute hat jeder in Moskau einen Akzent.«

Ich wandte mich ab und griff nach dem nächstbesten Telephonhörer. »Geben Sie mir Scheremetjewo«, sagte ich zur Vermittlung. »Die Flughafenpolizei.«

Es klingelte, und jemand nahm am anderen Ende den Hörer ab. »Inspektor Vadim, 13. Distrikt, Rot-Presnja. Auf Ihrem Gelände hat es einen Mord gegeben.«

»Hunderte«, sagte eine fröhliche Stimme.

»Ich bin nicht in Stimmung für unklare Antworten. Wurde heute nachmittag oder heute abend ein Mord gemeldet?«

»Nein, Inspektor.«

»Sind Sie sicher?«

»Ich sitze direkt vor der Anschlagtafel mit den Zwischenfällen.«

»Und Sie haben keine Aufzeichnung darüber, daß die Pathologin vom 13. Distrikt zu Ihnen gerufen wurde?«

»Bleiben Sie dran.« Er deckte die Muschel halb zu, bevor er quer durch das Büro brüllte. »Nein«, sagte er. »Niemand weiß etwas von einem Anruf beim 13. Distrikt.«

»O Gott.« Ich legte den Hörer auf.

Das Mädchen sah mich inzwischen voller Sorge an. »Habe ich etwas falsch gemacht?«

Ich stellte fest, daß ich nicht schnell genug denken konnte, doch ein schrecklicher Gedanke hatte jetzt von mir Besitz ergriffen. Ich packte das Mädchen am Arm, ungeachtet des Bluts an ihrem Overall. »Was hatte Dr. Brodskij für ein Problem? Warum hat sie sich bei Brusilow beschwert? Wenn der Pathologe vom 13. Distrikt gerufen worden ist, warum sollte dann nicht sie gehen?«

Das Mädchen sah mich an, als wäre ich verrückt. »Weil es nicht mehr ihre Aufgabe war«, sagte sie.

»Warum nicht?«

»Dr. Brodskij war nur vorübergehend als Pathologin hier beschäftigt. Ich hatte kaum den Hörer aufgelegt, als Natalja Karlowa höchstpersönlich aus Petersburg hereinmarschiert kam.«

46

»Wir haben hier eine schwierige Situation, Inspektor«, sagte der Flughafeninspektor in mein Handy. »Wir erwarten die Ankunft eines hochrangigen arabischen Diplomaten – und so, wie die Dinge im Moment zwischen Rußland und den Islamisten stehen –«

»Weiter«, schrie ich ihn an. Ich steuerte den Renault mit einer Hand, den Fuß fest auf dem Gaspedal, während vor mir blinkende Blaulichter und heulende Sirenen die lange Straße zum Flughafen hinausfuhren. »Was für einen Unterschied macht der Besuch eines arabischen Diplomaten, verdammt noch mal?«

»Einen Unterschied von ungefähr fünfzig Mann. Das gesamte

mobile Einsatzteam ist abgestellt worden, um das Gelände und die VIP-Abteilung zu bewachen. Befehl von oben. Ich kann Ihnen keinen einzigen zusätzlichen Mann zur Verfügung stellen, Inspektor Vadim.«

Das Auto schleuderte so heftig, daß ich beinahe die Kontrolle verloren hätte. Ich wußte, daß es keinen Sinn hatte, den diensttuenden Beamten anzuschreien. Ich biß mir auf die Lippen. »Ist mein Stellvertreter Dronskij bei Ihnen im Raum?«

»Ich gebe ihn Ihnen«, sagte der Inspektor erleichtert.

Ich hörte Stimmen und Schritte, dann die vertraute, beruhigende Stimme: »Chef, ich bin es. Dronskij.«

»Ilja, klären Sie mich um Himmels willen auf.«

»Ja. Wegen des arabischen Besuchs ist nichts zu machen. Den müssen wir hinnehmen. Das läßt uns fünfzig Mann, die ich zusammengetrommelt habe, um den Flughafen durchzukämmen.«

»Fünfzig Mann, um 150 Hektar durchzukämmen –!«

»Konzentrieren Sie sich aufs Fahren, Chef«, sagte er, als säße er neben mir. »Sie machen ihre Sache gut, suchen sehr methodisch … Ich leite die Suche per Videokamera von hier aus dem Kontrollraum. Die Kommunikation ist gut. Wir können mit ihnen reden und bekommen Antwort. Wie lange werden Sie brauchen, bis Sie hier sind?«

Ich kurvte an parkenden Wagen vorbei unter dem roten Neonschild *Scheremetjewo* hindurch. »Ich fahre gerade auf den Vorplatz.«

Er gab mir Anweisungen, wie ich den Kontrollraum erreichen konnte, und ich bremste im VIP-Abschnitt und rannte los. Das Auto ließ ich mit weit offener Tür, heulender Sirene und blinkendem Blaulicht stehen.

Ich raste durch die Schwingtüren und hörte beim Laufen Dronskijs ruhige Stimme über das Gelände schallen, die wiederholte: »Eine Nachricht für Natalja Karlowa. Hier spricht Ilja Dronskij. Der Arztruf war gefälscht. Natalja, du bist in Gefahr, in persönlicher Gefahr. Bleibe unbedingt in der Nähe von Menschen und suche so schnell wie möglich einen uniformierten Beamten.«

Man hätte dieser Nachricht noch eine Warnung wegen Imogen

Shepherd hinzufügen können, aber wahrscheinlich war es richtig, es kurz zu halten.

Dieser Teil des Geländes schien voller bewaffneter Polizisten zu sein. Ich hatte zu schnellem Gehen verlangsamt, allerdings nicht rechtzeitig, um nicht zwei Uniformierten mit Kalaschnikows aufzufallen.

»Warum so eilig, Opa?« Ein blonder, zwanzigjähriger Jüngling stand vor mir und preßte mir die Kalaschnikow gegen die Brust. Ich kochte innerlich vor Wut, zeigte meinen Ausweis, wartete, während der Kerl ihn entgegennahm, mit nachdenklicher Miene studierte und seinem Kompagnon reichte, ehe er ihn mir endlich zurückgab. »Tut mir leid, Inspektor«, sagte er und salutierte kurz. »Aber man kann nicht vorsichtig genug sein …«

Ich nickte zustimmend und ging an ihm vorbei auf die Treppe zu, die Dronskij am Telephon beschrieben hatte.

Ich sah die aufgereihten Monitore schon, bevor ich die Glastür aufstieß. Dronskij sprang im selben Moment auf die Füße, als er mich sah, und deutete auf eine große, beleuchtete Panoramakarte von Flughafengelände, Straßen, Wartungshangaren und Passagiergebäuden, die über den Monitoren angebracht war. Das System war einfach. Um ein Gebiet auf der Karte zu bezeichnen, drückte man auf der Tastatur eine Nummer. Der genaue Ausschnitt, von der angewählten Überwachungskamera aufgenommen, wurde auf der Anzeige sichtbar und bewegte sich auf der Karte hin und her.

Gleichzeitig wurde auch der große Zentralbildschirm für den angewählten Kameraausschnitt aktiviert. Alle anderen Monitore lieferten Bilder von den verschiedenen Überwachungskameras, die sich alle fünf Sekunden änderten.

»Es gibt zu dem, was man sieht, noch zwei zusätzliche Dinge«, sagte Dronskij. Er wies auf ein kleines Kontrollgerät, das vor ihm auf dem Schreibtisch stand. »Jede Kamera enthält einen Niedrigwatt-Suchscheinwerfer, der durch diesen Knopf hier aktiviert wird. Und diese Wählscheibe ermöglicht Tele- oder Weitwinkelaufnahmen, je nach Wunsch.«

»Aber wir haben nur fünfzig Mann für die 150 Hektar Flughafengelände.«

Er zündete eine Zigarette an und reichte sie mir. Dann zündete er sich selbst eine an. »Ich habe die fünfzig Mann in zehn Einheiten aufgeteilt, jede unter direkter Funkkontrolle von hier oben. Ich habe sie so positioniert, daß jede Stelle des Flughafens innerhalb von Minuten erreicht werden kann.«

Ich ließ meine Blicke über die wechselnden Bilder auf den kleineren Monitoren schweifen. Sie zeigten beleuchtete, geöffnete Hangartüren und Männer, die an Tupolews oder Boeings arbeiteten; sie zeigten dunkle, entlegene Ecken, wo keine Menschenseele zu sehen war. Sie zeigten den geschäftigen Eingang zu einer Kantine für das Flugpersonal, und dann wechselten sie wieder, um lange, düstere Durchgänge zwischen Betonlagerhäusern zu zeigen. Gelegentlich erwischten sie eine Gruppe Milizsoldaten, aber es schienen bemitleidenswert wenige, um das riesige und meist düstere Flughafengelände abzudecken.

»Ich habe an den kommandierenden Oberst der diplomatischen Schutztruppe die Bitte durchgegeben, jede Information über Passagiere an uns weiterzuleiten, die sich irgendwo aufhalten, wo sie sich nicht aufhalten sollten«, sagte Dronskij. Ich wußte, daß er mir nur die Zeit vertreiben wollte. »Bisher nichts«, fügte er hinzu.

Ich schaute auf das Gelände hinunter. Menschen strömten aus den Ankunftsgates und schoben Gepäckwagen mit ausländischen Einkäufen vor sich her. Auf einen einzigen Blick sah ich bis zu fünfzig bewaffnete Polizisten. Ich wäre hingerannt und hätte versucht, jeden einzelnen von ihnen zu bestechen, wenn ich geglaubt hätte, daß ich sie damit zu *unserer* Suche hätte umleiten können.

Auf dem Bildschirm arbeitete sich Dronskij von Ost nach West über den Flughafen vor. »Informieren Sie mich, Chef. Um wieviel Uhr könnte Natalja hier angekommen sein?«

»Vielleicht bis zu zwanzig Minuten früher als ich«, sagte ich. »Imogens Anruf wurde von einer von Nataljas Assistentinnen entgegengenommen. Darin hieß es, man erwarte sie an der Information in der Haupthalle.«

Er dachte schneller als ich. Er hatte eine Nummer getippt und sprach bereits mit der Information, bevor ich überhaupt begriffen hatte, was er tat.

Über das Mikrophon gebeugt, sagte er mit Nachdruck: »Polizeikontrolle. Ich suche eine Amerikanerin, ungefähr fünfunddreißig Jahre alt, dunkelhaarig. Wir sind nicht sicher, welchen Namen sie benutzt. Hat eine Frau, auf die diese Beschreibung paßt, in der letzten halben Stunde eine Nachricht für Dr. Natalja Karlowa hinterlassen?«

Er legte die Verstärkertaste um, und ich hörte, wie das Mädchen sagte: »Ich erinnere mich an die Amerikanerin. Mrs. Jean Lucy Harrow?«

»Das ist sie«, sagte ich.

»Sie war sehr aufgeregt. Ich habe sie gefragt, welchen Flug sie gebucht hat, aber sie hat nicht geantwortet.«

»Haben sie die andere Frau kommen sehen?«

»Dr. Karlowa, groß, blond, das Haar mit einer Spange gehalten. Trug eine große grüne Arzttasche aus Segeltuch.«

»Wie lautete die Nachricht?«

»Sie ist aufgezeichnet worden«, sagte das Mädchen. »Hier ist sie: ›Lufthansa-Wartungshalle‹. Das ist alles.«

»Wie lange ist das her?«

»Höchstens zehn, fünfzehn Minuten.«

Während Dronskij eine Einheit der Flughafenpolizei zum Lufthansagelände dirigierte, überprüfte das Mädchen seine Aufzeichnungen. »Genau vor dreizehn Minuten«, sagte sie. »Aber sie wurde unterwegs von zwei Polizisten angehalten, die nach ihren Papieren gefragt haben. Das passiert immer bei Sicherheitsübungen. Die Polizisten wissen, daß kein echter Notfall vorliegt, und picken sich irgendeine gutaussehende Frau heraus, die sie sich vornehmen. Sie verstehen, was ich meine.«

»Kein Notfall?« brachte ich heraus und konnte vor Wut kaum sprechen. »Wollen Sie damit sagen, daß gar kein gottverdammter arabischer Diplomat erwartet wird?«

»Nur eine Übung. Sie brauchen nicht unbedingt zu sagen, daß ich das gesagt habe.«

»Moment mal.« Dronskij legte mir eine Hand auf den Arm. »Das ist gut für uns. Wenn man sie angehalten und ausgefragt hat, heißt das, daß wir nur ein paar Minuten hinter ihr sind.« Er schwang sich herum zu dem großen zentralen Bildschirm.

Während Dronskij methodisch den großen Monitor absuchte, sprangen meine Augen von einem der langsam wechselnden Bilder, die ihn umgaben, zum anderen. Das Bild wechselte alle fünf Sekunden, doch mir kam es wie eine Stunde vor. Mein Magen krampfte sich vor Panik zusammen. Ich starrte auf irgendwelche Schatten und sah beinahe überall etwas. Ich versuchte, Natalja durch meine Willenskraft auf einem der Monitore erscheinen zu lassen, und gleichzeitig war ich terrorisiert von der Angst, hinter ihr einen Schatten mit einem Messer auftauchen zu sehen.

Dann hörte ich Dronskij neben mir ächzen. »Nummer zwölf«, sagte er. Wir sahen eine Weitwinkelaufnahme von einem Durchgang zwischen zwei Backsteinlagerhäusern. Auf dem kleinen Bildschirm konnte ich gerade eben eine weibliche Gestalt ausmachen. Dann wurde das Bild auf den großen Schirm übertragen, und ich erschrak. Natalja, mit ihrer Arzttasche, die auf uns zueilte, ohne Hut, ihr blondes Haar wehte im Wind.

Dronskij gab an die nächste Polizeieinheit Befehle aus. Ich rief ihr etwas zu. Ich sprang von meinem Platz auf. Dronskij zerrte mich grob wieder zurück. »Beobachten Sie um Himmels willen den Bildschirm«, sagte er.

Ich hatte mich noch nie zuvor in meinem Leben so hilflos gefühlt. Ich beobachtete, wie Natalja um eine Ecke bog, die Hinweisschilder an einer Backsteinwand konsultierte und auf eine offene Betonfläche zuging. Eine Sekunde lang durchschoß mich wilde Hoffnung, als ein Gabelstapler langsam vor ihr vorbeifuhr. In meinem Ohr knisterte die Statik aus Dronskijs Verbindung zur Polizeieinheit. »Sie sind direkt südlich von Landebahn sechs. Drei Minuten«, sagte er zu mir. »Sie sind nicht mehr als drei Minuten entfernt.«

Die Kamera schwenkte jetzt weit herum und suchte in der Richtung, in die Natalja ging. »Nach rechts«, sagte Dronskij. »Nach rechts, verdammt noch mal!« Panik überflutete mich. Mein Blick trübte sich und wurde wieder klar. Ich starrte auf einen Schatten. Doch dieses Mal bewegte sich der Schatten. Es war Imogen. Und als sie sich bewegte, spiegelte sich das Licht auf dem eckigen Metallbehälter, den sie in der rechten Hand trug.

In der Nahaufnahme war jedes Detail genau zu erkennen. Sie

trug den Kragen ihres schwarzen Stoffmantels hochgeschlagen, und unter dem Kinn hatte sie ein dunkelkariertes Kopftuch verknotet. Ihr weißes, ungeschminktes Gesicht machte aus ihr eine beängstigende, dünnlippige Erscheinung. Ich sah sogar die dünnen Nebelwolken, die bei jedem ihrer Atemzüge aus ihrem Mund aufstiegen. Dann drehte sie plötzlich den Kopf, nachdem sie etwas gesehen oder gehört hatte. Einen Augenblick lang starrte ich ihr voll ins Gesicht. Es war ein Gesicht, aus dem alle Farbe gewichen war, aber voll gespannter Erwartung, die Mundwinkel nach unten gezogen, die Augen zusammengekniffen, der Atem kam in immer kürzeren Stößen. Ich dachte an die Worte, in denen sie das Profil beschrieben hatte. Vielleicht war dies das erstemal, daß ich jemandem ins Gesicht blickte, der völlig wahnsinnig war.

Der große Bildschirm veränderte sich. Natalja passierte den ersten Lufthansa-Hangar. Ihr Verhalten zeigte ihre Verwirrung und ihren keimenden Argwohn. Ich konnte ihre Gedanken lesen. *Man müßte Stimmen hören, krächzende Walkie-talkies, blinkendes Blaulicht. Was ist hier los?* Doch sie ging langsam weiter, während sie nach rechts und links schaute. »Dreh dich um«, flüsterte ich. »Dreh dich in Gottes Namen um und lauf um dein Leben. *Dreh dich um!*« Ich flüsterte nicht mehr. Ich brüllte, schrie den Bildschirm an. Gedanken rasten mir durch den Kopf. Unerträgliche Gedanken. Daß ich an dem Tag, an dem ich meinen Sohn wiedergewann, die Frau verlor, die ich liebte.

»Alles soweit in Ordnung«, sagte Dronskij neben mir. Seine Hände waren auf meine Schultern gepreßt. »Zwei Jeeps haben die Landebahn überquert ... Es ist nur noch eine Sache von Minuten.«

Der große Bildschirm war jetzt ausgefüllt von einer Weitwinkelaufnahme. Wir sahen, wie sich Imogen von rechts aus dem Schatten heraus nach vorne bewegte. Vielleicht rief sie etwas, denn Natalja blieb wie angewurzelt stehen und machte dann ein paar Schritte rückwärts. Ein leichter Schneevorhang fiel zwischen den beiden. Sie schienen sich über die ungefähr sechzig Meter, die zwischen ihnen lagen, zu unterhalten, doch Imogen bewegte sich unaufhaltsam vorwärts, und Natalja bewegte sich behutsam zurück.

Dann hörte ich, wie Dronskij neben mir nach Luft schnappte. Er drückte auf einen Knopf, und das Bild auf dem zentralen Monitor löste sich auf. Einen Moment lang sah ich nur Schneehaufen, die sich an den Wänden der Lagerhalle auftürmten. »Links unten«, sagte Dronskij. »O mein Gott.«

Meine Augen forschten im unteren Abschnitt des Bildschirms. Ein Schatten löste sich auf und bildete sich neu. Es war Sex-Change.

Auf dem Bildschirm löste sich der Junge aus dem Schatten und verschwand um eine Ecke des Gebäudes. Ich schaute auf das Display. Dronskij rief diesen Abschnitt auf; auf dem zentralen Schirm veränderte sich das Bild, Sex-Change rannte dicht an der Wand der Lagerhalle entlang. Als er wieder um die Ecke bog, wechselte Dronskij das Bild, fing ihn wieder ein und holte ihn in Großaufnahme heran, als er stehenblieb und sich in den Schatten kauerte. Er war jetzt klar zu sehen, in Anorak und Wollmütze. Über seinen Knien lag ein dicker Holzknüppel.

Ich war auf den Beinen. Ich warf einen letzten Blick auf das helle Display. Um den Hangar zu erreichen, mußte Natalja die Ecke passieren, wo Sex-Change wartete.

Ich konnte mich nicht abwenden. Konnte mich nicht bewegen. Ich sah, wie Imogen sich in den Schatten zurückzog, und sah aus einem anderen Blickwinkel, wie Sex-Change aufstand und sich auf die Ecke des Hangars zubewegte. »Den Suchscheinwerfer«, sagte ich atemlos zu Dronskij.

Er drückte heftig auf den Knopf, und der Bildschirm wurde weiß unter den Lichtern. Ich sah das Gesicht des Jungen, als er sich umdrehte und Dronskij ihn in Großaufnahme heranholte. Einen Moment lang waren seine Lippen zurückgezogen, entblößt … dann wandte er sich ab, den schweren Knüppel bereithaltend, und trabte lautlos um die Ecke.

Natalja rannte. Um ihr Leben. Aus dieser Entfernung war es hoffnungslos. Ich schrie, als ich den Knüppel sich heben und fallen sah, als Sex-Change sie über den Schultern erwischte.

Imogen Shepherd stand am Rand der Aufnahme, und es sah aus, als ob sie lachte.

Drei Stufen auf einmal nehmend, rannte ich über die Hintertreppe aus dem Kontrollraum und erreichte Dronskijs Jeep. Ich fand mich hinter dem Steuer wieder, Dronskij auf dem Sitz neben mir, als wir losrasten, mit durchdrehenden Reifen Schnee aufwirbelten und zwischen den Bürogebäuden und Hangars hindurch beschleunigten.

Es dauerte vielleicht drei Minuten, in denen wir um mehrere Ecken schlitterten, in aufgetürmte Schneehaufen rutschten, und Dronskij mir Anweisungen ins Ohr brüllte, bis wir die Lufthansa-Wartungshalle erreichten.

Ich erkannte die Ecke der Lagerhalle. Der Suchscheinwerfer brannte noch und war auf die Stelle gerichtet, wo Sex-Change gekauert hatte. Ich brachte den Jeep zum Stehen und sprang heraus.

Die Lichter von drei Flughafen-Jeeps waren kurz hinter mir. Ich brüllte dem Leutnant zu, er solle seine Leute ausschwärmen und hinter den Gebäuden suchen lassen. Überall waren Lichter: Scheinwerfer, Rücklichter, Taschenlampen. In meinem Kopf drehte sich alles. Die Zeit dehnte sich wie in einem Teleskop.

Vielleicht hatte ich mich ein Dutzend Male bewegt, vielleicht stand ich auch noch immer an derselben Stelle, als ich einen jungen Polizisten mit einer Taschenlampe hinter einem Stapel leerer Kisten vor etwas zurückschrecken sah.

Mein Atem kam pfeifend wie heißer Dampf aus meinem Mund, als er die Taschenlampe fallen ließ und sich gegen die Wand der Lagerhalle erbrach. Er wandte sich mit weißem Gesicht an mich und machte ein Zeichen. »Dort unten liegt eine Frau«, sagte er. Und erbrach sich noch einmal.

Ich konnte nicht hingehen. Konnte mich nicht bewegen. Ich sah den jungen Polizisten an, sah das Erbrochene auf seinem Mantel, dann trafen sich unsere Blicke. »Wie ein wildes Tier, verdammt noch mal«, schrie er mich aus kaum fünf Meter Entfernung an. »Alle beide. Er hat sie alle beide umgebracht!«

Neben mir hörte ich Dronskijs Stimme, und gemeinsam gingen wir auf die Stelle zu. An der Wand des Hangars waren leere Kisten bis über Mannshöhe gestapelt. Imogen lag ausgestreckt auf dem Rücken im Schnee. Eine Wandlampe beleuchtete das blutige Durcheinander um sie herum.

Natalja lag mit dem Gesicht nach unten. An ihren Händen und an ihrem Hinterkopf glänzte Blut.

Ich kniete nieder und hob sie hoch. Auf ihrem Gesicht stand ein Ausdruck absoluten Entsetzens – aber es war nicht das Gesicht einer Toten. Ihr Mund bewegte sich, als würde sie schwach nach Luft schnappen.

»Bewegen Sie sie so wenig wie möglich, Chef«, sagte Dronskijs ruhige Stimme hinter mir. »Ein Krankenwagen ist unterwegs.«

Bis er da war, hatte Natalja einmal gelächelt und war zweimal ohnmächtig geworden. Ich hatte sie aufgesetzt, so daß sie mit dem Rücken gegen die Packkisten lehnte, und hatte sie mit einem Militärmantel zugedeckt. Diese wenigen Bewegungen hatten Fleisch und Blut Imogens über uns beide verteilt.

Die Mannschaft des Krankenwagens handelte schnell und effizient. Natalja wurde auf eine Bahre gehoben und behutsam festgeschnallt, während ich ihre Hand hielt.

Als man sie zum Krankenwagen trug, klingelte mein Handy. Ich nahm es aus der Tasche. Es war die Flughafenpolizei aus dem Kontrollraum. »Wir haben in 41-C jemanden aufgegriffen, Inspektor«, sagte eine Frauenstimme. »Aber es scheint ein Junge zu sein, zwölf oder dreizehn.«

»Was macht er?«

»Er lehnt hier einfach an der Wand. Bleiben Sie dran, ich mache eine Nahaufnahme. Ja, das dachte ich mir. Er ist über und über vollgeschmiert – vielleicht Blut? Und er weint zum Steinerweichen.«

Ich konnte in den beleuchteten Krankenwagen hineinsehen. Ein Arzt verabreichte Natalja gerade eine Spritze. Die Türen schlossen sich, und der Krankenwagen fuhr davon.

Dronskij hatte den Arm um meine Schulter gelegt. Aus irgendeinem mir unerklärlichen Grund lag ich auf den Knien. »Sie kommt wieder in Ordnung, Chef«, schrie er mich an.

Warum schrie er? Warum zitterte mein Körper unter Schluchzern wie unter langsamen Hammerschlägen? Natalja war gerettet. Ich stieß Dronskij beiseite. Während er auf der eisbedeckten Betonfläche um sein Gleichgewicht rang, rannte ich zum Jeep.

47 Die Scheinwerfer des Jeeps leuchteten in die Schatten, als ich durch die langen, dunklen Schluchten zwischen den Lagerhallen und Hangars raste. Meine Leitung zum Kontrollraum stand, und die Frauenstimme klang ruhig und unaufgeregt. »Wir haben ihn in 51-B aufgelesen, Inspektor. Das liegt zwei Straßen weiter rechts von Ihrem momentanen Standort.«

»Was macht er?« schrie ich sie an. »Sagen Sie mir, was er macht.«

»Er bewegt sich. Er läuft, oder man könnte sagen, er joggt in Richtung der Kreuzung 51-C.«

»Soll ich besser zurückfahren?«

»Zurück, und fahren Sie dann parallel zu ihm weiter. Nehmen Sie die Wartungsstraße zu Ihrer Linken, und Sie werden ungefähr gleichzeitig mit ihm die Ecke erreichen.«

Ich wendete den Jeep. Der Schnee lag hoch in diesen engen Schluchten, doch die Reifen griffen. Ich machte die Scheinwerfer aus und fuhr langsam weiter.

Ich bremste ein paar Meter vor der Ecke und rutschte über den schneebedeckten Beton. Ich stieg aus, den Motor ließ ich laufen. Ich nahm die Pistole aus dem Holster, entfernte das Magazin mit zehn Schuß und warf es in einen Schneehaufen.

Ich wußte im voraus, was ich zu sehen bekommen würde. Mein Gehirn hatte aufgehört zu funktionieren, als sich die Türen des Krankenwagens hinter Natalja geschlossen hatten. Als ich wußte, daß sie in Sicherheit war.

Ich dachte nicht wie ein Polizeibeamter vor einer Verhaftung. Wie hätte ich das tun können, als ich lautlos durch den Schnee auf ihn zuging? Doch das Erschrecken, mit dem ich auf das Schluchzen um die Ecke des nächsten Gebäudes, zehn oder fünfzehn Schritt entfernt, reagierte, hatte etwas Desorientierendes.

Ich trat vor. Mein Schatten fiel auf den Jungen, der mit dem Rücken an die Wand des Hangars gelehnt dasaß, jetzt ohne Kopfbedeckung, mit einem winzigen, abgespannten Gesicht, das weiß war bis auf die gefrorenen Blutspuren.

Ich schrie auf. Ich glaube, daß er mich erkannte. Er *muß* mich erkannt haben. Ich für meinen Teil würde nie diese runden, dunklen Augen vergessen können. Ich rannte auf ihn zu. »Mischa ...« rief ich. »*Mischa!*«

Er sah mich an und verschmierte das Blut und die Tränen auf seiner Wange. »Ich heiße Sex-Change«, knurrte er.

Ich schüttelte den Kopf. »Jetzt bist du wieder Mischa«, sagte ich, während ich auf ihn zurutschte und -stolperte.

Er beugte sich nach vorne, so hoch er konnte – und spuckte mir ins Gesicht.

Als ich zusammenzuckte und mich abwandte, drehte er sich um und rannte davon.

Ich folgte den Spuren im Schnee. In diesen unberührten Schluchten war das keine Kunst. Ich schaltete den Kontakt mit dem Kontrollraum aus und lief, die ungeladene Pistole in der Tasche, hinter meinem Sohn her.

Am Ende des Hangars öffnete sich ein breiterer Platz. Hier war der Schnee mit häßlichen Ölflecken gesprenkelt. Eine Spur führte geradeaus in die dahinterliegende Dunkelheit.

Ich rannte über den Betonplatz und blieb abrupt stehen. Er war direkt vor mir, saß mit baumelnden Beinen auf einer hüfthohen Mauer. Seine Füße erreichten nicht ganz den Boden.

Ich blieb ungefähr drei Meter vor ihm stehen.

»Gut«, sagte er. »Komm her.« Seine Hand war ausgestreckt und winkte mich zu sich. »Komm und faß mich, los, komm schon ...«

»Wir sind nicht im Fernsehen«, sagte ich. »Du wirst in ein paar Stunden rufen können, soviel du willst.«

Ich ging auf ihn zu. Ich sah, ich *fühlte* die Tiefe des Schmerzes in diesen braunen Augen – doch das Gesicht war angespannt, kühn, verächtlich ...

»Mischa«, sagte ich.

Und er lachte.

»Mischa«, wiederholte ich.

Er neigte den Kopf und horchte ... schien zufrieden mit dem, was er hörte. Und mit einer plötzlichen Bewegung warf er die Beine hoch und ließ sich rückwärts über die Mauer rollen.

Ich hatte den Schnellzug nicht näherkommen gehört, als er die Beine in die Luft warf. Als ich zu den Schienen hinunterkletterte, waren fünf oder sechs Polizisten neben mir, und ich machte keine Anstalten, den zerschmetterten Körper zu berühren, den sie grob in einen wasserdichten Plastiksack rollten.

48

Sie wachte jede Nacht vier- oder fünfmal auf und drängte sich dicht an mich. Manchmal sah ich, wie ihre bernsteinfarbenen Augen sich öffneten und in meine starrten. Sie lag so da, mit weitgeöffneten Augen, dann schlossen sich ihre Lider wieder, und der tiefe Rhythmus ihres Atems setzte von neuem ein.

Ich glaube nicht, daß ich viel schlief. Vielleicht hin und wieder zwanzig Minuten. Ich lag dicht an ihrem nackten Körper, aber ich dachte an Mischa, an unsere Spaziergänge zu dem Denkmal in Murmansk, dem britischen Hurricane-Kampfflugzeug, das er so gerne gemocht hatte, und wie ich dem Fünfjährigen zu erklären versucht hatte, daß England und Amerika diese Flugzeuge, Lastwagen und Jeeps und Lebensmittel vor langer, langer Zeit als Hilfeleistung nach Rußland geschickt hatten.

»Was für Lebensmittel?« hatte er jedesmal gefragt, wenn wir an diesem Punkt der Geschichte ankamen, und ich hatte ihm erzählt, was mein Großvater mir über amerikanische Carepakete mit Schinkendosen und Tafeln um Tafeln Schokolade erzählt hatte. Dann war er um das Flugzeug herumgetanzt und -gehüpft, und ich hatte daran gedacht, wie gemein und wie unfreundlich dieses Denkmal doch gegenüber all den britischen und amerikanischen Seeleuten war, die ihr Leben verloren hatten, als sie Hilfe in unser arktisches Murmansk gebracht hatten.

Gegen sieben, kurz vor der Dämmerung, erwachte Natalja, und dieses Mal rückte sie von mir ab, setzte sich im Bett auf und zog das Laken bis unter das Kinn. Unter ihrem Haaransatz sah ich den Bluterguß von ihrer Verletzung, der sich bis zum Hals hinzog. Doch die Röntgenbilder waren eindeutig gewesen. Böse Kopfschmerzen, hatte der Arzt gesagt, und ein oder zwei Tage lang Rückenschmerzen.

Ich setzte mich ebenfalls auf. »Warum bist du weggerückt?« fragte ich sie.

Sie lächelte müde. »Ich muß dir einiges sagen«, sagte sie.

Über Mischa. Ich nickte. »Ich koche Kaffee, dann erzählst du es mir.«

Ich stand auf, zog Hemd und Hose an und ging in die Küche, um Kaffee zu kochen. Als ich zurückkam, saß sie im Bett, trug aber einen Morgenmantel und bürstete sich das Haar.

Ich setzte mich neben sie auf das Bett und reichte ihr einen Kaffee. Durch das Fenster sah ich etwas mehr als einen Kilometer entfernt die Dämmerung über den Türmen und Zwiebeldomen des Kreml aufsteigen. Einige Fenster, die ich für Bürofenster hielt, waren bereits erleuchtet. Eine Weile saß ich zusammengesunken da, nippte an meinem Kaffee und fragte mich, ob Julia wohl schon eingezogen war.

»Als ich nach Norden gefahren bin«, sagte Natalja, »geschah das aus Verzweiflung. Ein paar Worte, die Julia in der Nacht, als ich ihr die Granatsplitter aus dem Rücken geholt habe, immer wieder gesagt hat. Worte, die wahrscheinlich keine Bedeutung hatten. Aber sie genügten, daß ich nach Pawlowsk gefahren bin.«

Ich wandte ihr das Gesicht zu. Ich hatte noch nichts von Mischa gesagt. Weder zu ihr noch zu irgendwem sonst. Mir fehlten die Worte oder die Sätze, um meine Gedanken zu fassen.

»Ich habe einen Jeep ausgeliehen«, sagte sie, »und bin dorthin gefahren. Falls meine Hoffnungen sich im Nichts auflösen sollten, würde ich wenigstens den Grabstein sehen. Ich würde wenigstens am Grab von jemandem stehen, der dir so viel bedeutet hat.«

Ich glaube, das war eine Lüge, aber eine schöne Lüge. Ich glaube, sie war nach Pawlowsk gefahren, weil ich nur so Julia sehen würde, wie sie wirklich war. Doch das spielte jetzt kaum noch eine Rolle.

»Ich bin zum Friedhof gegangen«, sagte Natalja. »Ich bin in der entferntesten Ecke zu der Eibe gegangen und habe nachgesehen ...« Sie machte eine Pause. »Es gab keinen Stein. Kein Zeichen für ein Grab.«

Sie streckte die Hand aus und streichelte meine Wange. Ich

schluckte schwer und versuchte, es ihr zu sagen, doch es kamen keine Worte, keine Sätze ...

»Ich habe den Priester dort gefragt, und er sagte, einen solchen Stein, wie ich ihn beschrieben hätte, habe es nie gegeben.« Sie schlang den Arm um mich. »Konstantin«, sagte sie, »ich wollte dich sofort anrufen, doch ich dachte, wie grausam es wäre, wenn ich dir Hoffnungen machte, um dann herauszufinden, daß Mischa den Krieg nicht überlebt hatte.«

Ich nickte dumpf.

»Hör zu, Lieber«, sagte sie. »Ich bin sofort nach Pawlowsk ins Waisenhaus gegangen. Dort war nichts. Doch die Waisenhäuser tauschen untereinander Listen mit Namen und Beschreibungen aus. Sie hatten dort fünfzehn Listen aus dem ganzen Land ...«

Ich packte ihre Hand, wollte es ihr verzweifelt sagen. »Es nützt nichts«, sagte ich. »Du wirst ihn nicht finden.«

»Ich habe etwas gefunden. Den Namen eines Waisenhauses in Borisowo, außerhalb Moskaus, in der Nähe des Flughafens. Auf der Liste aus dem Waisenhaus Borisowo stand bis vor einem Jahr ein Junge namens Vadim: *Michail Konstantinowitsch Vadim.*«

»Aber er war nicht mehr da ...«

»Er ist letztes Jahr davongelaufen. Er war zwölf. Man hat seine Spur und die einiger anderer Jungen bis zur Haupteisenbahnlinie verfolgt.« Sie hielt inne. »Dort lebt eine Frau, die Mischa aus Pawlowsk begleitet hat ...«

Das Waisenhaus von Borisowo war ein umgebautes Arbeitslager, ein Gelände mit langen, abschreckenden, drahtumzäunten Hütten und unbemannten Wachtürmen.

Wir kamen ungefähr um vier Uhr nachmittags an, als sich die Kinder gerade zum Essen aufstellten. Wir fuhren mit dem Direktor des Waisenhauses hin, der sein Auto anhielt, damit wir den Appell beobachten konnten.

Die Kinder waren zwischen fünf und zwölf oder dreizehn Jahre alt, alle in blauen Anoraks und übergroßen Pelzmützen. Jedes Kind hielt einen polierten Blechnapf vor der Brust, in der anderen Hand einen Löffel und eine Blechtasse. Man konnte unmöglich sagen, ob es Jungen und Mädchen waren.

Als der Appell seinen Lauf nahm, stiegen wir aus. Die Namen wurden aufgerufen, dann wurde geantwortet. Die Blechnäpfe wurden auf ihre Sauberkeit untersucht. Atemwolken stiegen in die Luft. Das Personal ging umher und klatschte in die behandschuhten Hände und stampfte mit den Füßen, während die Kinder in strenger Habachtstellung verharrten.

Vielleicht dauerte der ganze Appell keine Viertelstunde, ehe sie kolonnenweise in Richtung Kantinenhütte marschierten. Während ich das Gehabe und die Selbstzufriedenheit des Personals beobachtete, hatte ich das Gefühl, als würde es ewig dauern. Neben mir ließ Natalja ihre behandschuhte Hand in meine schlüpfen und drückte sie fest.

Der Direktor, Oleg Sinkowskij, nickte voll persönlicher Zufriedenheit über den Ablauf und führte uns in sein Büro. Nachdem er den Ofen überprüft und mit seiner Gattin telephoniert hatte, rief er Nadja Rybin und ließ uns allein.

Sie war eine große, magere Frau von ungefähr vierzig Jahren und trug die graue Uniform der Angestellten des Waisenhauses Borisowo. Sie hatte ein langes, trauriges Gesicht, aber ein freundliches, ziemlich schüchternes Lächeln, als sie ins Vorzimmer schaute und die Tür hinter sich schloß.

Natalja ging durch das Zimmer auf sie zu und schüttelte ihr die Hand. Als ich vorgestellt wurde, nickte sie unbeholfen.

»Warum setzen wir uns nicht«, sagte ich. »Natalja sagte mir, Sie seien so freundlich, ein paar Fragen über meinen Sohn Mischa zu beantworten.« Gott weiß, wie ich diesen Satz herausbrachte, Brüder, gerade so, als wäre ich wirklich ein Vater, der die Wissenslücken um seinen langverschollenen Sohn schließen will. Die Wahrheit sah anders aus. Ich haßte jeden Moment, den ich hier verbrachte. Dieser Ort bot für mich keine Erleichterung. Ich hatte ihn gesehen, als er auf der Mauer über der Bahnlinie gesessen hatte. Ich *kannte* ihn, wie er früher in Murmansk in der Wohnung auf dem Teppich gespielt hatte. Das Letzte, was ich auf dieser Welt wollte, war, in allen Einzelheiten, Vorfall für Vorfall, Monat für Monat zu erfahren, wie er zermürbt und von den Umständen zu dem dreizehnjährigen Psychopathen gemacht worden war, der mich in Scheremetjewo verhöhnt hatte.

Nadja Rybin saß auf der Stuhlkante, einen Plastikordner auf dem Schoß. Natalja setzte sich aufs Sofa, und ich setzte mich auf die Kante des Direktorenschreibtischs. Ich wartete, während die Frau mit gesenktem Kopf in ihrem Ordner kramte. »Vielleicht möchten Sie sich zuerst dies hier ansehen, Inspektor.« Sie reichte mir drei oder vier Photos.

Ich betrachtete das erste. Es zeigte einen Mischa, den zu erkennen ich kein Problem hatte, einen Sechsjährigen mit dunklem, lockigem Haar und hellen Augen. Es war höchstens sechs oder sieben Monate nach Julias Weggang zur Volksfront aufgenommen worden.

Die nächsten beiden waren von einem ähnlichen, ungefähr ein Jahr älteren Mischa, doch nun hatte er ein dünnes, verkniffenes Gesicht, als lebte er ständig mit Kälte und Hunger. Ich sah ihn mir genau an, obwohl der Schmerz beinahe unerträglich war. Es war wie ein letzter Blick auf den Jungen, den ich verloren hatte.

Dann sah ich mir das letzte Photo an. Eine verschwommene Vergrößerung aus einem Gruppenphoto. Kopf und Schultern eines Jungen mit kurzgeschorenem dunklem Haar, der Mund von den Erfahrungen zu einem dünnen, bösen Strich zusammengepreßt wie gestanztes Blech. So sehr ich aufstehen und schreien wollte, daß er es nicht war, war es doch unleugbar Mischa.

Ich gab ihr die Photos zurück. Ich war jenseits von Worten. Ich stand auf und ging um den Schreibtisch des Direktors herum. Natalja sah mich an, doch ich wandte meinen Blick ab. »Natalja erzählte mir«, sagte ich und hörte selbst, wie merkwürdig meine Stimme klang, »daß Sie früher einmal Mitglied von Julia Petrownas Frauendivision in der Armee der Volksfront gewesen sind …«

Sie legte die Photos in den roten Ordner zurück und nickte. »Ich war Unteroffizier, Kompaniekommandantin im Rang eines Kapitäns. Ich habe meine falschen früheren Bindungen gestanden, Inspektor. Ich habe während des Krieges die Seiten gewechselt. Ich wurde offiziell begnadigt.«

Ich hob die Hand, um sie zu stoppen. »Ich versichere Ihnen, daß es nicht mein Interesse ist, Verfehlungen nachzugehen«, sagte ich. Doch falls das wirklich stimmte, was tat ich dann überhaupt hier? Die Verfehlungen, denen ich nachging, waren voll und ganz meine eigenen.

Sie nickte wieder mit diesem nervösen Kopfnicken. »Vielen Dank«, sagte sie. »Ich hoffe, was ich zu sagen habe, wird Ihnen helfen. Helfen, Ihren Sohn zu finden.«

Ich sah in Nataljas beherrschte, alabasterweiße Züge. Ich verzweifelte fast, so sehr wollte ich es ihr sagen. Vielleicht in ein, zwei Tagen. In einer Woche. »Sprechen Sie weiter, Nadja Iwanowa«, sagte ich. Um ihr oder vielleicht auch mir selbst zu helfen, heftete ich meinen Blick auf das verschlungene Blumenmuster des Direktorenteppichs.

Der Ofen in dem kleinen, holzverschalten Raum glühte vor Hitze. Eine hölzerne Pendeluhr, ein billiges Hochglanzmodell *made in China*, tickte beharrlich. »Wir waren auf dem Rückzug vor dem großen nationalistischen Angriff auf Petersburg«, sagte Nadja Iwanowa langsam, »und versuchten, unsere Front neu aufzubauen und zu befestigen. Das hieß für uns, den Zugverkehr nach Pawlowsk zu unterbinden.«

»Wenn Sie sagen *wir*, meinen Sie damit die Frauendivision?« fragte Natalja.

»Die *Petrowna*, wie wir uns nannten. Insgesamt bestanden wir aus ungefähr 15 000 Frauen, zwei motorisierten Infanterieabteilungen und einer bewaffneten Brigade.«

Sie sah, wie ich den Kopf hob, und lächelte mit fast vergessenem Stolz. »Sind Sie überrascht, Inspektor? Dachten Sie, die *Petrowna* sei eine reine Fraueneinheit gewesen?«

»Ich habe keinen Zweifel, daß Julia sichergestellt hat, daß Sie weit mehr waren als das.«

»Das hat sie. Wir waren gut ausgebildet und gut ausgerüstet. Wir wußten, daß sie den Generälen nicht erlauben würde, uns in hoffnungslose Hinhaltemanöver zu schicken, um die Männerdivisionen zu erhalten oder ihrer Eitelkeit zu schmeicheln.«

»Sie haben an sie geglaubt. An Julia.«

Das Gesicht der Frau verlor bei der Erinnerung beinahe die Fassung. »Sie können es sich nicht vorstellen«, wandte sie sich an

Natalja, »was es bedeutet, von Frauen befehligt zu werden, Seite an Seite mit Frauen zu kämpfen, zu Frauen eine Kameradschaft aufzubauen. Das hat sie uns alles gegeben. Wir kämpften nicht für die Volksarmee, Inspektor«, sagte sie und wandte sich wieder an mich. »Wir kämpften für uns und für Julia Petrowna.«

»Und trotzdem …«, unterbrach Natalja sie trocken.

»Ja. Und trotzdem habe ich die Division verlassen.«

»Warum?«

»Unsere Division war nur aus einem Grund weniger effektiv als manche andere. Das haben wir Frauen alle akzeptiert. Wir waren weniger mobil.«

»Weil sie Kinder dabei hatten.«

»Ja.«

»Was geschah?«

»Eines Tages bezogen wir unsere Stellungen. Das war in Pawlowsk. Dort merkte ich, daß etwas nicht stimmte. In meiner Position als Signaloffizier erfuhr ich, daß *alle* Einheiten in Richtung Front marschierten.«

»Was war daran ungewöhnlich?«

»Bis zu diesem Zeitpunkt war immer ein Bataillon dazu abkommandiert gewesen, sich der Kinder anzunehmen. Es waren drei-, vierhundert Kinder jeden Alters.«

»Sie wußten also, daß an jenem Tag etwas anders war«, sagte Natalja.

»Ich hatte zwei Jungen im gleichen Alter wie Mischa. Sie waren sogar gute Freunde …« Einen Moment lang kämpfte sie um ihre Selbstbeherrschung, dann rieb sie sich mit dem Handrücken die Tränen aus den Augenwinkeln und sah mich von unten an. »Der Befehl war ausgegeben worden … Julia Petrowna hatte den Befehl ausgegeben … So war sie. Sie wußte, daß man nicht jede dieser Frauen fragen konnte, ob sie bereit sei, ihre Kinder aufzugeben. Also hat sie gehandelt.«

»Was hat sie getan?«

»Sie hatte es bereits getan. Sie hatte jedem Kind eine Dreitagesration aushändigen lassen.«

Ich hatte das Gefühl, mir stünde der Mund offen. »Dann hat sie sie laufenlassen –?«

»Man hatte den Kindern die Richtung der nächstliegenden nationalistischen Bastion gezeigt – ich glaube, es war Nowgorod – und sie angewiesen, in Reihen zu marschieren.«

»Im Januar?« sagte ich. »Durch den Schnee?«

Sie holte tief Luft. »Ich brauchte drei Tage, bis ich sie wiederfand. Zu diesem Zeitpunkt waren noch dreißig oder vierzig weitere Frauen desertiert, und einige hatten bereits mit ihnen aufgeschlossen. Natürlich befanden sich die Kinder in einem erbarmungswürdigen Zustand. Die kleineren hatten ihre Rationen verloren oder aufgegessen. Viele litten an Erfrierungen oder Unterkühlung. Einige sehr kleine waren unterwegs gestorben.«

»Was taten Sie?«

»Wir fanden ein Kloster. Mitten in einem Schneesturm, als wir uns mit den Kindern über die Straße kämpften, sahen wir im Schnee Lichter. Ein Kloster, dessen Mönche herauskamen und uns aufnahmen. Für einige war es zu spät«, sagte sie. »Für meine beiden Jungen.«

Wir saßen schweigend in dem kleinen, heißen Zimmer und warteten, daß Nadja Iwanowa fortfuhr.

»Doch Mischa überlebte«, sagte sie mit mitleiderregender Munterkeit. »Und auch die meisten anderen Kinder.«

»Sind Sie in dem Kloster geblieben?«

»Ungefähr eine Woche. Doch es lag in der Kampfzone. Die Mönche nutzten das gute Wetter und brachten uns in eines ihrer anderen Klöster in den Demiansker Bergen. Danach verlegten sie uns immer wieder, um den Kämpfen auszuweichen. Wir waren außerhalb von Jaroslawl, als die Nationalisten die Macht übernahmen und wir zu einem offiziellen Waisenhaus wurden.«

Ich war so weit gekommen. Warum nicht einige Dinge erfahren? »Was für ein Junge war Mischa damals?«

Sie zuckte die Schultern. »Sie werden mich für eine sentimentale Frau halten.«

»Warum sollte ich das tun?«

»Es ist mir peinlich, Ihnen das zu sagen, doch er wurde für mich wie ein eigenes Kind. Ich versuchte, ihn zu meinem Kind zu machen. Aber Julia war zu stark für mich. Sogar als Kind zeigte er Eigenschaften, die die anderen Kinder bewunderten.« Sie zuckte wieder die Schultern. »Ich nehme an, Mischa ist ein Anführer, wie seine Mutter eine Anführerin ist.«

Es war, als wäre ich nie sein Vater gewesen.

»Er wurde ... wie soll ich sagen, sich seiner Stärke bewußt. Wurde sich bewußt, daß er andere Kinder führen konnte. Er wurde härter. Unter den Umständen, unter denen wir lebten, wurden wir alle härter. Eines schrecklichen Nachts geschah im Lager ein Mord. Eines der Mädchen wurde umgebracht. Mischa wurde verdächtigt.«

»Zu Unrecht verdächtigt?«

»Das Mädchen war dreizehn. Mischa war elf, doch sie war seine Freundin. Solche Beziehungen sind streng verboten, aber in Wahrheit sind sie hier sehr verbreitet. Jede Woche werden bei den Kindern Abtreibungen vorgenommen. Mischa wurde befragt ... leugnete jede Beteiligung. Unklugerweise leugnete er, das Mädchen überhaupt gekannt zu haben – wir alle wußten, daß das eine Lüge war. Der Fall sollte vor den Direktor kommen, als beim Appell auffiel, daß vier Jungen weggelaufen waren. Angeführt, daran habe ich keinen Zweifel, von Mischa.«

Ich stand auf. Ich hatte nicht den Wunsch, noch mehr zu hören. »Ich danke Ihnen, Nadja Iwanowa. Vielen Dank, daß Sie mir das alles erzählt haben.«

Wir nahmen unsere Mäntel, bedankten uns beim Direktor und gingen zu unserem Auto, das direkt innerhalb des Drahtzaunes wartete. Die Kinder strömten vom Essen zurück, von folgenlosen Ermahnungen der Angestellten begleitet.

»Oberflächlich betrachtet«, sagte ich, »sieht es immerhin kaum wie ein Waisenhaus aus.«

»Der Direktor glaubt, man könne die Kinder nur durch militärische Organisation führen und ihnen Werte beibringen.«

»Und ist das so?«

»Sie werden tyrannisiert. Das bedeutet, daß sie von nichts anderem reden und träumen als von der Flucht. Ich muß Sie warnen, Inspektor. Wenn Sie Ihren Sohn finden, wird er sich sehr verändert haben. Diese Jungen gleichen heute sehr wilden jungen Tieren. Aber ich glaube, sie haben noch immer einen guten Kern.«

Wir standen neben dem Wagen.

»Ist Ihnen bekannt, ob Julia je Nachforschungen angestellt hat? Hat sie versucht, herauszufinden, was aus Mischa geworden ist?« fragte Natalja.

»Ich habe nie von Nachforschungen Julias über Mischa gehört.«

»Aber sie wußte vermutlich nicht, wo er sich aufhielt«, sagte ich. Nahm ich sie immer noch in Schutz?

»Vor Ende des Krieges habe ich die Division benachrichtigt«, sagte die Frau. »Julia persönlich.«

»Wissen Sie, ob sie die Nachricht erhalten hat?«

»Ich habe eine Namensliste der Kinder an das Hauptquartier der Division geschickt. Viele andere Frauen, Mütter dieser Kinder, haben geschrieben oder Photos oder kleine Geschenke geschickt. Eine oder zwei sind sogar desertiert und hierhergekommen, um ihre Kinder zu holen.« Sie schüttelte mir die Hand. »Aber diese anderen Frauen trugen natürlich nicht die Last der Verantwortung.«

Ich schaute Natalja an, aber sie schien keine Fragen zu haben. Sie sah woanders hin.

»Geben Sie Julia Petrowna die Schuld an dem, was passiert ist?« fragte ich Nadja Iwanowa.

Sie schwieg. »Julia Petrowna war eine Anführerin«, sagte sie schließlich. »Ein Führer ist kein Führer, wenn er nicht bereit ist, harte Entscheidungen zu treffen. Wie könnte ich Julia Petrowna einen Vorwurf machen?«

Ich saß neben Natalja im Wagen. Eine Kolonne von Jungen kam von der Arbeit zurückmarschiert. Sie trugen Schaufeln über der Schulter und schleppten sich mühsam vorwärts, die Köpfe gesenkt, die Gesichter tief in den Kragen ihrer Anoraks. Auf Kommando eines Feldwebels, der an der Spitze marschierte, hoben sie die Köpfe und begannen müde unsere Nationalhymne, die »Rodina«, zu singen.

Ich saß da, die behandschuhten Hände am Steuer. Nadja kam gerade aus dem Büro des Direktors. Sie blieb einen Augenblick stehen, als die Jungen vorbeimarschierten, und ihre Augen schienen jeden genau zu mustern. Dann drehte sie sich um und ging zurück zur Hütte der Angestellten. »Nadja Iwanowa ist eine aufrichtige Frau«, sagte Natalja. »Sie kämpft immer noch mit ihrer Vergangenheit, wie wir alle. Sie bringt es immer noch nicht fertig, Julia Schuld zuzuweisen.«

»Das hat noch nie jemand fertiggebracht«, sagte ich.

49

Die nächsten drei Tage verbrachte ich in einem so tiefen Schockzustand, daß ich mich nur noch schemenhaft und unzusammenhängend daran erinnere, wie an das wiederholte Klicken eines Kameraverschlusses. Dronskij, der mir Kaffee brachte; Nataljas Gesicht, wie sie sich vor Sorge auf die Lippen biß; W. I. Lenins schweigendes, gleichgültiges Starren. Am realsten waren für mich die Stunden, wenn ich Natalja überredet hatte, mir *stoke* zu geben, und ich mich mit zwei Streifen in meine Wohnung verzog und trank und davon träumte, wie Mischa mit seinen Zügen spielte ...

»Mischa«, sage ich, »was hast du über uns gedacht, über deine Mutter und deinen Vater? Was waren deine sechsjährigen Gedanken, als du zusammen mit den anderen Kindern durch den Schneesturm marschiert bist?«

Und sein Kopf hebt sich von den in Frankreich hergestellten Zügen, mit denen er gerade spielt, und seine schmollenden Kinderlippen werden langsam schmaler und länger, bis Sex-Change auf der niedrigen Mauer sitzt und das Geräusch eines echten Zuges die Dunkelheit um mich herum ausfüllt.

Natürlich dachte ich an Selbstmord, doch am meisten dachte ich an Schuld. War ich es gewesen oder Julia, der den ersten fatalen Schritt weg von Murmansk getan hatte – war es wirklich ich und nicht sie, der uns getrennt hatte? Sogar zu diesem späten, späten Zeitpunkt wollte ich es noch herausfinden.

Dieser Gedanke ließ mich nicht los, als ich ziellos durch den Belorussischen Bahnhof schlenderte. Oder mich hinsetzte und mit Claudias beinamputierter Mutter Dose um Dose White Flag leerte.

Ich weiß nicht, warum ich mir Wladimira aussuchte. Wahrscheinlich, weil sie eine neutrale Zuhörerin war. Aus welchem Grund auch immer, ich erzählte ihr alles, das meiste. »Wladimira«, sagte ich. »Es gibt etwas, was ich wissen muß. War ich es, oder war es Julia?«

»Sie hat dich verlassen, Konstantin«, sagte sie. »Natürlich hat sie das. Nur ein Russe würde das anders sehen. Nur ein Russe – oder ein Verrückter.« Dann tätschelte sie meine Hand und öffnete noch ein White Flag und fragte sich, ob Claudias Zug aus Minsk heute pünktlich ankommen würde oder nicht.

Die meisten Tage saß ich in meinem Büro und beobachtete, wie sich W. I. Lenin vom Tisch zum Aktenschrank zum Regal bewegte. Ilja Dronskij, das fiel mir auf, hielt sich von mir fern. Vielleicht hatte Natalja ihm gesagt, daß es besser sei. Meist blieb er in seiner eigenen Büronische, die vom Morddezernat abging, und befaßte sich mit den komplizierten Verwaltungsaufgaben, die entstanden, wenn man in Moskau eine Mordakte schließen wollte. Er legte mir einen abschließenden Bericht zur Unterschrift vor, und ich las lediglich die letzte Seite. Anhand der Sendungen, die von dem Labor in Nikulino ausgegangen waren, hatte er die Anzahl der Morde auf siebenundvierzig geschätzt, eine Zahl, die anzuzweifeln ich keinen Grund hatte. Als Schuldige genannt wurden eine Jean Lucy Harrow alias Dr. Imogen Shepherd, amerikanische Staatsbürgerin, und ein dreizehnjähriger Minderjähriger russischer Nationalität, bekannt als Sex-Change, wirklicher Name unbekannt.

Ich nahm meinen Füller und unterschrieb unten auf der Seite mit meinem Namen.

Der Winter war jetzt voll da. Es schneite jeden Tag, manchmal den ganzen Tag lang. Und die Temperaturen wurden mir vertrauter. Am Abend der Party fuhr ich zu Nataljas Wohnung. Ich hatte sie mehrere Tage nicht gesehen. Als ich sie das letztemal gesehen hatte, hatte sie mich gedankenverloren betrachtet und mich, als wir allein waren, wehmütig auf die Wange geküßt wie eine ehemalige Geliebte.

Heute öffnete sie die Tür, und eine Sekunde lang blitzte ihr altes, strahlendes Lächeln auf, ehe es langsam wieder verlosch … Ohne ein Wort machte sie die Tür auf und winkte mich hinein, ging durch das Zimmer und goß mir ein Glas Wein ein. »Kein *stoke* mehr, Konstantin.«

Ich schüttelte den Kopf.

»Wahrscheinlich bist du deswegen gekommen.«

»Nein.«

Sie trug Jeans und einen weißen Rollkragenpullover. Die Hände in die Hüften gestemmt, schaute sie mich unsicher an. »Wirklich?«

»Nein. Ich bin fertig mit *stoke*«, sagte ich. »Es bringt keine Träume, sondern Alpträume. Erzähl mir, wie es dir geht, Natalja. Sogar Dronskij sagt, du seist in den letzten Tagen geistig kaum da gewesen.«

»Ich hatte furchtbar viel zu tun«, sagte sie vorsichtig. »Organisatorisches im Labor.«

»Dronskij sagt, du seist seit Tagen nicht mehr im Labor gewesen.«

»Ich bin dir keine Rechenschaft schuldig, Konstantin.«

»Nein.« Ich machte eine Pause. »Du bereitest nicht wieder deinen Weggang aus Moskau vor?«

»Würde es dir etwas ausmachen, wenn dem so wäre?«

Ich hob die Augenbrauen und fand ein Kopfschütteln oder Nicken bei weitem zu kompliziert, hob mein Glas und trank. »Hast du seit deiner Rückkehr Professor Kandinskij gesehen?« fragte ich.

»Ja.« Sie hielt kurz inne. »Du hast im Moment keine politische Heimat, Konstantin. Niemanden, der deine Loyalität einfordert. Soll ich ein Treffen mit dem Professor arrangieren?«

Ich schüttelte den Kopf. Die Ereignisse hatten mich ausgeleert. Ich konnte mich nicht einfach auf den tröstlichen Schutz einer politischen Verbindung einlassen. Besonders nicht, wenn diese Verbindung an das Gesetz glaubte, an eine gerechte Justiz. Ich sah Nataljas Blick und war kurz davor aufzubrechen, als sie mich am Arm faßte. »Warum bist du heute abend gekommen, Konstantin?«

»Du wirst lachen, es scheint so unbedeutend. Ein Freund von mir gibt eine Party.«

Sie lachte wirklich. Ein kurzes, unfröhliches Lachen. »Ich glaube, auch wenn man mir hundert Versuche gegeben hätte zu erraten, warum du heute abend hier bist, ich wäre trotzdem nie darauf gekommen, daß du mich zu einer Party einladen willst. Ist das wirklich der Grund, warum du hier bist?«

»Ja.« Mein Gesicht brannte. »Eine Party. Glaub mir, Natalja.«

»Was für eine Party?«

»Eine Party, um die Beförderung meines Freundes zum General zu feiern.«

Ihre Augen wurden schmal. »Immerhin, ein General.«

»Und um seine Frau in Moskau willkommen zu heißen.«

»Das muß noch einen anderen Grund haben. Du bist wohl kaum in Party-Stimmung. Was ist der wirkliche Grund, Konstantin, mein verlorener Liebster?«

»Sag das nicht. Sag es noch nicht. Vielleicht finde ich noch meinen Weg«, sagte ich. »Zieh dein rotes Kleid an und die Kette mit den blauen Steinen, die ich einmal an dir gesehen habe, und begleite mich heute abend, Natascha. Wirst du das tun?«

»Ist dein Freund einverstanden?«

»Roy wird bezaubert sein, wenn er seine neuen Schulterstücke vor einer so schönen Frau paradieren kann. Seine Frau Katja wird, um ehrlich zu sein, ganz und gar nicht erfreut sein. Wirst du mitkommen?«

»Ich ahne Schlimmes.« Sie lächelte, die Zunge in der Backe zusammengerollt. Dann stellte sie sich auf die Zehenspitzen und küßte mich. »Ja, ich komme mit.«

Im Wagen redete Natalja. »Ich habe eine Gruppe ausfindig gemacht«, sagte sie. »Sie arbeiten von Wladimir aus und behaupten, sie hätten die landesweit vollständigste Datenbank über vermißte Kinder. Das funktioniert natürlich kommerziell. Sie verlangen dreihundert Dollar für einen ersten Durchlauf.«

»Geldverschwendung«, sagte ich.

Sie warf den Kopf herum. Ich konzentrierte mich auf die vielen weißen Lichter, die vom Schnee reflektiert wurden. »Geldverschwendung ... Konstantin? Was willst du damit sagen, Geldverschwendung? Es ist eine Möglichkeit, Mischa zu finden.«

Es war an der Zeit, es ihr zu sagen. In meinem Kopf formte ich die Worte. Ich wägte einen Satz ab, dann einen anderen. Dann sagte ich schließlich brutal: »Mischa und Sex-Change waren ein und derselbe Junge.«

Ich spürte, wie ihr ganzer Körper zurückwich. »Was sagst du da, Konstantin?« Ich sah nur strahlende Scheinwerfer und die roten Punkte der Rücklichter vor mir. Doch ich hörte den Schmerz in ihrer Stimme. »Das kannst du glauben? Das ist Wahnsinn, Konstantin. Sogar Bösartigkeit.«

»Ich muß dem ins Auge sehen«, sagte ich. »Ich, der ich in meinem Leben bisher so wenigen Dingen ins Auge gesehen habe. Mein Sohn und Sex-Change waren ein und derselbe Junge.«

Wir fuhren in den Hof des Restaurants, wo Roys Party stattfinden sollte.

Sie streckte die Hand aus und wandte mir das Gesicht zu. »Glaubst du das wirklich?« sagte sie mit einer Stimme, die kaum lauter war als ein Flüstern. »Ich habe mit ihm gesprochen«, sagte ich. »Bevor er unter den Zug kam. Du vergißt, daß ich mit ihm gesprochen habe.«

»Du hattest deinen Sohn fünf Jahre lang nicht gesehen, Konstantin. Gesichter verändern sich. Mein Gott, du leidest unter einem Alptraum.«

Mein Kopf zersplitterte beinahe. »Ich muß lernen, der Wirklichkeit ins Auge zu sehen, das hast du selbst gesagt«, sagte ich scharf. »Für Leichtgläubigkeit wie die meine ist kein Platz.«

»Ich habe außerdem gesagt, daß ich mich deshalb in dich verliebt habe.« Sie legte mir einen Arm um den Hals. »Jetzt sieh mich an. Du quälst dich. Du kannst das doch nicht wirklich glauben?«

»Doch.« Ich stieg aus dem Auto.

Sie stieg aus und knallte die Tür zu. »Aber du hast Sex-Change auf dem Belorussischen Bahnhof gesehen, Konstantin. Wenn es Mischa war, warum hast du ihn dann in jener ersten Nacht nicht erkannt?«

»Er hatte eine alte deutsche Gefangenenmütze tief ins Gesicht gezogen. Sein Gesicht war verdeckt.«

»Du hättest deinen Sohn wiedererkannt.«

Ich schüttelte den Kopf.

»Das ist Masochismus«, sagte sie heftig. »Eine Täuschung, die du selbst erfunden hast. Du bestrafst dich jetzt für deinen Glauben an Julia.«

»Mischa und Sex-Change waren dasselbe Kind«, sagte ich eigensinnig.

»Nein«, sagte sie fest. »Ich habe Überwachungsvideos aus dem Belorussischen Bahnhof gesehen, auf denen Sex-Change zu sehen war. Im Waisenhaus habe ich Photos gesehen. Das war nicht Mischa. Ich bin Pathologin und habe eine wesentlich größere Erfahrung mit Gesichtsstrukturen als du. *Das war nicht Mischa.* Das mußt du mir glauben, Konstantin.« Wir standen einander im Schnee gegenüber.

»Du wirst dich verrückt machen. Du leidest an einem Schuldkomplex. Verstehst du denn nicht, daß es Schuld ist, die diesen schrecklichen Gedanken in dein Gehirn gepflanzt hat?«

Aber ich war mir sicher, daß sie sich irrte.

Als angemessenen Rahmen, um seinen Aufstieg zu feiern, hatte Roy das Maxim's ausgewählt, das feinste Restaurant Moskaus mit glänzendem Mahagoni und Messing und rotem Plüsch.

Er begrüßte uns am Eingang, umgeben von befrackten Kellnern und seinen uniformierten Adjutanten. »Kostja, Kostja ...« Er trat einen Schritt zurück, um mich anzusehen. »Du siehst, wie soll ich sagen ... blaß aus. Schlimmer noch. Wie ein krankes Mädchen.« Er tätschelte mir die Wange. »Komm und nimm einen Drink zu dir, das bringt wieder Farbe in deine Wangen.«

»Du hast es also geschafft, Roy«, sagte ich. »Generalsschulterblätter, noch bevor dir die Haare ausfallen.«

»Meinen Glückwunsch, General«, sagte Natalja, als ich sie vorstellte.

Roy beugte sich über ihre Hand und küßte sie. »Ich persönlich bin der Ansicht, daß man Kostja gratulieren müßte«, sagte er und musterte sie, als man ihr den Mantel abnahm. »Er kommt nicht nur mit einer geheimnisvollen Frau hier an, die unsere sämtlichen Militärsgattinnen sehr unelegant aussehen lassen wird – nein, er hat auch noch sein Monstrum gefaßt ...« Er nahm Nataljas Arm und schlang die andere Hand um ihre Taille. »Unser Kostja ist ein tiefes Wasser, einer von diesen komplizierten Burschen.«

»General, ich glaube, Sie übertreiben.«

Er blieb stehen und schaute ihr von unten ins Gesicht. »Ich möchte gern, daß Sie mich Roy nennen«, sagte er. »Aber noch nicht sofort. Nicht bevor ich mich daran gewöhnt habe, von schönen Frauen General genannt zu werden. Ich kann das ruhig zugeben, wissen Sie. Es gefällt mir.«

»Das sollte es auch.«

Er sah mich über die Schulter hinweg an. »Sie ist wunderbar. Deine geheimnisvolle Frau ist wunderbar.« Er wandte sich wieder an Natalja. »Ich kenne Kostja schon, seit wir nicht größer waren als so. Die Frauen lassen ihm keine Ruhe. Aber meiner Meinung nach« – er schüttelte theatralisch den Kopf – »ist er zu neunundneunzig Prozent berechenbar.«

»Das macht das fehlende eine Prozent so aufregend«, sagte Natalja lässig.

»Sie müssen es wissen!« rief Roy hocherfreut. »Du gehst jetzt und suchst Katja«, sagte er und wandte sich wieder an mich. »Und ich werde Natalja mit den Freuden wirklich guten französischen Champagners bekannt machen.«

Der große Saal des Restaurants enthielt einen langen, erhöhten Tisch, der eine ganze Wandlänge einnahm, und acht oder zehn runde Tische, die davor aufgebaut waren. Alle Tische waren mit rosafarbenen Tischtüchern gedeckt, und Besteck und Gläser glänzten im Licht der Kandelaber. Auf der großen Fläche vor den Tischen und auf den Stufen, die zu ihnen hinunterführten, standen ungefähr hundert Personen, viele in Uniform, viele Männer in Dinnerjacketts, und jede der Frauen in meinem Blickfeld war mit teurem Schmuck behängt.

Ich hatte keine Lust, mit Katja zu plänkeln. Ich suchte mir einen Platz an der Wand und lehnte mich dagegen und beobachtete die frenetische Energie um mich herum. Da gab es bei näherem Hinsehen Gesichter, die ich aus Zeitung und Fernsehen kannte. Der Minister für Schienentransport. Ein stellvertretender Minister für Wasserwege. Der sibirische Minister für Metallgewinnung. Der Außenminister persönlich. Eine Frau mit hochgetürmtem, von Perlenschnüren durchzogenem braunem Haar war eine ausgezeichnete Schauspielerin des Moskauer Theaters. Ein Mann, nachlässiger gekleidet als die meisten, ein Performance-Künstler, den man sogar in Murmansk kannte. Ein oder zwei Generäle, die es im gerade vergangenen Bürgerkrieg zu Medienruhm gebracht hatten …

Alles für Roy Rolkin. Alle in Moskaus erstem Restaurant versammelt, um seine Beförderung zum General zu feiern. Ich konnte es nicht glauben. Doch wenn ich es geglaubt hätte, als er es mir gesagt hatte, wäre ich nicht hier.

»Es gibt nichts Tragischeres«, flüsterte eine kleine, rundliche, hübsche Frau mir zu, »als einen Existentialisten, der die Welt nach einem definitiven Akt absucht, den er begehen könnte, den aber niemand erkennen würde.«

»Das Leben ist ein einziger, langer, lautloser Schrei«, stimmte ich ihr liebenswürdig zu. »Aber so ist es. Man kann nicht dagegen an. So ist das Leben.«

Sie sah noch einmal rasch zu mir auf, lächelte kurz und ging weiter. Katja, sah ich, war auf der anderen Seite des Raumes. Sie hatte mich entdeckt und machte mir unmißverständliche Zeichen.

Was an Schlimmem konnte mir jetzt noch passieren? Jene wenigen Demütigungen und Schmerzen, die die letzte Woche noch nicht geboten hatte, nahm ich an. Ich könnte quer durch den Raum marschieren, Katja am Arm packen und sie von den hohen Offizieren wegführen, mit denen sie sich unterhält, und sie mitten in diesem glitzernden Saal auf einen Tisch werfen, ihr die Kleider vom Leib reißen und sie anheben, die Hände unter ihre Hüften geschoben … und röhren und bellen wie ein brünftiger Orang-Utan.

Ich nahm einem vorbeikommenden Kellner ein Glas Champagner ab. Ja, das könnte ich tun. Aber es wird euch erleichtern zu hören, Brüder, daß ein Opfer meiner selbst meinen Absichten heute nacht fernliegt.

Aus welchem Grund bin ich dann hier? Warum bin ich wirklich gekommen? Nicht um meinem alten Freund Roy zu gratulieren. Nicht einmal wegen des ausgezeichneten Champagners, den er zwangsläufig auffahren lassen würde. Seht ihr, Brüder, ich habe, was meine wahren Absichten an diesem heutigen Abend betrifft, einen Verdacht. Ich denke, wir könnten *Besuch* bekommen.

Ich schloß mich einer kleinen Gruppe an und wandte Katja den Rücken zu. »Die Inkompetenz der ersten Verlautbarungen im Monstrum-Fall übertrifft wirklich alles«, sagte gerade eine Frau in einem häßlich geblümten Kleid. »In der Gesamtrussischen Nachrichtenagentur versuchen wir regelmäßig, die Teile zusammenzusetzen, aber ich sage Ihnen, es ist nicht leicht.«

»Um was für Teile handelt es sich?« fragte ich.

»Wenn wir den Bastarden von der westlichen Presse eine Blutspur hätten legen wollen, hätten wir es nicht besser machen können.«

»Ich kann Ihnen nicht folgen«, sagte ich.

»Der Westen interessiert sich nicht für die Russen, weder für die Mörder noch für die Opfer. Der Westen interessiert sich für den Westen. Also liefern wir eine junge, schöne und äußerst geheimnisvolle Amerikanerin – sowohl als Mörderin als auch als Opfer. Wir klagen sie an wegen Organhandels und weil sie in ihrer Limousine die Straßen nach Opfern absucht. Sofort behauptet die westliche Presse, das rieche nach Vertuschung...«

»Aus welchem Grund könnte jemand glauben, hier würde etwas vertuscht?« fragte ich.

»Weil das eine bessere Story abgibt.«

»Und wie sollte die aussehen?«

»Wenn die im Westen darauf keine Antwort haben, suchen sie sich eine, die ihnen paßt. Offensichtlich fällt ihnen Lawrenti Berija ein, der als Kommandant der Tscheka mit seiner Limousine die Straßen durchstreifte. Also bringt die Regenbogenpresse im Westen jeden Tag etwas über Berija. Und haben wir darauf eine Antwort? Nein, natürlich nicht.«

»Was für eine Antwort?« fragte ich sie. »Die beiden Mörder sind tot.«

»Wie passend, heißt es in der westlichen Presse. Wie außerordentlich passend! Und man druckt wieder dieselben Geschichten über den alten Berija, einen General, sogar Minister, der die Straßen absucht. Die Revolverblätter bringen jeden Tag die widerwärtigsten Verdächtigungen.«

Ich sah sie verständnislos an.

»Daß die amerikanische Ärztin für einen regierenden Minister als Deckung dient.« Sie machte Platz für mich, so daß ich mich in den Kreis einreihen konnte. »Interessieren Sie sich für diese Geschichte?«

Ich nickte. »Als leitender Ermittler«, sagte ich.

»Ach, wirklich?« Die Frau strich sich das graue Haar zurück. »Auch wenn ich riskiere, Sie zu beleidigen, junger Mann«, sagte sie, »ich würde vorschlagen, Sie sollten keine Zeit verlieren und sich informieren, wie man mit der westlichen Presse umgeht.«

Eine halbe Stunde ließ ich mich treiben. Natalja, sah ich, war immer von einem halben Dutzend Männer umringt. Katja war glücklicherweise gerade verschwunden; zweifelsohne knutschte sie mit einem jungen Kellner oder Adjutanten auf einem Haufen Mäntel und betreßter Mützen.

Es gelang mir, Roy auf dem Weg zwischen zwei Generälen abzufangen. »Was ist, alter Freund?« sagte er. »Hat sich jemand mit dem wunderbaren Geschöpf davongemacht, mit dem du gekommen bist?«

»Roy, ich muß mit Julia sprechen. Ich *muß* mit Julia sprechen.«

Er hob die Hände in einer hoffnungslosen Geste.

»Laß die Spielchen, Roy, oder ich werde dafür sorgen, daß deine Beförderungsparty ein peinliches Ende nimmt.«

Er versteifte sich. »Paß mal auf, Kostja«, sagte er. »Die Welt dreht sich zu schnell für dich, ja? Das Problem liegt bei dir, nicht bei Julia. Ganz sicher nicht bei mir.«

»Wo ist sie? Hier in Moskau?«

»Sei kein Idiot. Bleib weg von ihr.«

»Ich will wissen, wo sie ist.«

Er sah mir ins Gesicht. Was sah er? Den Zorn eines schwachen, wütenden Mannes. Ich weiß es, denn er lachte. »Um Gottes willen, Roy, sag es mir. Wo ist sie?«

Er nahm meine Hand von seinem Arm. »Ich war gut zu dir, Kostja.« Er stupste mir mit dem Zeigefinger gegen die Brust. »Aber du solltest keinen Moment davon ausgehen, daß sich die Dinge nicht ändern können. Hast du mich verstanden?«

»Ich habe dich verstanden, aber ich muß immer noch wissen, wo sie ist.«

»Du und die Welt werdet es morgen abend erfahren, mein Freund.« Er schaute nachlässig auf die Uhr. »Um sechs Uhr Moskauer Zeit werden General Koba und Julia es gemeinsam öffentlich verkünden. Morgen ab sechs Uhr wird sie Mitglied der Regierung sein. Ganz offiziell. Bis dahin genieß die Party. Nimm deine reizende Freundin mit nach Hause und stelle alles mögliche mit ihr an. Ich wünschte, ich hätte dein Glück.«

»Was für ein Glück?« Meine Finger zuckten wie die eines Verrückten in dem Wunsch, seinen fetten Hals zu packen, der bereits über den engen Generalskragen quoll.

»Stehst du nie lange genug still, um dich umzusehen, Kostja? Deine Exfrau und deine neue Bettgefährtin gehören zu den bestaussehenden Frauen Moskaus.« Er wandte sich bereits ab. »Dein Glück, kleiner Bruder, besteht darin, daß du die eine bumsen kannst, während du dich noch im Glorienschein der anderen sonnst.«

Noch zwei oder drei Glas Champagner. Ein paar schnelle Manöver, um mich Katjas Blicken zu entziehen, dann wurden wir alle zu Tisch gebeten.

Ich sitze an einem der runden, seitlich stehenden Tische, Natalja sitzt Gott sei Dank rechts neben mir und die kleine Philosophin des Mitgefühls zu meiner Linken. Während äußerst effiziente Kellner geräucherten Stör und Blinis servierten, spürte ich, wie Nataljas Hand unter dem Tischtuch nach meiner griff. Ich folgte ihrem Blick und sah, wie die weißbehandschuhten Tscheka-Offiziere die Kellner gemessen aus dem Raum geleiteten.

Natalja beugte sich zu mir herüber. »Was ist los?«

»Hast du nicht erraten, wozu dieser Abend wirklich dient?«

Sie berührte meine Stirn mit der ihren. »Vielleicht«, sagte sie.

Ich ließ ihre Hand los und wandte meine Aufmerksamkeit der

großen Tafel zu. Roy und Katja nahmen ihre Plätze ein. Die rundgesichtige Frau neben mir sagte gerade: »Man kann nicht leugnen, daß die russische Persönlichkeit eine dunkle Seite hat.«

Dem konnte ich nur zustimmen.

»Ich nenne es gerne den russischen Schauder. Wir sind begabt, erstaunlich talentiert, doch auf einer bestimmten Ebene ist es uns wie einem primitiven Volk noch nicht gelungen, uns mit dem Zufall anzufreunden. Ich frage mich, ob die großen Entfernungen der Grund sind, warum die Koinzidenz im russischen Roman eine so große Rolle spielt?«

Roy klopfte mit einem großen Silberlöffel auf den Tisch. Allmählich kamen die Stimmen um mich herum zur Ruhe.

»Liebe Freunde«, sagte Roy, »ich muß Ihnen ein Geständnis machen. Sie waren alle so nett, heute abend hierher zu kommen, um meine Beförderung zum General zu feiern. Doch ich habe Sie unter einem Vorwand hergelockt.« Er lachte jovial. »Nicht daß die Schulterstücke nicht echt wären«, sagte er und berührte seine neuen Rangabzeichen. »Doch ich habe Sie heute abend nicht hergebeten, um ein im großen Lauf der Dinge geringfügiges Ereignis zu feiern. Wesentlich wichtiger ist, daß Sie heute abend Gelegenheit haben werden, vor den unzähligen Pressekonferenzen und Fernsehinterviews ein neues Mitglied der Regierung kennenzulernen.«

Ich spürte, wie Natalja sich neben mir versteifte. Sie griff unter dem Tisch wieder nach meiner Hand und hielt sie sehr fest.

»... Diese Persönlichkeit für unsere Sache zu gewinnen, sowie meine eigene kleine Rolle in dieser Angelegenheit«, fuhr Roy fort, »macht mich stolz.«

Ich betrachtete die Gesichter an den kleinen runden Tischen. Sie waren verblüfft, die Stirnen gerunzelt. Sie hatten keine Ahnung, was kommen würde. Die Generäle und Minister an der großen Tafel schienen vor demselben Rätsel zu stehen. Obwohl um den Mund Merkowskijs, des Außenministers, ein kleines Lächeln spielte.

»Doch zuerst ...« Roy schaute zur Seite, zu einem dunklen Durchgang zu seiner Rechten. »Mit außerordentlicher Freude begrüße ich meinen Chef, den Mann, der verantwortlich ist für einen Großteil des Glücks, das Rußland in den letzten Monaten widerfahren ist, General Leonid Koba persönlich!«

Der ganze Saal klatschte stürmisch Beifall.

Koba war in dem kleinen dunklen Durchgang erschienen. Er trug, was ungewöhnlich war, die Uniform eines Tscheka-Generals. Er kam zwei oder drei Schritte nach vorne und lächelte breit. Ich konnte jede Geste vorhersehen: Jetzt würde er sich seitlich an den Schnurrbart fassen, jetzt würde er nicken und die Lippen schürzen.

Er spielte mit ihnen, denn er wußte, daß der Beifall nicht verebben würde, solange er so stehenblieb. Dann wandte er sich um und streckte die Hand aus in Richtung des Durchgangs – und in einem schulterfreien langen schwarzen Kleid trat Julia ins Licht, worauf eine Sekunde lang Schweigen herrschte, gefolgt von erstauntem Atemholen, als die Gäste sie erkannten.

Der Applaus wurde noch frenetischer, wie um den Fauxpas wiedergutzumachen, das Schweigen, mit dem man die Kandidatin des Generals begrüßt hatte.

»Konstantin … Konstantin …« flüsterte Natalja mir ins Ohr. »Ich möchte, daß du mit mir zu Professor Kandinskij gehst.« Ihre Stimme war beinahe unhörbar, aber von beißender Dringlichkeit. »Was wir hier sehen, ist eine Allianz der dunklen Mächte. Die guten Menschen müssen handeln. Handeln, oder sie werden verrückt.«

Ich schob ihre Hand beiseite und widmete meine ganze Aufmerksamkeit Julia.

Da saß sie, an der großen Tafel, Leonid Koba an ihrer Seite, sie lächelten und prosteten einander zu. Dann, auf ein Zeichen Kobas, stand Julia auf.

»Dafür bleibe ich nicht«, zischte mir Natalja ins Ohr. »Ich bin der Meinung, daß wir gehen sollten, Konstantin. Einfach aufstehen und gehen.«

Ich schüttelte den Kopf. Mein Blick war auf Julia gerichtet. Sie klatschte in einem langsamen, gemessenen Rhythmus in die Hände, drehte die makellosen Schultern, als sie erst eine, dann eine andere Gruppe der Gäste in den Applaus einschloß. Dann hob sie beide Arme hoch in die Luft und ließ den Applaus langsam verklingen.

Hinter ihr sah ich Kobas breites Lächeln. Automatisch griff ich mit der Hand nach meinem rechten Ohr, nur Sekunden, bevor er selbst es tat.

Julias Stimme klang klar und glockenhell. »Ich sehe«, sagte sie, »daß ich mich nicht vorzustellen brauche. Die Suchplakate der Regierung haben das landauf, landab äußerst wirkungsvoll erledigt.«

Die Gäste lachten, anfangs vorsichtig, dann machten sie es Koba nach und schlugen vor Begeisterung mit der flachen Hand auf den Tisch, um ihre Wertschätzung zu zeigen.

Als es im Saal wieder ruhig wurde, fuhr Julia fort und sprach von der schwierigen Vergangenheit und der hoffnungsvollen Zukunft. Sie lobte Kobas Weitsicht und die Größe seiner Vision für ein neues Rußland. Und sie schloß mit einer ergreifenden Bemerkung. »Heute abend«, sagte sie, und ihre nackten Schultern glänzten im Licht der Kandelaber, »stand ich in meinem Zimmer und schaute über eine lange Reihe kahler Kastanienbäume auf die Statue einer russischen Familie. Mann, Frau und Kind, dargestellt im alten Stil des sowjetischen Realismus. Nach Meinung der Künstler und Kritiker unter uns vielleicht keine sehr gute Plastik. Doch ich hatte das Gefühl, der Stein dieses Denkmals beinhalte eine fundamentale Wahrheit. Und es ist diese Wahrheit, die mich nach vielen falschen Anfängen heute abend hierher geführt hat. Diese Wahrheit, die Leonid Koba nie gezögert hat vor den Russen und vor der ganzen Welt zu wiederholen, lautet: Wir alle, Marxisten, Anarchisten und Nationalisten, sind ein Teil von Rußlands Zukunft, wie wir Teil seiner Vergangenheit waren.«

In dem stürmischen Applaus, der Julia willkommen hieß, beugte sich Natalja dicht zu mir herüber. Im Kerzenlicht schimmerten gelbe Punkte in ihren Augen. »Bist du jetzt soweit, ihr Schuld zuzuweisen?« sagte sie. »Endlich?«

Ich gab keine Antwort. Doch in meinem Kopf war ich bereits weit jenseits aller Fragen von Schuld.

50

In Nikulino bog ich von der Hauptstraße auf einen Trampelpfad ab. Schnee und Natriumdampflampen sind eine widerliche Kombination: Die drei windschiefen Zwiebeltürme der Kirche erhoben sich häßlich vor einem orangegelben Hintergrund.

Ich hörte kaum das Knirschen des Schnees unter den Reifen. In den letzten Tagen war dieser Weg von vielen Fahrzeugen befahren worden, und unter einer lockeren Schicht war der Schnee festgefahren, was mir das Gefühl gab, als bewege sich der Economy über Eis.

Ich fuhr langsam, mit geöffnetem Fenster. Mit der Abenddämmerung war die Temperatur unter Null gefallen, und meine Wangen wurden von der kalten Luft umfächelt. Doch ich kam aus Murmansk. Das ist die Welt, die ich kenne.

Ich fuhr ohne Scheinwerfer. Der gelbe Schein der Natriumdampflampen, der vom Schnee zurückgeworfen wurde, reichte zum Sehen gerade aus. Wenn ich mich aus dem Fenster beugte, sah ich neben dem Weg die Reifenspuren, die die parkenden Polizeifahrzeuge in den letzten Tagen hinterlassen hatten.

Näher bei der Kirche hatte die lokale Polizei den Weg mit Bändern abgesperrt (deren rote Sternenkante auf ein Überbleibsel aus längst vergangenen Sowjettagen schließen ließ), doch es gab keine Anzeichen, daß jemand zurückgelassen worden war, um den Ort zu bewachen.

Ich stieg aus dem Renault, machte die Bänder los, rollte sie auf und warf sie neben den Weg. Als ich wieder in den Wagen stieg, sah ich vor mir eine schwankende Laterne.

Ich fuhr darauf zu und hielt neben der Babuschka.

»Ha, Inspektor«, begrüßte sie mich wie einen alten Freund. In der einen Hand hielt sie den Laternenstock, mit der anderen schüttelte sie mit überraschend kräftigem Griff meinen Arm. »Sie können sich nicht vorstellen, wie es mir ergangen ist. Polizei, Polizei, Polizei. Krochen überall herum.«

»Doktor Shepherd war eine sehr böse Frau«, sagte ich.

Sie nickte nachdenklich. »Böse«, stimmte sie zu. Es war unmöglich herauszufinden, wieviel sie gewußt hatte und wieweit ihre Verurteilung Imogens ihren Grund darin hatte, daß sie sich jetzt auf die Seite der neuen Autorität schlug. Russen sind sich eines Regierungswechsels immer sehr bewußt. Woher der Wind weht, sagen wir im Norden.

»Was kann ich für Sie tun, Inspektor«, sagte sie, »so spät am Abend? Kann ich Ihnen etwas zu essen bringen, gegen die Kälte?«

Der Gedanke ließ mich zusammenzucken. »Ich bin gekommen, um das Auto abzuholen, Großmutter«, sagte ich.

»Ah«, sagte sie und zupfte sich mit wollbehandschuhten Fingern am Kinn. »Ah ...«

»Sie brauchen sich deshalb keine Sorgen zu machen«, sagte ich. »Sie brauchen es nicht einmal zu erwähnen. Ich bringe es noch vor dem Morgen zurück.«

»Aber das Auto der Ärztin rührt sich nicht«, sagte sie. »Die Polizisten haben sich damit beschäftigt. Sie haben es geputzt und innen sogar mit einem Staubsauger bearbeitet, aber sie haben es nicht angekriegt. Heute haben sie wieder versucht, es anzukriegen, aber sie sagen, ein wichtiges Teil fehlt.«

In meiner Tasche schloß sich meine Hand um den Verteilerkopf des Mercedes. Es ist ein normaler Vorgang, daß der ermittelnde Beamte den Verteilerkopf eines Autos entfernt, das für forensische Untersuchungen oder für die Beweisaufnahme gebraucht wird. Doch als die lokale Polizei mich angerufen und gefragt hatte, ob ich ihn mitgenommen hätte, hatte ich mit Nein geantwortet. Warum hatte ich das getan?

Hatte ich bereits irgendeinen Plan im Kopf? Wußte mein Unterbewußtsein bereits, was zu tun ich mich später bewußt entscheiden würde?

Arbeitet so das Gehirn, Brüder? Oder arbeitet so nur das *kranke* Gehirn? Ist eine rationale Handlung nichts anderes als eine rationalisierte Handlung? Die Wahrheit ist, daß ich besessen bin. Ich bin besessen von dem überwältigenden Wunsch, Julia wiederzusehen.

Und jetzt weiß ich, wie ich sie finden kann.

Ich fand eine Stelle, wo die Außenmauer der Kirche einen gewissen Schutz bot, und stellte den Renault dort ab. Ich stieg aus und ging mit der Babuschka zu dem angebauten Schuppen, wo Imogen ihren Mercedes geparkt hatte.

Die alte Frau ließ mich hinein und beobachtete mit leerem Gesicht, wie ich den Verteilerkopf wieder einsetzte, den Motor anließ und rückwärts aus der Garage fuhr. »Schließen Sie die Tür nicht ab«, sagte ich, »und gehen Sie wieder nach Hause. Als Tscheka-Offizier möchte ich nicht, daß mein Besuch bekannt wird. Sie verstehen mich, Großmutter.«

Sie sagte nichts, aber sie hatte verstanden. Sie ging murmelnd weg, stapfte mit ihrer Laterne durch den Schnee.

Ich hatte noch nie einen solchen Wagen gefahren. Er schnurrte durch Moskau und hinaus auf die Straße nach Jaroslawl. Nur einmal, als ich an einem Bahnübergang anhalten mußte, wurde ich von jemandem erkannt. Ein altes Ehepaar, das den Dinnerjackett tragenden Fahrer dieses grandiosen Fahrzeugs beäugte, zuckte erstaunt zurück, als es Leonid Kobas Züge erkannte.

Als sich die Schranken hoben, starrten mich die beiden Alten mit offenem Mund an, während ich davonfuhr. Ich schaute in den Rückspiegel und sah, wie die alte Frau eine behandschuhte Hand hob wie zu einem Gruß von W. I. Lenin.

Ich war, fand ich, erstaunlich ruhig, als die Häuser hinter mir zurückblieben und Kiefernwald sich rechts und links der geraden Straße ausbreitete.

Ich kannte diese Straße gut. An dem hölzernen Mühlengebäude bog ich ab über eine Brücke und sah die ersten Lichter der Datscha. Vor mir standen überall parkende Autos, Busse, die die Journalisten aus Moskau hergebracht hatten, und Übertragungswagen des Fernsehens, deren Crews entlang der schneegesäumten Straße vor dem Haupteingang ihre Kameraausrüstungen in Position brachten.

Sie waren ebenso überrascht, mich zu sehen, wie die Wachen am Tor, und reagierten ähnlich verwirrt. Vielleicht gelang es dem einen oder anderen Photographen, ein paar Aufnahmen von mir zu machen, ehe die Wachen eiligst das Tor öffneten. Ich fuhr hindurch und hielt vor der grüngestrichenen Fassade der Datscha. Falls es Photos gab, spielte das jetzt keine große Rolle mehr.

Ich ließ den Mercedes auf der Auffahrt stehen und ging die

Stufen hinauf. Die Tür wurde mir von einem Mann in traditioneller russischer Tracht – weiten, in die Stiefel gesteckten Hosen, weißem, kragenlosem, am Hals zugeknöpftem Hemd – geöffnet. Die Zimmer im Erdgeschoß, sah ich, waren für die Fernsehkameras renoviert worden. Die holzgetäfelten Wände der Halle waren dunkelgrün gestrichen, und von der Decke hingen goldene und weiße Fahnen mit dem doppelköpfigen russischen Adler.

In der Halle standen sechs oder sieben Bedienstete in Habachtstellung, darunter die Haushälterin Olga, mit der ich, nachdem die Professoren mich unterrichtet hatten, meine geistige Gesundheit wiederhergestellt hatte, indem ich mir Kobas Schnurrbart und seine Augenbrauen angeklebt und mit ihr geschlafen hatte.

Bei meinem letzten Besuch bei Julia hatte ich das Haus nicht wiedererkannt. Als Bedingung, sie überhaupt sehen zu dürfen, hatte mir Dimitrij die Augen verbunden, dann war ich in dieses vollständig veränderte Innere gebracht worden. Nun schlenderte ich in Richtung des Terrassenzimmers, wo die Professoren mich so gepiesakt hatten, und stand da und schaute hinaus auf den Gartenweg mit den nackten Kastanienbäumen und der Statue der sowjetischen Familie, aufrichtig, ausdauernd, unabhängig und frei, die da auf ihrem Sockel stand, von leichtem Schneefall berieselt. Dieselbe sowjetische Familie, von der Julia auf Roys Party geschwärmt hatte. Hätte sie diese Worte nicht gesagt, hätte ich ihren Aufenthaltsort nie herausgefunden.

Ich wußte, daß Julias Zimmer das über mir sein mußte. In der Tat dasselbe Zimmer, in dem ich hier gewohnt hatte. Das Zimmer, in dem ich mit Olga meine leidenschaftlichen schnurrbärtigen Runden absolviert hatte.

Ein paar Augenblicke stand ich da und starrte hinaus in den angenehmen, schneebedeckten Garten. Die hinter der Statue in den Fichten glitzernde Sicherheitsbeleuchtung ließ einen märchenhaften Effekt entstehen. Seit ich hier war, fühlte ich mich bemerkenswert ruhig. Ich hatte keine Angst, daß der richtige Leonid Koba zu früh auftauchen könnte. Ich brauchte schließlich nur wenig Zeit.

Ein Diener kam auf mich zu und fragte, ob ich eine Erfrischung wünsche, und ich schickte ihn mit einer Koba-Geste wieder fort. Einen Augenblick lang überkam mich eine große Müdigkeit, als würde ich mich an lange, lange zurückliegende Tage erinnern. Tage, als ich Kobas Teufelshaut mit Stolz getragen hatte. Es war nur ein kurzer Moment der Schwäche. Eine sehr russische Schwäche – der Wunsch nach einer Welt, wie wir sie nicht haben können, einer Welt, die in Wahrheit gar nicht existiert.

Doch angesichts der starken Energie des Hasses löste sich diese Nostalgie auf wie Morgennebel.

Ich ging wieder zurück in die Halle und die große Treppe hinauf. Niemand vom Personal wagte es, etwas anderes zu tun als in schweigender Aufmerksamkeit zu verharren, während ich vorbeiging.

Ich ging die Galerie entlang und fühlte den neuen, dicken Teppich unter meinen Füßen. In weniger als einer Stunde würde die Halle unter mir voller drängelnder, schwatzender Kameramänner und Fernsehteams sein, die darauf warteten, daß Julia die große Treppe herabschritt.

Ich klopfte kurz an die Tür und ging hinein.

Üppig ausgestattet, wie das der neuen Position, die Julia demnächst bekleiden würde, zukam, hatte sich der kahle Raum, den ich gekannt hatte, sehr verändert. Julia saß am Ankleidetisch, halb mir zugewandt. Sie legte die Bürste, die sie benutzt hatte, zur Seite und stand auf.

Sie sah blendend schön aus. Sie trug ein dunkelblaues Kostüm mit einem Rock bis knapp oberhalb des Knies, ein weißes, am Hals offenes Seidenhemd und keinen Schmuck. Ich glaube, es war das Make-up, das mich die Nerven verlieren ließ. Es war zurückhaltend, eigentlich kaum zu sehen, doch ich hatte sie seit unserem Hochzeitstag nicht mehr so gesehen.

Ich machte die Tür hinter mir zu und lehnte mich dagegen.

»Du kommst früh, Leonid«, sagte sie. »Du hättest mich noch nicht ganz bereit antreffen können.«

Der Ton war leichtfertig, flirtend und bestätigte mit ein paar Worten eine unvermeidliche, noch ausstehende, bisher nicht benannte Entwicklung zwischen den beiden.

»Ich bin gekommen, um dir von Mischa zu berichten«, sagte

ich. Ich machte keinen Versuch, Kobas Akzent beizubehalten. Doch sie schien es nicht zu bemerken.

Sie bewegte die Beine, so daß sie jetzt ganz mir zugewandt dasaß und mich ansah. »Mein Sohn Mischa? Ich verstehe nicht, Leonid«, sagte sie vorsichtig. »Was willst du mir sagen? Mischa ist während des Krieges gestorben. Eines von Hunderttausenden Opfern im Kindesalter auf beiden Seiten.«

»Mischa ist tot«, sagte ich. »Aber er ist nicht während des Krieges gestorben.«

Sie erhob sich jetzt. Vielleicht zum erstenmal in ihrem Leben sah ich sie ernsthaft beunruhigt. Sie wußte, daß irgend etwas ganz und gar nicht in Ordnung war. Nicht nur, weil Mischa erwähnt worden war. Sondern wegen der Stimme.

»Mischa?« fragte sie und schüttelte schnell den Kopf. »Mischa, mein Sohn ...?«

Ohne es sich selbst ganz einzugestehen, außerstande, es sich selbst einzugestehen, hatte sie meine Stimme erkannt.

»Leonid ...« sagte sie und drängte die Verwirrung zurück, wurde ihrer Herr, wie ich das so oft in unserem gemeinsamen Leben gesehen hatte. »Leonid, ich selbst habe meinen Sohn begraben. Das war ohne Zweifel der traurigste Augenblick meines Lebens.«

»Du hast Mischa selbst begraben, ja?« Meine Stimme brach. »Der traurigste Augenblick deines Lebens, ja?«

Ich sah, mit welcher Geschwindigkeit sie überlegte, welche Selbstbeherrschung sie aufbrachte. Das Dreieck, wo sich das Hemd an ihrem Hals öffnete, war zu dunklem Rosa angelaufen. Sie redete schnell. »Falls du hoffst, mir gute Nachrichten zu bringen über die Entdeckung eines Jungen in diesem oder jenem Waisenhaus in Petersburg oder wo auch immer, dann kann ich nur voller Trauer nein sagen.« Sie machte eine beinahe wütende Geste. »Mischa liegt irgendwo außerhalb von Pawlowsk begraben.«

»Mischa ist nicht begraben: Sein zerfetzter Leichnam liegt unter der Nummer 26 im Leichenschauhaus von Marisilow.«

An ihrem Gesicht sah ich, daß der Kampf weiterging. Doch ihre Kontrolle war noch immer komplett. »Warum sagst du das?« Sie war sich nicht mehr sicher, mit wem sie sprach.

»Nachdem Mischa aus dem Waisenhaus in Moskau ausgerissen war«, sagte ich langsam, »wurde er eines der Bahnhofskinder, einer der *bezpriornij*, die die Bahnhöfe nach allem absuchen, was sie erwischen oder stehlen können.«

Das Make-up richtete nun nichts mehr aus. Sie lehnte sich nach hinten gegen den Ankleidetisch, runzelte die Stirn, nur noch einen quälenden Bruchteil vom vollständigen Erkennen entfernt.

»Er nannte sich Sex-Change, Julia. *Unser* Mischa ...«

Als sie Atem holte, geschah das mit einem kurzen, unkontrollierbaren Zischen. »Konstantin«, sagte sie. »Konstantin ...« Ihre Stimme erreichte eine Höhe, die sie nie zuvor erreicht hatte. Und in diesem Moment wußte ich, daß sie an einem Punkt berührt worden war, wo noch kein Mann sie je berührt hatte.

Das setzte Furcht frei. Jenseits der Reste von Unglauben oder Schock setzte es in Julia Furcht frei.

Ich durchquerte das Zimmer, und sie blieb still wie eine Statue. Aus dieser Nähe, ich berührte sie beinahe, sah ich die zitternden, orgasmischen Zuckungen der Angst. Und das Trübewerden des Auges und den Schweiß auf der Oberlippe ... Doch ob das der Fall war, nachdem ich ihr das Messer zum erstenmal in den Leib gestoßen hatte – Brüder, ihr könnt nicht von mir erwarten, daß ich das weiß. Zu diesem Zeitpunkt brüllte ich, heulte, trampelte auf ihr herum, und das Blut spritzte über den Spiegel des Ankleidetischs, auf den cremefarbenen Bettüberwurf und verteilte sich als roter Niederschlag über die Wände bis hinauf zu der hohen Decke.

51

Ich ging aus dem Zimmer, die Galerie entlang, die Treppe hinunter in die Halle, wo die weißen Fahnen hingen, und am lodernden Holzfeuer vorbei zur Eingangstür.

Zwei Bedienstete kamen auf mich zugelaufen, aber ich wedelte mit den Armen und winkte sie davon. Sie zogen sich zurück. Ich ging an ihren schockierten Mienen vorbei und machte die Tür auf. Ein kalter Luftzug wehte herein.

Einer der Männer war mutig genug, hinter mir herzulaufen.

Sein weißes Hemd war blutbefleckt, wo meine Hand ihn berührt hatte.

»General Koba ...«

Ich drehte mich langsam nach ihm um, und er verstummte. Ich machte eine allmächtige Geste, die bedeutete: Geh mir aus den Augen.

Der Mann verstand sofort und verschwand mit einer halben Verbeugung wieder im Haus.

Ich ging die Stufen hinunter. Meine Schuhe hinterließen Blutspuren im frischgefallenen Schnee. Der Mercedes stand noch da, wo ich ihn stehengelassen hatte. Ich stieg ein, ließ den Motor an und fuhr davon.

Die Pressemannschaft war kaum besser vorbereitet. Ich raste vorbei, bemerkte nur ein paar Blitzlichter, doch dann hatte ich den inneren Kreis des Geländes hinter mir und fuhr mit halsbrecherischer Geschwindigkeit die schmale Straße zwischen den Kiefern entlang.

Welche Lieder spielten in meinem Kopf? Lieder des Triumphs oder der Klage? Weder Trauergesänge noch Wehklagen. Stattdessen hörte ich in meinem Kopf den englischen Popsong »The Fool on the Hill«.

Ich glaube, ich weinte, denn das getrocknete Blut auf meinen Handrücken war wieder feucht, und »The Fool on the Hill« erfüllte meinen Schädel und schloß jedes andere Geräusch auf der Straße aus. Ich weinte, und die Straße vor mir wurde trübe, dann wieder klar, unscharf, dann wieder scharf, während ich das Gaspedal immer weiter hinuntertrat.

So wahnsinnig oder bei Sinnen oder wahnsinnig und lediglich verzweifelt unterwegs in den noch tieferen Wahnsinn, flog ich in dieser unglaublichen Maschine zwischen den schneebeladenen Kiefern hindurch. Flog so schnell dahin, daß ich die Kurve kaum schaffte. So schnell, daß ich erst in letzter Sekunde, nicht in letzter Minute, die Barrikade aus roten Lichtern erkannte, die sich vor mir auftat.

Flog so schnell, und diese unglaubliche Maschine zitterte und buckelte zwar, kam aber keinen Moment von der Geraden ab, als ich mit voller Kraft auf die Bremse trat.

Zwischen Tränen und Blut und blutigen Tränen sah ich das Aufblitzen roter Lichter. Ich sah zwei, drei Gestalten, die auf mich zuliefen, sah maskierte Gesichter und im Licht der starken Scheinwerfer das Schimmern von Waffen.

Falls ich nachgedacht hätte, falls ich dazu fähig gewesen wäre, hätte ich erwartet, was auch immer mich erwartete.

Doch in unserer Zeit denken wir so wenig. Ich war aus dem Wagen und die Böschung hinauf, stolperte und schwankte zwischen den Kiefern hindurch, rannte, als ich das häßliche Zischen der Kugeln hörte, die an mir vorbeiflogen, rannte um mein wertloses Leben.

Als die Granate explodierte, erwartete ich es beinahe. Nicht das donnernde Krachen irgendwo neben mir, sondern das Singen der Schrapnelle um mich herum und das brennende Prasseln der Splitter in meinem Rücken.

Was einem bei einer Explosion natürlich fehlt, ist Luft. Man schnappt nach Luft, man schluckt, man schreit einen lautlosen, panischen Schrei, denn in diesem Moment ist alle Luft aus der Welt verschwunden und aufgesaugt. Wenigstens aus der Welt, in der man selbst sich befindet.

Und als das saubere, kalte *Zeug* wieder in meine Lungen floß, war ich am Boden, kniete auf allen vieren, die Hände vor dem Gesicht, von dem die Explosion den Koba-Schnurrbart und die Augenbrauen weggeblasen hatte, und hinter mir, direkt hinter mir, hörte ich das Knirschen einzelner Schritte.

Ich wandte den Kopf. Der Strahl einer Taschenlampe traf von rechts mein Gesicht. Eine maskierte Gestalt stand drei Meter von mir entfernt, die Maschinenpistole im Anschlag, so daß ich die leichte Schwärzung an der Mündung des Laufes erkennen konnte.

Ich hatte mich meinem Vollstrecker zugewandt. Auf einem Knie. Ich flehte nicht um Leben oder Tod, aber ich breitete die Arme aus … irgendwie schien das das Richtige zu sein. Außer daß ich lachte.

Und vor mir schwankte der Lauf und senkte sich langsam. Und jemand holte Luft, brachte mehr Überraschung zum Ausdruck, als ich das in einem solchen Tierlaut je für möglich gehalten hätte. Und eine Stimme, *ihre* Stimme, sagte: »Konstantin … Konstantin.« Und eine Hand hob sich und zog die Maske von ihrem Gesicht, und Natalja starrte auf mich herunter, als wäre ich eben von den Toten auferstanden.

52

Was in gewissem Sinne der Fall war.

Ich war bei dem Höhepunkt in jener Nacht nicht dabei, als der Hinterhalt wieder aufgebaut wurde, um die Limousine des echten Generals Koba in Empfang zu nehmen, die sich von der Moskauer Straße her näherte. Als meine sanfte Natalja ihn selbst an den Wegrand brachte, ihm die Pistole an den Kopf setzte und ertrug, daß sein Blut sich über sie ergoß, bevor er zusammensank und zwischen die Kiefern rollte.

Ich hatte den Mercedes in die Garage zurückgebracht und den Verteilerkopf entfernt und war zu Nataljas Wohnung gefahren, hatte sie aufgeschlossen, mich in der Dunkelheit auf ihr Bett gelegt und mich friedvoller gefühlt, als ich es je für möglich gehalten hätte.

Ich hatte einen Tyrannenmord begangen. Tyrannenmord, nicht mehr und nicht weniger gewiß, als Natalja in diesem Moment das gleiche tat.

Natürlich werdet ihr mir nur dann glauben, Brüder, wenn ihr zu glauben bereit seid, daß unsere Handlungen selten nur von einem einzigen Motiv bestimmt sind. Genau wie ein einziges Argument, so stark vorgetragen es auch sein mag, selten alle überzeugt. Natalja sagt, das überführe all jene der Lüge, die uns erzählen wollen, die Demokratie sei in der menschlichen Natur nicht tief verwurzelt.

Irgendwann während der Nacht hörte ich, wie Natalja hereinkam. Sie wußte, daß ich da war. Ohne das Licht anzumachen, kam sie und setzte sich neben mich auf den Bettrand. Ihre Hand hielt die meine und vermischte das Blut. Morgen würden wir vielleicht über das sprechen, was wir getan hatten. Morgen. Im Moment war es genug, dem Atem des anderen zuzuhören. Dann stand Natalja auf und duschte, und ein paar Minuten später tat ich das gleiche.

Ich hatte Holzscheite auf das Feuer geworfen, und die Wärme sickerte ins Zimmer. In die Bettdecke eingewickelt standen wir am Fenster und lauschten auf die Geräusche Moskaus, das sich schüttelte und zu einem neuen Tag erwachte.

Epilog

Für die Photographen, die sich bei der Datscha in Zagorsk versammelt hatten, war es eine Nacht der Gelegenheiten. Kaum waren sie an den Wachen vorbei in das Mordzimmer gedrungen und hatten Julia Petrownas Blut in den Teppich getrampelt, das Blut an den Wänden gefilmt und photographiert und ihre Texte zum Blutbad von Zagorsk verfaßt, als sie schon zum nächsten Tatort gerufen wurden.

Dort, im Kiefernwald, keine sieben Kilometer von der Datscha entfernt, lag um einen halben Kopf kürzer die Leiche von Präsident Leonid Koba, und alles deutete darauf hin, daß er sich eine Walther-Pistole an die Schläfe gehalten und den größten Teil seines Schädels weggeblasen hatte.

Präsident Romanow hatte schnell reagiert. Um Mitternacht hielt er seine Rede vor dem russischen Volk und bat vor allem um das Licht von *glasnost* für den Mord in der Datscha und den Selbstmord General Kobas.

Die meisten Russen, die die Sendung sahen – und das waren in der Tat die meisten –, bemerkten während der ersten paar Minuten, über wieviel mehr Autorität und Selbstbewußtsein der alte Präsident zu verfügen schien: »Wie auch immer sich das Kaleidoskop der verwirrenden Ereignisse der letzten Nacht wieder ordnen wird«, sagte er aus seinem Büro im Kreml, »was General Koba anbetrifft, läßt es nur die düstersten Schlüsse zu. Er wurde gesehen, als er die Datscha in der Nähe von Zagorsk betrat und einige Minuten später aufgewühlt und laut Aussagen etlicher

Zeugen blutbespritzt wieder verließ. In dieser Zeit wurde die Anarchistenführerin Julia Petrowna auf bestialische Weise ermordet, die stark an die jüngsten Monstrum-Morde im Moskauer Bezirk Rot-Presnja erinnert. Dann fand man kaum eine Stunde später die Leiche des Generals am Wegrand, wo er sich offensichtlich selbst eine Kugel in den Kopf geschossen hatte.

Es ist um so schwieriger, Brüder und Schwestern, die einzelnen Teile dieser Geschichte zusammenzufügen, weil sich während der Mordserie in Rot-Presnja beharrlich Gerüchte gehalten haben, wonach die Opfer von einer großen Limousine verfolgt worden sein sollen. Diese Tatsache hat zu der Forderung geführt, wegen einer möglichen Verbindung zwischen der Regierungslimousine und den Morden in Rot-Presnja weiter zu ermitteln. Die Erklärung für die Morde, wie sie von dem leitenden Inspektor Vadim angeboten wurde, wurde von der Regierung nicht als vollständig akzeptiert. Inspektor Vadim wird zu seinen früheren Pflichten in den Norden zurückkehren und von seinem Stellvertreter ersetzt werden, dem leitenden Mordinspektor Dronskij. Bevor die weiterführenden Untersuchungen nicht abgeschlossen sind, kann weder über den Tod der Anarchistenführerin Julia Petrowna noch über den Selbstmord General Kobas eine abschließende Erklärung erfolgen.«

In einem Nachtrag enthüllte der russische Präsident als Grund für die Pressezusammenkunft in Zagorsk die offizielle Ankündigung der Ernennung Julia Petrownas zur verantwortlichen Ministerin für Amnestieangelegenheiten. Iwan Kandinskij, emeritierter Professor der Rechte, war nun gebeten worden, den Posten zu übernehmen, der durch den tragischen Tod Julia Petrownas vakant geworden war.

Wir saßen in meinem Büro – vielmehr war es jetzt das von Dronskij –, Ilja, Natalja und ich. Und W. I. Lenin, der Kater.

Ich schenkte uns dreien Wodka ein, auch ein paar generöse Tropfen in das Schälchen des Katers, und hob mein Glas auf Dronskij. »Einen Toast«, sagte ich, »auf den besseren Mann. Du hast den besten Job hier verdient, Ilja. Viel Glück bei der neuen Aufgabe.«

Dronskij sah mich an – dann Natalja. »Ein guter Polizeibeamter nach alter russischer Väter Sitte«, sagte er, »weiß genau, was bei einer Ermittlung herauskommt, noch bevor der erste Zeuge vernommen worden ist. Wollt ihr hören, wie diese ausgehen wird?«

»Ich glaube schon«, sagte Natalja.

Dronskij lehnte sich vorsichtig in seinem Stuhl zurück. »Erstens werden wir beweisen, daß General Koba während der letzten Monate zu Julia Petrowna eine sexuelle Beziehung unterhielt. Zweitens werden wir Photos und andere Details über die ermordeten Mädchen entdecken, die der vermißte frühere Tschekist Roy Rolkin Koba beschafft hat, die darauf hinweisen, daß Koba sich auf ungesunde Weise für die Details der Monstrum-Morde interessierte.«

Ich nickte ermutigend.

»Schließlich, und das wird die größte Überraschung sein, werden wir Zeugen für eine Beziehung zwischen Julia Petrowna und Roy Rolkin ausfindig machen. Diese Beziehung wurde Leonid Koba gestern nacht bekannt, und dies führte direkt zu der schrecklichen Bluttat in der Datscha bei Zagorsk.« Er hob sein Glas. »Mehr kann ich noch nicht sagen.«

Er stand auf. Natalja küßte ihn, und ich schüttelte ihm die Hand.

»Du hast etwas vergessen«, sagte Dronskij.

»Habe ich das?«

»Du hast nicht alles mitgenommen, als du deinen Schreibtisch ausgeräumt hast.« Er wies mit dem Daumen auf den Kater.

»Als neu bekehrter Demokrat habe ich ihm die Wahl gelassen«, sagte ich. »Bei dir zu bleiben und mit Fischburgern gefüttert zu werden oder in einem Hof in Murmansk in einer Blechhütte zu hausen. Er hat angedeutet, daß er hierbleiben wolle.«

»Du wirst lernen müssen, ohne ihn zu leben«, sagte Dronskij.

Den Arm um Natalja gelegt, schaute ich zurück auf den Kater. Würde er zum Gruß eine Pfote heben, ein abschließendes, anmutiges *Ave atque vale*, um mich zu verabschieden? Unsere Blicke verhakten sich, als ich ihn mit meinem Willen zu einer Reaktion zwingen wollte ...

Von seinem Platz auf dem Aktenschrank ließ W. I. Lenin ein zischendes Fauchen hören.

Ich hätte den Rest meines Lebens damit verbringen können, Mischa zu suchen. Es war natürlich Julias Tod, der mich von der Illusion befreite, die mich verfolgt hatte. Das Bild von Mischas Gesicht, das mein krankes Hirn auf den dünnen, frierenden Körper Sex-Changes gesetzt hatte.

Ich weiß jetzt, daß es nicht Mischa war, der in jener Nacht unter einem Zug ums Leben kam. Ich weiß, daß er lebt, vielleicht einige Zeit absitzt in einem Arbeitslager für Kinder oder auf Zügen mitfährt, die von Jaroslawl nach Orel fahren, von Orel nach Perm, von Perm Gott weiß wohin Richtung Osten ... Ich hätte den Rest meines Lebens mit Suchen verbringen können. Und ich verbrachte jede Sekunde des einmonatigen Urlaubs damit, den ich bekam, bevor ich wieder nach Murmansk versetzt wurde. Aber in meinem Herzen wußte ich, daß, wenn ich ihn heute finden sollte, er für mich ebenso tot wäre, als hätte Julia ihn wirklich auf dem Friedhof außerhalb von Pawlowsk begraben.

Wir leben also in Murmansk, Natalja und ich, in einer der älteren Wohnungen in der Nähe des Einigkeitsplatzes. Sie ist eine außergewöhnliche Frau, meine Natalja, die stärkste Frau, die ich je gekannt habe. Ich erkenne jetzt, daß, was ich immer für Stärke gehalten habe (bei Frauen wie bei Männern), nichts anderes ist als der Wille, andere auf dem Altar des eigenen Glaubens oder Gewinns zu opfern. Nataljas Stärke ist anders. Sie gibt sie – ihren Nachbarn, ihren Patienten und vor allem mir.

Natürlich weiß ich, daß sie ebenso wie ich glaubt, Mischa sei für immer verloren, aber sie sucht weiter in Datenbanken und besucht weit entfernte Arbeitslager für Jugendliche und Trainingslager, obwohl sie inzwischen schwanger ist. Vielleicht *weil* sie schwanger ist.

Ihr fragt euch, was aus Roy Rolkin geworden ist? Das habe ich bis vor ein paar Tagen ebenfalls getan, als er meinen Puls in wüsten Galopp versetzt hat mit einem Brief, der in Ungarn abgestempelt wurde. Roy Nekrassow nennt er sich nun. Er sagt, daß er aus gesundheitlichen Gründen nach Ungarn gezogen sei, aber er deutet auch an, daß er noch einige Kontakte nach Rußland habe. Der Brief war eine Einladung an Natalja und mich, zu kommen und uns seine Fußballmannschaft anzusehen, Janus Athletic, die er von seinen Ersparnissen gekauft hat, die als die eines ranghohen Tscheka-Offiziers natürlich beträchtlich gewesen sind. Die Mannschaft, sagte er, sei mir gewidmet. Janus, der römische Gott mit den zwei Gesichtern.

Ich bin sicher, ihr versteht. Roy *weiß Bescheid*. Aber er wird so lange diskret in Budapest bleiben, wie ich ebenso diskret bin, was seine neue Identität betrifft. In schwierigen Zeiten, sagt er, sei es wirklich sehr schwierig, mit nur einer Identität auszukommen.

Und Mütterchen Rußland? Gießt mir noch ein Glas Wodka ein, und ich sage es euch mit ein paar Worten. Unser Land stolpert aus der Finsternis – auch wenn noch tiefe Schatten bleiben, die vielleicht immer über Rußland bleiben werden. Aber gegen das Schlimmste können wir immer das Beste ins Feld führen: die außergewöhnliche Robustheit unseres Volkes und unseren beständigen Glauben an uns selbst.

Natürlich ist unsere neue Demokratie äußerst unpopulär. Bis jetzt bietet sie weder Brot noch Spiele. Sie wird von der Presse gegeißelt und von der allwissenden Jugend verlacht. Viele sehen in ihr einen Import aus dem Ausland, dazu bestimmt, den Wurm an die russische Knospe zu lassen.

Demokratie, das fange ich allmählich an zu verstehen, darf nicht als Selbstverständlichkeit aufgefaßt werden. Doch in einem Land, dem die Illegalität so teuer ist, besteht das Wunder darin, daß wir grundsätzlich auf einen Rechtsstaat hinarbeiten.

Vom Fenster aus sehe ich auf der Straße Natalja, die auf den Eingang unseres Wohnblocks zugeht. Sie trägt einen leichten, offenen Frühlingsmantel, und ihr Haar weht, während sie geht. Wenn sie auf der Straße jemandem begegnet, lächelt sie oder winkt. Sie ist eine Russin, die Hoffnung ausstrahlt. Und nächste Woche kommen Ilja Dronskij und seine Familie für ein paar Tage zu Besuch. Schlichte Vergnügungen.

Glaubt mir, Brüder, diejenigen von euch, die das Glück haben, in einem Gesetzesstaat zu leben, sollten sich merken, was hier passiert ist.

Die Originalausgabe erschien unter dem Titel Monstrum 1997
im Verlag Century Books, Random House, in London.

Der List Verlag ist ein Unternehmen der
Econ & List Verlagsgruppe

ISBN 3-471-79377-1

Gesetzt aus der Aldus Buch bei Franzis-Druck GmbH, München
Druck und Bindung: Bercker, Kevelaer